KUWEI
酷威文化
图书 影视

双序曲

季桃初 著

上

百花洲文艺出版社

图书在版编目（CIP）数据

双序曲 / 季桃初著．— 南昌：百花洲文艺出版社，2018.6
ISBN 978-7-5500-2857-9

Ⅰ．①双… Ⅱ．①季… Ⅲ．①长篇历史小说—中国—当代 Ⅳ．① I247.5

中国版本图书馆 CIP 数据核字（2018）第 109135 号

双序曲
SHUANG XU QU

季桃初 著

出 版 人　姚雪雪
出 品 人　刘运东
特约监制　王兰颖
责任编辑　李梦琦　丁文勇
特约策划　王　蕾
特约编辑　王　蕾　苗玉佳
封面设计　WONDERLAND Book design 仙境 QQ:344581934
封面插画　铜小钱
出版发行　百花洲文艺出版社
社　　址　南昌市红谷滩世贸路898号博能中心I期A座20楼
邮　　编　330038
经　　销　全国新华书店
印　　刷　北京永顺兴望印刷厂
开　　本　880mm × 1230mm　1/32
印　　张　15.25
版　　次　2018年6月第1版　2018年6月第1次印刷
字　　数　425千字
书　　号　ISBN 978-7-5500-2857-9
定　　价　49.80 元（全二册）

赣版权登字：05-2018-243

发行电话：0791-86895108
网 址：http://www.bhzwy.com

目录

第一章 曲散人归 绿琼花开

“啊——”凄厉的叫声惊醒了沉寂的黑夜，春暖阁瞬间闹腾起来，绣满金丝牡丹的罗帐被人飞快地挑开。

朱船看着脸色煞白的江沅骇了一跳，连忙伸手抚上她的后背，一边安抚瑟瑟发抖的江沅，一边扭头见身后的几个小丫头手足无措地杵着，当下就有些动怒：“一个个傻愣着干什么，还不快去通知夫人，去请王大夫！”

江沅已经不记得自己是第几次被噩梦惊醒了，自从再次醒来，她从观云阁跳下的那一幕就开始不停地在梦中上演，仿佛一场永不完结的梦魇。

风从窗缝中穿过，带着些许的凉意，她的情绪在朱船一下又一下的安抚中逐渐平稳。

“阿沅如何了？”焦急女声伴着快速的脚步声在门外响起，她刚平复了下呼吸，门就被人推开，朱船连忙起身让开，江夫人快步走到床前，见江沅无碍，这才松了口气，缓缓坐在床榻上，伸手从碧帆手中接过浸了水的帕子，轻轻地拭着江沅的额头，“昨日不都好些了吗，怎的今夜又被梦魇了？”

江夫人这话自然不是在问江沅。

朱船伫在一侧，和碧帆对视一眼，轻声开口道："今儿个奴婢陪小姐出去透气，路过南院时二小姐养的猫儿不小心从树上落了下来，想是惊到了小姐。"

"哼。"江夫人冷哼出声，声音不大却透着冰碴般的冷，听上去颇为让人心凉，"是我平日里太纵着那丫头了。"

江夫人是怀州太守周平正的嫡长女，自幼饱读诗书，十六岁嫁给京兆尹之子江忠嗣为妻。这场姻缘如今看似天作之合，但早年母亲是相当不满的。江夫人出身虽比不上百年贵胄家的小姐高贵，但以她的身份也应是要嫁给官家嫡子嫡孙的。

江忠嗣虽然年纪轻轻便官拜黄门侍郎，但是庶出这一点却是母亲的心病，偏偏外祖却欣赏得很，母亲心性高，早年下嫁庶子着实让她在圈中嫡亲小姐一派里有些抬不起头来，在婆家也生生矮了嫡脉的妯娌一头，故而早年与父亲生了间隙，让赵姨娘钻了空子。

可是江沅不得不说外祖慧眼如炬，父亲虽是庶出，却有经世之才，短短十几年就由五品的黄门侍郎爬上了正二品左冯翊，当然这其中也少不了岳家的帮衬，父亲一路官路亨通，平步青云，只是这内宅却不安宁。

江沅深知母亲对府里的几个姨娘恨得紧，尤其是那庶出的二姐江芷，如今自己躺在病床上，也少不了赵姨娘和这位姐姐的一份。

江夫人又拉着江沅说了些体己话儿，话里话外江沅知道江芷和赵姨娘怕是要被母亲整治一番，要是当年的江沅，如今怕是早就想着法子给母亲出谋划策。

而如今。

江沅不禁略觉头疼烦躁，一开始醒来的震惊欢喜随着时间的流逝逐渐被心底的寒意所覆盖。

见她依旧一副恹恹的样子，江夫人叹了口气，把锦被拉得高了些，微微帮她掩了下被脚，又喂她吃了些茶才起身离开，"沅儿再睡些时辰吧。"

"嗯。"江沅轻声应下，在罗帐垂下的瞬间阖上了眼。

正安八年。

四月的雨说下就下，方才还平静的夜如今飘起了细细的雨丝，江沅闭着眼睛听着窗外淅淅沥沥的雨滴落地声，若是能再早一点多好。

若是再早一些，她一定不会去归龙寺上香，便是去了，也决计不会救下宋延巳。

或者，趁他羽翼未丰，杀了他。

可惜，她来迟了一步。

宋延巳，这个前生让她恨不得吞其肉饮其血的名字，曾一度是她梦中的良人，她敬爱的夫君，以至于后来恩情流水，她和宋延巳发展到相看两厌，她也不是没有叹息过的。

江沅余生的后几年，更是和宋延巳到了水火不容、不是你死就是我亡的地步，宋延巳几乎灭了江沅整个家族，而江沅也没闲着，祸害得宋延巳子嗣凋零，把前朝搅得一团糟乱，想来如果她不死，怕是到最后他的江山都会折在她手里。

江沅有些不甘心，她当时怎么就这么想不开，还没弄死宋延巳自己就先死了呢。

恨如芳草，萋萋刬尽还生。她口中咀嚼着这句话，最后终于化为一声叹息。

正安十一年，淝安王反，大军从莫泽直入临安。

临安虽是天子脚下，可是当下这天子也不知道还能坐在那个位子上多久，一时之间，临安人心惶惶，各种消息比那陷入纷飞战火中的边城六州还多，总之这一年过得不算太平。

这日江沅懒洋洋地侧卧在小院的藤床上，朱船立在她身侧轻轻地给她扇着风，碧帆小心翼翼地给她剥着葡萄，晶莹剔透的果肉被取了核放在一旁的银碟中，银匙雕漆茶盅，蜜饯金橙泡的果茶散出淡淡的清香，玉露霜、八珍糕、桂花方酥将将摆了几小碟。

院内的青竹山石早就被她差小厮铲了，开了池塘，如今正逢初夏，池塘里的荷花开了小小的花苞。

江沅原先做小姐的时候一向不爱这些花花草草，觉得太俗气，后来嫁给了宋延巳，待他登基后越来越忙，哪怕他来了后宫，江沅听到的也永远是他在其他夫人那儿，久而久之，江沅就爱上了这些俗物，把光阴虚耗在了藏凤殿后院的花草中，在满园的婆娑曼影中寻找慰藉。

这两年，江沅几乎把南梁所有的花种都搬到了春暖阁，杜衡青芷，黄桷茑萝，一年四季花草盛开。

忽然前院伺候的小厮往院内探了个头，冲着离他最近的罗暖招招手。

“小姐。”半晌，罗暖小跑到江沅身旁，弯身道，“常贵刚过来说，老爷才进院子，就被二小姐身边的翡翠请过去了。”

她这个二姐姐啊。

江沅伸手拈起一枚糕点，小指微翘，糕点带着晶莹的光点被她送入唇边，她细细地咬了口，只觉满口香甜，顿时眯起了眼睛，“朱船，让小厨房准备几道易下口的茶点，怕是一会儿父亲就要唤我了。”

事情还要从前几日的渊宝阁说起，渊宝阁作为临安城最大的珠宝阁，最近新进了批珠宝，说是南梁最好的一批。江沅也好奇跟风去瞅了几眼，可是临安是什么地方，那可是天子脚下，城内的世家贵胄多得如同过江之鲫，这个郡主挑两根，那个世妃拿两样，等轮到江沅这儿，也就剩不下什么了。

前生江沅为后的那几年可劲地败着宋延巳的国库，可谓是鼎铛玉石、金块珠砾弃掷逦迤，奢华得令人发指。

如今看着这些别人挑剩的首饰，着实提不起什么兴趣，就随意点了几支款式颇为一般的，回府赏给了房里的几个大丫鬟。

偏巧，今早跟母亲请安的时候，碧帆头上戴的那支金累丝珠花簪跟江芷撞了款式，这还了得，江芷气得当场就红了眼，回到向桑院也没闲着，闹得鸡飞狗跳，府里人人都晓得二小姐在她那儿受了委屈。

这事可把碧帆吓得不轻，一来怕二小姐找麻烦，二来怕院子里的丫鬟婆子碎嘴，那花簪说什么也不敢再带，小心翼翼地收到了盒子里。

“小姐。”碧帆手里还剥着葡萄，欲言又止，“不如，奴婢去二小姐那儿赔个不是，这样也……”

“她哪里是想让你赔不是。”江沅继续眯着眼睛，朱船的力度正好，扇风徐徐掠过脸庞颇为清爽，“她这是想让小姐我给她去赔不是。”

“小姐……”碧帆的声音听上去有些委屈，话还没说完，江沅的声音就在耳畔响起。

“她倒是想得美。”

碧帆呆呆地愣了一下，接着低下头来不再吱声。

没到一个时辰，向桑院那边就传来了消息，说是老爷去了书房。

江沅唤人拿来了茶具，又湿了帕子拭了手，这才煮起茶来。

江沅煮茶堪称一绝，茶粉碾得极碎，用来配香的月光白是江沅从思摩商人那儿亲自挑选的上等货，馥郁缠绵，奇香无比，江忠嗣极爱薄荷清香，配香时江沅想想又添了一味薄荷。

铫煎黄蕊色，碗转曲尘花。

江沅煮的茶便是如此，色泽清亮，转碗摇香。

茶汤刚煮好，父亲身边的小厮就到了春暖阁门口。

“三小姐。”瑞安在父亲身边伺候了多年，江沅也算熟悉，“老爷请小姐去书房一趟。”

“嗯。”江沅挥手示意绿枝去小厨房取了茶点，这才带着朱船随着小厮去了书房。

一路上，江沅有些想笑，父亲敬重母亲，自然不会去正房里训斥她拂了母亲的面子，如此一来，父亲能够教训她的地方也就剩下一个小小的书房了。

穿过几条长廊，江沅到了父亲东苑的侍墨阁。叩了三下门，父亲浑厚的声音才从书房内响起。

江沅一手推开了雕花梨木门，一手从朱船那里接过了漆盒，伸手的瞬间还不忘冲她眨了下眼，做了个别担心的口型。

室内窗户大开，光线极好，江忠嗣正对着书桌，上面横着一幅还未完成的画作，笔墨略微有些凌乱。江沅知道父亲现在是在为滬安王造反的事情头疼，可是江沅更知道，父亲的头疼不会持续太久。江忠嗣一向是个颖悟绝伦、极其善于谋划的人，而她江家，正是从淝安王起兵后，迎来了最辉煌的十年。

她略微打量了一下书房，眼光若有似无地扫过桌上的眉纹歙砚，立刻换上了一副笑脸，甜丝丝地唤了声："爹爹。"

江忠嗣冷哼一声，下笔的速度却慢了下来，江沅是谁，她前世今生可都是父亲最为疼宠的。大哥虽秉性纯良奈何天资不够，二哥生来身弱，这些年一直拿汤药吊着命，三哥好行小慧也不是个堪大用的。

想起这几个哥哥，江沅心里就止不住地唏嘘，许是江家所有的风华都给了父亲，轮到几个儿郎这儿，便都不堪一提。

反倒是她这个做女儿的，生生把父亲的心性承了七八分。为此，父亲也不知暗地里生了多少哀叹。

"爹爹。"见江忠嗣似有松动的意思，江沅连忙奉上漆盒，"听闻您今早卯时便入了宫，现个才归府，想来还未曾用膳，女儿便煮了茶汤，带了几道清口的小点，给您垫垫胃。"

江忠嗣看着江沅小心翼翼地端出几碟精细的糕点，他知道女儿在吃穿上一向精细，总喜欢鼓捣些新花样，什么桃花凉糕、玫瑰百果饼之类的，便是那八宝楼厨子做的点心怕是也不如女儿小厨房的花样多。

接过江沅手中的茶盏，江忠嗣轻轻抿了一口，温度适中，入口便知是将将煮好的，似有意地打量了身侧从容不迫的江沅，手指轻点着杯沿，茶汤受力轻轻地荡起了水纹，"沅儿连为父几时进出府都晓得，也是有心了。"

江沅张了张嘴，接着眼珠骨碌一转，手指就扯上了江忠嗣的衣袖，撒娇道："女儿可是费了好大功夫呢，谁让爹爹每每回来只去赵姨娘那儿去看二姐姐，都不心疼女儿了。"

这事可不能只她一人下水啊，她说什么也得把赵姨娘和江芷拉下去，要知道，每次父亲回来，向桑院都有人在二门那儿候着，人一来就被请去了。

母亲清傲，做不出来那等与妾争宠的事情，她可不一样，虽然她心眼多，可那江芷也不是无辜白莲花啊。

江忠嗣这种庶出还能在官场上混得风生水起的人，后宅这事哪能瞒得过他的眼，当场就有些失笑："你这丫头，也不知哪儿学来的，口舌这般伶俐。"

"我若笨口笨舌，哪里还配做爹爹的女儿。"江沅见好就收，连忙端起一碟糕点献宝似的捧到江忠嗣眼前，"这是翡翠凉卷，里面加了些薄荷，入口清爽，最适合这初夏的天了。"

"你这丫头。"江忠嗣倒也没拂她的面子，拈起一枚放入口中，瞬间清香凉爽味充盈喉舌肺腑间，心头的烦躁被两样消暑的吃食一带，也平复了许多，"听芷儿说你今儿个又故意在下人面前落了她的脸面？"

终于等到了，江沅嘟嘴囔囔："她怎么成天被我落脸面。"

江沅虽说两辈子加起来多多少少也活了近四十载，平日里也不爱与江芷争些什么，但是架不住她成天在她耳边嗡嗡啊。

不是江沅这件衣服款式料子比她好，就是参加个诗会宴会别家夫人赐的东西比她的贵重，每每总能找到些事情去父亲那儿折腾。

父亲是庶出，故而对府内庶出的少爷小姐多了几分慈爱，江夫人也不会自找不痛快地踩江忠嗣痛脚，平日里也是睁一眼闭一眼纵着他。

若是前世的江沅，心性再大也免不了有些委屈，而现在在她看来，母亲这是打定主意要养坏江芷，毕竟一个庶女，待到及笄嫁人的时候，她和江沅这种嫡小姐的差别便会比平时更千倍百倍地展现出来。

江芷若真是养得心比天高，看不清自己的位置，那不久的将来，便会是她所有苦痛的开始。前世，江芷也确实如此，母亲为她寻了所有的适龄才俊，她不是嫌这个出身低，就是嫌那个家世不好，生生拖到快二十，被父亲一怒之下嫁去顺康，给郡丞做了续弦，这嫁得算是太低太低了。

此后便一直无消息传入临安，江沅也不知道她过得好不好，但依着父亲对江芷的疼爱，想来是给她挑了个好夫君。

这么想来，她几个姊姊嫁得都不错，唯独她的夫君，连父亲也看走了眼。

拉回思绪，江沅依旧虎着小脸不开心，“父亲总是偏袒着二姐，前些日子广安府的老夫人过寿，临了赏了女儿一对白玉金起花的镯子，二姐当下就黑了脸，可这物件毕竟是老夫人赏的，女儿总不好分一只给二姐吧。”

“那也不能让府里的丫鬟跟小姐用同样的物件。”这丫头一不开心就改口唤父亲，一股浓浓的小孩子气，江忠嗣点了下江沅的额头，“这事就算了，那首饰你让丫鬟好生收着吧，回头再赏她件别的。”

“父亲。”江沅忽然又想到了些什么，贝齿轻起，似乎有些欲言又止。

“但说无妨。”

江沅给他满了杯茶，心里盘算着，按这日子，现在淝安王的大军估摸着已到了荆州。

江沅上辈子没亲眼见过，但也知荆州一战死伤惨重。淝安王连失几员猛将，激得他痛誓要血洗荆州城。那地虽难攻易守，但也架不住淝安王二十万兵马的轮番攻势，太守于怀安便下令全城囤积火药，做好了鱼死网破的打算。

谁料最后峰回路转，与后来负责攻城的先锋使宋延巳约法三章：不杀，不掠，不淫。而后大开城门，淝安王大军长驱直入，直取临安。宋延巳的确是个有能耐的，果真劝得淝安王放弃了屠城，也因荆州城一役名声大震。

多年后，宋延巳废天子称帝，史官提到这段历史，他显得颇为平静：“孤不忍看累骸烬成阜，白骨蔽野。”

江沅心里冷哼，于怀安在他黄袍加身后官路可谓扶摇直上，荆州一役里面怕是有不少猫腻。

江沅眼睛若有似无地瞟过桌上歙砚，最后目光凝聚在桌上的幽州云起图，笔墨凌乱，如同江忠嗣此刻的心绪。

父亲早在之前就和淝安王搭上了线，荆州也安了探子，此刻，歙砚的夹层里便有荆州的地形图。

上一世父亲犹豫太久，错过了最好的时机，导致后来不得不铤而走险，即使淝安王大军几乎电光石火之间入了皇城，李晟对父亲也还是防范再三的。

“爹爹，我前两日随母亲去广安府，听中领军家的小姐说叛军到荆州了。”既然父亲生了投诚的心思，不如她就来助一臂之力，便绞着衣角诺诺道，“您说，会不会……”

“女儿家何必关心这些。”江忠嗣不出所料地开口打断，声音中带着些许不满。

“女儿这不是害怕嘛，听说那叛军甚为凶残，所到之处人烟断绝，兽游鬼哭。”江沅再接再厉，“若是破了荆州，这一路可不就畅通无阻。”

见父亲脸色不愉，江沅轻轻扯了下他的衣袖，一双大眼微微眨动，声音似乎极其不自信：“爹爹，您说万一到时候……咱们该怎么办啊？”

这点江忠嗣不是没想过，当今陛下荒淫无度，太子又是个扶不起的阿斗，淝安王手下精锐无数，若是荆州破了……他虽然知道其中利害，但一世君臣的思想早就立在骨子里，让他通敌卖主，心里不能说不犹豫。

江忠嗣有些烦躁，“荆州地势崎岖，于太守又是个有才干的，哪有这么容易破。”

“哼。”江沅语气似真非真，“我若是那荆州太守，定会寻个活路，说不定卖了这份情以后还能被念着点好。”

啪！江忠嗣反手拍到桌案上，震得手掌生疼，“谁教你说的这些个胡话！”

“父亲。”江沅唰地跪在地上，窗外的阳光温暖异常，她抬头望着父亲阴晦不定的面容，一字一句道，“您心里应比女儿更清楚，该早作打算的。”

“你！”江沅话说得模糊，可是听到江忠嗣耳里，那可是大逆不道，生生点到了他的痛处。听得他肝火大动，眼看着一巴掌就要落下来，江沅连忙闭垂下了眼睛。

半晌，没有预料中的疼痛，一团温热轻轻覆上了她的头顶。江沅小心地眯眼抬眸，正好撞上父亲的眼神，里面有她分不清的情绪。江忠嗣扶了下江沅的胳膊，声音似乎一瞬间喑哑了许多，“是啊，此与掩耳盗铃之见何异，倒是为父迂腐了。”言罢还不忘揉了揉江沅的脑袋，“可惜我沅儿非男子。”

汝为男子，吾必杀之。

江沅笑着拉起江忠嗣的袖口摇了摇，甩掉脑海里突然出现的那个声音，小模样显得颇为娇憨，“幸好女儿不是男子。”接着转口道，“所以以后我也要让碧帆去二门那里等着爹爹，不然爹爹天天去向桑院，心都偏二姐姐那儿了。”

江忠嗣抬手弹了下江沅的脑壳，这玲珑剔透的小人儿。

“哈哈！好！好！好！”淝安王大帐里，李晟手里握着江忠嗣的密信，一连说三个好字，心里异常痛快。

这荆州他强攻多次，奈何实在难入，兵力也折损了不少，正愁眉不展中，江忠嗣的密函就送到了他手里。

开始，他以为只是荆州一带的地形图，没想到越看越惊，哨岗、粮仓、屯兵点，江忠嗣甚至连城中安插的探子以及接头方式一并告知给了他。

“宋将军到了。”

“快请来。”李晟挥手示意，目光却又一次投放在手中，薄薄的纸张上画满了几乎所有他想知道的，这两年李晟见过不少归附投诚的，但是像江忠嗣这种不留后手的他倒是第一次见。

宋延巳一身戎装，头发被简单束起，眉毛斜斜飞入鬓角，面目俊雅却又显得英气逼人。

天边晚云渐收，营帐外断续传来甲胄和金属摩擦的声音，在一片肃杀中，他就这么背光立影，脊背挺得笔直，遥遥若高山之独立，似乎蕴含着巨大坚韧的力量，声音听起来让人如沐春风，“何事令王爷如此开怀？”

“中离，你看这可为真？”屏退了众人，李晟缓缓展开了手中的薄卷，“江大人送来的密函。”

小卷上密密麻麻地布满着荆州的山林要道。

宋延巳修长的手指细细划过每一个要点，明明是地形图，在他手下却如同一幅被欣赏的画卷。

“恭喜王爷。”片刻，他似乎寻到了什么，笑着收袖抱拳，“大破荆州指日可待。”

“哈哈哈哈哈！”李晟当然知晓这是真的，询问宋延巳不过是求个心安，当下心头大为舒畅，“原先我还不信，想说这文官迂腐胆怯，料不到这江忠嗣当真是个有能力、识时务的。”

“这是自然。”宋延巳笑容不改，“文昌帝气数已尽，自应另立明君取而代之。”

待宋延巳回到自己的营帐后，星辰已爬上了高空。

军营里中夜，压抑而安静，傅正言挑帘而进，入眼就看见宋延巳一人侧坐在桌案前，单手支撑着额头，眼眸轻闭，呼吸听上去安静而平缓。

傅正言不待他请，便堂而皇之地踏入营帐坐在宋延巳对面，满了盏茶，“江大人生性谨慎，按说此事应踌躇些时日才对，怎会早了这么些天。”

他自幼与宋延巳相识，宋家是南梁首屈一指的商贾之家，产业遍布大江南北，可宋家再富甲一方，商贾的身份放在那里，在世族清贵眼里终是低人一等的。

但是傅正言不这么认为，过了这么些年，他仍记得第一次见宋延巳。

那一年杨花开得正好，阳光越过雕窗撒入室内，书院里老先生的课引人昏昏欲睡，他是被窗外叽喳的吵闹声吵醒的。

然后，他看到了宋延巳，小男孩一袭白色锦袍，狭长的丹凤眼低垂着，看不清表情。

再后来，傅正言才知道，他是大儒韩夫子的关门弟子，韩夫子曾不止一次地当众赞他世无其二。

“无碍。”宋延巳打断了傅正言的回忆，却依旧未睁开双眼，声音听上去有些慵懒，“只是于太守这回怕是无法名利双收了。”

“人总不好太贪。”

“此事便再卖个人情给他吧。”宋延巳抬眼，里面一片璀璨琉璃，“攻则为俘，可若他自个开城门投降，王爷不费一兵一卒，自是不会过多为难他的。”

“中离。”提起于怀安，傅正言忍不住有些鄙夷，“此人阴狠奸诈，留下怕会是个祸患。”

“宁用真小人，莫信伪君子。”能握到手里的人才是所用之人，宋延巳目光移向手心，“我自有打算。”

这双手长得极好，骨节分明，掌心中纹路甚为清晰。

傅正言见他有些出神，顺着他的目光望过去，轻哼一声笑了出来，眉眼带着几丝调侃，“你莫不是真信了那算命先生的话？”

想起来蓉安拉着他去算姻缘，傅正言就忍不住笑，“也就你惯着她。”

见他提到蓉安，宋延巳神色一柔，接口道：“蓉安心思浅，她若喜欢，我便伴着她耍耍又如何。”

“我这不是怕顾家妹妹担心嘛。”傅正闻言眉毛微挑，手指轻点桌面，“你可是有婚约在身的。”

“我只把蓉安当妹妹。”晚风吹过营帐，烛火被拨得微颤，宋延巳便把玩着手中的茶盏，氤氲热气袅袅绵绵从桌上的壶口中散开，“这般在意，你何不娶了她。”

傅正言闻言一愣：“你也知汤傅两家的关系，我娶不了她的。”

徘徊踟蹰，姻缘浅薄，相似终究不如初。

宋延巳眼角抽动了一下，最终化为一片沉默。

当月，荆州太守于怀安与李晟大军约法三章，而后大开城门，淝安王大军浩浩荡荡入驻荆州。

同年九月，李晟诏令王弘毅带兵从华州赴临安，宋延巳则率兵由河中攻取凤翔。

十一月的天早已冷得透彻，江忠嗣手中攥着城外发来的密函，后背一片冰凉，幸好他早了一步，手拂过歙砚，烛火摇曳，灯光下的影子印着一股决然，火漆被毫不犹豫地按在信笺封口处。

这厢淝安王刚兵临城下，那厢文昌帝就下令封了临安城，自己带着一群嫔妃躲在宫墙内，整座皇城被虎贲军里三层外三层地围住，不准进出，违者格杀，弄得临安城内人心惶惶。

“都三次了，这胭脂色也忒难染。”江沅指尖上裹了层层的绢纱，叹道，“这存的老物终究不如新开的花儿吃色。”金凤花的汁液微微渗出，更衬得她皮肤白皙，手指纤纤如嫩荑。

女儿家，纤纤玉指，妙在无瑕，一旦染猩红，便跟个怪物似的。

江沅脑海里不知怎么就划过这句话，看着指尖愣了半晌，最终冷哼出声。

“小姐！”碧帆听见江沅的哼声，当下就有些不乐意了，娇嗔跺脚，“您到底有没有听见奴婢的话儿啊。”

“听见了，你这丫头叽叽喳喳一上午，吵得我脑仁疼。”江沅抬抬包成粽子的手指，示意朱船帮她按了按抽动的太阳穴，“这么说，城西口的那个南夷商人也出不去喽？”

碧帆愣了下，连忙点头：“可不，听厨房里负责采买的王妈妈说今早还有不知好歹的妄想出城，被虎贲郎当场给砍了。”她讲得绘声绘色，用手在空气中划了一大片，仿佛自己亲眼看见了似的，“那血流的啊……啧啧。”

“嗯。”江沅没接她的话，在她听来，那一地的血跟浇花的水没什么区别，比起这个，她更关心南夷商人手中的那盆绿琼。

绿琼花并不稀奇，只不过它一年花开一次，一次盛开两日，平时不开花的日子里就像根枯枝，故而极少有人养在园子里。

可那商人不知道如何养的，手中的绿琼居然常年花开不败。上辈子，这唯一一株绿琼在卫王后那里，为此江沅不知生了多少嗟叹，如今近在咫尺，更是看得江沅心里痒痒的，谁知这盆小东西价格也让人牙根痒痒，孤单单一束竟要价黄金百两。

若是前世，别说黄金百两，就算黄金千两，江沅也都能眼睛不眨一下，这厢看中，那厢就差人抬了银票搬回宫去，毕竟败得不是自个的钱，看着宋延巳的国库越来越空虚，她心里那叫一个舒坦。

而今生江沅在心爱之物的价格面前，无能得像只斗败的公鸡，每每出门都要绕路去看上两眼，然后叹着气摸摸朱船腰间的钥匙，颇有相思成疾的味道。

“帐香，下午随我再去看一眼那盆小宝贝去。”江沅的手指被白绢包裹着，指尖轻点桌面，因为厚厚的绢料而弹起，片刻，她忽然笑了起来，眼睛弯弯的如同夜空中的月牙，“算了，且再过上些时日吧。”

临安城内的日子不算好过，淝安王围而不攻，城内的粮食逐渐短缺，一开始还有商人高价售米，随着时间的流逝，大家才恍然，这是打算困杀啊，只要切断了粮食供给，待人饿到极致，再懦弱的百姓，为了一口吃的，估计也得反了。到时淝安王不费丝毫，只要开了城郊的粮仓，就足够让临安百姓感恩戴德了，什么黄金古董，关键时候都不及一口吃食。

江沅上辈子经历过一次，这辈子不过再来一回，所以如今即便府外闹翻了天，也影响不到她的心情，依旧该吃吃该喝喝，小日子过得颇为潇洒。

此刻，她正懒洋洋地裹着狐皮小袄坐在客房的四仙桌前，室内烧着暖炉，烟雾被一根长管引入室外，暖和得让人睁不开眼睛。

江沅不动声色地打量着面前的人，短短半月的工夫，他身上的貂皮就被换成了青色的粗布棉袄，以往红润的脸盘也挂上了些许的苍白，不过——江沅的眼神移到他怀里，小小的翠绿包裹着火色的花瓣在这个冬天显得极为夺目。

“孟先生，咱们明人不说暗话。”江沅轻启红唇，伸手指向他怀里，一副势在必得的姿态，“我想要这株绿琼。”

孟习之一愣，低头望了下怀中的翠绿，脸上随即挂上一抹不乐意的表情，“这物件价值黄金百两。”

这奸商，都什么时候了还一口咬定这价，江沅心里暗哼，摆上一副娇蛮小姐的做派，“我可没这么多黄金给你。”说着探过身子，快速地伸手戳了戳怒放的花骨朵，“本小姐包你吃住穿行，待到城门大开之日再赠你白银百两，送你安全出临安如何？”

“江小姐，您知道，我这都是一口价的买卖。”孟习之想都未想，一口回绝。

“本小姐可不是来跟你打商量的，孟先生这般田地都不肯卖我，莫不是被人捷足先登了？先不说这城门几日能开，便是如今这环境，你也不一定能出得了城。”江沅看他那模样，估摸着那物是早被人定了，这么些天，自己是在被他当猴耍，当时心里就冒出一股邪火，语气也强硬了许多，“识时务者为俊杰。”

“江小姐，孟某虽是商人，但也游历过不少地方。”孟习之眼珠骨碌一转，嘴角就挂上了一丝笑意，“深知，一朝天子一朝臣。”

“不知不可为而为之乃愚人，知其不可为而为之乃圣人。”江沅的声音很轻，像根柔软的羽毛划过心间，“据我所知先人冯文懿公就不仅仅是两朝宰相。”

一炷香后，江沅摸着绿琼艳丽似火的花瓣，起身离开，还不忘叮嘱吃得斯文的孟习之，“先生慢些吃，待会儿尝尝府中厨娘的十锦鸡丝，那味儿才叫一个鲜美。”

风可真大，刚打开房门，江沅就被寒风吹得一颤，身后的碧帆连忙帮她拢了拢披风，领口缁色的毛领把她紧紧裹了起来，只露出一双圆圆的大眼睛，里面盛着流光溢彩。

孟习之借着花草匠人的名义，厚颜无耻地在江府住了下来，每天像个暴发户一样指挥着江府的大小厨房，不是花菇鸭掌、挂炉山鸡，就是金菇掐菜、香麻鹿肉饼，简直把她这儿当成了酒楼饭馆，连着几日愣是连一向不长肉的江沅都给养胖了一圈。

“奢侈！真奢侈！”孟习之悠悠然地夹了一筷狍子肉，缓缓塞进嘴里，隔窗盯着准备踏入厨房的江沅，“朱门酒肉臭，路有冻死骨，古人诚不欺我。”声音温和得听起来仿佛在说今天天气真好啊。

“先生莫要忘了你就在朱门之中！”江沅不好离他太近，只好带着朱船远远地伫在厨房门外，怒视着正大光明偷吃的孟习之，这厮吃她的，穿她的，还总爱用这么一副含笑的死皮相看她。心里忍不住犯嘀咕，宋延巳啊宋延巳，这都兵临城下了，你倒是赶紧打进来啊！难不成这辈子也要拖到腊月初八不成？

“真是个泼辣娘子。”孟习之看着江沅横眉冷对，一副要发火的前兆，连忙抱着碗转过身去。

“你……”江沅刚要冲进去，眼角似乎瞥到什么，心头瞬间警铃大作，见碧帆撸起袖子就想往里闯，连忙一把拉住她，手指紧紧地扣住碧帆的手腕把她扯了回来，“莫要与这种人计较。”面上却是一副被气急了的表情，拎起裙摆哼哼了几声，气急败坏地带着朱船、碧帆出了厨房小院。

江沅走得匆忙，袖中的手臂却忍不住地颤抖，细小的汗珠爬上了她冰冷的背部，连脑子都是蒙的，她有些不敢相信：怎么可能是他？！

一行人的脚步声越来越远，待外面没了声响，安静的厨房内才传出一阵好听的男声，带着点点的疑惑：“爷，她是不是看到我了。”

“雪生，说正事。”孟习之打断他的话，其实他也有些疑惑，雪生藏匿的功夫极好，像江沅这种不精通功夫的女子应该不会察觉才是。可是她拉那丫头的小动作他看得真切，离开的步伐也过于匆促。

显然是想井水不犯河水。

这倒有意思了，孟习之微微一笑，既然她不愿涉足他的私事，他也乐得卖她个面子，毕竟这里是南梁不是卫国，若真出了点差错，他也不太好脱身，想着便伸手摸了摸脸上的面皮，入手光滑。

“二公子大势已去。”雪生蹲在灶台后，江沅一走，他就立刻蹿了出来，皱着眉头弹弹衣摆上的灰土，“爷，您该回去了，不然大公子那边不好交代。”

“这私印他倒还真还我了。”孟习之把玩着手上的扳指，血翡被他套在拇指上，如同在洁白的指根处包裹着一团血浆，里面血丝游走更显殷红，“庄姬夫人呢？”他问得风轻云淡，可是听在孟雪生耳里，却掀起了惊涛骇浪。

“爷治下有方，便是没了私印也是不怕的，至于夫人……”他哼哧哼哧半天，心里叫苦不堪，想到反正伸头一刀缩头也是一刀，干脆一咬牙，道，“大公子怎会容她。”

“也是，子都一向不在意这些儿女情长，绿琼不该拿自己去赌的。”孟习之声音平淡得没有丝毫起伏，仿佛在说一件与自己无关的事情，“她一直想要四季常开的绿琼花，我种了出来，她却没机会见了。”

他摸着血翡上的点点文字叹了口气，忽然想到了江沅，原本他也只是想把绿琼先放她那儿养着，待到他走时再取回，现下，怕是没这个必要了，“等子都收拾干净再回吧，免得他多心，生了不必要的麻烦。”“小姐，那奸商欺人太甚，您为什么不让奴婢去教训他！”碧帆一路小跑跟在江沅身后，脸鼓成了一个小包子，大眼睛圆溜溜地瞪着，“还真拿自个当主子了。”

江沅停下步伐，烟色的裙摆因忽然的停止而画出一道优美的弧线，她的表情算不上好看，“回头告诉咱院里那几个小丫头，以后谁都不要去南苑偷瞄，遇见他都给我绕着走！但凡那些个不听话的，直接卖出府去！”临了在朱船的疑惑中幽幽地补充道，“省得坏了府里的规矩。”

说着她抬眼望了望那处院子，似有什么脏东西，浑身打了一个冷战，连忙别过眼去，头也不回地向春暖阁走去，步伐快得仿佛离那座院子越远越好。

这夜，江沅辗转难眠，孟习之指上的那枚血扳指始终在她眼前挥之不去。

房内通着地龙，烧得极热，她干脆起身，小巧的足踏在紫红的毛毯上，白得让人心惊，额角的神经连接着心脏，一抽一抽的，她连忙伸手按了按。

风在门外呼啸，吹得窗户吱吱作响，江沅站在窗前，皎洁的月光透过雕花洒入室内，在她脸庞覆上一片柔和。

假的，那人的脸皮是假的！若不是手上那枚血扳指，江沅做梦也不会想到，将来在卫国呼风唤雨的镇国公此刻会出现在南梁的皇城之内！那枚扳指江沅前世也只见过一次，却刻骨铭心，冰冷的触感仿佛还停留在脖子上。

江沅面上越发地冷清，她伸手抚着自己白皙的脖颈，窗台上的绿琼花开得艳丽，清雅的名字开出的却是火焰似的花瓣，鲜红得让她毛骨悚然。

这盆花前世是卫王后的心爱之物，而卫王后……江沅微眯的双眸忽然圆睁，一瞬不瞬地盯着花瓣，她记起来了，当年她被囚在永明的水牢内，曾在孟习之身边见过一位华裳女子，他唤她，绿琼。

还没见到阎王，却遇上了罗刹！

此后的几日，江沅几乎是躲着西苑走，吃食也紧着孟习之捣鼓，作为名义上的花草匠人，他挥霍程度惹得江芷大为不满，不止一次来堵过孟习之。只是还没见到脸，就被江沅匆匆带着几个嘴巴利索的小丫鬟给气了回去，结果自然免不了她到父亲那里大闹一场。

至于说得有多难听，看碧帆给她传话时通红的小眼眶，她也能猜到些。

江忠嗣也觉得不妥，给江沅通过话，但是请神容易送神难，何况请来的还是个恶鬼。她倒是想，但是她不敢啊！若说她对宋延巳能下得了狠手，那是因为她太熟悉那个男人，能卡住他的七寸。但是孟习之不一样，她只见过他一次，就差点死在他手里。

直到后来江忠嗣在亭廊上遇见过他一次。孟习之现在毕竟年轻，就算装得再像，骨子里也免不了带着一份高高在上的睥睨，不似多年后那个在沙场上浸过血的罗刹，让人看不清摸不透。

仅这一次相遇，江忠嗣就知道女儿那副欲言又止是怎么回事，她怕是惹上了什么不该惹的，江沅生性玲珑，自有打算，他这个做爹的摸不准，便不好做些什么，当下又恰逢黄袍易主的关键时刻，他也没有太多的心神可分，便随她去了。

等到江芷再去闹的时候，免不了被江忠嗣一通指责。

雪生小心翼翼地趴在窗台上，厨房熬着香浓的腊八粥，香味直直地往鼻子里窜，看着江府后院这段时间的鸡飞狗跳，心里的疑惑就跟泉水似的呼啦啦往外冒。

“爷，您说这江小姐葫芦里到底卖的什么药？”

“谁知道。”孟习之抬手一挥，桌上的香炉燃起了小小的火苗，他双指夹着字条，看着它在火焰中燃成一阵青烟与香灰融为一体，“二公子真是临了也不忘了阴我一把。”

雪生扭头看他，他薄唇微启，笑道：“咱们出城怕是有些困难了。”

第二章 前尘云烟 若如初见

“人在江府？”宋延巳声音平稳。

“徐安那边来的消息，应该错不了的。”傅正言见他面色如常，继续道，“中离，不如……”

凤眼微挑，宋延巳的声音带了些凉薄，先前李晟犒赏将领，他也饮了些佳酿，这会儿醉意上来，正是一副酒意正浓的模样，宋延巳五官生得极好，此刻褪了铠甲，只留鸦青色的衣衫宽宽罩在身上，连傅正言这种打小一起长的偶尔也会看得有些晃神，“若远，江府那边不能出意外。”

“可是。”

“没有可是。”傅正言刚开口，就被宋延巳打断，傅正言深知他的脾性，见他眉宇间有些疲惫，便摇摇头，不再开口。

片刻，宋延巳的声音幽幽传来，带着轻微的嘲讽：“你可还记得当年我被韩刺的人追杀么。”

听他提到这段往事，傅正言来了兴趣，以往他也问过他，每每都被他搪塞回去，这会儿听他自个提起，自然是打起了精神。

“当时我躺在归龙寺后山的林丛中，第一次觉得死亡离我如此之近。”他的声音不急不缓，像在讲述别人的故事，“那时我就在想，是不是这些年错事做多了，天要亡我。”

傅正言似乎猜到了什么，随口问道：“是江家救了你？”

宋延巳双眼微眯，下颌微不可察地点了点：“恰逢江家的女眷路过。”

他想起了第一次见到江沅，那是个桃花盛开的三月，她就那么安安静静地站在桃树下，一袭嫩黄的衣衫衬得她冰雪可爱，她好奇地看着他，小嘴红润得如同枝上刚刚落下的桃瓣，只是说出的话却不那么好听。

她说：“你要死了吗？”

死？宋延巳躺在草堆中，胸口的箭头早已被他拔下，血淋淋地印在长袍上，失血过多让他有些头晕，发白的唇色带上了一抹紫青。他想，他怎么可能死，他还没有建功立业，没有为母亲报仇，没有把那些瞧不起他的人踩在脚下，他怎么敢死，怎么能死。

他费了好大的力气，才对着眼前的女子露出笑意：“小姐若是肯救在下，在下自然不会死。”

“哼”，江沅轻笑出声，低头看着地面，绣鞋无聊地踢踏着面前的小石子，“本小姐为何要救你？”

宋延巳思索了片刻，便伸手摸向腰间的佩带，每动一下，都是剜心般的痛楚，许久，他才从腰间摸出一块拇指大小的古玺，翠色如墨。

那是宋家少东的私物，几乎可以调动大半个宋家的产业，是母亲临终前亲手交给他的，这些年不知道多少人打着这块古玺的主意，“在下愿以南梁宋家产业换小姐施以援手。”

江沅柳叶眉微跳，似真的在思考一般，就在他耐心快要用尽时，才开口笑道：“我一未出阁的小姐怎好要外男的家产。”

“那真是可惜了。”

“不可惜，不可惜，活人可比死物赚钱。”她笑眯眯地蹲下，直视着他的眼睛，伸手戳戳他胸前的伤口，顺便按进去一颗珠子，眼里闪烁着他未曾见过的明亮，“此珠乃我江家祖传之物，名为鱼人鲛，遇血即缠肌肤，永存于血肉之中，想要取了必须割肉三分，我方才按在了你心口上。”

珠子进入身体的一瞬间，宋延巳眼前一阵眩晕，剧烈的疼痛似乎要把他的身体撕裂。最后靠着仅存的一丝神智拉回了片刻的清醒，他眉头不置可否地抽动了下，余光扫向江沅的脖颈，杀气控制不住地溢满了全身，她白皙的皮肤上透着微红，他只要伸出手轻轻一下，就能让这颗美丽的头颅再也抬不起来，让这红润的小嘴再也张不开。

“我无恶意，自然也不会让你剜了心肉还我。”似乎看透了他的心思，江沅警惕地往后挪了两步，“万一我救了你，你却跑了，本小姐无凭无据岂不是很吃亏。”

“哦？”生存的本能强行压下了萌生的杀意，他笑着疑问出声，“那小姐想要什么？”

“我救你，你自然是欠我的。若是不还，本小姐就说你偷了江府至宝，要知道，证据可镶在你心尖上呢。”江沅见他眼神中戾气散开，这才松了口气，随手捡起身侧的树枝在两人面前划开，狮子大开口，“一条命，万两金。”

好大的口气，宋延巳有些失笑，而面前的小人似乎感觉不到什么不妥，一副就该这般的表情。

“自然。”

事后，他被藏在江沅的马车里带回府邸，江沅是左冯翊的嫡女，出门带了不少高手在身边，一路上也不会有不开眼的查她的马驾。

江沅是治下好手，眼里也容不得沙子，身边的丫鬟婆子嘴封得叫一个紧，他在江沅的春暖阁住了半月有余，别人也只道她请了个面容丑陋的琴师，不曾传出过其他。

再后来，他不告而别，之后的事，傅正言也就知道得差不多了。

“啧啧。”傅正言听得倒吸一口气，扇柄一收，好奇地挑开了他的衣襟，心口之上，隐着一枚龙眼大小的洁白，周边已与血肉融为一体，他忍不住咋舌，“这江小姐下手真是狠辣，若想取出来，必定要剜了这心口才行。”

“我可没打算还她。”宋延巳随手挥开他挂在自己衣襟上的扇柄，眸光一转，抱着手炉笑得温柔，声音却带着冰碴，“虽狠辣了些，倒也是个好的。”

这话若是从别人嘴里说出来，傅正言也就是笑着听听罢了，可是从宋延巳口中说出，却变了意思，他连忙用折扇按住面前人的手臂，目光里含着不认同，“中离，你可莫要动了不该动的心思。”

宋延巳黑瞳清亮，并不答他，似不把他的话放在心上。

“你……你……”傅正言有些无言，你了半天，才继续道，“那思珺怎么办？”这些年，顾思珺对他的好，傅正言看在眼里，也不止一次地感叹上天不公，便是个指婚的媳妇，给宋延巳的也是个天仙般的人儿。

见他提到顾思珺，宋延巳原本平静的表情更是看不出他此刻的心思，“我并非良配。”静默了片刻，他不愿继续这个话题，看向傅正言，眼神颇为认真，“穆挚那边如何了？”

“能如何，继续在穆府里当着小少爷，成天地窝在府里。”提起穆挚，傅正言脑海里划过那个一天到晚黏在宋延巳身边的穆小少爷，道，“其他都好，就是懒散了些。”

腊月初八。

江沅捧着小银碗一个人坐在屋外的台阶上，身上裹着厚厚的貂皮，绣鞋上的坠子被寒风吹得一高一低。

碗里的腊八粥早已凉透，她就这么安静地看着城南的大火烧红了天际，兵戎相见的碰撞声，厮杀中的哀号声，穿过层层门墙传入江沅的耳中，江忠嗣早有准备，府内几日前就换了一批精兵良将，里里外外被护成了一座铁桶。

火光照在江沅脸颊上，她紧紧闭着眼睛，睫毛不停地抖动，经文从她口中被熟练地念出来。

她努力克制着身体的颤抖，口中不停重复着往生咒。

前生的后几年她没少念这些东西，她手里折了太多条人命，敌人的、朋友的、后妃的、皇子的，多到她一闭上眼就能看到他们出现在她眼前，面目狰狞。

这么些年，久到连她自己都以为自己忘了，可是，当哭喊哀号的声音传入耳朵，她发现，自己忘不了，忘不了那些至死都拽着她衣袖不松的手指，忘不了那些恨不得将她千刀万剐的眼神。

江沅闭着眼，回忆的碎片铺天盖地冲她砸来。

在无尽的憎恶惊恐与愤恨中，她敏感地捕捉到了那双干净的眼眸，无论她杀了多少人，走错了多少路，那双眼睛看她的时候总是含着笑的，干净到她不敢直视，这么好的一个人儿，她怎么舍得杀他，怎么舍得别人杀他。她那么保护他，可自己最后留给他的，却是观云阁的纵身一跃。

忽然，一丝冰冷抵上了她的脖子，背后之人声音含笑，打断了她的回忆，“江小姐，送在下出城吧。”

江沅微微睁开双眼，一时有些迷惘，本能却促使她前探了下身子，与刀刃拉开两指的距离，她呆了片刻，才回了神，“我可不记得有说让你拿刀指着我出城。”

砰砰砰——

院外传来急切的敲门声，“小姐，是——”

碧帆刚进了院子还未等她反应过来，就眼前一黑，被人一掌打晕。

孟习之速度很快，做这动作几乎是电光石火之间。

见碧帆倒下，他才再次转身望向江沅，她的背后是城南腾起的火龙，火光映在她洁白的披风上，显得面前的女子尤为壮烈，“江小姐这表情，好似赴死一般。”

江沅不愿意与他多说，贝齿轻咬着唇瓣。她在思考，她逃不了，只能送他出去。江沅透过黑暗，妄图看到孟习之真实的表情，记忆中的人影渐渐与他重合。

江沅深知，便是自己真带他出去，依着前世对孟习之的了解，他也定会杀她灭口以绝后患。

半晌，江沅似乎想到了什么，嘴角忽然露出了一抹浓浓的笑意，她生得恬静，笑起来也是极好看的，眉眼弯弯，一副安全无害的表情，

“孟先生与我谈个条件吧。”

“我不觉得这是个好主意。”孟习之摇摇头，踱步到她面前，匕首轻轻滑向她的喉咙，笑道，“我可以随时杀了你。”

江沅伸出手指抵住移动的匕首，刀刃在她指尖划下了一条细长的小口，浸出点点血珠，有点疼，“我死了，你也跑不了。”

“小姐这是打算拿江府为我陪葬了？”孟习之脸色暗了下来，收起一贯的笑意。

“你大可一试。”江沅面不改色，“我父亲赠了荆州，开了皇城，省了淝安王多少心思，便是真发现你在江府又如何？到时候，我在大军前一抹脖子，说不定还能成就了父亲。”

“你知道我是谁？”孟习之忽然开口。

“不知。”他问得突然，江沅差点脱口而出，幸好她脑子转得快，即便胸口心跳如雷，声音也被她压得相当平稳，“父亲说临安混入了别国奸细，而你又这般急着劫我出城，想来那人便是孟先生了。”

见他不说话，江沅继续补充，声音里带着一丝讨好的商量，“大家何苦鱼死网破。”

“你倒是个聪明的。”孟习之收了匕首，玄色的刀鞘带着固有的纹理，如同他这个人。早晚有一天，他会变得如同这片黑，沉静稳狠，滴水不漏。可如今，他还只是安随侯府的世子，会疑惑，会犹豫，并非后来卫国那个翻手为云覆手为雨的镇国公。

“你对我起了杀心，我自然是要自救。”这点江沅倒不介意和他坦白。

“你想如何？”雪生不知从哪儿冒出来，骇了江沅一跳。

“我只要你一诺。”江沅看了眼雪生，不做搭理，抬头直视着孟习之的那张脸，似乎想透过它看到别人，“若我能送你安全出城，我要你答应，无论何种情况下，你不能伤我杀我。”

“这般简单？”孟习之倒是没觉得有何不妥，她一个弱质女流，还真不值得他下手杀她，不过，这是只小狐狸，免不了他有些狐疑。

“就这么简单！大丈夫一诺千金！”江沅怕他反悔，连忙伸出手掌与他击了三下，然后指着雪生的鼻子，“你来做见证！”

街上战火纷飞，江沅一身蔚蓝小褂，头发简单地绑了条小辫子，一路上尽带着孟习之往小巷里钻，这条小道太过隐蔽，若不是当年宋延巳带她走过一遭，她还真不相信有人知道这条路。

至于大路，她是万万不敢走的，很多事情理顺了，原先看不清的事这会儿也知道得真切了，京兆尹家的小姐前世被乱箭射死在长阳街，想来也是因为这厮吧，只不过这世他被自己阴差阳错地带回了自个府中。

前世孟习之跑得了，这世必然也跑得了，不如骗他个承诺，救命之恩，就算不结草衔环，也该涌泉相报吧。江沅想得全面，忽然余光瞥见身边的人停下了脚步，她心中一惊，连忙跟着一起停下：“怎么了？”

“前方有人。”孟习之下巴微抬。

江沅顺着他的目光望去，长巷尽头处，一人骑马而立，身边之人皆一身素白盔甲，如同片片羽毛，干净得不染一丝杂质。仅一眼，江沅就认出了那些战服，那是宋延巳私养的弓箭手，最擅骑射，可百步外一箭封喉。

江沅想过无数次见到宋延巳的场景，也许是擦肩而过，也许是他凯旋入宫的途中，可没有一次是这样，他架着弓箭对着她。

孟习之功夫高，许还能躲得过，但她就不一样了，她那三脚猫的功夫，打个流氓地痞什么的还行，一旦对上这种精锐，是绝无活命机会的。

“咱们躲得过吗？”江沅甩掉脑中的各种想法，眼神里带着些许希冀，期盼地望向孟习之。

孟习之见她一脸殷切，嘴角微挑：“我可以，但你一定躲不过。”他每说一个字，江沅眸子里的光彩就黯一分。

忽然，江沅猛地往他怀里一靠，倒把孟习之惊了一下，“挟持我！”

她不想死，如今，只能赌一把了。

想着，江沅就扯开嗓子对着远处的身影高呼，声音听上去急迫且凄厉：“将军救我！”

马背上的身影愣了愣，宋延巳看着远处娇小的人儿，架在弓箭上的指尖微动，她怎么会在这儿？

见宋延巳那边停了动作，又恰逢此地偏僻，江沅估摸着她的呼救也只有小巷中的几人知道，当下就报了江忠嗣的名，高声道：“我乃左冯翊府嫡小姐，被歹人劫持，将军救我。”

“你确定他会救你？”孟习之的声音带着调笑在她耳畔响起。

“闭嘴。”江沅现下可没跟他斗嘴的心思，她满脑子都在赌，赌她是江忠嗣的女儿，赌她现在的价值。

宋延巳看着远处的身影，停了许久，才示意弓箭手们收了弓箭，见他翻身下马，江沅提在嗓子眼的心才放了下来。

宋延巳看着远处的人儿似乎松了一口气的样子，连挥舞的手臂似乎都没那么卖力了。做戏做全套这点，她似乎还没学会。

今日是漑安王大展身手的日子，宋延巳自然不会给他添堵，因此未着战袍，仅着一身玄色的长衫，外面披着厚厚的灰色狐裘，一根翠玉把乌黑的头发紧紧地束起。

他就这么向着江沅走来，步子踏得极稳，黑缎青底的靴子印在灰白的石板上，每走近一步，江沅就紧张一分，待到还有三丈远时，他才停下步子，略过江沅看向她身后的孟习之。

“在下宋延巳。”

“久闻宋将军威名。”孟习之倒也不多寒暄，扣着江沅一跃落到身侧的屋顶上，与他拉开距离，高高在上俯视着不远处的宋延巳，“在下与南梁素无瓜葛，不知为何要如此对在下？”

“哦？这话宋某可听不懂了。”宋延巳抬起头，一脸讶异，“我等奉旨缉拿奸细，却偶遇世子劫持我南梁的官家小姐，怎的到了世子口中却成了宋某的不是。”

“不知奸细可曾捉到。”

“不曾。”宋延巳顿时一笑，明亮异常，只是月光透过枯枝洒到他的脸庞上，表情让人看不真切罢了。

江沅袖中的拳头紧紧地握成团，指尖微微陷到肉里，这个男人，若是不曾见过他杀伐狠辣的样子，定会认为这是一个温和儒雅的公子。

他越是不满，笑得越是神采飞扬，江沅没亲身经历过宋延巳大破临安这段往事，自然也不知道，现下他肚子里又谋划着什么鬼主意。

笑声越来越低，宋延巳的声音从口中飘出，看似无意却字字戳在孟习之心口上，“前些日子宋某偶得了一卫国女，此女生得极美，尤其是背部的那颗红痣，印在如雪的肌肤上，更显盈盈可爱。”

孟习之环着江沅的手臂骤然一紧，刀刃轻轻划破了她的脖颈，江沅吃痛，忍不住哼出声来。

“将军好手段。”孟习之一听这话，便知道那人是绿琼，当下语气中已有了几分不客气，“意欲何为？”

“放了江小姐，我便让世子离开临安。”宋延巳声音一冷，指着他胸前的江沅，继续道，“至于那卫女，可用霍泽来换。”

孟习之偏过头，有意地打量了眼前低眉敛目的江沅，脸上恢复一贯淡淡的笑容，毫不客气地踩住他的痛脚，“将军不愧是商贾出身。”

既让他卫国留下了心腹大患，又能得了江忠嗣的感激，真真是打得一手好算盘。

“不及世子。”宋延巳淡淡回道，“双赢罢了。”

“哈哈，没想到我费了那么些功夫，到头却让你得了便宜！”孟习之收起江沅脖子上的匕首，笑着对着江沅的眼睛，无声道：江小姐得罪了。

接着反手一推，这一掌他用了几分的力道，纵然江沅扯着他的衣袖，也抵不过身体后仰的力度。

嗤啦——

衣锦破裂的声音在耳畔响起，江沅就这么惊恐地望着屋檐上的男人，孟习之似乎也没料到她会扯着他，看着被撕裂的半片衣袖随着江沅一起落向地面，有些傻眼，连脱身的脚步都慢了一分，“郊外青书亭，三日后拿人来换。”

没有想象的疼痛，江沅落在一个温暖的怀抱里，好闻的栈香就这么钻进她的鼻子，熟悉得她有些恍惚，她不敢看他只好眨眨眼睛，望着早已空无一人的屋顶，喃喃道："跑了。"

"是啊，跑了。"宋延巳的声音很平和，如同广阔的大海，只是，这片海暗流汹涌不如表面那么平静安然。

"江沅？"见她出神，宋延巳低唤了声，下巴垂出完美的弧线，手臂却坚固如铁，丝毫没有放她下来的打算。

江沅被迫抬起头，双手揽着那块被她扯下来的衣料，有些楚楚可怜地对上宋延巳的眸子，"吓死我了，多谢将军搭救。"说着眼神有意无意地瞟向地面，示意他可以放她下来。

"江小姐受惊了，宋某这便送小姐回府。"宋延巳一愣，转而露出一抹笑意，只是这笑未达眼底，看在江沅眼里，便有说不出的讽刺。

"不劳烦将军。"只是一眼，她便匆匆低下头去，不耐烦地挣了下他的胳膊。

宋延巳就这么盯着她，许久，才把她放到地上，"这一条命可算还了。"不知是说给江沅，还是说给自己。

一条命？他欠她的何止一条命？江沅权当没听见，越过宋延巳，朝着巷口走去，小巷少有人烟，白色的石板上落着厚厚的枯叶，踩上去发出咯吱咯吱的声响。她垂着头，越走越快，仿佛身后之人是洪水猛兽，稍慢一步就会把她吞噬。

忽然，手腕被人紧紧拽住，江沅眼前一片天旋地转，再反应过来，人已经被放在了马背上。

江沅扭头望着身后的男人，起初的错愕过后，便是止不住的愠怒，她冷冷一笑，手臂撑到他胸前，与宋延巳拉开了足够的距离，"我一未嫁女，与将军共乘一骑成何体统？"

宋延巳继续平视前方，似没听见江沅的声音。

"待小女回府后定会备上厚礼，请父亲大人代小女谢过将军的救命之恩。"江沅使劲推了他一把，正准备跳下马，宋延巳的声音就在耳边响起："你父亲被困在太极殿了。"

什么？江沅本能地一愣，忽地回头瞪向宋延巳。

“怎么这样看我？”此刻的江沅如同一只受惊的小野猫，小巧的鼻头在寒风中冻得通红，看得他忍不住伸手摸了摸自己的鼻尖，绣着暗纹的袖口似有意地露出一段燧筒。

江沅脑子嗡的一声，不知是冻得，还是惊吓，她嘴唇苍白，就这么死死地盯着宋延巳，父亲被围困太极殿，这件事情她从未听江忠嗣提起过，一时半会儿，她也不知道是自己的顺水推舟乱了父亲的路数，还是这件事自始至终就没被父亲提起过。

“你怎么知道？”江沅身上汗毛倒竖，继而表情狰狞，反手抓住了宋延巳手臂，指尖因为使了力气而有些泛青，“是你搞的鬼？”

“这倒是高看我了。”宋延巳反手打落她的胳膊，声音透着浓浓的不屑，“倒是江小姐，怎会一口咬定是我？”

“我……”江沅顿时语塞，这会儿宋延巳羽翼未丰，急需朝中助力，也还未对她父亲动杀心，倒是她一时脑热，说了不该说的。

马蹄声哒哒地敲在路面上，不急不缓，宋延巳渐渐觉得手臂上的力气去了些许，刚要开口，就有温热化在了他的手背上，他皱着眉往怀里看去，臂弯中的人儿脑袋垂得极低。

“你会救我父亲的吧。”半晌，她才带着浓浓的鼻音道，“我会报答你的。”

“那万两黄金的事就一笔勾销了吧。”宋延巳勾着嘴角，伸手挑起她的下巴，低头与她对视，这种眼神有些熟悉却又有点遥远，他声音忽然低下来，“我不愿意欠别人什么。”

万两黄金？江沅原本正沉浸在自己悲情的演技中，岂料他忽然说出这么一句话，正准备滑下的眼泪就这么生生地被逼停在了眼眶中，收也不是，落也不是。

江沅嘴巴张了好久，诧异地盯着宋延巳，见他不像是在说谎的样子，这才露出一抹尴尬，脑海里却不停地翻找前世那段被她遗忘的历史，万两黄金，不知道是不是年岁久远，她救宋延巳一事已经模糊不堪，自然不记得自己是否真有过这种天方夜谭般的要求。

“假山上那一摔给摔忘了么。”宋延巳似不在意，笑道，“早知道，我便不提这事了。”

轰隆！江沅脑子一下子炸开。

江府家风甚严，丫鬟小厮们没几个敢乱嚼舌根的，她摔下假山这事也就府里的人知晓。宋延巳远在莫泽，如今又刚入临安，却知道这事，这是在摆明了告诉自己，她的一举一动都在他的眼皮子底下。

江沅忍不住遍体生寒，而更让她惊恐的是，他究竟是什么时候把手伸到了自己府里。

好听的男声继续在耳畔响起，宋延巳此刻已与江沅拉开一定的距离，“江大人那里我早有准备，起码，我得让江大人知道谁救了他不是。”

宋延巳嘴角一挑，拉着江沅的手摸到袖中的燧筒，手掌长短的竹管被江沅牢牢地握在手里，宋延巳左手把她的手臂举高，右手绕过她的脖颈点燃了燧筒下边的捻子。

轰——轰——两声巨响，天空中炸开了一片明亮。

第三章

日宜天德 既寿永昌

江沅几乎是前脚刚被宋延巳送回江府，江忠嗣后脚就被人抬了回来，满身是血，骇得赵姨娘当场就昏了过去。

临安刚破，江府就迎来了宋延巳这个阎王，又恰逢江忠嗣受伤，宋延巳也就光明正大地留了下来，说是为了查看江大人的伤口，自然也没有那吃了熊心豹子胆的真敢把他请出府去。

只是江忠嗣伤口看着严重，却都是些皮外伤罢了，刚包扎完伤口，他便把周围伺候的人都赶了出去，就留下一个宋延巳。

“宋将军大恩老夫无以回报。”

见江忠嗣挣扎着要起来，宋延巳连忙按了下他的肩膀，“江大人客气了，不过是偶然为之，只不过……”宋延巳的脸上看不出什么表情，“方才宋某救下江小姐的时候，隐约觉得那贼人颇为眼熟。”

“关于小女，宋将军费心了。”经宋延巳提醒，他才想起路上瑞安跟他说过，先前小姐遭虏被一位公子给救了，江忠嗣打量了一下穿着便装的宋延巳，这么看来，是他无误，也就顺着他的话问了下去，“将军可知那贼人？”

“卫国安随侯世子。”宋延巳表情认真话却说得平静，却在江忠嗣心里掀起了惊涛骇浪，安随侯世子，那不就是刺杀淝安王的刺客吗！

“此事是老夫糊涂。”江忠嗣在官场上混了老些年，又是个玲珑心，宋延巳这会儿跟他摊牌，自然是打开天窗说亮话，不准备将他一军的，心里多少有些感激，只是宋延巳三番两次助他，却让他有些拿捏不准了，“以后凡有需要老夫之处，将军但说无妨。”

“江大人深知为官之道，待王爷登基后免不了加官进爵。”宋延巳打量着江忠嗣，见他面上一副冷静姿态，若不是他捉了李晟营里的那侍卫，他还真不知道江忠嗣打了这主意，心里忍不住地感叹：真是个老狐狸！

宋延巳放下手中的茶盏，微微正了下衣冠，室内静得吓人，“我劝江大人莫要打那主意。”他的目光有些幽深，声音冷得如同今夜的风。

眉头一挑，江忠嗣忽然觉得身上的伤口有些疼，面上依旧笑着道：“这话老夫倒是听不懂了。”

“不懂最好。”说着宋延巳轻抿了口茶水，“事情做多了，难免会让人生了疑心。”

见他表情狐疑，宋延巳继续开口道：“江小姐救过在下一命，这次便当在下还了这场人情。”

这话说得直白，惊得江忠嗣差点一口气没有提上来，他想到了各种可能，也万万没想到自己女儿身上去，他手指微颤，忽然，脑中闪过了什么，他试探地开口：“将军早就认识小女？”

“自然。”这事宋延巳倒也不瞒他，只拣了有用的回道，“在下用万两黄金换了小姐一颗小珠子。”

万两黄金，一颗珠子。

江忠嗣一向知道女儿心思多，但毕竟是个姑娘家，他千思万算也想不到女儿会和宋延巳扯上关系，随后，又想到了荆州一事，难怪江沅激得自己送出了战略图，心里瞬间咯噔一下。

他不留痕迹地打量着眼前人，宋延巳是李晟的部将，对李晟的心思可谓是心知肚明，自己虽早早投诚，但毕竟是前朝老臣，在李晟心里终究是比不得他的。

宋延巳瞥了眼窗外的月色，算算时辰，傅正言那边也该打理好了，话点到即止，见江忠嗣不言语，便知他又在心里算盘着什么，也就没了多待下去的心思，起身告辞。

江忠嗣起身不便，只得唤下人送宋延巳出门。

这边瑞安刚报那阎王出了府门，这厢江忠嗣就气得摔了杯子，一想着女儿瞒着他折腾了这么些，就气得心口疼，也顾不得赵姨娘拖着刚醒的身子来看他，直接差人把她赶了出去。

“阿沅呢？”

“在春暖阁。”瑞安眼观鼻鼻观心，“这会儿刚吃了药躺下了。”

惊吓？她还会受惊吓？江忠嗣这会儿脑子转过了弯，当即拍了桌子，“去，唤三小姐过来，若是碰到夫人的人拦着，便说三小姐若不来，老夫就亲自去一趟！”

果然，瑞安人刚到，就被江夫人的大丫鬟樱桃给拦住了，江沅躺在棉被里，露着一双圆溜溜的大眼睛，耳朵轻侧，仔细听着门外瑞安和樱桃的对话，待听到父亲今日非见她不可时，就知道坏事了。

躲得过一时躲不过一世，江沅做出一副刚睡醒的样子，声音喑哑地开口道：“樱桃姐姐，可是父亲要见我？”

“是，小姐。”樱桃的声音听上去有些为难，“夫人这会儿正在小厨房，不若，等夫人来了，小姐吃口东西再去？”

“不用了，莫让父亲等久了。”江沅边说边示意朱船给她更衣，老爷铁了心要见小姐，朱船也不好多说什么，只得一个劲地给她套些厚衣服，外边冷，别再冻着。

江沅到正房的时候，已经过了子时。

她刚推开门，一枚茶盏便啪的一声摔到了她脚边，“你倒是个会玩心眼的，连父亲都敢骗！”

江沅浑身一抖，不知道究竟哪里惹恼了父亲，身后的丫鬟小厮早就被留在了院外，整座小楼内伺候的就只有一个带她过来的瑞安，她咬着唇，小心翼翼地回头看了眼瑞安。

对上江沅的眼神，瑞安微不可见地摇了下头，表示他也不知情。

“爹爹。”不可力敌，只能智取，江沅关了门，越过地上的碎片，一步步地挪到江忠嗣身边，看着他身上白色的绷带，小心翼翼地问道，“爹爹还疼吗？”

这副楚楚可怜的小女儿样，江忠嗣怎么看怎么心疼，江沅是他最小的孩子，性子也是最像他的，所以打小就对她放纵了些，官家的小姐，养得恣意任性了点也不是什么大事，只是，他这个女儿，被他养得主意太大了，“哼，你这会儿倒是乖了，先前闯祸的时候可没见你这般乖巧。”

“女儿真心不知情。”江沅一听，就知道父亲提的是孟习之这事，当下脑袋摇得跟拨浪鼓一样，“我只是看上了他手中的一盆绿琼，并不知他身份。”

“那你现在知了？”

“嗯。”江沅手指绞着帕子，“女儿不知道会惹出这么大的事端。”

沉默了片刻，江忠嗣继续道：“你先前说丢了的鱼人鲛可是给了宋将军？”

“是。”江沅见瞒不过，干脆地认了下来。

“你这丫头，怎会与那二人扯上关系。”江忠嗣这会儿气得已经没了力气。

前世，李晟在荆州一役上未曾受伤，江沅自然不知道他被孟习之刺杀之事，更料不到会被宋延巳抓到把柄，只得沉默地看着手中的绣帕。

“阿沅，爹爹知道你主意大，心思多，平日里一些小事便也由着你，但你终归是女儿家。不入朝堂，不晓得这世上之人多险恶，那二人皆不是什么善茬，若是真卷到是非中，于你于江府都不是什么好事。”江忠嗣说得严肃，一副容不得江沅开玩笑的样子。

“女儿知错了。”烛光之下，江忠嗣看不到她的表情，江沅头颅低垂，“以后定不让父亲担心。”

是了，她不能再和宋延巳有什么交集，她不能不敢也不想重蹈覆辙，她斗不过他的。

“你晓得便好。”江忠嗣眉头微皱，宋延巳拿孟习之的事束着他，虽无恶意，但对他而言始终是个疙瘩，心里头也觉得那人城府太深，想到这儿便不由得有些烦躁，“罢了，出去吧。”

江沅本想再说些什么，但见父亲一脸凝重，想来想去，只好喏了声，先退了出去。

回去的路上，江沅心里不停地盘算着什么，朱船见她想事情想得出神，步子渐渐缓了下来，怕她在这乌黑的路上再磕着，灯笼也打得靠里了些。江沅跟在朱船身后，绿色绣花的小棉袄映入眼帘，朱船个子不高，在微弱的光影中显得娇小可人。

整座院子似乎陷入了沉睡，只听得到她们一行人的脚步声，朱船、碧帆、帐香、罗暖四人打小跟她一起长大，院里的丫鬟嬷嬷厨娘小厮，也都是她一手调教的，应当不会出什么差池才对。

怀里的手炉还热得紧，江沅抚摸着炉壁上的纹路，眉头拧成了一个疙瘩，依着她对宋延巳的了解，那眼线十成十地是在她院子里的。

“人回到院里了？”

“刚睡下。”那人犹豫了片刻，忍不住补充道，“小姐可是知道了？”

宋延巳立在窗前，手中的文玩核桃被他缓缓地转着，眼前又浮现出江沅那副不可置信的表情，不禁莞尔，江沅是多么聪明的一人儿，只要他稍稍露点破绽，她就能抽丝剥茧地把真相给挖出来，“暂时不知是你。”无视身后人震惊的眼神，宋延巳继续补充道，“以后我若不唤你，就不必来了。”

“是。”门被轻轻地带上了，宋延巳维持着先前的姿势，薄唇微抿，一身月白的袍子在月光下泛出淡淡的晕色。

忽然，手中的文玩被他狠狠地摔在地上，在寂静的夜晚发出刺耳的摩擦声，碎得七零八落，他好看的颌骨绷成了一条线，黑瞳里波涛暗涌。

“江沅。”这个名字被他细细念出，声音里有着说不清道不明的情绪。

正月十六，日宜天德，百事吉利，不避凶忌，淝安王李晟登基称帝，年号康武。

连续下了三日的大雪骤停，天空出现了久日不见的太阳。李晟率领众臣在修葺后的皇城内，举行盛况空前的登基大典。

临安已经好久没有这么热闹过了，五百多口雕着蛟龙的青铜大钟长长地排出一里多远。更是配了千面大鼓，声音敲起来震动了整座临安城。北伐的军队也入了城，铠甲在雪地的映照下更显得坚毅肃杀。

阳光有些刺眼，宋延巳眯起双眸，望向远处的李晟。

一袭玄色衮冕，上面绣满了暗色的祥云，长龙在祥云间穿梭，旒冠上的十二条冕旒端端正正地垂下来。大理石的地面光滑如新，丝毫不见那场宫内屠杀的影子。宋延巳嘴角含笑，跟着文武百官徐徐拜下，额头抵在石面上，遥拜致意，宽大的袖口遮住他的表情，他听到自己嗓子里发出的声音，熟悉却又那么陌生，似乎唤过无数遍的样子，“陛下福寿延绵，万岁安康。”

欢呼声犹如浪潮扑击海岸的礁石，一次又一次，汹涌浩荡。

如声声春雷，震耳欲聋，在空中久久回荡着，城楼上的呼喊声和城楼下的呼喊声，响彻晴朗明丽的汉霄。

李晟看着跪拜在他脚下的万子千民，胸腔内热血澎湃，十年的筹谋，三年的浴血征战，他终于圆了统一天下的美梦，成了这个国家唯一的王。

“呵。”一声轻笑从宋延巳口中发出，声音极小，却还是惹得身边的人好奇回首。

宋延巳看着高台上的李晟，转眼碰上了那道好奇的目光，笑得一片璀璨，“修远兄，新帝威武而仁义，万民有福了。”

冯修远一愣，继而莞尔：“自是如此。”

至于江沅，她理所当然地躲在家里没敢出去，新皇登基，百官朝贺，见过一次，第二次便不再稀奇，何况，前世的江沅不仅见过，还经历过。

手里折了枝寒梅，她裹着厚厚的棉袄在院里荡秋千，碧帆一边给她推着秋千，一边絮絮叨叨：“这么冷的天不好好待在屋子里，非要在院里吹冷风。万一染了风寒咋办，小姐身子本来就弱……”听得江沅一个头两个大心中不由感叹，这个丫鬟，前世没觉着，今世怎的如此啰唆。

江沅忘了，前世自己作姑娘时，不是绣花习字就是跟着母亲学习掌家，才学容貌样样不输，丫鬟们自然不敢在她面前多说些什么。之后她嫁了宋延巳，在将军府里主持中馈，做起事来雷厉风行，几个姬妾被她拿捏得服帖，也是挑不出什么毛病。然后，她从将军夫人成了一国的帝后，后宫前朝，力量盘根错节，她更是小心谨慎，步步为营，身边的丫鬟早就跟着她练得如同深秋的湖水，静得毫无波澜。人生的后几年更是大起大落，那些苦难，即便是再活泼的蒲草都被时光打磨成了坚硬的磐石。

她就这么坐在秋千上晃啊晃啊，绣花鞋悬在半空中。

夕阳微斜，前院刚报了父亲回来没多久，那边圣旨就下来了，一切都要比她想象的快得多，江沅觉得偷听这事自然要做得利索，便只带了罗暖一人。

宣旨的公公声音听起来有点耳熟，江沅想了好久才恍悟，这不就是张显贵的干爹吗。

想到张显贵，江沅伸手揉了揉发酸的鼻子，忍不住有点眼红，以后她不进宫了，不知道显贵会跟哪个主子，不过显贵聪明又机灵，肯定讨夫人们喜欢，说不定也能命好地收个干儿子，老了有个人送终，再不济，也不会像上辈子一样，跟着她走到最后，临了连副尸骨都没留下。

“奉天承运，皇帝敕曰。”张公公的声音拉回了江沅的思绪，她连忙屏住呼吸，把耳朵贴上了帘布。

“君积善醇朴，内德交修，孝友忠信，恭俭正直，嘉兹懿范，特赐尚书令，正从二品。其妻江周氏，容仪毓秀，恭谨俭约，性仁孝，多矜慈，是宜封赠夫人，正从二品，金笺甫贲，紫诰遥临。”

“谢陛下皇恩。”江忠嗣垂着头，带着妻儿朝着张公公拜了三拜，才双手接过圣旨。

张公公跟着淝安王这么多年，自然也是精明人，宣完旨，脸上立刻露了七分笑意，一双小眼睛挂在圆乎乎的脸盘上，看上去少了几分盛气凌人，弯腰拱手颇为和善，“咱家在这儿恭喜江大人了，如今圣上初登大宝，就对尚书令您青睐有加，日后定会官运亨通，到时，还望大人能记得咱家。”

“张公公此言差矣，今日辛苦公公走这一趟了。”江忠嗣虚扶了一下张让，巧妙地就着袖子往他手里放了两枚翡翠西瓜，这翡翠颜色青翠水头足，张让只瞧了一眼就知道是难得的上等货。

他虽是宦官，却也自认是个雅人，自然喜好也就有几分不同，平日里最爱捣鼓些个玉石翡翠什么的，江忠嗣着实是投了他的喜好，脸上的笑容也就难免多了几分真，余光不露痕迹地扫过一侧的布帘，笑道：“这天大的喜事，怎能说辛苦，如今国泰民安，这再过些日子等这天暖和下来，陛下也该选妃了，到时咱家免不了又要带着喜事四处走动。”

江忠嗣面上不露声色：“自然，自然。”

江忠嗣这话既不表态也不推脱，倒叫张让有些摸不清他的意思，转念一想，自个这话反正是说了，就当卖了他一个人情，“那咱家就先告退了。”

这厢一府衙的人浩浩荡荡地送着张让，那厢江沅却呆愣在了里屋中，罗暖以为她是担忧，便小心地拉了下江沅的衣袖，“小姐莫怕，大人定然不会送您入宫的。”

“嗯。”入宫这点她自然不担心，让她意外的是父亲的官职，怎么会是尚书令？江沅小心地搅着垂在腰间的青丝，前世父亲护驾有功，但并不得淝安王信任，李晟刚登基父亲就被遣派去了泗水，做了一方的都督，泗水偏僻民风彪悍，难以驯服，父亲却是御下的好手，短短几年就把一方的兵权都握在了自个手里，他训出的泗水军彪悍异常，之后更是在与卫国的横河之役中名声大噪。

天高皇帝远，当李晟惊觉父亲成了心腹大患时，为时已晚，再想调他入京才发现，整个泗水几乎是被他换上了一副铜墙铁壁，根本插不进去人，但凡去了新任都督，都会出现不小的暴乱，每每都扰得李晟不厌其烦，直到驾崩都没歇了心思，也正是父亲的能耐，前世江沅才敢在临安横着走。

思及至此，江沅心里的石头才略微一放，尚书令就尚书令吧，只要不再如前世般拥兵自重，平顺一生，总不至于碍了宋延巳的眼，让他生了非杀不可的心思。

不知是不是江沅的重生打乱了命数，这世过得有些太不一样，充满了未知诡谲。

“小姐，您瞧这身如何？”帐香从箱子里又抖出一件新衫，小脸被水红色的料子衬得红扑扑的。

江沅托着腮坐在四仙桌前，口里还咬着一颗冬枣，“就不能不去吗？”

“这可是清平县主亲自下的帖子，您要是不去，这不摆明了不给县主面子吗？”碧帆在她身后轻捏着她的肩膀，手劲不大不小，舒服得江沅直哼哼。

“我与县主素无往来，她怎会想到邀我赴宴。”江沅又丢了一颗枣到嘴里，嚼了两下，指着帐香手中的衣裳，有些含糊道，“换身素净点的，这色晃得我眼疼。”

言罢，便吐了枣核，又把手往果盘里伸去，只是这回还没碰到，盘子就被碧帆从身后给抢了过去，“小姐，这雁来红吃多了容易胀气，您一会儿还要去王府呢。”

“今冬的枣儿也忒甜了。”江沅摸了个空，瞥见身侧的碧帆小脸皱成一团，一副不太满意的样子，只好咂咂嘴巴，指了指之前帐香放在床头的一套缃色织锦的长裙，示意帐香给她更衣，“就这件吧。”

清平县主是宜佳公主的独女，李晟的亲外甥女，从小就被捧在手心里，故而养得有些骄纵跋扈。上辈子江沅虽然也称得上恣意任性，但好歹算个才女，跟清平这种不学无术的皇家贵胄还是有着本质上的区别，她看不起李清平的庸俗不堪，李清平自然也看不上她的目中无人。

不过江沅倾心宋延巳，求得圣上下旨赐婚，生拆了宋顾两家的姻缘，逼得顾小姐投江自尽。李清平爱慕何探花，不择手段，迫得何探花休妻再娶。这两段情史当年一前一后，在临安城内可谓闹得沸沸扬扬，成为大家小户茶余饭后的谈资，江沅和李清平也一度成了那风口浪尖上的人物。

不过江沅聪慧又有手段，逼婚一事虽然做得不太光彩，但她颇有才名，嫁人后将军府被她打理得井井有条，宋延巳更是一路官运亨通，再加上她为人处事一向得体，时间一长，之前的事大家也就忘得差不多了，反倒还博了个贤名。

至于李清平，她本就是县主，肚子里墨水少，又太过骄纵，而何探花偏偏就好那口红袖添香，最喜风花雪月，选妻自然也是选那颇有才气的，被休离的妻子又是他青梅竹马的表妹，何夫人的亲外甥女，原本好好的一个何府，被清平闹得乌烟瘴气，何夫人自然容不下这么一个爱摆架子的太岁，婆媳之间折腾得厉害。

就这么两个患难不与共的人儿，到最后，一个跳了观云阁，而另一个，江沅似乎记得，李清平还没活到宋延巳称帝，便香消玉殒了。

江沅忍不住有些唏嘘，这么一想，她两人还真有点难姐难妹的味道。

帐香的手很巧，打扮梳洗完还不到一刻钟，刚贴完花黄，朱船和罗暖推来了面一人高的铜镜，碧帆看着眼前的江沅，声音笑得清脆如同一只鹂鸟，“我们小姐真是好看得不行，稍稍一抹，便是天仙般的人儿。”

镜中之人一身缃色织锦的长裙，裙裾上绣着连珠团花锦纹，脸上薄施粉黛，黛眉轻点，朱唇不点而赤，一头乌黑的发丝翩垂芊细腰间，只在发髻处斜插了几朵珠花。

江沅平静地看着镜中的自己，镜中的自己也回望着她，没有满身的戾气，没有早生的华发，手指轻拂过镜面，她喃喃出声：“真好。”

“可不是。”碧帆见江沅满意，连忙推了推身侧的帐香，“你手真巧，下次也给我画画呗。”

帐香伸手在碧帆的包子脸上戳了一下，“我就算把你画成仙女，你一开口也会被打回原形！”

“好啊，你个臭丫头，居然又埋汰我。”说着就往帐香身上挠去，那模样逗得一屋子人咯咯笑个不停。

连一向老练的朱船也被逗得掩了嘴角，边笑边道：“好了，好了，再闹下去，今儿个怕是不用出门了。”

江沅不是第一次见李清平，可是再次见她，江沅却忍不住有些唏嘘那团耀眼的朱红色，远远望去，就像一团热烈的火焰。

“你就是江沅？”李清平好奇地打量着她，“听说你父亲是第一个投诚我皇帝舅舅的大臣。”

李清平这声音说大不大，说小也不小，至少周边聊天的声音低了下来，取而代之的是若有似无的打量和窃窃私语，一旁的朱船依旧眼观鼻鼻观心，碧帆咬了咬牙，想到这是公主府，心头的不满被硬生生地压了回去，憋得小脸通红。

这些李清平看在眼里就觉得有些扎眼了，不由得撇了撇嘴角：“哟，看这丫鬟咬牙切齿的模样，还说不得了？”

江沅见状，连忙向前一步挡在碧帆身前，对李清平行了个侧礼：“县主说笑了，我这丫鬟这几日长真牙，才这副模样。”她说着，眉眼一弯，“偏偏这丫头又是我平日里极喜欢的，这才带她来见识一番，不料却惹了县主误会。”说着，点了一下碧帆的额头，“还不快向县主谢罪。”

碧帆虽然心眼直，但脑子也是个好使的，连忙跪了下来：“奴才未曾见过这等富丽的庭院，又恰逢这几日牙疼，这才有些失仪，望县主原谅。”

两人一唱一和，李清平被绕得一时语塞，要是真和这丫头一般见识，岂不是显得自己很小气，才不耐烦地挥手：“起来起来，我这也没说什么不是。”

“谢过县主。”碧帆连忙叩了两个响头，飞快地退到江沅身后。

“你还没回答我呢。”李清平倒是个死心眼，非要打破砂锅问到底不行。

江沅原先患难姐妹的想法立刻被李清平的不依不饶打消，这县主是有多蠢，自己的亲舅起兵造反，别人恨不得埋得越深越好，她倒好，这还质问起来了。

江沅不敢议论这事，只好道：“陛下勤政爱民，事必躬亲，此等明君，父亲必然衷心追随。”

“我舅舅远在莫泽，你父亲怎么知道……”

“清平！”一声严厉的女声打断了李清平的追问，“你又在胡闹些什么。”

江沅心里舒了口气，忍不住循声望去，只一眼，礼貌的笑意就僵在了脸上。

站在华衣女子身边的正是宋延巳，他头发被简单地束起，狭长的双目因为含笑，而显得柔和了许多，嘴角挂着若有似无的笑意，只是，周身散发的氛围，却强烈得让江沅有些呼吸不顺。

李清平飞快地瞄了她一眼，向宜佳公主跑去，火红的裙摆灼得江沅有些眼疼。

“母亲，中离哥哥。”李清平指着身后恭顺的江沅，冲着他们皱了下鼻头，“我这儿不是在跟江小姐开玩笑嘛。”

“这种事是能拿来玩笑的吗？”宜佳见她跑过来，伸手在她脑门上一点，接着牵了清平的手走到江沅面前，柔声道，“清平自幼被我宠坏了，让江小姐笑话了。”

“县主娇俏可爱，性子直爽，倒让臣女羡慕得紧。”江沅自然不会这么没眼色的蹬鼻子上脸，人家是皇帝的妹妹，她是什么，不过是一只蝼蚁而已，语气中自然而然地带了些敬畏，看上去似乎真的很羡慕的感觉。

许是江沅的语气太诚恳，宜佳公主倒是忍不住扑哧笑出声：“你这丫头倒是有些意思。”

有些意思？什么有些意思？哪里有些意思？江沅当然不会问，在心里翻了一万个白眼后，她抬起头，眼睛弯成月牙，露出了一个最为标准的微笑，贝齿在阳光下显得更为洁白，“谢公主赞赏。”

前世宜佳公主对江沅就颇为欣赏，今生印象自然也不会差到哪里去，果然，宜佳公主满意地点点头，扭头对宋延巳笑道：“中离，你瞧，今日来对了不是。”

“确实，中离已经许久没见殿下如此开怀了。”耳边传来一道声音，温柔得让人如沐春风毫无防备，“江小姐，又见面了。”

这话听到江沅耳中，无疑是晴空霹雳，她抬头诧异地望向宋延巳，那笑容在她眼中，就是淬毒的匕首，危险的信号。

“中离哥哥认得江沅？”李清平的声音骤然拔高，吓了江沅一跳，原本安静地听公主与她谈话的官家小姐们也开始活络起来，私语声四起，江沅恨不得当场掐死李清平。

宋延巳微微一笑，接下来的话，不止江沅，连宜佳公主都倒抽了一口气，“江小姐曾救过中离一命。”说着点了点心口，“用鱼人鲛为在下护住了血脉。”

江沅当场脑子炸掉，鱼人鲛之所以为鱼人鲛，正是因为它如同鲛人的眼泪一样珍贵难得，是传世的宝物，别说是萍水相逢，便是挚友之间，都不一定舍得相赠。

他这么堂而皇之地说出来是什么意思？

第四章 翩翩佳郎 踩云踏月

宜佳公主看了眼似乎处在惊恐中的江沅，又看了眼一脸温和的宋延巳，“本宫倒是不知还有这一重关系。”

宜佳公主这句话无疑是给了江沅当头一棒，这事可大可小，江沅背后惊出了一背的冷汗，若是这件事稀里糊涂地被坐实了，她就是跳进黄河都洗不清，到时候万一传出了什么，谁还敢娶她，她江家的颜面往哪儿搁！

不止江沅，朱船和碧帆更是吓得不轻，这事要是出了差错，自家小姐的清白算是全毁了。小姐好心救了他，他就是这般报答小姐？碧帆拉了拉朱船的衣袖，声音低如蚊虫：“这姓宋的好不要脸！”

江沅手指轻轻绕过发梢，脑海中划过的星星点点迅速地组成语言，一字一句道：“宋中尉乃是国之栋梁，却偶遇到歹人，遭到不测，当日我随家人去寺庙祈福，回府的路上见中尉倒在血泊之中，父亲说固然鱼人鲛稀有，但比起性命来却是不值一文的，臣女这才赠予了将军。”四周的声音逐渐低下来，江沅继续补充，语气中也含了些许的感激，“没想到宋将军却一直记得这事，初八那日，更是为此救了父亲一命，而后父亲与臣女谈起，也直赞中尉大人仁义。”

这段话简直说得天衣无缝却又句句撇清自己，而且真实得连宋延已都没法反驳，江沅说的都是事实，却又偏偏没说重点，至于江忠嗣说没说过这些话，除了江沅谁又能知道，反正事情是真的就好了。

“可是如此？”宜佳公主有些纳闷，好奇地问道。

宋延巳望着江沅，依旧一副温和的姿态，“正如江小姐所说。”

“你这孩子。”宜佳公主松了口气，念了宋延巳一句，转身执起江沅的手放在手掌中，她手心冰凉，一看就是受了惊吓的，便轻拍了两下当作安慰，“中离说话就爱说一半，你别介意。”

江沅心里怒火飙升，要是她不解释呢？结果却被一句别介意打发了，她心里恨得要死，面上却依旧摆出一副娇憨的模样，“无碍。”

宜佳公主也不好再留她，“这园子是仿着传说中的圣泉苑建的，你去好好逛逛吧，府里四处都有婢女，不用怕迷路的。”

“谢公主。”江沅行了个跪礼，这才带着朱船、碧帆缓缓而去。

待江沅出了自己的视线，宜佳公主才板着脸斥责道：“你们一个两个的净胡闹。”

李清平吐了吐舌头，一溜烟地奔着谢太傅家的小姐跑了去。

留下宋延巳失笑地对着宜佳公主，宋延巳这副皮囊生得太好了，只是看着，宜佳公主的肝火就消了多半，只好摆摆手：“去吧，驸马在书房等你下棋怕是等急了，你们啊，一个两个的都不让我省心。”

湖面的冰还未化开，园子里的树木却枝繁叶茂，想来这些是费了不少功夫的。

江沅直到现在都不知道李清平给她下这个帖子究竟为何，显然不是想与她交好，除了一开始有些刁难，之后也不像要多难为她的样子。

江沅走了半晌，觉得有些疲累，便坐在湖边的石头上，她需要时间来消化今天发生的事情。碧帆和朱船站在不远处，江沅不说话，她们也不敢吱声。

忽然，一枚散着热气的炉团出现在眼前，江沅习惯性地伸手接过，可是当手指快碰到手炉时，她才回过神来，目光锐利地看着身侧的人，心里冷笑道："中尉大人何事？"

"无事，不过是见小姐一人，便过来相伴。"狐白之裘，玄豹之茈，宋延巳倒还是一如既往地奢侈，像他这种挥霍入骨的男人，能忍得了北漠的贫苦，边塞的萧条，从沙场中摸爬滚打地崛起，该有多狠啊。

"朱船和碧帆呢？"江沅不想跟他说话，可是这一会儿，两人都未出现，便知道是他动了手脚。

"现在估摸着还在睡。"宋延巳冲她眨了眨眼，说着，把手中的小铁球塞到江沅手里。

手中一暖，江沅不自觉地向手中看去，深灰色的炉壁上刻着上百只蝴蝶，小小地抱在一团，正好握在手心中。

江沅忽然想到了前世，那日宫中设宴，她为了漂亮，穿得很是单薄，宋延巳也是像今日一样，递给了她一颗手炉，她记得那天他笑得真好看啊，就像春日里的太阳，照得她连冬天都觉得是暖的。

心逐渐下沉，掌心的手炉烫得她几乎拿不稳，江沅飞快地转身，对着湖面扬手一扔，这一下用了她十成的力气，手炉把结了薄冰的湖面砸裂了一片。

树影摇曳，翠绿色的枝条在萧瑟的寒风中显得格格不入，宋延巳并没有被江沅的动作激怒，反而眼神平静，声音听上去有些可惜，"可怜了这上好的掌炉。"

"不过一玩意而已，扔就扔了，中尉若是不舍，我赔您一个便是。"江沅与他同床共枕了十几年，自然知道怎么激怒他。其实想取悦宋延巳，江沅也有的是办法，可是不知是不是取悦的事情上辈子做了太多，这辈子她连想都不愿想。

"江小姐似乎对我有敌意。"宋延巳眼睛盯着碎裂的湖面，神情清淡得仿佛一切都没发生一般。

"许是我生来就与大人不对眼吧。"江沅立在他身旁，两人虽然离得有些距离，可是看在别人眼里，却是说不出的和谐。

李清平趴在墙头上，脚下踩着翠翠的肩膀，小丫头被她踩得满脸通红，忍不住道："县主，您看够了没，再不回去，公主那边又要差人来寻了。”

“闭嘴。”李清平不敢离得太近，只好眯着眼睛使劲往前探，“翠翠，今晚你去守着大门，问问中离哥哥葫芦里究竟卖的什么药！”

激她下帖子，让她刁难江沅，她都做了，一开始还以为两人之间有什么芥蒂，如今看来不像啊，反倒是宋延巳，像是找准了机会去接近江小姐。想到这儿，李清平对自己的智慧有生以来第一次感到无比的满足。

脚下的小丫鬟心里却叫苦连天，要是她有从宋大人口中问出实话的本事，她还用被县主踩在脚下当凳子吗！宋延巳眉毛一动，转身看向李清平的藏身之处，惊得李清平连忙往里缩了缩脖子。江沅顺着他的目光望了一眼，不留痕迹地往后又退了两步。

一阵风骤然刮过，吹得江沅裙摆摇曳，发丝拂过脸庞，有些微痒，她没兴趣继续待在寒风中与宋延巳虚与委蛇，准备离开，“既然无事，那我便不打扰大人欣赏美景了。”

方转身手腕就被人拉住，江沅被拉得滑了一跤，稳住身子的瞬间鼻尖就撞上了一片柔软的皮毛，惊愕之神色瞬间爬上了脸庞，江沅几乎是出于本能地推开眼前的人，复杂厌恶的情绪几乎毫不掩盖地从江沅眼中流露出来。

四目相对的一瞬间，江沅从宋延巳眼眸中看到了自己，他没有回避就这么打量着她，像是要看穿她，仅瞬间江沅便恢复了镇定，她的抵触，她不相信宋延巳感觉不到，他是多么敏感的一个人，江沅心里不停地打鼓。

“妆罢立春风，一笑百花愧。”宋延巳收了胳膊，语气依旧平和，仿佛刚才发生的小插曲都是江沅的幻觉，他边说边伸出手，手指挑过江沅腮边的碎发，小心地替她捻去一根白色的狐狸毛，然后抿到耳后，“府中只有我穿白裘，若是别人看见，该误会了。”

这一日，江沅过得十分煎熬，她总觉得宋延巳在试探些什么，回府的马车上，碧帆和朱船垂首跪坐在她旁边，她们是被江沅唤醒的，这中间发生的事情被江沅几笔带过，细节两人便不得而知。

马车不停地摇晃，宋延巳手指的温热似乎还在脸庞，江沅缓缓伸手抚上自己的脸颊，反手狠狠地抽了自己一耳光，力量之大，速度之快，让碧帆看得咋舌。

“小姐！”朱船连忙拉住她的双手。

脸上火辣的疼痛被心里的疼衬得不值分毫，江沅不禁有些想笑，原来他这么早就开始算计自己。

她进他退，她退他便进。

刚刚的一巴掌，让她彻底冷静下来，她记起来了观云阁的那晚，夜风徐徐，宋延巳在前殿设宴，庆贺刚诞生的第三位皇子。也不知怎么，那夜江沅忽然就活够了，不想活了，她最后饮了一杯归晚，纵身跃下了观云阁，那是她入宫以来第一次，也唯一一次抬头看那片夜空，烟云遮住了月亮，像极了她的一生。

前车之鉴，当年江沅为他做了那么多，都不见得宋延巳对她有多少情分，如今再活一遭，江沅当然不会自作多情地以为宋延巳爱上了自己，如果说前生宋延巳是为了借父亲的势，那么今生父亲当了尚书令，没了一方的兵权，他还这么对自己，图的究竟是什么。

“小姐！”刚到江府，马车还未停稳，平安就匆匆忙忙地奔到车旁。

“叫什么叫。”碧帆掀开帘子，伸手扭了一下平安的耳朵，“什么事这么慌张？”

平安吃疼，揉着耳朵瞪了眼碧帆，然后看着车中的江沅道：“小姐，老爷让您回来后赶紧去福翠苑一趟。”

福翠苑是江夫人的院子，江沅当下就有些焦急，“可是夫人身体抱恙？”

“不是。”平安努力地回忆着，“今儿个老爷从宫里出来，脸色就不太好的样子。”

宫里，宫里这会儿又能出什么幺蛾子？

江沅当然不能这副模样去见江忠嗣，忙让朱船就着马车里的物件帮她重新描了妆容，待到脸上的印子看不出来了，才款款下车。

半道，还遇上了母亲房里的大丫鬟梨香，平安一个在院外伺候的，知道的事情自然不如梨香多。

江沅步履未停地走在前面，对身后的梨香问道："究竟何事？"

"奴婢也不甚清楚。"梨香跟在江沅身后回道，"夫人差奴婢去唤小姐的时候倒是说了让小姐您自个决定，想来是件有回旋的事儿。"

江沅微微一怔，便不再开口，一路埋头苦行，这事居然提前了这么久？

江沅猜得没错，果然是李晟要开始选妃了，不过他初登大宝就要选妃，办得确实有些匆忙，粗粗算下时间，竟比前世提前了大半年。

江夫人拉着江沅坐在身边，面前的檀香冒着丝丝的白烟，"阿沅，这事还是想听一下你的想法。"

江忠嗣一袭墨色长衫，表情看上去有些复杂，"你若想入宫，为父自然会帮你打点好一切，若是不想，临安也有些未娶的官宦子弟，有些为父也是知道一二的。"

江沅注视了江忠嗣好久，然后微微垂下了眼角。她知道父亲现在的处境大不如前世，李晟并不全意信他，而大哥又要从怀州回临安。如果前世江忠嗣从未生过送她入宫的心思，那么这世，父亲给了她两个选择。

其实为了哥哥的仕途，江沅入宫的确是个好的选择，凭她的聪慧和手段，纵然江澧天资平平，她想要扶持着哥哥平步青云也并非难事。

倘若没有宋延巳，作为江家女，说不定江沅会选择入宫翻云覆雨一番。但是，这个世界上偏偏就有宋延巳这么一号人物，偏偏她还知道这个人物的命运，见证过这个朝代的毁灭。她能斗得过后宫的妃嫔，但是她斗不过宋延巳。

弑君废帝，六宫殉葬，为了根除李晟的心腹党羽，宋延巳几乎血洗朝堂的事情还历历在目。江沅不禁打了个寒战，不行，她不能进宫，一次就够了，这回说什么她都不能赔上江家。

"女儿只想普普通通地过日子。"江沅开口，手指摆弄着发梢，"从未生过当那金凤凰的心思。"

室内一片沉默，半晌，江忠嗣才低笑出声，听上去有些不甘心，但更多的是释怀，“也好，那这些日子便让你母亲好生选选。”目光一沉，江忠嗣手指敲击着桌案，“得在三月前定了日子才好。”

三月之后，就是采选。

江夫人这几日忙着打探各家的未婚公子，江沅也没闲着，凭着记忆把宋延巳称帝后扶摇直上的豪门贵胄全誊在了纸上。

傅家算是最佳的人选，家底丰厚又是大儒之家，可是傅正言兄弟几人，江沅却是连想都不敢想的，当下就一笔划掉。

刘司徒家也不错，家风正，刘夫人也是个好相处的，若是刘大公子未婚，江沅说什么也得嫁进去，只是大公子两年前就娶了太仆卿家的女儿，而刘二公子又是个短命的，划掉。

眼光停到大行令家，段介然这个名字一跃入了江沅的脑海，翩翩佳郎，踩云踏月。大行令家在她死前确实算得上呼风唤雨了，只不过段家的崛起靠的不是她罢了，江沅冷笑出声，段介然这三个字被她狠狠地抹下了一笔。

穆挚，江沅眉间一动，穆老侯爷死得早，穆夫人也早早没了，侯府里里外外就这么一棵独苗，早年被其舅母接去了怀州养着，与宋延巳算是师出同门，这么亲近她可不敢选。

江沅用了整整一天来谋划自己的未来，不是这个不行，就是那个太差，最后宣纸之上将将剩了三个名字，江沅思考了半天，才在最后一个上边画了个圈：就他了！

江沅的婚事如火如荼地进行着，江沅有意无意地对着江夫人提了这么个人儿，正所谓母女连心，江沅这边暗示了一下，江夫人就心领神会，没几日，就与冯夫人拉上了线，还让江沅来了场园中偶遇。

江沅为了这场偶遇可谓是铆足了劲，一副大家闺秀的姿态做得十成十。冯修远年十八，早已到了适婚的年龄，无奈这冯夫人眼光高得很，不是觉得这家姑娘性子太阴沉，就是觉得那家姑娘浑身太小家子气。

冯夫人的喜好江沅再清楚不过了，前世冯修远的婚事拖到了二十有四，最后媳妇张氏还是江沅给挑的，在这之前，江沅少说也得携这冯夫人偷偷相看了十家八家，最后遇见张氏，冯夫人才满意。

这辈子，江沅干脆就把自己鼓捣成了翻版的张氏，活泼不失得体，话少却又不显呆板。果然冯夫人对江沅的表现特别满意，再加上江夫人又是个好说话的，这一来二去的也就动了些别的心思。

怎么想怎么满意，刚挨到退朝的时辰，就匆匆告辞，向自家老爷打听江大人去了，得到的结果，自然合了她的心意。

冯夫人坐在冯大人身边，喜滋滋地冲他道："我今儿个见了江家的小姐，那叫一个大方可人，咱儿子年纪也不小了，我觉得合适。"

"说不定是要送进去的。"冯大人摇摇头，"你都能看上，可见是用了心教的。"

冯夫人起身掩了掩房门，又坐了回去低声道："我旁敲侧击地问过了，江夫人这会子正给姑娘寻婆家呢，想来是不打算送进去。"言罢，还忍不住笑出声，"这临安城里的公子啊到底是比不上咱莫泽的，更别说咱家儿子了。"

"这倒是。"冯大人捻了捻下巴上的山羊胡，"娶妻娶贤，夫人看着办吧。"

"哎，你说陛下会不会为这事对我们有芥蒂。"冯夫人忽然想到了什么，"毕竟是旧臣。"

"夫人多虑了。"冯大人笑道，"江家投诚投得早，陛下是念着的，不过江忠嗣仕途走到这儿，怕是顶点了。"

"这倒不怕。"冯夫人不介意这点，起身踱了两圈，"反正男人建功立业靠的还得是自己不是岳家。"

冯夫人想得开，江沅对冯家的公子也满意，两家就这么走得更勤快了些，每每见到江沅，冯夫人都忍不住地拉着她的手，牵着她聊聊女红谈谈字画，且越聊越喜欢，这么一来一往，两家也就有些心照不宣了。

江夫人也曾问过江沅要不要偷偷相看下冯修远，却被她一口回绝，她亲自挑的人，再差能差到哪儿去？而且在江沅记忆中，冯修远也是才学出众，生得极好的。

嫁人这事就这么有条不紊地进行着，江沅估摸着怎么也得有个七八成的把握。

如今寒冬已过，有些花季早些的花卉已经开始抽出了嫩芽，江沅看着眼前开得热烈的绿琼，品着上好的庐山云雾，池塘里的鱼儿也有了活力，游得欢快。

只是这好心情没持续多久，帐香就带来了一个临安城的大丑闻。

一时间，江沅以为自己出现了幻听，她掏了掏耳朵："你说谁？"

"就是那冯家公子和清平县主！"帐香眼眶通红，自家小姐和冯公子这事，虽说两家还没点明，但是看冯夫人的意思，是真真相中了她们家小姐的，"昨个县主去归龙寺上香，快宵禁了人还没回来，公主派了侍卫去寻，结果僧人说县主压根就没去过，中间出了什么事就没人知道，反正今早，县主人是被冯公子的马车送回来的。"

江沅嘴巴微张，显然这事带给她不小的冲击。

"小姐。"帐香咬了咬嘴唇，继续道，"现在冯家的人都在公主府了。"

江沅不知道现在的自己究竟是个什么表情，但是她内心深处却是无比震撼的，李清平怎么会和冯家扯上关系的，那么未来的何探花呢？

第五章

宫中夜宴 天赐『良缘』

冯修远和县主的流言传得压都压不住，冯大人在朝堂上被圣上怒斥，冯夫人也实在没有脸再来江家，清平县主也没闲着，绝食投缳使了个遍。

江夫人怕江沅伤心，也抽了不少时间来陪她。

至于江沅，其实并没有这么难过，无非是个素未谋面的男人被县主捷足先登了而已，她还有两个备选名额啊，只不过好像大家都很同情她的样子，连一向沉默的朱船都忍不住安慰她："小姐，您别憋着，要是伤心就哭出来吧。"

这种气氛下，江沅实在不好意思对江夫人说：娘，女儿这还有两人，您再给看看吧！只好把这话咽到肚子里，等过两日，事情过去了再提。

虽然整座江府都被这事搞得死气沉沉，不过其中却有个异类，那便是二小姐江芷。

"二小姐又来了。"这日，江沅正兴致勃勃地啃着肘子，罗暖便快步来报。

自打江沅被伤了心以来，江芷几乎每天都打着"我要安慰妹妹"之名，行嘲笑之实。不过鉴于江沅平日里实在无聊，也就乐得让她进来，结果永远都是被江沅气得拂袖而去，但是这并不妨碍第二日她越挫越勇，继续来嘲笑江沅。

“哟，妹妹还有心情吃东西啊。”要说江芷最讨厌江沅的，不是容貌，不是才华，而是无论发生什么，她都一副了然的表情，每次看到这张脸，江芷就忍不住想要上前撕碎她的假面具。

“怎能没有，这肘子可是宫中告老的老厨子做的。”边说边优雅夹了一口，“这般嫩，别地可是吃不到的。”

江芷哼的一声，脑袋抬得老高，直接进屋拉了凳子坐在江沅对面，“怕是佳郎被抢了，吃东西泄愤呢吧。”言罢，还忍不住打量了江沅一眼，“这吃肥了，就更嫁不出去了。”

“姐姐待字闺中，无须婚嫁，自然是不用担心的。”江沅的嘴皮子可是练了几十年的，江芷这十来岁的年纪，有时她都不屑于拐着弯地说她。

“你！”江芷显然被她气到了，她的婚事被一拖再拖，夫人给她选的没有一个能入了她的眼，这块就成了她的心病，江芷捂着胸口你了半天，“你这么牙尖嘴利，便是嫁了，也与相公处不好的。”

“既然如此，那我便入宫好了？”对上江芷疑惑的眼神，江沅刻意眯起眼睛，阴森森地露出一排白牙，道，“那时，我定会给姐姐一个好姻缘，呵呵。”

“我好心来看你，你又要唬我！我要告诉父亲去！”江芷显然又被吓到了，说着，跺了跺脚，抹着眼泪出了春暖阁，脚步快得身后的丫头跟都跟不上。

“小姐，您别再唬二小姐了，您又不是不知道，她胆子小得跟跳蚤似的。”碧帆这几日几乎每日都要看江芷哭着出春暖阁，眼泪多得跟下雨似的。

江芷被父亲宠得心气颇高，有些任性跋扈，偏偏生得柔弱，胆子又小，还有点单纯，有时候江沅真的忍不住为她这个姐姐操心，这性子，要真是嫁了家室复杂些的，早晚得被拿捏死。

嫁人。嫁人。想到这儿，江沅又有些头疼，连一对向爱吃的香酱肘子都没有了食欲。

嗯，她速度得再快点了，江沅又想到了那两个名字，今夜宫中设宴，父亲怕是得晚归，那么明日好了，等明日，她便从头再来，毕竟临安只有一个清平县主，总不可能她相中的都被县主遇上吧？

只不过，江沅想象的明天还没有到来，宫里就出事了。

“清平快下来！”李晟此刻恨不得掐死眼前胆大包天的外甥女。

冯文彰是他的启蒙先生，征战时作为幕僚，也深得他的赏识，冯修远是冯文彰最小的儿子，文韬武略，是个人才，李晟不止一次地许诺给修远寻个门当户对的佳妇，结果谁料被李清平看上了。

自己的外甥女啥样李晟还能不知道，也不是没有探过冯家的口风，听意思是看不上清平，都这样了，他要是还把清平嫁给了冯家，岂不摆明了是驳冯家的面子，所以朝堂上哪怕对冯文彰语气重了些，也只是做戏而已。

本想着借着这个机会，把清平给指出去，谁料，这丫头这时候居然这般机灵。

“陛下，清平非冯少府不嫁。”要说这李清平，从某些地方来讲，也是个有能耐的，毕竟在皇家宫宴上要投湖的，她算得上第一个。

“胡闹！”李晟气得胸口起伏剧烈，“快快下来，你这番模样成何体统！”

“我与冯少府已有肌肤之亲，他若不娶，那清平还有何颜面在这世上苟活。”

李清平这话，差点没把冯文彰气得昏过去，冯修远连忙去扶他，手还未曾碰到，就挨了父亲一个耳光：“你个逆子！”

“父亲，这事孩儿真不记得了。”冯修远那日本是去清风楼参加诗会，怎想半路上被人劫了马车，也是该他倒霉，碰上了被劫匪劫持的清平县主。再后边，他就跟失忆了一样，少了一块记忆，等他有意识后，就摊上了这么大的事情，平白无故地成了谈资，冯修远本来心里就够委屈的了，偏偏清平县主就像认准他似的，让他百口莫辩。

李清平可不管这些，她今天就豁出去了，对着冯文彰道：“你们这般，无非是看中了江家阿沅！”

江忠嗣原本远远地躲在一侧看热闹，见这会儿扯上了江沅，又见清平县主一脸胜券在握的表情，心里瞬间咯噔一下，手指不自觉地微握，狐疑地看着立在湖边高台上的李清平，不知她卖的什么关子。

“你当江沅会嫁你们冯家不成！”说着，李清平伸手指向了李晟身后不远处的宋延巳，“她早些日子还与宋中尉私会，是本县主亲眼所见！”

这又是唱的哪一出？众人屏住呼吸支着耳朵，生怕错过了什么没听见，四周一片寂静，没有哪个不怕死的，在宫内就敢议论皇家私事，至于宋延巳，英雄少年又掌管着帝都的屯军，除了偷偷打量他几眼，众人依旧眼观鼻鼻观心，一副事不关己高高挂起的模样。

一时之间，双方陷入僵局，江忠嗣心情复杂，一抬眸，视线正巧与宋延巳对上，他冲着江忠嗣略微颔首，嘴角上的弧度一晃而逝，快得让人恍惚。

事情似乎陷入了僵局，直到宋延巳的声音从后方响起。

“县主此言差矣，下官的确心系江小姐不假，但并非私相授受。”宋延巳声音沉稳，不骄不躁地叙述道，“下官之前曾见过江大人，也曾表达了对江小姐的钦慕之意，只是下官父母皆在怀州，便想着待到过些时日再来提亲。那日，我也是偶然与江小姐在公主府相遇，想要早些告知于她，不料却被县主撞见罢了。”

“至于冯家一事，怕是县主多想了。”宋延巳的声音如同夜风，徐徐刮过众人心间，“无非是后宅的夫人们走得近些。”

宋延巳这番话显然是给了冯大人和李晟一个台阶下，冯文彰对他点了下头，以示感激。李晟也不愿这么僵着，借坡下驴对李清平斥责道：“宋中尉都这么说了，你还要闹到什么时候？”

这场宫宴几乎是以闹剧收场，李晟面子挂不住，转念便想到了江忠嗣。江家是庶出，根基薄弱，几个儿子也天资平庸，江忠嗣虽然官拜二品，可终究是个文官，这种家世，配宋延巳，再好不过了，当下心里就有了主意。

以至于李晟询问江忠嗣的时候，江忠嗣整个脑子都是蒙的，可是脑子虽然蒙了，智商还在，宋延巳给了李晟台阶下，他自然不能再当着文武百官的面拆圣上的台，只好僵笑着把宋延巳的话润色了一番。

“哈哈，是朕疏忽了。”李晟龙颜大悦，道，“宋中尉如今一十有九，也该娶妻生子了，既然爱卿与中尉都有这意思，不如，就由朕来赐婚，也算是一段佳话。”

江忠嗣还未反应过来，见旁边宋延巳拜下，连忙跟着弯了膝盖：“微臣谢过陛下。”

天子赐婚，对于朝臣而言，自古以来都是天大的赏赐。只不过这回，江忠嗣心底有些沉重。

这种心情，持续到宫宴散场，直到回到江府，江忠嗣都没缓过劲来，不知怎么，他觉得，这事有必要跟江沅知会一声。

“什么叫赐婚？”江沅眼睛瞪得滴圆，似乎听到了什么不得了的事情，周身的血液倒流，往事像洪水一般冲入她的脑子里。

漠北震天的厮杀声，滚滚的狼烟划破天空，鼻子里闻到的是鲜血和火药的味道，充满眼球的，是铺天盖地的红，以及那一座又一座的白骨，那些都是她的过去，而今却可能又是她要经历一遭的未来。

不能嫁啊，怎么能嫁啊，她会死的，哥哥嫂嫂，朱船碧帆，他们都会死的啊。

“父亲。”江沅拉着他的袖口，喃喃道，“我不能嫁他，我不能嫁，我入宫好不好？”

“阿沅？”江忠嗣见她状态不对，连忙扶住她的肩膀，“沅儿怎么了？”

不要回去，不能回去！江沅似乎什么都听不到，整个人陷入了一场梦魇当中，自言自语道：“我杀不了他，我杀不了他的。”

接着两眼一翻，整个人就直挺挺地晕了过去。

事情来得突然，江忠嗣被吓了个措手不及，连忙环住江沅的肩膀，高声唤道：“瑞安！快去请大夫！”

人来人往的声音惊醒了整座江府，府内一片灯火通明，恍若白昼。

江沅这一病，在床上躺了小半个月，睁开眼睛就直勾勾地看着头顶的帘帐，看累了，就无声地睡过去。府里的大夫请了一波又一波，几乎把药当饭吃，也毫无起色。这模样，别说江忠嗣和江夫人，就是江芷，也有些看不下去了。

“你每天这么不死不活地躺着作甚！”江芷坐在床边，瞪着她，“起来啊，你那副趾高气扬的模样去哪儿了。”

“不就是嫁人嘛，你不稀罕晾着他便是！”

“那姓宋的是不是特别丑啊？”

“我今天去偷看了，长得挺好看哪。”

江芷几乎隔三岔五地在江沅耳边絮叨，当然，也少不了讽刺她两句：“你可快点好吧，刚赐婚你就跟断了半条命似的，这会儿啊整座临安都知道宋延巳克你了。”

说着，江芷往嘴里塞了颗点心，“就算你俩非得死一个，你嘴巴毒，性格又招人恨，怎么也得是你克死他啊。”

初春的夜还有点凉，朱船小心地给江沅盖了层厚被子，这才灭了蜡烛，起身去外屋待着。江沅刚准备闭上眼睛，忽然，桌上的烛火唰的一声亮了起来。

“你死了没？”这声音，就算化成灰，江沅都记得。

“你都没死，我怎么敢死。”江沅许久未说话，声音有些喑哑。

扑哧，轻笑声划过耳膜，宋延巳出现在她面前，伸手把她从床上给扳起来，还顺手在她身后塞了个软枕。

许久不见，江沅瘦了许多，一双大眼睛在夜色中闪着盈盈的光，宋延巳不由地伸手摸了摸她的脸庞，原本有些圆润的下巴如今尖得有些硌人。

江沅偏了偏头，躲过了他的触碰，语气有些疲乏，“为什么？”

“什么为什么？”宋延巳倒是不遮掩，一副有什么可问的模样。

“我有什么值得你图谋的。”江沅与他平视，道，“我父亲没有实权，哥哥姐夫也都平平。”这世没了手握一方兵权的父亲，没有了如痴如醉的迷恋，她江沅还有什么值得宋延巳如此谋划。

摸了摸鼻尖，宋延巳神情莫测，“这些于我，有更好，没有也无碍。”

江沅心中冷哼，眼神似笑非笑。对上她探究的眼神，宋延巳也收了一贯的温和，露出前世江沅最为熟悉的表情，那是一种蔑视，由内而外的蔑视。

“你第一次救我的时候，我就知道。”无视江沅的表情，宋延巳修长的手指划过她的手背，“这么一个果断狠辣又懂得审时度势的女子，就像东海的明珠，怎么能和那些鱼眼珠一样被埋葬在后宅里。”

“嫁你我就不在后宅了吗？”江沅声音里带着浓浓的嘲讽。

“当然不在。”宋延巳身上散发着好闻的栈香味，他的唇凑在江沅的耳畔，她看不到他的表情，他声音带着浓浓的蛊惑，“总得寻个聪慧的和我比肩而立才行吧。”

江沅伸手撑开他，宋延巳的鼻尖就在她睫毛上方，她微微抬头，像是要通过眼睛望进他的心里，宋延巳也不闪躲，就这么让她望着。

“狡兔死走狗烹，飞鸟尽良弓藏。”他这模样，太像那个手握重权的宋延巳了，江沅不知怎么，这话几乎未经大脑脱口而出，“若真有人能与你比肩，你又岂会放过那人。”

言罢刚要垂下眼角，下巴就被宋延巳捏住，江沅被迫与宋延巳对视，他嘴唇有些薄，说出的话充满了狐疑和防备：“我只是区区三品中尉，江小姐这话说得我可是听不懂啊，倒是江小姐一开始就对我防范再三。”

江沅心头微颤：“我只是觉得大人高看我了……”

话音未落，脖子就被狠狠掐住，江沅不可置信地瞪着宋延巳，双手死命地想要拉开脖子上的禁锢，可那只手却如磐石般不可动摇，宋延巳就这么静静地看着她，手指一点点收紧，江沅如同濒死的鱼，张着嘴巴发不出半点声音，许久，她才艰难地从嗓子里挤出破碎的三个字：“宋延巳！”

声音微弱到细不可闻，就在江沅以为再死一次的时候，喉咙忽然被放开，大量的空气冲入鼻腔，江沅连忙捂着胸口俯在床榻上，大口大口地呼吸着空气，原本涨红的脸色也逐渐白了下来，江沅嘴唇苍白，眼眶中因为先前的挣扎而起了水汽，她指着宋延巳不可思议道："你要杀我？"

"若是未听到你先前那番话，我或许只是觉得小姐不满意在下而已，如今，怕是你不嫁都不行了，再说与我一起有何不好？江大人老了，不可能永远支撑着江府的，不相信你大可一试。"宋延巳摩挲着江沅脖上残留的指印，似乎也觉得自己下手太狠了，只是他每动一下，江沅的心就凉上一分，宋延巳依旧一副温润公子的模样，"只是到时，你跪着要我娶，我都不一定应了。"

语气中带着点威胁的味道，十几年的朝夕相处，江沅见识过宋延巳的温柔疏离，也经历过他的敬重与憎恨，却从未有一次是威胁。他一向说一不二，得不到的就毁掉，威胁这种事，骄傲如他，向来不屑于做。可是这次，江沅知道，宋延巳这是在给她机会。

见江沅不吭声，宋延巳目光微微闪动："不如你我做个交易，你嫁我，而我应你个条件，如何？"

江沅还伏在床上抬头仰视着宋延巳，心里天人交战，自己对他的防备和排斥已经引起了他的兴趣，他是个万事都要掌握在手中的人，越是那些他看不懂的看不明白的，他越是要一层一层剥开。江沅不知道宋延巳心里在打什么算盘，也不知道他想要在她这儿得到什么，但是以目前她的处境，要么嫁，要么死，宋延巳给了她两个选择。而这个许诺，对江沅而言，无疑也是个天大的诱惑。

宋延巳的命运是既定的，他这么一个隐忍而强大的人，除非死了，不然那个位子对他来说，只是时间问题，她得罪宋延巳以后的日子不会好过。若是她再回到宋延巳身边……江沅朱唇微咬，在他身边安双眼睛，只要事事谨慎，劝阻父亲不再拂了他的逆鳞，说不定能保得了江府一世荣华，也不失是条良策。

江沅反复琢磨着其中的利弊，宋延巳倒也不着急，起身倒了杯茶，还不忘了端给她一杯。

"什么都可以？"江沅接过茶盏问道。

"但凡不是那过分的。"宋延巳口中的过分说得模糊，江沅却心知肚明。

这是宋延巳给她的底线，木已成舟，江沅决定再赌一把："无论何时，你要保我全家平安，不准伤他们一分一毫。"

"好。"

宋延巳看着江沅抬在半空中的手掌，烛光下泛着珠光色的光晕，伸手与她击了三下，最后一下击完，他直接扣住了江沅的指尖，眉头却皱了起来："太瘦了。"

"大丈夫一言九鼎。"江沅连忙把手指抽了出来，不留痕迹地在身后蹭了蹭。

"对了。"忽然又想到了什么，江沅一把拉住宋延巳的衣袖，见他疑惑地侧了头才问道，"冯修远和清平县主的事是不是你做的手脚？"

他似乎听到什么好笑的事，眼角因染了笑意而显得不那么锐利，"男才女貌，可都不吃亏。"像是看透了江沅的心思，他转身坐在床边，烟水色的轻纱散落在他身后，宋延巳扶着江沅躺好，顺手为她掩了被角，轻笑道，"临安门第高家风好的适婚儿郎就那么几户，清平虽然只有一个，但是李家小姐王家小姐多得是。"

江沅窝在被子里打了个寒战，半合眼眸地掩了掩唇角，翻过身去不再看他，"我困了。"

这是明显的赶客，宋延巳倒也不介意她的小动作，临走还为她灭了桌上的火烛。

室内瞬间静谧了下来，似乎一切都没发生过，江沅听见自己起伏的呼吸声，她按了按胸口，一颗心在胸腔内怦怦地跳动着。

江沅这边安了心，宋延巳也算是了了一桩心事，刚入了府中内院，就见屋内烛光微闪，心中暗叹了一声，能在这个点出现在他屋内的，也就穆挈一人了。

门一开，穆挈就从屏风后蹿了出来，一脸戏谑："中离你可回来了，事办得怎么样？"

"你说呢？"

“那铁定成了，宋公子面如冠玉，拿下一个小小的闺中女儿不在话下！”穆挚看他模样也猜了个八九不离十，絮叨叨暗中夸赞自个，“你可不知道我为了办成这事费了多大的功夫，从冯府到清风楼，我整整布了一条线，就算中途被他躲过去了，楼里我还有后招！”

宋延巳看着穆挚自夸得不亦乐乎，连忙截断他：“你不会是来跟我邀功的吧？”

“哎呀，你看，忘了说正事了。”穆挚拍拍脑袋，这会儿听宋延巳问起，才想起来有要事没说，“怀州那边出事了。”

消息是今天晚上传来的，穆挚看到的时候也愣了许久，到底觉得这事得提前告知宋延巳，这才悄悄来了宋府，他清清嗓子，打量了下宋延巳的脸色，才继续道：“顾家得了采选的牒子，思珺她跑了！”

顾思珺是什么样的人，穆挚自认比宋延巳和傅正言要看得清楚，所以听闻延巳中意江沅的时候，几乎是举双手赞成，鞍前马后出谋划策。虽然顾思珺与宋延巳已有婚约，穆挚却反感得很，顾思珺的手段，他也无意地见过那么一两次，有些东西他不方便与宋延巳说，却也深刻地觉得，这世上，但凡是个女的就要比顾思珺好上许多。

“她来临安了？”

“我不知道，出了怀州你的探子比我的强。”穆挚觉得按顾思珺的性子，十有八九她是要来临安的，“你早做准备，看看如何安慰顾妹妹吧。”

看了眼宋延巳，好自为之这四个字穆挚终究还是咽在了肚子里。

日子有条不紊地过着，三月皇帝大选秀女，冲不得日子，江沅的婚期便被定在了四月初八，距现在只有两个月的时间，有些太匆忙，但日子是宋延巳定的，说是找了高僧算过，四月初八是个极好的黄道吉日，错过了，怕是要等到明年。

江沅倒是无所谓，但江夫人一听就不乐意了，一年间变数太多，何况宋延巳现下正是血气方刚的年纪，若是这一年间被哪个狐媚子迷了心神，不知以后女儿清理起来又要费多少工夫，当下就跟江忠嗣商量觉得，俩月后就俩月后吧。

婚期既定，江沅也就彻底被拘在了府里，江夫人恨不得把自个一身掌家的功夫都教给江沅，江沅虽然对母亲的手段心知肚明，但还是一副用心的姿态，进步神速，惊得江夫人直夸她天生是个当主母的材料。

这日江沅闲来无事正跟着罗暖剪花样子，碧帆就满头大汗地冲了进来，“小姐，不好了！府里来了个狐媚子！”

和罗暖对视了一眼，江沅伸手推过桌上的茶杯，“谁教你说的这些个话，难得今儿个没吭声，一开口尽是些入不得耳的。”

“哎呀，小姐，奴婢知道错了！”碧帆一副恨得牙痒痒的样子，“您先听奴婢说，那狐……姑娘今早就在江府了，没声没响的，夫人老爷没敢跟小姐您说，还是平安那小子说漏了嘴，我才晓得的！”

见碧帆说得有鼻子有眼，江沅脑海中忽然想到了一个人，问道：“你可知道那女子叫什么？”

“好像姓顾，奴婢也不知道叫什么，平安也没说清楚。”想起来平安，碧帆就气不打一处来，“那小兔崽子，连他姐都敢瞒着，反了天了他！”

果然是她，江沅心中感叹，这该来的还是来了，“你去夫人那儿，把顾小姐请来吧。”

青瓦碧墙，佳人如玉。

江沅坐在院中的亭子中，打量着眼前的女子，肌肤胜雪，唇若点漆，身着凤仙翠碧霞色锦衣，银丝线勾出了几片祥云，眉目间隐然有一股书卷的清气，一头青丝被玉簪利落地绾起，整个人如同渌波芙蕖。

这便是十七岁的顾思珺，前世被她逼着投了湖的顾家小姐。

顾思珺就这么站在亭外，神情专注地看着裙侧的花草，明亮而干净。

江沅摸摸鼻子，瞬间生了怜香惜玉的心思，若她是男子，什么江山霸业，皆不如眼前的美人。

江沅轻咳一声，打破了这安静的气氛，她笑着道：“不知姑娘见我何事？”

“小女乃宋中尉指腹为婚的未婚妻子。”顾思珺不想与江沅寒暄，直接开门见山，这么直白，反而让江沅愣了一下。

“这事，我倒是未曾听宋大人提起过。”江沅直接抬出了宋延巳，“姑娘找我又有何用？”

“江小姐不觉得夺人夫君实乃不耻之事吗？”顾思珺直视着江沅，她和宋延巳青梅竹马，他想要建功立业，她便等他，这一等，就是四年，结果，等到的却是他要成婚的消息，她瞒着父母，用了个把月的时间才到了临安，只是她却不先寻了宋延巳，而是来找江沅问个清楚。

要说这顾思珺的确是个硬气的，江沅上辈子也确实是欠她，可结果她不是遭报应了吗，她自尽的时候，顾思珺早就嫁做人妇，儿女成群，过得不知道比她强多少。

“是宋大人在御前求娶，小女之前对于宋大人一无所知，自然不晓得他有婚约在身。”这回，江沅可不敢再激她了，生怕她再寻了短见，干脆一不做二不休地把事情一股脑地全推到宋延巳身上。

“你撒谎，中离不是这样的人！”顾思珺皱眉指责道。

“怎么说话呢？”自家小姐忍得住，碧帆可忍不住了，当场就从江沅身后窜了出来，“我们江府的小姐，一家女百家求，要不是姓宋的求到圣上那儿，我们堂堂尚书令家的嫡小姐能下嫁给一个商贾之子？呸！净给自己脸上贴金。”

碧帆说得慷慨激昂，江沅心里忍不住地鼓掌：碧帆啊！小姐没白养你啊！想着，还送上了一个赞赏的眼神，只是这表扬看到碧帆眼里就变成了：“别说了，算了吧。”

“小姐，您别这么看我，您受了委屈还不能说了？”碧帆冷哼了两声，上下打量着顾思珺，“咱们小姐当时一听要嫁那姓宋的，当下就病了，这事临安城哪个不知哪个不晓，要不是天子赐婚，你当我们想嫁？！”

顾思珺被碧帆噎得说不出话来，江沅也怕她在自个府里出了什么意外，连忙制止了准备继续骂下去的碧帆，用手绢微微拭了下眼角，“碧帆，有些事咱们自个心里明白就好。”

这句话算是表态了，婚事她不知道，全是宋延巳一手策划的，她还不想嫁呢！要骂骂他去，她也是受害者。

江沅拎着手帕，偷偷在指缝中瞅了顾思珺一眼，那小脸白的，跟宣纸似的。

“我不信，你们骗我！我要去找中离问清楚。”顾思珺眼眶含着点点盈盈，下唇被她咬得失了血色，带着不甘和委屈她微微行了半礼扭头出了春暖阁，江沅看着那抹身影，啧啧地咂了下嘴巴，能不和宋延巳绑在一起，多好啊！

“你倒是还有心情睡。”这晚，江沅的闺房内迎来了一位不速之客，无视他的声音，江沅继续闭着眼睛不吭声。

“怎么，还想继续睡下去？”一阵温热袭上了她的耳瓣，宋延巳的声音略微带了些不满，江沅长长的睫毛忽然颤抖了两下，眼睛依旧紧闭。

“那就别怪我不客气了。”伴随着一阵冷意，江沅在宋延巳的注视下惊恐地睁大双眼，被子不知何时被宋延巳甩在了地上。

江沅穿着一袭中衣，少女的身材还在发育，却已经有了玲珑有致的模样，她连忙把枕头抱在胸前，掩住起伏的波涛，瞪着眼前一脸平静的男人，“大半夜的，你发什么疯！”

宋延巳不为所动，直接越过昏睡在脚踏上的朱船，下摆一甩便坐在江沅脚边，江沅连忙往里缩了缩，却被宋延巳一把按住拉了回来。

“放开我！”江沅用尽了力气挣扎，却依旧挣脱不开，最后只好作罢，语气不善地问道，“天色已晚，你来这儿做什么？”

“听说有人白日里见了我的未婚夫人，前来问问情况。”宋延巳轻点了下江沅的鼻尖。

“你不都知道得一清二楚，还来问我做什么！”江沅有些挫败，她这些日子以来，可谓是擦亮了眼睛，想把宋延巳的眼线给揪出来，结果却毫无进展。

像是猜透了江沅的心思，宋延巳笑得像只老狐狸，“我劝你莫要费那些功夫了。”

江沅瞥他一眼，嘴角飞起一抹笑：“我倒不知道你是有过婚约的，顾姑娘楚楚可怜的模样看得我都心疼，不过……”江沅专门踩宋延巳的痛脚，“你最好整理干净，我一江府嫡小姐，可容不得自己前脚进门夫君就后脚纳妾的。”

果然，提到顾思珺，宋延巳眉毛微不可查地一动，这点小细节，自然躲不过江沅的眼睛，她打了个哈欠，指了指地上的被子，示意宋延巳给她捡起来，“顾姑娘敢来见我，想必是个烈性的，刚者易折。”

想了想前世被她逼得投江的顾思珺，江沅觉得还是有必要提醒宋延巳几句，不过她还没开口，就被宋延巳抢先了。

“我跟她说了。”宋延巳顺手把地上的被子扔在朱船身上，转身去箱笼处给江沅挑了床新的，动作熟练得仿佛这是他的房间。

虽然有了心理准备，但江沅还是忍不住地心惊，这是她的闺房，却被宋延巳摸得一清二楚，上辈子，她该多大的心，才觉得自己能斗得过他。

第六章

十里红妆 洞房花烛

宋延巳似乎也觉得自己有些太顺手，对上江沅震惊的眼神，抱歉地冲她一笑，厚厚的被子被轻松地放在臂弯中，“新晒的。”

这算什么？挑衅？江沅面子有些挂不住，连忙从他怀中夺过被子，一股阳光的味道扑面而来，江沅缩在被窝里，身体往墙角靠了靠，与宋延巳拉开一定的距离。

她不愿意谈论宋延巳是怎么对她的私事了如指掌的，反正他也不会说，只好硬着头皮问：“你怎么说的？”该不会又把所有的脏水泼她身上了吧。

“我说。”宋延巳身子前倾，江沅看不懂他的心思，“我对江小姐一见倾心。”

呵呵，江沅扯了扯嘴角，硬挤出一个笑脸，心里却是一万个鄙视，青梅竹马尚且如此，何况他人，口中却道：“原来如此，原来如此，不知顾小姐如今可好。”

该不会又投了江吧，江沅想了想，又觉得这回是真跟她一点关系也没有，且别说她死不了，就算死了，做鬼也该找宋延巳才对。

“尚可。”宋延巳回想了一下顾思珺怨恨的眼神，摇了摇头，“不过，三月的采选，顾家有牒子。”

“嗯，什么？！”江沅愣了一会儿才反应过来，眼神似乎要把宋延巳瞪穿，怎么会有牒子？顾家是一方小县，怎么会有采选的资格？

“顾家不只有旁系，名义上临安的杨老太君还是顾小姐的外祖母。”宋延巳说到这儿，便也不再说下去，反正木已成舟，很多东西说多了，反而不好，“小事而已。”

小事？这在他眼里算小事？江沅恨不得撬开他的脑子，看看什么才是他所谓的大事，杨老太君江沅倒有些印象，临安杨家一门男儿，所出皆无女子，倒也算是皇城内的一件奇事，江沅当帝后时也曾与杨老太君有过几面之缘，但是顾思珺投湖一事上，杨家自始至终都没露面，江沅当然不知道里边还有这么一层关系。

想来也是，顾思珺当初为情自杀闹得满城风雨，事后杨老太君自然不会送这么一个惹是生非的旁枝入宫，这不仅得罪了宋延巳，更是在打皇上的脸，反正女子而已，折了一个，还有其他的。

只是这次，似乎有些不一样了。江沅暗地里瞥了宋延巳一眼，看他跟没事人一样，心里更是乱作一团，顾思珺江沅接触得不多，可是千里寻人，为情自杀，事后还能嫁个如意郎君当正头夫人，江沅就不得不佩服这个女子的胆识和手段了。

“你就不怕她得了陛下的青睐。”江沅冷哼。

宋延巳倒也不吊她胃口，略微一思索点头道：“思珺生得貌美，也是个聪慧的，若是进宫，入陛下的眼是迟早的事。”

“宋延巳。”事到如今江沅不愿意与他再绕圈子，“你究竟想做什么？”

“我想做什么？我与你说这些无非是想让你安心罢了。”说着，伸手缠住了江沅散落的秀发，却被江沅一手打开，指尖瞬间空了下来。

“你信我也好，不信也罢。”宋延巳收敛了一贯的温和，随手扔了枚荷包到她怀里，“这是我的诚意，至于思珺的事，你多想无益。”

江沅看着他离开的背影，小心打开荷包，一抹墨色映入眼帘，入手温润，江沅眼神晦暗不定，这是宋家的私印。

时间过得极快，自那一日后，江沅就没见过宋延巳。

四月初八，天刚微微亮，江沅就被碧帆从床上拖了起来。

今天是她的大喜日子，四周一片火红，喜娘和丫鬟们焦急得一刻不得闲，可是江沅却感觉不到丝毫的欣喜，只好呆呆地坐在床榻上，看着全家里里外外地忙作一团。

眼前的场景与前世融合成了一体，朱船为她规整着箱笼，碧帆给她罗列着首饰，罗暖、帐香忙里忙外，除了她，似乎所有人都带着愉悦的笑容。

迎亲的吹打声越来越大，江沅被丫鬟们套上了一层又一层的礼服，最后冠盖压下来的那一瞬间她几乎跌倒，幸好朱船手快搀住了她。

大红色的盖头盖住了江沅的脸庞，最后一瞬间，她看到了微笑的父母，看到了千里迢迢赶来的大哥，看到了早已嫁为人妇的姐姐，还有愣在一旁不知所措的江芷。

一家人都在。

盖头垂下来的那一瞬间，江沅眼神清明，这些是她的家人，上辈子是她太蠢，才把一手好牌打得乱七八糟，这辈子，就算当不成赢家她也不能再成为输家。

江沅任由丫鬟们扶着出了府门，红色遮盖住了她的视线，边角的垂穗一晃一晃，她坐在轿子里，轿子抬得极稳，没有丝毫的颠簸感，礼乐声和街角看热闹的欢呼声不绝地传入江沅的耳中。

江沅知道，今日之后，她的人生被再度开启。

翩翩佳郎，十里红妆。人们对她的这些羡慕，终有一天，会随着宋延巳的日渐强大，蜕变成为深沉的敬畏。

江沅坐在婚床上，腰板挺得笔直，宋延巳早就不知道被拉到哪里喝酒去了，从早上到现在，江沅粒米未进，这会儿静了下来，才感觉到腹中饥饿。

江沅眼珠骨碌一转，便不客气地当着丫鬟婆子的面，直接掀了盖头，准备吃些糕点垫垫。

她动作快得很，直到那块冻子糕塞到了口中，朱船才反应过来，飞快把红盖头给她垂了下来，“小姐，这样不吉利。”

“我又没全揭下来。”江沅口中含着食物，声音有些含糊，“这不实在是饿得紧嘛。”

喜娘站在一旁，小心地瞅了眼宋府的几个嬷嬷，见她们面色不虞，连忙出来打圆场：“无碍，盖头未落地便是吉利的，这会儿吃点也好，吃点晚上才有力气。”

“就是。”江沅伸手又摸了一块点心，借坡下驴，“喜娘都说无碍了。”

“哼。”一声不满从旁边传来。这轻蔑声虽然小，却也被江沅敏锐地捕捉到了，她等的就是这一刻！这会儿江沅也不装了，盖头一掀，露出一张芙蓉面，她唇上涂着赤红的唇脂，眉眼处被青黛画得有些微挑，这会儿又是阴了脸色，一改当年初嫁楚楚可怜的姿态，如今看上去倒真不是什么纯善的模样。

天堂有路你不走，地狱无门闯进来。

江沅心里冷笑出声，迈着小步，在任嬷嬷面前停了下来，昂着头把她从上到下地打量了一遍，就在大家屏住呼吸思考着怎么打圆场的时候。江沅早就快她们一步反手一巴掌直接甩在了任嬷嬷脸上，她这巴掌用了十成的力气，愣是打得任嬷嬷一个趔趄，差点磕到门柱上。

任嬷嬷显然也没想到会挨巴掌，当下就睁圆了眼睛，捂着半边脸怒视着她，眼神恨不得把江沅生吞活剥了。

养不熟的白眼狼，江沅这辈子还敢嫁宋延巳，就没打算跟任嬷嬷好好相处，与其以后那老姑婆明里暗里地阴她，不如一开始就撕破脸。

一时间，室内一片寂静，只听见江沅的声音在空气中飘荡：“这中尉府的规矩也太松散了些，居然还有这种没大没小的奴才。”

江沅话说得不客气，激得任嬷嬷火气唰的一下子上来了，她是宋延巳的乳娘，平日在府里哪个见她不得恭恭敬敬地唤她一声嬷嬷，便是宋延巳，对她也是敬着几分的，何曾受过这等委屈，当下就有些失了分寸，“到底是大户人家的小姐，这才刚进门就用上主母的手段了，好大的下马威。”

啪——

话音未落，任嬷嬷脸上又挨了一巴掌，这下可不止任嬷嬷，连喜娘都蒙了，她进过这么多次新房，哪次不是和乐融融的，她见过的新夫人，有娇羞的，有活泼的，但是新房内手掴夫家乳娘的，她这还是第一次见。

“我是主母，你是奴，打你又如何。”江沅看着任嬷嬷不可思议的表情，继续补充道，“你大可告诉夫君，我倒要看看他可会怪罪于我。”

江沅吃定了宋延巳不会为了一个奴才为难她，这会儿闹了一场，心里也舒坦了，便扶着朱船迈着小碎步又坐了回去。

“小姐，这样不好吧。”碧帆小声地在她耳畔道，“咱毕竟刚到宋府，根基不稳。”

盖头被挑起一条缝，江沅的声音缓缓传出：“做奴才就要有做奴才的规矩。”

江沅毕竟当过几年帝后，周身的气场自然不是闺阁中的姑娘能比的，当下，新房就笼罩在一层无形的压力中。

直到微醺的宋延巳被下人扶进新房，喜娘这才松了一口气，那感激涕零的模样，就差没笑着抹眼泪了，“哟，宋大人来了。”

宋延巳喝得不少，但是天生的敏锐度还在，刚靠近床上凤冠霞帔的人儿，笑声就溢了出来，“可是你又顽皮了？”

“教训奴才而已。”愣了片刻，江沅的声音在盖头下软软糯糯地传出，“夫君不会生气吧。”

“你舒心便好，以后这后宅还不都是你做主。”宋延巳轻拍着江沅白皙的手背，算是间接地给她撑腰了，至于原因，宋延巳连丝毫想知道的意思都没有，这种小事便随她折腾。

宋延巳话说到这份上，等着看好戏的丫鬟婆子便也都歇了心思。

喜娘不愧是个有经验的，见惯了大场面，这边宋延巳话音刚落，那边就呈上来了玉如意，尾部系着条红布条，打成了同心结的模样，“请官人挑起喜帕称心如意。”

宋延巳似乎没听见喜娘的话，看着喜秤有些迷茫，江沅等了半天没见动静，才小心翼翼地从喜帕下望去，见宋延巳伫立不动，一时间气氛又冷了下来，江沅伸手扯了下宋延巳的衣袍，带着点点疑问：“夫君？”

洁白的指尖扣在朱红色的喜袍上，宋延巳这才回过神来，想起这好像是自己的婚房，伸手拿起了如意，轻挑起红盖头的一角。

有女初嫁，面似桃花。

江沅本来就生得貌美，一双眼睛更是灵动，就这么含着笑微微仰头看着他，一时间宋延巳竟然觉得心漏跳了几拍。

喜娘见他挑了帕子，连忙让丫鬟端来了合卺酒，两杯之间系一根小小的红绳，“今赤绳早定，白头永偕，嘉姻良缘敦百年静好。”

酒水入口清甜，竟无一丝卺木的苦味。

饮罢，宋延巳笑着挥手，示意众人离去，他虽然生得好看，但性子显然不是那么好相处，他一挥袖子，府中的丫鬟婆子便弯腰告退，无人敢闹他的洞房，朱船几人看了眼江沅，见她点头，便也跟着退了出去，片刻间屋内就剩下了他和江沅。

此时江沅还是有些疑惑地盯着桌上的合卺杯，“这卺杯好生奇怪，卺木味苦经久不散，我方才饮了，竟无丝毫苦涩。”

“合饮一卺，同甘共苦。”宋延巳笑着起身牵她到圆桌旁，“我的夫人只需同甘，无须共苦。”

“我说呢，原来是你把苦味给除了。”江沅曾与宋延巳一起生活了十余载，知他不喜装模作样的女子，便也少了收敛自己的心思，随手取了碟子放在他面前，夹了几样小食放在里面，转身向内屋走去，“你先吃些东西，我去取了这头冠，重死了。”

闹了一日，宋延巳确实有些饥了，碟中的吃食大多都是他喜欢的，两人便各忙各的，既无问话，也无回话。等江沅去了胭脂，换了身干净的衣服回来时，宋延巳早已停下了筷子，顺手斟了杯热茶递到她手中，自己也倒了杯，温暖下肚，顿觉痛快了许多。

洞房花烛夜，春宵一刻值千金。江沅捧着茶盏，小口小口地抿着，虽然她床第经验丰富，但是中间过了这么些年，多少还是有些尴尬。

江沅正想得入神，一双大手就握住了她的指尖，宋延巳古怪地看了她一眼，“天色已晚。”

嗯，是该睡了。江沅一时也有些无措，尴尬地放了手中的杯子，跟着宋延巳去坐在了喜榻上。

红色的蔓帘被放了下来，宋延巳手指轻轻勾着她胸下的衣带，烛火摇曳，江沅觉得有些口干舌燥，伸出小舌快速地润了一下唇瓣，宋延巳眉头忽然一颤，轻薄的衣衫便从江沅肩上滑落。

“慢着。”江沅忽然按住了她腰间的大手，他手心滚热，烫得她有些脸红。

宋延巳就这么看着眼前的人儿，眉不描而黛，唇不点而朱，眼角微垂，一抹红霞飞过脸颊，脑海中绷着一根弦不知怎么就断了，身体本能靠近，轻轻吻上了眼前的唇瓣。

江沅显然有些被惊到，睫毛不停地眨动，触在宋延巳脸庞上，痒痒的，心里像有只小猫不停地在轻挠。

他的声音听上去有些含糊：“不想慢。”

“那咱们灭了蜡烛好不好。”江沅费了好大的力气才推开他，中间空了半掌宽的距离，眼眸因为长久地呼吸不畅而覆上了一片朦胧。

“无须下床。”宋延巳随手一挥，阵风掠过，火苗瞬间被熄灭。

怀中的人儿呼吸有些不太平稳，宋延巳看不见她的表情，只好借着本能不停地亲吻，从唇瓣到肩膀。

身体是最诚实的，宋延巳覆上来的那一瞬间，江沅的身体就有了反应，双手惯性地攀上了他的肩膀，更准确地来说，是她的记忆有了反应。

往事一幕幕在脑海中游走，她想到了她和宋延巳的第一个洞房花烛，那时候的她什么都不懂，青涩得让她自己都无言以对，再后来，宋延巳身边的女人越来越多，她也从一个只知道闷不吭声的小女子成了精通各种花样的风韵妇人。

她一度以为自己可以绑住宋延巳，心不行就用身体，而事实证明她的身体对宋延巳确实有着不小的吸引力。哪怕多年以后，宋延巳遇上了那名让他恨不得把江山拱手相让的女子，对自己的投怀送抱也是舍不得拒绝的。

江沅也不知道自己在乱想些什么，贝齿紧紧咬着唇瓣。

忽然，宋延巳像是感觉到什么一样，动作忽地就停了下来，江沅偏着头，月光下面前的人让他看不清晰，他手指轻轻拂过她的脸颊，一片濡湿。

只是这种安静没等多久，他的唇又吻了上来，一点一点，声音带着莫名的安抚："以后不会再疼了。"

江沅不记得这一夜是怎么过的，现实与回忆交叠，让她有些分不清自己究竟是谁，究竟在哪儿，是重活了一回，还是这一切都是那个濒临崩溃的自己在死亡时编织的一场梦。

清晨，眼光透过窗花洒在床榻上，江沅缩在被子里睡得不甚安稳，眉头扭成了一个小疙瘩。

宋延巳轻轻一碰，她就皱一下，模样有些可爱，在他第三次伸手碰她的眉心时，江沅微微睁开了眼睛，初入眼帘的，就是宋延巳的脸庞，高鼻薄唇，眼神闪着流光溢彩。

江沅的脑子还停留在昨晚的梦魇中，脸上表情变换得异常丰富，最后使劲摇摇头，眼神才恢复以往的清明。

"这一大早，脸色跟变戏法似的。"宋延巳似乎并不介意，"都进来吧。"

宋延巳话音刚落，几个丫鬟便推门而入，一个个脑袋低垂，眼观鼻鼻观心的模样。江沅的几个丫鬟也是她一手调教的，礼数自然也不差。

就是她老觉得这几个丫头在偷瞄自己是怎么回事？干咳了两声，江沅冲着朱船一点头，几个人便心领神会，洗脸梳妆换衣服进行得有条不紊。

宋府的几个小丫鬟用余光飞快地看了眼宋延巳，见他一副不在意的表情，悬在嗓子眼的心便悄悄地往下放了放。

江沅衣服穿到一半，这才发现宋延巳穿着里衣坐在圆桌前，单手撑在桌上，笑着看她。

他该不会等自己给他更衣吧？江沅眨眨眼，见朱船不露痕迹地点头，只好停下自己穿衣的动作，硬着头皮走到宋延巳身侧。

“宋……夫君。”这个称呼总归是没错的，江沅立得笔直，露出一排洁白的贝齿，“妾身伺候您更衣。”

宋延巳笑容一滞，接着大笑出声：“你这模样倒还真有那么几分意思，不过你要知道，我不喜这模样的女子。”

真是给脸不要脸，江沅原本还想装个贤妻良母的样子，见宋延巳不买账，当下就把笑容给收了，“那你坐在那儿看着我作甚？”

宋延巳点点她身后的丫鬟，眉毛微挑，“你这四个丫鬟占了我半间屋子，我自然得等你梳妆完才有地站。不过，你这丫鬟也确实太多了。”见他提到自己的四个丫头，江沅这才把注意力全集中在他身上，还未等江沅开口，宋延巳继续补充道，“以后也顺便伺候我更衣吧。”

早膳刚上桌，宋延巳那边就整理完了，江沅待他落座后，才坐在了他的旁边，示意朱船她们先下去，多年夫妻，江沅早就把宋延巳的喜好牢记于心，比如，用膳他不喜欢身边有人打扰，再比如，他最喜肉粥这种极易入口的食物。

“这是八宝鸭粥，里面添了些枸杞，入口特别鲜美，夫君您尝尝。”江沅小心地添了些粥在他面前。

宋延巳舀了一勺放在唇边：“甚好。”

要说上辈子江沅最擅长的是什么，无非就是揣摩宋延巳了，她把这个男人了解得比她自己都透彻，见他表情未变，江沅不由得有些狐疑，他不是最喜食粥的吗？

“怎么，味道不好吗？”江沅舀了一勺放入嘴巴，香软嫩滑，是宋延巳喜欢的味道，还是说，自己太了解他反倒让他起了疑心，江沅脑海中快速地想着各种可能。

“你了解我的喜好自然是好的，也省得以后惹我不快。”仿佛看透了江沅的心思，宋延巳一开口就给了她一颗定心丸，“你以后还是不要唤我夫君了，叫我中离。”

江沅张张嘴没有叫出声，这声中离，她已经不记得多久没喊过，似乎除了刚成亲的那两年，她总是跟在他身后中离中离地唤个不停，以后她就再也没有这么叫过，她记得，他是不喜欢自己这么叫他的。

“嗯。”江沅点头应下，宋延巳的目光让她有些压力，她抱歉地对上他的眼睛，语气有些撒娇，“我这不是还没习惯嘛。”

宋延巳倒也不逼她，伸手在她脑门上一弹，没使半分力气，像是被花瓣砸了下般轻柔，“那我便等你慢慢习惯。”

唔。

江沅挨了一下，也不敢还回去，只好闷头喝汤，心里的不安感却越来越大。

江沅虽嫁给了宋延巳，但是活得比在江府还舒坦，这回她成亲成得早，宋延巳还没来得及给她整那么多姬妾入府，再加上她有意无意地讨好宋延巳，倒还真得了他的喜欢，整座宋府无论她是横着走还是竖着走，宋延巳都不太拘着她。

江沅自认是个有分寸的人，就算宋延巳愿意宠着她，她也不会拿大地蹬鼻子上脸，但凡是那事大的，她还是会去征求宋延巳的意见。

“你要拆了我的园子？”宋延巳眉头微皱，手指有节奏地轻敲着桌面。

“我见这园子素得很，马上就要入夏了，想种些花草在园子里。”江沅忽闪着大眼睛，拉着宋延巳的衣袖，见他没有出声，心里便知道事情十有八九是成了，愉快的情绪总是能感染到他人，江沅对这点心知肚明，于是面上的笑意又深了三分，细细地说着自己的打算，“咱们到时候在院南边开上一方池塘，种上点芙蓉花，架上座秋千，多有意思，比这光秃秃的园子好多了！”

言罢还不忘了嫌弃一番，宋延巳见她说得眉飞色舞，想想不过一方园子而已，也不介意她折腾。

见他同意，江沅准备把这后宅改成前世自己最熟悉的将军府模样，继续道：“咱们院子北边再起座阁楼好了，到时候可以用来观云赏月……”

只是越说宋延巳的脸色就越冷，江沅的声音随着他表情的微变渐渐小了下去：“你不喜欢？”

“看不见的地我可以随你捣鼓，可是明处总归还是要收敛些的。”不知不觉中宋延巳别开了视线，望着窗外摇曳的绿叶，不再看她，“整座临安，你可曾见过谁的府邸敢在天子初登大宝，国库空虚之时平起高楼的？”

你啊！当年不是你说将军府空旷，顺便盖上座参天楼台才更显得气派吗？

江沅有些哑然，她以为宋延巳一向只手遮天不把这些放在眼里的，想来也是，这世不及当年，自然得敛了锋芒。当下便垂了眼角，点点头：“是我想得不周。”

晚上，江沅睡得有些不安稳，蜷成一团缩在墙角。宋延巳轻晃了她一下，她便又换了一个姿势，脸庞微微埋在手弯里，白色的中衣在月光的照射下泛着珠色的光泽，小小一只，像个没长大的孩子。

宋延巳官拜三品，掌管着皇城的八万禁军，官场之人自然多结交，经常被拉着四处赴宴，江沅也习惯了，今儿个也得了消息，说晚膳要在外面用，便没等他，单做了自个喜欢吃的。想着一会儿用完晚膳，再差碧帆把自个的八角琴拿出来奏上两曲。自成亲以来她就没弹过曲子，再不活动活动手指，怕是过些时日就彻底生疏了。

不过还未等她用完膳，这后院就迎来了几位客人。

江沅坐在堂屋，余光打量着跪拜在脚边的两个女子，一个娇如花，一个媚入骨，倒还真是难得的美人。

送人来的小厮见江沅只淡淡地饮茶，对眼前人不管不问，连眼皮都不抬一下，便不停地给江沅身边的丫鬟使了几个眼色，朱船碧帆自然权当看不见，只急得那小厮满头大汗，最后悻悻然开口：“夫人，这人，是张大人送的。”

“哦？哪个张大人？”见他开口了，江沅这才放下手中的茶盏，装作颇有兴趣的样子，“我总不能连人是哪儿送来的都不知，就这么收下吧。”

小厮见她不像横眉冷对的难缠主母，心里暗自松了口气，这会儿听她问起来，也赔笑道：“是司直府上的张大人。”

张司直，宋延巳这手伸得够远啊。江沅面上挂笑心里却感叹，暗地里冲朱船点使个眼色，“既然如此，那人我便先留下了，朱船送人出府。”

“不敢，不敢。”那小厮何曾见过这么和善的夫人，不觉有些受宠若惊，接连说了几声不敢才弯腰告退。

朱船走在他前面，刚拐出大院，就往小厮手里塞了枚银花子。

“姐姐这可使不得。”小厮连忙摆手，却还是慢朱船一步，这银花子约莫得有二两重，赶得上他一个月的份例。

“小哥你就收着吧。”张大人能让他登府送人，想来也是身边的，朱船见他犹豫，又推了推他的胳膊，“这大户人家就这档子事儿多，里面那两位姐儿可都是我们爷看上的？”

话说到这个份上，小厮算是明白了，正所谓花无百日香，人无百日好，这正房的夫人生得再美，也没有那不尝鲜的猫儿不是，瞬间就觉得这银子不那么烫手了，小心翼翼地揣到袖口里，拣着那重要的告诉了朱船。

“就这些？”摘了头上的珠钗，江沅扭扭脖子觉得整个人都轻松了许多。

“那人是张府小后院伺候的，对那院里的姑娘们知根知底。”朱船帮江沅把头发拢成一条轻轻地扎起来，语气里也带了些许的不满，“听说院里一半姑娘都是咱家爷送的。”

古玩字画，珠宝美人，是人都会有那么点小乐趣，宋延巳最擅长的就是投其所好。

“这俩真是林辅佐送的？”

“比真金还真，上午刚送到张府，现在就被张大人转手给爷了。”沉默了片刻，朱船又支吾道，“听说还是个雏。”

江沅有些无语，是雏才正常啊！要是敢拿二手的糊弄宋延巳，这张大人也就白当了这么些年官了，宋延巳在这方面一向有些洁癖，所以身边的侍妾妃嫔那都是干干净净的，便是去那些烟柳之地也多是饮酒听曲罢了。若说江沅最满意的，也莫过于这点。

“人都安排好了？”

“都按您的吩咐配了几个丫鬟婆子送到温玉苑了。”

安排好了就行，这来龙去脉江沅也理得差不多，与其说张大人送来的是温柔小意，不如说是婉拒林辅佐，给宋延巳送了份诚意。

这样的礼江沅可不敢乱动，要是宋延巳喜欢便收了，不喜欢也任由他打发，这回她可不准备蹚这趟浑水，脏了自个的手。

第七章

黑白之道　铤而走险

至于张司直，江沅细细算了些日子，心里就有了主意，只留下帐香在里屋，当下写了封信件交给她，“明日一早在父亲上朝前送过去。”千叮咛万嘱咐此事除了她们主仆二人，绝不能让第三人知道。

“夫人，爷回来了。”这边刚交代完，碧帆就跑到了门房外边，敲门时已经有点气喘吁吁，“这会儿怕是要到院门口了。”

“你去熬点醒酒汤，让罗暖去厨房备点易下口的吃食过来。”江沅随意地把青丝一绾，披件衣服迎了出来。

刚踏出里屋，就被一双大手揽在了怀里，浓烈的酒香扑鼻而来，江沅挣了挣没推开，见宋延巳抱得紧，便也由他去。

屋内的丫鬟见他俩这模样，连忙退出去掩了房门。

烛火微摇，宋延巳就这么把下巴架到江沅的肩头上，眯着眼睛，慵慵懒懒。

“喝了多少？”

“一点。”

“醉了？”

“没有。”

忽然，宋延巳歪头看她，呼吸弄得江沅耳畔痒痒的，看着她脸上浮起的一抹红晕，笑道："听说张大人给我送了份大礼？"

见他主动提起，江沅也就不用再自个找机会，老老实实道："听闻是林辅佐门里出来的，我给配了几个丫鬟婆子，让她们先去温玉苑候着了。"

见宋延巳不言语，江沅眨眨眼睛继续说："一个行走摇曳生姿，一个声音甜如鹂鹊，想来是擅歌舞的。"反正平日府里也闷，多两个有才艺的女子，也正好能让她乐上一乐，不过，江沅还得补充，"就是模样生得艳丽了些，不是那么清秀温婉，要见吗？"

宋延巳喜欢清丽温和的女子，起码，表面上是要这样的。

"阿沅倒是了解。"宋延巳继续环着她的腰身，嘴唇划过她的脸颊，语气平淡得听不出喜怒，江沅揣摩了半天也没明白他的意思。

忽然，脚下一个悬空，江沅一时没反应过来，尖叫出声，连忙抱住他的脖子，一脸诧异地看着宋延巳。

他眼里映着烛火，盈盈带笑，口中却叹道："阿沅盈盈可人，为夫食髓知味，一般女子怕是入不得为夫的眼了。"

说着便把她往床上放，单手把江沅的手腕压过头顶，轻啄着她的唇瓣，"那等庸脂俗粉，不见也罢。"

原先宋延巳的姬妾成群，江沅恨不得每晚都痴缠着他。如今，宋府只有她一个人，宋延巳又是血气方刚的年纪，这一来二去的，江沅的身体倒是有些吃不消。

天色微亮，宋延巳刚起身，江沅就醒了，也没惊动他，而是眯眼听着身边的动静。约莫一炷香的时间，周围回归了平静。

江沅睁开了眼睛，单手挑起了床幔，不一会儿，敲门声嗒嗒的传来。

"进。"江沅声音刚落，帐香就推门而入。

"东西给父亲了？"

"给了，我亲手交出去的。"帐香迟疑了片刻，"这事会不会被爷知道？"

"无碍。"江沅拢了拢衣衫，起身踱到窗边，窗边的绿琼开得越发妖艳，她摆弄着花瓣，“他早晚会知道的。”

此时街上还未有多少人，宋延巳斜靠在马车内假寐，马蹄敲在青石铺就的大道上，传来嗒嗒的节奏，更衬得街道安静异常，车窗微动被人从外面敲了敲，“大人，府里有消息。”

“讲。”洁白的食指轻轻挑起鸦青的车帘，里面传来宋延巳慵懒的声音。

徐安速度极快，眨眼的工夫就到了宋延巳身边，在他耳边私语：“她说让江大人按信上的做。”

“可知道信上写了什么？”

“属下碰不到信。”徐安继续道，“若是冒然动了那丫鬟又怕打草惊蛇。”

“阿沅真是越来越聪明了。”宋延巳的话惹得徐安甚是狐疑。

这事没有从江沅那边传出来，想来信件一事只有江沅和那丫鬟知道，他若是不知信中内容，一来事情可以向着她预测的走向发展，二来排除了那丫头是他眼线的可能，若是他知道了，那么这丫鬟就定然是他的眼线，江沅有了提防之心，这枚棋子也就废了。

既然是方才给的，想来是朝堂之事。宋延巳默然少时，脑中细细思索着，忽然他眸中寒光微闪，似想起了什么，连对车外的马夫道：“快，抢在江大人前面入宫！”

“大人。”

“你速去通知傅大人，让他在宫门前截住江忠嗣车马。”宋延巳心里有点动怒，面上却不动声色，若是如他所想倒是小看了江沅。

待车马到达宫门时，江忠嗣已经到了有一会儿，此刻正被傅正言拦着说些什么。

“岳父大人。”宋延巳让人停了车，阔步踏了下来。

江忠嗣今早刚收了江沅的信，里面的内容也让他觉得有些不可思议，见傅正言拦他车驾的那一刻，心里就有了底，当下也扯出了满脸的笑意，看了眼傅正言，才望向他道：“现下正是面圣之时，子婿此举不妥啊。”

宋延巳倒不着急，伸手请他先行，“岳父大人先请，小婿有件事要与您商议一番。”

傅正言给他使了个眼色，见他无异，便作了一揖，率先入了宫门，二人并肩而行，一路无言，走了近半的路程，宋延巳才缓缓开口，“不知阿沅可跟岳父大人说了什么？”

洁白的尺素此刻正安静地躺在江忠嗣袖内，他面上却云淡风轻，“能有何事，无非是小女儿情怀，给我这个做父亲的唠叨唠叨。”

言罢，脚下便加快了步子。

“岳父大人。”宋延巳快他一步挡在他面前，目光正好与江忠嗣撞了个正着，“小婿说的是商议，所谓商议，定是在下这里有岳父大人喜欢的东西。”

“哦？”不得不说，宋延巳这个人江忠嗣还是很欣赏的，只不过聪明虽好，可是聪明过了，就让他有些本能地想要防备，于江沅亲事一事上，他越想越觉得中间有问题，只不过他还是看不透罢了。

“内兄今年也该二十有三了吧。”

听他提到江澧，江忠嗣停了脚步，上下打量着宋延巳。

“内兄这个年岁，若是再无政绩，怕是达不到岳父大人的期望。”宋延巳唇边荡起一抹意味深长的笑容，轻声道，“栖安一事若岳父不插手，小婿便设法让内兄同行。”

江忠嗣心头大震，掩在袖中的手被骤然收紧，江沅信中提到的正是栖安之事。虽然此时栖安是个烫手山芋，可是富贵往往隐藏在危险中。江忠嗣是个十足的机会主义者，位高而无权，本就不是他所图。栖安的水患瘟疫若能治理好，长则三载，短则一年，事后即便自己的前途到顶，也多少会对儿子的仕途有所助益。

“内兄官职甚低，出于避嫌考虑，您父子二人自是不能一起过去。”宋延巳话锋一转，“何况这事成了自然好，若是中间出了差池，那您的处境可就难办了。”

江忠嗣冷笑道：“子婿倒是胸有成竹。”

“百无一失。”宋延巳无视他的讥讽，退后一步让出前行的道路，

“小婿是稳操胜券，而泰山大人则是险中求胜。”

前行了几步，江忠嗣忽然停下脚步，回头望向宋延巳，他就这么立在他身后，眼神清明，脸上的笑一如既往地完美，江忠嗣有些不能确定，把江沅嫁给他究竟是福还是祸，半晌才悻然开口：“此事依你当真可成？”

“定不负泰山大人。”

“夫人，该喝药了。”宋府内，碧帆捧着白瓷雕花的小碗，里面散着浓浓的苦气，见江沅一口闷了，连忙取了两颗蜜饯，看着她塞到嘴里。

真苦啊！江沅的脸皱成了包子，若不是方子是自个过了眼的，她都怀疑那大夫是不是与她有不共戴天之仇，真是什么苦他添什么。

“夫人，这药还得喝多久啊？”见江沅自入府来，就不停地吃药，碧帆心里多少也有些焦急，这要是三五个月也就罢了，若是时间长了，这肚子再没动静，也着实不好交代，毕竟，宋延巳也快年满双十了。

“你放心，夫人我这是在好好地养身体。”江沅拍拍自己的肚子，她现在身子骨还未长开，若是过早地怀了子嗣，怕是生产不易，何况宋延巳也不会那么早就让她怀上。

什么不孝有三无后为大，他宋家绝种了与她何干？江沅嘴角微挑，只是这次，她若生不出来，别人也休想生出来，即便是生出来了，也只能有她一个母亲。

不知道现在事情办得怎么样了。

“爷。”朱船的呼唤声打断了江沅的思考。

宋延巳就这么背光而立，一袭青荷色的深衣，竟是先换了朝服才来她这儿。

江沅看不清他的表情，眼睛一眯，冲他微微一笑：“我刚巧想要下棋，要陪我吗？”

宋延巳点下头便跨坐到她身边，随手拈了颗梅子塞到江沅口中，酸得江沅直皱眉。

“这玩意真酸，难吃死了。”

“难吃你还摆了一桌。”

江沅饮了好几口茶，才盖住口中的酸味，揉着腮道：“好看就够了嘛，何必非吃不可。”

今日下朝，宋延巳推了所有的宴请，他觉得，有必要和眼前的小女子谈谈。

江沅于黑白两子颇为精通，尤其是死前的那段日子更是把这黑白两色当成了日常消遣。

宋延巳下棋沉稳，走一步而知其后是他一贯的风格，江沅则下手果断，不破不立。一个善于布阵，一个杀伐绝决。江沅没打算隐藏自己的实力，毕竟在宋延巳这只贼狐狸面前，她也藏不住什么。

一盘棋足足下了一个多时辰还未分胜负。

直到江沅点下一颗白子在棋盘上，她指尖刚落，宋延巳的黑子就点在了旁边，瞬间，一盘平局几乎变成了江沅的死局。

“我输了。”江沅见大势已去，倒也不做留恋，一盘棋而已，她输得起。

宋延巳随手扔下手中的几枚黑子，打乱了桌上的棋局，“阿沅棋艺精湛，只是这落子间太过着急了些。”

旁边伺候的碧帆看他俩就这几枚棋子，生生走了那么长时间，也是无趣得很，至于两人在棋局里拼得你死我活，她自然是看不见的，这会儿见两人停了手，连忙端上了两盏八宝茶，“爷，夫人，喝茶。”

这茶煮了许久，一揭茶盖，香气就扑鼻而来。

宋延巳斜靠在软榻上，手中端着茶盏并不急着喝下，“早些日子梅河出了场大水患，这事你可知道？”

明知故问，江沅笑道：“这事闹得这么大，我自然知道。”

栖安月初暴发了五十年不遇的水患，一方百姓死伤无数，恰逢当地又流出了当今圣上并非天命的流言，一时间动乱不堪。水患严重，灾民流窜，马贼四起，这梅河的决口还没堵上，已经有不少小村庄暴发了瘟疫。

太守关叔仪甚至派兵封锁了村子，想要一把火烧干净。按理说为了一方百姓，烧掉几个染了疫病的小村庄自古以来就有，算不得什么大事，就算李晟知道，也会睁一眼闭一眼。可错就错在瘟疫这事关叔仪并未与临安知会就自己动手了，何况事也做得不太干净，提前走了风声。

横竖都是死，被围困的村民也是急红了眼，跟不要命似的，没想到还真打伤了一队官兵逃了出来，等关叔仪得了消息赶过去，村庄早已人去楼空，至于那染了病的村民去了哪里就不得而知，要是真混进了栖安城，那才是场大麻烦。眼看纸就要包不住火，关叔仪这才快马加鞭地送来了消息。

李晟震怒，若不是栖安之事过于紧急，朝臣求情后办，怕是关叔仪不仅仅是贬职这么简单，只不过这样一来，栖安郡守一职就有了空缺。只是这个当口，朝中上下一片静默，没人愿意接这个烫手山芋。

“你有何想法？”宋延巳似乎无意问起。

江沅挑挑眉，使了个眼色，丫鬟们见状，屈了个身便都退了下去。

她记忆中，栖安的这场瘟疫来得迅猛却不会持续太久，再过不久，神医第五先生就要出现在栖安了，父亲此刻去了自是坐收渔翁之利。

室内恢复了以往的沉默，江沅语气平和：“你不都知道了吗，还来问我。”

宋延巳显然不满意她的态度，江沅垂首摆着面前的棋盘，这副你奈我何的神态看到宋延巳眼中更是觉得扎眼，伸手挑起她的下巴，四目相对，宋延巳眉眼微弯，却没有多少笑意，“我喜欢女人有智慧，而并非小聪明。”

“这倒是可惜。”江沅被他抬着下巴，越看这张脸越觉得心气不顺，笑容中难免带了丝讥讽，“起码这些小聪明让我知道了帐香不是你的人，而且栖安这事，最后你不也妥协了吗。”

帐香、罗暖前世没有跟江沅到最后，即便从小一起长大，在她心里多少也不及为她豁了性命的朱船和碧帆，故而这次送信她只知会了帐香一人，若她是宋延巳的眼线，这信早在昨晚就透出去了，不至于给宋延巳一个措手不及。

至于栖安一事，爹爹自请去地方赈灾，显然是合了李晟的心，没有什么比权势受限的二品尚书令更让他放心和满意的了。到时候，宋延巳再想插人进去，也只能屈居父亲之下，父亲的手段想来宋延巳也是知道，在他眼皮子底下做小动作可是难于上青天。

再不济，宋延巳也得带上哥哥，她的父亲她比谁都清楚，没有利益的交换江忠嗣是绝对不会做。

江沅眉眼轻动，伸手推开他的手臂，斟酌道：“若我提前告知你，你会用上我江家的人吗？”

“不会。”宋延巳倒不瞒她，简单来说，是除了他的人，宋延巳不希望任何人出现在他的计划中。

就知道你不会，江沅坐在他身侧，俯身撑在他面前，宋延巳只闻到她身上淡淡夜寒苏的香味，“你看，最后去的还是你的人，你也知道我兄长不是个能成大事的，但为人还算得上踏实，我自是希望兄长能够到个适合他的位置上。”

江沅的指尖划过他的脸颊，所到之处带上了星点的冰冷，满头的乌发被小小的玉簪绾住，偶有些细碎的发丝散在耳畔。

“阿沅好算计啊。”宋延巳笑着点了下她的脑门，声音温柔得能掐出水来，带了点蛊惑的味道，“为何非要去栖安呢？”

“富贵险中求。”她嫣然一笑，轻轻吐出这几个字。

江沅当然不会傻到告诉宋延巳，自己也知道栖安有一大片隐藏的天然铁矿山。这是宋延巳的秘密，江沅很清楚，此刻她若是敢透露出哪怕一点的意思，宋延巳都会毫不犹豫地杀了她。

栖安，那是宋延巳的兵器库！未来的几年，傅正言会一直待在那里，为他守着那片不为人知的宝地。

还有之前荆州的于怀安，琅嬛州的王远城，之后宋延巳还会找机会搭上平湖的葛振堂，江沅每次想起来这些都觉得毛骨悚然，栖安出产铁矿，平湖乃一国的粮仓，得了荆州等于掐住了南梁的咽喉，还有琅嬛州王远城那二十万的大军，而宋延巳本家又是南梁巨贾，富可敌国。

前世的泗水，虽然不算什么大患，但也被江忠嗣整顿得滴水不漏，坚如铁桶，对宋延巳而言多少算是一块难啃的硬骨头，也难怪他费了那些个功夫，引得自己对他如痴如迷。

他每一步都有自己的计划，江沅不敢打乱也打不乱。她甚至不知道宋延巳究竟是什么时候生了造反的心思，或许是现在，抑或许是不久的以后。她活了这么些年，最懂得见好就收。但她也要在还有价值的时候攀着宋延巳的肩膀踏得更稳，即便不能与他并肩，也不能让自己处于必败之地，她要让江家在朝堂上站稳脚跟。待以后宋延巳想摒弃她的时候也要好好掂量掂量。

宋延巳望着江沅，似笑非笑："若仅仅是富贵，我倒可以给，就怕阿沅太贪心。"

"我何曾贪心过。"打个巴掌给个甜枣，江沅眼睛骨碌一转，轻轻往前一扑，正好落在宋延巳怀里，鼻息交融，她对上宋延巳锋利的眼神，决定卖他个好，小声神秘道："你可知道，楼大人有一名美姬，名云焕，生得那叫一个柔媚可人。"仿佛跟亲眼见过似的，江沅自动把楼夫人口中的狐狸精小贱人转换成更能拿得上台面的形容词，不过，江沅话锋一转，"就是长得跟先皇宫里的魏淑仪有几分相似。"

宋延巳的表情渐渐缓和，听江沅继续道："我也只将将见过一面而已，听说是妓坊出来的，不过那通身的气质可比咱府里那两位好多了。"

"你怎么知道那魏淑仪长什么样。"

"我打小在贵女圈里长大，但凡临安城姿容秀美的小姐，皆是过目不忘的。"

江沅这话说得半真半假，魏淑仪这事是宋延巳当年查出来的，就算她不说，为了扳倒楼哲，宋延巳早晚也会查到，她现在无非是把时间提前，借着先知卖他个人情。

宋延巳的速度确实快，江沅上午才告诉他，晚上云焕就已经被查了个底朝天，连枝末细节都被查得一清二楚。

江沅看着摊在桌上的几张信件，有些咋舌："这都是？"

从出宫到被偷偷送入妓坊，楼哲连身世都给她伪造得颇为真实，原本应该了无声息的一件事，几乎被宋延巳从头到尾查了出来。

"废帝的姬妾他也敢往府里带，何况还是一个生过皇子的淑仪。"宋延巳点着纸面，一声一声，似乎敲到江沅的心上。

"阿沅，你说把这种背负着杀子之仇、弑夫之恨的女子放在身边，是为了什么。"宋延巳一瞬不瞬地盯着江沅，似乎要看到她心里，那眼神充满了好奇迷惘还有深深的鄙夷。

宋延巳不明白，江沅也不明白，沉默了许久，她才喃喃道："许……许是真心爱慕吧。"

"爱慕？"宋延巳摇摇头，冷笑道，"今下，楼哲怕是要葬送在这二字上了。"

江沅袖中的手微微有些颤抖，明明有些炎热的天气，江沅却还是觉得冷。

楼哲的事情办得很快，李晟作为一个帝王，当然容不下近身的将领为了废帝的女人，瞒天过海地蒙蔽他，这是对他权威的挑衅。

楼哲一倒，内军与禁卫军旗鼓相当的平衡被瞬间打破，李晟自是不敢多等，郎中令一职快速定了曲思安，曲思安忠心有余，但心思终究不及楼哲，宋延巳只需几个动作，手就自然而然地伸到了皇墙之内。

宋延巳擅长虚与委蛇，手段又狠辣，偏偏却披着一副神姿高彻，如瑶林琼树般的皮囊，他究竟有多少探子江沅也不知道，她只知道他手上握着朝堂上下许多官员的把柄。

合为上，警为中，杀为下。宋延巳对非议者的手段一向简单粗暴，再加上他手中暗地里的探子和明面上的禁军，想要的证据几乎一抓一个准。

时间一长，朝堂中对他的非议声越来越少，取而代之的则是有意无意的逢迎拍马。

今日是李晟三十六岁的生辰，朝中开了小宴。

许是李晟兴致颇高，多饮了些许，有些醉意，不好扫了大家的兴致，便早早随着帝后离去，他一走，殿内的气氛又热烈了许多。

宋延巳待得太久，在推辞了一杯后，出了殿堂，想要透透气。

大殿四面环林绕水，唯有一桥，直通亭内，是迎风赏月的佳地，亭内空无一人，宋延巳将将踏出一步就停了下来，转身向林中走去，林间的小路被铺上了厚厚的青石，因宫中常有人清扫而甚少落叶。

“宋大人怎不去亭中一歇，倒来这清凉之地。”

宋延巳一回首，就看到了不远处的顾思珺，黛眉轻飞，广袖拖地，一眼望去就知道这身装扮费了不少心思。

“我若去了，怕届时冲撞了娘娘。”无人之地莫入，尤其是还没有退路的地方。

“中离哥哥这会儿怎和我生分了。”顾思珺长袖掩唇，一副安全娇俏的模样。

宋延巳不回话，月色朦胧下，两人就这么隔着约莫两丈的距离，只是在外人看来颇有幽静私会的意味。

“既然娘娘无事，下官告辞了。”

宋延巳离开的背影再一次划开了顾思珺的心，那样决绝，那样的不留情面。

待我功成名就，定来娶顾家妹妹。

吾非良配，卿可令择。

顾思珺觉得自己的十几年活得像个笑话，她出身不算显贵，可宋家不过一介商贾，也算得上门当户对。打小她就喜欢跟着他跑，他说喜欢清秀的女子，她便不施粉黛，他说女子以才为佳，她便强迫自己熟读四书五经。她把自己努力打扮成他喜欢的样子，结果，他还是为了官运仕途抛下了她，这让顾思珺如何不恨！

“站住！”她的声音没了以往的温柔，尖锐得可怕，她迫切想要寻找一个理由，甚至带着些许诅咒的意味，“你以为你那些阴损的手段能一直掩盖在这副皮囊下？你以为抛下了我就能平步青云了？你做梦！”

宋延巳眉头一皱，转身望向顾思珺，她整个人被愤恨包围着，五官因为过度的用力而显得扭曲，哪里还有一丝美人的姿态可言。

“我感念你的救命之恩，也劝你忘了当年那些事。”顾思珺对他的感情早已陷入了病态，宋延巳停下脚步，就这么平静地看着她，“那是你的梦魇而非我的，我身边不需要一个随时随地想拖着我坠入无底的深渊的女人。”

“忘了，我怎么忘，中离……”顾思珺的声音渐渐放得平缓，莲步轻移，似哭非哭，“你那时说过的，你说过要永远陪着我的。”

女人在夜色下显得孤独而无助，宋延巳偶尔也会想到那场大火，想到顾思珺那双把他拉回人间的小手。那时的他们还很年幼，就像两只雏鸟，充满了惧怕和惊恐，相互依偎相互取暖。

“忘了吧。”宋延巳摇头，月色下的他显得过于决绝，他不是没想过就这么和顾思珺安稳地过一辈子，可事实证明，他错得过于离谱，“你杀瑛曲的时候就该知道，你我之间没可能了。”

“中离！”顾思珺猛然向前，紧紧地拉住他的袖口，一脸急迫地辩解，“不是的，我都是为了你啊，你明明知道，留下她，她只会碍了你的路！”

“可她毕竟是我妹妹！宋家就算再腌臜，也轮不到你一个外人不吭不响地下狠手！”宋延巳袖口一甩，顾思珺打了个趔趄，不可思议地看着他，提到瑛曲，宋延巳也没了耐心，“这事我会烂在肚子里，没人知道，你大可放心。”

“中离！”顾思珺见他要走，慌忙从后边抱住他的腰身，泪水打湿了长长的睫毛，声音凄苦却又诡谲，“你不能这样对我，咱们一起活下来，本就该一起老死才对，这世上没有人比我更懂你了，我和你才是一类人。”

宋延巳皱眉，果断掰开缠绕在他腰间的手指，顿了片刻才背对着她道，“思珺，念在你对我有恩情的份上，我永远不会伤你，也愿你不要再做纠缠，次次踩着我的底线把我往绝路上逼。”言罢头也不回地匆匆离去。

顾思珺看着他渐渐消失的身影，指尖狠狠地掐进掌心。

金碧辉煌的大殿内酣歌恒舞，丝毫没人注意这两抹身影和刚才所发生的一切。

那边宋延巳在朝堂上混得风生水起，江沅这里的客人也是络绎不绝，诗会、茶会、赏花会，帖子不断。

“江姐姐！”清脆的声音在院内响起，接着一条曼妙婀娜的身影从门外蹿了进来，江沅躲不急，手臂一紧就被人抓了住。

又来！江沅心中暗叹，自嫁了宋延巳，她不知怎么的就入了李清平的眼，小县主隔三岔五地往她院子里蹿。

李清平现在可是临安的大忙人，日日遵循着公主府、冯府、宋府的线路，风雨无阻。

“姐姐，你说冯修远会娶我吗？”清平扯着她的衣袖坐在圆桌旁，顺手摸了一颗果子，小咬了一口，眼眉微蹙，香腮微鼓，像只偷食的小松鼠。

“你成日跟门口的石狮子似的杵冯府那儿，除了你，怕是也没哪家小姐敢嫁他了。”江沅说的倒是实话，搁谁家，也不敢把女儿嫁给与县主不清不楚的人家，李清平那可是李晟的亲外甥女，仅这点，圣上的心就该偏到胳肢窝了，但凡有点脑子的，都不会去给自己找不痛快。

江沅看了眼趴在桌上纠结的李清平，眼神明亮，嘴角不笑而扬，虽然刁蛮任性了些，但总归是个热烈的性子，浑身洋溢着活力，跟四月天的小太阳似的，配上冯修远的少年老成，说不定也是个善缘，起码，要比上一世的何探花好太多。

“对了姐姐，你家里的那群狐狸精怎么样了！”清平看了眼温玉苑的方向，声音忍不住地厌恶，那模样仿佛这些姬妾都是不在宋府而是在冯府似的，江沅忍不住扑哧笑出声：“你一来，她们就是吃了熊心豹子胆也不敢出来啊。”

“哼，算她们识相。”每想起她误入温玉苑被那几个妖精冷嘲热讽，李清平就气得胃疼，要不是后来江沅赶过去拉着，她早把那群狐狸精的脸给抽烂了。想到这儿，她拉着江沅的手，恨铁不成钢地道：“姐姐就是心太善，好吃好喝地养着，惯得她们连自己是什么东西都忘了。”

“你这话可不能让别人听见，不然还没嫁人就得被扣上善妒的帽子。”

“她们敢！”李清平拍桌而立，“我不撕烂她们的嘴。”

“好了，你这模样要是给冯夫人看见，这辈子怕是别想进冯家的门。”江沅把她拉到椅子上，清平这火药般的脾气是该改改了，江沅转眼又想到了张氏，心里摇了摇头，此生张氏与冯府是无缘了。

“姐姐，你知道我的，就算他跑到天涯海角我也会把他追回来！”这话倒还真像是清平的性子，江沅没在意，亲手剥了果子塞到她嘴里，敷衍道：“是是是，他就是钻到地底下，你也能把他挖出来。”

多年后，江沅回忆起这段往事唏嘘不已，她没想到这么一个身娇肉贵的皇族贵胄，真的抛却了一切，追着冯修远去了烽烟四起战火纷飞的战场。

清平又拉着江沅说了些什么，话题无非都是围着冯修远打转，每每提到冯公子，都是一副少女含羞的模样。

待到夕阳余晖落落洒下，公主府不停差人来唤，清平才恋恋不舍离开。

“县主很喜欢夫人您呢。”朱船给江沅捶着背笑道。

“咱们宋府都快成她家别院了。”江沅无奈道，转而又问，“明日可还有事？”

“嗯，张家奶奶明个邀您过府赏花，”碧帆翻了翻手上的帖子问道，“您还去吗？”

“不去！”一听到张家奶奶，江沅顿时觉得躁得头疼，似有什么在拉扯着她的神经，她是真怕了那双含泪带愁的眼睛，花败云逝，每每都要带着自己多愁善感一番，惹得江沅不厌其烦。

“爷今日在哪儿？”

“在花冠楼吃酒呢，一会儿还要去小南湖听曲子。”朱船回得清楚。

“我天天面对着一群搽脂抹粉的半老徐娘，他左拥右抱的倒是快活。”

江沅不是故意打听宋延巳，何况她本身也不介意宋延巳去哪儿，只是她得保证自个要找他的时候得寻得到人，当她把这要求提给宋延巳的时候，在他看来似乎也不过分，便允了。

一开始还苦了宋延巳的跟班度水，毕竟这男子谈事总不好只在酒楼茶肆，那秦楼楚馆有时候也是要去的。原早度水还支支吾吾不敢说，怕夫人再怪上他，时间长了，才恍然，夫人确实只想知道爷在哪儿，至于那是干什么的，一点不重要。

“两名纨绔惹出了事，居然参到大人头上去了，那姓王的也欺人太甚。”男子丝毫不在意屋内的几名歌姬，桌子被他拍得生响，“自个的儿子吃花酒抢人被打死了，不觉得害臊，倒反咬咱们一口！”

“好了，也不是什么值得说嘴的事。”宋延巳示意他不要再说下去，“到底是在皇城内出的命案，我难辞其咎。”

“这韦大人也是，不就是一个小舅子，怎的就不能舍了。”程校尉仰头饮了杯酒，“弄得咱们这会儿里外不是人。”

要说这事，还得从半个月前的小南湖说起。

那日韦之敬的小舅子和王初德家的幺子都在小南湖听曲，原本各玩各的两人中间不知怎么，竟为了争花船上的一名艳妓打了起来，结果王公子在熙攘间被人推了一把，脑袋磕到船梁上，当场就落了水，那会儿恰逢天色已晚，湖下又水草横生，救人的时候耽搁了些，等到人被拖上岸来，早就没气了。这还了得，王大人拢共就俩儿子，早上出门还好好的，晚上人就没了，王夫人当场就哭晕了去。

照理说，杀人偿命欠债还钱，何况那人还只是韦大人的小舅子，便是真把命陪给王小公子也是说得过去的。偏偏韦之敬却铁了心的要保他，两位大人没一盏茶的工夫就谈崩了，第二日王大人就以官家内眷仗势行凶，临安治安松散，一本参到了李晟那儿去。这一来二去，李晟被他们闹得不胜其烦，干脆做了甩手掌柜，把事一股脑地推给了宋延巳去查。

官高一品压死人，这可是个吃力不讨好的活。

屋内的气氛变得有些凝重，连弹曲的声音都被琴娘刻意压下去了许多，宋延巳倒是不在意，“既然要查，那么咱们就秉公而行，绝不姑息，这世道，证据便是王法。”

“可是……”

“莫说可是，来这地无非是快活一下，不要谈论这些个烦心的了。”宋延巳开口打断他的话，“换个曲子，别整日里净弹这些凄风苦雨的。”

“好好好，喝酒喝酒。”周围的人连忙打圆场，先前的压抑一消而散，又恢复了往日的嬉笑声色。

只不过今日似乎不适宜饮酒作乐，这小宴没进行多久，阁内就闯进来了几位女子，宋延巳执着酒杯缓缓饮下，抬头看向庭中的几人，“头疼？请大夫了没？”

“奴婢不知，夫人只让奴婢来请爷。”朱船遮了半张面，站得笔直，身后跟着四个丫鬟，眼睛礼貌性地盯着前方三尺处的地面，通身没有一点丫鬟唯诺的做派，脸上写满了“请不动您我就不走”几个大字。

丫头婆子带人去寻老爷的不是没有，但是这放到宋延巳身上，倒真是大姑娘上轿，头一回。

宋延巳随手丢下酒杯，未饮完的酒随着酒杯一声落在地毯上，他也不做贪恋起身跟其他几人告辞：“既然家内身体不适，在下也不宜多做逗留，改日我请。”

“哪里哪里，大人请。”宋延巳都开口了，在场的也不便留他，跟着起身回礼。

此刻的百花胡同还热闹得紧，两旁的店肆把街道照得灯火通明，宋延巳的马车内被打理得甚为别雅，他倚靠在车垫上一个人占据了大半个空间，车外传来歌姬轻扬的琵琶曲，男子们爽朗的调笑声，朱船跪坐在一角，隐形般的不打扰到他。

“夫人今天心情如何？”半晌，宋延巳缓缓开口。

“不甚好，今早陪明家大夫人喂了一上午的锦鲤，下午清平县主又在府里折腾了许久。”朱船想了想，继续补充道，“这回没进温玉苑。”

提到温玉苑，宋延巳有些失笑。

有次他被度水匆匆请回府，原以为出了什么大娄子，结果一进院子就看见清平气冲冲地怒视着他。地上姹紫嫣红地跪了一片，有几个脸被抽了好几个血道子，低声地抽泣着，脸蛋都看不出本来的模样了。

事后才知原是清平见他府里园子修得好，逛着逛着不知怎么就闯进了温玉苑。温玉苑离得远，江沅也就事先没知会院里的，结果被人当成了新来的姬妾。院里几个得宠的难免有些骄纵，当下就拿着架子把清平敲打了一顿，想来也没说什么好听的。

李清平是谁，那可是宜佳公主的眼珠子，别说被姬妾教训，就是宫里的帝后夫人也没给她受过这种委屈啊。当下就怒不可遏，直接解了腰间的软鞭，挺挺甩了过去，她下手够狠，当场就飙了一地的血，要不是后来江沅得了消息赶过去，怕是人都得被她打死。

这一来二去，来龙去脉也就清楚了，惹事的是那群姬妾，打人的是清平县主，地点还在温玉苑，江沅算是里里外外摘了个干净。借力打力不脏手这点，她倒是做得熟练。只是可惜了那几个美人，原本他还想着送出去做个人情，结果江沅一动手，又得另寻了。宋延巳嘴角微挑，闭着眼睛不再说话，似沉醉于街上的丝乐声。

马车的脚程很快，宋延巳踏入房门的时候，江沅早就正襟危坐地候着他了。

“不是说头疼吗？”宋延巳示意伺候的人退下，笑着牵住江沅的指尖，顺势坐在她身侧。

这些日子因为王小公子一事，城里的夫人们几乎分了两拨，一波是韦夫人为首的临安老臣，另一波则是与王夫人颇有交情的莫泽旧派。江沅身份特殊，既不能站队，也不能事不关己，只得每天对着那几张面孔虚与委蛇。

这事江沅没问过宋延巳，但张夫人毕竟是王小公子的亲舅母，这些日子每每见她都要梨花带雨地哭诉一番，一想到明日去张夫人府上她就头疼，这会儿又见宋延巳春风含笑的模样，脸色就更加阴沉，“你倒是过得舒坦。”

“火气可真大。”看她变了脸色，宋延巳知她夹在夫人的派别中受了不少夹板气，笑着把玩着她柔若无骨的手指，语气一如既往地平和，“你未曾跟我提过，我自然认为你应付得如鱼得水。”

“那我现在提了。”江沅反手握住了他不老实的手指，使劲捏了一把，见他依旧风轻云淡，不觉有些挫败感，“说吧，这事你究竟怎么办？”

劲还挺大，宋延巳想着反手把她拉到怀中，轻啄了下她的香腮，他身上还挂着清酒的香气，闻得江沅都有些醉，“很快就能结了。”

“真的？”江沅听他语气肯定，当下心中的烦闷之气就被一扫而光，只是这份欣喜没持续多久，就被满腹的狐疑取代，她一向小心谨慎，心细善察，欣喜过后，只需片刻她就能头脑冷静下来察觉到宋延巳话里的不同，他没告诉她过程，只说了结果，于是疑问道：“怎么了结？”

“秘密。”宋延巳说完这话，眼光飘飘扫向窗外，空中竟无半点星光，他嘴角不由得扬起一个弧度，笑得有些阴寒，“你要听吗？”

江沅小动物的第六感敏锐地察觉到了危险的信号，连忙把头摇得跟拨浪鼓似的，“算了，你爱怎样就怎样吧。”

“头还疼吗？”

更疼了！江沅心里暗暗叹了口气，然后一头扎到宋延巳怀里，露出毛茸茸的小脑袋看他，撒娇道：“你在我就不疼了。”

这小模样该是极可爱的，江沅觉得很满意。

轻点了下她的鼻尖，宋延巳不再回答，既然她愿意演戏，他就陪着她玩好了。

月底，临安发生了一件震惊朝野的大事，纵然江沅重活一世，也料想不到，惊得打翻了茶盏。

韦之敬的小舅子和王初德家的幺子一案原本只是一场命案，但是韦之敬死活都要护着他小舅子，多少惹了些嫌疑，宋延巳这边是铁了心的油盐不进，韦之敬是前皇帝的老臣，原本就不得莫泽这批跟着李晟打江山的臣子待见，朝中派别日渐白热化，宋延巳此举虽然平白被参了多次，但也得了莫泽一派的青眼，威望水涨船高。

谁料这越查事越多，宋延巳安插的探子无孔不入，进展神速。更是在一个深夜带着一个队的人闯了韦之敬小舅子的府邸，在后院挖出了整整十大箱黄金，众目睽睽之下，想藏都藏不了。

“大人，大人！”韦之敬的随从几乎是连滚带爬地冲到了大堂内。

“说！”韦之敬不停地踱步，一见他长随的表情就知道不好了，但还是忍不住质问，“如何？”

“听说出了金子还有书信。”长随跪趴在地上，满脸后怕，“还好只是和爷您的。”

韦之敬踉跄了两步，将将扶住八仙桌，手指有些颤抖，“去！查查还有什么！”

“大人，人是保不住了！”

“保不住也得保！不然……”韦之敬心里掀起了惊涛巨浪，忽然想到什么，眼中寒光一闪，“不然，就……”

随从见他做了个抹脖子的动作，当下就明白了他的意思，点头如捣蒜。

“做得干净些。”

韦之敬终于按捺不住要动手了。

宋延巳把字条折成一片投入火盆中，转头看着面色隐晦不定的钟濡，说的每一句话都插在他的心尖上：“你为他卖命，结果不还是被他视如草芥，弃之敝屣。”

“他是我姐夫！”

“你以为你没了，你姐姐还能过得如原来一般？”宋延巳嗤笑道，“你姐姐毕竟不是名正言顺的韦夫人，就是不声不响没了，也无人察觉。”

看着钟濡，宋延巳继续道：“跟我合作，或许还有一线生机。”

血一滴滴划过脸庞，钟濡眼前一片殷红，他此刻心如死灰，原本的一丝期望也被宋延巳打破，“你想要什么？”

宋延巳知他耗得差不多了，轻声在他耳边细细道来。

钟濡眼睛越放越大，最后化为不可置信的惊恐，“宋延巳！你疯了！”

“是你们疯了。”宋延巳伸手拭去他眼皮上的血迹，血液蹭在他白皙的手背上，显得阴森不堪，“早晚而已，何不提前？你该知自己是步死棋。”他盯着钟濡的眼睛，一字一句道，“事成以后，我赠汝千金，助你们姐弟二人从此消失在梁卫两国，如何？”

两日后，钟濡暴毙在大狱中，韦之敬这一动，虽然死了一个小舅子，却露出了更多的破绽，宋延巳顺藤摸瓜，最后截了韦之敬和卫国的信件。

于是一场杀人案直接上升成了韦之敬反水卖国，证据确凿，震惊了整个南梁。

李晟这边还来没反应过来，朔北就出事了。

“朔北战略图暴露，卫军如入无人之境，屯兵点被袭击，刘岸将军以身殉国！”前线带来的消息一次比一次严峻，李晟龙颜大怒，摔碎了不知多少瓷碗。

“陛下。”在李晟又砸了一方砚台后，身后传来一声温柔的呼唤，幕帘轻动，一个倩影徐徐进入李晟的眼帘，“这天都快亮了。”

“是啊，天都快亮了。”李晟按了按额头跳动的青筋，声音充满了疲惫，“朕这几日越发地不爱上朝，前线每次传来的消息都让朕的心凉上三分。”

一双柔荑覆上了他前额两侧，轻轻地揉着，声音娇软：“陛下何苦一人烦恼，朝堂之上不还有许多臣子可以为陛下分忧嘛。”

“臣子虽多，可用之人却极少。”

李晟在脑中细细琢磨着，朔北一破，卫军就要南下，不出两个月就会兵临莫泽，莫泽当初是他的封地，身边的不少旧臣的家眷都在莫泽，此地绝不能破，而中间唯一的关卡就是柴桑。

宋延巳。

李晟心中有些摇摆不定，按理说，宋延巳英雄少年是最好的征战人选，他起兵夺帝位的时候，宋延巳作为先锋使颇有战功，这两年把他放置在临安确实有些委屈他了，但没想到他做起人来也是左右逢源，手里握着临安的禁军，混得风生水起。

李晟也说不上来为什么，他对宋延巳有着本能的不信任。可是这朝中的将领，韦之敬一事后，旧臣他不敢用，而莫泽的那批又有些不上不下。

“思珺。”李晟拉下她的手，示意她坐到身边，“如有一虎，能御狼，却又极易成患，该如何？”

顾思珺一怔，便知道李晟说的是宋延巳，面上却做出一副懵懂的模样，片刻才道：“养虎于身边不如放逐山林，毕竟山中凶险其生死未知，而养身边其唯有韬光。”

李晟眼眸一闪，似想到了什么，连忙在堆成小山的奏折里翻找，直到一抹朱红映入眼帘：孟习之。

卫国的大将军。

李晟对这人可谓是记忆犹新，只身入军营刺杀他却能全身而退。

李晟沉思了约莫一炷香的时间，派人招来了拟旨的内侍，后宫不得干政，顾思珺自然也不能多待，伏身行礼才退出了内殿。

顾思珺莲步轻移，姿态优美，她是这批入宫的美人中最得李晟喜欢的，从顺常到五等容华她只用了一年多的时间，若不是她母家势弱，怕早是三等婕妤了。

顾思珺处事圆滑，杨老太君见她是个聪慧的，自然帮衬了不少，故而她风头正盛，在宫里也没吃多少暗亏。

她退到了内室，宫娥刚要上前伺候，就被她挥手制止。

但凡是到了宋延巳手上的事，顾思珺总要思虑再三，通敌卖国不是小事，宋延巳查得干净，证据确凿，想来他未动手脚。不过错就错在他查得太干净了，一步一步看似无意，却又像刻意为之，证据拼凑得天衣无缝。

若让他留在临安，必然要大赏一番，他现下掌控着皇城的禁军，此举又得了莫泽那批旧臣的青眼，对他百利而无一害，只怕会势头更旺，权力握得更大。

若让他出了临安，唯有朔北可去，如今朔北战乱，若是败了，他怕是难以翻身。若是胜了，也无非得了战功，届时怕他坐大，便再召回临安，封个无权无势的伯侯做做便是，那时候，怕是皇城内的禁军也换了新指挥了。

晚云渐敛，一个小太监匆匆从殿内出来，埋头朝宫外走去。

“她倒是有手段的。”宋延巳冷清清开口。

“顾容华那边铜墙铁壁，咱们插不进去人手。”

“她事事想要与我争个高下，自是不会留我在临安的。”宋延巳听了消息，倒也不急，“不过，此时无论留下与否，于我都有好处。”

嗒嗒嗒，敲门声传来，度水的声音小心翼翼地从门外响起：“爷，夫人那边差人来问，您晚膳是去院里，还是自个单用。”

这个江沅啊，怕是又憋了一肚子好奇，想要来打听事了。

宋延巳起身整了下衣冠，这才慢悠悠道：“今儿个就不去夫人那儿了，爷今晚要夜读。”

消息传回江沅耳中，气得她当晚又多吃了两个金丝花卷。

第八章

朔北之行 战神穆孳

康武三年，梁卫之战爆发，孟习之大破朔北，兵至江九，下一步便是柴桑，李晟深感危机，又逢杨谦上书，宋延巳北伐一事如铁板钉钉。

圣旨下来的速度极快，宋延巳被封了二品将军，领兵二十万伐卫，三日后启程。江沅作为家眷，于理自是要留在临安，一来此地安全，二来家眷留在圣上眼皮底下，李晟也能安心。

宋延巳刚进院子，就看见丫鬟们忙里忙外地帮他收拾细软，江沅一身月色长裳，坐在石凳上不停地指挥，旁边的方桌上冒着袅袅烟香。他就这么驻足在了门口，还是朱船先看到了他，江沅才扭过了脸，春风掠过芙蓉面，形容的就该是当下吧。

江沅好奇宋延巳怎么不进来，见他笑着看过来，也不好一人继续坐着，连忙起身迈着小步去到宋延巳身边，仰头笑道："日子定得太匆忙了，我先规整规整，到时候省得又缺了些什么。"

"去战场哪需这些。"

"怎么不需要？"江沅扶着他的手臂跟他进了里屋，"这些衣服都是新做的，又软又暖和，我挑的都是些青灰的布料，不扎眼的。"省得到时候你又乱买，最后一句，江沅没说，反正她不给他带他也是要买的。怀中的玉有点凉，江沅踌躇了半天，还是觉得应该还给他。

“这是什么。”宋延巳瞥了一眼躺在她掌心的古玺，声音听不出喜怒。

当然是俯小作低卖你个人情。江沅这么想却没敢说出来，组织了一下言语，道：“我身在临安，这东西也用不上，与其在我手上不如搁你那儿，只盼君归来之日，莫要忘了我。”说着，眼眶微红，眼睛里含着一抹晶亮，似一会儿就要哭出来。

干得漂亮，江沅心里赞叹，连自己都忍不住有些动容。

宋延巳像是早猜到了一般，勾唇笑道：“谁说要留你在临安的？”

江沅一怔：“自古将军出征，家眷都要留在都城的。”见他笑而不答，江沅忐忑不安，他这一笑，十有八九没有好事！

这晚，江沅难得的失眠，她缩在宋延巳怀里，绵延的呼吸声在头顶缠绕，黑暗中，她睁着眼睛，睫毛不停地扇动，脑海里不停地盘算着未来会遇到的状况，竟越想越清醒，不知怎么她忽然脱口而出。

“中离……”

这一声唤得极轻，她前世有什么想不开的时候总喜欢这么叫他，只是后来，她才发现，自己所有的想不开都是拜他所赐，久而久之她便记下了，也不再唤了。

江沅叫完这个名字，也不再吱声，是啊，有什么可说的呢？她轻叹了一声，想从宋延巳怀里退出来，他抱得太紧，她睡不着。

江沅刚动，宋延巳的手臂就收了紧，把她牢牢圈在了自己怀里，江沅的额头刚巧碰到他的下巴，“怎么不说了？”

“你没睡？”江沅惊诧，他躺在自己身边，一动不动，她自然以为他早已熟睡。

“睡了。”宋延巳薄唇微启，又顺势把江沅往怀里扣了扣。

“骗人。”江沅有些呼吸不顺，别过脸去，在他怀里拱了拱换了个舒服的姿势，“我声音这么小，你明明就没睡着。”

江沅极少用这种语气与他玩笑，平日里即便是吵闹些也免不了对他察言观色一番，宋延巳挺喜欢这种无束的感觉，顺着她笑道：“知道还问，不骗你骗谁。”

江沅一时语塞，闷嗤了半天也找不出话反驳，最后脑袋一撇，“我困了。”

颇有小孩子耍赖的意味。

“别睡了。”宋延巳捏着她的鼻尖逼她扭过脸来，“跟你说件醒觉的事。”

江沅在黑暗中白了他一眼，揉着鼻子，不乐意道：“你说就说，老捏我鼻子做什么。”

宋延巳忽然靠过来，鼻尖碰上鼻尖，手指扣着江沅的脑袋，不让她往后躲，“我求了旨，陛下允你与我一起去柴桑。”

“一起去？”江沅连忙用手撑住他的胸膛，推出一定的距离，即便黑暗中看不清宋延巳的表情，江沅依旧认真地盯着他，好奇道：“可是我……”

话还没说完，就被宋延巳截断：“你未孕子嗣，留下又有何用。”

他稍微一点，江沅就明白了，自己这个所谓的家眷对李晟而言不过是个鸡肋。

前生她无所出，便把宋延巳的庶子庶女从边境接回顶替自己留在临安，李晟自然愿意睁一眼闭一眼地允了她跟着宋延巳去战地。而这世，恰恰又是同样的处境，她依旧无子，在临安她是天子赐婚，宋延巳未到而立之年，当然不能生庶子，但是出了临安，天高皇帝远，总不能要求别人在前线卖命却不留血脉？与其放任他，不如把她放在宋延巳身边，何况这么久了，她能不能生，在李晟心里还是个未知。“原来别人都以为我不能生。”江沅有些闷闷不乐，这些话她不是没听过，连母亲都私下请过几个方子，虽说她想晚些再要孩子，可是当所有人都这么认为时，江沅还是有些委屈的。

“能不能生又如何，你是我夫人，没人能越得过你去。”宋延巳对子嗣倒是不在意，江沅喝药一事也未曾瞒他，但他毕竟二十有一了，搁别人身上早就闹得后宅不宁了，可宋延巳还是一副无所谓的模样。

“要是你想要孩子，我便把药停了。”江沅支吾了半天，才咬牙道，“我身子健康，该是能怀上的。”

“征战之时，可不是个好时机。”宋延巳的声音幽幽传入耳内，室内陷入一片沉默，半晌，江沅又听他继续补充道，“这一去，能不能回来还说不准。”

江沅一怔，尔后才恍然，北方如今狼烟四起，她是有着前世的记忆，才一心认定宋延巳能平复战乱，凯旋。

可是战场又岂是他能谋划得了的，便是当年宋延巳也是九死一生活过来的。江沅觉得自己有些东西遗忘了，她只记住了他后半生的残忍，却忘了这片江山原本就是他用鲜血铸就。

江沅离开临安这天，空中飘着细细的雨丝，临安城的街道上难得有这么些人，撑着油纸伞，眼神里有着期盼和迷惘。

江沅身边就带了朱船和碧帆，至于帐香和罗暖，被她留在了临安，和前世的选择一样。江沅挑开帘子，看着拼命抹眼泪的两人，咧着嘴角挥了挥手，眼泪不知怎么就落下来了。

她给府里雇了最好的大夫，临了还不忘了威胁一把，若是她回来，府里但凡出现了病死的，他这辈子也甭想在临安城待着了。至于任嬷嬷，江沅干脆让人抬了她去外边的庄子养老。府里的姬妾打发的打发，送人的送人，江沅这回也不管别人怎么说了，铁了心的要给帐香她们留下一个干净的府邸。

宋延巳身上有军令不好陪着江沅一同北上，留了几名亲信，先她一步和穆擎去了柴桑。

这一路江沅一行人的脚程也是极快，江沅上辈子跟过军，除了一开始略有不适，只是可怜了碧帆，一天到晚在马车上吐得天昏地暗，江沅看不下去了，到云中的时候，说什么也要休息几日再启程。

云中距柴桑还有几百余里地，便是日夜赶路也要小十天才能到，碧帆这些日子，吐得脱了相，江沅非要停下给她养养身子，顺便在云中找一个人。

待把碧帆在驿站安顿好了，江沅才带着朱船和几名亲兵入了云中城。

此时的战火还未烧到云中，都城内称得上繁华。江沅没有心思闲逛，刚进城便差人去买了座二进的院子，四十余两倒还算便宜。

地方定了，便只差找人了，江沅不好直接就带人往小巷里面钻，这几日只得走走停停，把人往偏僻了的地方带，直言这些个地方才是证明该城是否丰腴的写照，心里盼着能早点看到那人。

“你这个挨千刀的扫把星！”忽然一声尖叫划破寂静的城巷，只见一个包裹布巾的女子指着跌坐在地上的妇人说，“克死了自个全家不行还要来克我儿子，滚！”

“何家大婶，你……”

妇人话还没说完，那女子就抬起脚来往她胸口使劲一踹，“滚远点！”

接着一声巨响，大门被紧紧地闭上。

周围看热闹的人围了一圈，交头接耳地议论纷纷，妇人抱着个破烂的包裹跌在地上，蹭了一身的泥土，她枯瘦的手小心翼翼地拍打着怀里的包袱，像是里面有什么珍宝一般。

江沅远远地望着那名妇人，即便是再活一世她都记得这名妇人的模样，脸上因为被刀划过，从眉角到下巴长长的一道疤痕，看上去颇为瘆人。

忽然，妇人眼前一暗，她微微昂起头，江沅就这么高高在上地俯视着她，毫无预兆地打了个照面，妇人连忙把眼睛垂下，她看多了城内的贵人，江沅一身华服，一看就不是普通人家，想来是自个碍了贵人的路，连忙从地上爬起来，弓着腰站在一旁等江沅离开。

终于找到了！江沅内心不停地波动，妇人是张显贵的娘亲，上辈子只是偶然得了她一件寿衣一抔黄土，却让显贵感念不已，前世江沅没能为那个二十露头就为她丢了性命的小太监做过什么，那么这辈子，她就还他一个娘好了。

“就你了。”江沅这句话说出口，不止面前的妇人愣了，连身边的朱船也丈二和尚摸不着头脑。

“夫人……”

“我想让碧帆多歇息些时日。”江沅示意朱船不用继续说下去，“届时让她跟着冯大人的后续兵马走水路。”

朱船见江沅坚持，转念一想碧帆确实赶不得路了，这才点头退下。

江沅弯下身细细地打量着那妇人，“你可是云中人？”

妇人头垂得极低，生怕脸上的刀疤吓到江沅，“我，我是榆林人。”

“榆林的啊。”对上了，江沅心中大喜，可是面上却有些失望，“我原本想着你若是云中人，倒可替我看个院子。”

妇人惊讶地抬头看向江沅，江沅微微一笑：“我有个姊妹身子弱，可我又急着赶路顾不得她，就想找个人先帮我照顾着。”

“为……”为什么是我？妇人没敢问。

“我方才听那大婶说您孤身一人。”江沅直起腰身，继续道，“自是想要找个没家没口的好全心照料我家姊妹。”

“可是，我这张脸怕是要吓到姑娘的。”妇人摸了摸脸颊的刀疤，有些小心翼翼。

“你若是愿意留在云中便跟我走，若是打算回榆林那便算了。”江沅深知她一定会留在云中，便留下了这句话激她，刚转身走了两步，下摆就被人抓住。

妇人跪在地上，额头敲得地面咚咚作响，“要是夫人不嫌弃我这张脸，我一定好好照顾那位，那位姑娘。”妇人想了半天也不知道江沅到底让她照顾谁，只好先唤了姑娘。

江沅东西搬得迅速，可到底还是惊动了当地的府丞，江沅不爱摆将军夫人的架子，但也晓得有府丞关照的好处，从此这座小院就挂上了她的名号，即便她走了，想来也没哪个不长眼的敢欺负到她头上来，故而也免不了旁敲侧击了一番。

“夫人。”妇人站在江沅面前，有些惶恐不安。

“您姓什么。”

“我夫家姓张，夫人叫我张婆子就行。”

江沅没继续追问，事说多了难免会惹人疑惑，“那我便唤您张嬷嬷了，我明日便要起身，这院子里也得再添两人，到时候你让牙婆子带几个过来给碧帆看看，她觉得好的就先留下。”

“是。”

“退下吧。”

张嬷嬷离开的时候，脑子里还晕晕乎乎的，这一天，发生的事情比她这几年遇到的都多，许是上半辈子太苦了，老天都看不下眼，到头来，才给了她一点盼头。

娘，我一定来云中找你。

张嬷嬷抹抹眼泪，转身向碧帆的屋子走去。

江沅到柴桑已经是半月之后的事情了，近期水匪猖獗，便是有一支精兵护着，她也是思虑再三走陆路从章豫绕了过去。

从她到柴桑已过了三天，江沅还是未曾见过宋延巳，只知道前线战况吃紧，宋延巳已经连着多日宿在军营里，想来这一战不太容易。她便在这几日凑着空闲规整了下衣物，把宋延巳那些压在箱底的衣裳也重新拿出来晒了晒。

“宋夫人！”朱船正在院中敲打着被子，程副将的夫人就拎着菜篮站在门口唤着，朱船连忙请她进来坐，接着掀起门帘去通知了江沅。

江沅初来柴桑，大多事情都是从这位副将的夫人口中知道的。

朔北被攻陷，卫国顺势打下了边境三个州县，这年头边境的日子越过越难，但凡那有些本事的，都举家南迁了，留下的多是一些贫寒人家和守城将士的家眷。

江沅早就听见程夫人的声音，放下手中的书册，正巧碰到朱船进来，便让她顺便去小厨房烧点热茶给程夫人暖暖身子，柴桑不及临安，这才刚入了秋，寒风就已经有些刺骨。

“程大嫂，你怎么来了？”江沅快步向堂屋走去，人未至而声先达，笑得颇为爽朗。

“这不，刚才得了几条鲜鱼，给夫人带来尝尝。”程夫人一见她，就掀开了篮子，鲤鱼不算大，雪白的鱼腹还在轻微地伏动，但看上去颇为新鲜，边境一向苦寒，所食用的也大多是牛羊腌肉之类的，极少有新鲜的水货，想来这几条鱼是来得不容易。

江沅推辞不过，转念一想便收了下来，拉着程夫人的手道："我初来乍到极少见各家的嫂子，不如今儿个我拿程大嫂的这些个鱼做上几道小菜，请各位嫂子来这儿聚聚。"

江沅说得诚心，程夫人见她模样不是在作假，接触了几日也觉得她不像传言中金贵的皇城夫人，想到以后难免要在一起走动，不如今日一并见了，于是拍着胸脯保证："行，到时候嫂子把她们全叫来。"

"好嘞，那我先谢过嫂子了。"江沅话音刚落，朱船就捧了茶水过来，柴桑人不爱品茶，对茶道更是不精通，江沅自然不会惹别人尴尬，直说煮了茶水让她饮了暖身。

"大嫂，咱们这仗还要打多久啊？"程夫人是个实诚人，江沅也就不给她绕弯子。

程夫人这会儿喝了茶，身体暖了，江沅也不是个难相处的，就打开了话匣子："这都个把月了，宋将军刚来第二天就上了战场，这会子咱们连他是圆是扁都不知道。"说着，声音悄悄低下去，拉着江沅的手叹道，"我听我们家那口子说，这一役怕是折损严重。"

"前线战况吃紧到了这种地步？"江沅有些吃惊，忍不住问道。

"可不是，你是不知道，卫国的大将军简直就是罗刹转世，所到之处十室九空。"程夫人摇摇头，担心道，"也不知咱们柴桑能撑多久。"

江沅又给程夫人续了碗茶，随后两人又拉了些家常，程夫人这才起身离开，临走时江沅还不忘再招呼让她叫上其他的嫂子一起来吃饭。

大帐之内，一片肃杀。

"二公子回卫国了？"孟习之带着震怒拍案而起，即便是一身英武的铠甲，也掩不了眼底的戾气，这些时日的征战，他有些爱上了鲜血带来的快感，"不是让你除掉他吗！"

"将军，二公子是忽然出现在大殿之上的。"孟雪生也不知道事情是如何发展到了这一步，停顿了下焦急地补充道，"有先帝的谕旨在手，君上让您立刻回永明。”

孟习之心有不甘，他费了好些功夫才打下朔北，眼见柴桑就要到手，没料到霍泽会突然出现在永明。霍泽到卫国的消息自然瞒不过他的耳目，中途差一点就能杀了他，也不知是感叹霍泽的运气太好还是命不该绝，居然真让他给逃了。

“哼，我道宋延巳这些日子跟个缩头乌龟似的躲着不应战，原来在这儿等着小爷，那时真该杀了霍泽以绝后患！”孟习之心里有些懊恼，没想到当年自己的一念之差，给他埋了一步死棋，这枚棋子偏偏还卡在他的咽喉之上。

“让人去回禀君上，我不日便折返皇都。柴桑可以再取，但是朔北你们务必要给我守住。”

十月初，卫国休战，退兵五十余里，驻扎绍庆。

宋延巳有备而来，孟习之起身回永明的消息刚传到他手中，南梁军队里就立刻被抓出了四名卫国探子，这些都是孟习之私养的暗探，宋延巳深知套不出来什么消息，也懒得再问，直接让穆挚擒了在营帐前军法处置。

待安插在身边的探子收拾干净了，宋延巳也不拖，连夜召了几位将军幕僚一起重新部署柴桑军力，直至天空泛起鱼肚白，这才散了去。

“中离。”待旁人都走光了，帐中又恢复了以往的安静，穆挚才松下紧绷的神经，一下子瘫坐在垫子上，打着哈欠开口，“我那小嫂嫂到城内了，你不回去一趟吗？”

“你倒是比我还用心。”宋延巳瞥了眼懒散的穆挚，也就只有他，敢在自己面前这么一副少年的放肆模样，脸上也一扫严厉之色，眉眼带了一抹笑意，“怎么，想见见？”

穆挚似乎被戳破了，唰的一声立起身子，脸上写了大大的两个不满，“都怪你，非要我那节骨眼上去琅嬛州帮那姓王的木头，一待就是小两年，好不容易回来了，前脚才刚踏进临安城，后脚就又被你带到这鬼地方，我到现在都还没见过我那小嫂子呢。”

“琅嬛州不好吗？”宋延巳倒是乐意打趣他，装模作样地惊讶道，“我听远城信上说有人在那儿过得都有些乐不思蜀了，还以为是你呢。”

穆挚被逮了个正着，一时有些语塞，转念又佯怒道：“好啊，少爷我这么帮他，那木头还要给你这儿念叨我！”

“远城也没说些什么，瞧瞧你，哪有点束冠之年的模样，还跟当年的毛头小子似的。”见他那气急败坏的模样，宋延巳有些忍俊不禁，“等忙完手头上的正事，我便邀小少爷去我新府一聚。”

“这还差不多。”得了甜枣，穆挚见好就收，心思又转回了边防上，“那咱们不攻朔北了？孟习之回永明可是难得的时机。”

“朔北打不下的，按他的性子，定然是做了万全的准备，不过……”宋延巳指尖滑过舆图上的一点，“我只要芥川。”

“芥川？”穆挚摇了摇头，有些不赞同，“芥川多山林，沼气更是致命，便是我们夺了，也无用。”

“若是无用，孟习之便不会用心思打下它了。”宋延巳看着舆图，手指轻点，孟习之确实是个奇才，除了朔北，另外打下的三州五县看似不知所以，细细想来确是成了一条锁链，朔北虽相对难攻，但在地形上也有着不少漏洞，孟习之所攻下的地方，都补了朔北的缺陷，自成一线，退可御敌，进可强攻。

芥川虽也在范围之内，但正如穆挚所说，这一地沼气四溢，即使夺下了也无法大量行军，宋延巳想得明白，孟习之也想得明白，但因战线拉得颇长，必然有得有失，思虑再三，最终未在芥川设太多兵力。

“孟小侯爷这些年可真称得上韬光养晦。”宋延巳眼睛扫过舆图上的圈圈点点，竟逼得他只有芥川一条路可走，还不一定是活路。

战火持续，宋延巳这回是下了狠手，誓要拿下芥川，这场战役几乎摧毁了这块边城小地，消息被斥候不停地传入永明皇城，孟习之心急如焚，偏偏这边霍泽的出现闹得城墙内外人仰马翻，他不在前线，虽有制胜之法，可这一来一回时间也是耽搁在了路上。

好一个宋延巳，孟习之这厢还愁着先皇圣谕的糟心事，那边就传来了芥川的消息，林江福被生生逼退了二十余里，这个地点可不好，再退，就要到温县了。

孟习之一向不是个恋战之人，“让林副将丢芥川，回隆地，务必要在本侯回去之前把温县牢牢地握住！”要是温县都保不住，那么他真要好好审视一下那些所谓久经沙场的大卫猛将了。

“我不要搁这儿，我要放这里！”一身蜜合色绣云棉袄，半新不旧的葱黄带绒比肩褂，脚上挂着厚厚的棉鞋，李清平拼命地摇着手，把刚刚落下的棋子又夺了回来，放在了一侧。

江沅头疼地揉揉脑袋，“清平，落棋不悔真君子。”

“我又不是君子。”李清平摇头晃脑，“我如今就是你的一个小丫鬟。”

江沅简直心塞，两记眼刀过去，恨不得把远在一旁欣赏风景的冯修远给活剐了，冯修远似乎也感觉到了江沅的不善，在这种高压的眼神下撑了许久才败下阵来，灰溜溜地往桌前一靠。

“江夫人，真是辛苦您了。”气氛似乎没有好转，冯修远挠挠头，补充道，“我也是在过了云中才发现的。”

说着抬眼看了看一侧的碧帆，要不是在云中接应碧帆的时候等后继的粮草，清平远远地被她眼尖看了出来，他这会儿怕是还不知道自己带走了皇城内的一位县主呢。

他的军马还未出城，李清平就混进了运粮的车队里，她练过武，身体也是顶顶地好，这一路上愣是没落下。冯修远没有办法，只好差人写了书信快马加鞭送往临安，只是现下，却不得不带着李清平同行了。

柴桑地偏物少，没什么寻乐的地方，清平便拉着江沅陪她下棋，这一盘未完，江沅就深深地拜倒在了李清平的棋艺之下，这哪里是在下棋，便是十岁的稚儿怕是都要下得比她强上许多。

“这事可告诉中离了？”

“说了说了。”李清平见江沅问到她，急忙点头，眼睛睁得圆溜溜的，一副我告诉你的表情，“中离哥哥让我在这儿待着，哪儿都不要去。”最后几个字她刻意咬重了几分。

冯修远原本一到柴桑就随军去了前线，让碧帆带着清平先来寻了江沅，怎料刚到军中没多久，就便被宋延巳提前赶了回来，让他保护县主。

人是他带来的，自然要由他看着，冯修远欲哭无泪。

“就你知道得多。”江沅伸手戳了下李清平的脑门，转身继续问道，“冯监军可知他何时归来？”

“我去的时候芥川差不多已攻下，估摸着就这一两日了。”冯修远微微一笑，清平瞬间被他吸引住，眯着弯弯眼看个不停。

冯修远估计得差不多，上午才问完，酉时人就到了城下。

江沅自成婚以来，第一次与宋延巳这么久未见，心里多少有些惴惴不安。

但是，当见到那身银铠战袍，江沅的不安瞬间烟消云散，她的身体内藏着的习惯被这身威风凛凛的战袍所唤醒，她几乎是习惯性地从宋延巳手中接过披风。

两个多月的时间，他就比以前黑了许多，掩了身上的一些富贵气，双目斜飞配上银袍长枪，整个人从骨子里散发出一种威震之气，不自觉得给人一种压迫感。

这个模样像极了当年江沅挤在人群中看着他剿匪凯旋的不可一世。

看着江沅有些迷茫的表情，宋延巳有些好笑，刚想开口问问她这些日子过得如何，只是还未开口，穆挚就从他身后蹿了出来，“小嫂嫂？”

江沅寻着声音侧过头去，未来得及反应，手中一沉就多了一对金光闪闪的人偶，脚踏翡翠琉璃，目点黑曜，手中抱着一块大大的红宝石雕成的锦鲤。

江沅不是没见过值钱的东西，但是像这么堂而皇之把贵重之物一股脑地全镶上，就差没刻上值钱二字的她还是第一次见。

“行了，这你人也看了，礼也送了，该走了吧。”宋延巳看着穆挚像脱缰的野马一样把江沅的品位和思维往偏了带，连忙截住他的话头，里里外外都是一副要赶人的模样。

“走哪儿去？我看这院子大，就没让他们准备住的地方。”穆挚这话一出口，院里的人都愣了，他这是打算赖下了不成。

若是清平不在，倒还可以，但是县主黄花未嫁，总不好留外男住在府里，江沅看了眼宋延巳，示意他快点想办法。

只见他嘴角噙笑，似早有准备般拎着穆挚的领子把他扯到了一边，脸正巧对着西北方向，下颌微抬：“出了门右转，走到头，便是我送你的新院子了。”

“又准备好了啊？”穆挚有些泄气，嘟囔道，“我院子里就那几个小厮，一点活气都没有。”

见宋延巳一副不为所动的姿态，穆挚又把眼光投向了江沅，眼睛睁得圆溜溜的，似乎还含了一层雾气，可怜巴巴道：“小嫂嫂，我以后能来吃晚饭吗？”

江沅看着伏低装可怜的穆挚，心中像被雷劈了一样，雷得她外焦里嫩，这是穆挚？这是未来的战神穆挚？江沅万分希望现在手中有面镜子，想必她的表情一定非常好看。

这与她记忆中那个举止疏狂却又不失风流倜傥的战神太不一样了，连回话都有些磕巴，“好……好……你得闲了便来就是。”

第九章

小别重逢　心心相印

今日宋延巳难得归来，一群人也就热热闹闹地吃了顿晚饭，直到月上梢头，冯修远才拖着喝到微醺还不愿离去的穆挈回了府。

冯修远一走，清平也没了兴趣，拍着小肚皮在朱船的陪同下回了自个的屋子。原本热闹的堂屋也逐渐安静了下来。

这回来柴桑是来平乱的，江沅不敢多折腾，就带了两个丫鬟，碧帆在外头收东西，给宋延巳更衣的事情就落在了江沅的头上。

束发金冠被轻轻摘下，江沅有一搭没一搭地和宋延巳闲聊，也拣了路上的几件小事说给他听，“我当时真想给那孩子点吃食，可又怕引来更大的灾祸。”越靠近柴桑，路上的流民就越多，还有那快要饿死的，江沅即便有精兵护着，也不敢施舍一点，就怕流民真红了眼，为了抢夺粮食出什么大乱子。江沅前生没见过这一路走来的悲惨景象，她记忆中边境虽然贫苦，但是不至于饿殍枕藉，“只是打仗而已，怎么会出现这么多的流民？”

手被轻轻地捉住，宋延巳的掌心有些温暖，“战乱之期，谁还在乎这些，今年北旱南涝，尤其这边城粮食本就不足，又遇上大旱，刘将军先前强行民间取粮征用更是雪上加霜。”

“如此饿殍遍野民不聊生，陛下就不管管吗？”江沅有些心酸。

“陛下心有余而力不足，朝中什么情况想必不用我多说阿沅也清楚一二，这么大的旱情早报了上去，只不过，这银子口粮一层层剥下来，真正到百姓手里的也不足三成了。”宋延巳笑了笑，拦着江沅的肩膀，漫不经心道，“若我此次不奉命来朔北，怕是就要去镇压所谓的暴民了。”

“那你会去吗？”江沅仰着脸，一双大眼睛闪着莹莹的光波。

“当然。”语气极为坚定。

江沅心里一震，喃喃道：“我以为你会开玩笑说不去的。”

宋延巳笑着把江沅垂在腮边的碎发别到耳后，但看她的眼神却很认真，“我为臣子，君命如山，除非……”

“哎呀，我忘了在被子里放汤婆子了，这儿的晚上特别冷。”江沅强行打断宋延巳的话，空气中飘荡起了她的絮叨声，话题没有继续，江沅也不敢让宋延巳继续说下去。她内心深处有些惶恐不安，总有一个声音在告诉她，她不该知道得太多。

第二日江沅几乎是在穆挈的咆哮声中醒来，屋外，穆挈和李清平的嗓门一个赛着一个大。

“你不知道我是谁吗！”气急败坏的声音比清平平时的嗓门起码高了八度，“我可是清平县主。”

“我管你是谁！”穆挈倒也不甘示弱，“这是柴桑，想要你的主子脾气麻溜地回临安城去！”

“算了，算了……”冯修远正想做个和事老安抚两句，就被两人生生截断。

“什么算了，我本来就没错！”

“冯兄，你看她那副女人难养的模样，啧啧。”

江沅听得头痛，刚想起身去劝架，就被宋延巳猛地一使力，又跌回了他的怀里，他闭眼睛环着她，幽幽的声音传入江沅的耳畔：“你可别蹚这趟浑水。”

“怎么回事？”江沅摇了摇宋延巳的肩膀，示意他继续说下去。

“还不是清平想跟着冯修远去军前。”他扣了她的手臂，把她环在胸前，“前线那是个什么地方，穆挈断然不会纵着她胡闹。”

清平追冯修远追到这份上，也算追得别致，若是别人，别说去前线，就算上战场也与她无关。可是清平不一样，她要是真去了，怕是她前脚刚到，自己就要后脚跟过去，总不能放个县主在男人堆里吧，于情于理她都要跟着那丫头同行的。

想到这儿，江沅点点头，支吾出声：“好歹是皇戚，若是不小心伤了就罪过了，是不该去那地方。”

宋延巳没回话，江沅等了半晌，才抬头看他，见他眯着双目，呼吸平稳，似睡着了一般，想是他这些日子过于劳累，便也没再吱声，只躲在他怀里发呆。

柴桑的天已经凉了许久，江沅一到入了秋就手脚冰冷，吃了好些个汤药也不见好，这会儿趴在宋延巳怀里，跟抱着一块温碳似的，听着朱船在外面低声赶客，睡意忽然就上来了，迷迷糊糊地睡了过去，中间宋延巳似乎问了她什么，她嗯嗯地敷衍了两声，事后再想却是怎么也想不起来了。

这一觉江沅睡到了日上三竿，再醒来时，宋延巳早已人去床空，她连忙唤朱船进来梳洗。

“爷和穆将军在前屋呢，您先吃些东西再去吧。”托盘里盛着浓香的肉糜，朱船小心翼翼地盛了一小碗，肉糜冒着雪白的热气，看得江沅肚子咕咕作响。

“清平可还在折腾？”

“这会子怕是正被冯监军说教呢。”

江沅用着粥，叹道：“也不知清平想通了没有，那种地方岂是女儿家能去的。”说着瞧了眼桌上的托盘，大大小小的摆了好几样，“怎做了这么些？”

“爷还未用早膳呢。”

这都巳时了，怎得还没吃。江沅掏出帕子拭了拭唇角，放了碗筷，示意朱船随她同去。

“谈了老大一会儿了，爷也没让碧帆伺候，她被打发到县主那儿去了。”

朱船跟了江沅十多年，许多事情，不需江沅开口，她就知道她想听什么，自己要说些什么，这也是江沅最喜欢把她带在身边的原因。

柴桑的院子极小，几间房子几步路就能绕完，江沅站在门前，轻轻扣了几下门。

“谁？”一声沉稳的声音从房内传出。

江沅还未来得及回话，穆挈的声音就截在了她的前头：“还能有谁，当然是小嫂嫂！”

门被飞快地打开，吓了江沅一跳。穆挈探出半个脑袋，见旁边的朱船拎着食盒，一张俊脸笑得更开了，“朱船姐姐是来送吃的吧，正好我也饿了，那就不客气了！”

说着，伸手一挑，食盒稳稳地被他托在了手中，“好香啊！小嫂嫂要进来坐吗？”话虽如此，却丝毫没有请她进屋的意思，这是要赶客啊，江沅笑着冲他摇头，眼神却穿过空隙看到了屋内的宋延巳。

四目相对，未等她开口，宋延巳就道：“外面天寒，进来吧。”

“对啊对啊，小嫂嫂快进来暖和会儿。”说着，穆挈不留痕迹地往后退了半步，一副真心实意请她入内的模样。

物以类聚，人以群分，狐狸的朋友也是狐狸！

“好啊，正巧我也冷得紧。”见江沅拎裙入内，朱船自觉地退在门外等江沅安排，“你先下去吧，有事再唤你。”

“是，夫人。”朱船福了福身子，低着头退了下去。

穆挈看着两人的一系列互动，眼神微闪，笑道：“嫂子御下有方，连丫鬟都聪明得紧。”

“好了，阿沅过来坐。”宋延巳冲江沅招招手，也示意穆挈点到即止。

江沅闻声过去，桌上平铺着边境几州的舆图，她仅看了一眼就别过眼神，委身坐在宋延巳身侧，“知道你们还未曾用膳，我让朱船弄了点吃食，待会儿你先吃点。”

“现在哪还有心情。”穆挈把食盒往旁边一放，撩起下摆坐在两人对面，“芥川虽破，之后却更是不好打了。”

宋延巳既然敢让江沅看边城部署，自然也就不怕江沅听到什么，这会儿穆挈自然也就想什么说什么。

江沅的指尖被宋延巳的手掌盖住，她好奇地抬头，正巧对上他望向她，一双狭长的丹凤眼里闪着幽光，拥有这个眼神的宋延巳才是她真正认识的那个男人，平静深沉，没有虚伪的温柔，没有刻意的体贴，他轻轻开口：“阿沅，你觉得该怎么办。”

“你都有主意了还问我！”江沅太了解他了，每每这个样子，都是他胸有成竹的时候，问她，不过是寻个乐子而已。当年他称帝以后，江沅也曾问过他，那时候他们俩还未闹得僵裂，宋延巳直言看着她鼓着脸颊帮他出谋划策的时候，觉得可乐得紧。

轻点了下她的鼻尖，宋延巳笑道：“我们阿沅真是聪明。”江沅皱皱鼻子，有点痒，宋延巳把玩着江沅的指尖继续补充，“现在有两条路可走，一是暗杀林江福，此举可造成对方短期的混乱，我军可以在时间上攻他个措手不及，不过一来于我军名声不好，二来孟习之此人远思虑怕是早有后招。”

穆挈摇摇头：“纵然你暗影多，可是真能潜入军营杀得了林江福的怕是不多。”

“第二条路就只有火烧芥川。”手中的指尖一抖，宋延巳轻轻在江沅手背上拍了两下，望向她，“阿沅觉得呢？”

“不行，芥川一烧短则七天，长则十日，水火之物最是无情难控，万一出了差错后果不堪设想。”穆挈拍案而起，“这要是传到皇城内，你可想过你的处境？”

宋延巳手指轻敲着桌面，示意穆挈少安毋躁，敲击声一声一声地传入江沅的耳膜，芥川一战她知道，当年宋延巳走了第一条路，确实，比起火烧芥川，刺杀敌军主将确实更妥帖一些，可是，人算不如天算，中间出了不少纰漏，最后逼得宋延巳只好一场大火烧了芥川，那时候时间短，战况急，芥川的百姓没有撤离的时机，就这么被迫葬送在了一场大火之下。

这段历史后来鲜被人提起，甚至在编撰的史书当中都被寥寥几笔带过，即便如此，江沅还是能想象得到那是何等地惨烈。

“火烧芥川。”江沅平稳的声音打断了宋延巳的敲击声。

“你疯了！”穆挈不可置信地看着江沅，“你想过后果没有？”

“那怎么办？想了这么久，还不是只有这两条路可走，杀主帅固然妥帖，可是万一失败了呢？这条路便被堵得死死的！你们被逼到这份上无疑是因为孟习之的布阵毫无缺陷，有了这一次，对方必然会反扑，到时候怎么办？退兵吗？柴桑一退，那可就到莫泽了，那可是陛下当年的属地。再不然呢？到时一把大火烧了芥川？到那时哪还有时间让百姓撤离！”

穆挈被江沅的一番话堵得哑口无言，“可是，烧掉一座边城这代价未免太大了，若是让陛下知道……”

江沅知道穆挈一时半会儿接受不了，这等同于毁了整个芥川来换取一条行军的道路，到时百姓南迁必然会引起一场极大的风波，可是不这样又能如何，真的要等到千钧一发之际，让百姓随着芥川一起葬送吗？

宋延巳的眼神里波涛暗涌，半晌，他才缓缓出声：“将在外军令有所不受，去吧，疏散芥川的百姓。”

穆挈叹了口气：“若是他们不愿意走呢？”

“那就只好当他们愿意以身殉国了。”宋延巳神色隐晦，待穆挈离去，才转身看着江沅，室内一片寂静。

她轻轻拉过放在一旁的食盒，打开探了下温度，“都凉了，待会儿我让朱船再温一下，这儿不及临安，粮食浪费不……”

话音未落，江沅就被宋延巳拉入了怀里，脸颊紧紧地贴着他的胸膛，一颗心脏跳动得强而有力，他的手扣在她的脑后，“阿沅，幸好你来了。”

“你也是这么想的对吗？”江沅伸手拍了拍他的肩膀，多少有些安慰的意思。

“是啊，这事怕是所有人都反对，唯独阿沅。”宋延巳把下巴抵在江沅的肩头，声音听上去有点不高兴。

江沅愣了愣，疑问道：“你心情不好？”

“嗯。”

“为什么？事情不都定下来了吗？”

“不告诉你。”

芥川的这场大火连烧了七天七夜，眼见之处浓绿的山林皆变成了熊熊的火海，烈焰升腾连夜晚都被照得如同白昼。江沅知道，宋延巳正在把芥川夷为平地，届时两军交锋，免不了要在此地进行一场血战。

“好啊！好一个宋延巳！”茶盏被孟习之狠狠砸落，摔在地上，开出一地的水花。他真是小看了宋延巳，前脚烧了芥川，后脚，绿琼在他身边的事就传到了霍子都的耳朵里，生生把他困在了永明城内。

雪生立在一侧的阴影里静默不语，片刻，见他静了下来，才道：“庄姬夫人被君上接到宫中了，咱们该如何？”

“哼，能如何，等吧。”

“可是您被禁在这侯爷府里，前线怎么办？”

“前线？”孟习之双眸微眯，眉头微微一挑，透着一丝嘲讽，“那便不去了，少了我，我倒要看看咱们君上的人能撑多久，只是可惜啊，便宜了宋延巳。”

孟习之猜得没错，宋延巳打开了芥川的缺口，没了他的坐镇，可以称得上长驱直入，隆地几乎全面沦陷。得到消息，孟习之感叹了几句便不再理会，继续跟着府里的姬妾风花雪月，颇有纨绔子弟的味道。

“爷，宫里要来信了。”

孟习之饮着果酿，手把手地教着怀中的美人习字，看都不看雪生一眼，“什么时候到？”

“估摸着不出两炷香。”

“就说爷我病了。”孟习之轻吻了一下怀中的美人，力道没把握好，弄得美人有点失笑，笑着跟他闹作了一团。

传旨的宦官刚到侯爷府，就见里面人来人往，一问之下才知道，孟小侯爷病了，还挺严重，这会儿正晕着呢，只好匆匆在病榻前宣了旨，然后灰溜溜地回宫复命了。

“病了？前两日不是还召了歌姬入府，怎的今日这么巧就病了！”枕头从龙床上砸下来，惊得圣安殿的太监宫女们跪了一地，“滚！”

殿内的伺候们连忙磕头跪安。“君上何必呢，您又不是不知道他的脾气。”好听的男声从帐内传出，带着点慵懒娇媚。

霍子都看着身侧的男子，面如桃花三月娇，心底一股邪火忽地又蹿了上来，俯身吻了上去，“还是卿卿合孤的心。”

“疼。”男子轻轻一推他，“那庄姬夫人君上打算怎么办？”

“什么庄姬夫人。”提到绿琼，霍子都就有些糟心，当下也没了心思，合衣起身，“不就是一女人吗，他若喜欢孤给他便是！”

霍子都越想越心烦，床帐一掀，高声唤道：“人呢？”

话音刚落，太监们连忙进来伺候，就听他与床上的男子道：“你一会儿去跟那人说声，都依着他，让他少折腾！”

“那，那还要带上庄……夫人吗？”

“带上，人搁我宫里我还觉得膈应呢！”一身朱色长袍衬得霍子都更加挺拔俊美，想了想，他皱眉道，“人也不能白给，让他好好想想如何谢孤的赠美之恩。”

“他就说了这些？”孟习之看着眼前的男人，搽脂抹粉的越看越不顺眼，“阿初你就不能把你脸上的脂粉洗干净再来吗？”

“我可是以色侍君的。”殷初眉眼一挑，“人我都给你带来了，你就这样对我啊。”

见孟习之不说话，冷笑地看着他，殷初啧啧了两声：“你们几人好歹是打小一起长大的，绿琼那事做得确实不厚道，你也别怪君上不待见她，要我我也不待见。”

“你话太多了。”

“行，我知道错了。”殷初也不爱掺和他们之间的事，当初若不是孟习之救过他一命，他也不乐意跟这么个心机深沉的人来往，说着就要离开，“你看着办吧。”

“等下！”孟习之叫住他，“霍泽呢？”

“您当君上还能让他蹦跶这么久，杀了。”

孟习之心头一动，这事霍子都做得悄无声息，居然连他都不知道。

“不过呀人人都以为他还活着罢了，这事你早晚会知道，与其从别人口中知晓，不如我自个老实交代。”殷初看了他一眼，唇角一勾生生扯出一个弧度，“君上待你如何你心里清楚，倒是你，防他防得太过了。”

“阿初真是越来越不会说话了。”

“反正你又不会杀了我，再说我贱命一条而已，便是真丢了又能怎样。”

“你……”孟习之盯了他半晌，最后叹道，“算了，你爱如何就如何吧。”边说边帮他紧着身上的披风，“我明日就回隆地，你让他放心。”

“哼，走了。”殷初不耐烦地打开他的手，把帽子一戴，仅露出一双桃花眼，眼神在白狐毛的映衬下更显得夺人心魄。

孟习之在永明的这些日子，就着霍泽一事和霍子都把朝堂内外好好整肃了一番，他不信凭他一个早已是死灰的皇子能够堂而皇之地出现在永明城。结果却比他想象得更出乎意料，一些连他都没想到的人接二连三地出现，盘根错节倒是让他起了斩草除根的心思。

若不是后来出了绿琼的事彻底惹怒了霍子都，踩了他的底线，他怕是早就回了战场当众会会宋延巳了，之前他与霍子都的计划里没有杀了霍泽这一条，他手里握着先帝的宝库秘址，这对孟习之而言是个极大的诱惑。

可是，霍子都却把霍泽一声不响地杀了，这事早晚他会知道，霍子都既然敢动手，就没打算瞒他多久。只是他有些吃不准，霍子都杀了霍泽，是为了绿琼之事打他一记耳光，还是真的有些疑他。

灯笼摇曳着橘色的微光，孟习之站在石阶上看着殷初远去的背影，眼神晦暗不明，“雪生，交代下去，明日回隆地。”

“是。”阴暗的角落里传来一声答复，又归于了平静。

第十章　军营刺杀　新仇旧恨

“夫人！不好了！”

这日，江沅正挑挑拣拣地和朱船在院子里收着晒干的紫府花，准备一会儿蒸熟弄点点心，就听见碧帆惊慌失措的声音，连忙皱了眉头，“慢慢说，怎么了？”

“县主，县主她跑了！”碧帆双目圆睁，因为剧烈的奔跑有些口齿不清，“方才县主嫌茶水无味，非要闹着吃壶新的，待我煮了新茶过去，人就没了！”

“你这丫头，不让你一直跟着她的吗。”朱船伸手拍着碧帆的后背帮她顺了顺气，看着江沅的眼色微微数落了她两句。

“小姐。”碧帆泪眼汪汪地抬头望着江沅，这会儿连夫人也不叫了，砰的一声跪在地面上拉着江沅的裙摆摇了两下。

那模样要多可怜有多可怜，江沅叹了口气，顺手把碧帆拉起来，“起来吧，她要真想跑你也是拦不住的。”

“夫人……”

“她一定是往隆地那边去了。”沉默了片刻，江沅也没了心情，随手把手中的花瓣一扔，“碧帆，你立刻去让人给爷带封信，越快越好，朱船随我收东西，届时从城内带上一小队人马随我去隆地。”

“好，我这就去。”言罢碧帆就拎起裙摆向外跑去。

见她一路小跑出了院子，朱船才把脑袋摇成了拨浪鼓，碧帆没心没肺，可她不一样，隆地那是什么地方，那是战场，是火坑！“您不能去，那可是前线。再说您去了又能如何？她那个模样像是疯魔了，您劝不回来的。”

“我自然知道。”

“那您还……”

“一个将军夫人都不去的前线，却把县主送去了，这消息若传出去，怕是又要出什么乱子，何况她在那儿没事还好，要是真出了什么差池，可就真说不清了。”

“军中守卫森严，怎么会出差错？”

“不怕一万，就怕万一。”就算宋延巳的军营坚固得如同铁笼，当年她还不是落到孟习之手里。

江沅收到回信的时候人已经在路上了，碧帆偷偷瞄了一眼，洁白的信笺就写了苍劲有力的四个字：路上小心。

江沅继续闭目养神，这回，还是去了。

到达隆地的时候，外面正飘着鹅毛大雪，江沅挑起厚重的帘幕一眼就看到了宋延巳。

一袭银白的盔甲，乌黑的发被利落地束起，少了锦缎绸罗的拥簇，更显挺拔坚毅。

马车将将停下，帘幕就被整个拉起，北风夹杂着雪花瞬间涌向马车内，冻得江沅打了个冷战，紧接着胳膊一沉，一枚镶着金丝铃铛的手炉就被塞到了她手中，宋延巳伸手扶住她的手臂，声音低沉不容滞缓：“走吧，大帐里烧了火炭。”

江沅深呼了口气，入眼一片苍茫，鼻尖嗅到的都是生铁的味道，“清平找到了？”

宋延巳脚步未缓，淡淡开口：“一个女人，难不成能飞了。”

好吧，她不该这么问的。江沅看出来他心情似乎有些不好，决定换个方式，只是这回还未等她开口，宋延巳就冷哼了两声：“若不是你消息先到，怕是她早被当奸细处决了。”

骗子，江沅心里翻了十几个白眼，哪有不看一眼就要处决的奸细？面上却还要做到不动声色，“是我没有看住，你莫怪她。”最后又不甘心地补充道，“也莫怪我，我这次人手带得着实有些少。”

“知道错了？”

“嗯。”嗯？江沅习惯性地应下，只是这回有点不对啊，她伫下脚步，抬头与宋延巳对视，有点错愕。天地良心，人既不是她带出来的，也不是她放跑的，她有什么错？！

只是，这眼神有点太锋利。

卡在嗓子眼的反驳被江沅生生吞了回去，面上作出一副委屈的模样，心里却早就把宋延巳骂了个狗血淋头。

江沅此刻的表情绝对称得上人见人怜，宋延巳显然不吃这一套，牵着她继续前行，“人我给关了，有穆擎看着，让她好好反省几日。”

江沅来得也是巧，她前脚刚踏进军营，后脚前线的战报就呈了上来。

孟习之回来了。

江沅眨眨眼，觉得头有点疼，这是天要亡她！

孟习之的到来迅速遏止了卫军兵败如山倒的颓势。他擅长筹谋，卫军又兵强马壮，显然不是久经内乱的南梁可比拟的。

宋延巳纵然有通天的本事，想要拿回朔北也非易事，一时间你来我往不分伯仲，火烧粮仓暗杀前锋，双方倒还真用了些见不得人的手段。

同年三月，卫军全面撤离隆地，九江城重新纳入南梁的舆图。

江沅这些日子有些惶惶不安，梁卫之战比前世早了好几年，这时候的孟习之还年轻，不似当年那样无懈可击。

可正是因为他年轻桀骜，把胜负看得比名声还要重要，阴招频出，江沅才越发地不确定他能做出什么。

江沅的不安果真没错，没几日军营就出事了。

午夜的风还有些寒冷，周围静谧到只有整齐的巡逻队伍在军营内穿梭，坚硬的盔甲发出整齐的碰撞声。

忽然一声哨响，数百枚箭羽从远处射出，箭头闪着寒光，划破了军营的宁静。

来者训练有素，直取帅营。

江沅是被外面的厮杀声所惊醒的，仿佛又回到了当年，营帐内就她一个人，所有人都在保护远处的宋延巳，她几乎是毫无抵抗地就被掳了出去。

卫国的那一年几乎成了她无法言说的噩梦。

这次不能坐以待毙，江沅刚伸手去摸枕下的匕首，就碰上了一片温热。她诧异地回头，正巧对上宋延巳的眸子，脱口而出："你怎么在这儿？"

"我为什么不能在这儿？"宋延巳套了件暗色的衣袢，三尺青锋不知何时已经被他拿在了手中，他盯着帐门似没察觉到江沅语句中的不妥。

"你早知道？"江沅没有回答他，套了件宽松的长袍，发被随意挽起，眉脚微挑，匕首被她紧握在手中，像只误入丛林深处的小动物，浑身充满了警惕。

宋延巳冷笑，手腕微转，剑锋重重划过地面。

营帐被围在中心，帐外火光映出重重人影，偶尔有箭羽透过帘布射到屋内，还没近身就被宋延巳的剑横空截成两段，江沅小心地往他身边靠了靠，把自己放在一个更安全的范围内。

她刚靠近宋延巳，帐帘被猛然劈开，一袭黑影瞬间闯了进来，宋延巳反应要比江沅快得很，她还没反应过来，兵器碰撞的声音刺破耳膜，两人过招，招招直取要害。

江沅几乎是本能后退，宋延巳偶尔余光扫过她，更多地把心思放到了眼前的刺客身上。

那人似乎也没想到帐中还有别人，一时有些诧异。

江沅慌乱地退到一边，手掌被掩在宽大的袖袍下，轻微地颤抖着。

左手剑，反手出，五虚一实，落剑点点。

这人的身形步伐江沅最是熟悉不过！

那是在江沅从卫国回来不久后，漠北之战爆发，宋延巳奉命北伐，行军途中遭遇偷袭。偏偏那时李晟病重，自知时日无多，又急于给小太子扫平障碍，竟未增派援军，宋延巳带领的一支军队几乎全军覆没。

关键时刻，是江沅舍命为他挡了一剑，也就是那一剑伤了身子，让她没了做母亲的资格。最后还是江忠嗣无视皇意，派军支援，在宋延巳最危难的时候伸手拉了他一把。倒也彻底断了宋延巳与李晟多年的情分，凯旋没多久皇城就变了天。

之后江沅虽然不能生养，但是宋延巳感念江家的恩情，称帝后，正宫之位还是稳稳地落在了她的头上。

只是事情的开头很好，到后来却走岔了道。

江家的不安，江沅的强硬，朝堂的非议，后宫的动荡，宋延巳的猜疑。一年间的不知所踪，圣恩之下的无子，成了她最大的把柄。而那个让她做不成母亲的罪魁祸首，就在面前！

眼前骤黑，江沅眼睁睁地看着那条黑影向她扑来。还没来得及反应，手腕就一紧，她惊慌地向旁边望去，宋延巳几乎是同时闪到她身侧。身子瞬间被拉到一个温暖的怀里，耳边传来刀剑划破皮肉的声音，伴随着宋延巳的闷哼。

江沅被他带着侧了半个身子，正好与那人四目相对，心底压抑了多年的怒火骤然沸腾，“既然来了，这回就别想活着回去。”

还没等那人反应过来，江沅袖口寒光一闪，一把镶满了宝石的匕首就深深地插入了对方的胸口，匕首磨得极为锋利，她用了浑身的力气，整面刀锋都没在了皮肉之中。

江沅出手果断，全然没有先前的惊恐柔弱，昏黄的火光映入营帐，她眼中闪着流光，像璀璨无比的宝石。匕首被她飞快地拔出又反手狠狠地捅了进去，鲜血被带得横飞，染了满身，素白的脸庞也挂着溅到的血珠，直到那人倒下去的瞬间还挂着满脸的不可思议。

“阿沅好狠的性子。”宋延巳环着她，伸手抹去了她眼皮上的一点猩红，他早就注意到了她的失神，只是刺客速度太快他来不及提醒，肩膀被划了一剑，不深，只是感觉有些不太对，他撑直身子，拍拍江沅的脸颊与她对视，“我有些撑不住了。”

说着眼前一黑，整个人都栽到了江沅身上。

江沅这才收了方才的凶狠，理智回笼，被他这一倒吓得不轻，连忙扶住宋延巳的身子，顺势扒开他的衣服去看伤口，皮肉外翻，血肉中透着深深的青紫色。

这是中毒了?

穆擎闯进来的时候看到的就是这一幕，血泊之中，江沅单手握着匕首，弱小的身子撑着宋延巳，眼底杀机重重。

两军交战，主帅中毒可不是好事情。宋延巳遇刺的消息被全面封锁，知道个中消息的唯有穆擎这批将领和一直伴着他的江沅。

当然，还有孟习之。

“爷！人回不来了。”雪生咬咬牙，“慎行的人没传信出来，该是成功了。”

“真可惜，他跟了我十几年。”孟习之看着干净如洗的夜空，眼睛眯成一条缝，满身的戾气压都压不住，他活了二十年，终于遇上了一个不让他好过的人，既然他不舒坦，那谁都别想舒坦，他声音淡淡，在鲜血和铁锈味道的萦绕下，如初春的清泉。

相比孟习之，宋延巳如今的状况很不好，即便军医使了浑身的解数，也只能一点一点地帮他祛除毒素，他高烧持续不退，醒来的时间远不如睡去的时间多。

穆擎急得如热锅上的蚂蚁，他认识的宋延巳是个善于算计的主，当年韩刺那事给他敲了警钟，不是万不得已，断然不会这么轻易地让人近身，之后看江沅的眼神也就多了丝复杂的评估。

江沅心里忍不住苦笑，果然，他还是那个穆擎，只要她对宋延巳有丁点的威胁，这个男人就会变得防备而疏离，前世他从不与她交好，想来就是看不上自己吧。

想着便重新用水湿了帕子，搭在宋延巳额上，等一切都做好才跟往日一样坐在他床边，习惯性地握住他的手，掌心的温度还是烫得吓人。

“穆擎从小和我一起长大。”宋延巳不知道什么时候睁了眼，看着江沅缓缓开口。

“醒了？要吃些东西吗？”江沅连忙收了心思。

摇摇头，宋延巳反手握着她的指尖，“他也是关心则乱，你别往心里去。”

“我又不是小孩子了，哪里还会和他赌气。”她小小一只，这话从她口中正经地说出来倒显得有些可笑。

笑意爬上眼角，宋延巳想抬手摸摸她的脑袋，却连胳膊也抬不起来，只好放弃，手指摩挲着她的手背，眼皮愈发沉重。

恍惚中，他听见江沅的声音。

“听说栖安有位第五先生，是民间出了名的神医，我让穆擎给傅正言送了封信……”

这个人傅正言曾来信给他提及过，至于江沅怎么知道，他一点也不稀奇。

三日后，卫军集结前行，战争一触即发。

宋延巳精神坏得吓人，江沅也不敢再藏着掖着，这种时候大家一荣俱荣一损俱损，索性陪着他坐镇营中。

女子跟军不得入帅营是自古以来的规矩，即便是为着照顾宋延巳，也多半让军中将领不喜。

江沅和宋延巳前世今生加起来做了近二十年的夫妻，默契自然不是一般人可比拟，往往许多事宋延巳一个眼神，江沅就能把他的意思说出来，八九不离十。

再加上她上辈子有着丰富的边塞经验，又长年跟着宋延巳身边看他排法布军，耳濡目染，关键时候倒还真能出谋献计，这么来回几次，营中的反对声也低了下去。

面对这样的江沅，最震惊的莫过于穆擎，别人看不出来，或许连江沅自己也没发觉，她的计策看似刁钻古怪，归根结底却与宋延巳有异曲同工之妙。

“中离。”看着江沅出了大帐，穆擎才扭头看着他，表情复杂，欲言又止。

“看出来了？”宋延巳看他这表情就猜得差不多，笑着问道。

他身子靠在软垫上，唇色还是略微苍白，算日子第五惠也差不多快到云中，再过几日就该到隆地了。

“原先没发觉，后边她提到游蛇的时候才看出来，像极了当初你教我的线水阵，虽略有不同，但归根结底是一样的。”穆擎不信宋延巳会教江沅这些东西，若说她祖上是马背起家或许还有可能，但她偏偏出身文官而非武将，“你早就知道？”

“我自有我的打算。”宋延巳轻轻闭了眼，遮下所有情绪，“有的人，你只要略微提点那么一两下，她就会把你的话反复咀嚼，不停推敲到合理为止。”

“江沅？”见宋延巳不回答，穆擎难得动怒，走了个顾思珺来了个江沅，他身边的女人怎么就没有一个是让人省心的，“你就非得找个心思重、擅算计的女子在身边吗？”

“你我相识十余载，最该清楚，我宁可聪明人算计我，也不愿愚蠢之人连累我。”他跟穆擎不一样，单纯的女子在他身边是活不下去的，江沅心狠又聪明伶俐，惯会逢场作戏，这样的人最适合他，何况……宋延巳微微一笑，“阿沅还是个难得的美人哪。”

穆擎被他这番话堵得哑口无言，刚要回他几句，就见他合了眼又昏昏沉沉地睡了过去。

事情出现逆转是在几日后，第五先生到了柴桑，再往北就是前线，傅正言的部队是栖安的部曲，送他到柴桑已是犯了帝王的忌讳，断然不可能再北上。只好让前边派人来接应，穆擎要随时准备上战场走不得，事情便落在了冯修远身上。

李清平死活都要跟他一起去，江沅觉得第五惠来了宋延巳那边也就可以安下心来，正巧又可以趁这个机会把清平送回柴桑，便跟穆擎说了声。

穆擎深觉刀枪无眼，两个女子也不好一直跟着他们在前线，宋延巳这几日又陷入了昏迷，只得自己作主，当下就允了，连护送的队伍都是他亲手挑的精兵良将。

原本是件好事，谁知道中途出了大岔子。

厮杀声在车马前面响起，惊得在车内闭目养神的江沅掀了车帘，“出什么事了？”看了半圈，又扭头道，“县主人呢？”

“一早就去前方寻冯监军了。”朱船回道，她不明白，拢共就这点路程，怎么就非得刻刻腻在一起。

队伍拉得很长，江沅被包在中段，前方的事一时半会儿传不过来，江沅心里焦躁得不得了，又过了约莫一炷香的时间，李清平才被人护着送了过来。

她胳膊上挨了一刀，碧帆拼命地用帕子帮她按着伤口，哭得小眼通红。

“怎么回事？！”江沅小心地观察着李清平的伤口，问碧帆的语气难免有些动怒，“我就是让你这么照顾县主的？”

碧帆跟了江沅这么些年，什么时候见她发过这么大的火，当场就跪了下去。李清平看着碧帆跪在地上哭得伤心，心里也难受得紧，事情都是因她而起，到头来受责备的却是碧帆，忍不住抹了眼泪。

“行了，先别哭了！回我话！”江沅看着碧帆，也顾不得安慰受了惊吓的李清平。

“我们遇上了流民，有几个小孩饿得站都站不稳，就好意给了她们几口吃食，谁料后来流民越来越多。他们饿红了眼，要抢粮。”碧帆还在抽泣，越想越委屈，她已经尽力阻止了，县主不听她能怎么办。

“谁让你们给粮的？我说过多少次了！不能给粮不要心软，千叮咛万嘱咐，你们是拿我的话当耳旁风吗！”江沅见识过暴动，最能明白，现在的她们在那些流民的眼里，不是军队，而是行走的口粮。

人若是饿青了眼，横竖都是死，他们当然会拼一把。

“江姐姐是我的错。”李清平死死地拉着她的袖口，抽泣道，“那小孩实在太可怜了，我再不给他口吃的他就真的要饿死了。”

“他是可怜，但你做事前能不能过过脑子！这么小的孩子，没有人指使，他们敢冲着军队要粮吗！”江沅也不忍说重话，只好继续问，“还有谁？”

要是只有流民，不可能闹到这种程度。

“还有马匪。”碧帆吸着鼻子，补充道，“流民刚闹起来，他们就来了。”

果不其然。

“夫人，咱们怎么办。”朱船虽然心里也有些责怪李清平，可依她的身份再借她十个胆子也不敢。

“静观其变。”江沅看了看一身灰尘的李清平，眉头紧锁，如果是普通的马匪还好，如果不是……

人倒霉的时候真是越不想什么越来什么，这批匪贼异常彪悍。南梁的战士，既要保护江沅和李清平，又要对抗流民和马匪，精力显然不够，一时间进退维谷，陷入僵局。

包围圈越来越小，流民饿红了眼，像疯了一样拼命往前冲，又有大批马匪做后盾，冲得江沅的军队手忙脚乱。

“夫人，撑不住了。”前边已经散开，来回报的将领脸上染了灰土，狼狈不堪。

“江姐姐。”清平几乎快哭出声，最后咬着嘴唇才把抽泣声咽下去。

“你去前头说声，我要见见马匪的头目，至于流民，分一半的粮食给他们。”这么下去不是办法。

“咱们的人已经去通知穆将军了。”将领飞快地摇头，万一出了事他可担待不起。

“来不及了。”江沅跟过军，也知道现在他们根本撑不住，与其坐以待毙，不如主动出击，说不定还有回旋的余地。

“老大，军里传来了消息，他们上边的人要见你。”高头大马上，一名男子挥着马鞭笑道，“要见吗？”

“都走到这步了当然见。”孟雪生捻着贴在下巴上的小胡子，粗犷的装扮遮住了他原本的面容。

开始他们埋伏在这儿，只是单纯等着宋延巳的部队去接传说中的神医，想要中途掳人，没想到却看到了名女子。雪生自幼跟着孟习之，皇家贵女见多了，只一搭眼，就知道那女子身份不凡，这才动了其他的心思。

“不掳那神医了？”唐德好奇道。

“你觉得咱们爷是更好奇神医还是那姑娘？”他是孟习之的心腹，最擅长猜测主子的心思，更别说军队对那女子的保护已经超出了他的预期，“何况宋延巳的症状即便没有神医，再过上二十几日也差不多了。”

江沅前脚刚差人放了粮食，孟雪生的人后脚就跟了上来。

“好汉何苦咄咄逼人。”隔着厚厚的幕帘，她们原本就处了下层不得不先低头，见江沅点头，李清平才按她交代的开口，“您便是掠了这些东西，它们印着军中的印记也用不得。”

孟雪生看着不远处的车马，素色的粗布帘子甚是低调，若不是偶然一撇，他断然不会在这上边放心思，“听说宋将军治军极严，没想到居然派了精锐来护送一名女子，这传出去可不好听啊！”

孟雪生的声音刚起，江沅心底就咯噔一响，原本还有些期待的心迅速地下沉。

“夫人。”朱船第一个发现了江沅的异样，担忧道，“您怎么了？”

怎么了？她们怕是遇上大麻烦了！江沅皱眉拉了李清平的衣袖，低声问：“他们方才是不是见过你？”

“我不知道。”李清片见她严肃得不像玩笑，也有些焦急，“我当时没在意这些。”

“见过的。”碧帆毕竟是江沅一手带出来的，枝节细末的观察几乎成了本能，她记得，“是县主露了脸之后，马匪才出现的。”

“江姐姐。”

“换衣服。”江沅当机立断，也不管车马周围围绕的遍是男子。

李清平被她忽然的决定搞得有些蒙圈，“现在？”

江沅点头，她确信孟雪生敢来周旋，是笃定了清平的身份不凡，这次势在必得。只是没想到她也被清平拖了进去，她与孟雪生当年在临安打过照面，于这种地方再次相见，孟雪生一定会起疑。

江沅脑海中思绪万千，最后果断解开衣衫递给朱船，“你穿我的，碧帆换清平的。”

江沅可以被抓，但是宋夫人不可以！前世的记忆让江沅本能地先给自己规划出一条退路，这次她绝不允许自己的帝后之路上再有任何污点。“到时候碧帆跟着我，朱船跟着县主。”

“夫人。”朱船看了眼碧帆，见碧帆不留痕迹地点了头，才开口，“还是我跟着您吧！”

其实她们俩心里都明白，不是信不过，而是相对碧帆，朱船更适合跟在江沅身边。

“不行。”江沅示意李清平赶紧换装，这才扭头在朱船耳边轻声道，“你性子稳妥，为人处事最是周到，万一出了事，我的名声届时就都要靠你了。”

“夫人。”朱船被她的话说得一愣，反应了老半天才明白，眼眶一红便低下头。

江沅手上动作不停，心中也不停地盘算，她需要朱船助她，若她真有什么差池，尚有人可以移花接木。

重活一遭，凡事江沅都喜欢做最坏的打算，她太清楚之后的路要怎么走，她需要瞒的不是宋延巳，而是天下人。

孟雪生果然没有给她们太多的时间，他自幼跟着孟习之，性子也随了他，确定目标便下重手，断然不会空手而归。

她和李清平，只能跑得了一个。

兵戎相见，战马嘶嚎，江沅趁机携着碧帆上了另一辆枣红色马车，连冯修远都没反应过来，就见她素手一伸，马车就调了头，壮马拉着车驾飞快地向后山驶去，车旁只随了几名骑兵。

“老大，有人跑了！”唐德用马鞭指着反向奔跑的马车，那一抹熟悉的绿色让他忍不住高呼，“是那个女的！”

“慢着。”孟雪生一愣，此刻他不觉得金蝉脱壳是个好办法，何况连对方将领都有些诧异，可见之前那名女子必然还在眼前的素色马车内。

不过，孟雪生眯眼看着枣红顶盖的马车渐远，车驾稳而快，如果先前的女子还在，那跑掉的是谁?

“金贵之人，危机之中必留一行一。”

孟雪生瞳孔忽然放大，脑海骤然想到了孟习之曾与他说过的这番话。

他问：那您是留还是行。

他道：若机会相当，行为主动，留为被动，爷自然是行。

第十一章 瞒天过海 狭路相逢

“真是人外有人，天外有天。”孟雪生勒紧了缰绳，“阿德，这就留给你了。”

“你去哪儿？”唐德一愣。

“我去看看跑了的究竟是何人。”说着孟雪生马鞭一扬，“你们一队跟着我。”

铁蹄声嗒嗒响起，扬起了半路的尘土。

“小……夫人……”碧帆靠在马车内，诧异地看着江沅。

她跟江沅十几年，从小一起长大，她从来不知道，她会驾马，动作熟练得仿佛早已做过千百次。

“别说话，坐稳了。”江沅紧紧地握着缰绳，周围的枝叶繁茂飞快地划过车壁。

碧帆怔怔地看着江沅的背影，此刻的她背着光，在车内投下一条长长的身影，背脊挺得笔直，马鞭挥舞，抬手间尽带洒脱。

啪——瓷器落地的声音。

“谁让你放她们回去的？”宋延巳刚醒来就得到了江沅离开的消息，几乎是临近暴怒，“现在什么情况她不懂你还不懂吗！”

“这事是我不对，你先消消气。”穆擎觉得现下平静得很，倒是不明白他为何发这么大的脾气。

“让徐安去把她们接回来。”

“中离。”徐安手下带的是宋延巳的私部，里面的百名将士全是千挑万选出来的，要不是宋延巳受伤，断然不会把他们从前方调回来驻守军营。

宋延巳挥手，几乎没有给穆擎反驳的机会，“务必保证阿沅和县主的安全。”

徐安跟了宋延巳这么久，对他的举动也不多问，接下命就领了兵马向柴桑赶去，他们战马肥壮，脚程自然也快，中途正巧遇见快马加鞭赶去军营求助的将士。

“徐统领。”小将士远远看见徐安的军马，就扯开了喉咙，“冯监军在前方出事了。”

徐安心头一震，见他整个人都灰头土脸身上还染着点点血迹，也不多问，这种时候必须争分夺秒，“你继续去回报，我先走一步帮他们一把。”

等徐安赶到的时候，冯修远一行人早就被冲击得溃不成军。他身上伤了两刀，正单臂护着李清平，小县主什么时候经历过这些，这会儿只咬紧了牙关不哭出声，脸上蹭着灰土丝毫不复往日的白皙。

唐德骑在马背上，右手执刀，刀身上的古兽腾云纹显得杀气腾腾。忽然，眼前银光一闪，他连忙立刀去挡。金属碰撞的声音响起，箭羽的力量让他身子猛然下拉。

远处徐安拉着弓箭，唐德顺着箭羽射的方向望去，只见徐安下巴微抬，似说了句什么。

这回没了流民的阻碍，孟雪生又带走一批人马，唐德的人马先前又失了体力，徐安带的这一批可谓是精锐中的精锐，英勇无比，着实有些应付不下。

砰——箭羽划过唐德的脸颊，被他飞快地用刀挡住，却还是慢了些许，脸上留下了一道血印。

眼见抵挡不住，唐德只好高呼："撤退！"心里却恨得要死，慎行死在了梁军的营帐里，这本该是他邀功的最好时机，结果就这么飞了。

血迹斑驳了大片土地，徐安对他们毫不留情，唐德撤得并不容易，最后竟然是丢下众人一个人逃了。

"修远！修远！你怎么样？"血染红了整件衣裳，冯修远嘴唇苍白得骇人，李清平搀着他的胳膊，眼圈赤红泪水唰唰地往下落，对着徐安哭喊，"你们快救救他啊。"

"赶快回柴桑。"徐安看他那状态就知道拖不得。

"不行！不能走！"声音尖利刺耳，朱船几乎是连滚带爬地扑过去拉住徐安，"还有人，还有人！"

朱船把夫人两个字狠狠地咽回肚子里，指尖拼命地颤抖，"我的丫鬟帮忙引开了一批人马，你们救救她，救救她啊！"

徐安当然认得朱船，还有这身衣服，难怪他觉得这次卫国派来的人马太少，要是对方人手多点，冯修远根本就挺不到他赶来，江沅引走了一批，这才给了他足够的时间。

唐德性子自私，孟习之绝对不会让他自己来，而他又没见到其他的头目，那么……寒意渐渐爬上了背部，徐安看着面前大量的伤员，估摸一算就知道江沅那边没有多少人。

李清平也被朱船这一嗓子吼回了神，对了，还有江沅，还有中途就不见的那个马匪的头目！她惊恐地看着徐安。

只见他嘴唇抖了半晌，才道："晚了。"

这俩字成了压垮骆驼的最后一根稻草，朱船声音骤停，最后两眼一翻，整个人就直挺挺地栽了下去。

"朱……夫人！"徐安手快脑灵，连忙伸手扶住了她。

马车嗒嗒作响，李清平坐在马车内，眼睛已哭成了一双核桃，冯修远伤重，江沅碧帆生死未卜，这会儿连朱船也昏迷不醒地躺在旁边。

都怪她，若不是她任性怎么会出这么大的纰漏。她要是不来前线，要是不死活非跟着冯修远，要是不露面给粮，这一切就都不会发生了。

李清平死死地捂住嘴巴，低微的啜泣声不停地从口中溢出。

“县主。”朱船的声音小声地响起。

李清平一愣，连忙爬过来拉住她的手，对上朱船泪蒙蒙的眼睛，又忍不住红了眼眶，自责道：“我真不是故意的，我不知道事情会变成这个样子。”

她哭得伤心，勾得朱船也想落泪，可是她还有事情要做，她吸吸鼻子，咬着嘴唇坐起来。

李清平刚把她扶稳，就见她广袖一甩转身跪在了她面前。

“朱船。”李清平有些慌张。

“县主，求您看在夫人为您引开贼人的份上帮帮她吧。”朱船狠狠地磕了几个响头，拉着她的衣袖，这才哭得泪如雨下。

“我也想帮她，可是我真的不知道怎么做。”李清平终于忍不住，抱着朱船哭成一团，事情发展到这一步谁也不想的，“都怪我不好。”

“县主莫哭，先听奴婢一言。”朱船知清平不是作假，连忙扶起她的身子，也顾不得安慰，只一字一句挑了重点与她说，“现在除了您、徐统领、冯大人和奴婢，没人知道不见的是夫人。”

李清平擦眼泪的手停在半空中，呆呆地望着朱船有些不明所以。

“若是夫人吉人天相能活着回来，是继续当宋夫人，还是以死证清白，就全靠您了。”朱船拉着她衣袖，忧伤满面，说出来的话半真半假，“所以夫人才让我穿着这身衣服，把我留给县主。即便死她也不想辱了宋将军的名声，她这是抱了必死的决心救您啊。”

李清平被朱船的一番话震得发不出来声音，她想到江沅换马车前曾对她说：你跟着冯监军最安全，我也会努力活着。

江姐姐……李清平眼泪不停地砸在地板上，溅起朵朵水花，她吸了吸鼻子，反手握住朱船的手，掌心热得骇人，“你放心，我一定不会让姐姐名声有损。”

“我们大人那里……”

“交给我。”李清平拍拍她的手背，坚定地保证道，“活要见人，死要见尸，江姐姐是为了我才遭此劫难，我断然不会让她再在这事上受委屈！”

朱船心里松了口气，感激地叩了个头，“奴婢在这里替夫人谢过县主。”

有什么好谢的，李清平咬着唇抹了把眼泪，江沅舍命救她，这份恩情她无以为报。

疼……江沅动动脖子，力道似乎还残留在她肩颈处，外面天色已经擦黑，室内燃着淡淡的春簪香。她身上的衣衫已换了新的，翠色的广袖长衫上刺满了祥云纹，胸前挂着烟沙色的飘带，是卫国特有的装扮。

她撑起身子，单手按了按额头，她跟孟雪生是在悬崖口遇到的，她带的人手极少，几乎是被瞬间就分了胜负，之后她和碧帆的出现显然让孟雪生很是诧异。再然后她就被打晕，醒来就到了这里。

“醒了？”好听的男声响起，熟悉而陌生。

江沅动作一怔，警惕地向着声音传来的角落望去。

修长的手指挑起纱帘，熟悉的身影渐渐显出轮廓，姿容俊美，眼角微挑，自带三分笑意。

这张脸，美如画，皮囊下却藏着最狠的心肠。

“这就是卫国的待客之道？”江沅起身下床，头还有些眩晕，她飞快地扶住身旁的床柱，即便再不舒服，她也没办法躺在床榻上与他交谈。

“客？”孟习之不明所以，看了眼四周，“哪里有客？”

见江沅警觉地盯着他不吭声，故意往她身边踱了几步，逼得她连连后退，“莫不是你把自个当客人了？呵呵，不过是个俘虏罢了，尔为鱼肉，吾为刀俎。”

江沅眼光微荡，前世的记忆再度苏醒，她努力地压下心底的恐惧，抬眼直视他，“孟先生曾许诺过，不杀我不伤我的。”

她当时只想给自己留条后路，没想到有生之年还真能用上。

江沅话音刚落，孟习之就变了脸色，周身的温柔瞬间被冰冷所替代，他手指飞快地扣住她的脖子，狠狠地把她按在床榻上，拇指上的血扳指红得刺眼，“你早就知我身份？”

同样的人，同样的举动，江沅遍体生寒，只睁着双眼死死地盯着他。

还没等江沅脑子回神，脖颈上的力量就松了开，孟习之撑着身子与她拉开距离，独自笑得开怀，可惜笑容未达眼底。他边笑指尖边点着江沅的脖颈，每一下都像敲击着她的心脏，“真是有意思，难怪你对我态度古怪，可宋夫人怎会知晓我身份的呢？”

“您高看我了，我也是刚知道。”江沅指尖轻轻碰到他拇指上的血翡翠，所触冰凉，“我只是认得它罢了。”

孟习之偏头看了眼包裹在指根处的重红，冷哼出声，血翡随着他的动作轻移滑到她的脸颊，苍白配着血色，果然很好看，“你猜我信是不信。”

“你信与不信，这都是事实。”江沅不敢多言，孟习之心思缜密，自己多说多错。

“好，我姑且当你说的是真话。”孟习之与她对视了许久，才撑起身体斜靠在她身边。

江沅得了空，双手并用地扯了裙摆跳下床，警惕地看着手肘撑在床上笑意不明的孟习之。

她在打量他，他也在打量她。

两人一时无话，最后，还是江沅撑不住先开了口：“碧帆呢？”

孟习之枕靠着秋香色金钱蟒大条褥，单腿跷在膝上，似把她的话当耳旁风。

“你不要太过分。”江沅动了怒。

“过分？”孟习之换了个动作与她对视，从头到脚又把她细细打量一番，“我不杀你已经是最大的仁慈，你有什么资格跟我提过分二字。”

碧帆再次回到南梁的军营是在几天后，被捆得结结实实，背上多了几道血鞭子，整个人都昏迷不醒。

江沅失踪的消息被宋延巳压得严实，众人只知冯大人的人马在回城途中遇袭，贴身丫鬟舍身救主引开追兵，夫人则受了严重惊吓卧床不起。

大帐内气压很低，第五惠坐在东椅上，一手摸着小山羊胡，一手给碧帆细细地把了脉，“没事，皮外伤，养几天就好。”执笔便写了张方子扔给穆擎，态度相当不好。

来隆地不是他的本意，穆擎自是知道第五先生心里窝着一团火。白骨露于野，千里无鸡鸣，第五先生初到栖安，便因着治好了当地正在扩散的瘟疫而声名大噪，原本能好好地在栖安开医馆，谁料想直接被傅正言绑了送过来。

这是前线，是战场，随时随地都会死人。人哪有想死的，即便第五惠活到这把年纪，也是想在多活几年。

日夜兼程结果第五先生人刚送到柴桑就冻病了，还没来得及养就碰上冯修远伤重，只好扛着病先把人从死亡线上拉回来。屁股没坐热，就又被徐安快马加鞭地带到了隆地，一路上吐得七荤八素，最后只好一边给自己开药一边给宋延巳扎针，事情还没结，就又来了一个姑娘。

“这回没事了吧？”第五惠眨眨三角眼背着药箱起身告退，走之前还不忘了埋怨，“老夫年纪大了，如今还病着呢，这副老骨头可经不起这么折腾。”

帐帘落下，宋延巳一身玄色长袍坐在桌边，仅腰间系了配带。如今他体内的毒素已祛得差不多，就是这些日子瘦得有些惊人。

和碧帆一起被送来的还有封信件，内容他已经看过，江沅果然在孟习之手中。对方开出的条件也很简单，休战，仅此而已。

“中离。”穆擎接过信件，看得皱眉。永明的事情他大概也听到了些风声，如今第五先生来到隆地，宋延巳身体大好，最适合乘胜追击，这是重夺朔北的最好时机。

“休战。”宋延巳几乎不做考虑。

“不行。”穆擎飞快按下他要拿笔的手，这是个难得的机会不能放弃，“大局为重。”

宋延巳的手被中途拦下，他抬头望他，表情算不上好看，“你是让我用自己的夫人去换朔北大捷？”

“一个女人而已，你至于吗？”

“可她是我夫人。”

“可你是个将军！”穆擎这些日子也窝着火，自从江沅出了事，宋延巳就古古怪怪的，两军对峙显然给孟习之留了不少的回旋余地，如今听他说这话，直接怒火中烧拍了桌子，“战场不是让你儿女情长来演话本的，你的使命是保家卫国！江沅再重要她能比万千的百姓重要吗，朔北多少人等着你拔诸水火，登于衽席，你为他们想过没？！”

“说完了？”平静地听穆擎吼完，宋延巳垂了眼睑，笔尖染了浓墨印在洁白的纸张上，铁画银钩，刚健而遒媚。

“我看娶她还不如娶了顾思珺。”穆擎摇头，看着宋延巳有些失望，同样都是救命之恩，“起码，在大是大非面前你能舍得下姓顾的。”

“有些事情你不懂，我也无法与你细说。”宋延巳何尝不知边境生灵涂炭析骸以爨，可是……他眼神微动，最终把墨迹装入袋中，烧了滚烫的火漆按在封上，“你也别怪我。”

四月，梁卫两军休战，各退兵二十余里，孟习之起身回永明。

车驾内琼花香气弥漫，孟习之换了一身松石绿的系带长袍，腰间束着缙云祥纹的月色腰带，头发被翠玉冠束起，桃花眼微微上翘，端的个霁月清风的模样。

江沅手脚被捆，一动不动地蜷在角落。碧帆不在，两军停战，她大概也猜到了孟习之是用自己与宋延巳达成了某种协议，只是她不明白，依着宋延巳的性子，怎么就应下了呢？

“没想到，宋夫人还有这等用处。”孟习之每次开口都是一把刀。

“我不是宋夫人。”江沅恨不得立刻堵住他的嘴，心里暗恨，面上却不显，“宋夫人如今安全地在梁国。”

“啧啧啧……宋延巳真是好福气啊，都到这种份上了还有人顾着宋家的名声。”孟习之倒了盏茶饮，又顺手给江沅倒了一杯送到她唇边，“这次要不要喝？”

江沅点头，准备接杯子的手忽然停到了半空中，猛然又想到了上次。那次孟习之也是这样，结果她指尖刚碰到杯壁，也不知道哪里惹了他不快，当场砸了杯子，直言若是嫌弃他大可直说，弄得江沅莫名其妙。最后吃亏的自然是江沅，整整两天一滴水都没有碰到，她甚至怀疑孟习之是不是存心要弄死她。

江沅不言，看着他执杯的手愣了片刻，才低了头就着他的手饮了几口，细碎的发遮住脸颊，看上去颇为顺从。

“这才对。”孟习之对她的反应很满意，声音都染了笑，“女子本就该如室内花，不可太扎手。”顿了顿又补充道，“既然不是宋夫人，那小爷我该如何唤你？”

江沅不想与他多谈，悻悻然道：“随便。”

“那就叫沅沅好了。”两个字从孟习之口中念出来，带着莫名的暧昧。

江沅本能想开口刺他两句，结果话到嘴边又生生地咽了回去，大丈夫能屈能伸，她要先想办法好好地活着，这次她绝不能像上辈子一样。永明的水牢寒得刺骨，静得吓人。

“你要把我带去哪儿？”江沅摇摇头，示意她不想再喝。

孟习之看了眼杯盏，雪白的杯壁上染了淡淡的口脂，如雪中红梅，他嫌弃地皱眉，顺手把江沅用过的杯子丢出车外，这才侧过头笑着对上她的眼睛，“沅沅想去哪儿？”

“我曾帮过侯爷一把，即便现在身份尴尬，侯爷也不会恩将仇报把我打入大牢吧。”无视孟习之方才的举动，江沅此刻只想给自己争取最大的权益。

眼前的江沅眼睛闪着微微的光点，言语间带着几分不自信的试探，看得孟习之瞬间就笑了开来。声音传出车外，他愉悦的笑声引得马背上的孟雪生不停地狐疑回头。

江沅也不知哪里又戳到了他，孟习之喜怒无常，着实让她有些猜不透。

“沅沅好生聪明。”知道与他讨价还价，孟习之双指捏起她的下巴，对上她有些防备的神情，笑着摇头，“只可惜是个南梁女。”

流氓、混蛋、登徒子！江沅拼命挣开他手指的钳制，在他的注视下飞快地往后缩了身子，把自己隐在小小的角落，眼睑微垂遮住了所有的鄙夷。

之后她尽量不再与他交流，也不知走了多少时日，直到雪生来报，她才知道自己已经跟着孟习之的车马到了卫国皇都永明。

第十二章 清风霁月 凤落永明

“爷，咱们到了。”马车将将停稳，孟雪生的声音就在车外响起。

厚厚的帘布被人从两侧挑开，脚踏早已安稳地摆在车驾一侧。这是江沅第一次来安随侯府，府邸坐北朝南，门前立着对镇魔驱煞、祁佑生财的石狮，朱红的大门上门钉纵横各九，双凤门环晃着金闪的光。

还没等江沅打量完，就被人扔了顶帷帽在头上，接着被拽了胳膊像口麻袋一样被人从马车里扛了出来。

“侯爷。”男人扛着江沅，他身材魁梧，一看就是练家子，“人放哪儿？”

大庭广众之下，江沅像个货物一样被陌生的男子扛在肩上，羞愧得要死，帷帽下的脸涨得通红，她透过遮在面上的薄纱恶狠狠地向孟习之看去，凶巴巴地给了他两记眼刀，眼神却在划过他身侧的女子时，有片刻的震惊。

女子肌肤胜雪，眉若弯柳杏眼含情，唇不笑而扬微点而朱，青山绿的齐胸襦裙上秀着淡色的迎春抱枝纹，外穿月白色的雷云纹长衫，胸前鹅黄色的长带轻轻垂下，整个人温和得如同三月春风。

美人总会让人难以忘却，尤其是绝色的美人。比如绿琼，那个前世与她只有一面之缘的卫王后。

如今江沅重活一遭，看着她笑盈盈地立在孟习之身边，拉着他的袖口，整个脑袋都是蒙的，她觉得自己仿佛提前知晓了个天大的秘密。

多年后，卫国的史书上会有这么一段记载：适逢大雪，卫王崩，不日，卫王后携子继位，年号齐安。

携子，携谁的子。

绿琼似乎也注意到了她，笑道："表哥，这位是？"

"自投罗网逮到的，你挑个地方给她住吧。"孟习之余光扫了她一眼，便牵了绿琼的手，刚碰到就忍不住皱眉，"这都四月天了，怎么还这般冰？"

"你又不是不知道，老毛病了，不碍事的。"绿琼笑得温婉，伴着他一起进了府，临走前恰好回头与江沅的眼神撞了个正着，然后冲她嫣然一笑，暖了四周的风光。

江沅当晚就被安排到了夺月院的西厢。

不得不说，跟孟习之的一群美人住在一个院落是场极大考验。跟宋延巳的姬妾不同，这个院子里实打实都是孟习之的人，他也确实是个喜爱风月佳人的，夜夜笙歌，院中女子彻夜不停的嬉笑声扰得江沅整夜无法安眠。

三天后，她终于忍无可忍，眼皮下挂着深深的两抹黑找到了绿琼。

"怎么了？夺月院住得不舒服？"绿琼让人倒了茶，亲手端到了江沅面前。她长得美，一双眼睛更是生得楚楚动人，一颦一笑间连院中的牡丹都失了颜色。

江沅礼貌性地笑了两声，心里明白，眼前的女子是大卫未来的王后，到江沅死之前，她的地位都固如磐石，稳稳地当着卫国唯一的女主人，在这点上她可比自己能耐多了。

"倒也不是，就是吵闹得很，夜里睡不安稳。"

"那院里都是极好相处的。"绿琼以袖掩唇轻抿了口茶水，嘴角挑了个非常好看的弧度，"其他院里住的都是表哥给了名份的妾，姑娘现在身份特殊，着实不好让你去住。"

话里话外这是把她当孟习之的人了，江沅连忙摘清："庄姬夫人误会了，我与孟小侯爷本就无关，这次来也只是求个安静些的地方，后罩房也是可以的。”

后罩房是丫鬟婆子住的地方，她只要住进去，就再也无见到孟习之的可能。

绿琼心下自思，面上笑容却不改，“这事我做不得主，得问表哥才是。”

“那就麻烦夫人了。”绿琼的这番话，江沅一个字都不信。

说来也是奇怪，对于绿琼，后院里的姑娘都尊尊敬敬唤她一声庄姬夫人，这就表明她如今还是霍子都的妃妾，但现在却住在安随侯府，打着表小姐的身份把控着整个后院。

江沅不明白这其中到底发生了什么，卫国君主怎么能允许他的夫人住在其他男人的府邸，别说是表兄妹，便是亲兄妹也是万万说不过去的。

话说到这份上也就差不多，江沅把心中的疑问抛到脑后，亦不愿继续与她周旋，起身告退。

待桃萃送走了江沅，才如往常一般快步走到绿琼身后，“夫人，人出门了。”

“居然求到了我这里。”绿琼看着窗外，眉眼依旧柔和，她小指微翘执盏饮了口茶，“就是不知是真心实意还是欲擒故纵，身份可打听出来了？”

“没有。”桃萃摇头，“我旁敲侧击地问了几句，连唐德那边的嘴都把得严严实实。”

“如果连唐德那边都不肯说……”绿琼轻轻闭了眼，桃萃抬手小心地给她捏着肩膀，听她道，“那就别问了，我不想在这事上跟表哥生了间隙。”

“那方才她所说的要告诉侯爷吗？”

“自然。”洁白的指尖点在梅花式洋漆小几上，绿琼面色不改，“表哥信我，无非就是我什么都与他说。”她事事都不曾欺他瞒他，何况一个女人。

绿琼做事很快，没几天江沅就换了住处，此举确实换来了一夜的安眠，却也换来了孟习之这个罗刹。

夜风将好，她刚沐浴完出来，就见孟习之堂而皇之地坐在她房内。桌上放着汝窑美人觚，里面插着些时鲜花草，枝叶被他随意地拨弄着，江沅警惕地盯着孟习之：“你在我的房间做什么？”

“你的房间？”他拈了块核桃仁放入口中，抬头看向秀发微湿的江沅，她确实生得好看，水光雾气中乖巧地立在那里，只可惜那眼神太过锐利，孟习之移回视线，看着杯盏中的茶水，讽刺道，“整个侯府都是我的，哪来你的房间。”

“好，那我换一个问法。”江沅飞快从旁边抓了件厚袍，待把自己裹得严严实实才开口：“天色已晚，小侯爷来这里做什么？”

“来看看你离了夺月院过得如何。”

“还不错，谢侯爷关心。”江沅不敢撵他，更不敢离他太近，看了一圈，才搬了门口的板凳坐下，与他隔了老远的距离。

孟习之冷笑两声不再理她，就在江沅做好在门口坐一晚的打算后，他才拨弄着果匣中的果仁缓缓开口：“沅沅觉得夺月院这名如何？小爷我亲手题的。”

“挺符合院中情况。”一群女人争他一个，江沅看着孟习之道，“群星逐月。”

“呵呵，沅沅说笑了，我是男人，男人为阳，怎会是月。”

“那谁是月？”江沅没多少兴趣，随口回他，“难不成还真是那天上的月亮？”

“答对了。”孟习之敲敲桌面，拿了颗蜜橘顺势丢给她作为打赏。他速度太快，江沅一时没反应过来正巧被蜜橘砸到脑门，当场就往后栽过去，幸好眼疾手快扒住了门框。

此举惹得孟习之大笑不止，等他在江沅的怒视中笑够了，才指着门外如洗的夜空让她看。

黑色的天幕上，星光微暗，衬得月亮越发明亮。

“挺好看的。”江沅揉着额头瞅了一眼，又把目光集中在手中的橘子上，眼神恨不得把它剜出一个窟窿。

“没错。”孟习之起身，踱着步子走到门口，最后靠在门框上，低头瞥了眼裹成粽子的江沅，才又把眼光投向空中。他的声音十分好听，“星辰就该如此，若安图与皎月争辉，便是不自量力。”

寒意渐渐爬上后背，孟习之的话在她耳畔继续响起：“夺月，她们也配？”

这晚江沅彻底失眠，清风透过窗缝吹进来，床头的花穗荡起了小小的幅度。她睁着眼一瞬不瞬地盯着床顶的薄纱，孟习之的话不停地在她脑海盘旋，挥之不去。

不能再等了，她得逃出去，无论如何。

这个男人，把世间的一切都当成游戏，他喜欢鲜血的快感，也偏爱无声息的厮杀。夺月院的女人就像是他疲乏过后的一场戏，每个人都是一颗棋子，他看得透，却乐于看她们争，看她们抢，看她们不择手段地讨好他，骨子里却是对棋子深深的鄙夷。

江沅逃跑是在七日后，这日恰逢霍子都生辰，宫中设宴，府内的高手一大早便随孟习之进了宫。

她费了好大功夫设局打昏了身边的丫鬟，尔后才安心换了衣服，画了个掩去姿色的妆容。出府的谎言她这些日子编了又编，等她觉得天衣无缝了才用上，最后竟是正大光明随着采买的婆子丫头说说笑笑地出了府。

“跑了？”绿琼正在院里赏花，听到这个消息一时有些愣住，“什么时候？”

“就在今早，还是中午萍儿去给她送吃食的时候发现的。”桃萃也没想到还真敢有人从安随侯府逃跑，“值钱的物件还在，就是用来打赏的银花子都没了。”

“身边伺候的人呢？”

“秋棠是被打晕塞了布团绑到床上的，周围紧贴着放了一圈蜡烛，就底座留了块铜座，她若是醒来挣扎的动作大些蜡烛倒了，屋内又都是些易燃的，定会走水。”桃萃想到自己先前去看的情况。

江沅这手法就是拿秋棠的命来赌，想活还是想死全在秋棠一念之间。如果想活，就安静地待着等人发现，或者等蜡烛燃尽，出于人性的考量，江沅是笃定了她不敢乱动。

“好狠毒的手段。”绿琼单手抚过娇嫩的花瓣，脸上难得没了笑意，“万一那丫鬟挣扎，火烧起来就能先把脸毁了，待烧成了碳也就分不太出来谁是谁，真是人不可貌相啊。”

“现在如何是好？”桃萃不关心这些，她只知道，如今人是从自己小姐眼皮子底下没的。

“立刻派人去告知侯爷。”绿琼朱唇微启，掩袖在她耳边特别嘱咐道，“切记不要添油加醋，莫多说，也莫少说。”

桃萃点头，话带到皇殿，传到孟习之耳中的时候，他正与满朝文武陪着霍子都听戏。

雪生小心翼翼地观察着孟习之的表情，只见他全神贯注地看着戏台，似没听到，这才默默退到一旁。

等戏子最后倒在戏台之上，一出戏似要唱完，孟习之才开口：“活要见人。”

“侯爷。”雪生往前靠了靠，弯下身子。

“慎行没了，也该找机会看看剩下的那些到底成不成气候。”孟习之眼神还投在戏台上，随手解了腰间的令牌丢给他，“去吧，要活的。”

这是慎行死在梁军营后，孟习之交代下来的第一个任务。雪生看着他们跃跃欲试，又特意交待了遍：“千万不要伤到。”

活的等同于活蹦乱跳的，这是他对孟习之这句话的解读。

第十三章 柳色向南 黄花白酒

江沅在卫国人生地不熟，几乎是凭着上辈子残缺的记忆在寻路。她手头上的银子不多，买了身粗布衣裳和几种铅粉后便所剩无几，铅粉可以用来改变容貌，作为逃亡者必不可少。她边走边寻，偶尔就着水源细细补妆。水中的女子脸色蜡黄，皱纹深深，装扮妥帖得看上去与卫国本地四十左右的妇人无差。

江沅的这场逃亡计划躲躲藏藏，进行了半月有余，她前生在卫国待过一年，会说几句卫地方言，又装扮低调，着实给孟习之的人带来了一定的难度。

不过，初入丛林的小狐狸终究还是比不上经验丰富的老猎手，最后还是出了纰漏，被人从一户农家里揪了出来。

孟习之看着跪在眼前的女子，灰青色的衣裳洗得有些泛白，袖口缝着块补丁，脸上黄一块白一块，头发染了白烟灰将将盘起，远远望去倒真像生了华发。

“表哥。”

“出去。”

绿琼见二人皆不开口，本想打个圆场，没想到刚开口就在孟习之这里碰了刺。他很少这样与她说话，让她一时有些怔忪，不过片刻就恢复了往日的笑靥，微微行了个礼，便带着桃萃她们退了下去。

雪生善察，见庄姬夫人都出去了也不敢多待，退下时顺手掩上了房门。

“辛苦了。”孟雪生刚出门，就听见庄姬夫人的声音，连忙行礼，直言不敢。屋门紧掩，绿琼笑着看向孟雪生，“难得表哥如此上心。”

孟雪生头皮一麻，只好赔笑着恭维：“外人再好也终不及庄姬夫人。”

绿琼不再言，离开时，余光不留痕迹地划过紧闭的房门。

阳光正好，细碎的金透过雕花洒入室内，原本有些拥挤的厅堂因为绿琼她们的离去瞬间变得空空荡荡。

下巴被手指挑起，江沅被迫抬头与孟习之对视，对上他压着怒气的眼神，江沅倔强地与他对视，差一点，差一点她就能从那农户家逃了。

“沅沅想去哪儿啊。”孟习之似笑非笑地瞧着她，指尖在她下巴轻轻地摩挲。

江沅对于这个动作特别不舒服，几乎是本能地挥手打开，她偏着脑袋，既不回话也不看他。

“说话！”

说什么？她想去哪儿？江沅心里冷笑，她当然是想回南梁！她每在卫国待一天，她以后的路就要险一分，日日夜夜无不是煎熬。

屋内的空气因为江沅的沉默越发紧张，她消极的情绪彻底点燃了孟习之的爆点。

还没等她有所准备，就被从地上拽了起来，喉咙瞬间被一只手掌掐住，整个人都被这股力量带得撞在墙壁上。背后火辣辣地疼，江沅顾不得管，只拼命地掰着卡在她脖子处的力量。

空气越来越稀薄，她一手扯着孟习之的手指，一手使劲地去推他。又要死了吗？她心想，重活一回，她这根脖子可跟她受了不少苦。

不过，要是她现在死了，江家是不是就和宋延巳再无瓜葛？父母兄长是不是可以平顺一生？江沅渐渐地意识开始涣散，力量也小了下去，她忽然觉得，这样似乎也挺好。

就在她放弃挣扎的一刻，孟习之猛然松了手，江沅失了力气站都站不稳，腿一软直接摔在地面上，眼前微黑，双眸一闭就失了知觉晕死过去。

院子里的风吹过树枝，唰唰作响，孟习之神色复杂地看着倒在地上的江沅，他的手背被她用指甲划出几道口子，渗出点点血珠。

她在笑，就在他真的快要杀了她的瞬间。

孟习之蹲下身子，攥着袖口蹭去了她脸上黄褐色的铅粉，细白的肌肤被暴露在阳光下，她就这么闭着眼，睫毛微微上翘，唇因为缺了血气而显得有些苍白。

他的手指轻轻划过她的嘴角，仿佛刚才那灿烂的一笑还在，他的声音带着点点迷茫："笑什么呢？好似解脱一般。"

等到江沅再次苏醒，东边淡白色的天正在渐渐灰上来。

窗户大开，窗边的柳树枝叶繁茂，垂下的枝条受了风，来回地飘舞，柳树中间夹杂着几棵石榴树，花开似火。

她就这么一瞬不瞬地看着窗外，晚霞的余晖洒在地面上，平和而静谧，当然，如果没有立在窗栏前的那个男人的话。

江沅想翻个身，微微一动才发现，不光喉咙，她整个身子都是疼的，手肘处磨破了皮，刚被上药包扎了起来。

"要喝水吗？"孟习之清冷的声音传入耳畔，江沅白了他一眼，事到如今她也不再挣扎，像条待宰的鱼一样直挺挺地躺在床铺上。

见她不回话，孟习之也不再问，踱步到她身边徒自坐在床侧，眼睛却不看她，只盯着窗外的花和柳。

周围很安静，没有女子的喧闹，也没有下人来来去去的声音。

"这是安和苑。"面对江沅他难得没有嘲讽，转而低头碰上她的视线，疑惑道，"你在笑什么？"

笑？她现在的模样不用看自己也知道，脸黑得肯定跟孟习之欠她八万两银子一样。喉咙还是火辣辣地疼，连说话都带着沙哑，江沅皱着眉："你确定我现在在笑？"

“算了，你就先在这儿住着吧。”孟习之看她这模样，也失了兴趣，起身要走，刚一脚踏出门就又想到了什么，“安和苑不比其他的地方，别想着逃。”

江沅护着喉咙撑起身子，周围只有整面墙的书籍和一张收拾得颇为干净的梨花木书案，案上摆着文房四宝和翠色的素窑瓷瓶，内插着几束枯枝。

除此之外，别无他物。

“姑娘，我进来了。”话音刚起，一个穿着黄衫的小丫鬟端着茶水推门而入，不等江沅开口便先自我介绍，“奴婢芦蕊，是侯爷专门派来伺候姑娘的。”

“安和苑是什么地方？”江沅不喜欢迂回，直奔重点。

“是侯爷当世子时住的院子。”对于江沅之前的举动，芦蕊大概也被告知了一二，笑着补充，“院里的守卫都是侯爷的人，姑娘大可安心住下去。”

难怪他让她别想着逃，能从这儿跑出去的难度堪比天牢，江沅低头不语，胸口的葡萄带垂在胸前，她微微地转着指尖，不停地捻摩。

自从那日后，孟习之就隔三岔五地过来溜两圈，江沅不爱搭理他，他就一个人坐在柳树下饮酒品茗，也不说话，一待就是一下午。

芦蕊似乎习也以为常，每每帮他上了茶便不再打搅，这种相处模式倒是让江沅有些好奇。时而暴躁易怒，时而安静沉默，他倒还真是个古怪的人。

江沅被囚禁在安和苑，平日里除了在院子里走走，就是抬头数日子。每当孟习之到来，她便把自己关在屋里，等他走了才继续开着门窗，日复一日地看着太阳升起落下。

孟习之这几日因为朝堂的事郁结于心，他与霍子都之间的矛盾越来越多，间隙横生。夺月院也懒得去，绿琼那里他又有其他的打算暂时不能让她分心，想来想去，不知怎么就走到了安和苑。

江沅和往常一样照旧掩了门窗，可是孟习之却坐不住了，他摇着手中的佳酿，用壶身敲了敲窗，“一起出来喝一杯。”

江沅不吭声，依旧托着腮单手转着眼前的茶盏。忽然，窗户被人飞快地摇了几下，木栓被晃得下移，江沅想也不想就起身要重新挂上，结果人刚到窗口，木栓正好被晃下来。

窗户被人推开，阳光一股脑地洒入室内。

杂花生树，柳色向南。孟习之就这么撑着手肘站在窗外，身上套着件松垮的长袍，手里摇着两只晶莹碧透的玉酒杯，眯着眼笑望她："出来喝酒。"

话音刚落，也不管江沅愿不愿意，直接拽住了她的袖口，他这一拽带了不少的力道，江沅没站稳眼见就要撞上窗框，孟习之手腕微转，把她带着原地转了半个身子，正巧坐在窗框上。

他就这么半拥着她，夜苏寒的香味在她身上萦绕，还未饮酒，他似乎就有些醉。

"还不放开！"江沅何曾被别的男人这么抱过，当场就大为恼怒，青葱的指头拉着窗户就想要起身。

"既然半个身子都在我怀里，那就出来吧！"说着孟习之胳膊一使劲，江沅整个人就被他从窗栏上带了出去，轻风吹落石榴花，她就这么被孟习之横抱着转了两个圈，入眼的是满树的红火。

"陪小爷喝一杯。"怀中的女子朱唇微张，带着满脸惊诧，瞳孔里映着火焰般的石榴花，让他一时有些移不开眼。

"你身边这么多女子，何苦非要折辱于我。"江沅这才回过神来，又怒又气，他手臂锢得紧，江沅挣了半天也没挣开。

他也不说话，就这么笑盈盈地抱着她，最后还是江沅败下阵来，恶狠狠道："我酒品不好。"

"无碍，喝酒吗？"

我不喝你能放我下来？江沅心里不停地吐槽，嘴巴却不敢再硬，咬咬牙从口中挤出一个字："喝！"

美酒既满樽，几杯下肚，江沅紧绷的心弦逐渐放松。她很少喝酒，除了洞房花烛，再往上数，就是她跳了观云阁那次。

她不会喝却极爱喝，都道酒越喝越暖，可她却怎么也感觉不到，她只记得每一次大醉都是被冷了心。那些年，她和宋延巳不停地在彼此心上捅着刀子，一次比着一次疼。花无人带，酒无人劝，醉也无人管，疼到最后，心寒得连酒都暖不开。

等她再次睁开眼，重活一回，便舍了这逍遥之物，碰也不愿碰。如今却被孟习之逼着饮了几杯，香醇滑过喉咙，头脑也开始渐渐不清醒。

黄花白酒两相逢，把酒簪花对晚风。

孟习之不束她，美酒空了一壶又一壶，最后两人愣是喝到明月高挂。

江沅醉得分不清东南西北，伏在桌上，珠花落了满地，她托腮看着孟习之，有些娇憨地指责："你为什么不醉？只有我这般狼狈，好不公平。"

"饮酒不醉乃为高。"孟习之往她身边靠了靠，笑道，"沅沅这会儿倒是不怕我了。"

"怕啊，只不过也没那么怕。"江沅斜着脑袋与他对视，很硬气地补充，"你要是不杀我，我一点也不怕你。"

饮酒后的江沅面共桃而竞红，颦笑间顾盼生辉，纵然孟习之见多了美人，也忍不住赞叹。

"我若杀你呢？"他忍不住问，这么久了，那日她的笑容似乎还在眼前，纯粹得不带一丝杂质。临近死亡的人他见过太多，有的惊恐惧怕，有的委屈求饶，还有的心如死灰。唯独她，带着欢雀，仿佛就等这一刻的解脱。

"那便杀了吧。"江沅想都不想，反正也是偷来的日子，她想活可是却也怕活，"没了我，或许结局也会不一样。"

"结局？什么结局？"孟习之疑惑道。

"不告诉你。"风吹起她身上的葡萄带，江沅把食指竖在唇边摇摇头，杏眼半弯，"这是我一个人的秘密，谁也不能说。"

碧落黄泉，至死这个秘密她要死死地埋在心底。话越说越醉，最后头一歪，江沅就倒在了孟习之肩上。

娇软的身子被他揽在臂弯，孟习之低头看了看怀中的女子，美人既醉，朱颜酡些。他就这么安静地看着她，连芦蕊过来都没发觉。

“爷，天色已晚。”

“知道，退下吧。”孟习之酒量甚好，当下便起身把她抱在怀里，向着室内走去。

这间房他住了十几年，直到他继承侯府，父亲和母亲去了渝黔养老，他才离开安和苑。如今再见却又有了些陌生，床幔被换成了女儿家的烟粉色，桌台上也多了几枝石榴花，添了些许的生机。

他把她放在床榻上，江沅身子一碰到床铺，便习惯性地往里拱了拱，露出了小半截皓臂。

淡淡衫儿薄薄罗，烛光映在她的脸上显得温柔而沉默。

孟习之不知怎么，鬼使神差地便低下了头，唇瓣相碰带着微微的酒香，他轻轻地吮着，辗转碾磨。

忽然，身下的人儿一动，江沅迷蒙地睁开眼，正巧与孟习之的眼神撞上，她醉得不轻连人都分辨不得，小心地蹭了蹭他的额头，唤道：“中离。”

身上的男人一愣，似乎察觉到了自己的失态，慌忙起身，又随手拉了锦被给她盖上，才匆匆消失在了朦胧月色中。

这夜江沅做了一场好长好长的梦，梦里的她又回到了十三岁，梦里的中离哥哥对她很好很好。他说：“等你再长大一点，我就来娶你。”然后她笑弯了眼，踮起脚尖主动吻上他的唇，十三岁的她眼角还带着稚嫩，声音甜得像夏日的樱桃，她说：“不许骗我。”她看到他点头，笑得清明爽朗，是她从未见过的样子。

果然是梦啊，江沅心想。

之后的日子，孟习之偶尔也会再来逛逛，却再也没劝过她喝酒。

江沅也没闲着，他不让她跑她就不跑，那岂不是很没面子，只不过她之后的每次逃离都未成功过罢了。

“又病了？”孟习之有些无奈地看着芦蕊。

“要请大夫吗？”芦蕊算算，这已经是江沅第三次生病了，只是她每次生病都会动点心眼，有次打晕了煎药的小童，好生装扮了一番，还真让她差点给逃了。

“这次又为何？”

“大半夜的一个人在院里吹了整晚的风，拉都拉不住。”芦蕊跟过老夫人，跟过绿琼，从没见过江沅这么不好伺候的女子。

“为了出去，她可真是无所不用其极。”

“咳咳……”隔帘下，江沅迷迷糊糊地醒来，她小心地从锦被下伸手摸摸自己的额头，够烫。

安和苑进不来人，唯有大夫可以出入，江沅这回又想了个好法子，但是想看病得有病才行，无奈之下，只好再把自己冻病。

床幔被人撩起，孟习之看着躺在床上脸蛋红扑扑的江沅，心里说不上是什么感觉，手一挥，芦蕊便屈身退下，屋内就剩了他们两人。

“我病了，要看大夫。”江沅吸着鼻子。

“之前也开过方子，吃之前的。”

“之前是风寒，这次是热症。”江沅急忙道，他这是什么意思，不打算给她请大夫吗？

“一样的！”孟习之坐在床边，伸手探了探她的额头，烫得吓人。

“不一样，怎么能一样呢！”

看着江沅有些慌乱，他忽然开口：“为什么要跑，我这里不好吗？”

“我的家人都在南梁。”片刻沉默后，江沅缓缓开口。

她的父亲母亲，哥哥嫂子都在南梁。她多在卫国待一天，宋延巳心里的怀疑就多一分，明明可以从头开始的，明明她与他之间已经达成了某种默契，结果，却又走上了同一条路。

不知道是不是因为病了，还是江沅心底真的太委屈，鼻子一酸，眼泪就唰唰地往下掉，她伸手拉住了孟习之的袖口，轻轻晃了几下，带着止不住的哽咽：“求求你，放了我吧。”

她得回家啊。

这是江沅第一次在他面前哭，不似绿琼的梨花带雨，她哭得一点也不美，可是却生生敲在他的心上，哭得他忍不住有些动摇。

“你先休息会儿吧。”随手拂开她的手掌，孟习之起身不再看她，几乎是落荒而逃。

这场病江沅病了好久，人就是这样，一旦没了心底最重要的坚持，就再也撑不住了。孟习之倒是经常过来看她，送了好多的新鲜玩意，甚至还有一瓶难得的百枝红。

江沅抱着药碗看着他手中的小瓷瓶，听孟习之细细道着：“这玩意世间罕有，不过却是我小时候玩的，只要涂些在肌肤上，便能使身体滚烫异常，如得了急症，几个时辰后便恢复如初，不伤身的。”

“你给我这个做甚？”

“以后你要是真想装病，便用上它吧。”孟习之看着她日渐消瘦的脸颊，圆润的下巴变得微尖，原本就圆溜溜的眼睛这么看着更是大了一圈，“我当不知道。”

还是不愿意放她走啊，江沅看着手中见底的汤药，眨眨眼又递到了他手里，然后合着被子躺下，翻了个身便不再吭声。

“侯爷又去了安和苑。”桃萃有些迟疑，捏肩的动作却不停，“听说，雪生那边又寻了两名女子送进了院子。”

“夺月院？”绿琼一愣，这二人没过她的手！

“登韵阁。”桃萃不敢瞒她，“侯爷已经许久没去夺月院了，这些日子除了去安和苑看那女人，就是宿在登韵阁。”

“身份。”

“南阳红楼里出来的，刚挂牌，就被带回来了。”

“表哥倒也不挑。”绿琼这些日子心里也不舒坦，听完桃萃这话，张口间多少带了丝讽刺。

“小姐，慎言。”桃萃飞快地看了眼四周，这才轻拉了绿琼的衣摆摇摇头。

“我就是气不过而已。”绿琼也惊觉方才有些失仪，可是再想起来还是有些委屈不甘，“以前表哥不会这么对我的。”

“您放心。”桃萃眼神划过她尚为平坦的小腹，细声安慰道，“您永远是顶顶重要的。”

“去登韵阁。”她要去看看，那两个被孟习之藏起来的女子究竟是何等模样。

登韵阁建得精致，绿琼刚踏进院内，就看见看着两抹清丽的身影。

屇笑春桃云堆翠髻，唇绽樱颗榴齿含香，等看到二人的脸，绿琼才有片刻怔顿，手脚冰冷得如坠冰窟，连桃萃也满脸诧异。

“你是何人？”林乐容靥如娇花，见有人怔怔地打量着她，也不躲，就这么与她平视。

“阿容，休得无礼。”林乐仪比胞妹多生了几分心思，见绿琼通身的气派，便知身份不是她姊妹二人可以比得上的，连忙上前一步赔笑道：“我姊妹二人初到不懂事，姐姐不要见怪。”

姐姐二字一出，桃萃就皱了眉心，当下便拿了架子敲打道：“谁是你姐姐，你是什么身份，这位可是庄姬夫人。”

“是妾唐突了，夫人莫怪。”林乐仪连忙拉着乐容告罪。

乐容年岁小，又因为这张脸自小就被妈妈捧着，见桃萃这高高在上的模样，心里多少有些不顺快，忍不住小声抱怨：“什么庄姬夫人，都是后院的，狂什么呀。”

声音传到桃萃耳朵里，她刚要怒，就见绿琼挥了手，只好憋着一口气站在她身后，恶狠狠地瞪了林乐容一眼。

“我今日是来寻侯爷，有要事相告。”绿琼回了神，盈盈一笑，伸手便将她二人扶起来，“我方才去了其他院子寻不到人，这才来了二位这里，桃萃性子急，你们莫怪她。”

“夫人。”

“桃萃！”

“无碍，无碍。”林乐仪见台阶便下，连忙含着笑回道，“这会儿爷也不在，他多是晚上才来的。”

“那真是太可惜。”绿琼袖中的手微微颤着，面上却还是风轻云淡的模样，“既然如此，我便也不多待了。”

“夫人慢走。”莲步轻移，林乐仪目送着庄姬夫人，等她出了门才脸色骤变，一巴掌直挺挺扇在了林乐容脸上，震得她手心都疼。

“姐姐。”林乐容捂着脸，不可思议地瞪她，“你打我做甚！”

“你个蠢货！”林乐仪恨铁不成钢，“这院子里里外外这么多侍卫，你什么时候见过其他的姬妾敢进来？可这个庄姬夫人，既无人拦也无人知会你我，就该知她身份不一般，你倒好，居然还敢往上撞！侯爷宠了你几日，难不成就把你昏得找不到北了不成！”

“夫人。”桃萃跟着她一路快步。刚进房间，桌上的茶盏就被绿琼狠狠地砸在了地面上，桃萃一惊连忙掩住了门。

“你看到了，你都看到了！这才几日！”绿琼气得胸口直疼，连忙用手按住，“怪不得不送到夺月院，就那两张脸，人一弄进去还不得闹翻了！”

“夫人，您息怒。”桃萃快步到她身边扶住她的胳膊，“您小心身子。”

“我小心什么身子！表哥的心都快被江沅给收了！”太像了，长得太像了，绿琼忍不住红了眼眶，“他倒是把那女人当个宝，还玩起了替身这套把戏。”

“夫人放心，您在侯爷心里那绝对是头一份。”

头一份？呵呵，若是几年前她或许还信。绿琼没吭声，只抚着胸口看向地面，桃萃不懂，人终究只会惦念不可得之物。

她是孟习之多年所求后的得到，而江沅，是他饶有兴趣时的未得。

不能拖了，绿琼隔着衣衫，手掌渐渐滑倒腹部，小腹微平还丝毫不显生命的痕迹。

这夜，明月西风，江沅睡意正浓，紧闭的房门忽然被人踹开，还未等她反应过来，就被人狠狠地压在了床上。浓烈的酒气扑面而来，男人身上的温度高得吓人。江沅嫁过人，仅一瞬间就明白现在的情况，寒意爬上脊梁。

“滚开！”她失声尖叫，扯着嗓子拼了命地挣扎，要是她在这上头出了差错，她就真的完了。

江沅毕竟是个女子，力气远远不及身上的男人，双手被死死地扣在头顶，带着醉意的吻不停地落在她的脖颈处。他唇上的热度越来越往下，逼得江沅最后猛然抬身，张嘴向着他的肩膀处狠狠咬去。

她用了力气，没一会儿，口腔内就充满了血液的味道。

“沅沅松口。”孟习之的声音在她耳畔响起，吻却不停地划过她的脸颊。

“为什么？”江沅忍着哭摇头，鲜血充斥着她整个口腔，身上汗毛倒立，有没有人能救救她。孟习之动作未停，终于在他手掌穿过衣衫抚上她肌肤的那一瞬间，江沅忍不住带着哭腔松了口：“中离。”

中离，中离，中离，江沅从未有一次像现在般这么想念宋延巳。

孟习之也不太清楚自己现在想做什么。今晚他被绿琼寻了去，那个女人，是他前半生最大的追求，可是当她泪眼婆娑地跪在他面前，说自己怀了他孩子的那一刻，他忽然觉得索然无味。

他曾经万分期待过这个孩子，未知的东西总能引起他的兴趣，这是他的孩子，却要挂在霍子都的名下，混了血脉的帝王血统，该是一件多么有趣的事。

这世间没有多少人能看得懂他，连他自己也看不懂。江沅也是如此，他也看不懂她，正是因为不懂，才会忽然有了兴趣。她明明就是个不在意生死的人，却有着拼了命想要活下去念头，矛盾得让他万分欢喜，就像找到了一件新鲜有趣的玩意。

绿琼说得对，他就是这样的人，得到不愿去珍惜，得不到的才是他毕生所求。或许对江沅也是如此，等他得到的那瞬间，许就失了兴趣不再喜欢。

“他到底哪里好？值得你日夜牵挂。”孟习之停了动作，整个人都伏在江沅身上，脑袋轻轻靠在她的肩膀。

“谁？”声音还带着哭腔，江沅见他好不容易平静下来，也不敢乱动，只泪眼蒙眬地盯着床幔。

“宋延巳。”孟习之的声音渐渐平静。

“他哪里都不好。”江沅含着泪花，又想到那个男人。他与她之间，向来都是她不停地追啊追啊，追到最后赔了一切。江沅觉得一定是前几辈子欠了宋延巳太多，所以到了江沅这一世才要不停地还。

这么兜兜转转，她爱了他半辈子，亦恨了他半辈子。

“口是心非。”孟习之被她死死地咬了一口，这会儿也醒了酒，想想自己还真是无趣得很。

身上的重量骤然减轻，江沅连忙拽着衣裳爬起来，手忙脚乱地滚到一边，死死地靠在床角，眼里还包着满满的泪花花。

月色朦胧，孟习之有些茫然地望着窗外，“世间女子何其多，唯我的皎月难寻。”

沅沅愿不愿意做我的月亮？这句话他没问，他怕有一天就像那朵绿琼花一样，被他亲手种出来又亲手送出去。心爱之物，毁过一次便已足够。明月高挂，他不想它变成第二个绿琼。孟习之觉得，自己偶尔也是个有良心的人。

这一夜，众人各怀心事，整座侯府无人安眠。

江沅眼下挂着厚厚的阴影，看着面前正襟危坐的绿琼，她从未见过她不笑的样子，这是第一次。

她不笑的时候，整个人都是冷的。正如同她的名字，绿琼花绽似火，开落只需瞬间，大多时候只是一根翠枝，迎风而立。

“我可以助你离开。”毫无赘言，眼前的女子直奔重点。

“孟习之那里呢？”江沅也不多谈。

“傻姑娘，你真当我是菟丝花吗？”绿琼笑着摇头，眼神锋利如刀：“莫说放了你，便是杀了你，于我也并非难事。”

江沅只默默地看着她不言语，绿琼等了半晌，才笑着掩了唇，眼波流转，“你竟不怕。”

“你为什么要放了我。”江沅等她笑完才开口，“要是我断然不会这么做。”

“你可以是花，可以是月，但不能是伤，不杀你，因为我不能让你成为他心里的疤。”花会败，月会落，唯独伤永不会褪。

“可这样不会不甘心吗？”

“会又如何，我依旧是最大的赢家。”

江沅了然，这便是她与绿琼最大的不同，所以前世她撞得遍体鳞伤，而她的后位却固若金汤，只是个中滋味，怕是只有绿琼自己才知道。

江沅离开的那晚，孟习之正在宫中，他如今和霍子都的关系早已剑拔弩张，绿琼的身孕让那个偏激的帝王越发暴躁。

“你真的没事吗？”头发被绑起，江沅抱着绿琼递给她的一堆物件，迷栅散、乌头、银票、散钱，她偷偷塞进去的百枝红，还有让她可以正大光明出卫国的通关公验。

绿琼袖口不留痕迹地盖住还不显怀的腹部，笑道：“他只会当有人要杀我。”

卫国的阴私江沅没有兴趣，“多谢了。”

“回你的南梁去。”绿琼扭头不再看她，昏暗的烛火下她美得越发明艳，“我知你不是一般百姓女，也不管你是谁，只愿你我以后不再相见。”

“甚好。”江沅回完她也不多待，屈身躲在了早已备好的更车中，趁着月色被偷偷送出了安随候府。

就在江沅出了府门盘算着如何出永明城的时候，百姓嘈杂的叫声穿过木板贯入她耳内，“安随侯府走水了！”

江沅心头一震，待被人送到了安全的地方，才抬头向着南边望去，火龙蹿天，烧红了大半个天空。紧闭的城门被飞快打开，驻扎在城外的军队在无军令的情况下瞬间集结进城。

这个节骨眼，这场大火……火光印在江沅的脸上，她默默紧了衣裳，把脸埋在衣领里，低头跟着不知所措的百姓一起挤出了永明。

第十四章 绝地逢生 疑云重重

“报——”侍人快步进入大殿，双膝跪地，殿中气压极低，霍子都双目赤红，孟习之就这么冷冷地站在中央，周边是碎了一地的汝瓷。侍人只好硬着头皮道，“安随侯府走水了！”

“君上！”孟习之动了怒气，烛光透过窗花映在他脸上，周身冰得骇人。

“你这是什么眼神？你怀疑我？”霍子都指着他的鼻子，指尖因剧烈的怒火而有些颤抖，“我还不至于杀她。”

他模样不似作假，孟习之虽有疑虑却仍转头看向前来报信的侍人，“火势如何。”

侍人跪在地上连眼角都不敢抬，这会儿见孟习之问到他更是冷汗直流，磕巴道：“已开了城门，有……有军队救……救援，应是极快的……”

“滚！”霍子都听完，怒火中烧一脚踹了过去，踹得那侍人当场滚了半圈，连忙告退，连滚带爬地出了宫殿，等殿门闭合，他才似笑非笑地回看孟习之，“你好大的胆子！”

霍子都这次是真的气急，孟习之反倒恢复了以往的平静，冷笑道：“事到如今，不如你我各退一步。”

“各退一步？小侯爷说得倒是好听。”霍子都胸口不停地起伏，话语被他从齿缝中狠狠地挤出来，“孤还有得选吗？”

“当初迎绿琼入宫的是您，提出这等荒唐事的也是您，这么些年我为君上鞍前马后，如今二公子已去，君上却想过河拆桥，您让我如何不防？”孟习之眯着眼，背脊笔直地与他平视。

面前的这个帝王暴躁而易怒，而一切的根源都在于他不行，即便面对再美的女子。

这是秘密，一个只有少数人知道的秘密，当他还是个皇子的时候。

那时霍子都的婚事曾被一提再提，最后先王后竟给他出了个损招，阴到了绿琼身上，那个打小与他们一起长大的女子。

新婚燕尔，多少女子的期盼，可是哪怕绿琼生得再美，霍子都天生不举，自然提不起兴趣，就这样把她孤单地丢在喜房内，任她哭尽了一夜的红烛。

之后，绿琼有意无意地接触让他愈加反感，霍泽不知怎么就发现了猫腻，甚至帮绿琼出了主意去试探他，这一试就出问题了，绿琼凉了整颗心。而霍子都圈养孌僮的事情更是被霍泽抽丝剥茧地挖了出来，直接捅到先皇那里。先皇震怒，碍于皇家颜面不好直说，只偷偷让人把他那些孌僮一口气全杀了，皇储之选自然而然地偏向霍二公子。

偏偏霍子都不死心，一口咬定说男女皆爱之，而绿琼能否有身孕，就成了最重要的佐证。

孟习之永远不会忘记那个雨夜，一向骄傲的绿琼就这么跪在他脚边，头发跑得散乱，身上沾满染着肮脏泥水，她就这么死死拽着他的衣袍，眼泪混着雨水往下落，“表哥救我，他竟让我伺候那将死的囚徒。”

霍子都的算盘打得响，他只要绿琼肚子里出现个孩子，无论谁的，而死囚是最好选择，毕竟人死了就什么都没了。

再然后，孟习之成了她的第一个男人，拥有了那朵他梦寐以求的绿琼花。

他的忽然介入快速扭转了霍子都被打压的局面，三人之间形成了不可明说的诡异关系。

一路走到现在，他亲手把他送上君位，现在霍子都居然说不想玩了？世上哪有这么便宜的事情？

孟习之回到安随侯府的时候大火已经扑灭，绿琼受了惊吓，夺月院的人几乎都葬在了火海，登韵阁的人有着他的特殊关照自然无碍。

唯独江沅，不知所踪。

孟习之猜想她是跑了，她那么想回家，怎会放过这次机会。

那轮明月，他到底还是有些舍不得的。

永明不安稳，千里之外的隆地显然也不平静。

宋延巳嘴角轻抿，桌上平摊着临安送来的圣旨。他久久按兵不动平白惹了李晟的怀疑，几乎是下了死令，让他务必夺回边城。

穆擎半靠在圈椅上，冷眼看着宋延巳，他似乎陷入了莫名的挣扎中。穆擎不懂，都到这一步了，他到底有什么可犹豫的？

“这可是临安来的，便是我不说，你也该晓得陛下的意思。”穆擎手指微圈敲着桌面，“他已经疑你，若再不动，你能不能活着回临安都不一定，更别说江沅。”

指尖划过圣旨上的每一点墨，最后落在朱红的玺印上，宋延巳觉得镶在他胸口的那抹洁白莫名的有点疼。

四个月，是他能给她争取到最多的时间了。

八月初，梁军击鼓。

消息传回永明的时候，两军交战于朔北平川。孟习之看着手中的战报，有瞬间的晃神。

“表哥。”绿琼担忧地看他，紫红的葡萄被她剥了皮，露出翠色的果肉，越发衬得她皮肤白皙。

孟习之低头，就着她的指尖吃了颗葡萄，入口有些酸涩，吃得他直皱眉，片刻才开口：“登韵阁那俩，表妹喜欢哪一个？”

“乐容和乐仪？”绿琼问，见孟习之点头，想想之前的事情犹豫道，“乐仪吧，乐容脾气着实不太好，不过表哥问这些做什么？”

“看看表妹想让谁活着罢了。”

“表哥又在说笑。”说着，又把手中新剥的葡萄塞入了他的口中。

同月，孟习之回朔北，身边带了一貌美女子前行。

绿琼看着欢喜地消失在他马车上的身影，似忽然明白了什么。绿色青青随风摇曳，她竟然有些伤感，连目送军马离开的心情都低落了许多。对上林乐仪略微有些失落的眼神，绿琼难得与她先开了口：“莫要羡慕，你该谢我留下你才对。”

南梁女，战马前。这一去，她怕是再也回不来了。

孟习之这一路毫不节制，他的马车够大，上面铺了厚厚的黑狐毯，林乐容几乎每天都要与他在上面缠绵。

声音断断续续地传出车外，孟习之从后面抱着她，唇轻轻地从背部划向她雪白的脖颈，最后在她耳边轻声道：“你喜不喜欢爷？”

“喜……喜欢。”林乐容被他压在身下，根本没有力气去思考。

“有多喜欢？”吻慢慢加深，“你能为爷做什么？”

“什么都可以。”

“死都可以？”

林乐容被他问得七荤八素，脸埋在狐毯里，完全不知道自己在说什么，“死都可以。”

黑色的狐毯配上雪白的肌肤，醉得人移不开眼，孟习之笑着吻了吻她的耳垂，无声道：“这可是你说的。”

接着拿了杯盏凑到她嘴边，哄她喝下，这个原本还陷在情爱中的女子渐渐平稳，眼睛微微闭起似睡了过去。他伏在她的身上，吻着她的背脊，“再见了，沅沅。”

好吵……好困……为什么会有人打鼓……这群死奴才……

林乐容皱着眉不耐烦地睁开了眼，刚要骂过去，就看见对面一身银白色的铠甲。

她就这么呆呆地看着，远处的男子银袍长枪，晃得她移不开眼。她张张嘴说了些什么，忽然惊觉自己似乎发不出声音，这个认知让林乐容迅速清醒。

战马嘶吼，两军对垒，而她，却被高高地绑在长柱之上。

鸡皮疙瘩布满全身，她拼命挣扎张嘴，内心深处不停地吼着，口中却发不出丝毫的声响！这是怎么回事！明明她前一刻还在孟小侯爷的马车上，明明他还拥着她与她抵死缠绵，而不是像现在。

她眼角瞥见身上的衣衫，蜂腰紧束袍领相交，没有飘带！这不是卫国的衣裳！

孟习之熟悉的声音穿透她的耳膜："将军考虑得如何了，宋夫人是生是死可就在您的一念之间了。"

宋夫人，谁是宋夫人？林乐容愕然。

"中离。"穆擎小声唤道，他面上不显，心里却急得如热锅上的蚂蚁，不能出错，这种时候万万不能出错，不然就全完了！

高高被挂起的小人剧烈地挣扎着，宋延巳遥遥地望向高台，忽然有片刻的恍惚。

直觉告诉他这不是江沅。他的阿沅，从来不是贪生怕死的，她的背比谁都直，她的心比谁都狠，她是这么一个骄傲决绝的女子，绝对不允许自己落到这般田地。

可是，万一错了呢？

唰——

银色的箭羽划破长空，生生穿透林乐容的喉咙，血液喷薄而出，她睁着眼，就这么活生生地被钉死在长柱上。

孟习之一愣，微眯着双眼骤然放大，他猛然抬头一瞬不瞬地望向远远的那抹银白。

长弓还立在半空中，宋延巳的指尖微微地颤着，声音被他压得异常平稳，"我夫人如今安全地待在南梁，也不知孟小侯爷从哪里寻来的这西贝货，也敢冒当我夫人。"

假的就是假的，身型容貌再像也是假的，他的阿沅，便是死，也会骄傲地扬起头颅。当年是这样，现在是这样，以后应该还是这样。

"中离……"穆擎见他笃定的模样不似作假，这才松了口气，他抬眼看了看挂在高处的女子，越看越觉得一模一样，接着不留痕迹地扫了宋延巳一眼。

他是怎么看出来的?

漫天的黄土与血色交织，持续不停的战鼓雷鸣，大片的红浸染了整片土地。

柴桑城门紧闭，因着数月前一事，进进出出的百姓盘查异常严格。

“站住！”小兵卒横着长刀，看着面前粗布遮面的女子，兜帽下露出的肌肤有些黝黑，眼角微微下垂，身子骨弱得仿佛风一吹就能倒下，是个生脸，这种情况下女子孤身入柴桑，他不得不怀疑：“哪里来的？”

“云中。”女子声音有些低沉，却柔柔和和的。

“云中？云中人来这儿做甚？”小兵卒悄悄给旁边的使了个眼色，立刻又有几个人围了上来。

“我是来寻我家夫人的。”女子行了个礼，“我家夫人夫家姓宋。”

“你家夫人？”柴桑能被称为夫人的不算多，宋夫人更是只有一个，几人飞快地打量着面前的女子，“这话你说了可不算。”

女子眼睛微弯，她半张脸都被粗布遮住，但也能看出心情颇好，手在怀中的包裹里掏了半晌，才拿出一封牛皮纸包着的信件，“还请官爷帮忙送到宋府，夫人看了自会明白。”

“去去去，谁不知道夫人如今病重，你这不是让我们触霉头吗。”说着又飞快地盯着她上下扫了扫，“连宋夫人病了都不知道，还敢说是来寻人了，该不会是个奸细吧！”

气氛骤然紧绷，女子微愣，眼睛骨碌碌转了一圈道：“这我真不知道，这信您给碧帆姐姐也可以，就说是云中张嬷嬷让来的。”

碧帆应该回来了吧，她心里有些忐忑。

听她提到碧帆，几人用眼神打了个商量，这才抽了她的信向城内跑去，剩下的则把她看得严严实实。

回来就好，回来就好，江沅松了口气，抬头看了看守卫森严的城门。

碧帆跟了江沅十几年，看到信的瞬间就变了表情，“谁让你拿来的？”

“说是云中城的张嬷嬷。”送信的兵卒略微一瞧，就知多半是相识的。

“你且等等，我去问下夫人。”碧帆心里波涛汹涌，可这点脑子还是有的。

屋内，朱船捏着信，指尖拼命地颤着，拉着李清平的手哭得一塌糊涂，她死死压着嗓子：“是小姐，是我家小姐！”

她的字是江沅教的，江沅擅长写簪花，却偏偏教了朱船一手的钟繇小楷。世间没有人会在乎一个丫鬟的笔迹，除了江沅，这封信她模仿着朱船的笔迹像了个十成十，落笔间甚是瘦洁飞扬。

李清平在旁边也雀跃不已，要不是朱船拽着她怕她招摇，她怕是早跟着碧帆一起冲了出去。

有着碧帆的接应，人来得异常顺利。江沅刚进院子就被飞快地拉进了厢房，碧帆机灵地瞥了几眼门外，快速地掩了房门插上木栓。

兜帽被取下，江沅露出被画得黑漆漆的一张脸，嘴一咧，一排雪白的贝齿立刻现在阳光下。

“小姐……”朱船这会儿也顾不得主仆有别，整个人几乎是跑得摔到她面前，手指紧紧扣着她的胳膊不松，眼泪簌簌地落在衣衫上。

“小声点！”碧帆见朱船要哭，连忙快一步捂住她的嘴巴，“隔墙有耳！”

“什么隔墙有耳？”江沅一回来就被推进屋子，现在看到她们三人的反应，才奇怪道。

“就是……”

嗒、嗒、嗒——

李清平才开口，屋外就传来敲门声，接着一声脆脆的女声响起：“夫人，您身体好些了吗？我们小姐来看您了。”

对上江沅狐疑的目光，碧帆清清嗓子开口道：“谢过表小姐，咱们夫人这会儿身子不舒坦，您还是先回吧。”

片刻，女子温和的声音传来，带着点少女的娇软：“那嫂嫂好生歇息，我先退下了。”

嫂嫂?

等门外的脚步声渐渐消失，几人相互看了几眼，朱船才悻悻然开口:“是爷怀州老家中的表小姐。”

“汤蓉安? ”江沅略为有些蒙。

“夫人认得? ”朱船这会儿回了神，重新唤起了夫人。

当然认得，这可是宋延巳长子长女的生母，她能忘吗? 不过，江沅略微算了算日子，四年，距离上辈子汤蓉安到他身边整整提前了四年。

汤蓉安是宋延巳的表妹，算得上是真正的青梅竹马。对于这个女人，当年江沅简直恨不得把她扒皮拆骨，上一世，汤蓉安产子的消息几乎是毫无预兆地传到临安城，未育嫡子先养庶子，让江沅几乎成了整座临安城的笑柄。

江沅打小骄傲惯了，对方又是她心尖上的良人，哪能忍得下这口气。还没一年，就求着江忠嗣上书李晟，用他的一双儿女代替她留在临安，李晟自然乐意得很，一道圣旨下去，就把那俩团子似的小人要回了临安城，一起来的，还有汤蓉安。

她记忆中的汤蓉安出奇地安静，无论是面对她恨到骨子里的巴掌，还是之后恶狠狠的诅咒。哪怕后来入了宫，她也常常一个人待在寝宫内，大殿的门永远紧紧地闭着。

再后来，江沅跟宫里那群女人斗得死去活来，心伤了一遍又一遍，她跳观云阁那日是她第一次正视汤蓉安。那天是皇三子的百日宴，她也不知怎么，走着走着就到了汤蓉安的清昕殿，她就这么跪在冰冷的地面上，单薄得仿佛风一吹就会倒下，这么些年了，她仍是那副安安静静的模样，仿似宫内的种种皆与她无关。

“本宫真羡慕你。”是啊，江沅羡慕，江沅羡慕她羡慕得快疯了，她什么都不用干，什么都不用抢，宋延巳都会帮她打理得好好的。即便是那女人，也不敢伤她半分。

“有什么可羡慕的。”她一身华服伏在地面上，抬头看着江沅，那双眼睛无悲无喜，却深深望进了她的骨子里，“能爱能恨证明娘娘还活着，而我呢，我已经死了。”

夫人……瞬间，周围的侍人们跪了一地，身子抖得如同寒风中的枯叶。

江沅就这么高高在上，冷眼看着跪在她脚边的男男女女，她不记得究竟与她说了多少，踏上观云阁的那刻，江沅忽然觉得自己的一生很可笑，临了安慰她的却是她一开始最憎恨的。

思绪被拉回到现实，那日汤蓉安的话犹在耳边，江沅当时没了生的信念不曾察觉，如今再回想起来却越想越疑惑，什么叫她已经死了？

“你可曾在她眼前露过面？”这话自然是在问朱船。

“没有。”朱船摇头，“表小姐也是这几日才到的柴桑，我借着生病的由头一直躲着。”

此夫人非彼夫人这事，自然越少人知道越好。

“我想见见她。”江沅思虑了片刻。

当局者迷，有时候人一旦跳出了这个圈，才发现，处处都是疑团。

茶水冒着袅袅白烟，汤蓉安老老实实地坐在水曲柳的木桌案旁，端着茶水小心翼翼地抿了一口，接着又喝了第二口，直到身边的小丫鬟偷偷拉她一把，才把茶盏放下。

江沅古怪地看着眼前的人儿，不似记忆中两靥生愁的病西施模样，现在的她身材合中，腮凝新荔，鼻腻鹅脂，一双水汪汪的大眼睛挂在有些微圆的脸盘上，身上穿着件半新不旧的红绫袄青绸掐牙背心，清灰马面裙下套着双水红色的绣鞋，整个人都透着几分可爱，显得懂事而娇俏。

江沅忖度着开口：“你是蓉安吧。”

点点头，汤蓉安不安地绞着手中的帕子，小心地瞥了眼江沅。

“这丫头是？”

“穗儿。”见江沅问到她的小丫鬟，汤蓉安连忙答道，“她自小就跟着我的，做事麻利又能吃苦，是个顶好的性子。”

穗儿？江沅看着她身后这个眼生的丫鬟，主仆二人皆有些紧张，生怕得了她的厌烦。可是这个穗儿，江沅可以肯定，上辈子她是从未见过的。

第十五章 命运轮回 一曲双序

“表妹如今住在宋府，就与我是一家人，不必这般拘束。”说着江沅点了点朱船，笑道，“这是今日刚从云中过来的，名唤朱船，但凡缺什么物件，大可告知于她，无须见外。”

“谢谢表嫂。”汤蓉安点点头，说着又端起茶盏饮了口茶。

“蓉安喜欢饮茶？”江沅好歹活了两辈子，比汤蓉安大了一圈还多，这会儿见她端着乖巧，脸圆圆的甚是讨喜，不由得也就多问了两句。

“嗯。”汤蓉安眯着眼笑了笑，有些不好意思，手指绞着帕子道，“嫂嫂家的茶甚好喝，我平日里也要多饮几杯的。”

好喝吗？江沅端起杯盏轻抿了下，入口苦涩，明显是去年的陈茶，便放下不再碰，“蓉安喜欢就好。”

这日汤蓉安在江沅房里待了小半个下午，开始还有些惴惴不安，到后来清平她们有意哄着她玩，渐渐性子也就放开了。

直到穗儿看着江沅有些疲乏，才示意她该告退，汤蓉安也是个懂事的，又说了些吉利的话，才带着穗儿离开院子。

门刚被关上，李清平就快步蹿到江沅身边，瞪着圆溜溜的杏核眼问：“江姐姐，你方才是不是故意引着她和咱们亲近？”

咱们，她倒是一点也不拿自个当外人。江沅有些好笑，待碧帆收了茶盏，才道："你们觉得汤小姐如何？"

"唔……我一开始听到表小姐，还以为要来个狐狸精。"李清平心直口快，直抱着江沅的胳膊蹭到她身边，拈着桌上的点心咬了口，"可等人到了，那小模样越看越不像，软绵绵的跟个兔子似的。"

扑哧——

江沅被她这比喻引得笑出了声："哪有这么评价别人的。"

"是真的。"李清平见她不信，连忙把点心塞到口里，拍拍手上的渣屑补充，"前两日姐姐你不在，她又老来请安问早，我心里就烦啊，没忍住骂了她两句，让她别老大清早的就往这儿跑。"

"所以她就下午来了？"江沅愕然，难怪，她就说嘛怎么会有人大下午的来探人，"你也不教点好。"

"我哪知道她当真了，中离哥哥那性子，我以为他表妹也差不多的。"结果，人家非但没觉得委屈，反而从自个身上找问题，当晚就借着夕食的时间偷偷跟她告了不是，第二天就把上午的事挪到下午做了。

"夫人您别听县主的。"朱船这些日子跟李清平朝夕相处，不似当初那么端着她，多少也敢开些玩笑，"不过，表小姐性子确实软了些，不太像大户人家教出来的。"

这倒是。江沅看了眼桌上的茶壶，没吭声。

之后的日子里，江沅"病情"渐渐好转，她有意与汤蓉安接触，也引得小姑娘隔三岔五地往她房里跑，一待就是小半天，连她与清平这种臭棋篓下棋，都能托着腮看得津津有味。

江沅病愈的消息早在她回来没多久就被传到了前线，宋延巳因与孟习之在平川一役两军僵持不下，回柴桑的事便往后推了推。

不过江沅的平安归来确实让宋延巳悬在心头的大石头落了地，出兵布阵更加果敢，他卡住了孟习之的七寸，步步相克，逼得他只得剑走偏锋，虽赢过几次却也折损严重，不得不离开平川退守庄县。

这日，江沅兴致勃勃地描了几个花样子，样式是前生何娘子所画，如今未曾有过，看上去新鲜得紧。清平不爱女红，端着左瞧右看愣是瞧不出什么好，反倒是惹得汤蓉安惊叹连连。

“蓉安喜欢女红？”江沅看她感兴趣，索性递给她让她细细瞧。

“喜欢的。”蓉安小心地接过花样，眼睛亮晶晶的，她与江沅年岁相当，却还是个小女儿心性，“表嫂好厉害，我从未见过这般有趣的花样。”

“我也就画画样儿，真到动针线的时候，反倒就不成了。”

“嫂嫂喜欢什么大可告诉蓉安。”她羞涩中透着一点点的小骄傲，带着小心翼翼的讨好，“我女红最为拿手，可以帮嫂嫂绣。”

“你常做这些吗？”似不经意地问道。

“姨母和几个表妹喜欢，我便常常做些送她们。”蓉安想了想，又有些不好意思，“不过姨母老说我双面绣绣得不太好，还要多努力些才是。”

江沅看着有些懵懂的汤蓉安，眼角的余光不露痕迹地扫到她身后的小丫鬟，在她提到宋母的时候那丫头表情僵硬，明显有些不喜。

对于宋家，江沅不算了解，因着身份地位的不同，宋母又是续弦，非宋延巳的生母，故而很少往来。

不过她倒是没见过后来居上的姨母教养前夫人外甥女的，“那宋家夫人待表妹如何？”

想了想怀州宋家，汤蓉安道：“挺好的，可是……”她又想到宋延巳跟她说过的话，有些不确定地皱眉，面上一时有些犹疑。

蓉安不是个心眼多的，表情常常写在脸上，江沅觉得自己大概上辈子被猪油蒙了心，才觉得她不显山不露水，“表妹但说无妨。”

“可是表哥说宋家的人没一个好东西。”汤蓉安咬着下唇哼哧了半晌，才红着脸把宋延巳的话原封不动地倒出来。

蓉安自幼没了父亲，母亲身子又不好，这才带着她去怀州投奔，宋家念在她们娘俩可怜便养在了府里。母亲从来不许她和宋家的孩子玩，说她和他们不一样，她姓汤而他们姓宋。可是表哥也姓宋，母亲却很喜欢表哥，她经常拉着自己的手对表哥说：“蓉安还小，万一哪天我不在了，你一定要给她找户好人家。”

只是每次表哥离开，母亲都会把她和穗儿赶出去躲在屋里红着眼哭一场，任她怎么问都不说，至今她也不知道母亲究竟在哭什么。再后来表哥走了，没几年母亲也不在了，只有宋夫人陪着她。蓉安觉得宋夫人是个很好的人，宋府的人对她也很好很好，可是表哥却厌烦他们厌烦得紧。

三年孝期一过，表哥就派人把她从宋府接了出来，与其说是接，不如说是和宋家撕破了脸抢出来的。

他托人给她带了话：“你若不走，以后便是受了再大的委屈，我也不会来接你。”

这是宋延巳第一次跟她说这么重的话，可是蓉安明白，他一向说一不二。母亲临终前拉着她的手特意嘱咐过，她只有表哥这么一个亲人了，她得听他的。

这一路，草飞木斜，入目荒凉，越往北走越不安，她打小养在宋府，连怀州的城门都没出过，莫说这遥远的边境，心里不是不怕的。

江沅称病那几天，她日日来见却又日日被拒绝，整个人都惶恐不安。生怕出个万一，万一表嫂不喜欢她怎么办？万一，万一她再被送回怀州怎么办？

直到那日午后，她再次被江沅拒之门外，穗儿不停地安慰她，说宋夫人是真的病了，不是有意为难。

当时她就想，只要她再乖一点，懂事一点，总会被人喜欢的。

结果没半个时辰，碧帆就敲响了她的门，“表小姐，我家夫人想见见您。”

日光穿树晓烟低，榴花芳艳浓，她就这么不知所措地站在门口。光被层层叠叠的树叶过滤，漏到江沅身上，轻轻摇曳着光晕。

然后她看到她笑着冲她招招手。

大概，是喜欢她的吧。

“蓉安？蓉安？”江沅又问了两句，见她没出声，这才唤了两下。

似乎还陷在回忆里，穗儿一看自家小姐又蒙了，也不管什么主仆之分，连忙上前摇着她的手臂，颇有些恨铁不成钢，“小姐，宋夫人问您话呢！”

“什么？”汤蓉安被穗儿这一晃晃回了神，瞪着双乌溜溜的眼睛有些不安地问。

“没事，就问问你在怀州的情况。”江沅倒也没觉得她失礼，拍了拍她的手背示意她放宽心，又对穗儿道，“我对怀州不甚熟悉，也不晓得你家小姐的喜好，一会儿你与碧帆说说。”

“是，夫人。”穗儿应下，这才退到汤蓉安身后，几人又讲了些趣事这才散了。

碧帆是个聪明人，江沅一个眼色过去，就跟着汤蓉安一起退出了屋子，有些事蓉安看不清，她身边的丫鬟不一定看不清。

“就这些了。”晚上，朱船帮江沅解了头发，又剜了百香蜜细细地涂在她手上，这么些日子了，手上冻裂的伤口还不见好。平日里掩在袖下看不出，如今露出来，看得朱船又想要落泪，她们家小姐往日里都是跟细瓷般的养着，何时受过这种苦。

碧帆见朱船眼眶又要红，连忙跳出来继续说正事：“我看表小姐就是个缺心眼的，幸好咱们爷把她接来了，穗儿那话里话外，本家的好我是一丁点都没听到。”

“人是爷接过来的？”江沅敏锐地捕捉到了这点消息。

“话是这么说的。”碧帆回忆着穗儿的话，“表小姐不是为她母亲守了三年孝吗，孝期刚满，爷的人就去了，说是闹得特严重，连知州大人都惊动了。”

江沅刚接过朱船递上来的茶水，正用茶盖拨动着茶叶，听她这话动作骤停，眉头拧成了一个小疙瘩，“撕破脸了？”

“别提多难看。”碧帆小心地看了眼窗外，刻意压低了声音，“咱们爷一个大老爷们，青天白日的去本家抢人，还是个黄花姑娘，想也知道闹成什么样。”

这太不像宋延巳的行事作风了，这事说出来不算好听，便是真想要人，偷偷地把人弄出去，对他而言也不过小事一桩，何苦闹得这般大，“那边就没说什么？”

“说了！”碧帆清清喉咙，然后掐着嗓子，把穗儿表演给她的那一幕演给江沅看，“就算汤小姐是宋四爷的亲表妹，那也是咱们宋府的表小姐，哪有这么不清不白就跟着男人跑的。”

果然很难听，江沅眨眨眼：“然后呢？”

“然后爷的人就站出来了。”碧帆古怪地看了眼江沅，继续掐着嗓子演，“谁说是我们爷要请的，是我们家夫人！我们家夫人说了，断然没有把自家亲戚放到别人家的道理，爷这才派我们来请人！”

好大一口锅，从天而降。

江沅惊得嘴巴都闭不上，“我说的？”

嗯，碧帆点点头，“除了表小姐和咱们，别人都认为是您说的。”

江沅就这么端着茶盏愣在了原地：宋延巳他到底想干吗？！

这人哪，就是经不起背后说，昨晚江沅刚念叨完，今早天蒙蒙亮，就有大批的军马进城，嗒嗒的马蹄声敲醒了整座柴桑。

“夫人！夫人！”碧帆原本正在门口扫叶子，远远就看见宋延巳那匹枣红色的骏马，银色的铠熠熠生辉，在光下耀眼异常，她飞快地揉了揉眼，还真的是宋延巳！等骏马快跑到门口，她才想起来，自家夫人这会儿还没起床！

碧帆想着，扫把顺手一扔，地也不扫了，也顾不得迎接宋延巳了，扯开嗓子迈开腿就往屋内跑。

谁料宋延巳的动作比她快得多，碧帆刚跑到屋门口，木门还没碰到，一个白影就从她身边闪过，屋门被瞬间推开又被瞬间关上。

“起床了……”三个字被碧帆弱气地唤出声，飘散在风中，她猜，夫人应该是没听到的。

“怎……”碧帆那忽然的两嗓子惊醒了正在睡梦中的江沅，她刚蒙蒙地爬起来，就被一双手臂揽入怀里。

冰凉的铠甲透过里衣传到肌肤上，江沅被冻得打了个冷战，立刻醒了神。

脸被一双大手飞快地捧起，宋延巳许久未见的脸就出现在她眼前，他皮肤黑了许多，原本周身围绕的温润气息如今早已被一身战袍冲得烟消云散。

他就这么平静地望着她，就在江沅被他看得越来越心虚，忍不住快要垂下头的瞬间。他忽然就笑了，不似以往的高深莫测，他这一笑，如同山上的冰泉迸裂，清明爽朗，像极了她在永明梦中的模样。

“阿沅。”

“嗯？”

“你回来了。”

“嗯。”

“回来就好。”他就这么把她拥在怀里，下巴搁在她肩上，他的手是热的，铠甲是冷的，一冷一热就这么紧紧地贴着江沅。

忽然，江沅的泪就大颗大颗地落了下来，她忍了这么些天，终于还是忍不住了。江沅特别看不起这样的自己，只要宋延巳在她身边，她就跟中了邪似的，明知道不行，明知道会伤，却还是忍不住想要依靠他。

巴掌大的小脸被轻轻抬起，她拼命地忍着声音，只低低地抽泣着，这般模样映在宋延巳眼中，却格外惹人怜爱，“你为什么不救我？”对啊，你为什么不救我，每一次。

“对不起，阿沅。”宋延巳眼神微暗，吻轻轻地印在她的唇上。

换来的，却是江沅的放声大哭，仿佛受尽了天大的委屈。

他用指抹去了她脸上的泪珠，闭着眼抵上她的额头，轻轻叹着，她心里的疼他是知道，可是他的呢？

“宋延巳不是神，不可能每一次都救得下你。”这句话，他说过的，可是她却忘了，忘得干干净净。

她是那么聪明的人，怎么就一直都不明白？患生于多欲，而人心难测，偏偏她，像是被蒙了双眼，把刀子放在那些人手里，刀尖指向的却是他的心口。

“怎么会哭成这个样子？”汤蓉安这会儿已经和清平她们聚在了

院子里，房门紧紧地闭着，完全不清楚里面究竟发生了何事，“表哥一向凶得很，会不会又欺负嫂嫂。”

朱船和碧帆相互看了眼，没敢吭声，她们心里更焦虑，只祈祷着江沅失踪这事宋延巳不要太过追究。

清平看了眼焦急的汤蓉安，瞅瞅略微惊慌的朱船、碧帆，又望了望紧闭的屋门，最后深深地吸了口气，江沅是因着她才出的意外，如今人安全地回来了，断然不能让宋延巳再欺负了她！

“看我的！”说着把袖子使劲往上一撸，李清平掐着腰恶狠狠地向门口走去，只是越走越心虚，中途回了个头，就看见汤蓉安揪着帕子给她做了个鼓劲的手势。也不好再打退堂鼓，只好硬着头皮迈开了步子，明知山有虎，偏向虎山行！

“开……”李清平声音清脆，刚拎起裙子准备踹门，只听吱扭一声，门被人从里面打了开来。

背光下，她就这么抬着腿，生生跟宋延巳打了个照面，身子不由得一抖，就看见宋延巳不满地皱了眉。

“县主这是要做什么？”

江沅原本还含着泪花跟在宋延巳身后，见他停下问话，一侧头，正巧看到清平这副呆傻的模样，扑哧一下就笑出了声。

这笑声显然不合宋延巳的意，他伸手抬了抬她的下巴，江沅才哭完，一双眼睛又红又肿，这会儿带着笑怎么看怎么别扭，他轻哼出声：“你这模样，怎么好意思取笑别人？”

太过分了！就因为她哭了一场，连笑别人的资格都没了吗？！

“表哥。”见宋延巳心情明显不佳，汤蓉安连忙上前两步，侧着身子行了个半礼。

“嗯。”宋延巳看到汤蓉安愣了片刻，眼角才挂了丝笑意，“许久未见，蓉安都长这么大了，柴桑住得可还习惯。”

“习惯的。”汤蓉安见他面上染了笑，心口的大石头才放下来，弯着眉眼道，“表嫂待我极好，还教我绘了许多新鲜的花样子。”

“哈哈哈。”宋延巳伸手把身侧的江沅拉了出来，他单手搭在她肩上，笑着点点蓉安，“阿沅你多照看她些，待咱们回了临安，再给蓉安寻个好人家的儿郎。”

江沅这些日子不停地梳理着前世在汤蓉安身上发生的种种，偏偏事情就像一团线麻，越扯越乱。如今嫁人这话真从宋延巳口中说出来，更是惊得她差点跳起。

表……蓉安上前一步，话还没出口，就被身后的穗儿拉了衣角，小丫头看着她，动作微不可查地摇了摇头。

话被咽回肚子里，汤蓉安轻咬朱唇，快速地垂了眼帘。

八月的天暗得很慢，待用过晚膳，宋延巳因着要在柴桑多留几日，便起身去书房，写了书信让徐安捎给穆擎。

江沅沐完浴，坐在镜子前让朱船为她拭着头发，镜中的女子，领如蝤蛴，螓首蛾眉，她与宋延巳许久未见，如今这般倒真让她有些羞赧。

嗒嗒——

门外传来敲门声，汤蓉安的声音在门口响起：“嫂嫂，我可以进来吗？”

“表小姐？”朱船张张嘴没出音，“她来做什么。”

见江沅点头，才开了口：“请进。”

话音刚落，一抹穿着桃红撒花罗裳的身影就钻进了她的屋子，风似的奔到她面前。江沅一愣，还未开口，就见她直挺挺地跪了下来。

蓉安眼眶里包着泪，就这么生生地看着她。

“表小姐。”朱船飞快地看了眼门口，立刻伸手去拉她，这要被别人看到指不定又要传出什么！

偏偏她就是不起身，江沅见她这模样，便知道她有话要说，只得对朱船道：“你去外边守着。”

“是，夫人。”出去前，朱船担忧地看了眼屋里的两人，这才掩了门。

“如今就你我二人了。”江沅也不扶她，只细细看着自己染了蔻色的指甲，既然她想跪，就让她跪着好了，“说吧。”

“嫂嫂，我不想嫁。”汤蓉安跪着移了两步，轻轻用指尖勾了江沅的裙摆，穗儿是死活不让她来的，可是她总觉得嫂嫂会帮她，“你可不可以与表哥说说。”

“你知道，我们回临安要多少年吗？”江沅平静地看着她，“说不定你回去就到双十年华了。”

“可是，也有好多人不嫁的不是吗，玄水娘子，苏三姑娘……”汤蓉安含着泪想了半晌，才从嗓子眼里抠出这几个名字。

“可你知道女子不嫁人，会被多少人在背后戳脊梁骨吗？”江沅眼神变得晦暗不定，指尖轻绕着垂在胸口的发丝，她语气玩味，“还是说，蓉安有了意中人。”

心思似乎被戳破，汤蓉安咬着唇瓣垂了眼角，攥着江沅裙摆的手渐渐滑落，室内一片寂静。

半晌，江沅开了口，言语喃喃，听不出情绪，只细细道：“蓉安若想要嫁给你表哥，以后子女怕是……”

嫁给表哥？什么嫁给表哥？汤蓉安听了江沅的话猛然抬头，惊恐地瞪大双眼，似听到什么不可思议的事情，还没等江沅说完，就慌忙开口打断她：“为什么要嫁给表哥？我才不要嫁给表哥！”

第十六章 莺穿柳带 芝兰玉树

江沅的后半截话就这么被堵死在喉咙里，她嘴巴微张，半晌才吐出声：“那蓉安的意中人是谁？”

两片红霞飘上耳根，汤蓉安飞快地看了眼窗外，忸怩着小声道：“傅家二爷。”

“傅正言？！”怎么会是傅正言？江沅看着跪在面前的小女人，鸡皮疙瘩瞬间爬了满背，“什么时候？”

“好早以前了。”

汤蓉安记得她还是个孩子的时候第一次见傅正言，那时候他已经是个翩翩小公子，拿了泥人哄正在哭鼻子的她：“小包子，你是哪家的小姑娘？”

只是，蓉安眼神一点一点地暗下来，“可惜我姓汤，他姓傅。”

所以呢？依着宋延巳称帝后傅家的快速崛起，江沅自是不相信他跟傅正言在情爱上有什么隔阂，那么中间到底出了什么问题？

此刻，朱船被度水紧紧捂了嘴巴，满脸焦急地站在门外，宋延巳就这么坐在旁边的石台上，单手撑额看着天上的弯月，屋内的声音一字不落地传到他耳中。

等里边说得差不多了，他才起身整了整衣袍，路过朱船身边好心地提醒道，“人贵在自知，若能力差得太远，与其掩门而谈，不如敞开了说。”说着点了点她的眼睛，“起码能看见。”

门被推开，汤蓉安此刻还跪着，看到宋延巳进来也受了不小惊吓，唰的一声跟兔子似的蹦了起来。几目相对，有点尴尬，汤蓉安小心地挪了挪脚步，离江沅又近了些，一副岁月静好，我很乖巧的模样。

“蓉安。”宋延巳的声音听不出喜怒，“都这个时辰了，你在这做甚？”

“我来……我来看看表嫂……”汤蓉安见宋延巳唤道自己，连忙屈身行了个半礼，声音都打着颤，飞快地看了眼他身后，“不过现在天色已晚，蓉安就不打扰表哥表嫂休息了。”言罢，也顾不得别人，身子一猫，就摇着小手帕怯生生地奔了出去。

欺软怕硬！欺软怕硬！蓉安这个举动看得江沅内心直吐血，方才那倔强的模样呢？拿出来啊！

“你都听到了？”江沅偷偷看了眼朱船，结果还未等朱船开口，隔壁的度水就得了宋延巳的眼色，手一伸，屋门就被带上了，交流的视线瞬间被切断。

“我倒没想到阿沅如此识大体，这仗还没打完，就想着给我房里抬人了。”宋延巳展了双臂，这会儿江沅心虚得紧，也不管他话里话外的讥讽，连忙颠颠地上前去给他解衣袍。

这能怪她吗？上辈子的女人，还有儿有女的，结果这辈子人家压根没惦记他，谁知道到底什么情况，她当然得问一下。不过如今被宋延巳先说出来，倒还成了她的不是。

宋延巳垂头看她，她个子生得娇小，比他矮了整整一个头，这会儿正指尖微动熟练地解着他腰间的佩带，素白的指尖染了新鲜的蔻丹，更显得诱人。

烛光之下，她鼻头上渗出了点点的汗珠，身上就着了件月白色的里衣，乌黑的秀发披在身后如同漂亮的绸缎，因着沐浴没多久，还有些微微的湿润。

原本宋延巳还想着趁机念江沅几句，如今见着她这副模样，却只想把她拥进怀里。

他这么想着，也就这么做了。

江沅这会儿正忙于手上，下巴忽然被挑起，她动作微怔，有些诧异地看着他，模样好生无辜。引得宋延巳淡淡一笑，吻就这么印了上来，开始还蜻蜓点水似的啄她的唇瓣，渐渐地就变成了缠绵悱恻的长吻，右手熟悉地滑向她纤细的腰肢，迫使她离他近些，再近些。

他的声音带着暗哑，嘴唇滑向她的耳根，边吻边笑道："细看阿沅诸处好，夫知晓，柳腰身。"

"你……"江沅羞得满脸通红，话音未落，宋延巳的吻又印了上来，衣襟被他左手挑开，他的掌心带着热，滚烫了江沅的肌肤。

天旋地转，江沅被他忽然抱起，一时低呼出声，茶器被扫到一边，人转眼就被宋延巳按在了水曲柳的木桌上。他低头吻着她，下巴、锁骨一路下滑。

当唇滑过腹部黄豆大小的朱色胎记时，孟习之的声音突然闯入他的脑海："尊夫人腹部盈盈一抹微红，甚是可爱。"

动作骤停，宋延巳表情有着瞬间的茫然。

"中离？"此刻江沅早已软倒在他滚烫的怀里，衣襟大开露出雪白的肌肤，她被他撩得迷迷糊糊，水色潋滟的眸子里只印着他的身影。

他被江沅的一声娇唤叫回了神，微微一笑，身子又覆了上去。

海棠花谢春融暖，偎人恁，娇波频溜。浓似酒，香汗渍鲛绡，几番微透。

当江沅再次醒来时，她已经换了身干净的衣服，被宋延巳拥着躺在床上。如今的天还热得紧，她小心地移了移身子，还没等她转身，就被一双有力的臂膀揽进了怀里。

"怎么了？"宋延巳轻吻着她的发，声音没带多少睡意。

"热。"江沅带着浓浓的鼻音，娅姹双眉，"你没睡？"

"睡不着。"宋延巳把她的小脸扳过来，示意她对着他。手轻轻地拍着她的背，有时候，有些事情，不能想。孟习之当年的那番话，就像一根刺，埋在他心里，扎了他一辈子。

“尊夫人在我那坏了身子，不能生。”那个男人，阴冷如刀，连笑都淬了毒，“你若不信，大可找大夫一探。”

那时候的江沅刚从卫国回来，身子弱得风一吹就能倒，整日整夜地睡不安稳，有时候连梦中都是哭的，大夫换了一批又一批，得到的都是同样的结果：脏腑虚损，气血枯竭，阴寒之药用得太多了。

他不知道江沅在卫国的那年究竟发生过什么，为什么会吃这么些伤身的虎狼药，为什么会坏了身子，可是她不愿与他说，他也不敢问。之后，她不停地寻医问药，他知道，江沅一直想要个孩子的。多少次他都忍不住想要质问她，可是话到嘴边，对上她那怯怯的眼神，他又舍不得了。

从小到大，她都是个明媚而张扬的姑娘，漂亮聪慧有着一身的才学，偏偏嫁他后却活得越来越小心。如今她把所有的期望都压在了孩子身上，他该怎么开口？怎么问？怎么把真相告诉她？

再后来，漠北之役她为他挡了一刀，他便直接寻了这借口，他不知道该怎么形容那样的阿沅，他从未见过那般模样的她，不吭不响，只看着天空簌簌不停地掉着泪，每一滴都砸在他心上。

他知道，江沅把所有的错都归咎在了他的头上，那双眼睛生得那么美，看到的却只有他的不是。那么她的父亲呢，他们江家呢？只有她，才一门心思地信了他们无辜。

“你不问问我那段日子怎么过的？”江沅动了动，伸手环住他的腰，把脸埋在他胸前。

“阿沅想说吗？”宋延巳拉回了思绪，低头蹭着她的发丝轻声低语。

嗯……江沅点点头，要是换成当年，她争强好胜，是宁愿全烂在肚子里也绝对不会对宋延巳说。可是现在，她好像越来越没有承担一切的勇气了。

她就这么缩在他怀里，窗外的月光洒进室内，宋延巳低头温柔地看着她，她的声音很轻，像根羽毛，就这么把她四个月发生的事一点一点讲给他听。

“我当时差一点就能跑掉的。”江沅抬起脸与宋延巳对视，委屈得泪眼汪汪，“可是，我真的没有办法。”

眼睛适应了黑暗，他就这么趁着月光，在她眼角吻了一下，“回来了就好。”

“我若是回不来，怎么办？”她眨眨眼，带着掩盖不住的小情绪。

“那我就去找你。”温柔爬上眼角，他不知道江沅信不信，可是，他真的准备要去找她的，如果她还不回来。

这一次，他毫无后顾之忧。

“真的？”江沅呆呆地望着他。

他心情似乎不佳，“嗯。”

“其实，卫国的处境比我想得要好。”江沅见宋延巳这会儿被她说得有些低落，习惯性地拍拍他的后背安慰他，想到上辈子的待遇，笑道，“我以为等着我的会是水牢蛇窟，没想到还有软床。”

她的安慰并未成功，宋延巳眼光越发地黯淡，最后直接别过脸去，拿被子蒙了江沅的半张脸，“睡觉。”

“干吗呀！”江沅不乐意了，方才和谐的气氛被这一张薄被弄得烟消云散，她蹬着小脚抱怨，“你为什么不盖！”

“我热！”

江沅一时语塞，他热，她就不热吗？想着小脚丫就先一步踹了过去，旁边传来一声闷哼，江沅的声音在这个寂静的夜晚显得异常响亮，“宋延巳！你有病吧你！”

宋延巳就这么赖到了柴桑，成日里懒懒散散的，不是读书习字，就是和江沅下棋。

江沅不喜欢和李清平下棋，但是更不爱和宋延巳下，毕竟每次都被杀得一败涂地，任谁也不会喜欢。

这日，江沅和清平坐在屋内看蓉安绣花，宋延巳就站在院子里刷他的战马，阳光下的男人，宽肩窄臀，他穿了便于活动的短衫，手臂下的肌肉若隐若现。

江沅就这么看着他，半晌，才忍不住用手肘碰了碰正专心致志吃松瓤的李清平，“清平，你有没有觉得宋延巳这段日子怪怪的？”

怪！太怪了！也不知什么时候起，好像是打她从卫国回来以后，她和宋延巳的关系就发生了质的改变。这种改变，莫名其妙，主要集中在院子里刷马的那个男人身上！

总让江沅觉得这个人是他，却又不是他。

她记忆中的宋延巳，明面上是个极疏阔的人，可是心思却比谁都重，他做事果决，性子又狠。她知道宋延巳的每一步都走得很艰难，所以那些年她也步步为营，从后宅到后宫，不停地周旋在形形色色的人之间，生怕自己拖了他的后腿。

只可惜后来，他们之间伤得越来越狠，道不同不相与谋，终是各从其志。

而如今宋延巳，倒让江沅有些看不清，他好像跟前世不太一样。

当晚，江沅就问了他一个非常愚蠢的问题：“你知道什么是夺舍吗？”听得宋延巳当场黑了脸，结果到第二天中午，江沅都没下来床。

江沅的心思转移是出现在俩月后，这时候，江沅的癸水已经推了一个多月，因着她经事不太正常也就没在意，直到每日在床上努力耕耘的那头壮牛坐不住了。

他觉得就算不为孩子，江沅这身子十有八九也是出了状况。

于是，宋延巳差人快马加鞭地给穆擎去了几封信，言语间颇为急切，吓得穆擎还以为他怎么了，当夜就把第五先生打包扔上了回柴桑的马车。

三天的路程两天到，第五先生脸色黑得如同锅盔，绷着脸替江沅把了脉，最后气得直接踢翻了凳子，抖着手，指着宋延巳的鼻子破口大骂：“怀了身孕而已，有必要这般折腾老夫吗？你们柴桑是没大夫吗！”

“请过了。”宋延巳面色平静，轻轻推开他的指头，“只是想请先生再来看看罢了。”

“再来看看？这有什么好看的？！”第五惠小胡子气得一颤一颤的，最后眨着三角眼，竟委屈得含了泪花，“老夫都这把年纪了，没颐养天年不说，还被歹人绑到这种地方，整日在战火硝烟中担惊受怕。”

这个歹人说的就是傅正言他们了吧，真的，好委屈呢！江沅点点头表示认同，都六十多岁的人了，不容易啊。可是，先生，您真的不用这么担心，江沅想，上辈子她都死了，第五惠还活得老当益壮。

江沅怀孕了，第五先生也被留在了柴桑，回栖安是不可能的。他挣扎了半天，最后还是宋延巳给了他两个选择：柴桑，还是朔北。第五惠一听，也不折腾了，柴桑吧，毕竟哪里都比前线好不是。

这些日子以来，整个小院里的人都喜气洋洋，

江沅上辈子没有孩子，这会儿肚子里忽然有了个小生命，心里也有说不出的感觉。

宋延巳进门的时候，清平早不知道又哄着蓉安去做什么了，屋内只剩江沅。轩窗微开，江沅就这么立在光影下写着东西，笔尖浸了墨，素白的信张已被写了近半，他就这么走过去拥着她，下巴放在她的肩上，“写什么呢？”

“给家里写封信件知会一声。”江沅一手执笔，一手抚着还不显的腹部，这个孩子，爹娘上辈子等了一辈子都没等到，现在，它终于姗姗来了，儿子也好，女儿也罢，都是她的孩子，她盼到死都没见到的孩子，“父亲和母亲定会开心的。”

手臂环过江沅的腰身，她如瀑的秀发光亮如绸缎，就这么披在身后，隔着背影都能感受到她心底的喜悦，宋延巳就这么圈着她，眼中的情绪说不清，道不明。

“阿沅的父亲是个怎样的人？”他圈着她，似问得毫不在意。

“形貌既伟，雅怀有概。”江沅自幼崇敬江忠嗣，她小心翼翼吹干墨迹印上了火漆，才扭头与他对视，眼睛里掩不住孺慕，“父亲自是顶天立地的男子。”

是吗？宋延巳嘴角微微扬着，笑未见底，江沅好奇，刚想开口，

就被他用了力气抱在了书案上。

“你要做什么？”江沅坐在书案上，竟与他一般高，她平视着宋延巳，有些不安地攥住了他的衣袖。

素白的指头扣在他墨色的袍子上，如上好的白瓷，宋延巳在她唇上啄了下，对上她有些不知所措的眼神，又弯着指顺手在她额头上轻敲道：“大白天的，想什么呢，如今你有了身孕，我就是想干什么也不急在如今。”

脸唰的一下红透，江沅像是被戳破了心思，羞答道：“你这般举动，难免让人想歪，再说，你抱我上来做甚！”说到最后竟是有些理直气壮。

宋延巳失笑，食指悄悄绕到她身后，在砚台边上轻轻一点，指尖就染了墨迹。如今江沅的胆子越来越大，以前她总是刻意讨好他，而现在，她敢蹬鼻子上脸了。

手指被收回，他飞速地在江沅鼻尖一点，继而笑道：“我家阿沅生得好，我便日日想着多看两眼。”

这算是夸她吧，江沅垂了头，眼珠微微地转着，唇角荡着淡淡的笑意，竟是掩都掩不住。

“中离。”软糯糯的声音从她口中传出，她抬了头，双眸含笑，“以后，你对咱们的孩子，会像我父亲对我这般好吗？”

“傻问题。”宋延巳笑着捏了她的脸颊，她鼻尖方才被他点了墨，如今配着这副傻乎乎的表情甚是可爱，他顺势把她拥入怀里，没正面答她。

鼻上的黯，明明近在咫尺，可是眼睛却怎么都看不到。

宋延巳故意为之，朱船碧帆虽然好奇，但是转念一想，万一是夫妻间的情趣呢？也就没吱声。

于是，江沅就这么顶着一鼻尖的墨，和宋延巳在院子的藤蔓下下了半晌的棋，直到李清平和蓉安兜着满怀的葡萄回来。

“江姐姐，你鼻子怎么了？”清平看着她几乎是脱口而出。

“鼻子？”江沅用袖口蹭了蹭，这会儿墨迹早已干透，自然蹭不出什么。

“哈哈哈哈，好大一块墨！”李清平手指比画着笑弯了腰，“姐姐如今的模样，好像程大嫂家养的虎皮猫儿！”

鼻子？墨？江沅愣了片刻，不久就想到了什么，当下就黑了脸拎着裙摆蹬蹬地奔回屋内，不会儿，里边就传来江沅愤恨的怒斥声：“宋延巳！你对我的脸做了什么！”

“你画的？”李清平愕然，他怎么还有这爱好？这会儿见宋延巳慢悠悠地走出来，神色温和，一如她熟悉的模样。只是眼神总若有似无地投向她怀里的那几大串葡萄，清平心里警铃大作，“这是程家大嫂给的！没偷！不信你问蓉安！”

蓉安点点头，原本还想替清平说说话，刚对上宋延巳的目光，到口边的声音就又被咽了回去。清平真没偷，是拿她绣的几张帕子换的。

当晚，江沅跟宋延巳赌了气直接把他推出门外，偏偏这人毫无自觉，嗒嗒地敲个不停。

度水跟在宋延巳身后，简直没眼看，这还是他家的爷吗？

最后江沅被敲烦了，直接拍了妆台，怒气冲冲地冲过去开门，看得朱船和碧帆面面相觑，夫人最近的脾气，似乎有些大啊。

门被猛然拉开，江沅的抱怨还没来得及开口，一大串紫莹莹的葡萄挂着水珠儿就这么出现在了她的眼前。

宋延巳敲敲瓷盘，眉眼带笑，暖得如春风拂面，“夫人，来吃葡萄。”

“爷。”朱船连忙上前一步接过葡萄，给碧帆使了个眼色。碧帆得了暗示，眼珠骨碌一转，就惊讶地脆声道：“这葡萄好生圆实，难怪县主成日里惦记，奴婢这就去剥了给夫人和爷尝尝。”

“去吧。”宋延巳倒是自觉得很，直接点头应下，“把籽一并去了。”

度水也不敢多待，随着朱船她们一并退了下去，整座小院瞬间就剩了江沅和宋延巳。

夜浓稠得如化不开的墨，月光如银，透过微润的空气铺满地面，草丛中虫声繁密如落雨。江沅就这么看着立在月色下的这抹身影，不知怎么，就不想与他闹了，虎着小脸装模作样地伸手去关门。

宋延巳跟她做了十几载的夫妻，江沅瞪个眼，弯个唇，他就能看出她是开心是难过，是真心还是假意。她每次害羞的时候，睫毛都会飞快地扑扇两下，就像现在。

江沅的手未碰到门框，就被宋延巳中途牵了去，掌心微热。

“阿沅，外面有点凉。”

“胡说。”她被他牵着手，跟小猫似的轻微挣扎了两下，哼唧道，“明明天还热得很。”

话音将落，宋延巳这么牵着她忽然地笑了开来，笑声在这个夜里显得格外清亮，他的好情绪很快感染了江沅，小嘴翘翘，秋波四溢，也莫名地跟着他笑了起来，如小溪奔流，咚咚欢畅。

“你真的不用回朔北吗？”江沅跟着宋延巳傻乐了半天，最终还是记起了自己的脸面，拉着他把他拽回了屋。

“不用，穆擎如今应付得了。”宋延巳想了想，又剥了颗葡萄，塞到江沅口中。

“这场仗这么好打吗？”江沅狐疑地咬着，在她的记忆中，宋延巳对上孟习之往往都是一场硬仗的。

“孟小侯爷终究还是太年轻。”宋延巳面上不露痕迹，补充道，“如今卫国境内也不算太平，分了他不少心神。”

这倒是，江沅从卫国逃出来的，多少也知道卫国的状况，霍家的江山，如今也是风雨飘摇，不牢靠得紧。

这场仗，越到后面孟习之和宋延巳费的心神就越少，前者忙着应付卫国朝堂内外的声音，后者则是成日围着江沅的肚子打转。也不知这两人怎么就这么有默契，最后竟玩起了拉锯战，直到江沅肚子越来越大，眼见肚子里的这团小东西就要瓜熟蒂落，这一役都未曾结束。

不知道是不是两辈子的活力都集中在了这个时候，她肚子里的这个小东西不是一般地折腾，惹得江沅又爱又气，每每都要和宋延巳抱怨：小家伙挑食、小家伙调皮、小家伙性子古怪、小家伙脾气不好。

江沅自打有了身孕，就这么不停地折腾，连一向跟她尾巴似的李清平，如今遇见她都忍不住夹了尾巴溜走，“这怎么还不生啊！”

对啊！怎么还不生啊！江沅鼻头又一红。

“这都过了两日了。”宋延巳单手敲着桌木，示意第五先生看他。

老头这会儿正在摇头晃脑地读医书，被他强行打断，自然有些脾气，“这孩子又不是黄瓜，到时辰了摘就行，早几日晚几日都是常事。”

“常事？”宋延巳明显对他的回答不满意，淡淡道，“我可记得有人是拍着胸脯诺了日子的。”

“老夫是医者，又不是能掐会算的神仙！”第五惠捏着稀疏的山羊胡，不乐意地丢了医书，“能猜个大概已是极大的本事！”

就这样，小家伙又在江沅肚子里折腾了大半天，终于在更深露重的深夜，忍不住想要出来了。

江沅这会儿正睡得迷迷糊糊，以为像往日一般，疼上片刻就好，没想到越来越疼，闷哼出声。宋延巳的觉极轻，她那边微动，他就睁了眼，撑身半起，“要生了？”

“嗯。”她咬着唇握着宋延巳的衣角，“疼。”

烛火照亮了整间屋子，平静的小院，立刻被人来人往的脚步声打破。

产婆是老早就请好了的，江沅的肚子还没到月份，宋延巳就差人打通了隔壁的院子，丫鬟婆子也挑了不少，直接备在隔壁候着，平日里由着朱船调教。

第五惠也得到消息，没等宋延巳那阎王派人来唤，就直接背着他的小药箱，颠颠地跑了去。

都说女人产子，如同鬼门关上走一遭。

宋延巳记得，上辈子蓉安生那双儿女时，血水一盆子一盆子地往外端，孩子刚生下来，人就不行了，几个大夫费了九牛二虎之力，才把她从阎王殿里给抢回来，可惜人活了，身子也毁得差不多了。

掩在袖中的指尖微颤，他的声音却一如既往地平静：“你跟我去屋里看着。”

“我？”第五惠瞪了眼，“我是大夫，不是产娘。”

“进去！”宋延巳并未给他拒绝的机会，先第五惠一步踏上台阶。

“爷！”碧帆见宋延巳要进去，连忙上前一步在门口截住他，摇摇头，女子生产男子入内不吉利，尤其他还是个将军，战场之上最是迷信这些。

“我在帘外等着，不进里屋。”宋延巳显然不在意，越过碧帆直接推门而入，第五惠只好亦步亦趋地跟了上去。身处室内，江沅的呼痛声听得越发清晰。

“夫人别怕，如今爷就在外面儿，第五先生也在。”朱船听着外边的动静，又帮江沅擦着汗，她这会儿痛得声嘶力竭，湿漉漉的发胡乱贴在额头上，身下的床单早已被汗水浸湿。

听到朱船提到宋延巳，江沅不知被触动了哪根神经，忽然哭出声，她眉毛蹙作一团，嗓音早已沙哑：“中离哥哥。”

“夫人可不能哭，这一哭就没力了。”产婆经验丰富，见她这模样慌忙开口提醒。

对，不能哭，她得把这个孩子生下来。江沅死死地咬了牙关，眼泪无声地往下落，她这个孩子盼了太多年了，即便是再疼，她也没说过不要生，这是她的孩子。

江沅就这么哭了两声忽然没了声，宋延巳心里瞬间咯噔一响，也顾不得方才在门外的许诺，直接掀开帘子闯了进去，徒留下第五惠抓空了的手。

江沅倒是没想到他会进来，惊得一个使劲，身子骤然减轻。

“哇——哇——”哭声响亮从房内传起，听起来就是个健康的孩子。

几个婆子连忙把孩子擦干净，包在早已准备好的襁褓中，这才笑眯眯地递到宋延巳手中，“恭喜爷，是个小公子。”

小家伙皮肤微红，身子又娇又软跟水似的，徒自闭着眼哇哇大哭着。

宋延巳就这么抱着他看了半晌，还是朱船机灵，连忙塞了几个红包到产婆手里，婆子们得了赏，更是喜得眉开眼笑，又说了几句吉利话才退出去。

室内静了下来，宋延巳这才把孩子放到江沅的身旁，嘴角再笑，眼神却有片刻的呆滞，“阿……阿沅……咱们有孩子了。”

“看你高兴的，跟第一次当爹似的。”江沅看着躺在身边的小面团子，眼眶红了一圈，几乎笑着脱口而出，话音未落就迅速意识到自己说错了话。

“可不，这可是我和阿沅的儿子。”宋延巳捏捏她的脸颊，又小心碰了碰她身边的小人。

江沅小心地打量着宋延巳，见他似陷在喜悦中未曾发觉，才松了口气，暗自抱怨自己：一孕傻三年，江沅，你真是个猪脑子！

“阿沅。”

“嗯？”她望向宋延巳，这会儿他就这么单膝跪地撑在脚踏旁，握着她的手放到婴儿的襁褓上，他的手骨节分明，特别好看。

他就这么看着她，凤眼微挑，唇畔带笑，江沅不由得想到一句话：芝兰玉树应如是。

“以后我的一切都是他的。”他缓缓开口，似有意似无意，接着又低头逗弄着被中的婴孩。

江沅被他这话说得心头微颤，眼神略微复杂地看着眼前这个男人，他此刻正含着笑，全神贯注地盯着孩子。江沅心里没底，他到底知不知道，他以后的一切，究竟代表着什么。

第十七章 君子一诺不负相思

康武五年底，宋延巳大破盐邹，朔北重新纳入南梁舆图，陛下念其功绩，封一品镇北将军，梁军北上卫地河源，战火持续。

康武七年三月初，卫王荒淫无度，被娈童刺杀于寝鸳殿羽帐之中，举国哗然，同月庄姬夫人携幼子继位，定年号齐安，孟习之封镇国公。四月大卫遣派使者薛用来梁，言语恳切，并愿割边塞池城八座，以表卫王愿与南梁交好之心。

七打核桃，八打梨，九月的柿子红了皮。

“唉！”遥远的柴桑，如玉般的小人坐在石凳上，吃着刚打下来的核桃，唉声叹气的。

“哟，什么事让我们宋家小少爷如此忧心？”今儿个天气好，宋延巳便骑马带着江沅出去游景，留下了冯修远和穆擎在家里看孩子，穆擎看着宋呈钰小嘴吧吧地吃个不停，还边吃边叹气，忍不住问道。

“愁我清平姑姑的婚事啊！”说着看了眼旁边的冯修远，老气横秋地抄着一口小奶音，伸出两根小胖指头，“她已二十有一，都老了！”

躲在墙角偷听的李清平差点没被这熊孩子给气死，会不会说话，什么叫都老了！谁让他私自加的后边那一句的！

“可不是！”穆擎点点头附和，斜眼瞥着冯修远，“都怪某些人，带来了祸害，也不收。”

“清平，你别动怒。”蓉安拉了她的胳膊。

好！李清平气得直哆嗦，喘着粗气努力压下心中的怒火，我忍！

“万事都要等回到临安再做打算。”冯修远哪能不知道他们的想法，只笑着摇了头，如今边塞确实不是说这些的地方，何况清平堂堂县主，也着实不好让她这般委屈的。

好吧，听到这话，李清平终是忍不下去了，话都说到这份上他还想怎样？想着人就唰地跳了出来，在冯修远诧异的目光中，冲到他面前指着他的鼻子：“姓冯的，你什么意思！什么叫再做打算？哼，死了这条心吧！你要是回到临安敢娶别人，我就在你大婚之夜，吊死在你冯家门口！”

真是……太蠢了……穆擎看着李清平，忽然就想明白宋延巳为什么喜欢聪慧的女子了，他觉得就冯修远那不会说不能道的性子，早晚得被这个刁蛮的县主气死！

江沅被宋延巳圈在马背上，鬓上佩了朵山野里采的花儿，她被宋延巳养得珠圆玉润，哪怕在边境待了几年，肌肤依旧白皙吹弹可破，如今面赛桃李，配上娇花软蕊更显得盈盈可爱，两人出去的时候院内还一片和谐，现个还没进门，就听见清平要吊死在冯修远家。

“怎么了？”江沅被宋延巳抱下马，脚刚落地，就见一条小白影奔了过来。

“爹爹，娘亲。”宋呈钰见到两人，果子也不吃了，张着手臂就往两人身上扑。

“钰儿说。”宋延巳单手一揽，小白玉团子就被他抱到了怀里。阳光透过淡薄的云层洒到他身上，他一手揽着江沅，一手抱着儿子，看上去颇为开心。

不知道是不是做了父亲的男人皆是如此，原本若有似无的戾气也被收敛得无影无踪，江沅有时候都有片刻的恍惚，仿佛这就是她日想夜盼的生活，夫君孩子在身边，什么富贵权势，皆不如眼前之人。

宋呈钰如今已有两岁有余，江沅觉得他仿佛昨个还软绵绵地躺在襁褓被自己抱在怀里，不知道什么时候就长到了可以启蒙的年纪，江沅把启蒙的事全权交给了宋延巳，他亲手教出来的孩子，终归还是会多念着点的吧。

钰儿聪颖，宋延巳待她也不似上辈子那般忽冷忽热，边塞的这两年她过得太幸福，每一刻都想紧紧地攥在手心里，江沅觉得自己怕是比上辈子更加不舍。

或者……她看着手把手教钰儿习字的宋延巳，轻轻咬了唇，眼神的温度不由得降下来，等她见到那个女人之后，就立刻杀了她！

这个男人，她前生不想与那人分享，这辈子更不想。

“在想什么？”宋延巳一心多用，明显察觉到了江沅的不同，直接把宋呈钰从凳子上拎了下来，小家伙还握着笔好奇地抬头，摸摸他的头，宋延巳唤了朱船，“带钰儿去找穆将军玩。”

听到可以玩，宋呈钰眼睛骤然闪了光，生怕父亲反悔，先一步拉了朱船的指头。等宋延巳目送他被朱船牵出了门，才拉开圈椅撩袍而坐，冲江沅招招手。

江沅就这么抱着茶盏，如往日般坐到了他的腿上，风微微拂过，院内传来悦耳的鸟鸣，她把头轻靠上宋延巳的肩膀，听着他胸腔里的心脏强有力地跳动。

不想让，不能让，不让！

放下手中还有些温热的茶盏，江沅的双手带着热捧了他的脸，让宋延巳抬头看她，有些期待又有些怕，这是她第一次开口问：“中离，你喜不喜欢我？”

喜欢啊，怎么可能不喜欢。他双手圈了她的腰，点头：“喜欢。”喜欢了整整两辈子。

“那你以后遇见比我更美的女子，也不要喜欢她好不好？”那人如今还未出现，可是江沅知道，只要他们重回临安，那个女子是他们定然躲不过的劫数。

“好。”宋延巳拉了江沅的手放到唇边印了个吻，然后抬头，他的眼角有着好看的弧度，目光平和，“可是阿沅，你得信我。”

不要如前世般信你的兄父，不要如前世般信你的挚友，无论发生什么，你得信我。

“我信的。”江沅垂了头，她没信心的时候通常都是这个样子。

“要更信。”宋延巳挑了她的下巴，眼神异常认真，他一字一句道，“我不会骗你。”

“真的？”

“君子一诺。”

康武七年十月，边城安定，李晟下旨召宋延巳回朝。江沅看着手中明黄的圣纸，游龙腾雾，晃得她眼疼。

宋呈钰生在边塞，没见过临安城内的繁华，以往也只听清平她们说说，现在知道自己要去故事里的地方，兴奋得不行，大半夜了都睡不着。等外间的丫鬟睡得有些沉，他才悄悄地从小床上爬下去，扭着小屁股颠颠地向着江沅的屋子跑去。

“娘亲，临安好玩吗？”宋呈钰强行挤在江沅和宋延巳中间，好奇地看着江沅，“清平姑姑说那里可有意思了。”

“好玩啊，茶楼里有好多好吃的点心，街道口还有卖漂亮泥人的小贩，绿色瓦红色墙，到处都是突兀的飞檐，连入了夜都是热闹的。”江沅回想着热闹繁华的临安城。

“这么好，难怪清平姑姑听说能回家哭得帕子都湿了。”宋呈钰咬着肉肉的手指头，想要去临安的渴望又加深了点。

“可是钰儿，去了临安爹爹就不能带着你骑马了。”宋延巳最看不惯这小家伙一到半夜就找娘的习惯，明明白天里更黏着他，怎么一入了夜就喜欢往江沅怀里钻？当场就把他从江沅怀里拉出来靠到自己身边，有些恶趣味地道，“你也不能和程俊他们一起去小溪里捉泥鳅，不能去校场看田叔他们操练，不能和漂亮的小姐姐们捉迷藏了。”

原本离了江沅柔软身子的呈钰还不乐意挣扎，待听宋延巳说到后边，动作就有些怔住，小嘴一撇一撇的，鼻头一红竟是要哭，“娘亲。”

“乖。”江沅瞪了宋延巳两眼，拍开他拎着儿子的手，又把宋呈钰抱到怀里。

小人在她怀里抽抽了两声，终是哭出声来：“娘亲，我要骑马，我要捉泥鳅，我要漂亮的小姐姐，我不要去临安了，哇——”

得，又哭了，江沅隔着罗锦薄被狠狠地踹了宋延巳一脚，边哄孩子边瞪他：“你一个当爹的，老欺负钰儿做什么！”

“男子汉大丈夫，居然躲到娘亲怀里掉金豆子。”宋延巳双腿夹住了江沅蹬过来的小脚，眯着眼戳戳儿子的小屁股，“真羞。”

“哇——娘亲——”身子一僵，小人哭声更大了。

江沅脚还在被宋延巳压着，起不来身，只好拍着他的后背哄：“不羞，不羞，钰儿最棒了。”

吵闹声震天，院里的丫鬟婆子似乎早已习惯，竟无人来敲门。宋延巳等他又号了几嗓子，才伸开双臂一揽，儿子连同江沅就一起被他带进了怀里。

他低头蹭了蹭江沅的额头，又亲了口宋呈钰的后脑勺，小家伙就没志气地收了哭声，不满地哼唧两下就用屁股顶着宋延巳，双手紧紧抱着江沅的胳膊眯了眼。

小孩子睡得快，不一会儿小猫般的呼吸声渐渐传来，宋延巳小心地掰开儿子扣得死死的指尖，把他抱到了床榻的里侧，随手在他怀里塞了个软枕。

“钰儿还小，你莫要再欺负他了，他——”江沅起身给呈钰掩上被角，小家伙眼角还带着泪花，睡得像只小猫一样，刚要转身念宋延巳两句，他的唇就吻了上来，如同羽毛，点到即止。

江沅突然被他吻上，脸瞬间涨得通红，儿子还在呢。

“我哪有欺负他。”月色下，宋延巳与江沅并肩而坐，“钰儿乖巧，我疼他都来不及。”

低声细语，江沅掩了唇角的笑，小声道：“刚刚不还被你弄哭了。”

“我这是在教他，让他明白半夜不要往别人夫人房里跑的道理。”宋延巳看看儿子又看看江沅，“白日里就算了，怎的夜里还与我抢。”

“没正形。”江沅脸上飘着红霞在宋延巳腰上轻捏了一把，然后推推他的身子，准备躺下，“快睡觉。”

手被忽然拉住，宋延巳握着她的食指，用指腹点点了自己的唇，眼角一挑，春风含笑。

这个男人。

江沅睫毛如夏日的蝴蝶，微微地煽动两下才欺身上前，她跪坐在床榻上，抬着下巴仰头一吻，然后飞快地挣开他手的禁锢躺下背对他，脸蛋红红，如同九月的柿子。

宋延巳低声笑着，手绕过她的腰肢，把头抵在她的后肩，低沉的声音从他口中说出，带着浓浓的蛊惑："阿沅甚好，吾心慕之。"

我甚是爱慕你。

军队一路南下，因着宋延巳带兵入临安需向李晟请旨，故而要在路上耽搁两日，江沅便先带着儿子回将军府做准备。

这一程，宋呈钰都难掩好奇，他被江沅抱在怀里，碧帆小心地给挑了窗幕一角，他睁着好奇的大眼睛，一瞬不瞬地盯着窗外的人来人往，小贩的叫卖声穿过车壁传入耳内，不似北方的粗旷，而是带着南方特有的腔调。

"娘亲，咱们家就住在这儿吗？"宋呈钰抬头仰望着江沅，"这好大啊！比柴桑大好多好多。"

"对，以后钰儿就要住在这儿了。"江沅摸摸怀里的小脑袋，心中说不出是喜是慌。

进入临安城，又行了许久，马车才停下，藏蓝色的车帘被人从外面掀开，脚凳早已备好放于车马一侧。光亮骤然照入马车内，门口聚了男男女女几十人，安静地排成几列，罗暖、帐香合着手站在最前方，刚看见江沅的面容，就笑中含泪地弯下腰身，"恭迎夫人回府。"

朱船伸手搀着江沅下车，广袖之下，她指尖微颤，眯着眼抬头望，中尉府的牌匾早已被镇北将军府替换下，赤匾金字高高悬于朱门之上，恍若前世。

她回来了，带着她的儿子，这一次，没有狼狈，没有不堪。

江沅上前半步握着帐香罗暖的手，当初她离开时她们还是豆蔻年华的女子，如今却已双双过了双十年华，"辛苦了。"

“夫人，您终于回来了。”罗暖红着眼眶，死活不让泪落下来，这么吉利的日子，不能哭。

跟着江沅一起下马车的小家伙明显感到了自己被忽略，伸手拉着江沅的衣摆：“娘亲。”

软软的小奶音，惹得前边的几人纷纷垂头，他的出现，让帐香、罗暖不由得大喜，看着眉眼含笑的江沅，连忙又屈身冲着宋呈钰行了个半礼：“公子爷。”

“呈钰性子活泼。”江沅摸着他的小脑袋，对罗暖道，“你们先挑几个踏实的暂时伺候，其他的都等安顿下来再说。”

“老爷前两日还差人送了帖子，说夫人想您想得紧，问您何时有空带着爷和小公子回去一趟。”小厮们留在外头收拾东西，帐香几人便跟着江沅先进了府。消息是江府的瑞安管家递来的，他一向跟在江忠嗣身边，这回亲自来递信，可见是家里人想她想得厉害。

“等过两日爷进城面完圣，咱们便回江府。”提到父母，江沅又忍不住红了眼，“你先去江府告知父亲一声。”

“是，夫人。”帐香应下便立刻去差人送消息，一刻也不耽误。

镇北将军府的回信很快到了江府，瑞安带着小厮回完话，又退了下去，厅内就剩了江家二老和几个伺候丫鬟。

江夫人喜极而泣，攥着帕子不停地拭泪：“沅儿可算回来了！打小就长在我身边的孩子，这些年在外边该吃了多少苦啊！”

“她都做娘的人了，莫要再拿她当小女儿。”江忠嗣饮着茶，手指不停地摩挲着茶盏的外壁，凸起的颗粒轻微印在指腹。

“当初可不是你？听闻女儿女婿要回来了，老早就差瑞安送了信，这会儿倒是装起了严父。”江夫人不满，就着樱桃的手起了身，“这听也听了，如今中离战功显赫，指不定明儿个面圣又得什么封赏，咱们该早做打算才是，可不能怠慢了。”

“夫人所言极是。”江忠嗣敲着杯盏，茶水微荡，他借着饮茶的动作掩了脸上的情绪，“是该早做打算才对。”

第十八章 不可一世大伪似真

第二日，薄雾冥冥，未亮的天空仿佛一幅淡淡的水墨画，院中的花草上也已掩盖了灰色的露水。

“娘亲。”床榻上传来宋呈钰软软的唤声，还染着浓浓的睡意，刚醒便要寻她。

罗暖见他醒来，连忙端了铜盆过去，里边的热水已经晾过一段时间，这会儿只带着温乎气，她拧干帕子，轻拭着他肉乎乎的小脸，“奴婢先为您擦脸，等会儿咱们再去找夫人。”

小人还眯着眼，听完她的话，也不闹，就这么仰着头一动不动，任由罗暖给他擦洗干净，又穿了新制的衣裳，他的衣裳是蓉安在路上比着他做的，料子不算华贵，但胜在一手难得的绣功，双面白鹤穿云啄月，便是临安顶尖的绣娘也绣不出这么灵动的针法。

等一切收拾妥当，宋呈钰才趴在罗暖肩头，被她抱着去找江沅。

出门的马驾早已准备好，江沅身边跟的也都是宋延巳亲手拨给她的护卫。

街道空出了一条大道，两侧却挤得水泄不通，百姓们人头攒动，小摊贩们也收了摊子，都挤在了街道两旁，周边的茶楼酒肆一些较好的地方更是早早就被贵人们包下。

至于江沅，她的位置是李清平抢来的。

这位小县主，一回到临安城就跟脱缰野马似的，先是回公主府抱着宜佳公主哭了一顿，接着被驸马打了一顿板子，当晚就揉着屁股跑了出来，挑了临安最好的地界，光明正大地抢了京兆尹家小姐事先订下的包厢。

等江沅牵着宋呈钰到的时候，清平已经大盘小盘地要了十几样干果点心，桂花蒸栗子粉糕、玫瑰核桃、糖蒸酥酪满满地摆了一桌。

“阿钰吃点心。”清平捏了小金花蓬卷送到呈钰嘴边，边喂他边问江沅，“蓉安呢？”

“在府里待着呢，这些日子赶路累着了，刚请了第五先生去探脉。”江沅看宋呈钰小手一伸又要去抓碎丝糖，连忙截住他，推了莲蓬茶到他面前，“早上才吃了翡翠团子，不能再吃了。”

江沅话音刚落，清平就从他手里夺回了她方才塞给他的金花蓬卷，“江姐姐说得对。”

就在清平和小团子为着一块点心大眼瞪着小眼，街道上的人群开始骚动。

低沉的号角声响起，几位奉命而来的大臣目视着城门开启，恺乐声奏，城墙下的漆竿上悬挂着献捷露布，寓意“布于四海，露之耳目”的帛书随风而扬。

宋延巳一身银色战袍，身下跨着赤红色的骏马，身后长五尺高三尺的大纛旗高高挂起，在风中猎猎招展，旗心的巨蛟腾飞，旗边火焰纹纠结缠绕。

身后的骑兵皆黑铠棕马，兵士则步伐齐整，恍如黑潮席卷，山岳城墙般的向前推进，马蹄声脚步声隆隆响彻临安，整条街道都被这股强烈的气息笼罩。

城门卷着尘土，在阳光下如同地面冒了薄雾，光洒在冰冷的铠甲之上，一片肃杀。

江沅就这么看着人群中的宋延巳，忽然，他像是察觉到了她的目光，飞快地抬头，最后锁定了江沅所在的包厢。

屋里屋外，罗衫战马，江沅看不清宋延巳的表情，可是她知道，他在看她，就像当年那般。那年的她还年少，人海中的男子银袍烈马，骄傲得不可一世，就这么晃了她的眼，收了她的心，让她一辈子都未挣开。

“男儿不展风云志，空负天生八尺躯。”碧玉酒杯在素白的指尖转了个圈，女子指着眼下走过的男子，“好个儿郎。”

“小姐，您莫要这般。”小丫鬟一惊，连忙上前打了帘幕，这才松口气，心有余悸，“小姐未嫁黄花，宋将军已有家室，若是被人看了去，指不定又说出什么。”

“吾乃谢家女，便是真看上镇北将军，谁又敢多言。”谢嘉言顺手丢了杯子，起身而立，光透过薄薄的竹帘映到她的脸上，她唇角扬起好看的弧度，“当年我未在临安，竟不知世人口中的罗刹原是这等模样。”

“小姐。”

“今日将军凯旋，宫中必设饮至。”她眼睛微转，“素衣，你晚上去门口守着大哥，等他回府，差人去唤我！”

“小姐。”素衣都快急哭了，要知道小姐今日不吭不响地偷跑出来，已是坏了谢府的规矩，如今再让她晚上去门口堵截公子，“要是让夫人知道，奴婢会被打死的。”

“你怕夫人打死你，就不怕小姐打死你吗？”谢嘉言生得美，笑起来更是如秋日海棠，她就这么笑盈盈地盯着她的眼睛，直到小丫鬟颤了身子，才掩唇拍上她的肩膀，“放心，你是我的丫鬟，除了我谁也不能把你怎样，凡事有小姐给你撑腰，懂吗？”

“懂……懂。”小丫鬟的声音低若蚊虫。

当晚，宋延巳被留在宫中，百官夜饮，他熟悉边塞的清苦，更熟悉皇城的奢靡。

宋延巳饮着酒水，此刻的他已褪去战袍，头发被白玉束起，一身青灰刺鹤的长袍，只腰间束了佩带。

“将军别来无恙。”身侧的男子开口，拇指上带着枚翠色的扳指，气质卓绝。

“一别四年，都内大人可好。”宋延巳抬手碰了敬到他面前的杯盏。

谢嘉礼陪着他饮了杯，才再度开口与他叙旧，讲的多是些朝堂之事，偶尔也拿些临安的趣事与他说道，宋延巳偶尔附和几句，气氛甚好。

酒过三巡，气氛逐渐热了起来，李晟直接差黄门的小监给各府传了消息，说是众位大臣今儿个留宿在宫内。

江沅自然也得了消息，宋呈钰听了开心得紧，又光明正大地钻进了江沅的屋子，窝在她怀里睡得香甜。

夜凉如水，江沅却翻来覆去怎么也睡不着，指尖划过小人安稳的睡脸，鼻子、眼睛、眉毛，这个孩子，长得像极了宋延巳，看得她忽然有些想哭。

这两年在边塞，宋延巳待她极好，好到她经常忘记前世发生的种种。可是真回了临安，看到战马上的男人，冷冽而沉稳，她才惊觉，自己就像是陷在米缸中的硕鼠，等她吃饱了舒服了，才发现自己已经爬不出来。

“沅儿，你太让为父失望了。”

“阿沅，我是为你好，你亲眼看到的，莫要再欺骗自己。”

“帝后又如何，你拿什么与我争。”

“你救救江澧，他是你哥哥啊。”

“小姐，奴婢这辈子没法再伺候您了。”

“我也后悔娶了你。”

前尘往事如巨浪般迎面扑而来，压得她喘不过气，江沅腾然起身，双手使劲地护着心口，悲凉的情绪忽然从心底缓缓地扩散出来，借着夜色疯狂地滋生，她拼命地压制住，不停地告诉自己，这一世江府很好她很好，她还有了呈钰，一切都在往好的方向发展。

江沅就这么抱着膝盖坐在床榻上，如瀑的秀发散落在身后，她把脸埋在双臂中，眼泪不争气地就往下掉，口中喃喃。

忽然，一双手臂把她圈在了怀里，男人的气息罩满全身，江沅身子猛地一颤刚要失声尖叫，嘴巴就被人飞快地捂住，宋延巳的声音从身后传来，带着淡淡的酒香，“嘘——钰儿睡了。”

他这么圈着她，头搁在她的肩膀上，方才他刚踏进内屋，就看到了抱膝而坐的江沅，瘦瘦小小的一只就这么孤零零地坐在那里，水红色的薄纱在她身后轻轻荡着，亦如当年她在藏凤殿的模样。

那时候，他几乎快要被逼得走上绝路，费了好大的功夫才从江澧那儿抓得把柄，敲山震虎倒是真让他们生了忌惮之心。只是不知怎么，消息就传到了江沅耳里，她跪在他的寝宫外求了一天一夜，最终换来的仍是他亲手扔出去的诛杀令。

事后的她便是这样，抱着身子缩在寝殿内哭得无声无息，而他，却只能驻足在殿外看着，一步都无法踏进去。

双臂微紧，他的胸口有些闷，“阿沅，你怎么了？”

“没事。”她声音轻轻颤着，最后终是忍不住扭头扑到了他的身上，她双手绕着他的脖子，熟悉的味道撞进她的鼻息，眼泪唰唰地往下砸，胡乱拿了话搪塞他，“我就是想你了。”

“我也想阿沅。”他轻抚着她的后背，眼神晦暗，“阿沅……”

“嗯？”她挂着浓浓的鼻音。

他没吭声，只吻了她的下巴。

宫中的圣旨来得很快，江沅和宋延巳刚眯了眼，外边就递来了消息，说是封赏的圣旨已出了宫门。两人只略微收拾了下，便提前去厅堂内候着，约莫两炷香的时间，朱轮青帏的车辇便停在了镇北将军府门口。

张让踩着脚踏被小太监搀扶下来，他这几年并无太大变化，依旧如江沅当年所见，小眼圆脸，眯着眼笑得谦和。

“奉天诰命，皇帝敕曰。”厅内跪了一地，众人皆目视地面，张让的声音稚细，“治世以文，戡乱以武，军帅戎将实乃朝廷之砥柱，国家之干城也。君出力报效，威震夷狄。予懋乃德，嘉乃丕绩，锡之安国侯，锡赉爵弁。其妻江氏，温柔静正，四德咸备，三从无忒，懿惠慈宣，是宜赠尔为夫人，钦哉。”

“谢陛下君恩。”宋延巳身着紫檀长袍，对着张让拜了三拜，才双手接过圣旨。

张让弯着腰拱手，笑道：“咱家在这儿恭喜安国侯了。”眼神一转，又把李晟在宫里特意在他耳边念叨的话，润色道，“都言非李姓不封王，陛下也是为此伤神了许久，生怕委屈了大人。”

“我自少长于陛下身侧，自是知晓陛下待我恩重。”

“安国侯怕是待会儿还要入宫谢恩，咱家不便多做叨扰。”张让话带到了，也不多待，对着宋延巳又弯身作了个揖，才出了府门。

江沅心里忖度着他俩方才的对话，一个眼色，身边的朱船就得了命令，带着丫鬟们匆匆行礼退出了屋子，她走到他身侧握上宋延巳的手掌，“张让方才话里有话。”

宋延巳冷笑出声，伸手揽了她的肩膀，江沅与他挨得极近，他的表情看不出喜怒，“将军没有侯爷命，出生入死几人归。”

江沅不出声，就这么与他对视，宋延巳眼中的冰碴逐渐融化，最后归于平静，“陛下想用爵位换我亲手送上虎符。”

“这么快。”江沅虽说也有往这方面猜，却不曾想李晟已经急切到这种地步，她凝视着宋延巳胸口的暗绣，四脚蛟龙张牙舞爪穿梭在祥云之中，片刻，她抬头看他，“你要交吗？”

李晟没有明说，中间自然还有回旋。

“交。”对上江沅略微诧异的神情，宋延巳有些想笑，她是何其敏感的人儿，李晟的几番话就深知他们如今的处境，握着虎符就如同握着主动权。这么些年过去了，她还是喜欢把一切都抓到自己手里，什么都要拼一把搏一把。

宋延巳拍拍她的肩膀，示意她放宽心，“既然他想要，那我便给他。”

“你定吧。”江沅虽然多活了一世，可是在这方面，她自认拍马不及宋延巳。

次日朝堂之上，宋延巳释兵权，呈虎符于圣上，圣上推脱不下，收于殿中，并赐良田千亩，黄金万两以慰镇北将军近年功高劳苦。

赏赐源源不绝地送到安国侯府，堆了大半间屋子。宋呈钰蹲在地上，摸摸龙眼大的珍珠，又戳戳七尺高的珊瑚，最后被江沅伸手抱到怀里，才好奇道：“这些是什么？”

“可以换点心的。”在儿子的疑惑中，江沅指尖划过整盘的翡翠玉石，她心里不停地盘算着时间，谢恩的帖子早已经递上去，帝后也差不多该宣她入宫了。

“夫人……”碧帆快步踏入厅内，“宫里回话了。”

青石板的地面被打扫得极其干净，笔直地往前延伸着，绕过永福池，便是帝后居住的藏凤殿，宫殿上的飞檐之上雕刻着凤凰，遥遥相对……这条路，她闭着眼都能走过去。

藏凤殿奢靡，殿内云顶檀木作梁，沉香木的几榻边悬着鲛绡宝罗帐，帝后就这么端庄地坐在几榻上，下首坐着三位夫人和几位妃嫔。

“臣妇拜见帝后娘娘，娘娘千岁长福。”因着江沅身上有诰命，只弯了身子不必行跪拜礼。

“这倒是我第一次见安国侯夫人。”帝后微笑冲江沅招招手，她是李晟的发妻，年近四十却依旧明丽动人，江沅上辈子与这位帝后颇为熟悉，大大小小的宫宴也见过多次，如今再见，将将一眼，也就没了兴趣。

帝后不露痕迹地打量着江沅，这个女子，她初次听到她的名字，是许久前宋延巳御前求娶，她有意无意地打听过，闺中女子，泯泯众人，便只当他给李晟打个台阶下。尔后她嫁给宋延巳，自己也未曾在其他夫人口中听过江沅有多大的能耐。可就是这样的一个人，初次相见，便是她身披封诰，不跪只拜，端着堂堂的侯爷夫人。

“国侯夫人容颜娇艳，不输我们顾修华。”驷丽夫人坐在下首，忽然开口笑道，“不止帝后娘娘，便是我等也是初次见到。”

江沅顺着驷丽夫人的眼光望去，顾思珺在一侧饮着茶，花青色的长袍下露着牙黄色的镶珠绣鞋，此刻，她听了驷丽夫人的话，羽纱掩唇。

“夫人一说，倒还真是，国侯夫人果然生得貌美，我见犹怜。”竟是生生地应下了。

真是不要脸的狐狸精，驷丽夫人捏着帕子扭过脸，不再多言。

“不过。”话音一转，顾思珺笑道，“妾曾听闻，国侯夫人与安国侯相识于微末。”

“哦？”帝后来了兴趣，“修华此话怎讲？”

“妾入宫颇晚，但是与清平县主倒算得上投契。”她话音落下，江沅心底微震，便知道出了岔子。清平虽生在皇家，但为人单纯，虽说这些年长了心眼，知道什么该说什么不该说。但是当年……要真想从她那里套出些什么，简直易如反掌。

顾思珺端了杯盏，茶水刚碰到嘴唇，便被她笑着放下，“有次她来宫里，妾与她正巧花苑碰上，便随意聊了两句，也不知怎么就说到了国侯夫人。娘娘也知道，清平是个实诚性子，便与妾道，当年陛下未入临安时，国侯夫人曾救过安国侯的。”

“这可是真的？”帝后听完，心中便起了疑，看向江沅的眼神也多了丝探究。

“正是，此事宜佳公主也是知道的。”江沅借招拆招，立刻把宜佳公主搬出来，她抬着头，脸颊羞得通红，“原本只道是意外，未承想如今看来却是场缘分。”

“殿下也知？”帝后合掌而坐，拇指抚着手背，淡淡道。

“是侯爷先告知公主殿下的，未曾想却被殿下打了趣。”江沅垂着眼角，笑得温婉。

宫墙之内，能够爬到她们这个位置上的女子，又有几个是傻的。原本顾思珺开了口，几人心里或多或少就有了掂量，没想到这事殿下居然事先知晓，便知挖不出什么，如今又见江沅这副模样更是没了兴趣。

驷丽夫人理着云鬓，眼神划过顾思珺，“有些人啊，总是唯恐天下不乱，国侯夫人不必在意，吃茶吃茶。”

“谢夫人。”江沅心理松了口气，抬手饮茶的瞬间与顾思珺眼神撞在一起，她表情不变，执杯颔首。

茶水进入口腔的瞬间，味清而后甘，唇齿留香。真是来者不善哪，江沉想。

等吃了茶点，又说了会儿话，帝后便累了，她的身子一向不好，便由三位夫人代劳，陪着江沉去逛了花苑。

现下天气已凉，春夏的花儿早已衰败，花苑虽遍种奇花异草，但如今已入了秋，适节的花便不算多。花苑的南北角有花树十八株，株株挺拔俊秀，千朵万朵簇拥于枝上，白茫茫一片如雪初降。潘夫人指着那团雪白，对江沉道："此为萍花，是番邦进贡而来，远看如雪近看似絮，秋日里，花苑便指着它好看了。"

"萍花。"江沉喃喃地念着，那个孩子，最是喜欢了。

"殿下，您慢些。"侍女的呼声从花树中传来。

骊丽夫人眉头微锁，还未等她开口，一抹明黄的身影就闯了出来，一转弯，就撞到了江沉身上。她眼明手快，还没等那个身影倒下，连忙伸手扶住他。

小人肉乎乎的，像个白面馒头，好不容易才站稳，他松口气尔后才看向江沉，睁着乌溜溜的大眼睛："你是谁？新来的姬妾吗？"

"殿下！"侍女喘着粗气追出来，待看清几位夫人，腿一软，就跪了下去，身子抖得如雨后浮萍，"骊丽夫人万福，潘夫人万福，婉宜夫人万福。"

"殿下若是磕了碰了你有几个脑袋！"骊丽夫人指着侍女，怒道，"白嫔倒是越来越不会挑奴才了。"

"夫人息怒。"小侍女不停地磕头。

"问你话呢。"旁边的小人看看她，然后又抬头看向江沉，"你是谁？"

"殿下，这是国侯夫人。"潘夫人上前一步。

"我又没问你。"小殿下似不喜，仰着头，"你为什么不回话，你是哑巴吗？"

真是什么东西教出什么东西，骊丽夫人暗自翻了个白眼。

"我会编蚂蚱。"江沉蹲下身子，这个时候的他还这么小，她牵了他的手，肉肉的手背上陷着几个小坑，"你要吗？"

远处的楼台上，李晟看着花苑中发生的一切，笑着对宋延巳道："你夫人倒是与孤的璟儿甚是投缘。"

又是这个孩子。宋延巳心里微叹。

一弯新月挂在半空中，回府的马蹄声嗒嗒地敲在石板路上，马车内江沅坐在雪白的狐毯上，正望着手中的草编蚂蚱出神。

"别看了，再看也成不了真的。"宋延巳顺手拿过她手上的东西丢在面前的小几案上，有些不满，"也不见你编这些东西给钰儿。"

"钰儿什么没有啊，哪里在乎这些东西。"江沅见他为儿子抱不平，有些哭笑不得。

她起身，手还没碰到几案，就听宋延巳在背后幽幽道："那殿下什么没有啊，哪里会喜欢这些。"

江沅的手就这么停在半空中，宋延巳见她愣在，便伸手拉着她的胳膊把人圈在怀里，"他亦不需要。"

他如今是皇子，是李晟唯一的儿子，他高高在上，不是当年那个什么都看不见的少年，他不需要你的怜悯，亦不需要你的同情。

"消息让张让带过去了？"谢太傅立在紫檀木雕葡萄纹书案前，手下是一幅仿八怪老人的《泼墨仙人图》，落下最后一笔，他才开口，面色微润丝毫不见病症的影子。

"父亲放心。"谢嘉礼垂着手站在中间，周围伺候的人早已被遣了出去，如今空荡的书房只剩他们父子二人，心下一时吃不准父亲究竟唤他何事。

"昨个言儿寻你何事？"谢太傅放下手中的狼毫，桌上的画墨疏简，下笔苍劲率意，甚是风流。看谢嘉礼有些犹疑，谢太傅缓缓道，"你莫要替她寻借口。"

"昨日宋延巳入皇都，言妹贪热闹便去看了眼，想是觉得那人也算个英雄儿郎，便寻儿子去问了几句。"谢嘉礼不敢隐瞒，只挑了些与他说。

“言儿一向眼高于顶。”谢太傅淡然道。

“父亲，言妹还小，难免脑子糊涂。”谢嘉礼撩袍而跪似有些急迫，“您莫要怪她。”

“她傻你可不能傻，若是别人也罢，可是这宋延巳……”谢太傅笑出声，眼角褶皱微深，“你是知道的。”

“儿子明白。”

“去吧，你与言儿一母同胞，自是要为她多想些。”见谢嘉礼松了口气，谢太傅才再度开口，“昨日，拦你的丫头是唤素衣吧。”

“是。”

“差人拿些银子送她家去。”谢太傅转身，手指点着案上的画作，似乎不太满意，“还是不好啊。”

谢嘉礼得了父亲的话，出了书房便向胞妹的和桐苑走去，心里越发地焦急。

“公子。”院里的小丫鬟见到谢嘉礼连忙迎上去，另一个慌忙去给谢嘉言报信。

“小姐呢？”

“这会子正在读书呢。”

“大晚上读什么书，不怕毁了眼睛啊！”他的声音穿过墙壁传到谢嘉言耳中。

她坐在黄花梨透雕的玫瑰椅上，看着宝云给他开了门，笑意盈盈，“哥，你怎么来了？”

“都出去。”谢嘉礼开了口，屋内的丫鬟没敢动，皆小心地抬头看谢着嘉言的眼色。

“下去吧。”顿了片刻，她才笑着开口，丫鬟们连忙行礼告退。

等门被带上，他坐到她身侧，“你身边那个叫素衣的丫鬟呢？”

“应该在后山吧。”谢嘉言想了想，有点迷茫，尔后又笑道，“谁知道她被丢哪儿去了。”

“言妹，你这般会寒了人心的。”谢嘉礼敲敲桌子，明显不满。

"宝云、金秀跟了我这般久不也没事？"她看着指尖新染的蔻丹，似不在意兄长的话，"她算什么东西，也敢拿母亲压我。"

"你……"

"丫鬟若听话，出了事我自会帮她，可她若是怕了别人，我留她何用？"谢嘉言有些不耐烦，拉着谢嘉礼的衣袖撒娇，"哥哥，你大晚上不会就是要与我说这些吧。"

"宋延巳这事到此为止，你莫要再多打听。"

"哦？"方才金秀告诉她，兄长是从父亲的书房方向来的，谢嘉言眼睛微眯，模样颇为狡黠，"难不成是因为父亲？"

见谢嘉礼沉了脸，她又探着身子凑到他面前，好奇道："为何父亲如此关注这事？"

她只是多问了那人两句，又未做什么出格的事情。

"言妹！"

"好了，我知道了。"见兄长要生气，谢嘉言连忙把手指竖在朱唇边，"以后不问便是。"

之后谢嘉礼又与她交代好些才出了院子。

"小姐。"宝云送走他，连忙小碎步跑了进来，悄声问，"安国侯那边咱还盯着吗？"

"盯啊，为什么不盯。"谢嘉言托着小脸，这么点小事居然惊动了父亲，真是越来越有意思了呢。

"公子那边……"

"莫要管他。"谢嘉言摸着手中的书册，顺手扔到桌案上，"让咱们的人把眼睛放亮点，碰到大哥的人绕着走。"

"是。"

晚上，宋延巳躺在床上，单臂撑着后脑，另一手揽着江沅在怀里，"忙了这两日，终于能睡个安稳觉了。"

"别睡。"江沅推推他的胳膊，侧身看他，"父亲让咱们抽空回去一趟，你这两日可有时间？”

“有，你定吧。”宋延巳转身抱她，前额抵在她的发上。

见他又要闭眼，江沅忙抬起头，“对了，咱们还得商量商量蓉安的事。”

“这有什么好商量的，我表妹临安城什么人家的儿郎配不上？”听上去竟然有些隐隐的自豪。

“可是……”她想了想，最终决定告诉他，“蓉安已有心仪的男子，你可以……”

“傅正言不行。”江沅还没说完，宋延巳就开口打断他。

“为什么，你不说你表妹谁都配得上吗。”

“我问过他的。”宋延巳低头看向江沅，表情有些认真，“在数年前荆州城还未破的时候。”

他问：这般在意，你何不娶了她。

他说：你也知汤傅两家的关系，我娶不了她的。

他们可以不在意，可是傅家，跨不过这个坎。蓉安那个傻丫头，她又何尝不知。

江沅愣住，忽然想到那日蓉安曾与她道“可惜我姓汤，他姓傅”，她揣忖着开口，“有恩怨？”

“嗯。”

“可解？”

“不知道。”宋延巳闭上眼，“便是能，现在也解不得。”

江沅不再言，她把头靠在宋延巳肩上，世上的恩怨千千万，唯世仇难解，日积月累刻进血脉，她与傅正言，怕是为上一代所累吧。

江沅又想到了上辈子的汤蓉安，她好像真的活得不太好，死气沉沉，如同枯井无波——

等等！

江沅微眯的眼徒然睁大！

如果蓉安与傅正言相互爱慕而宋延巳又知，依他的性子必然不会碰挚友的心上人，而傅二爷也是个敢作敢当的脾气，那么——蓉安肚子里的孩子是谁的？

这个认知让江沅起了一身的鸡皮疙瘩，她震惊地扭头，眼神复杂地看着宋延巳，身侧的男子似已入睡，月光照在他的脸上甚是好看。

汤蓉安身上有秘密！江沅确定，可是，上辈子他瞒了她什么？

早上的天有点暗，空中飘了细细的雨丝，马车内宋呈钰趴在车窗旁，在缝隙中看着湿漉漉的街道，这个年纪的孩子，对什么都好奇得紧。

刚转过巷口，未达江府，宋呈钰就扭头伸着小胖指头指着车外，对江沅软软地唤道："娘亲，有人。"

江沅就着他的手指望去，细雨打湿了青板石，远远地几抹身影撑着油纸伞站在府邸门口，马车吱扭吱扭地前行，模糊的人影越来越清晰。

"沅儿。"马车还未停稳，母亲的声音带着哽咽就这么传入了江沅的耳中，车帘被猛地拉起，两双莹莹泪眼就这么对上了。

江沅鼻子一酸，眼泪唰唰地往下落，还不忘了安慰母亲："母亲不哭，女儿回来了。"

呈钰这会儿被宋延巳抱在怀里，看到母亲哭得伤心，小声音就带了委屈，"娘亲。"

江夫人被这一声孩童的软糯唤回了心神，她用帕子点了泪，又惊喜道："可是钰儿。"

"这小皮猴，两岁多了。"江沅笑着从宋延巳怀里抱出儿子，推到江夫人面前，摸摸儿子的小脑袋，"钰儿叫外祖母。"

"外祖母。"小声甜甜的，叫得江夫人又红了眼，她的沅儿，记忆中还那么小一个，如今都是个做母亲的人了。

"咱们进去再叙吧。"眼见两人又要抱头痛哭，宋延巳及时开口，他笑着对江夫人道，"莫要让岳父大人在家里等得着急了。"

"看我，见到沅儿太高兴，只顾着在路边说了，咱们回家，家里暖和。"江夫人这才想起女儿女婿还没下车，樱桃眼色快，方忙上前一步伸手扶了江沅下车，朱船则撑着油纸伞抱起呈钰。

江府不算大，但称得上精致，楼台亭阁清溪蜿蜒。江夫人怕冷落了宋延巳，便挑着话儿与他絮叨，讲着讲着就提到了江沅的一些童年趣事。路过院中假山，江夫人指着那块假山石，心有余悸，“沅儿小时候贪玩得紧，越是不让她做什么她偏要做，还曾爬这山石头摔下来，在床上病了好些日子。”

“都道吃一堑长一智，事后阿沅定然乖巧温婉了许多。”宋延巳看着那座假山，手指在袖中轻轻碾磨，尔后笑道。

“可不。”做母亲的哪有不喜欢别人夸赞自家女儿的，话匣子就这么打了开来，“打那以后就忽然长大了，懂事得跟个小大人似的。”

当时她心里还后怕得很，生怕摔出来个好歹，后来看着女儿越来越懂事，脑子也没坏，心里不所谓不开心。

江忠嗣这会儿正在厅内饮着茶，熙攘的人声越来越近，他挥挥手，瑞安便噤了声，知趣地退下。

许久未见，江忠嗣续了须髯，越发地文质彬彬。宋延巳问完安便伫在一侧，看江沅如小女儿般拉着江忠嗣的袖口卖乖，又抱着儿子与他说了好些话，眉目灵动神采飞扬。

若不是宋延巳上辈子与他针尖麦芒，如今定也会以为他是个胸藏文墨、虚怀若谷的逸群男子。

“呈钰甚好。”江忠嗣摸摸小外孙的脑袋。

“中离说这孩子像他，定是极好的。”江沅扯着宋延巳的胳膊把他拉过来，笑盈盈道，“可女儿觉得，呈钰明明也很像女儿的。”

“出嫁从夫，你怎还是小孩性子？”江忠嗣笑容未变，手不留痕迹地收回了袖中，看着江沅道，“你与你母亲也许久未见，去聊聊吧，我也与中离谈些正事。”

“哼，女儿的事就不是正事了吗？”话虽这般说，可江沅是个极机灵的，也知男人之间谈事，她个做女子的不好参与，便伸手拉了呈钰，看着宋延巳嗔道，“钰儿走，咱们去外祖母那儿吃点心去，不带你爹爹。”

“不带爹爹。”呈钰郑重其事地点头，一抬头就看见宋延巳瞪他，慌忙躲在江沅裙摆后改口，“钰儿给爹爹留着。”

又闹了几句，等几个女人带着孩子离开，厅堂内瞬间就静下来。

江忠嗣伸手，宋延巳便谢了礼坐到了他隔壁的屏背椅上，小厮飞快地上了新茶，宋延巳抿了口，清香扑鼻入口苦涩回味甘甜，是上等的青山绿水。

江忠嗣不开口，他也不开口。宋延巳觉得这辈子他与江忠嗣的关系着实称不上太好。初次相见，就是他拿着孟习之一事威胁他；再次接触便是他御前求娶，逼着他嫁了女儿；第三次，则是他与他在栖安之事上的初次交锋，他退让一步而他用上江澧。

大奸似忠，大伪似真，江忠嗣完美地诠释了后者。这一世宋延巳不想亦没有这么多的时间与他演绎翁婿之间的和睦，便先行一步。

不想受制于人，便先压制于人。这是上辈子他们教给他的，他学会了。

“见到沅儿如今过得这般好，我这个做父亲的也就心安了。”江忠嗣用茶盖轻拨着茶叶，开口道。

“呈钰年幼，我一年之中大多时间都在战场度过，甚少帮她，阿沅自小娇宠，跟着我的这几年也着实受了不少苦。”宋延巳倒是不介意说这些与他听。

江忠嗣手头动作微怔，片刻道：“贤婿外事多，能记得这些甚好。”

“我与阿沅结发夫妻，自是念着她的好，呈钰又是我唯一的儿子，于此事上我别无所求。”宋延巳眼角微垂，轻呼着茶面，水波荡起好看的弧度，“不过我一向不会被外事影响府内，我既娶她，便是真心想与她白首。”

江忠嗣手中的动作不停，有着瞬间的失神，转而又抬起了杯盏饮茶，笑道：“我自是相信贤婿的。”

“内兄的事也请岳父放心。”宋延巳当年跟他斗了那么久，对他的心思多少也摸得清楚，“若远甚是欣赏他，栖安不少事情也都放心地交给了内兄。”

手指收紧，江忠嗣眯着眼把茶水一饮而尽，杯盏放下的那刻，他的心也恢复了平静，“有劳贤婿了。”

“不敢。”宋延巳笑着应下，他从在隆地中毒痊愈后，就开始在江澧身上加码，他天资平庸，可正如江沅所言，他的哥哥是个极其好的男子。

“难将一人手，掩得天下目。”不在局中，再愚蠢的人都看得清局势，正是那个平庸的男子，跪在他面前扛下了所有，“我父亲也是糊涂，一步错步步错，只愿事后陛下给江家留下一点体面。”

这一世，他与江忠嗣之间还有回旋的余地，他的女儿依旧是他的发妻，他的儿子如今也被他紧紧握在手中，很多事情，他可以为了阿沅选择让步不去深究。

只要，他别再步步紧逼。

宋延巳虽然释了兵权，在临安城挂着虚职，可是他手上的暗探依旧无孔不入，他在边塞这么几年，临安的人也都没闲着，他看着手上的册子，啧啧出声。

徐安回来，朱雀、广玄手中的权力自然上缴，得了宋延巳的令，他又暗中清理了一批叛投者，是钉子就挖，是烂肉就割，不因小失大是宋延巳一贯的作风。

“果然少了一些东西。”宋延巳到不曾想到那人会做到这一步，“真是老奸巨猾。”

“人都……”徐安做了个抹脖子的动作，“爷，咱们下一步怎么办？”

“去平湖。”宋延巳推开墙壁，把东西放到隔层内，他背对着徐安，烛光下看不清他的表情，“我要送葛振堂一份大礼。”

这份大礼是上辈子他称帝后才抽丝剥茧寻出来的，如今，他便当人情提前送给葛振堂，也省了日后花费大量时间与他相交。

平湖，南梁的粮仓，遍地都是银子的地界。金银多了，就难免会晃到一些人的眼，伸出手，便是犯了错，犯了错，便要寻替罪羊。上辈子，葛振堂差点在这上边栽了大跟头，他只不过帮衬了他一把，就让他感恩戴德，如今，他便把这只藏匿在暗处的老鼠，亲手指给他看。

宋延巳回到房间的时候，呈钰刚洗过澡，这会儿正笑嘻嘻地拱在江沅怀里撒娇，见到宋延巳，犹豫了片刻，便小心翼翼地蹭了过去，“爹爹。”

宋延巳看着扭捏的呈钰一伸手，小人便身子一空，被高高地抛起，然后再接到怀里。

“咯咯。”笑声布满屋子，男孩大小就喜欢玩这些，来回这么几次，就把某人前些日子要把他丢到外祖母家的事给忘了。

等他闹够了，便被朱船抱着出去睡觉，他不舍地亲亲江沅的脸颊，“钰儿明天再来看娘亲。”

“乖。”江沅蹭蹭他的小鼻头，在他脑门上吧唧一口。

然后看着小人笑眯眯地捂着脸被朱船抱出去。

“别看了，这整天都腻在一起，还看不够啊。”宋延巳勾着江沅的下巴把她的脸转过来，“你也偶尔看看我。”

“我这不在看你嘛。”江沅怪会撒娇，捧着脸望向宋延巳，“你说吧。”

说，说什么？不说话就不能让她看他了吗？

他双手圈上江沅的腰身，把她往自个怀里一带，他贴得她紧紧的，都能感受到胸前的柔软，他故意撞了撞江沅的身子。

江沅脸唰的一下红成柿子，从脸颊红到耳垂，明明都是当娘的人了，可是他碰她的时候，还是那副羞怯动人的模样。

前些日子他们忙着赶路，回来后又因着接二连三的事情费了不少心神，如今……

欲望一旦被撩拨起来，人便有些不受控制，上辈子也是如此，她只要在他面前红个眼，娇滴滴地望着他，他就忍不住想把她抱到怀里，就像着了魔一般，即便后来恨到想要掐死她，身体也会本能地去接近。

而现在，她还是他的妻子，他们之间还没走到你死我活的地步。宋延巳怜爱地把她拥在怀里，低头吻着她的唇，接着便撬开了贝齿长驱直入，他飞快地把她横抱起来，走去床榻。

江沅就这么被抱着坐在他腿上，同他忘情缠吻着，他一手揽着她的肩，一手去解她腰间的系带，衣衫一件一件滑落，大片的绫罗落在他的腿上，她雪白的肌肤在烛光下散着柔和的珠光。

漏更长，解鸳鸯，朱唇未动，先觉口脂香，整整一夜，听越苑的都水声不断。

天微微亮，两人还未起身，门口就传来嗒嗒的敲门声，徐安的声音从门外急迫地响起："爷，出事了。"

江沅原本还有些迷糊，听到这句话，瞬间清醒，她身上未着寸缕，只抱着被子掩了胸前的春光，有些慌乱地对上宋延巳的眼睛："怎么了？"

"没事。"他轻吻了她的眼帘，安慰地揉揉她的脑袋，"有我在，能出什么事。"

言罢，也不唤朱船碧帆便独自起身穿衣，江沅连忙拉了件长袍套在身上，然后帮他整理衣衫，白玉挂在他佩带上的瞬间，江沅拉了他的衣袖，眼神挣扎了片刻，才咬唇道："你若真遇到什么事情，便与我说说，指不定我能帮上你。"

她多活一辈子，知道许多他不知道的东西，说不定还真有什么可用的。

"好。"宋延巳抱着她，又把她揉在怀里吻了一阵，才匆忙出了屋子。

房门被带上的那一刻，江沅在脑海里不停地翻找，出事了，出什么事了！没有，没有这方面的记忆！江沅轻咬唇瓣，眉头紧锁，按照前世的发展，这个时候，宋延巳应该还在朔北拼功勋才对。

"怎么了？"书房内，宋延巳看着一脸焦急的徐安，他很少会露出这种表情。

"张大人出事了！"

"张司直？"他那么小心谨慎的人，能出什么事，宋延巳坐在圈椅上，指尖嗒嗒敲着扶手，"他办事定然不会出问题。"

“重点就在这儿！”徐安急声道，“昨夜司直府被人屠了满门。”

皇都临安，天子脚下，朝中重臣全府被杀，这可不是件小事！

宋延巳眼神微眯，声音听上去不急不缓，眼底却染了些许的戾气，“府上搜出了咱们的东西了？”

“不知道，去的不是咱们的人。”徐安犹豫了片刻，咬牙道，“虽说咱们做得干净，可难保张明亮不会留下什么蛛丝马迹。”

“动作真快啊，我这前脚才到临安没多久，后脚就跟我来了这么一出。”宋延巳示意徐安少安毋躁，“这么大的动作，显然是没抓到咱们的把柄，可是张明亮死了就不一定了，证据是可以伪造的，说不定连张司直的死都能一并算到咱们头上。”

“那怎么办，咱们可不能坐以待毙。”

“不急。”宋延巳靠在椅背上，就算查，这一时半会儿也查不到他身上，就算查到了，他冷笑出声，尔后开口，“临安这事你不必费太多心神，你让朱雀紧紧地盯着平湖那边。”

桌案上铺着素白的绢纸，张司直被杀，虽然出乎意料，却也在情理之中，宋延巳执笔蘸墨，笔锋落在纸上，遒劲张扬。

善似青松恶似花，花笑青松不如它；有朝一日严霜降，只见青松不见花。

他喃喃地念出口，最终放下毛笔，面上神色喜怒莫辨。

张司直的死果然在临安城引起了轩然大波，圣上震怒，下令彻查，一时间各种流言传遍街头巷尾，而张司直与宋延巳之间的那点脂粉上的小事不知怎么就被传了出来，连带着临安城的人对宋延巳都有了些许的声音。

这事江沅也听到了不少，江夫人那边都给她来了信。只是宋延巳似不在意，整日里老神在在的模样，倒是空了不少时间与呈钰玩耍。江沅虽然好奇，可看他近日心情颇好，便知道他多半是有了应对之策，悬在半空中的心也就落了一半。

“哈哈哈，安国侯真是流年不利啊。”谢嘉言听了宝云带来的消息，笑眯眯地捻了胭脂斋送来的口脂，她轻轻涂在唇上，“这色儿如何？”

“极好。”宝云蹲在一侧为她捶着腿，“小姐容貌妍丽，涂什么口脂都是极美的。”

“金秀，你看宝云这小嘴，跟抹了蜜似的。”谢嘉言又对着镜面端详了片刻，才掩唇而笑。

“宝云说的是实话呀。”金秀立在她身后。

“那安国侯如今可好？”

“似没受影响。”金秀小声道，“听说国侯夫人今早还接了何家奶奶的帖子，说明日一早要去她府里饮茶。”

“何家？哪个何家？”谢嘉言一挥衣袖，宝云便起身退了下去。

“就是一直跟小姐您攀关系的何宝珍，何小姐家。”

“何宝珍。”谢嘉言眼睛微动，她托着脸道，“那丑丫头不是一直给我送帖子吗，你去回了她，就说小姐我明个有空。”

“您这是要给国侯夫人一个下马威？”

“我都不认识她，给什么下马威啊。”谢嘉言冷眼看了眼金秀。

宝云看了眼有些无措的金秀，连忙补充道：“小姐说得极是，我这就去回了何小姐。”

“你们说，何府是请我，还是请她？”谢嘉言理着广袖，似不经意道，“或者，我能见到传说中的国侯夫人也说不定哪。”

KUWEI
酷威文化
图书 影视

双序曲

季桃初 著

—下—

百花洲文艺出版社

目录

第十九章 一语成谶 因念而生

“陛下这事情做得太过急切。”谢嘉礼立在桌案旁，“您的消息这才递上去几天，他就动手了。”

谢太傅一手执黑子，一手翻着棋谱，这是个残局，谢太傅最是喜欢解别人解不得的东西，他面色不改，“陛下身子不好，小殿下又年幼，他再不动手怕是就晚了。”

“可是这也太急了些。”谢嘉礼思虑道，“宋延巳刚立下这般的功勋，陛下就想连根拔起，依儿子愚见，怕是于陛下名声不利。”

“半截身子都快入土的人，还在乎什么名声。”棋子点在右下角，残局已破，谢太傅脸上难得带了点暖色，“陛下的天下是马背上夺来的，难免会对武将多些戒心。”

制衡之术倒是有些忘了，不过宋延巳确实锋芒太盛，他的青云路走得太快，快到李晟不得不除了他，给儿子留下一个相对安稳些的江山。

“言儿呢？”

“说是去何家做客。”谢嘉礼小心地观察着父亲的脸色，“女孩家，总是要交些闺中密友的。”

谢太傅起身合了棋谱，“她这是把你的话当耳旁风。”

“父亲。”谢嘉礼心里也觉得谢嘉言有些过于任性，但她毕竟是他的胞妹，难免多些维护，“言妹应了儿子的。”

“我的女儿我自是清楚得很。”谢太傅拍了拍儿子的肩膀，踱到窗户旁，光透过窗花打在脸上，投下好看的阴影，“烟州本家大大小小十几个女孩，偏偏她，哄得老夫人把她当成心肝，哪会是个没主意的。”

世人皆道烟州谢家出过三位帝后，女子向来温和贤良。可是真能在本家安稳活到大，被源源不绝嫁入高门的女子又岂会是温顺的性子？谢老太太手里养的姑娘，性子更是都随了她，倒不是不好，谢太傅推开窗户，风骤然涌入，就怕主意实在太大。

“谢姐姐，你别怪我。”何宝珍拧着绣帕，急切地解释道，“都怪我嫂嫂，说什么也不愿意另改时间。”

“无碍，本就是我不对，不该贸然回了妹妹，你别怪我这个做姐姐的失礼才是。”谢嘉言笑着弯了眼角，声音温和，让人如沐春风。

“不会不会，我怎么会怪谢姐姐。”何宝珍连忙摆手。

“那如今安国侯夫人也在何府，咱们做晚辈的于礼是否需去拜见一下？”谢嘉言犹豫了片刻，问道。

何宝珍张张嘴，刚要说不用，就想到若是她嘴快回了，多半会显得自己无理，内心挣扎了下，“谢姐姐若是不介意，咱们就去花厅。”

“何妹妹带路吧。”

何宝珍被她笑得有些不好意思，她其实挺喜欢谢嘉言的，虽然她小姐的派头十足，可是说出的话却让她觉得很舒坦。

江沅这会儿正与何大奶奶吃着茶，就见小丫鬟快步地行礼而来，凑在何大奶奶耳侧低语。

烦人的小姑子！何大奶奶听得简直想掐死她，她好好地在她院里待客便是，两个未嫁的小姐，便是不出来与她二人请礼也是说得过去的。

如今她们要来，她还好说，可国侯夫人事先不知，这见面礼更是没提前准备。何大奶奶眼神不留痕迹地扫过江沅身上，都是些贵重的物件，随便哪一件送出去都够肉疼的。可是万一送轻了，这不打人家谢小姐的脸吗！只好先等着江沅开口问她，到时候她再装个为难，让国侯夫人自个提出来见与不见，见了她自然要送礼，不见，她也能拿着江沅的话回了谢小姐。

只可惜，何大奶奶算盘打得响，满脸的犹豫，江沅权当看不到，徒自饮着茶，她在宫里活了这么些年，后宅这些女人的动作还能瞒得过她?

江沅能耗，何大奶奶可不能，总不好让谢小姐一直在外边站着吧，何宝珍又是个记仇的，到时候再隔三岔五地在婆婆面前跺脚抹脸的，她以后日子还过不过了。

“夫人。”何大奶奶掂量着开口，“今儿个宝珍也邀了谢家小姐来做客，我竟是不知。”

听到谢小姐这三个字，江沅嗓子眼一堵，面上虽然不显，可是……指尖掐进掌心，她尽力平复着自己内心的起伏，笑盈盈道：“无碍，让她们聊她们的便是。”

呃……何大奶奶吞了口口水，这发展不太对啊，只好硬着头皮道：“这宝珍和谢小姐就在厅外，您看……”

见还是不见?

“这是您家，我这个做客人的哪好替主人决定，何大奶奶您做主便是。”江沅又把皮球踢了回来。

“……”

“嫂子到底在做什么！怎的这般磨磨蹭蹭！”何宝珍站得有些怒气，原本她想让桂圆提前去通报的，结果谢嘉言怕里边唤她们进去的时候她们人赶不到失了礼数，这才到了门口，才差人过去，没想到好一顿等。

“万一是国侯夫人没空见我们也说不定啊。”谢嘉言安慰道，“何妹妹莫要急。”

哼！就在何宝珍正在用鼻孔出气的时候，何大奶奶身边的墨儿匆匆踏出门一路小跑到她们身前行礼道：“夫人请您和谢小姐进去。”

“真磨蹭。”何宝珍一甩袖子，又笑眯眯地对谢嘉言道，“谢姐姐，咱们进去吧。”

花厅内，这是谢嘉言第一次见江沅，她一袭鹅黄出风毛绣竹叶梅花圆领袍，下面配着青灰撒花马面裙，就这么含笑坐在梨花木的玫瑰椅上，手上的翡翠镯子晃在皓白的手腕上，绿得能掐出水来。

“嫂嫂，国侯夫人。”何宝珍先开口行礼，“我与谢姐姐来给你们问安了。”

江沅喝着茶，搭眼一看何宝珍，任性的娇小姐，就知道问安这主意是谢嘉言出的。江沅的眼睛生得极好，这会儿眼角微微挑起，唇瓣挂笑，端出了多年未用过的姿态。

当年，我为妻，你为妾。

如今，我是国侯夫人，你是官家小姐。

不是想来吗？好啊，行礼吧。

谢嘉言眼神微闪，便笑着弯下了腰，“嘉言问国侯夫人、何夫人安。”

“莫要客气。”何大奶奶自然不敢得罪谢家的小姐，江沅还未开口，便伸手唤她们起来。

“宝珍果然人如其名，生得甚是好看。”江沅又看了眼谢嘉言，“谢小姐我也是极喜欢的。”

江沅端足了长辈的架势，招招手，如同唤猫儿狗儿，“来我这儿给我看看。”

何宝珍倒不觉得有什么，可是这动作看到谢嘉言眼里，就难免有些刺眼，这是上位者对下位者的姿态。

她含着笑走到江沅面前，江沅也“慈爱”地拍了拍她的手背，不经心道：“真是个漂亮孩子。”言罢，便把手上的翡翠镯子退下来挂到她的手腕上，“我方才见谢小姐多瞧了几眼，想必是极喜欢的，左右也不是什么贵重的，便送给小姐权当见面礼了。”

“谢国侯夫人。”不贵重，这是嘲笑她眼界低吗？多瞧几眼，这是讥讽讨要礼物吗？谢嘉言笑得越发天真烂漫。

可是这笑容印在宝云眼里却如洪水猛兽般，她飞快地看了眼江沅，又飞快地低下头，瞧着面前三尺内的地面，心却怦怦地跳个不停。

江沅出手大方，连何宝珍也得了支金丝缧花的宝石珠钗，与努力压制内心喜悦的何宝珍不同，谢嘉言笑得眉眼微弯。

这么些年斗下来，江沅对她简直了如指掌，她越是气得狠了，越是笑得甜美，现在谢嘉言内心怕是恨不得撕了她。可那又如何呢？前世今生，她永远都在身份上压她一头，向来只有谢嘉言跪她、拜她，不管过多久这点都未变，只要看到谢嘉言不舒坦，江沅心里就万分舒坦。

江沅素手执杯，轻抿了口茶，她也不赐座，眼神仿佛看到了谢嘉言骨子里，笑道："这见也见了，我们也不好让你们陪我们干坐着，下去吧。"

一挥手，竟是直接把她们打发出去。

何宝珍求之不得，连忙握着珠钗行礼告退。

"那嘉言便退下了。"谢嘉言弯了膝盖，面上依旧温和恭顺，低头的瞬间眼里却布满了冰碴。

"啊！有耗子！"闺房的门被紧紧地拴着，宝云的尖叫声在房内不停地响起。

啪——！啪！

瓷器碎裂的声音。

碧绿凿花的地砖上被砸的全是瓷片，四面雕空的紫檀镜子砸得粉碎，名人法帖宝砚更是散落一地，连两尺高的汝窑花囊也早已和一囊的白菊倒在了地上。

金秀抖着身子站在门口，手里捏着只早已死去多时的灰鼠尾巴。

谢嘉言满身的戾气，等她整个人把气发出来，才恢复了以往的娇俏可爱，哪还有方才那凶狠骇人的模样，她拿了帕子拭擦着手上的水渍，平静道："抓到了，丢出去吧。"

"是，小姐。"金秀连忙开了门，把手里的死耗子丢到院里，凶道，"会不会打扫院子，连耗子进了小姐屋里都不知道，打扫的丫鬟呢，拖出去打二十板子！”

“金秀。”谢嘉言的声音从屋内传来，“算了，念在初次，罚一个月的份例便是。”

“是小姐。”金秀在门外应道，转头又冲打扫的丫鬟道，“要不是小姐心善，这顿板子你是跑不了的！”

“谢谢小姐，谢谢小姐。”门外传来丫鬟感激的抽泣声。

门被带上，谢嘉言看着满屋的狼藉，指尖上的蔻丹显得越发红艳，她敲着桌面，一下又一下，宝云安静地站在她身侧

半晌，她才冷冷开口：“那女人，真是万分地惹人厌烦。”

说着谢嘉言骤然转身，宝云对上她那双眼睛，便是看了多年，也忍不住有些惧怕，“比我那十七妹妹，还要讨厌。”

听她提到谢十七，宝云没敢吭声，谢嘉言在本家排行十五，她长得甜，又惯会说话，很讨老夫人喜欢，八九岁就从夫人那里接到秋爽院养在了老夫人膝下。和她一起被抱过去的，还有谢九小姐和十七小姐，九小姐比谢嘉言大四岁，生得玲珑，及笄后便被嫁到了允州王家。之后老夫人身边便剩下了她和十七小姐，十七小姐也是个机灵人，容颜更是美到摄人心魄，老夫人喜欢她喜欢得不得了。

再然后，十七小姐死了。

宝云不敢再想下去，只低头答：“是。”

小院内气氛紧绷，临安城更是如此。

张司直的事李晟有意为之，作为一个帝王栽赃功臣着实令人不齿。可是，这两年他身子明显不好，有时批阅奏折都能中途睡去。直到数月前咳出血，那个时候他就确定，自己不能再等，便一封圣旨召回了宋延巳。

璟儿稚幼，他即便不能给他留下安稳的万里江山，也不能让他落到宋延巳手里。

“任事无用便可杀。”

李晟当年就看上了他的那份狠，如今，怕的也是这份狠。

证据接连不断地被呈到御案前，短短一个月不到的时光，安国侯

府就出现了风向大逆转，宋延巳一举被推在了风口浪尖上。江沅暗暗给江忠嗣去过几封信件，多是让他帮衬些许。

“都道女生向外，果真如此。”江忠嗣看着手上的信件摇头道。

江夫人听了有些不乐意，“她的丈夫、儿子都在安国侯府，她能不着急吗？”又忍不住打听道，“中离那事真像外边传的那般严重吗？”

哼，证据确凿到这种地步，说不是故意为之他是不信的，可是如今澧儿在他那儿……江忠嗣眉头紧锁，要是这么查下去，早晚会连累到澧儿，“我只能尽力一试，但是别抱太大的期望。”

“中离那边……”

“中离、中离就知道中离！”江忠嗣猛地砸了手中的杯盏，他已经许多年没发过这般大的脾气，“你们能不能不要一个个的在我面前老提这个名字！还嫌他连累咱们不够多吗！”

“你有什么可生气的啊！”江夫人被他吼得微愣，手里握着帕子，磕巴道，“当初……这场婚事又不是我们娘俩定的，不是你应下的吗？为此沅儿还大病了一场。”

“对，是我错，我当时就不该应下！”江忠嗣眼中情绪莫名，头疼欲裂，他撑着额缓缓坐下，“万万没想到，他会爬得这般快，若他还只是个小小中尉……”

何来这么多乱七八糟的事情，可是，他这般不要命地往上爬……江忠嗣眼底的阴霾愈来愈重，心里越发地乱。

安国侯府被戒严是在三日后的夜晚，曲思安率领一队人马把安国侯府围得水泄不通，李晟下旨宣他第二日入早朝。

当晚江沅便拉了他坐在榻上，她未施粉黛，烛下更显柔弱。

“呈钰还小。”这是江沅开口说的第一句话，宋延巳就这么望着她，她的指头握住他的手掌，“你能护住他吗？”

这些日子，她多少看出了里面的门道，要动他的不是别人，是当今圣上。宋家乃巨贾之家，便是坐拥金山银矿，于上层的官场人脉方面也是不及所谓的没落清贵。朝堂之上虽有不同的声音，但多是一边倒局面，江忠嗣也有心无力。这时候的宋延巳根基尚浅，便是出点差池也在所难免。

“你呢？”宋延巳打断她的思路，他很平静，就这么盘腿坐在床榻上，难得用这种端详的眼神看她。

“我自是与你一起。”江沅毫不犹豫，她心里舍不得呈钰，可是这种时候，她口上还是会毅然决然地选择宋延巳，江沅愿意赌，她太了解这个男人，她赌她的生存价值，毕竟除了她，没人能倾注所有带好他的儿子，她多半是要和呈钰一起被送走的。

江沅心里想着，眼睛却一瞬不瞬地盯着他。

宋延巳盯了她好一会儿，忽然欺身上前，她被猛地拥入一个温暖刚硬的怀抱。

“阿沅。”宋延巳的声音在她耳畔响起。

“嗯。”江沅垂着手眼神微微转动，声音却被压得四平八稳，其实无论怎样，她都不可能陪他一起死，她的儿子还那么小，还有大把的人生要过，不能没有她。

“这辈子你一定要死在我后头。”宋延巳就这么拥着她，声音有点沙哑，听上去莫名地惹人心疼，江沅方才那番话真心也好，骗他也罢，只要她说的，他都愿意信。

江沅愣了片刻，才把手搭到他的背上，她轻抚着安慰道：“好。”

“不过。”话音一转，宋延巳就抱着她低笑出声，他扶着江沅的肩膀，起身对上她的脸，眼里透着淡淡的笑意，“不过阿沅放心，就算他们都死了，我也死不了。”

他们？江沅敏锐地捕捉到了这点，他们是谁？

“咚——咚！咚！咚！”子时的梆子一慢三快，响了三下，临安城早已陷入沉寂，府后的暗门被打开，一条人影蹿进了院里。

“大人。”老梨花的门被轻轻敲了几声。

接着屋内传来窸窣的穿衣声，片刻，房门被打开，两条人影向着书房走去。

“怎么了？”书房门被带上。

“平湖那边出事了。”那人点了烛盏，额上冒着细细的汗珠，面色略微凝重，“葛振堂那边不知怎么得了消息，咱们的人被抓了。”

“可是河道之事？”

“不止。”那人擦着细汗，“还有前两年发生的陈粮事件。”

“这个节骨眼，真是好巧不巧啊。”他手抚着桌上的青枝，“还有呢。”

“咱们的人截了葛振堂与安国侯的信件。”

啪——枝叶折断的声音。

第二日天微亮，宋延巳睁眼的时候，江沅正抱着他的手臂，她眉头紧锁，梦中似有数不尽的烦恼。他身子一动，怀中的人就睁开了眼睛。

“继续睡吧。”宋延巳吻着她的鬓角，“你昨夜睡得晚，如今时间还早。”

“我哪里还有心情睡啊。”江沅起身伏在宋延巳怀里，把下巴放在他的肩头，“你真的没事吗？”

“没事。”他拍拍她的后背，这一次他若栽了，谁都跑不了。

大殿之上，气压极低，李晟看着跪了满满一地的朝臣气得胸口剧烈疼痛。

“陛下，微臣认为此事疑点众多！”大行令率先开口，“还望陛下彻查。”

“臣复议。”郎中令见他落了话音，连忙道。

“臣认为段大人所言极是。”

“微臣复议，还望陛下三思。”

江忠嗣跪在地上，道：“安国侯为我南梁守住万里山河，万不可以无据之言定夺。”

朝堂之上剑拔弩张，双方僵持不下，谢太傅开始还冷眼旁观着，到最后不得不出来打圆场：“江大人言之有理，张司直一事尚有疑点，陛下不如交予老臣彻查，也省得出了差池而寒了万千将士的心。”

好啊，昨日还都跟缩头乌龟似的，今早就成了这副局面。李晟眯着眼望向跪在中央的宋延巳，他紧紧地咬着后槽牙，声音几乎是从嗓子眼里挤出来的："好，就依众位爱卿。"

"陛下圣明。"

朝堂之外，空中阴风阵阵，江忠嗣抬手望着天空，空中飘起了细碎的雨丝。

"江大人。"谢太傅的声音从他身后响起，他发须有些微微的泛白，背着手走到他身侧，眼睛顺着他的视线望向阴沉的天空，"这些日子想必大人也不好过，好在都过去了。"

"老夫也没想到谢大人会施以援手。"江忠嗣收回视线，淡淡道，"下官还有事，便不打扰太傅大人。"

"尚书令慢走。"看着江忠嗣踏下阶梯匆匆离去的背影，谢太傅好心提醒，"下雨路滑，江大人莫要摔着。"

"父亲。"谢嘉礼快步赶来，看了眼江忠嗣的背影，又回过头来小声道，"方才儿子看陛下甚是不快。"

"千载难逢的机会没了，任谁也会心情不佳。"谢太傅转身看向皇殿，大殿庄穆，堂堂君主，万万人之上，却连杀个心腹大患的能力都没有，也着实可悲得紧。

"中离。"冯修远还留在殿内，见人都走得差不多才上前一步去扶他，似松口气地劝慰道，"这事交到太傅大人那儿，多半是过去了。"

宋延巳抬起埋了许久的头颅，此刻他眼底写满了笑意，哪有一丝刚从鬼门关出来的影子。

"你……"冯修远急忙看了四周，才拉了他的衣袖，"这还在宫中。"

"我知晓了。"宋延巳示意他无须多言，做了请的动作，"冯大人，请吧。"

回到寝殿，李晟终是气急挥手砸落了一地的汝瓷杯儿，瓷片碎在地上，沾着水渍，开出了满地的花，"都给孤滚出去！"

宫内的侍女太监被帝王的怒火震到，连滚带爬地退出了内殿。

"咳咳咳——"李晟捂着嘴，咳嗽声被他压得极低，他低头，掩唇的掌心落着点点殷红。

"这样都能让宋延巳躲过去，好生的运道。"谢嘉言听着宝云带来的消息，安国侯府的兵马已撤，不知怎么，她又想到了江沅，那副高高在上的姿态，继而冷哼道，“不过，一想起那女人的模样，我心里就不痛快。”

宝云和金秀安静地站在一侧，谢嘉言托着腮似在思考，片刻，她才咯咯地笑出声，像是秋风拂过银铃铛，“你让李福善盯死了安国侯，等他出府便告诉我。”

“小姐。”宝云疑惑。

“她让我心里不舒服了，我自然也不会让她舒服。”谢嘉言托着腮，露出一副娇憨小女儿的模样。

宋延巳的事就这么自然地落到了谢生平手中，谢太傅敲着他的卷宗，父在母亡，行四，少有大智，文采斐然，是名家韩大儒的关门弟子。

好好的文道不走，偏偏要入武行。谢太傅眉头微皱。

“老爷。”门口传来长随的声音。

“进。”谢大人见那人掩了门，不待他行礼，便挥手，“说。”

“小姐出府了。”长随弓着腰，低头道，“安国侯今日携夫人去宝阁寺上香，要不要……”

“随她去。”谢太傅摇头，示意不必多言。

车马内呈钰睡得安然，江沅靠在宋延巳怀里，他一手揽着她的腰肢，一手翻着书。

江沅也偶尔看上两眼，都是些极其深奥的文章，便打了个哈欠，又往宋延巳怀里钻了钻，寻了个舒服的姿势闭了眼。

马车微摇晃，黄花木雕花的小几上摆着套青白釉瓷的茶具，车内点着夜寒苏，散着好闻的香气。

宋延巳看着怀里陷入沉睡的人儿，小心地合了书册，她睡着的样子好看极了，菱唇不染而朱，微微地翘着，他就这么垂着眼细细看她，指尖滑过江沅的脸庞。

不知怎么，就想到了当年。

初次见她，是正安八年，三月的桃花开的极美，花雨之中她好奇地问：你是要死了吗？然后伸手给了他新生；再次相见，是三年一届的杏林诗坛，他作为韩大儒的弟子出了其中一题，她则青袍锦衣，在里面大出风头，羞辱得高家公子抬不起头，只为一雪数日前兄长被辱之耻；三次相见，是在中元节的四方街，那日街道上灯火阑珊，她拎着小兔子灯笼从他身边撞了过去，灯笼落在地上，摔灭了里面的烛火，那时的她好似刚受了委屈，还泪眼婆娑着，就这么恶狠狠地瞪了他一眼，抹着泪就跑了过去，他看着她，身后传来几个丫鬟追赶呼喊的声音。

这些年他努力地挣着功绩，拼了命地往上爬，当时他的喜怒很纯粹，只一门心思地想为母亲报仇，想把那些欺他辱他的人统统踩在脚下，那时候的他做梦也不曾想过，这条路到最后竟是如此难走。剿匪归来那日，他骑着骏马，带着满身的荣耀、满心的骄傲，一抬头，正巧撞上了江沅的眼神，她就这么高高地站在阁楼上，生机勃勃，鲜活耀眼得不得了。

后来皇殿夜饮，她跟着江夫人入宫，天气尚冷她便着了薄衫，明明冻得瑟瑟发抖，面上却依旧强装着无畏风寒的模样。他就这么不自觉地走了过去，递上手中温热的掌炉。他看着她诧异抬头，继而又红了脸，露出一副小女儿的姿态，笑得羞涩，他也不知道怎么，就这么跟着她一同笑了起来。

好似从那天起，她就开始频繁地出现在他身边，就像个小尾巴。

“宋将军。”

“宋大哥。”

“中离哥哥。”

再然后，她嫁与他为妻，新婚之夜，他忽然想到好像好多年前，蓉安与傅正言闹别扭，曾带着他偷偷跑去算姻缘。

算命先生说他：徘徊踟蹰，姻缘浅薄。

他看着怀里的娇妻自是不信的，没想到之后，一语成谶。

思绪被拉回，宋延巳就这么看着睡得安稳的江沅，唇轻轻地印了上去，他小心翼翼地吮着，虔诚得如同失而复得的宝物。

感觉有条视线传来，宋延巳抬眼，正巧撞上睁着大眼睛的呈钰，他这才恋恋不舍地起身，把食指竖在唇前，做了个噤声的动作，小声道：“秘密。”

宋呈钰连忙捂住嘴巴，快速地点点头，灵动的小模样像极了江沅。宋延巳忍不住伸了手臂，小面团子咯咯一笑，打了两个滚就滚到了他怀里。

江沅醒来的时候，就看到呈钰被他抱在怀里，虎着小脸认真地看着宋延巳手中的文册。

“你又看不懂。”江沅悄悄凑过去，点着儿子的小鼻尖。

“爹爹说，我再长大一点点就看懂了。”呈钰瞅瞅她，郑重其事道，他看着江沅的脸，忽然眯着眼笑了起来，像只小胖狐狸。

江沅愕然：“你笑什么？”

“不告诉你。”呈钰抬头抱了宋延巳的脖子，“这是我和爹爹男人间的秘密。”

多大的小屁孩，还男人，江沅嫌弃瘪瘪嘴看向宋延巳，“是不是你又教了钰儿什么？”

“没想到阿沅对为夫这般好奇！”宋延巳含笑叹道。

江沅先被呈钰堵了下，接着又被他堵了下，干脆摆手：“不说算了，我还不听了呢。”说着便起身撩了窗上的帘幕，周围山环水旋，树密清溪，人迹希逢，说好的去宝阁寺呢？江沅忍不住问道：“这是哪儿？”

“阿沅不是想拜佛吗。”宋延巳点点前方给她看，“快到了。”

她顺着他的手指望去，茂林深竹之处，似隐隐的有座庙宇。

马车将停，度水的声音就从车壁外传来：“爷、夫人，咱们到了。”

门巷倾颓，墙垣微微地有些朽败，江沅被朱船扶着下了马车，她好奇地抬头看向额扁，上面题着“回安寺”三字。

门旁又有一副旧破的对联，江沅缓缓念出声：“身后尘事千般愁，眼前无路想回首。”

几人踏入寺内，里面只有几个沙弥在煮药，他们进去，竟是连头也不抬，江沅莫名有些不安，拉了宋延巳的胳膊，“我怎么觉得这怪怪的。”

“此处的佛最是灵验。”对上江沅有些不安的眼神，宋延巳拍拍她的肩膀示意她安心，又对着几个沙弥道，“在下来寻了尘大师。”

“大师在右厢念经，不如施主先等上片刻。”其中一个小沙弥回着话，也不抬头。

“走吧。”宋延巳伸手揽了江沅，佛门清净地，丝毫不避嫌。江沅这会儿也顾不得他的动作，这间寺庙，总让她感觉心里毛毛的，连忙牵着呈钰跟上宋延巳的脚步。

轰隆——轰隆——

空中传来几声雷鸣，江沅抬头看了眼有些阴沉的天空，皱眉道：“这些日子天气着实太怪异了些，方才还好好的天，这会儿又阴了下来。”

“临安还好，有的地方已经出现了水涝。”宋延巳挺着背脊，“来年怕是没有好收成。”

雷声越来越响，院中的沙弥依旧一动不动，江沅忍不住：“这几个和尚，怎的还不收了炉子，难道还想要淋雨不成？”

“徐安。”宋延巳一开口，徐安就得了命令，他冲到院里，先是拍拍一人的肩膀，又指指天空。

江沅狐疑地看着院中，宋延巳的声音又缓缓在她耳畔响起：“能言的不能视物，视物的无法闻声。”

竟是身残之人，江沅顿时明白了他们方才的态度，看不到无须看，听不见无须理，“真是可怜人。”

“是啊。”宋延巳望着越来越低的乌云。如今的回安寺还未经修葺，杏黄的墙院有些斑驳不堪，不似当年琉璃瓦朱红墙，古朴严肃的皇寺模样。

而他，宋延巳看着清冷的寺院，前世便是死在了这里。

闷雷狂震，豆大的雨滴从空中砸向地面，通往回安寺的小路渐渐变得泥泞不堪，车轮深深陷入泥沼之中，几人披着蓑衣正拼命地在后边推着马车。

“你说他们没事来这鬼地方做甚。”谢嘉言的声音听上去有些烦躁。

宝云只斟了茶递上去，“许是灵验。”

“小姐。”金秀的声音从车外传来，“咱们的车马起不来。”

“还有多远。”谢嘉言挑起了朱色的车帘。

“薛平说快到了。”金秀撑着伞，身上染满了泥点，指向不远处隐隐而现的杏色，“就是那儿。”

“下车。”谢嘉言撩开帘幕，几滴雨水便溅到了她的绣鞋上，“咱们步行上去。”

宝云不敢忤逆她，只好为她系上油帔，准备妥当才搀着谢嘉言下了马车。

又过了约莫一炷香，右厢的房门被打开，江沅好奇地看着出来的那人，约莫耳顺的年纪，穿着身破旧的袈裟，唯独胸前的佛珠被擦拭得铮亮。

“施主许久不见。”

宋延巳弯腰双手合十，向着他微拜，“六年一别，大师可好？”

了尘笑而不答，只看向江沅，“女施主可是来礼佛？”

江沅连忙行合十礼，“信女近期府中不顺，想来求个平安。”

“女施主随我来。”了尘对宋延巳摇摇头，他便自觉地停了步伐。

江沅只好独身一人随着了尘大师入了佛殿。进殿三拜，江沅跪在蒲团上，双手合十，拜下去的瞬间五指合并向上。

待她拜完，才开口问道：“信女可否求支签？”

了尘点点旁边的签筒，签筒上的漆面已有些斑驳，江沅口中念念有词，上辈子她没少礼佛，动作做得行云流水，签支掉落在地上，朱色的笔迹印在牙白的签支上：否极泰来咫尺间，暂交君子出于山；鲲化为鹏海浪翻，阴阳再交却人间。

“施主为谁所求？”

“我夫君。”江沅看着签文，鲲化为鹏，乃有“绝云气，负青天，扶摇而上九万里”之意，果真是天命吗。

“这签无解。”了尘眼神一怔，顺手把签文扔入签筒中，片刻又言，

“施主只要切记，舍一而得万物。”

明明是支上上签，非说无解，江沅面上不显，心里却暗道：还真是个怪和尚。

“阴阳再交却人间”又是一支死签。了尘转着手里的珠子，珠体上的经文微微印入指肉。

他记得那是正安八年的四月，他第一次在回安寺门口见到宋延巳，那时的宋延巳好似异常茫然，就这么失魂落魄地闯入他的佛殿中，不吭不响地摇落支签。

独步两重山，孤鸾转又翻；长江无信鲤，佳人逝不还。

所求姻缘，他看着签文，摇头对宋延巳道，佳人已逝，是枚死签。

事后他就这么呆呆地望着签文，孤零零地坐在台阶上，背影看上去十分可怜，惹得他这个出家人都平白添了丝伤感。他一待就是一个下午，待天色擦黑，才跌跌撞撞出了寺庙，中间只言未语。

之后宋延巳偶尔也会过来，却只与他饮茶下棋，闭口不谈其他，宋延巳于佛法颇有见解，所谈所想竟与他十分投契，让他心生喜悦，可是了尘有时候也忍不住疑惑，像他这般透彻的人，心底怎么会有那么大的怨气，连佛都度不过。

他最后一次见宋延巳，是在六年前，他笑着说他要成亲了，娶的是他心尖上的姑娘，了尘也被他的情绪感染到，邀他为夫人求支姻缘签。

独步两重山，孤鸾转又翻；长江无信鲤，佳人逝不还。

一模一样，还是那支死签。

佳人已逝。

阴阳再遇了却人间。

两签所求皆是不在之人，了尘大师看着拈花而笑的佛祖，双手合十，低声道了句“阿弥陀佛”。

世间万物皆因缘而起，因念而生。

“请问寺内有人吗？”寺庙外传来女子的声音。

宋延巳板着手在身后，不经意地看了眼徐安。他点点头，宋延巳便了然。度水站在一侧，丈二和尚摸不着头脑，他们这是几个意思，只好开口："爷……"

"无须在意。"宋延巳感觉脚边一沉，就看见呈钰就这么踮起脚抱着他的大腿摇啊摇，"钰儿怎么了？"

"娘亲不在，爹爹也不理我。"小模样别提多委屈了。

"好，那爹爹就陪钰儿说话。"宋延巳一撩衣袍，便潇洒地蹲在了呈钰面前与他平视，看着儿子骤然放光的眼神，宋延巳抿嘴笑道，"钰儿昨日学的千家诗可会了？"

唔……宋呈钰眨眨眼，为什么爹爹一开口就是这么沉重的话题！当下脑子就不停地转动，伸手拍拍宋延巳的胳膊，老气横秋地抄起了小奶音："爹爹，咱们还是看景吧。"

说着便学了宋延巳，背着小肉手，装模作样地盯着淅淅沥沥落雨的屋檐。

久问无人答，谢嘉言一行人也不客气，直接入了寺庙，她一抬头，就看到了蹲在屋檐下托腮而笑的宋延巳，旁边还立着颗小胖团子。

宋延巳本就自幼读书，平日里也多是青素色的衣袍，如今褪了戎装，一袭祥云深衣，外面罩着件松垮的大氅，发被支白玉利落地束起，更显的面如冠玉，清秀温雅，哪还有一丝震人心魄战场罗刹的影子。

"小姐。"宝云见她有些怔神，连忙开口提醒，"咱们要过去吗？"

"当然。"谢嘉言飞快地移开眼，伸手解开油帔，金秀连忙递了油纸伞上去。

"爷，人过来了。"徐安余光扫到谢嘉言，小声道提醒道。这谢小姐的人都盯了他们许多天了，要不是宋延巳嘱咐他不要轻举妄动，那群人怕是早死了十次八次。

"公子。"还未等金秀开口，谢嘉言的声音就从红润的唇瓣里传了出来，她望着宋延巳，声音甜脆。

"做甚？"呈钰平日里被唤公子唤习惯了，谢嘉言话音刚落，他就抬着小脑袋接了上去。

直听得站在旁边伺候的朱船忍不住憋笑。

惹人厌的团子。谢嘉言笑眯眯道："那小公子在这做什么呢？"

"看雨。"

"我方才赶路，车马坏在了路上，如今天色已晚，可否在这儿借宿一宿。"谢嘉言尽量说得可怜，眼睛里含着水雾。

"不可以。"呈钰几乎没有思考地张嘴回绝。方才朱船抱着他四处转的时候就说这地小，怕是不够住，如今再来……宋呈钰偏头数了数……呃，八个人，就更没地方住了。

"……"

"此地偏僻。"宋延巳揉揉儿子的小脑袋，起身而立，风吹过他的衣角，"小姐没事来这儿赶什么路？"

"你能来拜佛，我家小姐就不能来吗？"宝云气呼呼地开口。

"原来这座老寺竟这般出名。"宋延巳话不多，可是句句都话中有话。

"我一向喜欢礼佛，临安周边的庙宇也多踏了个遍，近日方知此处有一佛寺。"谢嘉言踏着台阶上前一步，站在宋延巳面前，笑着与他行半礼赔不是，"万万想不到扰了公子，还望公子莫怪。"

不知道是不是途中吹了太久的风雨，起身的时候竟然有些站不稳，幸得谢嘉言动作快，将将拽住了宋延巳的胳膊才站稳。

宝云连忙快步蹿上阶梯，把谢嘉言搀下来，焦急道："小姐。"

"无碍。"谢嘉言摇摇头，对上宋延巳冷淡的目光，喉头一紧，才抱歉道，"是小女子失礼了。"

"小姐的确失礼。"宋延巳不留痕迹地拍拍方才被她扯到的衣袖，表情似笑非笑，"男女授受不亲，小姐便是真摔下去，也不该乱扯别人衣衫。"

秋风细雨，阶上阶下，谢嘉言就这么撑着油纸伞怯生生地看着他。江沅一出来，就看到这个画面。

动作仿佛被定格，她心底波涛汹涌，思绪瞬间就回到了前世，他站在亭内，她站在亭外，下一刻他便牵了她的手，从此，宫内就多了位谢夫人……

“娘亲！”还是呈钰率先发现江沅，乐呵呵地松开扯着宋延巳衣袖的手向她扑来。

“钰儿在做什么？”宋延巳回头看她，她的眼神正好错过，她伸手抱了儿子，笑眯眯道。

“有人说要在这儿借宿。”呈钰乖巧地扑在江沅怀里，扭头看着谢嘉言。

江沅这才看向谢嘉言，她笑着向前两步，道：“原来是谢小姐。”江沅上下打量了她一番，裙摆染着泥污，发微微湿润，真是好生惹人怜的模样，“谢小姐这般狼狈，我竟是没认出来。”

指尖陷入手心，谢嘉言垂了头，眼圈微红，里面的雾气更重，“原是国侯爷与夫人，倒让你们笑话了。”

“无碍。”江沅摇头笑道，不过，话锋一转，她疑惑地开口，“小姐黄花未嫁，与男子借宿寺庙，府内真的不会担忧吗？”

“夫人慎言！”金秀没待她说完，便开口打断，事关小姐的声誉！

“阿沅所言极是。”宋延巳踱步到江沅身侧，冷眼看着面前的几人，“索性我也带了些人，不若让他们帮小姐去把车抬出来吧。”

“甚好，那小女就多谢国侯爷与夫人。”谢嘉言面上感激道，心里却恨不得把江沅生吞活剥了。

第二十章 茶芜花香 风云再起

“欺人太甚！”宝云举着伞遮住谢嘉言，雨水打湿了她的衣衫，她看着远处几人合伙把车推出来，愤恨道。

“也好。”谢嘉言开口，“省得哥哥担忧。”

“可小姐这样不就白来了吗，平白还受了那女人的气。”金秀鼻子里哼哼出声。

“怎么能白来呢。”谢嘉言掩唇，她嗅了嗅衣袖上的香，“宝云觉得这香如何？”

“好生熟悉。”宝云皱眉，却不是小姐喜爱的味道。

“奴婢知道了！”金秀睁大了眼，惊道，“这好似国侯夫人身上的熏香。”

“小机灵鬼，鼻子真灵。”谢嘉言瞥着眼望向远处的寺庙，“不过我又加了味荼芜，但凡沾到便飘飘然多日。”

见眼前的二人似不明，谢嘉言轻笑出声：“方才，我拽了安国侯一把。”

回房的路上，宋延巳紧跟在江沅身边，他心里一时半会儿也有些没底。江沅额角的青筋跳得欢快，那股若有似无的荼芜香拼命地往她鼻子里钻，拉扯着她的神经。

上辈子也是如此，他身上时时刻刻都染着茶芜香，甚至与她欢好的时候，也挥之不去。

“阿沅。”宋延巳见她步子越走越快，心猛地下沉，连忙伸手去拽她的胳膊。

“不要碰我！”江沅的声音有些尖锐，发出来连她自己都吓了一跳，宋延巳的手就这么怔在半空中，她努力地平复着心情，继而拉着他的手微摇着抱歉道，仿佛刚才的声音不是她发出来的，“我这几日着实太累了。”

她这个动作，前世在他面前做过千次百次，她心里有气却拼命忍着的时候，就是这副模样。宋延巳看她转身推门的身影，目光渐渐冷下来，转身向着方才的回廊走去。

他的脚步声越来越远，江沅就这么坐在桌案前，闭着眼睛，指尖抚过老木头的方桌，指尖不自觉地画下一个“忍”字。

她的家族需要靠着她永保恩荣，她的哥哥应该有着更好的前途，她不能再像上辈子死得那么狼狈，还有呈钰，她的儿子……

他说：以后我的一切都是他的。

江沅再次睁开眼的瞬间，又恢复了以往的模样。

所以，她是不是该去求个软，江沅敲敲面前的桌板，想到。

“爷，您怎么来了？”徐安这会儿正收着东西，看见宋延巳也有些意外。

“你有没有觉得我哪里有些不一样？”宋延巳问得莫名其妙。

这是个什么问题？徐安忽然觉得自己有些不懂他了，上下打量了宋延巳一阵，他才开口：“一样啊……”

不对，徐安微顿，又靠近了他一步，嗅了嗅，疑问道：“夫人换香了？”

“有不同？”宋延巳听他开口，抬袖闻了下，入鼻的依旧是夜寒苏的味道。

“好像有加了什么东西。”这个味道怪陌生，徐安皱着眉想了许久，最后眼睛一闪，“是茶芜。”

“荼芜？”

“爷不知道很正常，此香产自波弋，传香可浸地，侵土入石，长期熏染可使香气入骨。不过它虽然碰之则香，绵绵数日，但味道甚轻，数量极稀，且很容易被其他气味掩盖，故而少有人拿它入香料。”但是，徐安狐疑地看他，“您怎么会染上这香的。”

“原来如此。”宋延巳冷哼笑出声，眼里似有万千情绪，“她原是一直在这方面算计我。”

徐安犹豫道：“爷？”

“回去就把盯着咱们的人处理掉。”宋延巳顿觉索然，他伸手接着屋檐垂下的雨帘，“权当给谢大人提个醒。”

“是。”

“对了。”宋延巳略微迟疑，“你知道这香怎么掩了吗？”

“……”

徐安此刻特别想告诉宋延巳，他是个男人，只懂毒，不懂香。

自从那会江沅在门口凶了宋延巳一把后，心里后悔莫及，找着机会就想往他身边凑，谁料他竟然是个记仇的，居然躲着不见她，这不见也不是办法啊。

江沅坐在马车内，单手撩帘，看着骑在马背上的宋延巳叹气。

和她一起叹气的还有宋呈钰。

“你个小皮猴，你叹什么气啊！”江沅觉得马车里就他俩还是挺无趣的，就伸手捏了儿子的脸，软绵绵的，甚是可爱。

“爹爹不带我骑马。”呈钰被她捏得口齿不清，“他让我在车里陪您说话。”

唔……算他还有点良心，不过闹别扭这事不能拖了，回到侯府就要立刻解决掉，想着江沅手上又加大了点力气，“你居然不想着陪娘亲，还想骑马？”

“钰儿在陪您哪。”宋呈钰瘪着嘴，他真的，好委屈啊！

等马车进了城，在侯府门前停稳，朱船就伸手扶江沅下车。不过，宋延巳人呢?

“爷呢?”江沅疑问道。

“方才一进城就说有要事去寻冯大人，便先走了。”

竟然直接跑了!

宋延巳这一消失就是两天，至于他在哪儿，江沅不用打听也有消息自己送上来。

“中离哥他什么意思啊!”李清平趴在桌子上，看蓉安给她剥果子，她剥一颗她吃一颗，说着，她拍拍手握住了江沅，“江姐姐，你得管管他，他自己去吃酒就算了，不要老拉着冯大人啊!”

把那老母鸡护小鸡的姿态做了个十成十。

“只是去酒馆吃酒而已，不碍的。”蓉安捻了皮，把果子递给她。

“你不懂!”清平憋了半晌，最后还是不乐意地哼哼，“他跟着中离哥去吃酒，就不理我了，这都两天了!”

“中离也是这些日子闷在府里久了，你又不是不知道，难免要多闹上几日。”江沅也不好说，因为两人闹别扭所以他才不回来，只好端出了最近发生的事。

“最近事确实挺多的。”清平小心地看了眼江沅，“原本我是想来看你们的，可是母亲不让，姐姐你也知道，我夹在中间着实不好做。”

“我晓得。”江沅捏着帕子给她拭了拭嘴角的渣屑，笑道，“我又没怪你。”

“江姐姐最好了。”说着，清平又扭头冲蓉安乐呵呵地吩咐，“小安儿，剥果子!”

江沅看着闹作一团的清平和蓉安，眼神微沉，李晟毕竟是她舅舅，前世清平死得早，如今，真的要亲眼看着宋延巳改朝换代吗?

这晚，江沅搂着呈钰睡得迷迷糊糊，身上一暖，就有一条滚烫的身体贴了过来，他身上还带着清淡的酒香，就这么从后边抱着她，亲吻着她的脖颈。

“阿沅。”宋延巳手环着她的腰肢就往怀里带。

要么不回家，一回家就这副德行。江沅有些不乐意，手肘死劲往后一捅，正好磕在他的小腹上，宋延巳被她撞得一个闷哼。

“呈钰还在呢。”江沅拿着儿子做挡箭牌。

话音刚落，怀里的小团子就被人抱了出去，她慌忙起身，月光下，宋延巳单手抱着儿子，三步并作两步就出了门，门外传来碧帆的声音。

接着梨花木门被带上，那身影又快速地靠了过来，江沅瞬间被揽入熟悉的怀抱，“阿沅，我回家了。”

“你还知道回来。”江沅有意跟他服软，哼哼了几声便没过多挣扎，只是心里多少有点后悔方才那一肘子太轻，应该多给他两下才是。

“我想阿沅了。”宋延巳又收了手臂，下巴搁在她的肩头，声音听上去有些无辜，“之前在回安寺，是她没站稳拉了我一把。”

他这是在对她解释？江沅微怔，她转了个身子回头看他，夜色中，他的表情看得不甚清晰。在她的记忆中，宋延巳不是个爱辩白的人，他也从来都不屑对她解释什么，被问烦了就像之前那样，索性不见她。渐渐地他不愿答，她也不再问，两人之间除了床事竟再无其他话可言。

“你这是在对我解释？”江沅撑着他的胸膛开口，手下是心脏跳动的声音。

“嗯。”宋延巳的声音不怎么高，甚至有些低迷，他握着她的柔荑放在他的腰上，脑袋抵上她的额头，“不想你误会我，也不愿你不开心。”

好不容易，才重来了一回。

“那为什么不回家？”江沅揽着他的腰，“我与呈钰每晚都在等你回来用膳。”

“原本是有些生气的，后来碰到徐安方知道身上染了异香，惹你不喜。”宋延巳有意掩了谢家派人盯他的事，“我是丝毫闻不出来的。”

“你嗅不出来？”江沅眼光微闪，垂在身侧的另一只手不留痕迹地微收。

“完全。”宋延巳摇头，他是真的一点都没发现，说到后边竟有点刻意博同情的意味，“我是等徐安闻不出来味，才敢回府的。”

“所以，你让她拉你干吗？”江沅是个女子，女子就是很容易在这方面没事找事，虽然觉得是自己冤枉了他，但嘴上还是道，“你怎么不躲？”

“初次见面，我怎知她会拽我。”宋延巳开口，不过依谢嘉言那睚眦必报的性子，“定是你先得罪了她。”

“我怎么得罪她了。”打一开始就是她死皮赖脸地上赶着找不痛快，能怪她吗？江沅又想到了寺中谢嘉言可怜兮兮望着宋延巳欲言又止的表情，不开心地往床里边挪了挪，“瞧把你心疼的。”

你回来！宋延巳揪住她的衣衫，“阿沅，君子言万事皆要讲理。”

“我又不是君子。”江沅拉过被子盖到身上，“才不要和你讲理。”

“……”

李晟的身体大不如前，这回又病了一场，宫内的太医在他寝殿内进进出出，宋延巳借着数日前一事上了朝书，直言不入朝不知朝中事，才致使出了那般大的纰漏，如今已归来月余，理该为陛下分忧解难，言辞恳切，洋洋洒洒地写了近千言，气得李晟差点又背过气去。

“他是何意！”李晟捂着胸口不停地咳嗽，未至严冬，殿内就通了地龙，闷得人喘不上气。

“陛下不若就应了他。”谢太傅立在塌前，劝慰道，“左右不过是些朝堂之事，不碍的。”

“太傅自孤幼年便跟于身侧，这些年所做所想皆是为孤。”李晟按着额头，有些悔恨，“当年您曾言宋延巳此人不可重用，孤未曾听取，如今却是悔愤不已。”

“往日之事无须再提。”谢太傅淡淡道，“只是他入朝这事着实无法推脱，堂堂安国侯，若是连内殿都进不得，世人该如何揣忖陛下。”

“太傅无法了吗？”

“安于眼前，总是胜于其他。”

“罢了。”李晟头疼，挥手道，“就依太傅所言，退下吧。”

“老臣告退。”待他出了寝殿，张让连忙迎了上去。

“太傅大人。”张让这人，逢人自带三分笑。

“殿内过于闷热，我看陛下不甚舒爽。”谢太傅缓缓开口，语重心长道，“平日里不要老闭着门窗。”

“是，大人。”见张让应下，谢太傅点头才转身。脚步声渐远，张让弯着腰抬头，看着谢太傅离去的背影有些忧心，陛下身子不好，如今天儿冷了，若是不小心再染了风寒……

谢府的车马就等在宫门前，谢嘉礼垂着手恭敬地站在车下等他，见谢太傅过来，连忙伸手去搀扶，“父亲。”

马车吱吱扭扭地行在青石板的老街上。

谢太傅看了眼坐立不安的谢嘉礼，“说吧。”

“言妹的人出事了。”这是今早父亲进宫后外边传来的消息，三具尸体被整齐地码在了耳房的侧门，出去采买脂粉的嬷嬷刚出门就踏在尸体上，当场就吓晕了过去。谢嘉礼觉得这事从自己嘴里说出去，总比父亲在长随那里听到要好得多。

“言儿毕竟是个女子。”谢太傅似乎早已料到，并不诧异，“她生于后宅长于后宅，年岁又小，往日与院里的女子斗斗心眼便算了，何苦非要去招惹宋延巳。”

谢嘉礼点头：“父亲当日让我规劝言妹，想来也是因着这般。”

“算了，权当给她个教训。”谢太傅眯着眼，背部靠在马车内的软垫上，指尖摩挲着衣袖，不知在想些什么。

天气渐寒，宋延巳再度归朝后，干脆展了当年的性子，他本就不是个软绵的，前些年一直敛着，如今耍开了倒还真气得李晟不轻，开始还有朝臣与他争对，宋延巳也不恼，就默默地听着，第二日就一本参上去，证据找了个十成十。

“阿沅，来看我这份折子写得如何。”宋延巳吹干墨迹，招手唤着门口绣花枝的江沅。

“这回又是谁得罪你了。”江沅放下手中的箩筐，笑着踱到她身边，只看到那个名字，就怔住，曹严，驷丽夫人的亲兄。

平湖的事他居然这么快就动手了！

上辈子宋延巳初登大宝，就开始着手平湖的案子，自然是从曹严入手抽丝剥茧。事后没多久，曹严便因为醉酒从秀红楼摔下来，当场就没气了。他死得蹊跷，其中多多少少牵连着些其他的事，纵然宋延巳从不与她说朝堂的纷争，可江沅也能猜到些什么，之后这件事便不了了之，而如今她正是知道到了这一点。若是宋延巳过早地动手，难免会打草惊蛇，万事还是徐徐图之为好。江沅思忖了片刻，才接过他手上的折子，里边条条件件，皆指向平湖，她边看边有意道："曹严乃是临安人，凭他一人之力怕是做不成的。"

宋延巳听完她的话，放下笔，顺手把她圈到怀里，"我自是知道。"

"那你还做这番动作？"江沅不明白，"这般就不怕背后之人早做防备？"

"不怕他动，就怕他不动。"上一世，他便如同江沅一样，选择了谋定而后动，可是这一世他不想等了，他得借着那人的手先除去几个心腹大患。

果然，次日折子呈上去，李晟当场就黑了脸色，他看着手中的奏折，袖口下的指尖都在抖，葛振堂多次上书皇城，可是他居然一份都没看到。

宋延巳的声音在下边缓缓响起："微臣也是偶然得知平湖之事。"他眼光移向曹严，"就是不知曹冬官如何看。"

"陛下。"曹严咚的一声跪在地上，脑袋磕着石面，"微臣冤枉……微臣……"

啪——

曹严话还没说完，李晟的折子就狠狠地砸了下来，"你看看，你看看再说！"

康武五年，北方大旱，上令平湖调粮，曹严担任巡使，任由发霉陈粮换新粮运往灾地……

康武七年，平湖蓟县河堤决口，曹严奉命往平湖，中以克扣修葺工银，砖料以次充好……

……

一条一条下来，看得曹严背后冷汗直流，甚至连他何时何地强占了哪家姑娘都写得清清楚楚，他猛地抬头瞪向宋延巳，他这是被人盯上了!

“冬官大人看我做甚？”宋延巳抱袖而立，“我可没有逼您做这些。”

“咳咳咳——”李晟胸口不断地起伏，平湖这么大的事，居然还没送到他面前就被压住了。

朝中能做到这些的人不多，李晟脑海中白光一闪，似想到了什么猛地拍案而起，他的手指着殿内不停地颤抖，心脏忽然剧烈地疼痛，李晟飞快地捂住胸口，胸口上绣着的巨龙被他拧成一团，一口气没上来，他只觉眼前猛地一黑，人就直挺挺地栽了过去。

“陛下！”

张让尖叫出声，离得近的几位大臣连忙扶了上去，谢太傅眼中焦急不已，冲身边的人吼道:“还不快宣王太医！”言罢，他又看了眼曹严，吩咐道：“先把人带下去，等陛下醒来再做定夺。”

宋延巳就站在谢太傅身后，见他转身，才叹着气开口：“朝中栋梁如此不堪，难怪陛下忧心。”

“多亏安国侯，不然陛下还不知让此人蒙蔽多久。”谢太傅拱手。

“不敢，只待陛下醒来，那人便能被绳之以法。”宋延巳瞥眼看着慌乱的内监，继而又看向谢太傅。

“愿陛下早日醒来才是。”谢太傅眉头微锁点头，他看着被背下去的李晟，像是极其担忧他的身体。

李晟这一病，整个太医院都手忙脚乱，而他直到三更都未醒来。

驷丽夫人焦急地在寝殿内踱步，后宫不得参政，她们只知道前朝出了大事，曹严被囚禁，可是中间具体发生什么，只有看过折子的陛下、曹冬官和安国侯知道。

忽然，门口传来嗒嗒的敲门声。

“谁？”

“夫人，奴婢是秋杏。”

秋杏是入宫前父亲送给她的贴身丫鬟，驷丽夫人索性亲自去开了门，拉住她的胳膊，“到底发生什么事了。”

秋杏快速地看了眼四周才关上门，满脸焦急地小声道：“夫人，公子那儿出大事了。”

秋杏说得清楚，驷丽夫人听得整个人都呆滞住，“这可不能瞎说。”

“小姐，千真万确啊，咱们曹府都被人给封了，老爷焦急得不行。”

“不可能，若是真的，帝后怎会容我这般自在，怕是早一封懿旨下来把我困在丽舍阁了。”

“事情被太傅大人暂且压下去了，说要等陛下醒来再做定夺。”若是陛下醒了，这于曹家就是灭顶之灾啊！

“我父亲有何打算？”驷丽夫人咬着唇。

“老爷说，”秋杏从袖口掏出个拇指大的瓷瓶，瓶面泛着淡淡的珠光，“看夫人能不能想办法别让陛下醒过来。”

“父亲。”如今已近子时，谢嘉礼看着坐在太师椅上的谢太傅，忍不住开口，他心中多少有些没底，“曹丽娘真的会动手吗，万一出了纰漏，这可是诛九族的大罪。”

“陛下睡了多久了？”谢太傅问。

谢嘉礼不明白父亲此话何意，但还是答道：“约莫七八个时辰。”

“再不动手，就迟了。”谢太傅手指抚着掌中的茶盏，“老夫可没给她留下思虑的时间。”

人一旦被忽然逼到绝境，就会下意识地去尝试很多东西，尤其身边又有所谓的心腹为她出谋划策，“满门抄斩和灭九族，估计在她心里也差不了多少。”

但凡驷丽夫人有了时间，冷静下来想想，也该知道这一步走不得，曹家更不会让她走这一步，毕竟前者只是他们曹府，后者则关系着整个氏族的生与灭。

可是，他偏偏不给她时间。

“陛下，您千万别怪妾，妾也是不得已为之。”驷丽夫人带着秋杏跪在寝殿外，口中喃喃。

“夫人，您回吧。”张让碎步下了台阶，“帝后说了，如今陛下未醒，怕是不能见您。”

“帝后娘娘，妾对陛下之心日月可鉴，您就让妾再见一眼陛下吧。”驷丽夫人额头撞在石板上，咚咚作响，“妾求您了。”

殿外传来驷丽夫人的哭喊声，帝后坐在檀木雕云的宝椅，一个小医女立在她身后为她揉着太阳穴，她闭着眼，嘴角抿成一条线，虽说李晟如今昏迷不醒，可她听着驷丽夫人在外边的哭求声，心底还是忍不住冒出一丝难以压制的喜悦。

任她平日里再是作威作福，惹得李晟疼宠万分，到头来，还不是要跪在地上求她。

“开门。”帝后靠在椅背上开口。

“诺。”

殿门被拉开，驷丽夫人心中大喜，却还是连忙滚爬着向前移了两步，“求帝后怜妾。”

“夫人这是为何？”帝后看了眼王太医，太医自然地向前靠近她身侧，低声对帝后道：“陛下怕是还要过些时辰才能醒来。”

她这才笑着看向殿外，“待陛下醒来，驷丽夫人再来也不迟哪。”

“娘娘，妾求您了，妾自十六岁就伴于陛下身侧，自知兄长犯下大错不敢求得陛下原谅，只愿能多看陛下两眼。”她头不停地撞响石板，额上青了大块，发鬓凌乱，泪眼婆娑的，连一向精致的妆容都糊成了一团，显得凄惨无比。

“既然夫人心诚，本宫也不好拦着。”帝后起身往前迈了两步，“滚进来吧！”

“谢帝后娘娘。”驷丽夫人拉了裙摆刚要起身，就听见帝后的声音从殿内幽幽地传来。

“想必谢夫人未听清，本宫说的是，滚进来。”帝后一字一句道。

身子弯下的瞬间，驷丽夫人狠了眼，周围都是内监侍女，几十双眼睛盯着她，她身子一圈滚过，唇瓣被她咬得生疼。

她们曹家不能倒，她也不能倒，自小到大，她嫡长嫡养，何时受过这份委屈，驷丽夫人腰撞上台阶，如今她兄父未被定罪就受此屈辱，若是真倒了……驷丽夫人咬牙，她还不想死！她不能死，那么就只有让陛下死了。何况，还有小殿下，只要小殿下登基，只要太傅大人再帮衬他们一把，她就可以继续在这深宫内享尽荣华，做她的先皇夫人。

衣裳沾染了泥土，驷丽夫人发鬓糟乱地爬到帝后面前，“娘娘，您再让我看陛下一眼。”

“滚过去吧。”帝后眯着眼开口，反正任你哭得再凄楚，陛下也不会醒来，她就想看驷丽夫人绝望后的挣扎，这让她心里觉得很是舒坦。

“陛下，您醒醒，您看看丽娘啊。”驷丽夫人扑到皇榻前，顺势将怀里的瓷瓶掏了放到手心，黑色的药丸被她借着袖口倒出。

王太医估摸着汤药熬得差不多了，便唤医女去端药，最好的机会，驷丽夫人心怦怦直跳，她手指微颤，轻轻抚上了李晟的脸。

忽然，李晟嘴唇微动，眼睛微微张了条缝。他醒了！驷丽夫人心脏立刻跳到嗓子眼，心一狠，手中的药丸就被塞到了李晟口中。

她看着他的眼睛，无声地抖道：“陛下不要怪妾，妾不想死。”

“怎么了。”帝后一直看着这边的情况，见驷丽夫人这会儿没了声响，狐疑道。

她刚要迈了步子过去，王太医就先她一步，“许是要醒了，微臣先去探看下。”

帝后一听，连忙对旁边的人严声：“陛下都要醒了，还不快把驷丽夫人拖下去！”

驷丽夫人身子不停地抖，李晟看到了，他看到了。

王太医快步走到龙榻前，手中的药碗自然也没给医女，只见明黄微陷，李晟躺在榻上唇齿微动，口中似有异物，王太医松了口气，顺势舀了匙冒着苦气的汤药送到李晟嘴边，“陛下，先把药喝了。”

床上的男人口不能言，只睁着眼看着太医把一勺勺汤药送到他的口中，口腔内的药丸遇水即化，涌入喉腔。

胸口撕裂般的疼痛，李晟忽然喷了口污血出来，他用尽了力气拽住王太医的手腕。

王太医大惊，捧着碗喊道："陛下！陛下您怎么了！"

帝后快步奔到榻前，只见李晟嘴唇乌青，眼睛微凸，胸口不停地起伏，像条濒死的鱼，她猛然瞪向王太医。

王太医看帝后那眼神便知她心中的猜疑，他手中的汤药还剩了小半碗，王太医仰头送了一些到自己口中，片刻才道："汤药没问题。"接着放了药碗，单手按向李晟的脉搏，脉象紊乱，"是中毒之状。"

汤药没有问题，人却在她的眼皮子底下中毒了，帝后尖叫道："来人！"

殿外的侍卫鱼贯而入，帝后指着殿中的所有人恶狠狠道："统统给本宫带下去，一个也不准放过。"

王太医自然也不能避免，可他心里是不怕的，毕竟他的汤药除了先前的第一封加了大量的安眠散，其他的皆是没问题。

"帝后。"王大人有意地提醒，"方才驷丽夫人也曾来过。"

李晟躺在龙榻上，感觉自己的心脏越跳越快，胸口透不过气，他死死地挖着自己的喉咙，试图呼吸，脖子上布满了抓痕，帝后这会儿也急了，扑过去紧紧地抱住他的胳膊，声音都带着哭腔："人都死哪儿去了！快！快！太医！太医！"

李晟的意识越来越涣散，耳边传来帝后尖叫的号啕声。

"大佞似信，外示朴野，中藏巧诈，此类人万不可信。"谢太傅的声音犹在耳畔。

当——当——当——

宫内传来三声钟响，丑时已至，沉重的丧钟在这个寂静的黑夜显得异常清晰。

手中的酒杯落在桌子上，宋延巳抬头看着天空，这一世，你知道了真相，是否走得更加不安，李家的这片江山，还真是风雨飘摇。

李晟驾崩得蹊跷，民间人心惶惶，朝中更是一片混乱，李璟被宫人手忙脚乱地套上玄色衮服，九条冕旒垂在眼前，此刻小殿下还不知发生了什么，哭着要白嫔抱。

“闭嘴！”

眼见帝后一巴掌就要打上来，白嫔连忙上前一步挡住，她紧紧地抱着李璟，求道：“璟儿还小，帝后莫要与他一般见识。”

“你别让他哭了，今早无论如何，那宝座他也得给我踏上去！”帝后看着跪在脚边的白嫔，觉得扎眼得很，就因为李晟某次喝多强行临幸，白嫔就怀了龙子，一跃从小小的采女成了九嫔之一，偏偏她生下的还是李晟唯一的儿子。

“母妃。”李璟眼圈里还挂着泪。

“璟儿乖，待会儿你随着帝……母后去前面转一圈好不好。”白嫔家世一般，容貌又不比他人，且自幼没了父亲，长兄又是个不成器的，即便她产下龙子，在宫内也照样不得待见，这会儿只得一遍又一遍地告诉李璟，帮他拭着眼泪，“到时候，璟儿就听你母后的，千万不能哭知道吗？”

“嗯。”李璟点点头，看着帝后伸出的手，犹疑了片刻便握了上去。他一步三回首地看着白嫔，直到拐了弯。

“娘娘。”白嫔身边的侍女伸手搀了她，“殿下还会回来吗？”

白嫔捂着嘴，看着消失在拐角的小小身影，眼泪唰唰地往下落，对啊，帝后还会让她的儿子回来吗。

她身边的侍女忧心道：“奴婢伺候娘娘多年了，深知娘娘心善，可是有句话，不知当讲不当讲。”

“你但说无妨。”白嫔拭着泪被侍女搀扶着坐下。

“娘娘，帝后一直想要抱养殿下，若是往日也就罢了。”侍女倒了杯茶双手端给她，“可是如今，陛下已去……”

白嫔见她略有疑虑，看着随帝后离去而变得空荡的殿堂道：“左右现在殿内就你我二人，说吧。”

“若是小殿下这个节骨眼被帝后抱去，断然不会有人敢说些什么，可那样，殿下不就是帝后的儿子了吗。”侍女低头在白嫔耳畔道，“在咱们南梁，无子的姬嫔可是要殉葬的。”

“可璟儿确实是我的儿子。”白嫔素手执杯，摇头道。

“但是娘娘，您想过没。”侍女补充，“或许帝后并不希望殿下有两个母亲。”

啪——杯盏落到地面，侍女看着陷入震惊的白嫔，悄悄松了口气。

大殿之内，李璟穿着连夜赶出来的朝服，有些害怕地坐在龙椅之上，他未祭天地宗庙，不能带十二冕旒，便制了九条的太子旒晃在额前。帝后面前垂着金丝帘幕，殿中死气沉沉。

依南梁律，三师三公及一品以上官员皆要留在宫内三日守丧，宋延巳因着爵位，也要与其他的国公侯爷一起着素衫在宫内待上三日。

守完丧，便是拟殉葬的单子。

宋延巳跪在灵殿中，他双手轻放于膝上，除了早晚膳，动都未曾动，他双眼直视着面前乌黑的理石，又过了许久，才决然起身。

殿外的风吹得极大，冬日的夜寒得紧，整座皇城一片缟素，大风鼓动着他的衣袍。

“国侯爷，您这是要去哪儿？”内监看到他出来，连忙搓搓冻僵的手，碎步迎了上去。

“顾修华在哪里？”宋延巳直接开口。

内监一愣，眼睛飞快地转了两圈便了然，这顾修华容姿甚美，又是个无子的，想来国侯爷是生了什么心思，当下也觉得顾思珺命好，万一伺候得高兴，说不定还能逃过一死，甚至被接出去当个玩意养着也说不定，总比三尺白绫或者老死冷宫要强得多。当下就眯了眼笑道：“在相思殿呢。”

见宋延巳不吭声，小太监连忙躬身上前，“不若小的带侯爷您过去？”

脚步踏在宫道，传出轻微的嗒嗒声，宋延巳垂着头，小太监行了半晌，又转得眼睛骨碌响，“这顾修华便是在美人如云的宫内，也是极出众的。”

他有意讨好宋延巳，单挑了顾思珺的容姿与他说叨。

“你话挺多，倒真不怕被绞了舌头。”宋延巳淡淡开口，语气听不出喜怒。

“国侯放心，奴才一向是该说的说，不该说的那是一个字都不会说。”小太监心底一惊，摸不清他到底想要做什么，只好硬着头皮道，“若是国侯不喜，奴才就把方才的事忘了。”

“你叫什么？”宋延巳也知道这多半不是什么有根基的内监，他停了脚步，这太监是想卖他个人情往上爬啊，倒还真当他是个好利用的了。

小太监见他停了脚步，心里暗道坏了，连忙低头赔不是，抬手使劲给了自己几个大嘴巴子，“是奴才话多，国侯莫气。”

“本侯只是问下姓名而已，你何必这般害怕。”宋延巳看着自己捻动的指尖笑道。

能不怕吗！小太监最后一咬牙，灯笼也不打了，跪在地上不停地磕着头，磕了半晌，见他依然不动，这才认了命，他跪在地上抖着身子，“奴才姓张，小字唤显贵，求国侯原谅奴才则个。”

张显贵。宋延巳听到这个名字一怔，这才抬头，面前的小太监缩着身子跪在地上，抖得像个鹌鹑，“拿起灯笼，把头抬起来。”

张显贵把头小心翼翼地抬起，飞快地打量了宋延巳一眼，又立刻垂了下去。

方才宋延巳没打算事后留他活着，便也没细看，如今这么仔细一瞧，除了年岁尚小身子过于瘦弱，这五官倒还真是他。

心思转了千转，宋延巳觉得要是真除了张显贵，之后难免又会与江沅生了间隙，上辈子，他对江沅可是衷心得很，连命都搭给了她。宋延巳又想到云中城里那个刀疤脸的嬷嬷，江沅那么费尽心思地帮他寻到母亲，许就是觉得自己上一世欠他太多。

宋延巳心里一定，最终决定放他一马，笑道："你以后应知什么该说什么不该说。"

这是……张显贵眼睛骤亮，连忙磕头，“奴才省得。”

“聪明人，才能爬到适合他的位子上去。”宋延巳缓缓撂下这句话，让他心里猜去。

不入相思门，怎知相思苦。

顾思珺穿着素白坐在相思殿内，手中的玉杯盛着“忘忧”，何以忘忧，唯以忘忧。

宋延巳进去就看到这样一幕。

殿中的侍女早已被支开，将死的嫔妾自是没多少人愿意主动来伺候的。

一杯斟满，她刚要饮下，中途就被一只骨节分明的手拦住，“思珺，莫要再饮了。”

“你果然来了。”顾思珺红着脸，因为微醺，眼中水雾蒙蒙地敛着光影，“中离，我就知道你不会丢下我不管。”

“我想办法送你出去。”宋延巳端着酒盏，最终把里面的忘忧酒洒在地毯上。

“我要去哪儿。”顾思珺起身，她脚下踩着雪白的狐毯，一步步靠近他，就像儿时与他撒娇，“你都不要我了，我还能去哪儿？”

“南梁这么大，只要你愿意，我可以让你好好地活着，嫁人生子，如何不好。”宋延巳一瞬不瞬地看着她，精致的妆容下，掩不住的疲倦。

“生子？”谢思珺笑得眼泪都快出来了，“这后宫就是女人的战场，我能活下来，能走到这一步已经是拼尽了全力，我没有过孩子吗？有过，只是那个可怜的孩子我没护住。”手掌轻轻划过腹部，顾思珺眼里有着些许的破碎，“我以后都不会再有孩子了。”

宋延巳站在烛光中，大殿被照得恍若白昼，他透过顾思珺的脸，又看到了那个明朗的女子，她长得与顾思珺真像，却多了丝爽朗与明艳。

幼年的他曾被匪贼劫去山神庙，就在将死的瞬间，她与顾思珺闯了进去，带着群奴仆误打误撞地下救了他，却也因此得罪了匪贼。结果回城途中借宿民家，在半夜遭匪徒偷袭，仆奴皆被杀，而他们只得翻窗而逃。途中她崴了脚，门外火光四起，脚步声越来越近，顾思珺在窗外而他俩在窗内，时间紧迫，他与她只能跑得了一个，那时他真的再一次经历绝望。可是千钧一发，顾思珺趴在窗上，毅然决然地把手伸向他。这一拽，救了他，却也抛弃了自己的姊妹。

耳畔的风呼啸而过，他耳中都是远方飘来的她的哭喊和求饶声，男人的调笑和女人的声音越来越小，他与顾思珺躲在灌木丛中，远远看着蹿天的浓烟把方才的民宿一把火烧了个干净。

顾思珺的手那么小，紧紧地握着他的指尖，身子抖得厉害。之后的日子里，他见顾思珺哭过好多次，温柔的，委屈的，唯独那天，她一滴眼泪都没掉，她把手伸向他的时候是那么的决绝，一眼都未看过她的姊姊。

他不知道顾家曾发生过什么，她们之间曾发生过什么，他只知道那一夜都被他们死死地埋藏在了心底，闭口不谈。顾思珺只一遍又一遍，似无意似刻意地提醒他，她救过他，他的命是她换来的。

或许每个人心底都有片黑暗的深渊，里面掩盖着许多不为人知的肮脏，点点滴滴倒在里面发酵腐烂。他曾试图用放纵的呵护去捂热顾思珺，可她，却用行动一次又一次地把他往深渊里面推。

宋延巳看着顾思珺眼中若隐若现的泪，淡淡地开口道："思珺，路是你选的，我当初许过你，会为你挑个上佳的儿郎，你会活得比一般女子都好，你偏是不听。如今，我再给你最后一次机会。"

"宋延巳，你变心变得可真快啊，当年若不是我救了你，你早死了！"顾思珺轻笑出声，用袖口轻拭了眼角的泪光，"杀瑛曲那事是我不对，可我不杀她你怎么办？只要她在宋夫人面前那么一说，就凭你，能活着出得了宋府？事后倒是装得跟个圣人一样，怪起我的不对来了。"

宋延巳抿着唇，眼神降了温度，"她是我妹妹，一母同胞。"

"可她是在宋夫人面前养大的。"顾思珺似乎并不觉得自己哪里做得不对。

"那你便能杀了我妹妹吗！"酒杯狠狠砸在地面上，宋延巳终是动了怒，他红着眼恨声道，“你知不知道，我母亲去了，与我骨血相连的就剩那么一个亲人，她难道就不是活得小心翼翼？你与她相识数载，依她的性子怎会告诉那女人！”

“你怎知她不会。”顾思珺尖声反驳，她云鬓微乱，朱钗不停地晃动，“你知不知道姊妹是最不可信，表面一套背后一套，恨不得夺了你的一切！可是别人却偏偏觉得她哪儿都好！”

她的血是冷的，连心也是扭曲的，他早就知道了不是吗？宋延巳怒极反笑：“那当初要是我不拦着你，你是不是连蓉安也要一起杀了！”

“是！”顾思珺就这么抬着头，黑葡萄般的眼睛里是盖不住的黑。

宋延巳冷笑：“哪怕她什么都没听到？”

“哪怕她什么都没听到！”顾思珺踱步到他面前，伸手攥住他的袖口，她声音骤然放柔，细声道，“中离哥哥，你打一开始就该知道我的脾气。”

“好！好极了！”宋延巳冷笑地挥开她的手臂，“既然顾修华不领情，算本侯今日白来一场！”

言罢，便头也不回地转身离开。

“宋延巳！你站住！你就不想知道江家的秘密吗！”顾思珺胸口剧烈地起伏，她快步上前冲着他的背影吼道。这是她这么些年挖了许久才串起来的秘密，一个天大的秘密，当她知道的时候简直激动得热血沸腾，恨不得立刻就告知宋延巳，他要是知道了，该有多悔恨、多懊恼，“你知不知道，她们江家……”

“住嘴！”没等顾思珺说完，宋延巳就猛地转身，他飞快地掐上她的脖子，用着力气把她往后带了几步。此刻他的声音冷得像深冬的寒冰，眼底不带一丝人气，“顾思珺，你真以为我不敢杀你。”

顾思珺就这么被他掐着脖子按到石柱上，入肺的空气有些稀薄，她死死地盯着宋延巳，话被他一字一句地从齿缝中挤出来，“我不管你知道什么，都给我咽回去，你要是敢说出哪怕一个字，我都不会放过你。”他手上的力量忽然加大，“思珺，你也该知道我的脾气。”

顾思珺就这么死劲拉着他的手指，一向白皙的肌肤涨得通红，她满脸的不可思议，“你都知道？”

“是又如何。”宋延巳这才松手，有些厌恶地甩开衣袖看她。

“哈，哈哈哈哈。”顾思珺喉咙火辣辣地疼，边咳边笑，眼泪不停地往下落，她拼了命地扯着宋延巳的袖口，“为什么！为什么！你居然知道！你明明知道！”

他看着几愈癫狂的顾思珺，掰开她死扣的指尖，平静道：“她是我夫人。”

笑声戛然而止，顾思珺就这么不可置信地看着他，她摇着头踉跄两步，瘫坐在地面，跌了满地的珠花，脸上的笑却再也扯不出来，“原来如此，原来如此！”

“你总说与我是一类人，可是思珺，我和你不同。”这一世，他想在阳光下堂堂正正地活着，而不是变得和他们一样，躲在阴暗的角落，可怜得像只肮脏的老鼠，他转身要离开，“我走了，你好自为之。”

“中离。”身后传来顾思珺的声音，她难得带上了骨子里的冷漠，“世上没有能永远被隐藏的秘密，我能知道，你能知道，别人就一定也能知道，要是真到了那一天，你们该如何自处。”

宋延巳伫立许久才道：“不会有那么一天。”

顾思珺坐在狐毯上，看着宋延巳渐渐远去的背影，他的脊梁那么直，他的背那么挺，却背负着足够压垮这份直挺的包袱，一时间她竟觉得宋延巳有些可悲。

顾思珺朱唇微启，声音低得只有她自己能听见：“宋延巳，你活得简直像个笑话。”

宋延巳出了殿门，张显贵正缩在角落里搓着手，见他出来，想从他脸上寻些什么，可是却怎么也瞧不出来，只好弓腰打着灯笼把他往灵堂带，不管发生啥，顾修华愿不愿意跟他，这灵总是要守的。

行到一半，就听见不远处传来宫人慌乱的喊叫声，张显贵停下步伐，顺着声音的方向寻去，方才还好好的相思殿，如今火光四起，华贵的大殿被火龙紧紧地缠绕包围。

“走吧。”宋延巳眼睛微闭，最后还是开口出声。

张显贵飞快地看了他一眼，身子弓得更低了，恨不得长到地底下去。

顾思珺斜靠在火光之中，她平静地看着殿外宫人的神色百态，其实，她又何尝不是个笑话，忘忧被她抱着饮下，他与她的人生交织于大火，而葬于大火。

入我相思门，方知相思苦。

其实她真的是喜欢他的，可惜她活得太阴暗，寒到他想逃，亲手把开始的那点情分消磨得一干二净。顾思珺双手抱着肩，大火烧入殿内，雪白的狐毯化成点点灰烬。

第二十一章 万人之上 经世之才

顾思珺死在相思殿的消息传入帝后耳中，她听了难免有些感叹，“万万没想到顾修华居然这般痴心，也不枉陛下多疼爱她一场。”帝后坐在殿内，安华香点了一半烟雾在殿内缭绕，周边，是愁眉不展的嫔姬，不是都爱争爱抢吗，那就一起下去陪他吧！帝后淡淡地说，“能随着陛下而去，是你们的福分。”

“帝后所言甚是。”白嫔端着茶伺候道，“妾便是想随陛下去，也没这机会呢。”

帝后眼神微动，笑着点头不言，手中的茶微温，是她最爱的银山白雾，她轻抿了口。

次日，帝后因思念陛下成疾，染症未出。

第三日，内殿下了第一道姬嫔殉葬的追封旨意，驷丽夫人曹氏，谥恭宜；云婧娥王氏，谥惠安；黎容华黄氏，谥贞惠；成充衣肖氏，谥恭定……数十名有封号无封号的嫔姬殉葬，而当日与白嫔一起奉茶的几位，皆不在其列。

巳时将过，第二道旨意便下达，先帝恩泽浃于民，定不忍重劳，故山陵制度务从俭约，内设佛殿愿择贤信居之，永以告福。

竟是免了部分嫔姬殉葬。

“你们放开我，你们这群死奴才知道我是谁吗！我是驷丽夫人！”曹丽娘拼命地挣扎着，发鬓已散，她血红着眼不住地尖叫，“我有产下帝姬！我不要殉葬！我不要殉葬！”

“大监。”一位生脸的小太监快步走到张让身侧，弯腰作揖，看着驷丽夫人细声禀道，“方才老曹大人和都内大人递了话，说陛下最喜听驷丽夫人的曲儿，莫要让夫人走的时候坏了嗓子。”

张让眼神闪动，点头挥手唤来了两位伺候嫔姬离去的小太监，“去，莫要让驷丽夫人坏了喉咙，不然可是罪过了。”

驷丽夫人伸手扯着太监的衣衫，不停地尖叫，声音由以往的甜糯变得嘶哑：“死奴才！你们……”

话音未落，嘴巴就被人手快速掰开，一团素白的麻布就死死地堵进了她的喉咙，她含着泪，拼命地摇头。

殿门外，老曹大人不忍再看下去，“丽娘，不要怪为父，你安心地去吧。”

“唉，驷丽夫人也是想不开，这才生了不该生的心思，如今这怕是最好的出路。”谢嘉礼见她被堵了嘴，心中微定，也收了眼神，伸手道，“大人，咱们回吧。”

“不知道老夫那不孝子……”

“冬官大人之事，家父自会尽力。”谢嘉礼话不说满，不过，该留的底线也是要留的，“实在万不得已，也不会祸及曹家。”

“那就麻烦太傅大人和贤侄了。”老曹大人看了眼背后凄楚的殿堂，终是松了口气。

女子的哭声响震殿阁，大堂上置木小床，如花年华的女子们被迫站于其上，三尺白绫套住头颅。

“送各位娘娘。”张让话音刚落，女子脚下的小床就被搬离，素白飘荡，皆雉颈而死，张让背过身去，不忍地闭了眼。

几日的时间，无声无息，宫中就变了天地。

离开皇宫的车辇内，宋延巳单指挑起厚厚的藏色垂帘，青砖黛瓦，远远望去，那一座座深灰色的宫殿就像陵园的墓碑，镶嵌在这片空旷的土地上，禁锢着无数挣脱不开的孤魂。

他回到安国侯府已经见晚，江沅用过膳，正抱着呈钰在榻上讲故事，屋内通着地龙。地龙似烧得极热，她微微推开了门窗，呈钰穿着百色的花袄在榻上滚来滚去，偶尔听到开心的地方就眯着眼睛往江沅怀里扑，明明是严冬，她笑得却如三日的桃花般灿烂，她抬手捏着儿子肉嘟嘟的小脸，笑着与他闹作一团。

宋延巳就这么驻足在门口，朱船托着新烧开的水快步过来，看到宋延巳，一怔，继而开口唤道："爷。"

扭头瞪了眼在屋内伺候的罗暖和碧帆，屋内伺候的两人这才意识到宋延巳回来了，自己竟是没看到，连忙上前屈膝行礼。

"爹爹！"呈钰几天没见他，自是想他想得紧，小脑袋立刻就从江沅怀里钻出来，伸着手让宋延巳抱。

"回来了。"江沅一个眼色，罗暖便上前抱了呈钰，她快步走到宋延巳身边，身上的锦缎入手微凉，她握着他的手把他拉进了屋。

朱船连忙为他倒上煮的新水，清澈的水冒着白白的雾气，茶叶被滚烫的水冲得四处游走，散发出浓浓的香气。

宋延巳刚想伸手摸摸呈钰的脑袋，又怕身上的寒气冻到他，只点点他的鼻尖，"钰儿在家可乖？"

"嗯。"他没穿鞋，只老实地待在罗暖怀里，略带骄傲地抬起小脑袋，"钰儿学会好几首诗文了。"

"那明早背与爹爹听。"宋延巳笑道，只是笑意未到眼底。

江沅见他脸上掩不住的疲倦，便知他这些日子也没休息好，只叫罗暖她们把呈钰抱去睡觉。

屋门被轻掩上，江沅给宋延巳挑了件暖和的衣衫给他换上，她边解着他的衣带，边想着如何开口，李晟这一世逝于后宫之中，虽与前世被逼宫退位大不相同，可是这里面定然也有宋延巳的手笔，她看的那份奏折多半是在推波助澜。

"阿沅。"宋延巳握住了她的手，"他死了。"

“嗯。”江沅点点头，“人固有一死。”

“我十余岁就跟在他身边，早些年他的确待我恩重如山，可到后来，他便开始疑我防我，我不能坐以待毙。”宋延巳眉眼低垂，掩了里面所有的情绪。

“我懂的……”江沅安慰他，后半截还未说出口，就被宋延巳打断。

“思珺也死了。”他盯着江沅素白的指尖，小心摩挲。

江沅听着他的话有着片刻地出神，还没来得及抬头看他，就被宋延巳一把拥在怀里，他下巴抵在她肩头，低落地问：“阿沅，你会不会陪着我走到最后？”

宋延巳的呼吸喷洒在她的耳侧，江沅轻拍着他的后背，她从来不知道他是这么没有自信的人。她想到了那年他奉命征战，战马之上，他握着她的手对她道，我定要去那一人之下，万万人之上，也让他人不敢小瞧于你。那时的宋延巳骄傲自信，夺目耀眼得让她自惭形秽。

再然后，一切就都变了。

他真的去了万万人之上，却没有屈居一人之下，而她与他，也走上了夫妻陌路。

“会的。”江沅听到了自己的声音。

这晚，宋延巳睡得并不安稳，兵器的碰撞声，战马的嘶鸣声，漠北漫天的呼喊厮杀声在他耳畔不断地响起。

“我再给他最后一次机会。”他看着徐安怔了半天，最终落笔，在信面上写了江忠嗣的名字，“十日之后，若是他兵马不到，再叫王远城动兵。”

“将军，此事末将不赞同！万一江忠嗣不动，咱们不一定能撑到王将军救援。”徐安摇头。

“要真是这样，那我与他就真没有什么脸面可言了。”

漠北一行，他中途遇袭，李晟断援兵，他致密信于江忠嗣。泗水，离漠北多近啊！他却生生拖到王远城那边有了异动才拔兵救援，几十里的行军路，损失惨重，就因他一次失误的决断，那片土地上，平白埋葬了多少铮铮铁骨的热血男儿。

眼睛骤然睁开，入眼的是轻垂的纱帘，江沅靠在他的身上睡得香甜，宋延巳就这么一瞬不瞬地看着眼前的床幔。

正月十八，大雪，宜祭祀、修缮、出行，不宜婚嫁。

新帝即位，李璟穿着新制的十二纹章衮冕，他如今还未满四岁，厚厚的衣衫压在他瘦小的身子上，步伐都迈不动。

就这么在数百人的跪拜中，迈着小短腿，拉着厚重的衣摆，一步一步往上走着，泪花在眼眶中不停打转。

母妃说，他若是走不到最顶上，她便不要他了。

天子登基祭于太庙，帝后尊称为圣慈太后，白嫔为元西太后。因着圣慈太后身染重疾，便由元西太后率宫中妃嫔着袆衣，于宫中等候。

素条还藏于袖中，元西太后坐在凤位上，面前是两份未盖玺印的圣旨，白玉宝玺就在她面前，殿中的侍女皆被遣出了殿外。

一份是谢太傅差人送来的：谢家有女，姿容秀丽，坤仪毓秀，治行有声，亦宜荣宠，是宜为后。元西太后看到最后狠狠地咬着唇瓣，一份封后的圣旨，竟是连女子姓名都未眷。

另一份，是宋延巳送上来的……

元西太后心里天人交战，一炷香后，她终是在两封圣旨上全叩下了玺印。

李璟登基第一日，便下了首封圣旨，当众臣之面宣读。

应天顺时，受兹明命，安国侯虚中以求治，勤国济民，世之大义，实赖股肱之任臣；特设置大司马以拜之，位列上公，帮掌邦政，锡之敕命于戏，另加丕绩，以洽孤意，钦哉。

旨意将落，朝堂之上一片哗然。南梁罢大司马设三公已有百年，如今却又别置，难免不叫人多做猜疑。

朝中之人皆有七窍玲珑心，谢太傅只端立在左侧不言语。

片刻后，大行令上前跪于殿中，率先开口："南梁已设三公罢大司马百年，如今再置，官品何解，断不可未经朝意而重置此位。"

"段大人此言差矣。"张祭酒踏出一步，"陛下旨意已言明，位列上公，自然是在三公之上，当年敬尊帝罢大司马乃因乱臣祸患朝纲，司马大人多年后得以昭雪，如今陛下年纪尚幼，自是需再置此位，与三公三师六位大人共同帮掌朝政。”

“祭酒大人……”

朝堂之上，数位朝臣间你来我往，元西太后坐在殿后听着，指尖渐渐缩紧，若是让谢太傅独大，她又无母族帮衬，后果不堪设想，她虽也不信宋延巳，可是制衡这两个字，她还是明白的。

“你我在这儿说个什么劲。”宋延巳似笑非笑，缓缓开口，“圣旨已下，难不成陛下荣登大宝第一日，就要被各位逼得收回圣旨不成。”

他看了眼屹然不动的三公，嗤笑出声：“连三位大人都不甚在意的事，却是被无关之人刻意放大而看，倒是不知是何居心了，难不成是欺陛下年幼？”

“安国侯言之有理。”宋延巳言罢，谢太傅这才向前半步表了态，他捏着花白的胡须，笑道，“老夫该称大司马才是，今新帝即位乃是大喜，身为朝臣断然不可为此伤了和气，今后我等还要同为新帝分忧解难。”

元西太后听着前殿的动静，待争论声小了下去，心里才微松，而后双手合十，口中喃喃：菩萨保佑，愿两虎相争之下，璟儿可以平安长大。

宋延巳多年的功夫也不是白费，他初任大司马便收了朔北的虎符，南平的将军房故安是谢太傅的嫡弟子，那块他动不了，也不会动，一南一北，划界而分。皇城的兵马都握在谢太傅手中，他便不要，凯旋时他是带兵入的临安的，只控着这部分兵马足矣。

他多活一辈子，自是知道哪些人可用，哪些人不可用，哪些可以利用，哪些可以杀，他和谢太傅暗地里的几次过招，倒真跌了不少人的眼。

“我当他只是个莽夫，没想到居然有经世之才。”谢嘉礼看完手上的书信道。

“切莫养虎为患。”谢太傅背靠在圈椅上，单手抚着椅柄，“早些年他孤身来临安，韩刺都没能杀得了他，我便知他不是个容易应对的，只是万万没想他一个商贾之子，居然生了这般大的胃口。”

李晟一死，宋延巳的政治野心就逐渐暴露，谢嘉礼冷哼：“如此浅薄的根基家脉，也敢与父亲相争，只是……”他看着老神在在的谢太傅，又小声补充道，“就怕江忠嗣那个老狐狸会帮他。”

“哈哈哈，这些日子，你在朝堂之上可见江忠嗣帮他说过一句话？”谢生平似乎听到什么可笑的事情，眼角的皱纹笑成了一团，“宋延巳权力握得越大，他越是不安，你说他这只老狐狸，有时候狡猾得连我都抓不住把柄，怎么会蠢到把女儿嫁给宋延巳。”

谢生平又想到了当初宋延巳御前求娶，眼角的笑纹才慢慢舒展开，娶谁不好非娶江家女，他到底是真不知情，还是有意为之，“宋延巳哪宋延巳，你葫芦里究竟卖的什么药。”

谢嘉礼听着父亲莫名的言论，越发地狐疑。

此时此刻，宋延巳正躺在江沅的腿上，太阳穴上的小手一下又一下，轻轻按着。

“怎么了？”江沅看着他眉头微锁，“可是又烦心朝堂之事？”

“嗯。”宋延巳撑着身子侧坐在榻上，几案上的柑橘散发着淡淡的果香，他伸手捏了颗橘子，放在手中慢慢剥着。

一颗剥完，他细细摘了白络，掰了片橘瓣塞到江沅口中，她咬着橘子，待咽下这瓣，才道：“你想说与我听听吗？”

前世，他称帝，她为后，他们之间从不谈论这些。

“依附于我的多是根基不甚稳的新臣。”宋延巳又喂了她一瓣橘子，他需要更资深的元老偶尔帮衬他一把，虽然他手上也有其他办法，可是用出来，多少会让人寒心，如今只能徐徐图之。

唔……江沅了然，原来是为了这个忧心，杀旧携新，她记得上辈子宋延巳可没给那些人留下多少脸面，不过，他当年情况确实比现在危险得多，而称帝后的那段历史，也着实不太好看。

江沅眼睛微眯，嘴角扬起来个好看的弧度，她倒是有个只敬帝王的中立人选，不过，她不能把人全放到宋延巳手里，“你能否想办法把温田玉提成奉车都尉，安排到我父亲手下。”

“温田玉。”这个人宋延巳知道，大司徒陈守澜的女婿，没什么大才，上辈子陈守澜待他平平，任由他碌碌无为地做着侍外臣。

不过，他看江沅眼睛眯眯，江沅怕是多半知道些被他忽略的东西，只是她上辈子被他吓怕了，如今不想直接告诉他罢了，“好。”

宋延巳借着别人的手把温田玉塞到了江忠嗣部下，他这个举动，江忠嗣看不明白，谢太傅也看不明白。江沅只给江忠嗣去了几封信，让父亲挑了几样棘手的事与他做。

“少安毋躁。”江沅扑在宋延巳怀里，任由他抱着。

果然，未出十日，大司徒陈守澜就主动在上朝的途中截了宋延巳的车马，“大司马可否与老夫一叙。”

天空放晴，宋延巳一下朝便推掉所有的宴请，连回府的路上都在想，马车将停就快步踏进了院中。

江沅这会儿正和蓉安在屋里逗呈钰背书，见他今日回来得这般早，便知事情多半是有了进展，眉毛一挑，端着个骄傲自信的模样，“成了？”

宋延巳点头，一个眼色蓉安便牵着恋恋不舍的呈钰，随着朱船、帐香一起退出院外。

“说吧。”

“说什么？”江沅倒了杯茶，笑眯眯地捧在手里。

“你怎么知道的。”他心情听起来颇好。

“不说。”江沅端着小架子，娇声娇气道，“就不告诉你。”

“真的不说？”宋延巳欺身向前，挑了她的下巴，手指划过她的唇瓣，轻轻地按着，最后直接低头吻了上来，江沅被他这忽然的举动下了一跳，手中的茶盏差点没握稳。

“不说也可以，那咱们就做点别的。”手中的杯盏被他夺下放到一侧，人被他噌的一下横抱起来。

“你放手，这是白天。”江沅环着宋延巳的脖子，小腿胡乱地蹬着，服软道，“好好好，你放下我，我说！我说还不成吗！”

“晚了。”江沅被他抱到床榻上，她慌忙起身，结果人还没起来，双手就被宋延巳举过了头顶，“爷现在不想听了。”

说着手就伸进了她的衣衫，室内热得紧，江沅本身为着和呈钰玩闹，怕热，身上也就没多穿衣裳，两件褪下来，竟只剩了亵衣。

宋延巳俯下身啄了啄江沅的小脸，又吻上了她修长细嫩的脖颈，圆润的香肩，他腰身微动，惹得江沅一声娇呼，没一会儿就小脸绯红，眸泛水色，连呼吸都不均匀。

她微微地偏着头，却又被宋延巳捏着下巴扳回来，“阿沅，你看着我。”江沅脑子已成了一片糨糊，美眸半垂，男人的动作十分缓慢轻柔，她伸手揽了他的脖颈，“中离哥哥。”

嘴被吻封住，宋延巳撬开了她的贝齿，舌在她口中攻城略地。

“叫我什么？”

“夫君。”

“还有呢？”

“中离哥哥。”

等江沅再次醒来，太阳早已挂在正当空，宋延巳低头用下巴轻蹭她的发顶，“醒了？”

“哼。”江沅拉拉被子，身上清爽得很，多半是被清理过了，她埋了脸在锦被中，“羞死人算了！”

半晌，周围没声音，江沅好奇地把小脑袋移出来，结果正巧撞上宋延巳含笑的眼神。

好尴尬……江沅更不乐意了，皓腕一抬，还没蒙住眼睛，就被宋延巳中途截了去，他吻着她的手背，“说吧，我如今又想听了！”

不然，江沅看着他的眼神在她锁骨上盯了片刻，又要欺身拉被子，连忙伸手撑住他的胸膛，“我说，我说。”

要是再大白天的要次水，她的脸还要不要了。

陈守澜先后曾娶过三任夫人，五子三女皆嫡出，唯独长女陈韵佩是原配康氏所生，康氏与陈守澜是青梅竹马指腹为婚，她生得可人温婉，擅诗词通音律，人也有趣得紧，陈守澜极其喜欢她，偏偏这康氏什么都好，就是子嗣艰难。陈家逼得紧，康氏看遍了南梁的名医，终于在年近三十的时候怀了身子，结果产子的时候血崩而亡，若不是还有个嗷嗷待哺的女儿，陈守澜怕是都要跟着发妻一起去了。

打那以后陈韵佩便被他当成心尖尖疼着，甚至娶了康家庶出的小姐照顾她。至于第二任夫人的死因，便是因着陈韵佩幼年曾生过一次古怪的天花，她好了，第二任夫人便去了。

温田玉是陈韵佩看上的男子，忠厚温和，便是家世不甚显赫，陈守澜也允了。世人都道陈家嫡长女低嫁，次女和幺女却都嫁入显赫高门，是三夫人的手笔。可是江沅明白，只有真的疼极了，才不忍拿女儿换荣华，只一心求她安乐，在陈守澜心里怕是没什么比这个女儿更重要。

如今温田玉被放在了她父亲手里，江沅又有意让他接触容易犯错的事件，温田玉称不上玲珑，这么下去，早晚会栽。

如今的男子大都立眼于朝堂，而忽略了后宅。她吃准了陈守澜，也是托了上辈子的福。

陈韵佩当年因为阿妩的关系，江沅也接触过，柔柔和和，是个只求夫妻白首、安康平顺的性子。因着江沅和阿妩颇为投缘，这其中的秘事，便是阿妩告诉她的。

只是，她却不能与宋延巳说得那么细，只粗粗地挑拣了重要的与他道："面上虽不显，可陈守澜疼长女入骨，断不会容忍别人毁她后半生的喜乐。只要你与他提的要求不算过分，关键时候帮你一把，他还是做得到的。"

"那温田玉呢。"宋延巳手掌轻抚着江沅裸露在锦被外的肌肤。

"自然是在我父亲部下，只让他打理打理文书什么，也是不错的。"江沅转身投在宋延巳的怀里，眼睛微转，手指在他胸口画着圈，轻声道，"有我父亲替你看着，大可放心。"

"既然如此。"宋延巳眼神微暗，骤而又想开了，他笑着欺身压住江沅，对上她略带迷茫的眼神，"听阿沅方才一言，我才深觉自己缺个女儿。”

“宋延巳。”江沅顿时明白他的意思，死死地拉住衣被，脸羞得通红，“你要做什么！”

话刚说出口，江沅就恨不得咬掉自己的舌头，他还能做什么？！

果然，他扑哧一下笑出声，手伸入被中，轻按了她柔软的小腹，“如今闺女未至日，我与卿卿解战袍。”

还战袍？！要不要脸！江沅被他压在微陷的床榻中吻得七荤八素，脑子里飞快地替宋延巳做出回答：不要！

李晟的死，宋延巳和谢太傅心知肚明，李晟心腹不多，如今先皇已去，都紧紧地夹着尾巴做人，他的死他俩不提，其他人自然也不会提。

宋延巳为了继续获取人心，向帝建言应对诸侯王和功臣后裔大加封赏，封赏部分在朝官员，增加宗庙礼乐，对平民推行恩惠政策，从而再次博得民间及朝野的好感。

自不动而依附顺从者拔擢，这是上辈子谢太傅的手段，如今却都被宋延巳学了过来。

“他这番动作，简直是不把父亲放到眼里！”谢嘉礼愤言，“若是……”

嗒嗒嗒——

他还未说完，门外就传来敲门声，“大人，公子，在下有要事要禀。”

谢嘉礼见父亲颔首才起身去开门，那人在他耳侧细语了片刻，等他点头才拱手告退，谢嘉礼转身快步到谢太傅身边，“敬武公主要回临安了！”

“她也该回来了。”谢太傅起身，“她好奢靡，奉掩那清苦之地她必然过不惯的。”

宋延巳看着面前的信件，眉头紧锁，徐安安静地立在一侧，忽然，他耳朵微微动，开口道：“爷，夫人和公子过来了。”

面前的信件被迅速地收入紫檀木雕花的多宝阁夹层中，宋延巳刚做完动作，就听见院内传来呈钰清脆的咯咯声，调子拉得老长：

“爹爹——”

“慢些跑。”江沅的声音夹杂在其中，“莫要扰了你爹爹做正事。”

她们一行人还未到门口，房门就被打了开来，宋延巳着素青色的雷云纹长袍，就这么半靠在门框上，嘴角挂笑，招招手，“钰儿过来。”

小团子听了宋延巳唤他，好不容易才放缓的步子又快速地迈了开，眯着眼颠颠地向着宋延巳身边跑去。

等他到了身边仰起头看他，宋延巳才蹲下身子摸摸呈钰的脑袋与他对视，“找爹爹何事？”

“爹爹看。”呈钰摇着小胖手，手里攥着几张厚厚的宣纸，对他邀功，“钰儿把裴康先生的《醒文觉事》给默下来了。”

“一大早就坐屋里等着你夸他呢。”江沅迈上台阶，圈起食指在呈钰额头上轻弹了下，才笑着看向宋延巳，“谁料你一回府就来了书房，我这不拧不过才牵了他来寻你，可有打扰到你们？”

“你随意来便是。”宋延巳伸手牵了她进去，“左右都是这些。”

江沅笑着点头，她眼角瞥过整齐的多宝阁，终是没有出声。

宋延巳立在书案前作画，江沅则随意在他书架上摸了本老山游记，她侧坐在矮榻上，书册放于几面，一手翻书一手撑额，看得津津有味。

呈钰在江沅身边待了会儿便坐不住了，迈着小短腿去找宋延巳，江沅用余光看了眼，便不再管他。他个子小，还不及书案高，只好踮着脚扒着书案往上瞧。

宋延巳任由他在旁边蹦来蹦去，待整幅画完成了，才单手夹了呈钰起来，入眼的是广阔的天地与山峦，孤雁独飞，天高地阔。呈钰瞪着圆溜溜的大眼睛，嘴巴微张，由衷地感叹道：“爹爹好厉害！”说着又伸出小肉手，“这画叫什么？”

“万里河山图。”宋延巳想了片刻，笑道，“钰儿喜欢吗？”

“喜欢。”呈钰回头看他，眼睛水润润的，像两颗镶嵌的黑曜。

宋延巳单手抚过已干的墨迹，幽幽道：“这万里山河，钰儿既然喜欢，爹爹便送给你。”

江沅翻书的手微怔，她的眼神依旧平和地投在书页上，似被书中的内容吸引，片刻才翻过这页。

敬武公主回临安一事果然被提上了议程，驸马前些日子染病身亡，公主忧思过度，大病一场，如今提出要离开奉掩这伤心地回临安，的确不好驳回。

“陛下。”宋延巳从左侧踏到殿中，对着懵懂无知的李璟行礼，“臣以为不可。”

谢太傅眉毛微挑，对此倒是有些意外。宋延巳所言无非是公主已嫁，且尚有封地，断然没重返临安的道理。他这番说辞几乎没什么立脚之地，但是既然他开了口，大司马一派自然复议，纷纷给出了敬武公主不适宜回皇都的种种理由。

这不让帝姬回皇城，意义可大可小，往小了说他这么漏洞百出的说辞难以服众，往大了说就是试图切断李璟与皇脉的联系，颇有功高震主、架空帝王的意思。

谢太傅脚下微动，还未待他开口，身后就传来了江忠嗣的声音：“臣认为司马大人此举有失偏颇。”

果然，即便江忠嗣平日里掩饰得再好，当宋延巳真的把手伸向皇权的时候，他还是慌了，谢太傅又不留痕迹地正了身子，只端正了姿态，眯起眼听他二人的对话。

“这尚书令不是大司马的岳父吗？怎还唱起对台来了？”后面的大臣悄声问旁边的人。

“莫要多言。”旁边的人碰碰他的胳膊，摇头示意他不要说话。

“太傅认为呢？”李璟等他们都说完，才怯生生开口。

这是母后教他的，若是谢太傅的决定，便听听大司马如何说；若是大司马的提议，他便要问问谢太傅怎么看，然后退朝，不日再作定夺。

虽然他们每天说的东西他一点都听不懂，可是坐在背后的母亲该是懂的吧，李璟想到母亲就在身后，只有一墙之隔，心里就踏实了不少。

“敬武公主乃是陛下的亲姐，莫说您乃九五之尊，便是寻常百姓家，也断然没有不让亲人回家的道理。”谢太傅捻着微白的胡须，摇头看了眼宋延巳，继而笑道，“这是陛下的家事，无论做何决定。臣等都不会说些什么。”

收到入临安的旨意时，敬武公主的车马已经上了路，之前朝堂上发生的事情多少也传到了敬武公主耳中。

“我与那姓宋的往日无冤，近日无仇，他倒是针对起我来了。”敬武公主顺手把圣旨扔到一边，两名侍女一前一后，帮她捏肩揉腿。

“难不成还在记恨当初殿下给先帝提议他尚公主一事？”玲珑摆着茶盘跪坐在旁边。

“相中他的又不是我，五姐有意，我无非是顺水推舟罢了，当时只是不懂他为何宁愿豁出性命拼功勋，也不愿入公主府，如今看来却是个心大的。”敬武公主挥挥手，身后的侍女便停了动作，她轻转着腰间的系带，“拿笔来。”

“殿下这是要做甚？”玲珑机灵，忙开了书匣，呈出一只稀有的雕凤纹的白玉狼毫。

“再回临安，我又是个死了驸马的，无法常住宫中，自是要结交各家夫人。”敬武公主沾了墨，素手执笔，边写边掩唇而笑，“这般也好，听闻临安的男子不少潘安面宋玉颜，早年我在宫里见不得，如今在宫外开府也是方便得很。”

“可是驸马刚去……”

“我留他活了这么些年，还不够吗。”敬武公主冷眼笑道，周围的声音立刻低了下去。一张帖子写完，玲珑抬头去看，入眼的是“安国侯府”四个大字，“这第一张，就给宋延巳的夫人吧。”

最后落款，敬武公主思考片刻，才提笔落下两个字：阿妩。

敬武公主回临安的消息如同石子投入平静的湖面，泛起了圈圈涟漪。

李清平也得了信，跑来安国侯府找江沅说活

“你知不知道阿妩要回临安了。”清平刚开口，就想到江沅不认得阿妩是谁，接着补充，“就是敬武公主，我皇帝舅……呃……先皇的第七个女儿。”

“略有耳闻。”江沅这辈子与她无缘相见，但是前一世，她与阿妧着实称得上挚交。

清平越想越烦躁，愤怒地嘟嘴推开面前的点心匣子，“那个讨厌鬼，真是阴魂不散！”

讨厌鬼？谁？阿妧吗？江沅伸手拍拍清平的手臂似以安慰，她面上不显，只作无辜地问道：“清平不喜欢她？”

“她抢了我的白玉狼毫！”居然不是吃食，李清平难得找到一个宣泄口，拉着江沅的衣袖诉苦，絮絮叨叨地把她们在莫泽参加诗会的事从头到尾地说了一遍，其中有一只白玉狼毫尤为显眼，白玉雕凤自带奇香，她喜欢得不行，当时阿妧也想要镶玉银镜，于是便寻了她，两人就这么联手设计舜江公主，赢下头筹。如此不光彩的事被清平光明正大地绘声道出，只是越说越气愤，脸鼓成了包子，“没想到最后那讨厌鬼居然倒打我一耙！”

挨了李晟和宜佳公主的训斥不说，还和舜江公主生了间隙。偏偏那个讨厌鬼，得了银镜也得了白玉狼毫，还假惺惺地安慰舜江，拉近姊妹关系。只有她，被搞得里外不是人。

阿妧聪明，她愚笨，阿妧讨喜，她讨嫌，又因着品阶比阿妧低，之后阿妧每每犯了错都会一股脑地扯到她身上，而她却连反驳都辩不过阿妧。

“江姐姐，你以后见了她，一定要小心。”李清平拉着江沅的手装作语重心长的样子，推己及人地悲痛道，“姐姐心善纯良，那讨厌鬼就爱欺负咱们老实人。”

心善纯良。

江沅有些出神地拍拍清平的手背，捏了块点心递给她，“放心吧。”

“爷，您若是不想敬武公主回临安，大可不必如此大费周章。”徐安带了消息，敬武公主的车马已入了屏壤，三日内便可抵达临安。

“不，她必须得来皇都。”宋延巳把信笺投进面前的香炉，看着袅袅而升的白烟，李妧不仅要来，而且要安安全全地来，她不到临安，之后的戏如何开场。

“那您为何……”为何前些日子要在朝堂之上说那番话，徐安揣忖半天，依旧不明。

“如今我也说不准，且等着。”宋延巳见字条已经成灰，才把身子靠到椅背上，他食指微圈，轻敲着桌面，半晌才起身，“你派人盯着敬武公主那边的动静，不要让咱们的人离太近。”

“是。”见他要走，徐安连忙跟上。

“你去吧。”宋延巳撑着油扇，披了件黑纹外袍，“我去看看阿沅。”

屋外飘着细细的雨丝，屋门刚推开，寒风就夹杂着细雨扑面而来，宋延巳紧了紧衣袍，今年的春天真是冷得骇人。

“爷。”朱船坐在外间做女红，见宋延巳进来，连忙丢下手中的物件迎了上去，边收外袍边道，“夫人在教公子读书呢。”

厚厚的棉布帘子被挑开，宋延巳一抬眼，就见两人一左一右地趴在几案上，江沅正点着呈钰面前的素笺说些什么，呈钰就这么托着小脑袋，看得他忍不住笑，“有阿沅在，我看府里连先生都无须请了。”

“爹爹！爹爹说得对！”呈钰一听不用请先生了，连忙点头，教书先生他也是见过的，在柴桑，程俊家就请了先生，老先生可严了，因为程俊和他们一起摸泥鳅没做完功课，手心都被教书先生打得肿成了馒头。呈钰又看了看江沅，娘亲多好啊，身上香香的，又温柔，还不会打他。

“净瞎说。”江沅在呈钰脸上捏了一把，才过来拉了宋延巳坐下，嗔道，“他现在年岁小，我教教还成，再大点怕是没这么些学问教他了。”

江沅重活两世清楚得很，眼界广者其成就必大，眼界狭者其作为必小，她毕竟是后宅的妇人，便是再有才名，所见所想也逃不过这方天地，与各方博通古今著书立说的大儒相比，是远远不够看的。

“等天再暖和些，便请西席入府吧。”宋延巳握着她的手点头。

“那你可有合适的人选？”江沅细细思量，“我听别人说，孙休臣孙大家似不错。”

“学问倒是极好，不过……”宋延巳摇摇头，笑道，“不适合教钰儿。”

见江沅眨着眼等着他开口，宋延巳也不卖关子，“我这儿倒有个合适的。”

“谁？”

“韦昭。”宋延巳唇角荡起一抹笑，将将开口。

“韦昭？”江沅诧异，这人是从哪里冒出来的？她生前从未听过此人。

“此人才思艳丽，工于小赋，我曾见过他入试的时文，殊可观，乃大才。”要说韦昭这人也是没什么运道，一肚子的才学生生拖到年近四十才举了孝廉，事后宋延巳偶然得了他的一篇文章，惊其才，便调出了韦昭数年入试的时文，直言极谏更是写得鞭辟入里，许是写得太过犯上，才平白耽误了这么些年。

孙休臣文才虽好，可是品行有差。他儿子的先生，必然要选那忠主贤良之士。

“那便他吧。”江沅这方面是信他的，说着转身去为宋延巳倒茶，中途似又想到了什么，从旁边拿了帖子过来放在他面前，又把茶递给他道，“听闻敬武公主这几日便要到临安，我今早刚收到张请帖。”

“你要去吗？”宋延巳看了眼花木麟鸾图案的帖子，不愧是李妧，连帖子都这般的精贵，嘴角微挑，他顺势放了手中的茶盏。

江沅坐在宋延巳身侧，试探道：“那……你想让我去吗？”

朝堂上，宋延巳直言敬武公主不可回皇都一事，多多少少在其他夫人那传出了点风声，若是没有先前这事，江沅自然会去，如今，因着捏不准宋延巳的态度，多少有些迟疑。

“去去也无妨。”宋延巳看着她话锋一转，“但我是得罪她得罪狠了。”他轻抚着江沅的后背，幽幽道，“你不曾与她相交，或许不知，敬武公主是个极爱记仇的性子。”

“我晓得了。”江沅点头应下，眼睛看着落笔处的“阿妧”，其实上辈子她与阿妧相交多年又怎会不知，阿妧面上是个极易亲近的帝姬，可骨子里终是流着帝王家的血液，做事果决性子狠，只因她与她无利益冲突，又各取所需，故而真生了几分真心。如今因着宋延巳之前那事，阿妩对她怕是没什么好印象了。

二月底，敬武公主入临安。

长阳街道上挤满了人，车队入皇都的时候，整个街道沸腾了，士兵站满了街道两边，把百姓们挡在道路外，街道边的酒馆茶楼统统挤满了人。

敬武公主隔着帘纱看向外边，玲珑轻轻地给她揉着肩膀，“帖子都送到了？”

“都送过去了，因着脚程快，回来得早，殿下怕是要多等上两日。”

“到时候你记着，看有哪家的夫人小姐没来。”将武公主听着外面的嘈杂声，略感烦躁，她抬手轻按了额头，尽力压下心中的不满，朱唇微扬，可是嘴巴里说出的话却并不是那么动听，“真是一群贱民。”

“夫人，您看这套如何？”碧帆挑着几件新裁的衣裳，最后选了这套。浅金桃红二色撒花褙子、石青洋绉撒花马面裙、杏白底绣花披帛，不功不过的装扮，想必碧帆也是用了心思的，她不懂敬武公主的喜好，怕太过华丽惹她的眼，太过低调又拂了安国侯府的颜面。

“就这套吧。”江沅也不多做难为，其实阿妩是不太在意这些首饰罗衫的。

这次赴宴，江沅因着半路上遇到百姓拥吵，故而绕道耽误了些工夫，到得颇晚，等她到敬武公主府时，院内早就青衫红裙地站了一片，二月的杏花满树飘白，开得极美，微风吹来，花瓣离开茎儿，飘向空中，打着旋地落在地面上。

“安国侯夫人来了！”玲珑弯下身子，悄声在敬武公主耳畔道。

敬武公主眯着眼抬头，就见江沅穿过人群向她这边走来，身后还跟着两个丫鬟。

“还是殿下有办法，能请得动国侯夫人。”谢嘉言翘着小指，捏了茶盏抿了口茶，笑眯眯道，“虽说晚了些时辰，但是总比不来的强。”

敬武公主端端坐着，没吭声。江沅这会儿老远就看见了一袭黄衫的谢嘉言，又瞧着阿妩端庄的模样，她太了解阿妩，见她端了架子，就知道谢嘉言多是没说什么好听的，便人未至而笑音先落：“我甚少参加这种宴席，光是挑衣衫就挑了老些时辰，让殿下久等，倒是失礼了。”

“不碍事。”敬武公主微笑颔首，示意她坐。

何宝珍跟在谢嘉言后头，将江沅上下打量了一圈，“这杏花是白的，夫人这披帛也是白的，色儿都快融进去了，想来也没怎么用心挑选吧。”

“这倒是我的一时疏忽。”江沅似听不出她话里的讥讽，微微自责道。

敬武公主垂着眼饮茶，权当听不见她们的对话，看得江沅暗地里摇头，前世她与阿妩关系颇好，虽里面多少掺杂了些利益，但她也真心助过她几次，于后宫那种吃人的倒真算得上挚友，没想到今生这般和平地相见，却是这么副局面。

整场宴会，都在江沅和谢嘉言的交锋当中度过，谢嘉言生得柔美，唇不笑而弯，句句都像夸赞，却又句句戳她的痛点。

“听闻前些日子谢府的后街出了命案，听得我心都悬起来了，贼人着实大胆。”江沅作出满脸后怕的表情，单手扶着心口，“听说案子还没破，真是不安哪。”

谢嘉言指甲掐入掌肉中，面上也作出了担忧状，“可不是。”心里却恨她恨得紧，越发地觉着江沅碍眼。

等到夕阳微垂，各家的夫人小姐接连告退，江沅也不好多待，只与敬武公主寒暄几句，便登了马车，纤纤十指搭在青色的帘布上，髻上的双叶金牡丹在阳光下轻颤着，她回头看了眼公主府的朱门，心里微叹，这世，阿妩是真心不喜欢她的。

“夫人。”朱船快步到她身侧，指着远处的粗布青衣的小厮道，“江府来人了，说老爷现在想见您一面。”

江沅转头望去，那小厮垂首站在巷口，见她看过来，连忙弯腰行礼。

“去江府。”江沅开口，她正巧也有些事情需要问父亲。

“好嘞。”车夫得令，缰绳一转，马车便调头换了个方向，向城北嗒嗒驶去。

公主府渐渐归于安静，敬武公主笑了整天的表情开始变得清冷，玲珑机灵地回着整天院里发生的种种，哪家小姐有了摩擦，哪家夫人面和心不和。

敬武公主探手摸了茶盏，眉头轻蹙，玲珑连忙与她换了新茶。后宅之交是最能看出朝中风向的地方，张王两位大人近期因着国子学的事发生争执，两家夫人便遥遥而坐，权当看不见对方。而太傅一派与大司马一派之间的间隙，就更为明显，中立者两边讨巧，对立者或敷衍两句或冷漠，有甚者更会针锋相对。

“未曾想过初入临安，便要择一方而站。”敬武公主叹道。

玲珑小心地补充：“奴婢方才看谢小姐与宋夫人都在无意间给殿下示好。”

“谢家小姐毕竟太年轻，比不上宋夫人老道。”

“殿下喜欢宋夫人？”玲珑疑惑，她跟了敬武公主近二十载，这次倒是真没看出来。

“原本我下帖提了小字，想着卖她个面，只是可惜啊，大司马的人我终是不喜！”敬武公主捏了块小点，放入口中细细嚼着。江沅姗姗来迟她本就不快，更没想到太庶子和中书郎家的两位夫人更甚，居然称病未至，显然是宋延巳对她成见颇深，“过两日，便邀谢小姐来公主府赏花吧，顺带着把与她关系好的几家小姐一起邀来。”

既然他不喜她，她又何苦非要往上凑。

“父亲。”江沅敲了书房的门，她的马车是从后门入的江府，此次她未惊动母亲，只随着小厮匆匆去见了江忠嗣。

“进吧。”江忠嗣的声音从书房内响起，他的声音听上去有些暗哑，多日不见清瘦了许多，身上的衣袍都显得有些宽大。

“咳咳咳——”他掩着唇轻咳了几声，见江沅进了书房，便点了点旁边的黄花屏背椅，“坐。”

“父亲可是身体不适？”江沅看着他明显有些不太爽利的身子，担忧道。

“无碍——咳咳咳。”

江忠嗣又捂着胸口咳了阵，江沅坐不住了，连忙上前扶了他的胳膊，刚碰到他的手臂，江沅就眼眶一红，泪差点落下来，原先衣袍挡着还看不太出来，如今碰到了，才惊觉江忠嗣近日消瘦得骇人，“父亲这是怎么了？”

“无事，年岁大了总有些毛病。”自从先皇驾崩，江忠嗣心里就越发地慌乱，心口的大石头压得他喘不过气，这些日子看着宋延巳和谢太傅之间不露痕迹的厮杀，他不可谓不急，只不过一直都在尽力克制着自己，直到数日前宋延巳上奏牍，公然拒绝敬武公主回临安，他才再也忍不住了。

宋延巳的野心太大，他要的不仅是实权，更是皇权！

江忠嗣就着江沅的手坐下，叹气开口：“前些日子，在朝堂上发生的事情想必你也听说了。”

“事情说大不大，说小也不小，女儿随便出去晃两圈，都能听回一耳朵。”江沅自然知道他说的是敬武公主之事，只是她不明白父亲为何对这件事有着如此大的反应，在她心中，江忠嗣一向冷静自持，断然不会在众人之前驳了宋延巳的面子才对。

“沅儿，你是我的女儿，我自是希望你好，只是……”江忠嗣话说到一半，剩下的便卡在了喉咙里。

“父亲？”江沅疑惑开口。

“算了。”他摆摆手，终是没说下去，“倒是你，你可知他不是个安于平凡的。”

江忠嗣打量着江沅，见她半天没吭声，心里也就明白了，室内一片寂静，许久后，江忠嗣才再度开口，“也不是什么大事，就是看他这些日子锋芒毕露，怕小皇帝日后会怨恨报复罢了，既然你们早有准备，我这个做父亲的也不好再说些什么。”

江忠嗣的这番说辞，别人或许会信，可她是江沅，是江忠嗣的女儿，她太了解自己的父亲，方才这番话，她是一个字都不信。

“对了，瑞安！”江忠嗣咳着开口，他话音将落，书房的门便被打开，瑞安站在门外，旁边跟着两个身高七尺的男子。待江沅看清他们的脸，心里翻起了惊涛骇浪，这二人是父亲的心腹，更是他豢养的死士，上辈子江沅初次见他们，还是江家和宋延巳撕破脸以后，江忠嗣放哥哥身边的。只是，如今江家和宋延巳之间并无前世的剑拔弩张，他们为什么还会出现？

江沅心中大震，耳畔传来江忠嗣的声音，带着浓浓的疲倦："左双、酆都，收下吧，你如今身份不同往日，小心为上。"

"好。"江沅心中的疑团越来越大，她张张嘴，终是没问出声，其实就算她问了，江忠嗣也不会答她。不过这二人的确是可用之人，江沅又想到了些什么，便点头。

见江沅应下，瑞安才躬身带着人掩门离去。

"我与沅儿已经许久没有这般说话了。"江忠嗣刚要抬手揉揉江沅的脑袋，才发现她早就不再是那个年幼的小姑娘了。

江忠嗣的手就这么伸在半空中，竟然有些不知如何是好，半晌，才落下轻拍了她的肩膀。

"那我与父亲多说会儿。"江沅蹲下身子，拉了江忠嗣的衣袖，仿佛还似未嫁时一样。

"天色已晚，莫让府里等急了，回去吧。"江忠嗣笑着摇头，不再留她。

江沅看着窗外霞光敛收，也知道自己无法再待下去，只好又蹭着江忠嗣说了几句话，才恋恋不舍地起身。

"沅儿。"江沅手刚碰到木门，江忠嗣的声音就从身后响起，她疑惑地回头，就见江忠嗣端坐在椅上，须髯垂在墨灰色的长袍上，看向她，"宋延巳待你如何？"

江沅望了他半晌，才粲然而笑，如同迎春而绽的娇花，"极好。"

"那便好。"江忠嗣执了杯盏，笑着放到唇边，"回吧。"

身影消失在门外，老梨花木的屋门发出沉重的吱扭声，门被带上的瞬间，江忠嗣的笑意也一同被收敛，端杯的手微颤，水渍溅出，他连忙用另一只手握住，颤巍巍地放在茶几上。

一声叹息。

江沅闭目坐在马车内，不停地回想方才在江府发生的事情。马蹄嗒嗒地敲着青石板，车厢微颤。

碧帆跪坐在旁边，不停地给朱船使眼色，朱船权当没看到。

“说吧。”江沅眼睛眯出条缝，继而又闭上，笑道，“碧帆这眼珠子都快瞪出来了。”

“这您都能看见？”碧帆见江沅开了口，也不掖着，“就是您方才从江府带出来的那两人，咱们放哪儿啊？”

总不能养到安国侯府吧，万一被爷知道，可不就糟了！

“等回了府，自然有人安排他们。”

“谁？”碧帆睁着圆溜溜的大眼睛问，朱船听了，忍不住在她腰上轻扭了一下，痒得碧帆直护腰，“你挠我做甚。”

“能有谁，当然是咱们爷了！”朱船嫌弃地又戳了她一下。

“可是……”两个字刚说出口，剩下的便被吞到了肚子里，碧帆转头看江沅不甚在意的表情，咽了口口水，“呵呵，呵呵。”

这么想也是，一个未曾婚嫁就能把小姐闺房摸得一清二楚的男人，还能有什么瞒得过他呢，只是这般盯着，也着实太过分了！

“这等小事，我不必瞒他，况且暗中被人护着，总比再出了差池要好得多。”江沅睁开眼，里面流光溢彩。

宋延巳此刻正在小南湖听曲，听完徐安的回话，他握着酒杯哭笑不得，悄声道：“以后这种小事无须告知我，你们只要护她周全即可。”

小事？私自回江府，还带了两个男人出来，这是小事？徐安默默退出船坊，看着宋延巳与一群大臣举杯侃侃而谈，无言地望天。

晚上，星辰将出，宋延巳便染着淡淡的酒香回了府。刚踏进院门，就见两个男人冷着张脸，一动不动地直立在院中。

呈钰好奇地扒在门口望着，眼尖地看到宋延巳，就拎着衣袍，一溜小跑地奔了过去，拽着他的衣袍让他弯腰，“爹爹，家里来了两个怪人。”

“你娘亲呢？”宋延巳搭眼一瞧，便牵了呈钰，不再看他们。

“在屋里陪表姑姑绣鸭子。”呈钰见他问到江沅，骄傲地开口，“娘亲的鸭子绣得特别好。”

扑哧——宋延巳忍不住笑出声，单手拎了他把他带进去，小家伙挂在宋延巳的手臂上，一荡一荡的，忍不住咯咯笑出声。

父子二人一进门，便看见江沅捻了鹅黄的线，绣针在指间飞舞。宋延巳想起呈钰的话，忍不住凑过去，笑道：“万没想到，夫人如此擅长绣水鸭。”

原本江沅是想着给自己绣只鸳鸯香包佩戴的，谁料被呈钰看见了，吵着想要只水鸭，无奈之下，只好先改了鸳鸯绣成水鸭给他。

江沅看着帕上胖乎乎的鸭子，又看了眼相视而笑的父子俩，眼睛骨碌碌地转了转，才佯装叹气道：“原本是想给你绣枚豆雁荷包的，如今看来，你只能先配上这拨清波的水鸭了……”

“……”

宋延巳清清嗓子，也不笑了，决定跳过自己要佩戴水鸭的话题，问：“院子里那俩你要做什么？”

“我父亲给的，你给安排个住处吧。”江沅针线翻飞，头也不抬。

宋延巳袖中的指尖微捻，面上却作沉思状，片刻道：“那便住西苑后边的耳房吧，离得近，平日里你要是出门便带上。”

“你倒是不问我为何带他们来。”江沅穿了翠色的线去绣波纹，笑着答。

“长者赐，不可辞，既然是岳父大人赠予你，你留下便是，多两张嘴，安国侯府还是养得起的。”宋延巳看着院外那两张熟悉而又陌生的脸孔。

三月初，桃花将开，谢嘉言便收了敬武公主送来的帖子，说是在公主府办了赏花宴，邀她一叙。

“还有哪家的。”谢嘉言捏着帖子。

“奴婢打听过了，来送帖的小厮说一会儿还要跑趟吴府。”宝云连忙答，心里忍不住为自己捏一把汗，幸好她多问了那小厮两句。

“哈哈哈，原来如此，既然帝姬这般给面子，咱们也不好空手而去。”谢嘉言莞尔，“去把那套金丝挂翠的琉璃盏送到公主府去。”

“是。”宝云应下。

“慢着，把我新调的引钱香拿一盒送予敬武公主。”谢嘉言又再度开口，她斜靠在椅榻上，手边撑着红色的裘纱软枕，“添了荼芜的那盒。”

宝云点头应下，脑海里不知怎么又划过那三具尸体，踏出房门的瞬间，她嗓子有些干。

小姐这举动，算得上是挑衅了吧。

这日，江沅正和蓉安在府里逗呈钰背书，宫里就来信了。送信的内侍笑着将牍牌双手奉给江沅，“太后道是为着敬武公主洗尘，才于明日设下此宴。”

言罢也没多留，江沅一个眼色，朱船就送那内侍出了厅。朱船步子迈得慢，待入了长廊，才顺手塞了两块大银在内侍手中，内侍不留痕迹地掂了掂，眼角褶皱加深，“国侯夫人太看得起咱家了。”

“这旨意下得有些匆忙，不知我家夫人可要准备些什么。”朱船问得婉转。

手里的银块子有足够分量，何况对方还是国侯夫人，内侍虽与朱船就近，依旧把声音压得颇小：“是今儿个七殿下进宫提的，请的多是各家命妇，夫人大可不必担忧。”

厅内蓉安看着手中的印凤的朱红金字，有些不安，“这帝姬前些日子不才把临安大大小小的夫人小姐请了个遍吗，怎的还要在宫内办一场？”

江沅摇摇头并不答她，只是敲着手中随旨一起送来的牍牌。

“夫人。”又等了会儿，朱船才快步跑进来，她呼了口气道，“旨是敬武公主求来的，所请之人大多有品级诰命。”

“前些日子，听闻殿下邀了谢家小姐入府赴宴。”消息是帐香跟着林妈妈出去采买脂粉的时候带来的，她最擅长打听这些。

“帐香出去的时候是辰时，说来算早的。”朱船回想道。

“碧帆。”

“夫人。”碧帆见江沅唤她，连忙上前。

“你去一趟宜佳公主府给清平送些东西。”江沅手中的牍牌被她敲出声响，“顺便把我接到元西太后牍牌，明日要入宫一事告知她。”

江沅眼神微冷，阿妩就是要把上辈子对付谢嘉言的手段都用到她身上了。

“清平若是也能去就好了，表嫂好歹多个伴。”蓉安看着匆匆随着朱船去挑礼的碧帆，还是有点忧心，“不过，再过俩月，便是清平与冯大人的婚期，元西太后怕是不会在这个节骨眼让她入宫了。”

江沅这会儿也没了哄呈钰的心情，呈钰人小却也机灵得很，这会儿见母亲和表姑脸上没了方才的喜色，也不吵闹，只唤了罗暖抱他上榻去讲话本，小脑袋偶尔从珠帘里钻出来看几眼江沅。

碧帆办事极麻利，一个时辰后，人便从公主府回到了安国侯府，路上丝毫没耽搁。

“如何。”江沅手畔的茶水微凉，朱船想要上前给她换下，被她抬手拒绝。

“接了宫里的帖子，说是单独给下的。”碧帆喘着粗气，“奴婢去的时候，县主正在府里纠结着，方一听说您也去，便一股脑地都道给了奴婢。”

桌上摆着几样细茶果，罗暖的声音伴着呈钰的问题从帐里细细传来，江沅眼神不留痕迹地扫过面前的几个丫鬟，她们之中有宋延巳的人，这些年那人没动过，她也就一直没抓出来，如今到了这个节骨眼，也该用上了。

命妇入宫，便是她这个品级，也只能带两名侍女。帐香于栖安一事上她曾试探过，结果差点杀了宋延巳一个措手不及；碧帆的性子又不是能藏得住事的；朱船……江沅半垂的眼睛微闪，上辈子朱船为了救她，被谢嘉言活活打死在了鸳鸯殿；还有罗暖，早就在她去朔北的那几年便死在了宋府的后宅。

这几人，她一个都不想疑，可事实就是她们里面确实有宋延巳的眼线，这几年江沅一直有个疑惑，四个丫鬟自幼与她一同长大，他到底是怎么收了那人的心，又为何要安插眼线在她身边。

“朱船、罗暖明日随我入宫。”江沅稳了心神，不急不缓地开口。

次日一早天蒙蒙亮，宋延巳前脚出了府门，江沅就起身梳妆，真红色的纻丝大袖衫，鈒花金坠，宽松的多折裥裙微微曳地。钿钗礼衣端着个命妇该有的模样，整理已毕，对着妆镜端相了端相才道：“这样吧。”

朱船扶着她上了马车，车马后除了几个小厮，就跟了江忠嗣先前送的左双、酆都二人。

“爷，要不要知会声宫里的人。”徐安立在墙边，看着渐渐远去的车马，对身边的人道，“总觉得此番入宫不太平。”

“无须，莫扰了她。”宋延巳斜靠在青灰色的砖石上，这事江沅昨夜只与他粗粗说了两句，显然是胸有成竹的模样，若是他贸然出手，怕是会坏了她的计划，但是……宋延巳又想了片刻，改口道，“算了，还是让人远远看着点吧，别真伤到了，但是切记不可动。”

徐安抿着嘴抱拳，然后转身飞快地去给宫里人递了消息。

江沅在宫门前下了马车，只带着朱船、罗暖随着前来迎她的内监入了宫，方走了几步，见内监要带着她往左行，江沅便察觉了其中的不对。便驻足不前，笑称与清平县主约好了，要一同去元西太后那儿行礼。

“国侯夫人再不去便要晚了。”内监见她止步不行，心里有些焦急。

“公公莫要蒙我。”江沅笑着用帕子掩了唇，眼睛眯成弯月，“这一路我可未曾见其他夫人。”

“她不走，可怎么办啊！”宫墙的拐角处，詹事夫人碰碰身旁的女子，她的夫君如今刚升詹事，断然不能因为她招了嫌。

“你去。”翠衫女子推推她。

“我这心里怎么有些不安呢。”詹事夫人轻咬红唇，“为何非要你我等她走了再行？”

“怕什么，左右殿下只说让咱们跟她在宫门口打个照面而已。”翠衫女子晃晃她的胳膊，“实在不行你先与她走一段，之后谎称腹痛再来寻我便是。”

“国公夫人。”詹事夫人犹豫了半天，最终硬着头皮迎了上去，做出副刚见到江沅的模样，因江沅身披礼衣，便惊着行礼，“我乃詹事林还之妻，没想到能在此地有幸遇到夫人。”

“客气了。”江沅不留痕迹地把她从上到下打量了一圈，眼神在她袖中素色的帕子上停留了一瞬，又快速移开，笑得温婉，“林夫人可要与我同行？”

“夫人不嫌弃，自然是好的。”詹事夫人笑道，只是袖中的手指微微有些颤抖。

花草满地，白柳横坡，那内监并未带着她二人行大路，也未走那偏僻的小道，而是挑了曲径长廊而行，此路美而宽广，却因着去各个宫殿皆要绕远，不及其他两条路近，而很少有宫人择此道而行。想来若不是江沅闭着眼都能把宫中走一遍，多半也是不会起疑的。

江沅余光偶尔扫过林夫人，快行近素苑，她的步子开始缓下来，江沅见她步子微顿，还未等她开口，江沅就先她一步踩了个半空。林夫人心中大惊，习惯性地伸手搀她，江沅就这么顺势不小心扯掉了她袖中的绣帕。

“哎呀。”江沅轻呼出声。

“夫人无碍吧。”詹事夫人心都快跳到了嗓子眼。

“无事。”江沅弯腰捡起了地上的两条帕子，伸了一条在她面前，“倒是不小心脏了夫人的帕子。”

“一条帕子而已。”詹事夫人这会儿心里乱得很，连看也未看就将帕子收到了袖中。

“林夫人方才怎么停下了？”

对上江沅笑盈盈的眸子，詹事夫人当下就捂了小腹，眉头微皱，“许是早上吃坏了肚子，不若夫人先行。”

江沅看了眼周遭，“我怎好把夫人一人放于此地？”

她这次进宫没资格带丫鬟，领路的又只有一名太监。

“不如，我把朱船先给夫人用着。”江沅指着旁边的朱船，似体贴道，“朱船，且好好跟着夫人。”

詹事夫人这会儿也顾不得其他，只点头如捣蒜地应下。江沅又含笑拍了拍她的手背，才带着碧帆继续跟着内监前行。

詹事夫人松了口气，就听见旁边传来朱船幽幽的声音：“夫人不是腹痛吗？”

笑容再也挂不住，林夫人只好低了头，向着方前来的地方匆匆而行。

“夫……”

“这儿的景倒是别致。”

又走了一段，罗暖也发觉有些不对，刚开口，就被江沅打断制止，后半截话便咽到了肚子里。

阿妩是个谨慎的人，断然不会在宫内惹出什么大麻烦，这次，多半是想卖个好给谢嘉言罢了。

江沅便看这周边的景致，步步赞赏。刚走到素苑中间，只见先前领路的小太监往假山中间一窜，人就没了身影。

“夫人！”罗暖大惊，连忙向前一步，冷汗瞬间浸湿了后背。

“不怕，你我且慢慢行着。”江沅心中暗自失笑。

“这位夫人是要去哪儿？”忽然，前边的花树后走出一个人，面如冠玉，温文尔雅，摇着纸扇向前对江沅道。

这张脸……江沅眼角微弯，将身子往后一退，“方才带路的内监不知怎么跑了，如今把我一人丢到这儿，倒是不认得方向了。”

“也是合该我与夫人有缘，原本与友人下棋输了，这才找个清净地方略散一散，不想就遇见夫人。”他一面说着一面拿眼睛不住地觑着江沅。

这眼神看得罗暖怒火中烧，可是苑中只有她们两个手无缚鸡之力的女子，罗暖抬头看江沅，见她面上含笑，多是有自个的打算，便使劲压下心中的怒火。

江沅也是个聪明人，见他这个光景，便猜透了七八分，“不如先生指了路，助我走出去可好。”

“自然自然。”那人听了这话，看向江沅的神情越发地不堪，连忙上前一步，淡淡的灯芯草香味钻入鼻孔，又与她说了半晌，才点着左侧道，“夫人顺着这条路出去左转直走便是。”

“谢过先生。”江沅故意地把脚步放迟些。

“登徒子。”罗暖跟在江沅身后，走远了才悄声恨道。

“原来阿妩是唱的这一出。”踏出素苑，江沅扭头看了眼空荡的园子，冷笑出声，迈开步子向右侧走去。

“夫人。”罗暖唤出口，那人说要走左边的。

“咱们得赶在林夫人前边。”右侧的曲径直通大道，说不定还真能与林夫人碰上，步伐微快，她心里暗忖，这张脸倒是像了那段家儿郎三分，可山鸡就是山鸡，怎么也成不了凤凰。

江沅算着时间，到的时候，正巧与林夫人在颇为隐蔽的廊亭拐角处碰上。

“夫人不是肚痛吗？”江沅款步提衣踏上阶梯，詹事夫人表情仿佛见了鬼一般。

翠衫女子等得甚是焦急，远远望见詹事夫人，本想迎过来，却在走近后看到江沅的瞬间，生生停了脚步，她转念一想，左右这事与她无关，身子一转就先入了宫殿。

“咦？我的玉佩呢？”江沅整着衣服，顺手摸了摸腰间，忽然眉头皱成疙瘩，寻摸了半晌，才焦急地对詹事夫人道，“夫人先进去吧，我竟是将玉佩丢在了路上。”

朱船先前一直跟着詹事夫人，自是不晓得发生了什么，真当她丢了圣赐的玉佩，急得满头大汗。

江沅也不说什么，只带着朱船罗暖向旁边找去。

“夫人，她进去了。”罗暖见那抹身影飞快地进了殿内，路上未作停留，才道。

“怎么回事？”江沅直起了身子，朱船连忙上前扶她，看着罗暖问。罗暖只好拣了重要的与朱船说，越说越气，吓得朱船脸色泛白，“这可如何是好？”

“将计就计。”江沅顺着宫道走了几步，顺手点了几个小太监跟着她去了通往素苑的路径上，直言丢了玉佩，让他们帮着寻下。

“我让你带的香露可带了。”江沅着实闻不惯身上灯芯草的味道。

“带了。”朱船随身带着，这会儿见江沅要，连掏了出来。

江沅把香露多倒了些在掌心，夜寒苏的味道一上身，就冲盖了衣裳上灯芯草的淡香。之后她又在外面耽搁了些时间，估摸着差不多了，才佯装寻到了玉佩，帮她一起寻佩饰的小太监们松了口气，心里也有些狐疑，安国侯夫人怎会走这条道?

“这安国侯夫人也迟了太多了。”元西太后抱着茶盏似有不喜。

翠衣女子见太后问，连忙开口：“臣女来的时候曾与安国侯夫人在宫门口碰上过的。”

“哦？”敬武公主开口，带着点点疑惑，“可如今燕婷早到了啊？”

“安国侯夫人到。”门口的内监唱道。

敬武公主看着杯盏，唇畔含笑不再多言，现在还不是时候。因着宋延巳，她自然不敢真把江沅怎么着，但她却可以制造各种时间与空间差。

阿妩整天都心情颇好，她不言，江沅也不言，只顾着面偶尔谈笑几句，阿妩身上传来的，是熟悉的茶芜香。便是谢嘉言不来，这香也无时无刻地不在提醒着她的存在。

江沅太知道阿妩的性子，她若是不喜欢你，无论你说什么，做什么，都是错，即便江沅说的都是她极喜欢的。只要阿妩不过分，她与她之间，就还有回旋。

可惜江沅这么想，敬武公主却不这么想。

这份平和只维系到午宴将至。

“太后。”阿妩人如其名，生得妩媚，这会儿酒过三巡，气氛高涨，她眉眼一弯，便道，“今日阿妩知众位夫人前来，特请了府中的琴师与众夫人抚一曲。”

她话音将落，有人起了兴趣，自然也有人皱眉。

只见两名侍女抬上了面琴几，放了金丝软垫于殿内，纱帘被手指撩起，琴师便在众位夫人的注目下进到了殿中，他着一身滚着石松绿边的月白衣袍，对着元西太后拜了三拜，抬起头的瞬间，着实让不少夫人移不开眼。

罗暖跪坐在江沅身后，看到那个身影呼吸一滞，朱船敏感地察觉到了她的震惊，飞快地抬头看了那人一眼。

就是他。罗暖无声对朱船道。

琴师的琴技尚可，但称不上绕梁三日，不过因着配上这张脸，便又多了几分称赞。

一曲毕，他跪地谢恩。

元西太后看着厅中之人笑道：“阿妧今早便带琴师入宫，这般好的琴技，却到了晚宴才听得着。”

“阿妧原本早上想等各位夫人到了，便唤他来弹奏的，谁想到……”敬武公主表情骤变，杯子狠狠地砸在了他面前，“竟然多次寻找不到人。”

众人一惊，就见敬武公主怒道：“好大的胆子！本殿带你入宫，宫中女眷众多你也敢乱闯！说！去哪儿了！”

果然是场鸿门宴。

江沅静静地看着敬武公主，她像是真动了怒气，凤眼斜飞，指尖上的蔻丹红得骇人。

“奴冤枉，奴只是在素苑散心。”男子跪在殿中，额头抵着地面。

“哼，冤枉？你消失了这般久，回房又染了脂粉香还敢说冤枉！”敬武公主拍得桌子声响，“拖出去！”

竟是要当下诛杀！

“奴不曾欺瞒殿下！”那人似有些慌乱，抬着眼在殿中飞快地转了一圈，最后定在江沅身上，指着她高声道，“奴曾在素苑与这位夫人有过交谈，还捡了夫人的帕子。”说着从怀里掏出一方绣帕，“夫人可以为奴做证。”

一时间，殿内静得连根针掉下都能听见，江沅迟来了一个时辰，素苑又一向少有人烟……朱船只觉眼前一片漆黑。听他说出来这番话，敬武公主才松了精神，也不再咄咄相逼，借着饮茶的工夫掩了唇角浅淡的笑意。

“好了，我便与他做证。”江沅见众人都看着她，也不扭捏，对上阿妩的眼神，笑着开口道，“之前我与詹事夫人见天尚早，怕提前扰了太后，便寻了汝玉阁后边的长廊而行，谁料在素苑遇见了这位琴师。”

詹事夫人？敬武公主一个眼神望过来，眼神锐利得如同一把匕首，不带丝毫感情，看得詹事夫人心头微颤，刚要张嘴辩解，就被江沅迅速打断。

“你捡的帕子可不是我的。”江沅看着詹事夫人，素手一指，“是林夫人的。”

詹事夫人脑子嗡的一声就懵了，她连忙掏出袖中的绣帕，素白的帕子上只绣着一片水波，而她的帕子，则在帕脚绣了朵海棠，只因，她名中带个棠字。

詹事夫人忽然想到江沅曾在她面前滑了一脚，然后她的帕子落在地上，江沅捡起来还她，而她，却连看都未看一眼。难怪之后江沅让丫鬟跟着她，如果路上她未碰绣帕，入了殿内，素帕落地沾了灰，她是断然不会当着各家夫人的面拿出来的。

“既然是与詹事夫人一同而来，那夫人为何到得这般晚？”敬武公主放了茶盏，问出声。

“我中途掉了玉佩。”说着江沅掏了怀中的墨玉双鱼圆佩，笑道，“只因此物是夫君送的传家之物，总不好丢了，便唤到几个内监帮我寻了圈。”

人证她有，物证也不是她的，哪怕琴师身上有脂粉香，便是再找人细闻了，那也不是她的。至于詹事夫人，她又能说什么？只进过素苑这点，她便逃不了。江沅当然知道自己方才这番话经不得深挖，亦要詹事夫人与她一同圆谎，可是她笃定了詹事夫人不敢乱说，与其搭上自个落得一身脏，不如将错就错应下她说的。

詹事夫人嘴巴微张，江沅的话有太多纰漏，她可以挑出各种来反驳。可是，帕子怎么解释？她进内殿，而江沅挑了太监帮她寻玉佩，她与江沅到殿门的时间是重合的，即便后半截路有不少内监见过她，可是之前呢？如果江沅的时间有问题，那她的不也有问题了吗？她孤身一人而来，到时候，谁又能给她做证？

詹事夫人抬头看着江沅，她笑得那么温柔，不知怎么就想到了宋延巳，那个每每都让自己夫君觉得惧怕和棘手的男人，而江沅能稳稳地占着他的后宅，她又怎会是个纯善之人。

江沅这是要捆着她一起啊！双赢，或者一起下水。詹事夫人听到自己喉咙里挤出的声音，她脸上扯着僵硬的微笑："正是，我与安国侯夫人同行。"

琴师听着江沅和詹事夫人睁眼说瞎话，头埋得更低，证物不是江沅的，江沅也拖着林夫人证明他的确在素苑，这让他失了再反口的机会和理由。

"你……"敬武公主指尖微微掐入掌心，作为知情人，她当然确定里面有问题，刚要再问，就被元西太后开口打断。

"该高兴的时候，莫要因着些小事弄得失了兴致。"元西太后家族不显，可脑子还是在的，将才，敬武公主的突然发难就让她冒了一身的冷汗，毕竟她还需要宋延巳的帮衬，断然不能在这种场合将江沅得罪得狠了，如今这事落得个面上圆满，自是要赶快掀过去。

没用的贱婢！敬武公主也不好当众驳了元西太后的脸面，只好颔首应下，眼睛里却没了之前的光彩。

江沅居然在她的地方用她的人破了她设的局，又算准了元西太后不会深究，难怪谢嘉言说她不是个一般的。

"既然是误会一场。"殿中有人开口打圆场，"我方才听这琴师琴艺高超，不若让他再奏一曲，权当给两位夫人赔罪吧。"

江沅徒自站在殿中含笑，刚要坐下，又听见阿妩开了口。

"我听闻安国侯夫人的琴艺也是极好的，不若与我这位琴师合奏一曲如何。”把刁蛮公主的任性演了个十成十，江沅若是应下便是自降身份，不应也是被她折辱了一把。

江沅认识的阿妩，便是再任性也不会做此举动，除非刻意为之。如今阿妩拿了架子，就是想在身份上压她一头，落她的脸面。殿内多为命妇，她此刻若是忍了，丢脸的不光是她，还有安国侯府。

“殿下主意甚好。”见江沅开口，殿中出现窃窃私语，她话锋一转，又笑道，“不过我琴艺着实不佳但我可以为殿下推荐一人。”

“谁？”元西太后倒不想江沅直接应了，对她口中那人也好奇得紧。

“大行令家的夫人。”江沅看着阿妩的眼神越来越冰，“我方才瞧这琴师倒与段夫人有几分相似。”

与其说像段夫人，不如说这张脸长得像了那段家三郎。

果然，不少人开始打量起两人。

“我说这琴师怎有些眼熟，安国侯夫人一提我才想起来，长得颇像段三公子。”

“还真有那么一点。”

段夫人从方才就强忍着怒火，只是这话说得越来越不入耳，她松了握紧的手指，僵着脸，“哼，一个奴才，也配让夫人与他合奏。”

“是阿妩思虑不周。”敬武公主连忙起身道，“姨母莫怪。”

江沅看着眼神冻成冰的阿妩和努力压下怒火的段夫人，抬手撑起额头，单手转着眼前的杯盏，阿妩对段三郎的那点心思她太清楚不过，恨不得身边的每个男人都带着段介然的影子。段夫人面上不言，心里多少还是有些膈应的。

“安国侯夫人好生厉害。”宴会将散，敬武公主单独留了江沅于殿中，她缓步到她身边，就这么冷笑地看着她。

“我可是哪里得罪了殿下？”

“经过今日，夫人可是真得罪了我。”她抚着腰间的穗子，仿佛在说今儿个天气真好。

“我不过是见招拆招，于殿下并无恶意。”

“你这是在拿本殿当猴耍？”

阿妩头上的金步摇闪着冷光，晃得江沅眼花，“不敢，我与殿下之间无仇怨，也望殿下莫要步步紧逼。”

这倒还真是她的不是了，风吹过殿门，灌入敬武公主的广袖，她迎风而站，“江沅，我知道你聪明，你也少拐弯抹角地敲打我，别人怕你本殿可不怕，莫说是你，便是安国侯，我也是不怕的！”

世人皆惧怕宋延巳，可是我阿妩不怕他，帝后与我们联手如何！

“你能如何？”江沅平静开口，这世没了我费心助你，你能如何？你们又能如何？

“哼。”敬武公主从她身边擦过，目不斜视，“夫人不信，咱们走着瞧。”

等敬武公主带着侍女出了大殿，朱船、罗暖才连忙上前一步，“夫人。”

“方才这件事，一个字都不能告诉侯爷。”江沅双手端在袖中，眼神闪烁，“还有素苑的事。”

“是。”见两人应下，江沅才拎了裙摆而行，她猜自己与阿妩的这番话，宋延巳十有八九是会知道的。

不过敬武公主这事，她越想越觉得其中古怪，还是说……江沅放慢了步子，宋延巳早就有所防备。

抑或者，江沅停住脚步，唇瓣微颤。

第二十二章　玲珑棋局　环环相扣

“从今日起，左双你去盯住谢府，鄷都你仔细着府外的动静，有什么异常，无须过人，直接报我。”江沅太了解阿妩，也太了解谢嘉言，如今她俩凑到一块，还真指不定能做出什么。

朝堂之上，宋延巳步步紧逼，提到削藩，大司马一派自然复议。

“谢太傅认为如何。”小皇帝每日就这么一句话，反复地说着。

谢太傅捏着胡须，似在想些什么，见李璟开口问他，便阔步踏入殿中，“臣认为大司马此言极是。”

竟是赞同削藩，殿中大臣面面相觑，猜测谢生平的本意，等了片刻，才有人站出来，“微臣复议。”

“臣也复议。”

“臣认为不妥。”江忠嗣跨前两步，宋延巳眼皮微挑，瞬间又恢复了平静。这些日子，江忠嗣瘦得吓人，他不停地咳嗽，“陛下年幼，若是真权集中央，难免心有余而力不足，不如让各方藩王多治理些时日，待陛下年岁大些，再削藩也不迟。”

若是削藩，各方地权最终还不是到宋延巳与谢生平手中，难怪他们二人意见如此一致。元西太后坐在内殿，朱唇紧抿，只是她不明白，这江大人是宋延巳的岳父，按理说应与他一起才对，怎会接二连三地反对于他。当然，江忠嗣的提议无疑是最好的，等璟儿年岁大些，再懂事些，到时候再提削藩，说不定又是另一番天地了。

“江大人此言差矣，如今各地藩王已放任许久，早已有些蠢蠢欲动，现下再不削藩，怕是晚了。”张祭酒开口，余光却一直注意着宋延巳，说到最后见他也没出声，心里才悄悄地松了口气。

孤掌难鸣，唯此而已。

下了朝，江忠嗣的步伐越来越慢，早年与他有些交情的，如今恨不得避着他走，可他毕竟是宋延巳岳父，也就自然没人真敢当面与他辩些什么。

宋延巳看着走在面前的身影，宽大的官袍罩在江忠嗣身上，光影投在地面，显得何其没落，他一个动作，身边的官员便识趣地退下，他迈着步子走在江忠嗣身后，“岳父大人为何针对于我？”

“你倒真不怕等陛下年岁大了生出其他心思。”江忠嗣回头望他，眼神称不上好感。

左右周围没有人，宋延巳如今走到这一步，也不怕与他摊牌：“能不能长大还是一说。”

“你！”江忠嗣原本微眯的眼睛骤睁，“你是臣子，他为帝王！”

“许是岳父大人忘了。”宋延巳笑着开口，就像他第一次在宫内见他的模样，笑得让人如沐春风，“是非成败本无定，王侯将相宁有种？”

“贤婿想要的未免太多了！”

“阿沅是我发妻，呈钰是我嫡子，我今后取得的，便也都是他们的。”宋延巳忽然迈前一步，收了脸上的笑意，面无情绪道，“岳父大人到底在怕些什么？”

江忠嗣袖中的手不停地颤，他暗暗用另一只手压住，面上依旧镇定，“怕贤婿走不到那一步。”

宋延巳直起身子，笑得开怀，阳光落在他的官袍上，深紫成黑，他的语气值得玩味，“咱们拭目以待。”

“那下官就先告退了。”江忠嗣拱手，然后又飞快转身掩了唇，咳嗽声被他死死地压在喉咙里。

“江大人慢走。”宋延巳看着他微滞的步伐，目光盯着他的身影越走越远，这一路，他头也未回。

“真的？”谢嘉言听到消息，略有疑问，“莫不是那一大一小两只狐狸在做戏？”

“断然不会有错。”敬武公主捻了一颗蜜饯放入口中。

“那就奇怪了，按理说江忠嗣得这么个女婿，理应全力助他才是，怎会在朝堂这么落他的面子。”谢嘉言还是有些奇怪，“殿下可有查到？”

“我还没来得及着手。”敬武公主用秀帕沾了水，轻拭着手指，似想到了什么，笑道，“我忽然有个好主意，谢妹妹可要听？”

说着伸手拉了谢嘉言的胳膊，在她耳边细细道。

“这，会不会有些过了。”听完敬武公主的提议，谢嘉言有着片刻的犹豫。

怎的这般婆婆妈妈，阿妩面上不显，心里还是有些皱眉的，不知怎么就想到了江沅，若是她，或许会立刻应下吧，只可惜，她与她终究不是一路人，“双方博弈必有一伤，咱们先下手为强，你有何可怕的。”

谢嘉言沉思了半晌，点头应下：“只是，我于此不算了解。”

“东西我来准备，用你的人。”敬武公主似怕谢嘉言起疑，忙道，“我的人都被盯住了，不好动。”

至于是谁在盯着她，她用脚趾也能想出来，宋延巳果真在疑她！

院内传来几声猫叫，江沅瞬间醒来，这是左双给她的暗号，她扭头看了眼身边呼吸匀称的宋延巳，悄悄地起身下床，绣鞋踏在柔软的地毯上，未发出丁点声响。

江沅刚出屋子，宋延巳就缓缓睁开了眼，他有些失神地看着眼前的床幔，这藩必须要削！

三年的内战，生灵涂炭，百姓析骨而炊。这次，他不能再给他们那么多时间，亦不能再陷万民于水火，他要趁着他们羽翼未丰，一举将他们连根拔起。

三更的梆子敲了数下，就有人摸着黑出现在了安国侯府的大门前，他小心地观察着周围的情况，确定没人了，才开始动手，透明的浆液被洒在地面上，朱门则照着那人给他的标记画了上去。

“夫人。”酆都悄声道。

世人皆信天象，我倒有个法子帮帝后整治谢家。阿妩的声音犹在耳，可惜这个方法上辈子她还未曾听到，她父亲就出事了。

江沅看着那条黑影在门口泼画着什么，指尖都是颤抖的。

“有人！”酆都忽然脸色大变，开口道。

“多少？”

“一队人马！”

江沅被酆都掩在远处，只见那人刚要抖着包袱离开，周围瞬间围出了大批人马，那人没挣扎多久就被人按在了地上。

江沅冷眼看着忽然出现的人群，徐安举着火把，火苗摇曳，安国侯府紧闭的朱门骤开，宋延巳就这么踏着步子出现在门内，如闲庭散步，他笑着立在火光之中，单手背在身后，“夜深露重，壮士在我安国侯府门前做什么？”说着又用脚踏了踏地上微润的土地，面上一脸明了。

江沅再也待不住了，阿妩这是要置江府于险地！她理着衣袍，待觉得无失礼之处，才迈着步子靠近朱门，“夫君这是在做甚？”

“阿沅比我慢一步。”宋延巳伸手，江沅笑着把手指放入他的掌心，就听他悄声道，“不过，徐安不及阿沅的人。”

“你早知道？”江沅抬头看他，火光下，他的睫毛投下阴影，看不清眼里的情绪。

“这些日子我得罪了不少人，自然要多些防备。”他捏着她柔软的指尖，有点冰，“点火！越亮越好，我倒要看看他画了些什么！”

火把接连不断地被点燃，照得安国侯府门口恍若白昼，方才洒的水渍因着了光，渐渐变了颜色，原本清透的地方开始透上了淡淡的红，随着火光的明亮而越发地深，最后化为遍地的猩红。

一幅巨大的星象图跃然而上，客星倍明，主星幽隐，星孛赫然于三台星上。

天官书曾言：慧在三台星，臣起君亡。

好个大逆不道！若是今夜不曾发觉，待明日阳光晒到门前，在众目睽睽之下天降异象，后果不堪设想！

可是，真的仅此而已吗！江沅气得指尖都在抖，她父亲与宋延巳在朝堂上发生分歧，为的便是宫内那位！她压着心中的火，冷笑出声："谁让你来的？该不会要说江大人吧。"

周遭死般的寂静。

若不曾发觉，突降此异象，安国侯府必会成为众矢之的。若是发觉，便嫁祸江家，让宋延巳认为是江忠嗣逼他放权！

江沅见那人浑身一抖，似被说中了心思，还没来得及咬后槽牙上的药丸，她就飞快开口："别让他死了！"

酆都身影一闪就伸手拧掉了那人的下巴，他眼中写满了震惊，此刻嘴巴闭也闭不上，口水从嘴角流到地面，湿了一块土地。

想死，没这么容易！江沅就这么幽幽看着宋延巳，周身的气息冰得骇人，"这人，我亲自来审！"

"好。"宋延巳垂眼点头。这样的江沅，他已经许多年不曾见过，只要触碰到江家，她就会变得像只刺猬，敏感而多疑，浑身长满了硬刺。

牢房内，鞭子鞭鞭抽在皮肉上，地上染了点点的猩红，江沅就这么坐在交椅上，直直地盯着他。

死士她上辈子没少见，可是，是人就有弱点，多少人犯到她手上，活不得死不了，都被逼得说了实话，但凡踩到她的底线，江沅从来都不是那心软的。

这辈子，她和宋延巳之间没走到你死我活，她也愿意做那平和温婉的安国侯夫人，陪他拿下这万里的河山，看她的家人平安喜乐，让她的儿子高高在上。

可是，居然有人想毁了她一生所求。

“是谁？”一盆冷水泼下，那男人昏死又醒来，这几天，他身上没有一块好皮肤，不停流淌的血液早已染湿了衣衫，江沅心里已有了答案，可她就是想听那人亲口说出来。

“敬……敬武公主……”那人眼前一片漆黑，不停地翻着白眼，口中喃喃道。

“还有呢？”江沅起身，靠近他，血腥味涌入鼻腔。

“没……有了”他思绪已经不清晰，可是谢家，他说什么也不能供出来！

“继续。”江沅背过身去，绣鞋上浸了血珠，耳边传来声声鞭响和闷哼声，她声音小得如同自言自语，“阿妩欺人太甚。”

消息是左双那里传来的，这其中谢嘉言怕是多多少少的也逃脱不了干系，江沅冷着脸蹲下身子，用手帕轻拭着鞋面的血渍，一下又一下。

“爷，差不多就快招了。”徐安自打那人入了牢房，就密切关注着，江沅审人的手段绝不是一两天就练出来的，她似乎也不打算瞒着他，这让徐安更为悚然，这还是那个温和娇俏的夫人吗？

“你想办法把人杀了。”宋延巳皱眉开口，不能再审下去，这事到敬武公主为止，断然不能直接扯出谢家。

他与谢家的这盘珍珑局，江沅不能进去！上辈子不行，这辈子就更不可以。

“夫人。”酆都探着地上的尸体，“中毒。”

身上的伤口已成乌青色，显然毒是从伤口侵入体内，江沅看了眼旁边空掉的木盆，这本是用来盛冷水的，“你去探探。”

酆都擅毒，只需片刻便有了结果，“夫人所猜不错。”

毒药是融在水中，一盆盆泼下去，冷水混着鲜血渗入人体，便能在她眼皮子底下把人不声不响地杀了，而能做到这些的人，少之又少。

“宋延巳，你到底想做什么？”江沅喃喃自语，脸上难得染了愠色，甩袖出了牢房。

等江沅到府的时候，徐安已经在门口候着等她，府邸门口前被打扫得干干净净，丝毫不见那夜遍地的红，“夫人，爷请您去书房。”

“算得可真准。”江沅忍不住笑出声，眼里却没有点笑意，“我正巧要找他。”

宋延巳的书房内布置得颇为素雅，因着天气渐暖，半身高的汝瓶内插入了新折的花枝，他安静地坐在桌案后，单手执着书卷，听见江沅的开门声，才抬了眼。

“人是你杀的。”江沅带上门，问得平和，可是宋延巳知道，她心里多半是气极的。

“没错。”宋延巳起身，踱步到她面前，他比江沅高一头，就这么垂着头望她，“不能再问了。”

“哼。”江沅朱唇微抿，哼笑出声，广袖下的手指紧紧握着，“你可是在怀疑我父亲。”

宋延巳摇头：“并不。”

“那你杀他做甚！”江沅靠前一步，她仰着头，她极少与他这么对视，带着狐疑，带着打量。

“你既然都知道，为何还要问。”宋延巳平静地回望她。

“我一向只相信自己的眼睛，自己的耳朵。”江沅点点自己的耳垂，“我要亲耳听到。”

“既然如此。”宋延巳单手拂过她的发丝，温热的手碰到她的耳垂，轻触着她耳上垂下的红宝石，“我只能告诉你，这次我从没疑过你父亲，他与我之间虽政见有分歧，却不至于走到这一步。”

江沅伸手拉下她耳上的手指，宋延巳反手握住，“我的人从你出宫便一直盯着公主府。”

他果然是知道了，朱船还是罗暖？他似乎再用自曝这点，来博取她的信任，证明自己确实没有怀疑江家。

“阿沅，你该知道我的。”宋延巳把她的手放到唇边，“我若怀疑，早就大义灭亲了，无须等你来质问我。”

“我这不是关心则乱吗。”江沅眼睛飞快地眨了两下，语气忽然软了下来，小模样俏生生的，拉着他的手摇晃道，“如今世道这般乱，我是真心怕的。”

揉揉她的脑袋，宋延巳笑着没吭声。

“酆都，你去帮我做件事。”出了书房，阳光正暖，江沅行在蜿蜒的曲廊中，“今日申时，你去八方铺子给我买一道梅糕小点，要沾红蕊的，再去顺丰茶行帮买盒上饶白眉的新茶，纸要多宝轩的萃雯宣纸。”

阿妩既然敢做初一，就休要怪她做十五。

上辈子，梁王李立私自佣兵，阿妩与他往来密切，她那时候因着哥哥的死与宋延巳闹得厉害，尔后父亲伤重不治，她心里更是怨恨不已，便真卡着宋延巳的七寸出手帮阿妩和李立谋划了一番。

当时的她急红了眼，只顾得到自己的恨、自己的怨、自己的委屈，却从未想过后果，未曾想过天下，亦未曾想过万千的黎民，事后到底发生了什么，江沅也无从得知，她还没等到那一天，就活不下去了。如今回想起来，她才深深觉得自己上辈子实在自私得很。

至于宋延巳，江沅散步到池边，池中锦鲤游得欢快，她不介意帮他一把，毕竟以后得自家的东西总好过夺外人的。

当晚，江沅便写了封只有阿妩和梁王才能看懂的密函，将上饶白眉捻了一根印入火漆中，里面放着朵梅糕小点上的红蕊。梅糕小点是李立封地的传统小点，临安唯八方铺子有之，而贴了红蕊的，只有申时出笼的这几份。

宋延巳想要削藩，那她便给他个想要的。至于父亲那边，她倒真要抽时间与他谈谈，这其中，定然有许多她不知道的东西。

同年四月，梁王李立的密信送入临安，江沅深知其中门道，便差酆都背了暗号去取了来，作为交换，江沅让宋延巳把江澧派到柠溪，并安排了孔令举同去，位于其兄长之下，尔后才把破出的消息和密函一并交到了宋延巳手中。

“你不问我怎么得来的？”江沅笑得有些古怪。

“这是阿沅的秘密。”宋延巳微怔，继而摇头道，“我信得过，亦不会多问。”

果然，梁王李立的密函被呈入朝堂，一片哗然，连一向沉稳的谢太傅都惊了把，他皱眉打量着宋延巳，从上至下，从未有过地认真。

“什么密信！”敬武公主惊得打翻了茶盏。

奉命前来的侍卫自是不会与她多言，“殿下入宫便可得知。”

这一路，阿妩的脑子都是懵的，直到看见李立的回信，震惊写满眼眸，为什么，她并未去信，红蕊被染成黑色退回，这是她与李立之间的秘密，除她之外，无人知道！

寒意布满全身，敬武公主望向宋延巳的眼神充满了惊恐，这个秘密，世上绝无第三个人知道，而她才刚开始着手谋划，敬武公主话都说不利索：“你……到底是谁？”

“微臣名唤宋延巳。”宋延巳看着瘫跪在地上的敬武公主，神色从容。

“陛下！老臣认为削藩之事，不可再拖！”谢太傅见时机成熟，撩袍而跪。

“臣复议！”大殿之上，齐刷刷跪了一地，两派之间，从未有过地和谐，于他们而言，梁王此事铁板钉钉，对他们所有人，都不是好事。

宋延巳这场动作做得极大，不仅借此机会进行削藩，更着手诛杀了有关的几家外戚，牵连治罪地方上反对自己的豪强，当然，还有逼杀敬武公主。

江沅得到消息的时候，一个人在房内沉默了许久，朱船她们都识趣地抱着呈钰去院里玩耍，无人敢扰她。

阿沅放心，总有一日，我会让你亲眼看着烟州谢家崩塌。

上辈子，所有人都在局内搏杀，她被宋延巳逼着选了阿妩。

这辈子，她不想入局，却被阿妩生生逼到了宋延巳身边。

即便是阿妩在她与谢嘉言之间，选了谢家的那一日，江沅也未想过，今生，她与阿妩会是这种结果。

不是你死，便是我亡。

酆都晚上带来了新消息，公主府被抄，于夹墙内收出密函十余封，府内男宠二十七人，不少是官员孝敬。

“你可曾看到一位琴师？”江沅莫名其妙地开口。

“我不知他们的身份。”酆都摇头，又想起来什么，补充道，“倒是有个男宠被拔了舌头，双眼也被剜了下来，只是不知是不是敬武公主的手笔。”

江沅一听，便猜到是谁，琴师那双眼睛像极了段三公子，阿妩怎么舍得剜了它。

“娘亲！”呈钰拽着小风筝，额上冒着细汗，乐呵呵地闯了进来拉住她的手，“钰儿可以把风筝放得好高好高，您快出来看。”

“好。”江沅伸手戳戳呈钰的小脸蛋，宋延巳果然还是她熟悉的宋延巳，下手又快又狠。

元始二年，梁王李立携东郡太守赵莽及都督霍鸿铭起兵反宋，声势浩大，因此地靠近柠溪，孔令举又是难得的将才，宋延巳便顺着江沅的心意用上了此人，江澧则坐享其成。

阿沅为人就如同她下棋，杀伐果断却又环环相扣。

她看准了李立会反，便提前把她兄长和孔令举一同安排去了柠溪。江澧天资平平无大才，可是孔令举不同，他忠义而刚勇正是镇压的上佳人选，只要能灭了梁王，等宋延巳荣登大宝那日，孔令举连同江澧一起，那就是从龙之功。

江沅为了江家，可谓是费尽了心思。宋延巳忍不住想，前世，她又何尝不是如此。

江沅多次劝江忠嗣远离朝堂纷争，他虽然不安心，但是想到这些日子以来的事，终究还是听了江沅的，称病不出，不再理会朝堂之事。而朝中的局面随着宋延巳接连不断的举动，多少有些偏移。

“愿佛祖保佑我的几个儿女。”江忠嗣年轻的时候多少仗着一身的才学和颖悟，轻世傲物，从不信鬼神佛说，可是如今，他却愿意在这缥缈未知的佛堂中寻求慰藉。

“老爷。”瑞安轻轻敲了佛堂的乌木大门。

“我不是说拜佛的时候勿扰的吗！”江忠嗣声音不甚欢喜。

“今早有小厮往咱府上送了绢信。”瑞安看着手中印着金丝的尺素。

门被从里面吱扭拉开，阳光透过枝叶洒在江忠嗣的脸上，投下斑驳的光影，金丝纠缠成扭曲的模样，他颤着手接过，里面就两句话：江水三千里，行行无别语。

笔墨力透纸背，他的心却越来越沉，手中的念珠落在地上，散落开来，滚满遍地。

有些该来的，终归是躲不过。

明瓦船行在江中，水面微波泛起，雕花刻凤的屏门上挂着珠帘，风吹起，轻摇曳，江忠嗣坐在中舱的四仙桌前，壶中的茶水微烫，指尖摩挲着杯壁，微微出神。

“先生到了。”船身停下，不一会儿便有小厮快步上楼来报。

江忠嗣看着门口，珠帘微动，就见那人披着金线绲边绣蟒纹的黑色莲蓬衣，等入了室内，才笑着取下，“尚书令许久不见，伤寒可好些了？”

“有劳太傅大人关心。”江忠嗣看着谢生平笑得温慈的脸，表情不变，“不知大人约下官前来所为何事。”

“正让这些年可与我生分了许多。”谢太傅撩袍而坐，给自己满了杯茶，又看着江忠嗣的空杯，笑着也为他斟了杯，“想当年，你我把酒而谈，恍若昨日，这眨眼之间，就都白发换乌丝，时间如梭，咱们都老了。”

江忠嗣看谢太傅单手用杯盖刮着茶叶，手微抱于袖中，“我当年不过尔尔，怎敢高攀太傅大人。”

“哈哈哈，正让这年纪大了，记性可不太好啊。”谢生平抿了口茶，“三十年前的事，我可是时时刻刻都记在心上，丝毫不敢忘记！”

“大人若是想与我回忆往昔，怕是要让您失望了，我年岁已大，年少时期的种种早已忘得差不多，我劝大人也忘了吧。”江忠嗣冷着眼，就这么看谢生平把玩手中的杯盏。

“正让可是我的恩人，于我有天大的恩德，老夫岂敢忘却。”谢太傅手指弯曲轻敲着乌木的桌面，似陷入了某种回忆，“当年咱们不过二十来岁，正是男儿立业之时，你，我还有那汤家的公子，他叫什么来着？对，汤瞿义。”谢太傅忽然笑出声，“许多年不提他，老夫都要忘了。”

那时候，永稷河水患频发，谢老太爷为了给儿子铺路，便让朝中之人举荐谢生平去永安修渠筑堤，顺手从地方上拨了几个年轻的官家子与他同往。他们几人碍着谢家的名头，也不敢真的插手工程之事，于是银子一层一层地剥下来，真正用到修筑上的便极少。按理说修河渠并非大事，小灾小患也算不得什么，待过上两年，借口重修也是常事。

偏偏事情那么巧，次年，永稷河的长堤水门刚修建完毕，永安便遇到几十年未见的大汛，永稷河忽然决溢，高达三十五处，下游八县被淹没，受灾百余村。田庐坟墓尽皆淹没，庐舍为墟，死伤百姓甚众，尸体漂浮水面，惨苦情况，不堪言状。幸存者颠沛流离，饥不得食，寒不得衣，号哭之声闻数十里，除稍有力者迁徙他乡不计外，无家可归者达数万人。

这场灾患大得压都压不住，圣上震怒，永稷河修筑之事几乎成了日日早朝的议题，谢老太爷急得胡子都白了一圈。

谢生平作为谢家嫡脉的长子，他不能倒，谢家也不能背上这个罪名，于是所有的矛头都自然而然地指向了他们几个被拉来给谢生平做脸面的。

欺瞒长官，贪墨银款，罪名罗列了满满几张宣纸。只是，罪名有了，账目也得有，他人做不如自己人做，这是唯一一次脱身的机会。

“要说这事，我还得谢谢正让，若不是你账目做得好，当初永稷河那事我也不会只被从临安贬去地方这么简单。”说着谢生平起身，拱手对他一拜，继而又笑道，“只是可惜了那几家公子白白做了替罪羊。”

“谢生平！”江忠嗣拍案而立。他整个人都是抖的，这件事，几乎是他心底不能明说的疤，如今却被谢生平生生挖开，露出腐烂的坏肉。因着永稷河一案，陶、罗两家满门被灭，尹家王家元气大伤，汤家一夕之间背负上了贪官污吏的名声。只有他们江家，在这件事中全身而退，只贬了官职。

“呵，你我年岁都大了，莫要激动，”谢太傅轻笑出声，抬手示意他坐下，“无非是死了几家公子罢了。”

“你这是要把所有的事都扣在我头上？”江忠嗣广袖中拳头紧握。

“正让这话我可听不懂，难道不是吗？汤家好好一个书香清贵的官家，死了个最为出息的嫡子不说，为了填这笔烂账，居然只有把女儿嫁入商户，换那铜臭之物这条路可以走。”谢太傅面色不改，声音异常平缓，“我记得汤大小姐与傅家公子青梅竹马，当时早已谈婚论嫁，正让可是亲手坏了两位小姐的姻缘哪。”

汤菸乔那年刚满十六，正一心期盼着嫁给心尖上的公子，结果兄长出事，汤家一夕之间就变了天地。汤老爷为了救被关押在牢狱的另外两个儿子，不得不用钱银来开路，可是汤家清贵，汤老爷为官更是两袖清风，哪里有多余的钱财去救人。

结果汤大小姐上香祈福的途中，被宋项安看上惊为天人，愿以宋家半壁为聘，求娶汤大小姐。汤老爷没实在没有办法，只得跪求女儿下嫁，与傅家生生退了婚。宋项安经商极有头脑，偏偏于女色上不甚分，三书六礼还没下完，就忍不住去调戏汤大小姐，甚至染指了她的丫鬟。

汤菸乔自幼饱读诗书，何曾受过这份屈辱，结果一个想不开投了缳。香帕犹在，青梅已凋，傅公子为此大病一场，身子将好便冲到商行，若不是被人拉着，差点把宋项安打死，也自此决了与汤家的情分。

聘礼已用来打点各方，退不得，于是汤老爷只好含泪把小女儿嫁入了宋家，那时候的汤二小姐才十五岁，就这么匆忙地一顶红轿嫁了进去，一进门就面对着满院子的姬姬妾妾，和两个庶出的儿子。

“够了！”江忠嗣指尖不停地颤抖，瞋目裂眦，“还不是你！当初若不你逼我……”

“我逼你？”谢生平丢了杯盏起身与他对视，“正让，做人可要讲良心，你扪心自问，若不是我们谢家帮衬，就凭你，区区一个庶子，能娶到怀州太守的嫡长女？没有我们谢家，你能一路平步青云，短短十几年就能从地方的五品官员爬到临安城的正二品？”

江忠嗣被他问得一个踉跄，跌坐在椅凳上，谢生平就这么高高在上地俯视他，“可我万万没想到，正让的心这般狠，居然要斩草除根哪！”

当时他没有根基，这件事的来龙去脉总共就只有他们几人知道，他不得不攀附着谢家，心里只祈求着这事过去便好。谁知道事后汤家两位公子不甘兄长冤死，姊妹受辱，怎么都咽不下这口气，这些年四处收集证据，妄图给汤家翻案，求个清白。

这一件件，一桩桩，又怎么可能查得到谢生平身上，到时候，他多半会被扔出来当替罪羊，陶、罗两家的结局历历在目，若是他被牵扯进去，他们江家怎么办？眼见汤家两位公子有了眉目，不得已之下，他只好先下手为强，想法把他们以强占良家女的罪名被送进大牢。结果进去没几日，人就死在了牢中，至于是谁做的，江忠嗣用脚趾都能猜到，但凡威胁，谢生平向来不会给他们留下丁点的活路。

之后汤家二老受不了这个打击，撒手人寰，汤二小姐没了母家的帮衬，在宋府更是举步维艰，这辈子就得了双儿女，小女儿还未满两岁，就被后院的女人们生生熬死了。

“对了，听说早年正让有段时间缺银子，跟升初茶行的刘家走得颇近，就是不知道事后刘小姐嫁入宋府做贵妾，有没有江大人的手笔了。”谢太傅似乎又想到了什么，笑得胡子尖都在颤，“不过她嫁进去没两年，宋夫人就莫名其妙地去了，她也因着讨那商户喜欢，被扶了正妻，也不枉当年孝敬正让的那些银子。”

“你想说什么？”江忠嗣这会儿也不端着了，直看着他冷笑。

“有些事情，冥冥之中天注定。”谢生平指尖沾了茶水，在黑漆漆的桌面上画着，“转来转去，最终还是一个圈。”

“谢大人这是在暗示我？”江忠嗣看着逐渐在他指下成型的圆，两端就这么碰在一起。

“这些事，宋延巳早晚会知道，抑或者已经知道了也说不定，届时，依他那睚眦必报的性子，正让觉得他会如何对你？”谢生平想了又想，笑着摇头，“这般的因缘，你怎么还敢把女儿嫁给他？还是说，正让真以为自己能算得过他？”

江忠嗣眼神微闪，继而垂着眼嗤笑出声：“太傅大人多虑了，他姓宋，不姓汤。”

“可他母亲姓汤，他舅舅姓汤，那么小一个孩子，天资聪颖，少承名师，该有着多平坦的青云路可以走。若是他们还在，何至于被逼得这般小就投入李晟的麾下，做那不惜死的武将，拿着命去搏功勋。”

“所以，太傅大人认为这都是我的错？”

“难道不是吗？”谢生平摸着手中微凉的茶水，“栽赃嫁祸的是你，毁人前程的是你，把刘小姐送入宋府的还是你，你踏着汤家的尸体走上了康庄道，莫不是这些年都忘了？”

顺手把凉透的茶水洒出，江忠嗣按着茶壶倒了杯温茶，他嗅着茶香，片刻一饮而尽，“说吧，你想如何，拐弯抹角地与我讲了这么些，不会就是喝杯茶吧。”

“明人不说暗话。”谢生平这才端直了身子，他轻捋着泛白的胡须，“老夫需要大人帮老夫个小小的忙。”

“我若说不呢？”江忠嗣放下杯盏，与他平视。

“那我只好大公至正，找机会把这件事上禀圣听了。”谢生平笑着错开他的眼神，起身欲离，“大人可要想仔细，这么些年过去，便是你这条船翻了，也湿不到老夫的鞋。”

谢太傅撩帘而出，脚步踩在木质的楼梯上，吱吱作响，他看着波平如镜的江面，忽然笑出声，身后，是死一般的沉寂。

这些日子，李璟突染重疾，太医院的汤药吃了一副又一副，身子骨却总不见好，朝堂后宫一片混乱，连民间都有些人心惶惶。

南梁人多信天道，谶纬禅让之说盛行，李璟病后，各地方符命便层出不穷，“南梁中衰，当更受命”的流言四起。宋延巳的这些动作，江沅两耳不闻，日日陪着蓉安在府中绣花，只是心里多少有些嗤笑，宋延巳到底何时把这种扰乱民心的天道之说学了个十成十。

呈钰因着西席入府，早就被安置去了西苑，为此还与宋延巳哭闹了许久，只是再哭再闹，宋延巳都铁了心地不应，最后只好一步三回首，含着泪花花把自己的小玩意都收到了小包袱里，被朱船牵去了西苑。

而韦昭那个人，江沅也在他入府那日见过，随口问了他几项，便明白了宋延巳请这个粗布麻衣先生的因由，正如宋延巳所言，此人才华横溢，文思艳丽，所言所谈皆是正道，毫无妄语。

这种平平淡淡的日子一直持续到年中。

“夫人，宫里来旨了，说要请夫人立即入宫。”

碧帆匆匆跑进来，吓得蓉安绣针戳到了指头，血珠染到白帕上，心疼得穗儿不得了，蓉安只焦急地牵了江沅的手，“这个节骨眼，要表嫂进宫做甚？”

“无碍。”江沅皱眉看着她指尖上的伤口，让穗儿为她止血，又扭头对碧帆道，“怎这般慌张！”

“夫人，那内监如今就在府外了。”碧帆喘着粗气，“之前丝毫消息未知。”

看样这旨元西太后是瞒着一些人，忽然送出来的。

“夫人可要换衣衫？”碧帆看着江沅的模样，发鬟微垂，慵慵懒懒，多少有些不适宜接旨。

“无须。”江沅起身，元西太后这个时候给她传旨入宫，想来是心里急迫得很，“你和帐香随我去接旨，让酆都先去备车。”

行到半道，江沅驻足，思虑再三，又对碧帆道：“算了，你还是先去告知侯爷一声。”

“可是……”碧帆脚步微怔，朱船、罗暖如今寸步不离地跟着小公子，江沅身边左右只有她们两个丫鬟，如今她再去给爷报信，进到宫内，帐香怕是自个应付不过来。

“不是还有酆都在嘛。”江沅笑道，“这次，我带着他入宫便是。”

“嗯，那奴婢先扶夫人上车，然后再去禀爷。”碧帆一听酆都也去，心就落下来，点头如捣蒜。

华丽的楼阁被青翠环绕，殿中飘出淡淡的苦味，安静异常。

“安国侯夫人至。”殿门口的内监见江沅靠近，才扯开尖细的嗓子唱道。

这是这么些日子来，江沅第二次见到元西太后，不复往日的风采，眉宇间的愁绪浓得化不开，她小心地给李璟掩了掩被角，背对着珠帘摸了把泪，又端正了云鬓，才被侍女扶着出了内室。

江沅弓腰问了安，又坐在一侧陪着元西太后随意聊了几句，待上了新的平水珠茶，元西太后才挥手让宫人们全部退下。

沉重的殿门被掩上，大殿之内就只剩下她二人。

“夫人。”元西太后开口，话刚说出，就忍不住哽咽，眼圈微红。李璟已经病了半月有余，太医院的方子开了一张又一张，依旧是整日昏昏沉沉染病不起，手臂摸上去，就瘦得只剩一把骨头。

“求求您救救我的儿子吧。”

忽然，元西太后前身一扑，身子就真挺挺地跪在江沅脚边，她伸手拽住她的衣袍，倒把江沅骇了一跳，连忙伸手拉她。

元西太后顺势扯住她的袖口，眼睛红得像两颗核桃，她拼命地摇着，头不停地撞在大理石铺就的地面上，额上青红一片，“璟儿还不足六岁，连个字号都没有，我可怜的孩子，求夫人救救他，救救他吧，我不求他大富大贵，只要平安长大就好。”

这是有人要杀他啊！璟儿才那么小一点，只是个孩子，怎么在这皇家活下去，就这么难。她虽然贵为太后，可是在这后宫之中，就是个被人掩了耳、捂了眼的废人，听不见也看不着，甚至连自己心尖尖的孩子都护不住。

“太后怎么这么肯定我会救他。”江沅觉得自己的所作所为，怎么也不会让元西太后产生她是善人的想法，更何况她还是宋延巳的夫人。

“走投无路了，便什么都想试一下。”元西太后双手捂着脸，泪水不停地从指缝中流出，无论是宋延巳，还是谢生平，他们之中必然有人动了手脚，而另一个，则冷眼旁观，她真的是一点办法都没有了，

“夫人也是做母亲的，您的儿子只比璟儿小一载，您该知道，这般大的孩子不该承受这么多的。”

“母后。”李璟的声音从室内传来，带着点点的哭腔，“疼。”

“璟儿哪里疼？”元西太后双手并用地撑起身子，结果踩到裙角，整个人都摔了下去，江沅连忙伸手搀她，扶着她进了内室，元西太后嘴角想要带丝笑，却怎么也扯不起来。

“母后。”这是江沅这辈子第二次见到李璟，不复初见在花苑的骄傲，肉乎乎的小脸现在瘦得皮包着骨头，小小的一个，就这么陷在明黄的床榻中，拼命地忍着眼泪，“我是不是要死了。”

“胡说。”元西太后压着嗓子打断他的话，“小孩子怎么会死呢？”

江沅一瞬不瞬地盯着李璟，他的眼神怯生生的，与她对了个眼就飞快地躲开，而她被他这一眼看得，则有着片刻的晃神。

“帝后，我是不是要死了。”那个病弱的少年，眼睛盛着一汪清泉，只是眼中漆黑一片，没有一丝的神采，什么都看不见。

“怎么，宋延巳说要杀你？”她听见自己的声音。

“没有，可我知道我活得够久，父皇母后早已离去，而我现在也长大了。”

“真巧，我的父亲兄长也死了。”那夜，江沅在观云阁上遇见了他，他身边只跟着一个用来监视他举动的小太监，她不停地饮着酒，身后齐刷刷地跪了一地的侍女，她说，“我都没死。”

门被她忽然打开，她迈着虚浮的步伐踏到了栏杆旁，一转身就看到了无数侍女太监惊恐的眼神，唯独他，就这么安安静静，眼睛里干净得她想哭，她问：“你会来找我吗？”

“会，到时候你还给我编蚂蚱。”

“好。”然后她仰头将手中的归晚一饮而尽，酒杯落地，她看着众人失声尖叫，疯狂地推开李璟，向她扑来。

那一年，谢嘉言入主鸳鸾殿，她与她斗得精疲力竭，不知怎么就走到冷宫，在墙角处遇见瞎了眼睛的李璟。她不明白，宋延巳这种做事必斩草除根的人，怎么会一时心软留下他。于是她也莫名地靠近，编了只蚂蚱递到他手里，她说："真是可怜人，在宫里与我相依为命吧。"

江沅到底没实现她的诺言，他的眼睛那么透彻，最后印着的，却是她那晚观云阁的纵身一跃。

"我可以想办法把他送出去。"江沅坐在床侧，伸手想要揉李璟的脑袋，却被他偏头躲了过去，她扭头看着元西太后，"可是，我救不了你。"

"谢谢夫人。"元西太后眼底的光一点点地点燃，她笑中含泪，"打进宫的那天起，就没想过活着出去。"

"我今日就带了一个丫鬟。"江沅忽然看着她，开口道。

元西太后愣了半晌，嘴唇微颤，眼泪漫出眼眶，唰唰地往下砸，厚厚的衣衫罩在她瘦弱的身体上，更显得空空荡荡，"夫人的大恩大德，白玉来世再报。"

马车行驶在青石板铺就的街道上，帐香抱着昏睡不醒的李璟，浑身都在抖，她家小姐进了趟宫，居然神不知鬼不觉地偷走了今上。

"碧帆是个脸上藏不住事的。"江沅安抚着帐香，她这次速度极快，一时半会儿不会让他们心生怀疑，"这事你不说，我不说，酆都不说，没有人知道。"

届时，让酆都随便找个好人家养着，安安稳稳地在民间长大，也算是她这辈子唯一能给他做的了。

"小姐。"宝云这回正在跟着谢嘉言在玄色阁挑胭脂，忽然就看到了熟悉的车帘标记，"安国侯夫人的马车。"

"她干吗去了？"谢嘉言扭头，就看见蓝色的幕布一闪而过，她向前迈了几步，在高阁上看着马车渐远，"飞羽，跟住她，别让人发现！"

飞羽是谢生平亲自从身边拨到她手里的，父亲说，你且再等上一等。谢嘉言想了半天都不明白父亲到底让她等什么。不过她虽然心里奇怪，但是不得不说，谢太傅手里出来的人就是好用得很，做事干净利落。

"你说，有个男人抱了一个孩子。"晚上，谢嘉言听到飞羽带来的消息，眉头皱成一团，"什么孩子？"

“不知，属下不敢靠得太近。”飞羽是个高手，那人也是个高手，为了不让他发现自己的行踪，不得不拉出距离，“不过，他进了个人烟稀少的小村子，再出来，孩子就没了。”

“这倒有意思了。”谢嘉言眼睛骨碌碌转着，最后一拍桌面，“其中定有猫腻，你再去探探！”

“是。”飞羽刚要走，似乎又想到了什么，补充道，“小姐，我追赶马车的时候，有人在跟我。”

“多少。”谢嘉言眉头紧锁，若不是她临时起意让飞羽行动，断然不会察觉出来。

“一人。”这是他感觉到的。

“这样啊。”谢嘉言托着腮，模样娇娇俏俏，“那就不要探了，你去把人给弄出来，若是弄不出来，便杀了！”江沅费那么大功夫瞒着众人，显然那孩子是个见不得人的，却又不忍心杀他，才大费周章。而如今能跟她的人，除了安国侯府的，还有谁？她这边接到了消息，对方自然也收到了，她忽然对那个孩子充满了好奇。

金秀垂着脑袋飞快地看了宝云一眼，宝云也没想到因为自己的一句多嘴会是这个结果，恨不得立刻把之前的话给吞回肚子里。

“得令。”飞羽一弯腰，人便隐出了门外。

“我真是极其讨厌那女人。”谢嘉言朱唇微启，她对镜而坐，抚着鬓上的珠花，“那看透一切的模样，总让我觉得自己在她眼里很可笑。”

第二十三章 细雨流光取而代之

“夫人，酆都回来了。”碧帆迈着小碎步冲进院子。

江沅急得在房内踱步，听见碧帆的声音，连忙推门而出，她步子走得有些急，远远看见酆都就迎上去，“如何？”

“人没了。”酆都自认脚程快得紧，没想到还是晚了一步。

“说清楚。”什么叫人没了？江沅收到左双的消息心里就开始惴惴不安，她怎么也没想到会被谢嘉言撞上。

“没有打斗的痕迹，也没有挣扎的痕迹，孩子和那对夫妻好似凭空消失了一般。”

江沅提到半截的心忽然落了下来，要是谢嘉言，依着自己对她多年的了解，一定会让她亲眼看到，断然不会让人消失得这么无声无息，至于是谁……她眼里光点盈盈，眉头微紧，“或许对那孩子而言是件好事也说不定。”

“大人，处理掉了。”男子看着倒在旁边的尸体，抬脚踢了踢，冷漠道。

孩子的尸体小小一点，眼睛到死都睁得大大的，扭曲的手中抱着一块啃了半个的红薯。

“言儿那边如何？”谢生平看了眼，又把脸偏了过去。

“飞羽按着大人的吩咐，说是人消失了。”男子想着飞羽之前给他的消息，片刻又补充道，“不过小姐气急，又把屋子给砸了个遍。”

“这丫头，仗着有些小聪明，太过肆意妄为，心性终究赶不上她姐姐。”谢生平指尖摩挲着腰间垂下来的荷包，有些微微的泛白，他眼睛盯着上面绽放的寒梅，难得带上一抹暖色，“可惜我的烟烟走得太早。”

“咱们和大司马的人前后脚，不过不知为何，他们把那对地好生收拾了一番。”男人有些疑惑，“显然也不像要去救人的样子。”

“宋延巳怎么可能救他，老夫这些日子的所作所为他看在眼里，要动手何苦留到现在。只是我没想通这宋夫人为何要出手相助？也幸亏被言儿无意撞见，不然还真让小皇帝给跑了，啧啧啧……可惜啊。”谢生平松开荷包，蹲下身子捏着李璟早已僵硬的脸蛋，“你是死得舒服了，可给老夫带来了不少的麻烦啊。”

元始三年，年中，天干地燥，第安殿突起大火，元西太后携小皇帝及数十名内监侍女困死于殿中，大司马正巧于宫中整理明日朝议之事，赶来救驾，并勇闯火殿，身受重伤，只是没想到火势如此之大，终究是迟了一步。

宋延巳受伤的消息是半夜从宫里传来的，自她走后，元西太后便选了个最难以让人辨别身份的死法，至于那个充当李璟的孩子是哪来的，江沅无从得知。

事后第安殿突发大火江沅并不惊讶，只是她万万没想到宋延巳会受伤，心里多少咯噔一下，心急火燎地把第五先生从他的小药庐里给揪出来。

结果正巧遇见刚回府的宋延巳，三个人就这么大眼瞪小眼。第五先生恨不得把江沅吃了，他气得胡子直飞，指着活动自如的宋延巳冲江沅道：“这就是你说的快死了？”

她什么时候说过这句话，江沅十分佩服第五先生这万事都说得颇为严重的毛病，只好弱弱地反驳：“我何曾说过，我明明道的是重伤。”

“这叫重伤？”第五先生三步并作两步迈到宋延巳面前，伸手按了把脉，“他现在上战场杀敌都无碍！”

言罢，第五先生气呼呼地抱着小药箱，越过江沅就要回药庐，临了还不忘了瞪宋延巳一眼，碧帆看着眼江沅的眼色，只好拔腿跟过去。

“怎么回事！”江沅皱着眉，手却伸过去扶了宋延巳的胳膊，见他确实无碍才放下了心中的石头，“宫内出来的消息也太骇人了。”

“面子上的事，总是要做的。”宋延时顺势揽了江沅的腰身，把她往怀里扣了扣，笑道，“我要名正言顺地上去。”

“之前民间的天道论也是你的手笔吧。”江沅指尖扣在他墨色的长袍上，她小巧的下巴微微扬起。

先借着她的手揪出敬武公主，并以此为由提出削藩，牵制地方藩王的势力，接着诛杀外戚灭强豪，继而逼梁王造反，借着大旱之事收买民心，同时推动民间“南梁历衰，新主将生”的言论。

宋延巳这一步步，走得真是又稳又准。

“多亏了阿沅。”宋延巳错过江沅的眼神，把她拥到怀里，下巴放在她的肩头，声音平缓道。

“你是我的夫君，我自是希望你好的。”江沅收了脸上的打量，伸手拍了他的后背，杏眼微弯，她笑着拿了其他的事与他道，“钰儿已经好多天未见你了，老吵着说要见你。”

“嗯，正巧我身受‘重伤’，难得待在府里，就别让钰儿去寻先生了，让他也松快几日。”宋延巳在江沅脸上轻啄了下，又把她在怀里紧了紧。

“好人都让你做了。”江沅不乐意，晃着他的胳膊，嘴里直哼哼，“人家都说严父慈母，就我，当了个严母。”

宋延巳言出必行，接下来的几日，他果然都赖到了家里。江沅眼角抽抽地看着在房内侧坐于榻，不停翻动手中书册的宋延巳，有些无语，“我倒不知道你这般懒散。”

宋延巳听见江沅的声音，这才眉毛微挑，随手扔下书卷，拍拍身边的凉榻，冲江沅招招手，笑得一脸不明，“阿沅过来坐。”

江沅有些犹豫地踱到榻边，看了眼大晴的天空，“这可是白日。”

似乎还有些不安心，又揪着帕子补充道，“大丧期间……”

话音未落，就被宋延巳单手一拽，人就跌在了他的怀里，他低头吻了她的下巴，“阿沅继续说。”

这还有什么可说的？江沅眨眨眼，眼见他的吻又要落下来，连忙伸手撑住，“门还没关呢。”

“就一下。”说着，宋延巳头一低，吻就印了上来，在江沅的朱唇上辗转反侧，江沅的手习惯性地圈住他的脖子。

嗒嗒嗒——门口传来敲门声，惊得江沅立刻回了神，转手推开他。

“父亲，母亲，儿子方便进去吗？”宋呈钰也不知道自己究竟是什么时候养成的这个习惯。

“是钰儿啊。”江沅一听儿子来了，扭头对着宋延巳挤了下鼻头，又眼里闪着光看向门口，“进来。”

明明是个二十过半的妇人，宋延巳还是觉得江沅这模样着实可爱极了，忍不住眼角就染了笑意。

“母亲。”呈钰穿着翠竹绣纹的锦袍，腰间的佩瑶闪着温润的光泽，这两年，呈钰的个子噌噌地长，早已不是当年那个奶糯糯的小圆子模样，如今望过去，更像个翩翩的小公子。

宋延巳对自己的这个儿子十分满意，请的文武两位先生皆是他能寻到的人里极佳的。只是，江沅看着呈钰小小年纪就越发地沉稳，越发地怀念当初小小一只窝在自个怀里的儿子。

“娘亲。”呈钰一看江沅这模样，又见宋延巳挑眉，眼睛骨碌一转，就挂上了灿烂的笑，抱着小袍子，嬉皮笑脸地蹭到江沅身边，“娘亲，我想吃您做的八宝糕。”

“就知道吃。”江沅捏着他的脸，片刻又松了手，“待会儿做给你。”

“娘亲最好了。”呈钰嘟着嘴端出一副小孩子的姿态。

阳光洒下，院内传来清脆的虫鸣，屋内其乐融融。

徐安在门口看了眼，快步走进院内，在门口道：“爷，夫人。”

宋延巳眯眼抬头，呈钰看看江沅，刚要开口，就见母亲轻微地摇头，声音便卡在喉咙里，他把脑袋又往江沅怀里钻钻。

“进来说。”

“是。”徐安也不多言，飞快地垂下眼，“果然不出爷所料，如今已有多篇哀章呈于殿内，更有献上金匮策书至祖庙的，表中有十二人皆有官衔。”

“继续等，如今到这份上，我倒要看看他们能撑到什么时候。”宋延巳转着拇指上的翠玉扳指，收了方才的笑意，面色平和。

江沅怀里抱着呈钰，边听边摩挲着呈钰的衣袍，等徐安出去，才道：“你可有把握。”

多日闭门不出，就这个时间而言，绝对不是什么好事。

“我非李姓不假，可是天下万民不全姓李。”宋延巳似乎不在意让呈钰听到，“得民心者，得天下。”言罢，上手揉了揉儿子的脑袋，“钰儿也要记住，无论何时，没有比人心更坚硬的后盾。”

“钰儿省得。”呈钰如小鸡啄米般点头。

元始三年七月，皇丧达一月有余，三公代理朝政，可国不能一日无君，李姓子嗣不算繁茂，因着之前的削藩更是元气大伤。

民间另立异姓君主的言论四起，百官请命，大司马伤未痊愈便再度入朝。只是，这一国之君如何立，着实让不少人费了心神，大司马一派更是从地方到中央，无不推举宋延巳，而谢氏一党却始终无声息，既不推举亦不反对，谢太傅的这番举动倒让不少人摸不着头脑。

“重立君主这事不能再拖。”龙位空荡，今日百官皆在，连一向称病的江忠嗣也入了殿堂，中枢谏毅然开口，“国不可一日无君。”

“李家子孙固然好，可是民间闹成这番样子，再选李家子，怕是会惹出大麻烦，况且灾害将过数月，断不能再出差池。”张祭酒补充道，“臣举荐大司马代理朝政，待他日有了新的人选，再接手也不迟。”

“臣复议。”

“臣也复议。”

谢太傅听着朝中的声音，微微捏着胡子，表情一脸莫测。他不吭声，谢氏一党偶尔出现不同的声音也会被立刻压下。

"老臣有句话，不知当说不当说。"江忠嗣心中微叹，最终向前一步。

"老夫认为民间异象凸显，多次降天灾于我南梁，怕是李氏多年所作所为惹怒苍天，如今血脉已断，必是警示我等要取而代之。"江忠嗣缓缓而言，因着他之前保皇党的态度，如今说出这等大逆不道的言论着实惊到了不少人，愣了片刻，他自嘲一笑，继续道，"若是众位心里过意不去，不若咱们遵循先帝的遗诏，把先帝留下的旨意继续推行下去便是，如此也不枉君臣一场，给李氏一个完结。"

"甚好，江大人此言可取。"太史听他之言，觉得极有道理。如果开口的是谢生平或者宋延巳，他说不定要思考片刻，可是从江忠嗣这种中立派口中道出，心中的防备便少了些许。他年岁已大，早就不该理会朝堂之事，只是这次兹事体大，他只得入朝蹚这趟浑水，如今这种结局他写入史书，也算给这个王朝一个交代吧。

"太史大人作为元老，既然都开口，那么在下自当马首是瞻，不敢再妄言。"贺宗正跨前几步，开口道，"我等推举大司马，大人忠义而英勇，曾于边境大退卫贼，护我南梁江山，又因青州赈灾之事在民间极受敬重，可为主。"

"在下也这般认为。"立刻有人附和，"若是各位有个更佳的人选，大可提出来，咱们再议便是。"

大殿之内，一片寂静无声，谢太傅依旧沉默不言，大行令也垂头望地，谢氏一党你看我我看你，终没吭声。

"贤者代之。"张祭酒见无人反对，趁势冲着宋延巳拱手鞠躬，将戏做了个十成十，"还望司马大人念在万千百姓，应下此事。"

"望大人怜我南梁江山、百姓基业。"殿堂内齐刷刷跪了满地，谢太傅膝盖微弯，竟是跟着一起拜了下去，这倒真惊到了谢党，他们跟着谢生平一起拜下，心中却是越发地没底。

张祭酒原本以为还要费一番功夫，没想到谢氏会忽然示弱，多少有些狐疑。

宋延巳面上不显，心里也在盘算，他前生和谢生平斗了一辈子，深知他不会就此罢休。可是现在民心所在，朝臣跪求，若是他错过，下次怕是不会那么轻松，也定会让忠心追随他的官臣大为不安，届时再和谢生平交手怕是要难上加难。

“既然如此，我就恭敬不如从命。”宋延巳装作带伤的样子，微咳了几声，似内心挣扎了许久，才做出不得不接受的模样，拱手温言道，“还望各位大人之后可以助我护下这片万里河山。”

“大人严重了，这些都乃下官应做之事。”朝堂内紧绷的气氛微松。

“既然如此。”见事情尘埃落定，谢生平才幽幽开口，“那么，老臣这里还有封先帝的遗诏。”

遗诏，什么遗诏？朝中官员面面相觑。

“我谢氏嫡脉只有两女，老夫的孙女如今不满三岁，小女倒是够年纪了。”说着，谢生平从袖口中掏出了明黄的卷轴，交给太史大人，墨笔朱印，是道封后的圣旨，“既然诸位都应了江大人所言，那么这道遗旨何解？”

他原来是在这里等着他！宋延巳袖中拳头微握，眼神飞快地盯上江忠嗣，前所未有地锋利，前世今生，他可真是费尽心思地算计他，这会儿只剩下冷笑，“可在下已经有夫人。”

“不若休妻再娶。”大行令可算找到了切入点，眼神微闪，“毕竟圣遗大于天。”

“段大人说得好是轻松哪。”宋延巳踱着步子渐渐靠近他，“往小了说，我微末之时，内人于我有救命之恩，往大了说，我若为了富贵荣华而抛却发妻，还有何脸面面对百姓。”

殿内气氛一时降至冰点，谢党如今得了个突破点，咬死了不松口。

“既然如此，不如各退一步。”江忠嗣冷眼看着，心里从之前就不停地掂量，他略过谢生平望来的眼神，“新君初立，必要充盈后宫，帝后之下尚有三位夫人从缺。”

这是要让他谢家的女儿做姬嫔？谢生平没想到江忠嗣临了与他来这么一出。

“我如今身子还不甚好，放这么多女子入宫，江大人此举倒是高看我了。”

“一举两得。”江忠嗣垂下眼，拱手弯腰道。

眼前的这个男人，眼中只有儿子的仕途，江家的兴衰，他面上像极了慈父，看似把江沅宠到了骨子里，可是，他又真的考虑过自己的女儿吗?

前世蓉安的孩子来得让所有人都措手不及，他的表妹，明明那般柔软认命的孩子，当时却连一丝活下去的念头都没了，他和傅正言合议了许久，最终选择把消息透到了临安，依着江沅的性子定然不会让这两个孩子待在他身边，而蓉安，也该有个活着的理由，比如让两个孩子帮他分担李晟的视线，让她亲眼看着那些伤她、害她的人没有好下场。

只是他怎么也没想到，这会成为他和江沅的分岔点，成为他和江忠嗣决裂的导火索。关于蓉安的个中细节，他还没来得及与江沅说，营内就出了奸细，卫军连破三城，势如破竹，最后他只得自暴破绽，虚设空局，只是他怎么也没想到，这枚钉子插得如此深，居然早早知晓，声东击西暗中直取帅营，这是军内有人想要他的命！江沅那时候的眼神他到死都没忘记，绝望而认命。

之后边境山匪横出，历道村被屠，民众怨声载道，频频出现暴动，他既要镇压剿匪，又要对抗卫军。同年中，王远城恶意纵兵事件爆发，差点被夺了兵权。这一件件一桩桩，哪一样不指向他，他只得借着内奸的言论一点点挖下去，只是他的心也越挖越凉。

后来江沅回来，又历经了漠北之行，他当时偶尔也会想，江沅为什么要回来，哪怕死在卫国，或者死在那一剑之下，也说不定是个解脱。他真的没有办法再像当初一样面对江沅，也没有办法不憎恨她的父亲，还有谢家，他一个也不想放过。

回到临安，他便放开了手，什么也不在乎，他与江忠嗣斗，与谢生平斗，与各地藩王斗，斗到最后，连他自己也麻木了，只知道不能输。偶尔，他也会在高阁之上看着在花苑带着李璟玩耍的江沅发呆，他就这么把这个孩子留了一年又一年。

再后来，江沅死了，她恨他。可是，他又何曾不恨她，不恨他们。

这一步步，哪一次不是他们在逼他走？凭什么，凭什么到最后，错的都是他，而他们却表现得自己好像很无辜的样子。

就像现在。

“好。”宋延巳听见自己的声音，既然这样，那就都来吧！前世他活得一团糟，这辈子还能更惨不成，“我听闻段家女姜家妇，颇有贤明，希望届时可以看到。”

他看着大行令骤圆的眼睛，惊恐转瞬即逝，他自己的女儿什么样，想必他自己也清楚得很。

上辈子他们从他这儿得不到任何东西，这辈子，也休想。

次日宋延巳则入高祖庙拜受，道路两侧千面大鼓排于两侧，鼓声震天，十二面青钟每隔半个时辰就被敲响三下。南梁尚水，衣袍飘旗皆玄色，宋延巳手执玉圭，腰佩天平剑，在侍卫的供立下接受朝拜，御王冠继天子位。国号为“蜀”，年号承泰。

“陛下德兼三皇，功过五帝。”群臣叩首于地面，声音整齐划一，回荡在勤阳宫内。

当年，他也这样拜过李晟，拜过李璟，心中却是笃定的取而代之。宋延巳额上垂下的一串串玉珠随风微荡，他笑着看向跪拜在地上的群臣，里面有多少真心，多少假意，他如今是知道得清清楚楚。

江忠嗣折腾完那一出，又新拜了天子，立即告病不出。

江沅看着递到手上的宝册，皆是各家的小姐，除了几个生脸，剩下的大多都是熟人。不过，她从前往后好生地翻了一圈，居然没有张家的幺女，看样宋延巳这辈子是注定要少一个皇子，她轻轻把册子合上，“怎么一见到美人就不装病了？”

“这可是你父亲的主意。”宋延巳对册子不太感兴趣，里面不知道有多少人对他动过杀心。

江沅被他噎得一愣，连辩驳的机会都没有。

“不过你放心，我答应你的一定会做到。”宋延巳转着桌上的空茶杯，不久又看着空空荡荡的宫殿皱眉，“这藏凤殿也太不吉利了，赶明个把牌匾换了。”

“好。”江沅笑着起身，阳光下显得有些不太真实，她走到桌案边，端了墨与笔，又顺手捻了张宣纸放在宋延巳面前，“想叫什么，你题吧。”

宋延巳右手执笔，略微一思，便提笔而下，笔墨力透纸背，“凤起殿”跃然纸上，“凤凰展翅欲起，才配得上阿沅。”

“我可不是个能容人的。”江沅吹着墨迹，“你真让我放开手做？”

“随你，我不管。”宋延巳打了个哈欠，又单手撑额，另一只手则轻轻敲击着桌面，“你父亲真的不打算入朝了吗？”

“不入了。”江沅单手托着下巴，心里盘算，她不知道江忠嗣为何要这般，消息传到他耳中的时候，她心底也是震撼不已，若不是父亲开口，依当时的情况，必然不会出现大选之类的事情，他到底在瞒着她做些什么，她余光扫过有些困倦的宋延巳，还是他也知道。

各家的封赏纷纷送下，亲疏有别，一目了然。

封选的日子越来越近，江沅以为哪怕有着宋延巳的承诺，也以为这次依旧会像上辈子般让她不舒服，可是越靠近，她的心反倒越平和，这个中女子她也熟悉不少，光折到她手上的没有八条也有五条。当然，除了谢嘉言！这个女人，她是怎么都咽不下这口气，在外边她放不开手，可是真到宫里，她是一点也不怕她。

江沅心里揣度着宋延巳的心思，觉得这辈子两人着实微妙得紧，一个不屑一顾，一个心不在此，他俩上辈子的琴瑟和鸣，究竟是怎么来的？

第二十四章 初立东宫 有匪君子

初八是个好日子，天还未亮，宋延巳刚醒来，床边便空了一片，他起愣了片刻，这才挑开床幔，江沅对着妆镜素白的手指握着牛角梳，梳着顺滑的秀发，不知在想些什么。纱帘微微晃动，宋延巳踱到她身后，双臂从后轻轻地圈住她，他的下巴顶着她的头顶，不由问出声："想什么呢。"

"想我居然做了蜀国的帝后。"江沅伸手握了他的手臂，身子微微后仰，镜中出现两个暧昧的身影，"你不睡了？"

"阿沅不在身边，睡不着。"宋延巳又把江沅圈得更紧了些，他双睫微闪，闭着眼在她发上蹭了蹭，"叫人来伺候吧，一会儿还要进行封后大典。"

"嗯。"

厚重的雕花木门被推开，凉风卷着火烛的光亮一起入了殿内，宋延巳冕服整理完毕，便立在江沅身后，看宫人给她梳妆，黛眉微挑，珠翠面花贴于眉梢，青丝绾起，珠翠金累丝镶白玉珍珠的九凤冠压在秀发上，镶宝凤蝶鎏金簪插在发髻旁，愈显端庄。

"你老看着我做甚？"江沅广袖微抬，轻掩住唇瓣，眯着杏眼笑道。

"阿沅好看。"宋延巳走到她身侧，身边的侍女立刻退开两步，他看了眼妆台上的口脂，挑了盒带着木樨花香的，在手指上轻沾了些，然后另一只手挑起了江沅的下巴，指腹压在唇瓣上，染了点点的红，“香腮雪，朱丹唇。”

“陛下，您到入殿的时辰了。”何谦端着手，在一旁道，他眼睛看着地面，余光却不敢离开主子半分。

宋延巳接过侍女的帕子，拭着手上的红，又飞快地在江沅的腮上啄了下，才笑眯眯地松开她，周围的宫人恨不得把脑袋埋到地底下去。

江沅看着宋延巳渐远的背景，待人消失在视线内，才对着妆镜端详着方才被他吻过的地方。

要不要再补点铅粉呢？她喃喃自语道。

封后大典是盛事，但凡有品级的命妇皆要着翟衣入宫，集于凤起殿，随后跟江沅一起入勤阳宫参拜。巍巍皇宫青砖黛瓦，因着近日来的喜气，被挂了不少红绸，显得生机勃勃了许多。群臣跪满殿中，参拜声远远就传入了江沅的耳中，等一切就绪，礼官才起唱。

江沅玄色袆衣，衣襟处绣着彩积云龙祥纹，敝膝垂下，大带上系着大绶和玉佩，手持白浆衣玉谷圭一枚，她一步步踏得极缓。大殿之内，王座之上，坐着这片土地上最有权势的男人，她屈身拜下。这个天下如今是她夫君的，以后便是她儿子的，她额头轻碰手背，谁也别妄想夺走哪怕一分丝毫。

宋延巳起身，江沅看着面前绣着龙纹的黑履，她顺着鞋靴望上去，一只骨节分明的手从宽袍中伸出，停在她眼前。江沅含笑把指尖放入他微烫的掌心，面前的红毯绣着金丝，踏上去软绵绵的，她就这么一步步被宋延巳牵着踏上白玉阶梯，眼前的位子，仿佛就是她的宿命，前世今生，人要信命，永远坐在万万人之上，便是她的命，这一次，她说什么也要坐一辈子。

“日月为福，阴阳调和，物之统也，兹有江氏，娴静柔嘉，得天所授，允和母仪于天下。钦哉。”

天子诏曰，群臣跪拜。

之后便是封夫人姬嫔的旨意，一排女子，皆跪于地上。

谢嘉言指甲紧紧地抠进手心里，耳边的圣旨她一句话都没听进去。她堂堂谢家嫡脉嫡女，居然会沦落到与人为妾，便是对方身份再高又如何，这就是父亲让她等的结果吗？

内监念完一道，见宋延巳点头，立刻从托牒中取了另外一道，他吞咽着口水，继续道：“自古帝王继天立极必建立元储，懋隆国本，以绵宗社无疆之休。朕缵膺鸿绪，夙夜兢兢。嫡子呈钰，天资粹美，授以册宝，立为太子，正位东宫。以重万年之统，以系四海之心。谨告天地、宗庙、社稷。”

“此举万万不可。”谢生平向前一步迈出，难得有些失了分寸，太子乃大统，易立不易废。他想过许多可能性，江忠嗣当初做过的事，依着宋延巳的机敏，不可能丝毫没有察觉，他一直以为他在等，所以，无论是江沅为后还是言儿为后，于他都无太大的妨碍，毕竟他们两家是一条绳上的蚂蚱。所以，他怎么也想不到，宋延巳会立江沅的儿子做太子，太子一立，以后想废便不是那么容易了，而且极容易动摇江家，让其产生侥幸，“皇子年幼，现下册封太子未免过早。”

“孤如今就这么一个儿子，又是帝后所出，占长占嫡。”宋延巳食指与拇指微微摩挲，笑道，“此子为孤亲手所教，孤心甚喜之。”

江沅不露声色地看着殿内大臣你来我往，宋延巳忽然伸出手悄悄拍了拍她的手背。

“为何不告诉我？”江沅朱唇微启，轻声道。

“回去再说。”宋延巳趁机捏了捏她的指尖，然后继续挂着不变的微笑，抬头看戏。

宋延巳是铁了心地要立呈钰为东宫，无论怎么说，皆四两拨千斤，没办法，谁让他年近而立，却只有呈钰这么一个儿子，断然没有逼着新继位的帝王不立太子的道理。何况，宋延巳如今能走到这一步，也不是个好对付的。

凤起殿内，宋延巳早已退了冕服，套着松快的藏色长袍优哉地饮茶，待江沅收拾妥帖，才挥手退下了内侍，殿内点着苏锲香，白雾萦绕在香炉上方。

江沅立着他坐着，半晌，她才开口：“立东宫这么大的事，为什么不提前告知于我？”

果然，宋延巳看着眉头微蹙的江沅，他这番动作却是让她有些措手不及，他没给她任何思考的机会，也直接暗示了江忠嗣，把躲而不出的他逼到不得不选的地步。江忠嗣是个极重家族名望之人，他是太子的外祖，江家未来还极有可能是帝王的母族，没有什么比这更大的诱惑了，而这，也是宋延巳能给的最大的诚意。选他还是谢生平，他再给他最后一次机会，嘴上却道：“钰儿是我唯一的儿子，何况早些封为太子，也能让你安心。”

“让我安心？少说得冠冕堂皇。”江沅与他对视，若是宫内没进这么多女子她就信了，如今朝中杀机四伏，进到后宫的女子也多是带着不可明的心思，如今太子一立，无非是在呈钰的身上压了更大的筹码，要知道，筹码越大人心越贪婪越急迫，而呈钰，所要面临的危险也就更多。她又想到前几日宋延巳偶尔问她的话，笃定地怒道，“你无非是怕谢家一家独大，逼我父亲出山。”

这件事情，他若是需要父亲的帮衬，大可与她说，为何要把呈钰树成靶子！江沅看着沉默不言，只把玩着茶盏的宋延巳，心里深深吸了口气，尽量压平自己的情绪，“中离，你可以先与我说的。”

“我若说了，你肯应吗？”宋延巳话音刚落，见江沅又要开口，眼神微微移开，“你不为自己，也要为珏儿想一想。我在柴桑的时候便说过，我今后的所有都是他的，他若没个坚固可靠的母家，以后如何坐得稳江山？退一步说，就算他不是太子，无非是风雨来得晚一点，小一点，可终究还是要来的。”

“前朝大可放心交予我。”江沅狐疑地看着宋延巳，就见他握了她的手放在掌心，目光如炬，“至于后宫什么样，就全看阿沅了。”

“你确定不插手？”既然这批女子必须要入宫，那么她就不能给儿子留下任何隐患，但凡她们敢动到呈钰的头上，她定然不会放过她们，何况其中，还真有不少心黑手黑的。

她不知道是不是所有的帝王姬嫔皆如此，还是只有宋延巳的后宫这样，挑挑拣拣，没几个纯良的。她忽然又想到张修容，这倒是个好的，只是这辈子没进来。

“绝不。”宋延巳看着江沅逐渐释怀，又扣着她的手笑着补充道，“若是阿沅应付不过来，我倒也可以帮你一把。”

“哼。”江沅鼻孔微抬，“你到时候别心疼就好。”

又过了些会儿，呈钰来问安，宋延巳又有国事要忙，便出了凤起殿，回昌乐宫的路上，何谦一行人远远地跟在后边。

徐安走在他身后一尺处，“消息传到江府了。”

“怎样？”

“江夫人喜极而泣，正收拾东西，准备明个去寺庙谢佛呢。”徐安想着江府的情况，几乎每个丫鬟小厮都堆得满脸笑意，除了江忠嗣，“江大人从得到消息，就把自个关到书房，至今未出。”

“那就继续等。”宋延巳背着手停下脚步，宫中的红绸还未解下，迎着细细的和风飘着，天空湛蓝。

“您不宣他？”这么等要等到什么时候。

“我要让他来寻我，我展现出了所有的诚意，他也要展现点诚意才是。”宋延巳眯着眼摇头，唇角上扬，看起来心情颇好的样子。他在等一个人，一个只有江忠嗣才可以献给他的人，那个人手里有他最想要的东西，上辈子他没找到，这辈子他要让江忠嗣亲手把人交出来。

“这入宫都一个月了，妾还未曾见过陛下呢。”杨婧娥咬着红唇，眼眶微红。

江沅吃着茶，杨婧娥欲言又止说说停停大半天，待她忍不住全说完了，江沅才放下手中的茶盏，“本宫也只见过陛下几面而已，如今新朝初立，陛下正是繁忙的时候，哪里还顾得到这么多儿女情长，婧娥该懂事些才对。”

“那帝后再见陛下的时候，可否与他提提妾们。”杨婧娥素手指着身后几位同来的姬嫔，声音柔得能掐出水来，“妾们也是为了皇嗣着想。”

“唉，本宫每每见到陛下，所言皆是民间灾情，这不前些日子梅河又生了水患，陛下为了灾银一事心中郁惆得紧。”江沅话音一转，“听闻婧娥二嫂家乃是一方巨贾，不知可否与其提一句？”

这也太不要脸了！杨婧娥一时有些语塞。她二哥哥不学无术，又非长子，母亲便与父亲商议，给他娶了户商人女，虽说出去多少有损官家的名声，可是其中好处却是实打实的。二嫂虽然出身低，可是那嫁妆足足能晃瞎人眼，商家难得把女儿嫁得这般高，更是接连不断地往杨府递孝敬，银子简直如流水。可是，这自家的银子也不是白来的啊！

杨婧娥看着江沅熊熊放光的眼神，有些扭捏，面上摆出一副很是为难的表情，“这事妾也做不了主，得问问父母兄嫂才行。”

“碧帆。”江沅就等她这句话，招她到身边，细言了几句，便让她退了下去，碰上杨婧娥疑惑的眼神，掩着唇笑道，“本宫让那丫鬟去知会前边一声，说杨婧娥愿意为陛下分忧，看能不能抽时间让婧娥回府省亲。”

偷鸡不成蚀把米！杨婧娥恨不得咬掉自己的舌头，她恶狠狠地瞪了姜燕婷一眼，难怪那死丫头不吭声，诓了她来做出头鸟。

江沅又恢复了之前的模样，权当看不见她们之间的小动作，摸着刚倒上的新茶，轻轻地抿着。

嗯，好茶。

啪——

瓷器砸落的声音，翠挽阁的房门紧闭，杨婧娥气得揪着帕子砸了几日前姜燕婷送的琉璃盏，脸涨得通红，越想越气，“谢姐姐，你得帮帮我，我这该怎么给父亲交代啊！”

“这有什么好交代的？”谢嘉言一弯眉似蹙非蹙，江沅没来找她们，她们却非要往上撞，心里虽然嫌弃，但嘴上还是道，“你该不会以为陛下见都不见你，就打发你回杨府吧？”

难道陛下会见她？杨婧娥听了谢嘉言的话，眼神忽然就由黯转亮，她上前一步牵了谢嘉言的手，蹲下身子抬头与她对视，“真的会见我？”

“自然。”谢嘉言嘴角微弯道，不留痕迹地起身错开她的手，心里却止不住地冷笑。

杨家倒是想得开，与其挑来挑去，不如选个蠢笨的当炮灰，只是未免太蠢了，一入宫就被人当了试探帝后深浅的那把剑。

“娘娘，夫人。”侍女在门外敲了三下，柔声道，“前边原公公来传旨了，这会儿就要到翠挽阁了。”

“真的？”杨婧娥满面的惊喜，又回头看了眼谢嘉言，脸颊爬上一抹红晕，“姐姐诚不欺我。”

“快去收拾收拾。”谢嘉言冲她挥挥手，又对侍女道，“把地上的碎瓷捡捡，莫要让他人觉得翠挽阁没规矩。”

她看着地面，把后几个字念得极重，杨婧娥却不觉她口中语气，下巴一抬，附和道：“夫人说得对，还不快做，你们都聋了吗？”

谢嘉言指尖碰到杯壁，所触冰冷，又松了开来，“妹妹既然要做准备，我也不便多待。”

杨婧娥原本还不知怎么与谢嘉言开口，这会儿见她自己提出要离开，心中大喜，面上却连忙装出副不舍的模样，“今日辛苦姐姐与我说的这般多，他日我再去看望姐姐。”

谢嘉言颔首微笑，出门时刻意避开了原公公，择了另一条道而行。

宝云亦步亦趋地跟在她身后，迈上渚寒桥，才开口，声音笃定：“夫人可是不喜欢杨婧娥？”

“蠢笨不堪，尊卑不分。”渚寒桥横架在静临湖上，视线极其宽广，宫人皆远远跟在后面，身边只近着宝云、金秀二人，谢嘉言停住脚步，看着平静的湖面，手指摸向白玉石，“这种人，莫说她那人尽皆知的小心思，便是真忠心于我，这般愚蠢，捏在手里我都不敢用。”

昌乐宫一片寂静，殿内烛光闪闪，内监把她引入殿内，便弓腰退了出去。杨婧娥站了半晌，见无人出来，这才素手挑开内殿的珠帘，莲步轻移，声儿娇娇地唤：“陛下，云儿问陛下安。”

“杨婧娥来了？快进来！”江沅的声音骤然在殿内响起，带着掩不住的笑意，似对身边的人道，“这便是我与你提到的杨婧娥。”

这又是哪出戏，杨婧娥脑子嗡嗡的，帝后怎会在此。

许久见她没有回声，江沅这才从纱幕后边出来，手里还握着只沾了墨的翠玉狼毫，冲她招招手：“婧娥怎不过来？”

“帝后千岁金安。”杨婧娥见到江沅，只好又硬着头皮拜下。

“你便是要为梅河水患献银钱的杨婧娥？”片刻，一阵好听的男声闯入她的耳朵，听得杨婧娥忍不住抬头望，这一望，宋延巳就这么毫无征兆地映在了她的瞳孔里。

有匪君子，如切如磋，如琢如磨。

杨婧娥唇瓣微张，片刻才慌乱地低下头，满面通红小声道：“是。”

“起吧。”

“谢陛下。”杨婧娥起身，又咬着唇瓣，怯生生地望了眼宋延巳，眼角的余光扫过江沅，不知怎么，原本还觉得慈蔼的帝后，忽然就有些碍眼了。

江沅权当看不见，银钱还没落实到位呢！

“你们都过来吧。”宋延巳笑着招招，声音温和，“咱们继续方才的事。”

杨婧娥只得点头应下，就看见江沅的衣角消失在帘幕后，画出美好的弧度，她心里即便有些不满，也不好直说，只跟着江沅的步子快步踏入里面。

绣鞋刚踏进去，杨婧娥就不觉地瞪圆了眼，嘴巴微张，面前是一幅长约六尺的巨大绢幅，绢幅平摊在桌面上，上面被密密麻麻地标记着。

“这里便是梅河一带。”宋延巳背着一只手，另一只骨节分明的手指则轻夹毛笔，继而又把笔尖立于上方，“孤不知杨婧娥想要献银钱于何段？”

杨婧娥顺眼一瞅，看不懂，又不愿宋延巳看低自个，随手在画绢上一指，大不了让嫂子把嫁妆多拿出来些便是，反正她也不敢说什么，再不济还可以问她母家要不是。

宋延巳眉角微挑，又立刻落了回去，顺着她指的方位虚虚比画了一片，“确定？”

江沅看着杨婧娥那一指头下去，忍不住咋舌，这可不是个小数目啊！她觉得就算她那个所谓嫂子把整个本家全填进去，也不一定够哪，只好再提醒她一遍：“杨婧娥莫要勉强，若是……”

“云儿不觉勉强。”杨婧娥直接打断江沅，生怕坏了自己在宋延巳心中的印象，语气多少有些不悦。

“杨婧娥说无碍自然是无碍的。”宋延巳淡淡笑着对江沅开口，摇头道，“你莫要再多言了。”

真是狗咬吕洞宾不识好人心！江沅看着含羞带怯的杨婧娥，心里忍不住翻白眼。要不怎么说宋延巳一肚子坏水呢，不与她说钱银，不与她道工料，只画了梅河图，杨婧娥这一笔画下去，绵绵近百里，所用劳卒没有八万也要五万，既要商度地势，凿山阜，破砥绩，直截沟涧，又要防遏冲要，疏决壅积，多立水门。江沅现在就能想象出杨大人气急败坏的模样。

“既然如此，那孤便估算下钱银，待明日杨婧娥与杨大人细说，可否？”宋延巳笑起来的样子极好看，说的杨婧娥点头如捣蒜，接着又伸手指着旁边的棋盘，“看样今夜又要无眠，帝后陪杨婧娥去旁边下上几盘棋，等孤算完，再与你们看。”

“这么个小事也要陛下动手不成？”杨婧娥难得来到昌乐宫，可不是为了和江沅下棋的。

“新朝初立，难免政务繁忙。”宋延巳宽袖一挥，便垂头于桌案，不再理会她二人。

“杨婧娥莫不是不想与本宫下棋？”江沅清着嗓子，似笑非笑。

“妾愿意。”杨婧娥僵着笑，向着棋盘走去，说不定一会儿就完了呢？或者，她心里盘算着江沅，帝后年纪大了，说不定一会儿便乏了呢？到时候，殿内就剩下她与陛下，想着，也就真带上几分笑。

江沅看着她的背影，心里忍不住地摇头，一扭脸，就见宋延巳飞快地笑着朝她挤了个眼。

美色误人，诚不欺我。

这几盘棋生生下到四更天，杨婧娥脑袋一点一点的，似是困极，又过了片刻，她是真撑不住了。宋延巳找准了机会，才把帖给她过目，“这样可否？”

“可。”杨婧娥眼睛都睁不开，随便看了眼，怎么也撑不住了，轻伏到了棋案上。

“杨婧娥？杨婧娥？”江沅推着唤了几声见她不应，这才扯着宋延巳出了内室，“我觉得杨家做不来。”

“我知道。”宋延巳反手拉了她坐下，砂壶坐在金丝的小火炉上，水还带着烫，他先倒了杯茶递给江沅，又给自己满了一杯，“这么大的工程，除了宋家，我真不觉得有多少人敢大言不惭。”

“杨婧娥经此一事，多少会得了杨家的不满，今后怕是不好过了。”江沅摇摇头，“明明不知，却又不问。”

“原本入宫的就不该是她，只是因着她那妹妹莫名地摔到了脑袋，这才送了她进来。”宋延巳眼睛微弯，手指有节奏地敲着桌面。

“中离消息好生灵通哪。”江沅托腮。

“我那么多探子，可不是白养的。”只是探子虽多，有的府邸他的手是怎么也伸不进去，宋延巳执杯饮茶，“不怕人蠢，就怕人又毒又蠢。”

“不与你聊了，我困极了。”江沅打着哈欠，“你不睡吗？”

“这都快五更天了。”宋延巳看着漆黑一片的窗外，点点江沅的鼻尖，“马上要早朝了，你去睡吧。对了！记得明早催杨婧娥回杨家要钱。”

这点可不能忘。

“好。”江沅俯身在他脸颊上轻印了下，唇瓣刚离开，就听见何谦细碎的脚步迈入内殿。

他似乎也没想到会在这个时间撞见圣上与帝后坐在殿内聊天，一时有些怔住。

不过他毕竟是宋延巳亲手挑的，连忙跪下轻声道："陛下万安，帝后千福，奴扰了陛下与帝后，望恕罪。"

"起。"宋延巳起身，对他言，"洗漱吧。"

"诺。"何谦话音将落，侍女便端着铜盆素帕，贯穿而入，脚下如踩棉花，丝毫声音未出。

天色渐渐露出点点的白，天上还混着大片的黑，宫外的青石板上传出马蹄敲击与车轮碾过的声音，江府的马车已经许久没有在这个时间出现，向着皇宫嗒嗒而行。

江忠嗣双手微微揣于袖中，双眼微闭，眼角的皱纹舒展，他就这么靠着车壁，坐得端正。

退朝之后的殿内空荡，金色巨龙盘绕在朱红的梁柱之上，"岳父大人如今病症初愈，若是无事，便退罢。"

"为什么？"殿门紧闭，光影透过窗花，印在江忠嗣苍老的脸庞上。

"什么为什么？"宋延巳似听不懂，他玄袍微撩，慢慢踱着步子下了白玉阶梯，唇在笑，眼睛却没有笑意，一瞬不瞬地盯着江忠嗣，"是我明知三十年前岳父所作所为还要立阿沅为后的事？还是哪怕岳父大人伸手助了别人我还要立呈钰为太子的事？抑或二者皆有？"

江忠嗣眼神不变，袖中的指头却越收越紧，他没猜错，宋延巳果然都知道。可是他不明白，宋延巳明明清楚，为何还要这般，就为了沅儿？世上固然有男子为女子付出真心，可那人怎么也不该是宋延巳，他不相信会有人让步至此。

他与他之间，是死结，是家恨，是世仇。哪怕阿沅什么都没做，她的存在，在宋延巳眼中就该是错的。

可是如今，他的女儿掌控着整座后宫，是大蜀唯一一位也是第一位帝后，他的外孙是名副其实的大统继承人，他毁了汤家的一切，甚至无意间也毁了他母亲的一生。可是，这个与汤家有着千丝万缕关系的男人，却把自己的后背、自己的江山全放在了他们江家人眼前，这无疑是一场泼天的豪赌，而他们江家便是这场赌局的庄家。

这种情况，他怎么能相信？怎么敢相信？

江沅曾告诉过他，自己很好，宋延巳待她也很好，那时候他也抱着一丝希望他不知道一切的侥幸，可现实却并非如此。

“呵呵，不说老夫，便是你，敢信吗？”宋延巳与他摊牌，江忠嗣便也不遮着掩着，他转身迈着步子，眼神不停地打量着龙飞鹏翔的勤阳宫，手指碰到被刷了朱漆的柱子，“若是不恨，何必非要搭着命爬上这万万人之上。”

“谁说我不恨，若不是阿沅，你当你们江府还能存到现在？”宋延巳牙齿咬得咯咯作响，眼里闪着股无法遏制的怒火，浑身的血液像沸腾着的开水，怒气从心里一直流到指尖。

上辈子他选了另一条路，母亲的仇报了，汤家的仇报了，江家倒台，谢家崩塌，各地藩王也如碎裂的冰面，沉得不见踪影。可是结果呢？他并没有活得比原来好。阿沅不在了，蓉安不在了，穆擎战死在沙场，傅正言心死辞官云游此生再也未见，多年的内乱，民不聊生，这片大地因为他一个人的自私变得千疮百孔，而那些曾真心待过他的，都没能陪他走到最后。

都道，回安寺的钟最响，回安寺的佛最灵，回安寺的了悟大师可以度万千生人，可是，怎么也度不过他。

宋延巳猛然转身，他抬头望着王座上朱红的大匾，“妻贤子孝已知足，我不想成为孤家寡人。”言罢，待眼中的水雾干了才扭头继续看着江忠嗣道，“怕是你当年做账本时，也未想到汤家会是这种下场吧！”

许久的沉默。

“我与汤瞿义是同批入的官场。”江忠嗣就这么与宋延巳对视，他年岁大了，这两年头发早已愁得灰白，眼角皱纹密布，这会儿更是脸色蜡黄，这双深陷在眼窝的眼睛，像一对珠子，片刻，一直挺着的肩膀才微微塌下去，“也算是相识，当年一起随着谢生平去修筑永稷河，想着能攀上谢家的公子，大家心里多少还是有些欢喜的。只是谁知会遇百年大患！那几家事后什么情况你也知道，全垮了！我一个嫡支庶出子，母亲只是个不得宠的姨娘，这断根毁嫡的罪名我担不起啊！之后，宦海沉浮，多少大风大浪闯过来。”他嗤笑出声，眼神却越来越飘忽，“随着后来我官位不断地高升，生生越过嫡兄，看着族人越发地敬重，便更不愿输了。”

眼前的男人胡子灰白，上辈子，江忠嗣到死都没与他这般示过弱。

“你可曾想过阿沅，在她心里，她的父亲霁月清风，是世上最伟岸的男子，可是你连她都算计。”算得江沅到死，都把所有的错归咎到自己身上。

“沅儿是我最喜欢的孩子，可是，她不能越过兄长，更不能越过江家。”江忠嗣沉默片刻，“你当年御前求娶的时候我是真没想到，后来觉得与其惹了你不快，倒不如在你身边安双眼睛。”

宋延巳挑着嘴角，冷笑不止：“万一阿沅知道，依着她的性子，她该怎么面对你我？是杀了对江家有恨意的我，还是抛弃生她养她的父母？”

江忠嗣嘴唇微颤，微微探着身子，目不转睛地看着自己黑到死气的鞋靴，“她会知道吗？”

“不会。”宋延巳不待江忠嗣问完，就飞快地打断他，他看着江忠嗣头颅骤抬，冷眼道，“她会是唯一的帝后，钰儿会是唯一的太子，这是我能给的诚意，至于结果，就在江大人的一念之间了，有个强大的母族意味着什么，便我不说，江大人也该知道。”

意味着废后不易，他的外孙会更容易成为这个天下的王。

江忠嗣眼神复杂，内心深处两种声音不停地撕扯，最终化为一声轻叹。

宋延巳看着江忠嗣撩袍而跪，膝盖碰到地面的一瞬间，这个倔了一辈子，斗了一辈子的人，终于向他弯了膝盖。

空荡荡的大殿内，只有额头碰到地面的声音。

江沅这会儿睡醒，刚打发了杨婧娥去杨府要钱银，就有侍女快步来报：“帝后娘娘，太子殿下到了。”

“让他进来。”江沅话音将落，就见一抹蓝色的身影钻了进来，直挺挺地扑到她怀里，小嘴瘪着，满脸都写着：我不高兴。他把脑袋紧紧地埋着，看得江沅忍不住问：“怎么了这是，谁又让钰儿委屈了？是不是韦先生又布置了太多功课？”

“不是。”怀里的小声音细得像猫，呈钰已经许久没有在她面前这么孩子气了，“不是先生。”

“居然不是先生？”江沅装作惊讶的样子，扶着呈钰的胳膊把他从怀里拽出来，不留痕迹地打量着儿子，精神恹恹的，平日里灵动的小表情这会儿也敛去了许多，便知道多半是真伤心了。

江沅看了眼朱船，就见她点点头。朱船和罗暖被她送给了呈钰，平日里跟在身边照顾着，便有了思量，“钰儿告诉娘亲吧。”

她特意用了娘亲，未用母后，果然，呈钰听到江沅这句话，嘴巴一撇，小脸蛋憋得通红，差点就要哭出来，又碍于殿内这么些人，拼了命地忍着。

碧帆一见这情况，连忙带着众人退了出去，只留下母子二人。

“娘亲，爹爹以后是不是就不会那么疼钰儿了。”小家伙红着脸，眼泪哗地就落了下来，直拿着袖口往眼上蹭，“都怪那群狐狸精，等她们以后生了小狐狸，爹爹就不会这么疼我了。”

“呈钰！”江沅看着哭得抽抽的宋呈钰心里咯噔一下，她极少这么郑重其事地唤他，只皱着眉头问，“这话谁教你的！”

什么狐狸精，小狐狸，这是一国太子该有的言论吗！

江沅收了笑，满脸严肃，看得呈钰有些慌张，他从未见过这样的母亲，心里稍微挣扎后，才小声开口：“任嬷嬷说的，她说父皇以后有了其他的孩子就不会那么疼我了……”

任嬷嬷当年在江沅洞房花烛夜被甩了两耳光后，老实了一阵，后来她随宋延巳去柴桑为着防止她在府里作妖，便把人迁去了庄子。只是宋延巳登基，任嬷嬷又无儿无女的，为了名声江沅只得把她接了进来，扔到后苑里养着，平时仗着宋延巳乳娘的身份作威作福她也权当看不见。

没想到如今这日子过得刚舒坦了没几日，前世的老毛病就又回来了。上辈子，蓉安的儿子还小，就被她教得一肚子坏水，浑身冒着邪气。蓉安那时整日把自己关在殿里，做亲娘的不管自个的儿女，她这个做帝后的就更不管了。打死个太监侍女是常事，只是不知道那好色的毛病随了谁，被教得小小年纪就敢调戏位份低的姬嫔。

这回没了那个庶出的皇子，任嬷嬷倒把主意打到呈钰身上了，“她还说了什么？”

呈钰虽然小，但也不是愚笨的，这会儿见江沅动了怒，就知道那嬷嬷多半不是个好的，“她说不让我告诉母后。”

“看样是我这些年让她过得太舒坦了。”江沅心中暗恨，真是个老虔婆，又转而对呈钰道，“以后这话莫要学了，男儿志在天下，以后莫要理会这些个婆子，多听韦先生的。”

“是，皇儿谨遵母后教诲。”呈钰立刻应下，这会儿心思转过来了，也就不再钻那牛角尖，他眼睛骨碌碌地转了圈，“任嬷嬷说以后想听父皇儿时的事，便在未时去逛影随园寻她，还道这是我二人的秘密，断不能说与母后听。”

呈钰一向崇拜宋延巳，往日里也爱问些宋延巳的事情，每每听江沅说，都听得津津有味，任嬷嬷倒还真会投其所好。

江沅揉了揉呈钰的脑袋，笑眯眯道：“晓得了，钰儿真乖。”

“母后可有赏？”呈钰抱着江沅的胳膊，坐到她身侧，露出一副狡黠的小模样。

“那我的钰儿想要些什么？”

“母后做的八宝糕。”说着呈钰吸了吸鼻子，“可香了，皇儿想念得很。”

“好。”江沅点头，袖中的指尖握得发白，继而又松了开来。好好的人间道不行，非要往阿鼻狱闯，真当她江沅是个好相与的吗。

第二十五章 游园惊梦 春光缱绻

影随园如其名，十分幽雅，因着园子不大，甚少有歇脚的地方，去的人便不那么多。

呈钰非要闹着一起去，说想要听听那嬷嬷到底要与他说些什么，江沅原本不想让他过早地接触这些，可是又转念一想，便默认了，只是这事情，免不了要与宋延巳知会声。

江沅忽然觉得宋延巳这么些年也挺不容易的，摊上这么个乳娘，虽被养得性子强势了些，但品行还是说得过去的。

临了又交代了呈钰几句，才放他带着小秋入了园子。小秋是呈钰的贴身小太监，江沅把他家从头到尾查了个遍，最终觉得他家世清白，人又生得机灵，这才安心地放在呈钰身边，因着小秋没在内相们手下调教过，礼数多少有些欠缺，但好也好在这儿，一张白纸，平日里便让朱船、罗暖教着。

“殿下，那个婆子。”小秋垂着头，眼睛的余光却在四处瞟，任嬷嬷重紫的衣角刚露出假山外，就被他远远地捕捉到。

呈钰示意自己知道，冲小秋眼睛一眨，就拎着衣袍跑了两步，喘着粗气高声道：“不是说未时在这儿候着本殿吗，居然敢作虚妄之言，那嬷嬷好生可恨！”

他的声音脆生生的，任嬷嬷原本就等得有些焦躁，这会儿听见呈钰略带怒意的声音，心中大喜，探头看见他只带了个同岁大小的小太监，更是心花怒放，连忙三步并作两步从假山后面绕了出来，边一路小跑边口中不停地唤道：“太子殿下，老奴让殿下等候，实在罪不可赦。”

鱼出来了。呈钰心里不满她让自己惹了母亲生气，但是面上却都被掩了下去，只照着江沅的交代，端了架子哼道：“本殿掐着时辰而来，嬷嬷到晚了，好大的胆子！”

“殿下息怒。”任嬷嬷腿一弯，膝盖就跪了下去，心中却不停地琢磨，脾气大些急些也是好的，万一真像了宋延巳那事事都憋在心里，满肚子的算计，反倒不好。想着便眼眶微红，抬袖拭擦着皱纹密布的眼角，“老奴年岁大了，这腿脚不如年轻人，当初陛下与太子殿下这般大的时候，老奴的脚程可是快得很。”

任嬷嬷故意为之，混沌的眼球有些泛白，她见宋呈钰周身的怒火逐渐平息，心中便有了打算。

“起吧，下不为例。”呈钰宽袍一甩，学得有模有样，等任嬷嬷刚起身，就给小秋使了个眼色，“你去一旁守着，本殿与嬷嬷有话要谈。”

“可是。”小秋面露难色，手指攥着袖口道，“奴才这一走，殿下身边不就没人了吗？”

“你怎的这么多废话。”说着呈钰抬脚踹了小秋一脚，他的脚刚碰到小秋衣袍，小秋就作势跌倒滚了个圈，然后又飞快地爬到呈钰脚边，不停地磕头告罪，看上去颇为狼狈。

“滚！”做戏做全套，宋呈钰这会儿阴着脸，年纪虽小，却也有那么几分地骇人。

任嬷嬷站在一旁冷眼看着，小殿下脾气越暴躁，她心底越是开心，就见小秋连滚带爬地向着一边跑去，偌大的地界，就剩下他们二人。

呈钰眼巴巴地看着小秋离开，背后起了一背的鸡皮疙瘩。父亲曾教过他，会怕是人性，只要不露出来，便还是握着胜算。只好清清嗓子，冷着脸，压下心中的不安。

任嬷嬷眼睛微转，伸手从袖中掏出只五彩的面人，一只威风的猴子带着羽冠，踩着金色的祥云，腾云驾雾地立在朱红色杆子上，哄他道："这面人是老奴亲手捏的，不知殿下可喜。"

"甚喜！威风凛凛好像父皇。"呈钰看得眼前一亮，小孩子毕竟都是喜欢这些的，伸手就抢了过来。

"对对对，殿下喜欢便好。"

呈钰虽然喜欢，但心里的正事却也挂念着，他边看着猴子边问："你不说要与本殿说说父皇儿时的事迹吗，这会儿怎么只拿了猴子打发我？"

"不敢，不敢。"任嬷嬷做了个请的动作，"殿下随老奴到亭中坐着，老奴细细讲予殿下听。"

宋呈钰点头，心里却不停地嘀咕：小秋你可千万得跟上我哪！

影随园中有一凉亭，周围藤蔓环绕，很是隐蔽，呈钰入了亭子，便见桌案上有两杯茶，茶水已凉，显然人走了许久。他天真道："这地怎么有两个杯子？"

"之前奴和一个侍女在此地饮茶呢。"说着，任嬷嬷飞快地把杯盏推到一旁，又另倒了杯，双手端给宋呈钰，"殿下想知道陛下什么事，老奴讲给殿下听。"

宋呈钰点头，两人便这么有问有答，气氛异常和谐，任嬷嬷颇懂小儿心思，极易讨人欢心。呈钰觉得若不是事前江沅交代过，他真被她骗过去也不一定。

"原来父皇儿时也不爱读书。"呈钰听得津津有味，抱着杯子眼睛弯成月牙。

"天命所归，该是谁的就是谁的。"任嬷嬷笑道，"老奴也是见殿下读书累得紧，才想到了这些事罢了。"

"我也是见了先生就烦，可是朱船她们总催我！"语气里带着浓浓的不满，呈钰这会儿连我这种称呼都出来了。

"您是殿下，万人之上，哪里轮得到侍女说些什么。"任嬷嬷似乎也不满意，"下次她再这般说，您让人打她几板子，就好了。"

呈钰眼角微垂，“可她毕竟是母亲给我的。”

“您教训个宫婢而已。”任嬷嬷想了想又道，“您到时候下个封口令，瞒着帝后便是。”

“真的可以吗？”

“老奴怎敢欺瞒殿下。”任嬷嬷弓腰道，“陛下当年，也是如此。”

小秋瑟瑟发抖地立在江沅身后，幸好这事殿下提前告诉了帝后。不然真信了这嬷嬷的话，偷偷地带着他来，要是被帝后知道殿下被他掩着学了这些个东西，他这条小命，十有八九就没了。

啧啧啧，教得真好。江沅从头听到尾，任嬷嬷真是打定了主意把她儿子往歪上带。“原来如此，本宫倒是不知陛下儿时竟是这番。”

江沅人未到而笑先至，惊得任嬷嬷一个哆嗦，她还没来得及怀疑呈钰，就见小太子吓得摔了杯盏，“母后怎么来了？”

江沅头上戴着五凤衔珠钗，专门着了软履，走起路来无声无息，她看着垂头跪在地上的一老一小，还没来得及开口，就见呈钰抬头给她打了个照面，阳光下露着八颗米粒大小的白牙，这孩子，江沅压住脸上的笑，冷声道：“说吧！”

“启禀帝后，老奴……”

“母后！”任嬷嬷才将开口，呈钰甜脆的声音就飞快地响起，他转身从石桌上抓了方才收下的面人扔到几人面前，猴子早就被呈钰捏得有些不像样子，“嬷嬷说这是父皇！”

一群人，视线齐刷刷地看向地面，任嬷嬷也蒙了，她什么时候说过，不等她反驳，呈钰就把方才任嬷嬷给他讲的，一股脑地全倒了出来，带着急迫，生怕江沅误会了他似的。

“老奴冤枉！”任嬷嬷哑口无言，愣了半天，才使劲地磕着头，心里却把呈钰恨得要死，真是个没担当的！

“大胆刁奴！你是说本殿冤枉了你？”呈钰言罢，向着江沅伏下，“母后刚才该是听到的，此事与儿子无关，都是这奴才妄图用言语迷惑儿子。”

“帝后娘娘！”

“本宫听到了，难不成你以为本宫的耳朵也聋了？”江沅开口打断，她眼角扫过桌上被推在一侧的杯盏，“嬷嬷这里人来人往好不热闹。”

任嬷嬷心里慌乱不已，又想起那人对她说，只要笼络住殿下，还怕今后没有富贵荣华？

“本宫念在你是陛下的乳娘，对你也算得上多有宽待，未想过，你如今敢教太子这些个东西！”江沅气急，“带下去！”

“冤枉，帝后娘娘开恩，娘娘开恩。”任嬷嬷头磕得生生作响，有些口不择言道，“是宝云，是宝云说让我笼络住小殿下的。”

“宝云？”江沅心里冷哼不止，笑得嘴角都结了冰碴，“事到如今，还敢攀咬谢夫人，证据呢？”

证据？哪里来的证据？任嬷嬷语塞，那丫头不过与她私下说叨过几耳朵罢了，她生了别的心思，自然没敢让别人见过那丫头与她一起，早知道一早就不该放那丫头离开！

“您可以找宝云来，老奴与她对峙。”

“笑话！无凭无据，本宫为什么要因着你与谢夫人生了间隙？”江沅抚着指尖上的蔻丹，心里不停地告诉自己，还不到时候，再等等。

呈钰这会儿早就站了起来，悄声问小秋：“谢夫人是鸳鸾殿的那个？”

“正是。”小秋声音压得只有他们二人能听得到。

金秀立在身后给谢嘉言揉着肩，鸳鸾殿内鲛绡宝罗帘摇曳，早上还好好的天空如今乌云低垂，不久，窗外便细雨横斜，积水顺着屋檐悄然滴落，在地面晕开一圈涟漪。宝云匆匆忙忙地打着油纸伞入了殿内，纸伞被扔在门口，“夫人。”

谢嘉言美目微睁，一挥衣袖，殿内的宫人皆低头退下，“说结果。”

“人被拖到乾西四所活活打死了。”宝云躲在人群中看着，鲜血混着雨水四处流动，声音一声声小下去，看得她心惊胆战。以往她只道自家小姐是个心狠的，真入了宫，才明白，江沅也不是个心慈手软的女人，势力交错帝王家，她第一次对自己的未来产生了迷茫。

任嬷嬷这件事，江沅做得雷厉风行，下了狠手地敲打了各个宫殿，她连陛下的乳娘都不留情面，要是真有人想要做什么，也好好地掂量掂量。

“没用的东西，死了便死了吧。”谢嘉言的声音在这个雨天显得越发阴凉，冷风吹入殿中，宝云不由得打了个寒战，“你们说，要是谢云烟还活着，同样的情况，父亲舍得把她丢到这个火坑来吗？”宝云、金秀听到这个名字，也不敢答话，身子抖得如雨中的枯枝，谢嘉言莲步微移，指尖抚着面前的雕花窗框，“可怜我那长姐，真应了她的名字，过眼云烟。”

谢云烟是谢生平的长女，生得温婉。可是在谢嘉言眼中，这个病秧子却样样不如她，不如她聪慧，不如她果决，才学、女红更是远远不及，怎么就能让父亲从小到大偏心至此？

谢家的女儿打小就要挑几个送回本家养着，谢老夫人来要人的时候，父亲想都没想就把她扔上了去烟州的马车，她那年还不到六岁，就这么跟着陌生的婆子去了千里之外，陌生的人陌生的地方。她年岁小性子烈，不知道在本家的那堆女孩中吃过多少暗亏，夜夜窝在被窝里掉眼泪，没日没夜地盼着父亲来接她。

一天又一天，直到后来九姐找到她。九姐是二伯家的嫡女，年岁比她略长些，她说老夫人院子里要收姑娘了，她和谢十两人年岁相当，只能进一个。

“你不为万人中央的明珠，便只能做那撵落泥中的残红。”

她这才知道，送到本家的女孩，都是为了联姻而送到各大世家王府侯门的，那些真正心尖尖上的，却都往往怕受了委屈而不会嫁得太高。在她和姐姐之间，父亲毫不迟疑地选择了姐姐。

你不委屈？

人各有志，我父亲不舍得送妹儿进来，而我也想嫁入高门。

那晚，她整夜没睡，那时，她九岁。

那一年，她帮衬着九姐一起进了谢老夫人的院子，与她一起进去的还有谢十七。

九姐嫁入王家前，牵着她的手推心置腹："言言，你是谢家的女儿，你就该活得比别人强！你和十七妹妹同岁，最好的男子最显贵的家世，必然会留给你二人之一，切记，有她没你，有你没她。"

这是一个上位者对她这个战友最后的挚言。

之后的几年，她和谢十七什么都争，什么都比，小手段自然也用了不少，谢家其他的女儿在她们二人的光芒下，暗淡得如同地上的沙石。

不能输给任何人，输了就什么都没了。

不能对任何人手软，心一软人就有了弱点。

于是，她抓住了谢十七的弱点，一击致命。女子的名声没了就什么都完了，老夫人当时看十七的眼神带着怜悯，再然后，十七就没了。她知道老夫人为了谢家的名声，定然不会让十七活下去，可是她心里一点也不难过，丝毫不觉得对不起那个年纪轻轻就香消玉殒的美人。

至此，老夫人院里就只剩了她一个姑娘，没人能在十五小姐手下争得一点光芒。再然后院里又进来了两个八九岁的女孩，小小年岁就看得出美貌，瞧她的眼神怯生生的，带着掩不住的羡慕和眼底深处的野心勃勃。

原来，孩子的心思那么容易就会被发现。她看着谢老夫人摸摸她们的头，赠了两枚玉佩给她们，就像当年对她和十七。

之后的日子，她就这么在本家待着，等着属于她的姻缘。直到有天谢云烟染病不治的消息传到烟州，她心里比起哀痛，更多的是控制不住的欣喜。就像遮盖在她头上的那片乌云，忽然散了开来，阳光洒在身上，照得她暖柔柔的。

父亲来信让她回临安，老夫人苦口婆心地把她留了又留，可她必须要回去，离开烟州那天，谢老夫人气急，冷着脸看都未看她一眼。她心里就是有个结，怎么都打不开。为什么？为什么？她到底哪里不如姐姐！她就要回去，带着通身的骄傲，让父亲对她刮目相看。

可是结果呢？十六妹被老夫人临时接进院子，两年后，嫁入了本该属于她的歧王府，而她却被父亲留了一年又一年，生生拖过双十年华。

初见宋延巳，是他骑马入临安，八尺男儿刚毅纯粹，看上去不染半点阴谋，她确实对他多少存了点心思，可如今……

“宋延巳看不上我，我亦看不上他！”谢嘉言推开窗户，看着雨滴胡乱地砸下，宝云和金秀还跪在地上，她权当看不见，她又想到九姐的那句话，她是谢家的女儿，就该活在万人中央，就该比别人过得都好，如若不然，“我不好过，谁也别想好过！我不开心，谁也别想开心！”

后宫一片风雨，前朝更是如此，杨婧娥去杨府要银子的事闹得沸沸扬扬。

杨二夫人原本想着难缠的小姑子嫁人了，还是皇家，不用天天来她这儿掏银子，心里正美滋滋地开心，谁料转眼她就从宫里抱回来这么大一块烫手的山芋。将将一听河段，杨二夫人整个人当场就晕了过去，再度醒来也顾不得自己的身份了，撒泼打滚来了个遍，工料不要银子啊，人力不要银子啊，这就是把她家都填进去，这也修不起啊！

儿媳妇要死要活，杨大人更是气急，怒火一上来，也忘了自个女儿的身份，一巴掌实诚地落在了杨婧娥脸上，打得她满眼冒金星，捂着脸抽泣个不停。

“哭，就知道哭，你这是要把咱们杨家往绝路上逼啊！”杨大人捂着胸口气得直咳嗽。

杨夫人也红着眼，拿着帕子被大夫人搀扶着，边抹眼泪边道：“老爷这该如何是好？”

“能怎么办，明早我去朝堂上告罪，说咱们杨家修不起。”

“不行！”杨婧娥被一巴掌打蒙了，可偏偏听到了杨大人的这句话，连忙起身，一个踉跄拽住了杨大人的衣袖，泪眼婆娑，“不行，女儿答应了陛下的，若是这么空手回去，女儿的脸往哪儿搁啊！”

杨大人听得想掐死她，“你想如何！”

“让二嫂拿银子就是，有多少拿多少。”杨婧娥指着二嫂毫不客气。

杨二夫人一听她这话，恨不得立刻就扑上去撕烂她的嘴，绣帕一扔，当场就拍着大腿，指着杨婧娥扯着嗓子号道：“我不活了，你这是要逼死我啊！”

边哭边要往柱子上撞，幸好身边的丫鬟眼明手快地拖住了她。

“你以为这是小数目？你个没脑子的东西，我怎么生了你这么个女儿！”杨大人被一群女人闹得直头疼。

直到天空晚云渐收，杨婧娥在杨府闹了好大一通，才灰溜溜地回宫复命，江沅因着之前敲打宫人，这会儿心情颇佳地饮着茶，待她说完，只略微表示了失望，便放杨婧娥回去了。

“陛下，臣愧对陛下所托。”次日早朝，杨大人跪在殿中，声泪涕下。

“杨婧娥说的时候，孤便多次问她，见她那般肯定，这才生了心思。”宋延巳高高在上，他嘴角扬起好看的弧度，“所以，奉常认为该如何？”

杨奉常看了眼谢太傅，这事是他自己搬起石头砸自己的脚，怪不得别人，硬着头皮道：“臣等可以缩短其长，修葺五十余里。”

“也好，那便栖安那段吧。”宋延巳垂眼思考着，“这人选嘛……”

“微臣推举谢嘉礼，谢大人。”大行令上前一步，“都内大人怀瑾握瑜，日月经天，江河行地，是不二人选。”

“都内大人虽好，毕竟无修筑河道的经验。”大行令话音将落，张祭酒就上前一步，“臣推荐赵鸿卿，赵大人曾参与青州灾后河道的修葺，更为妥帖。”

朝堂变幻莫测，风云暗涌，日日如此，这戏码宋延巳看了多年，早就腻得很，这会儿只端正了身子，食指和拇指圈成圈，在宽袖的覆下轻轻地敲着桌案。

“不若就从栖安派人罢。”江忠嗣入朝多日，安静得如同影子，这会儿倒开了口，“朝中之人固然好，但是远不及地方官员知晓当地灾情。”

大殿内一片寂静，栖安是谁的人来着。

“江大人这话说得也在理，”大司徒眼睛飞快地眨动，然后抢快一步开口，掷地有声，“为官者必以民为基，傅大人在栖安为官多年，深知其地势，确是极佳人选。”

傅正言！宋延巳的左膀右臂。

谢生平不留痕迹地晃过江忠嗣身上，江忠嗣似乎也感觉到了他的视线，嘴角微微挑起，颇有挑衅的意味，看得谢生平眉尖微动，他这是选了宋延巳？

“孤也觉得傅正言极好，既没人反对，那便他吧。”

“陛下英明。”

素云殿的殿门紧闭，姜燕婷看着放在桌上的字条，金枝抱团印在一方白宣上，她颤着指尖打开，“兜兜转转皆为空，一场嫣然梦。”

小巧嘴唇不停地抖动，怀里抱着一件翠澜底绣红的包裹，话都说不利索：“小……小姐……怎么……么办？”

“这件事还有谁知道？”姜燕婷捏着字条，飞快地把它塞到香炉中，片刻便燃成一股青烟。

“奴婢不知，这东西是一早在奴婢门前发现的。”小巧这会儿都快吓哭了，她们明明掩得这般严实，“那小姐的计划怎么办？”

姜燕婷心里不停地盘算，她之前费了那么多功夫，才劝得杨婧娥去试探帝后，得知陛下一时半会儿不会把心思放在后宫。她好不容易想出这么一个办法，结果还没开始，就被识破了，“去见她。”

“小姐，不能去啊！”小巧抱着包裹满眼震惊，“那谢夫人什么样，您又不是不知道！”

“不然怎么办？”姜燕婷看着她怀中的包裹，尽力压着心中的怒火，“这些东西她敢送来，就必定晓得一切，若是再被别人知晓，咱们就全完了！”

“小姐……”小巧把东西抱得紧紧的，生怕别人看见，谢夫人这举动，是要逼死她家小姐啊！

“莫怕，我倒要看看，那毒妇到底想要些什么！”

脚步匆匆，姜燕婷一袭绛紫云罗宫装，厚重的紫抱着点点的红绣，低调而华贵，梳着古板的牡丹髻，生生掩了容颜的娇俏，看起来人要虚长多岁。

宝云远远看到姜燕婷，就立刻一溜小跑，给谢嘉言送信。

轻纱微荡，姜燕婷见谢嘉言一人坐在亭内，身边的两个心腹丫鬟机灵地守在必经的桥侧，心里忍不住冷笑。

手微抬，姜燕婷示意小巧也留下，自己则放缓了脚步，指尖拂过桥上雕刻的石狮，如欣赏湖光美景般，慢慢踱步而行。

“姜充衣这身装扮，倒还真费了不少功夫，若不是当年在敬武公主那儿见过几面，我这会儿还真认不得了。”谢嘉言指上染着鲜红的蔻丹，雪白的脸颊因上了胭脂而透出几分明媚，唯独上挑的眉脚显出了她不属于这个年龄的凌厉。

“夫人有话直说。”姜燕婷自然知道谢嘉言不会是来与她喝茶赏景的，“你知道多少？”

“不多不少。”谢嘉言笑得明艳，伸手蘸着茶水在桌上写着，眼见姜燕婷的脸色随着她手下越写越多，而逐渐变得阴沉，才好心地补充，“全部。”

姜燕婷猛然按住谢嘉言的胳膊，她指尖因为使了力气而变得青白，她尽量压低自己的声音，看着谢嘉言丝毫不改的面色，咬牙切齿道：“你到底想要什么？我们姜家出了事，你谢家便会失去个有力臂膀，于你有何好处？”

“我怎么舍得让你出事，舍得让姜家出事。”谢嘉言把姜燕婷紧扣在她手腕上的指头一根一根掰开，“我可是在救姜充衣哪。”

“你拿着那些个东西威胁我，也敢说是救？”姜燕婷可不傻，她冷笑出声，仿佛听到什么天大的笑话。

“我只不过想让充衣帮我做件事情罢了。”谢嘉言伸手拽过姜燕婷的领口，把她拉到自己面前，眼神冰冷，朱唇微启，细细与她道着自个的计划。

姜燕婷原本眯着的双眼逐渐瞪成铜铃，最后变成不可思议的惊恐，“谢嘉言，你简直是个疯子！”她猛然推开她，素手颤抖地指着眼前的女人，世上怎么会有这种人，她到底知不知道自己要做什么，“你想死自己去，莫要带上我！”

“充衣可要三思啊。”谢嘉言被她推了一把，也不慌，只掩唇而笑，“不然这个世上可就真没有姜充衣这个人了，至于姜家，啧啧啧……”

“你有没有想过，万一事情败露了怎么办？”姜燕婷恨不得撬开谢嘉言的脑子，看看里面到底装了些什么，她尽量放缓语气，“你放过我，这件事咱们就都当没发生过，不是皆大欢喜吗！”

“皆大欢喜？谁喜？”谢嘉言疑惑，放过他们，她一点也不觉得欣喜。

微风拂过湖面，姜燕婷的心随着谢嘉言的话，一点一点下沉，如同寒冬腊月坠入冰窟。

“就差左家村到凛县这一段了。”这几日，宋延巳耍着手段，逼着不少官员捐了银子，如今国库不算充盈，不能倾尽所有去修筑梅河，只能想办法多从其他地方取银子。

江沅点点头，然后伸手捏了盘上的黑子递给他，又转手把白子放到了其他的地方，如此光明正大地悔棋！

宋延巳看着棋局，越发地失笑，“这可是第三枚了。”

“之前咱们可说好的，要让我几子的。”这是一开始就沟通好的，江沅并不觉得有什么不对。

“可哪有落了棋，再让子的？”

“你让我试一下。”江沅伸手点了白子在棋盘一角，她自认棋艺不差，可是偏偏遇上宋延巳赢少输多，赢的那几局，还是在他心不在焉的情况下，“我要看看，你究竟能胜我多少。”

江沅托腮看着棋盘上杀气腾腾的黑白二子，她要在这一局上，把他所有的棋路都吃透。

宋延巳指尖微捻地看看棋盘，再看看眉心微皱的江沅，嘴角一挑，落了颗黑子在她眼前，既然她想看，他便给她看。

双方对弈正到一半，何谦的声音就在外殿响起：“陛下，姜充衣刚个派人来说，有事想要禀陛下。”

“让她明儿个再说。”

何谦沉默了会儿，又道：“充衣说事关梅河的工银问题。”

江沅眉毛微动，顺手扔了棋子在棋罐中，抚着云鬓道：“不下了，不下了，今日乏得很。”

“阿沅是想让我过去？”宋延巳理着棋子，玉石放入罐中，传来清脆的撞击声。

“你难道不想过去吗？”说得跟他自个没想过似的，江沅单手撑着下巴，看他有条不紊地把棋子放入罐中，这一去说不定能彻底解决了梅河这个大患。

而且，姜燕婷嘛……见宋延巳起身，江沅也没唤人来伺候，只帮他微微整理了下衣袍。

“阿沅信不信我？”宋延巳忽然握了她的指尖，开口问道。

“信。”他极少这么认真，眼神就这么一瞬不瞬地盯着她，江沅笑着摸了摸他垂在腰下的羊脂玉佩，点点头。

待宋延巳伴着昏暗的烛光消失在殿外，江沅脑海又飞快地划过那个念头，还未来得及思考，就被她死死地压了回去，不能想，眼前的人很好，对她很好，对江家很好，那种荒诞的念头，连想都不要想。

宋延巳脚步将踏入素云殿，便有甜腻的香味混着酒香钻入鼻孔，他眉心微动，心下便了然，原来是今天。想着，脸上也就带了以往温和的笑意。

“陛下万安。”姜燕婷徐徐拜下，白色的牡丹烟罗软纱逶迤拖地，发髻低垂，只插了只镶玉簪子，腮边两缕发丝落下，越发地娇艳欲滴。

“起。”宋延巳微微颔首，跪拜在地上的人儿便捏着裙摆应声起身，“听说充衣要与孤聊梅河之事？”

“正是，陛下请。”姜燕婷轻挥衣袖，便引着他入了内殿，殿内香气更甚，何谦见桌上摆着酒水和几份吃食，只上前与宋延巳低语，见他点头，这才每样都夹了些送入口中。

酒水亦无碍，这才退出内殿，在外殿候着。姜燕婷性子活泼言谈有趣，就着梅河一事，一边暗暗应了不少的银两一边哄着宋延巳饮了一杯又一杯，待到他脚步虚浮，这才唤人熄灯。

“小姐。”小巧小心地把宋延巳扶到床榻上，冲她使了个眼色，何谦就在外边，这声音可作不得假。

“小巧留在旁边伺候。”姜燕婷点头，声甜得像秋日的脆梨，接着立刻压下嗓子对小巧道，“一会儿就靠咱主仆二人了。”

真是作孽啊！

而一切的始作俑者就是谢嘉言那个毒妇！小巧心里恨得要死，只得随着姜燕婷上了床榻。小姐已非完璧，断然不可能真与醒着的宋延巳发生什么，不然到时候没落红，她们就都完了，何况……小巧一咬牙，如今，只能死马当活马医！

那男人素爱听戏，姜燕婷为着讨好他，也偷偷跟着乾旦学过几嗓子，如今扮起男声来也似模似样，只可惜小巧毕竟是个黄花闺女，声音叫出来难免有些不真实，可现下这情况，也顾不得这么多了。

姜燕婷身上被自己掐得铁青，不能睡，做戏要做全套，安息散的味道不停地往鼻孔里钻，等她觉得时间差不多了，才一头栽到宋延巳旁边，昏睡过去。

小巧也飞快地下了床，身子团成一团，单臂伏在脚踏上。

刻漏中的水滴嗒嗒落下，在这个寂静到有些诡异的夜里显得越发清晰，直到第二日天微微亮，何谦的声音才又准时响起，“陛下，该起了。”

宋延巳双眼缓缓睁开，看着陌生的房间有着瞬间的茫然，片刻就又恢复了以往的清明。他伸手按着额头，额上青筋突突地跳个不停，他扭头看了眼离他远远的姜燕婷，神色复杂，她这次是点了多少？

“陛下。”姜燕婷双睫微颤，娇柔的声音唤出口。

宋延巳立刻换出一副温和的姿态，冲她笑着，看着她手臂上青一块紫一块，轻声问：“可还疼？”

姜燕婷脸瞬间爬上一片红绯，羞怯地摇摇头。

“孤还要早朝，充衣再歇息片刻吧。”宋延巳见她要起身，连忙制止，边让侍女更衣边道，“莫要忘了昨个答应我的话儿。”

“妾省得。”

路上宋延巳未乘辇，只散着步子，又因着今儿个天早何谦也不急，亦步亦趋地跟在他身后。脚步微停，宋延巳双指一勾，何谦就快步跑到他身侧，听他问道：“昨晚记了没？”

“还未。”何谦笑得双眼弯成月牙，“一般得等陛下下了朝，才填册子。”

“既然未填，那就不用再填。”宋延巳眉眼中看不出情绪，开口吩咐。

这不入册子，万一怀了龙嗣可就说不清了！何谦揣度着宋延巳的心思，憋了半晌，还是忍不住问：“可要送药？”

“无须。”宋延巳唇角忽然露出个古怪的微笑，转瞬即逝。

看得何谦直眨眨眼，难不成自个这年纪就老眼昏花？

“陛下昨夜在姜充衣殿里待了一夜。”帐香这会儿早就打听来了情况，她鼻上浸着点点细汗，正虎着小脸，弯着腰与江沅说叨，“今早素云殿里的宫人们可热闹，跟过年似的！”

呸，狐狸精！碧帆立在旁边听着，刚要补上两句，忽然想到宋延巳如今是一国天子，这是后宫不是将军府，卡在喉咙里的话就又被生生吞了回去。

第二十六章 暗中较量 将计就计

宋延巳夜宿素云殿的事就像是在平静的后宫投下一枚小石子，激起了层层的涟漪。

各殿主子纷纷效仿，宋延巳权当看不见，大多时间都为着政务留在昌乐宫，连江沅都甚少见他。

“傅大人那边怕是不成了。”徐安这几日不断地接到栖安那边递来的消息，虽栖安一处被傅正言握得紧，可是谢生平怎么可能什么都不做，周边安插的官员不计，处处制衡于他。

“文武各官，尽出伊门。”宋延巳捏着扒片，素绢被微弱的火苗吞噬，谢家这棵大树盘根错节，牵一发而动全身，地方的官员经过几十年的调派早已交织成网，让这万人之上的位子犹如立在悬崖之巅，宋延巳顺手盖上炉盖，火苗立刻被压下，“古人之君，居深宫之中，不知民间疾苦者多，也该出去走走了。”

“可是临安怎么办？”

“你留下。”栖安的事不能再拖，他要亲手把这块烂肉彻底割掉，“万事听阿沅的。”

“万一谢大人……”徐安刚开口，就明白了宋延巳的意思，“您是说……”

“保证安全就好，不要做得太明显。”宋延巳背着手看着昌乐宫内悬挂的朱色匾额，“若要这太平天下，必兴除其弊，灭其欲，断其根。”

宋延巳这次出巡定得急迫，可说出的话却让人不容置驳，“目之故，知之确，才可不让天下人笑孤不识人。”

“是不是出事了？”江沅何其聪慧，哪怕他不言，也敏感地嗅到了一丝危险。

“有人想借机会断我臂膀，我便先拔了他的羽翼。”宋延巳伸手揽了江沅而行，如今天气已凉，百花苑的花草渐凋，看上去多少有些萧条，宫人们没有跟得太紧，走到一半，宋延巳才驻足，顺手摘了朵开得正旺的秋梅绾在她的鬓发处，美人如梅艳正浓，“我此番出去，你凡事要小心。”

“你也是。”宫内凶潮暗涌，宫外更是诡谲，江沅反手握了他的手心，冰凉的指尖染上了他掌心的温度，她的儿子，她的家族，还有她自己，都赌在了宋延巳身上，他万万不能出事。

“放心吧。”宋延巳拍拍她的手背，“我养了这么多年的私卫也不是光吃白饭的。”

“中离。”宋延巳刚抬步就被江沅拽住了衣角，花树之下，她神色复杂，许多话都堆在嗓子口，面前的男人早就不是记忆中那个满身戾气的帝王，她愣了半晌，才上前一步抱住他，却不知究竟要说些什么。

直到真正与宋延巳站在一起，放眼这万里疆土，她才惊觉，这片河山是多么地飘摇，这个男人的每一步，都走得这么艰难，一步踏错，便是万劫不复。

腊月初九，宋延巳出临安，江沅看着疯狂地从屋檐上落地的雨点，天空雾蒙蒙一片，雨丝交织，老人们都道，出行遇风雨，象征着风调雨顺，是吉兆。

“小姐。”素云殿内药味混着大量的香气融成一股奇异的味道，小巧放下药碗，抱着脸色煞白的姜燕婷不停地掉眼泪，这么下去什么时候是个头啊，“孩子不能再留了。”

她们心知肚明，这个孩子十有八九是个护不住的，如今就这么拿着汤药吊在肚子里，姜燕婷面色白得骇人，她端起药碗猛地抬头饮下，浓黑的药汁顺着嘴角流下，在她雪白的肌肤上留下一道痕迹。

“充衣，咱们家夫人看您来了。”殿外响起宝云清脆的声音。

“小姐。”小巧眼睛瞪得滴圆，“她又来做什么！”

“让那贱人进来。”姜燕婷咬着牙，平日里灵动的眼睛，如今早就死气沉沉，眼睑下一圈乌青。

谢嘉言将踏进门，就皱了眉，她嫌弃地掩了掩鼻子，“姜充衣这殿内是什么味儿啊，古怪得紧。”

“你又来做什么！”姜燕婷瞪着她。

“我来做什么？”谢嘉言迈着碎步上前，居高临下地俯视着姜燕婷，指尖轻轻抚过她的肚子，笑得姜燕婷头皮发麻，“我来看看充衣的孩子还在不在呀。”

“你送来的药我一直吃着，这可怜孩子能不能活到生下来，我可就不确定了。”当娘的哪有不希望自己的孩子好好地活着，可是这个孩子，活得越长越是个心事，越是个不安。

“你就安心地养胎吧。”谢嘉言指尖在姜燕婷肚子上轻轻画着圈，“活着有活着的好处，活不下来，我也要让他死得有价值。”

姜燕婷冷着眼，看谢嘉言的笑容越来越灿烂，就像迎风而绽的罂粟花，忍不住开口讽刺：“你个疯子。”

“呵呵。”谢嘉言轻笑出声，忽然手上猛地加了力气，对着姜燕婷腹部使劲按下。肚子好似刀剑绞过，姜燕婷忍不住痛呼出声，抱着肚子蜷成一团，冷汗唰唰而落，浸湿了衣衫，“这个孩子的父亲马上就要擢升为决曹了，还有，你胞弟好像要娶妻了，你猜是谁家的女儿？”

姜燕婷贝齿死死地印在唇瓣上，看谢嘉言的眼神越来越恨。

“你们两家注定连在一起，你不为自个想，也该为你的情郎，为你的兄弟想一想。”

姜燕婷看着谢嘉言微笑起身，她离去的背影那么婀娜优雅，怎的就生了副如此恶毒的心肠，身影渐渐远去，殿门被紧紧闭上。

姜燕婷再也忍不住，眼泪唰唰地往下砸，小巧憋得眼眶通红，连忙掏了帕子为她拭泪，安慰道："没事的小姐，莫怕，莫怕。"

宋延巳此番出行走的大道，途中村县多被清理干净，不见流民，他心中只暗暗记下不表，直至临近栖安固河县。原本与其他地方无异的百姓忽然集体发难，直接夹道跪地，求他救下当地一个小县令。

那人名为杨风金，参与了修治梅河的工事，算是个骨鲠之士。

"陛下，杨大人可怜我们百姓，允我们太阳出来暖和些再开工，却被那河道大员以滋扰公事为名驱赶，大人上章弹劾，不知怎么却落得个私吞工银的罪名，望陛下彻查，还杨大人一个清白。"

按例，河工应于秋汛一过就开工，只因监巡黄赟庭为着卡住傅正言，强行拖延工期，直至腊月寒冬还在赶工，民间怨声四起。杨风金可怜百姓赤足露腿地冬日涉水，便许诺他们等太阳出来，天暖和些再来赶工。

黄赟庭为的就是激化民愤，多处联合打压傅正言，杨风金这举动显然是拆他的台，直接下了死令，发现有百姓来迟，鞭二十。

任杨风金怎么规劝都不听，一时怒极，直接上章弹劾黄赟庭，自然还没被宋延巳看见，就被中途压了下来，自己反倒落得个私吞工银、耽误工期、收押大狱的凄凉下场。

杨风金为官清廉，民间名声极佳，百姓都憋着一口气，等着圣驾过固河县，集体跪求。

"咱们固河县百姓在这儿求圣上明察。"前边跪着一位衣衫褴褛的老妇人，头上佩着朵白色的粗布花，

宋延巳未等何谦伸手扶他，便率先一步下了马车，他走到妇人面前，伸手将她搀扶了起来。

这个举动着实吓得那婆子不轻，生怕自个的衣裳脏了他的手，话音都抖得不成样子："不敢，不敢。"

"孤方才见您配着白花，可是家有丧事？"民间不佩白，有白乃丧。

"是老妇那小儿子，前些天因着病，修河道晚去些时辰，被打了

几十鞭子，他身子本来就弱，哪里经得起这个打法。”说着干枯的手掌就覆在了脸上，指尖因着风裂，染着许多洗不去的灰土。

“陛下莫要听他们胡言乱语。”黄赟庭心中咯噔，张嘴就是诡辩，“固河县多刁民，不停地延误工期，下官无非小惩一下，不料却被编排成了这副模样。”

“确实不该延误工期。”宋延巳缓缓开口，看着跪在地上的百姓头越垂越低，黄赟庭也松了口气，刚要开口再补充两句，就听宋延巳继续道，“在你的监巡下，县令贪污，百姓刁钻，工河延期，甚至还出了人命，可你呢，却隐而不报，既然如此，孤留你还有何用？”

原本百姓抱着的一点希望还没来得及浇灭，就被宋延巳这句话点燃，黄赟庭心中大震，跪地开口：“陛下！臣正打算上禀圣听。”

“既然已经准备妥帖，奏文呢？”宋延巳伸手。

黄赟庭眼睛骨碌碌地转着，宽袖却收得愈发地紧。宋延巳一个眼神，朱雀便冲了上去，直接把他袖子扯开，掏了玄色的奏札。果然不出所料，是弹劾傅正言的文章，宋延巳从头看到尾。

“混账东西！”黄赟庭正想着如何开口，奏札就劈头砸了下来，“你方才还言是百姓延误,如今却把罪名都安在百里外的傅大人身上，你嘴里可还有一句真话！”

为官者懂放懂收，断不能把百姓逼太紧，再温顺的兔子，急了也是会咬人的。

而黄赟庭，恰恰给了他一个难寻的突破口。

宋延巳又让人去将杨风金带出来，自己则继续问。

朝廷因着梅河一事开设粥铺赈济贫户，已实施多日，本为抚恤小民之意，如今却被视为虚文。此事宋延巳早知，这会儿被他带着关切问出来，听到百姓耳中却又变了意思。原来不光有银钱，还有米粥可食！可他们却连一粒米粮的影子都未看见，定然是被黄赟庭这狗官贪了！

民愤被激发，原本百姓还有些含糊的话成了言之凿凿，肮脏的事被一件件地扯出来，中间还涉及多地官员，宋延巳只差人一一记下。

之后固河县全权交予杨风金，超擢为监巡，并清算了银两，缺的直接派人去了黄府搜，整整十八箱黄金，晃得百姓的眼都花了，心里更是恨到不行。

待把黄赟庭投入大狱，定下河道工日，重开了粥铺，宋延巳又许诺当地百姓，剩余的银钱皆用来修葺固河县，这才在众人的山呼跪拜下乘舆动身。

人不患寡而患不均，尤其是于多灾之地的百姓而言，一碗粮，一块铜板，都重要得紧，他处有了固河县做比较，自然会生其他的心思。

事后宋延巳自固河县至清安，路程五十余里，却走了整整三天，他故意放慢速度，绕着大道而行。固河县的消息在他人还未至的时候就传了过去。果不其然，清安百姓有些胆大的，便效仿固河县的百姓，述说自己工钱不足，宋延巳也不求证，立刻差人取了银钱当场补予他们。

银子一下发，剩下的也坐不住了，话也说越多，事也就越来越大，听得当地官员虚汗直流。宋延巳这次有备而来，带了不少年轻的心腹官员同行，索性直接拿来顶替了涉事的官员。

傅正言虽官位不低，可做事亦不敢过多地越权。他不可以，但宋延巳可以，等他人到栖安时，从固河县开始的百余里皆被他整理得干干净净。

“如何？”

“不愧是陛下。”

“你这儿呢？”

“远城的人这些年陆陆续续进来，别地我不敢说，栖安内部断然不会出现差池。”傅正言转着扇柄他笑道，“可以开山了。”

栖安，有着大片隐藏的天然铁矿山，它们将会在最合适的时间被打磨成最锋利的武器，源源不绝地送出去，紧紧地握在他的人手中。

“等这事完了，你便随我回临安吧。”宋延巳眼神落在他的折扇上，下边的小白玉坠早被磨得光滑，“蓉安还等着你呢。”

傅正言的笑渐渐淡下去，这些年，他始终没等来蓉安嫁人的消息，他应过她的，她不嫁，他便不娶，“她这又何苦呢。”

“不会太久的，汤家的冤情终有一日会昭雪。”汤家退婚，汤小姐投缳，这中间夹杂着太多的不可言说，蓉安和傅正言之间有着跨不过去的鸿沟，而这道沟壑，不是仅凭着他们二人真心相待就能解得开的，这是上一代的恩怨，也是上一辈子的死结。

只有真相有一天可以光明正大地晒在阳光之下，傅父的心结才会如春日的冰雪，骤然解开。

凤起殿内地龙烧得暖和，西侧的墙壁还挂有锦绣壁毯，厚软的毛毯在地上铺得厚厚的，翡翠火齐屏风下缀着几块美玉，紫玉盘摆在老梨花的桌子上，琉璃帐垂落在地面上，划出好看的弧度。江沅靠在软榻上，这已经是第四封回信了，“夫在外甚念卿。将回。”

“娘娘，那姜充衣的肚子……”帐香看了眼江沅，陛下早言起居注未入，这个孩子可以不要的。

“姜充衣不用管她，左右陛下也快回了。”江沅手中抱着五蝶捧寿镂空雕刻的捧炉，指尖轻抚着提梁上的纹路，这个孩子宋延巳估摸着有自个的打算，这回她无须自个上赶着给她们送把柄，“钰儿这两天如何？”

“跟往日一样，卯时起身去先生那儿读书，午膳后在苑子里逛些时辰，下午再去寻武先生学骑射。”帐香细细地答着，又挑了几块燃石投入炉中，精贵的白檀木铺在炉底显得极其干净，“这兔儿模样是将炭屑就着蜂蜜捏塑成的，还参了您最爱的夜寒苏。”

“钰儿那边炭火可足？”

“惜薪司记着呢，到时辰便送去。”帐香又想到了看的册子，“兰美人那边……”

“娘娘。”碧帆的声音在外殿急迫地响起，接着翠色的宫衫便荡了进来，绣鞋上的穗儿歪了也不觉，飞快地扑道江沅面前，“太子……太子殿下出事了！”

江沅脑子一蒙，袖中的指尖死死地扣进掌心，被帐香搀着起身，向着殿外快步行去，嗓音都带着颤："说。"

"太子殿下今日如往常般去听荷苑，结果不知道怎么和姜充衣遇上，落水了，至今昏迷不醒。"

江沅眼眸微黯，"姜燕婷呢？"

"也掉下了池子，说是血染红了一片，孩子怕是保不住了。"碧帆急得在这个冬日冷汗急流。

"连起居注都未入，没了就没了呗。"帐香撩着宫衣跟在江沅后头，语气不善，"谁知道哪来的，能跟咱们殿下比吗！"

安源殿内宫人们跪了一地，脑袋紧紧地抵在地面，身子抖得如筛子，硕大的宫殿一片死寂。

"把太医全给本宫请来。"江沅疾步踏入安源殿，床榻微陷，小小的人儿就这么安安静静地躺在床上，这模样看得江沅更是怒火中烧。

"那充衣那里。"那里毕竟刚滑胎，陛下差不多这几日就要回宫，若是把太医全唤来，带头的侍女忍不住开口。

江沅一个眼神过去，朱船就得了令，径直上去就是几个耳光，清脆的声音在殿内不停地回荡："做奴才的，得时刻记得自己的身份，看清这后宫之内谁才是主子。"

宫人们只愣生生地跪着，似被帝后的怒火忽然骇到，唯有远远跪在外殿的一名小太监机灵，连忙应下起身去唤太医。江沅看着那个熟悉的背影匆匆离去，双眼一眯，前世今生他终是最和她心的。

忽然，握着她掌心的小手一动，江沅连忙转身，小人儿依旧闭着眼。见她不出声，又急切地敲了敲她的掌心。

江沅见呈钰这样，才知道他无大碍，心里松了口气，面上不显，继续对着宫人们道："出去！"

"诺！"齐刷刷地应声而起，接着是布料摩擦的声音。

等人全出了殿外，江沅才推推床上的小人，"钰儿无碍？"

"娘亲。"原本还闭着眼装昏迷的小家伙骨碌一声爬起来，径直扑到江沅怀里，眼泪就这么一颗颗落到她的脖子上，"人不是我推的，不是我推的。"

“乖，无事了。”怀里的小人似被吓得不轻，江沅只抱着他轻轻拍着，不忘了问：“你仔细与娘说说。”

今日，他原本如往常一样在听荷苑闲逛，路过浮翠亭的时候便习惯地行了上去，谁料姜燕婷也在那儿，他碍着面子，只好上去与她问了几句。结果姜燕婷起身路过他的时候，不知怎么就唤着他的名讳往湖心倒去，“我见她唤着我的名字滑了一跤，眼见就要跌进去，心里怕极了。”

“于是，你也学着她的样子栽了进去？”江沅顿时了然。

“嗯，她身后是水，我身后也是，小秋子水性又好，我就装作被她推了下去。”呈钰第一次做这种事情，难免惊惧不安，何况她肚子里还有父亲的孩子，他装晕躺在榻上听着宫人的话儿，心里越听越怕，“我会不会连累到娘亲？”

“傻孩子，放心吧。”江沅揉揉他的脑袋，她和宋延巳千算万算，怎么没算到呈钰会跟着一起跳下去，这孩子什么都不知道，只能凭着本能先去洗脱嫌疑，这法子好用可是太危险了，而她又不能万事告知于他，只好安慰，“以后不可如此，万事都有娘在。”

“早知道钰儿就不去那儿了。”呈钰红着眼小声地嘟囔道。

“为什么不去，这是钰儿家，只有她们敬着你的道理，断没有你躲着她们的说法。”江沅轻轻拍着他的后背，眼神渐渐冷成冰碴，太子冬日推有孕的姬嫔入湖，致其小产，又恰逢圣上要回宫的前几日，“主意竟然打到我儿子身上了。”

“母后，钰儿该怎么办，父皇会不会怪我？”呈钰现在内心才平静下来。

“不会，钰儿只要乖乖睡一觉，剩下的交给母后。”言罢，江沅便唤碧帆去凤起殿取了她匣子里的一枚小瓶，那是多年前孟习之送给她耍着玩的百枝红，涂上些许便可以使肌肤滚热如染病症，被她逃出永明的时候带了出来，没想到现在却派上了用场。

如果说姜充衣怀上身孕，结果没多久就落了胎，在宫中是大事。那么太子落水昏迷不醒可就是大事中的大事了，要知道如今陛下可就这么一个实打实的儿子。

一时之间后宫乱作一团，消息传到宋延巳耳中，原本六七日的行程，生生被他三天就行完。

呈钰早就被接到了凤起殿，这几天也不用读书，只日日跟着江沅在殿里耍。直到宋延巳入宫门的消息送上来，呈钰才又擦了嘴角的渣屑乖乖地躺到床榻上，江沅先抹了些百枝红在他身上，又随手摘了些冬薄，挤了汁液在帕子上，辣得眼眶通红，似哭了许久的样子。

太子高烧不退，整间太医院皆寻不出理由，宋延巳如今一入宫就往凤起殿赶。刚踏进殿门，就看见江沅伏在桌案边抽泣，眼睛肿得像两颗核桃，顿时大火，在殿内冲着太医大发雷霆。

他已经许多年没这般动怒，茶盏直接砸在地面上，碎成满地的瓷片。

"姜充衣那边来人……"有内监顶着压力而报。

"滚！"宋延巳原是准备让她把孩子留下来，到整治姜家的时候无须再多寻理由，只一句妄图混淆皇家血脉其心可诛就可了解，没想到中途出了这么大的差池，"谁能告知孤太子为何昏迷不醒？"

太医被问得满身冷汗，第五先生眨着三角眼，看看江沅，又瞧瞧床上的小人，捏着胡子不言。

"陛下，此事不可不查！"这戏做得差不多就得了，宋延巳如今被怒火烧了心绪没反应过来，等他静下心来自然会发现个中问题，江沅借机拉着他的手臂要求彻查。

宋延巳看着江沅略带闪躲的小眼神，心中就有了一番思量，只是他悬着心赶得这般急，她却欺瞒于他，多少有点不悦，等又把人敲打了一遍，才让他们全退下。

殿内空气凝结，江沅绞着帕子，不敢瞧宋延巳的眼睛，连呈钰都有些不安，偷偷睁开一只眼睛瞅向宋延巳，结果正好被他逮了个正着，连忙闭上眼睛，僵硬地又把脑袋拧了过去。

"你们娘俩便是这么欢迎我的？"宋延巳冷冰冰开口。

江沅知道，他是真生气了，连忙换了一张笑脸迎上去，端着个娇俏可人的模样，试图转移，“中离，你莫要气，栖安那边如何了？”

“好得很。”宋延巳手指挑着江沅的下巴，与她对视，“宫里呢？”

好吧，又转回来了，江沅见躲不过，索性拉着他坐下谈，把这些日子发生的事与他细说了遍，“你知道咱们蜀国最忌讳巫蛊之事，兰美人被我抓了个正着，若是不严惩以后还了得。”

“姜燕婷这事呢？”

“是她先算计钰儿的，钰儿落水是真，病了也是真。”江沅也不再瞒他，只是声音越来越小，“只不过没那么严重罢了。”

“对。”床上传来弱弱的赞同声。

“起来！”

宋延巳一声令下，床上立刻蹦下来一个只穿着里衣的小小少年，眼睛里流光溢彩，哪有一点病症的影子。只是下一刻，人就被碧帆抱出了内殿，去了偏殿待着。

“你要如何？”

“不如何。”江沅垂着眼角，手指不停转着在胸前的碎发，她这回要借着姜燕婷的手把谢嘉言彻底给挖出来。

宋延巳背在身后的指尖微微捻动，他在栖安一事上动得太大，铁矿的事瞒不了多久，到时候谢生平不出意外必会反扑。如今万事俱备，就差江忠嗣手中的那股东风，连宋延巳自己都有些不确定，江忠嗣上辈子至死都把秘密咬得严严实实，这辈子到底会不会把那人给交出来。

第二十七章 秋风纨扇 流光徘徊

姜燕婷意外滑胎并未给江沅的地位带来丝毫的动摇，反倒因为太子落水一事，被宋延巳下令禁足在素云殿。

小巧把软枕垫到姜燕婷身后，这才转身探了探汤药的温度，待不烫了才端给姜燕婷饮，“小姐，该用药了。”

姜燕婷呆愣愣地看着药碗，药汁浓黑，她手不自觉地抚上小腹，这个孩子没了，明知道留不住，可当真舍去，心儿却也似刀子割过，眼泪在眼眶中打转，姜燕婷忍着不让它落下，“母亲对你不住，愿你来世投个好人家，莫再遇上我这般无用的娘亲。”

“确实无用得很。”谢嘉言冷眼旁观，这会儿跷着脚，绣鞋上的珍珠闪着温润的光泽，“连个稚子都斗不过。”

“你一天到晚躲在我们后头又算个什么？”姜燕婷被她气得捂着胸口猛咳嗽，一口鲜血哇地吐在地上。她伤了呈钰，江沅自然不会放过她，整整三日，太医皆被留在凤起殿，而她只得让几个医术不精的医女为她抓药配药，若不是之后太子苏醒，就她这副身子，怕是早就踏上黄泉路了，“你为什么非要跟江沅争？于情她是宋延巳的发妻，琴瑟和鸣；于礼她是妻，你是妾！”

谢家的女儿又如何，到头来，还不是要跪在别的女人面前！

“少而吐血，年月不保，纵然命长，终是废人。”谢嘉言起身，站在床榻前俯视着她，眼神带着怜悯，就像在瞧低贱的蝼蚁，“争？她有什么值得我争的？”

她就是看不惯江沅拥有一切的模样，幼时娇宠，少嫁翩翩儿郎，夫君敬爱，儿子乖巧，明明江沅什么都不如她，凭什么比她过得好？谢嘉言弯腰抚摸着姜燕婷的秀发，最后死死地拽住，扣着她的脑袋，“我没有的，别人也休想有。”

“夫人，求您放过我家小姐，她身上还带着病呢。”小巧见姜燕婷死死地瞪着谢嘉言，膝盖一弯，人就跪了下去，哭得声泪俱下我见犹怜。

“我可以放过你。”谢嘉言指尖划过姜燕婷不施粉黛的脸颊，轻轻拭去她唇畔的血迹，“可是你伤了江沅的儿子，她会放过你吗？”

姜燕婷勉强笑道：“你就不怕我全告诉她。”

“你说啊。”谢嘉言不相信江沅没疑过她，可是没有真凭实据她敢动她吗，再不济她也姓谢，烟州谢家，便是宋延巳都要忌惮三分，何况一个小小的帝后，只要谢家不倒，江沅就是恨她恨到骨子里，也不敢轻易动她，“到时候，咱们正巧可以谈谈这个没了的孩子。”

姜燕婷身上的血愈来愈冷，眼神也愈来愈寒，“你想让我把这件事全担了。”

“充衣好生聪明。”谢嘉言笑着立起身子，宝云连忙递上帕子，她仔细地擦着指尖的血迹，猩红染在素色的绣帕上，红得骇人，“花开时固然惹人爱慕，可终究会凋谢，倒不如不开。”

姜燕婷看着她冷笑：“原来你一开始就没打算留我活下去。”

“拿你一人换姜家，可不冤。”谢嘉言笑道，“你若不做怎会被我抓到把柄，既然敢做，还想来宫中搏富贵荣华，世上哪有这么便宜的事情？”

素云殿死一般的寂静，殿门缓缓而开，谢嘉言踏出殿外，阳光暖融融地照在身上，身后是暗成一片的内殿。

事情发生是在几日后，宋延巳与谢生平之间的关系早已剑拔弩张，奉郡督军离奇死亡，督军之位从空，谢生平亲自举荐门生刘舜耕，朝中自然是拥护声一片，如今这个世道，多握一郡兵力便是多一分胜算。

这块地，谢生平想抢，宋延巳也想得，一时间僵持不下。直到有内相匆匆来报，何谦只听了一耳朵，汗就落了下来。他挥退内相，看看朝中的气氛，犹豫了片刻，最终弓着腰身还是从一侧迈了上去，小碎步跑到宋延巳身侧。

“陛下，帝后娘娘那儿出事了。”帝王的眼神异常凌厉，何谦只得硬着头皮继续道，“娘娘小食中掺了脏东西，这会子，太医都到了。”

宋延巳心中大震，中毒？江沅这么仔细的人，怎么会中毒？江忠嗣安静地立在殿中的一侧，就见宋延巳二话没说，便起身匆匆离朝。何谦只得在殿内高唱离朝，然后紧跟上宋延巳的脚步。

这是宋延巳第一次中途离朝，好事的官员出了殿便去与那内相打听，江忠嗣充耳不闻，直至听到江沅才放缓了脚步。

“听说点心是送到太子那儿的，结果被帝后误食了。”

脚步越放越缓，到宫门时比以往晚了整整两炷香，江忠嗣看着候在朱门外的马车，又扭头看了眼庄严肃穆的皇宫，眼神无比复杂，手中的指头越攥越紧。

他真的要把人和东西交给宋延巳吗，开弓没有回头箭，这东西一交，他就彻底和谢生平撕破脸，若是到时宋延巳再因着汤家的事反将他一军，孤立无援，他们江家，就真万劫不复，全完了。

江沅躺在床上，脸色白如宣纸，细密的汗珠子不停地在额上滚落，宋延巳踏入殿内，殿中的宫人齐刷刷地跪了一地，这事情来得太突然。

碧帆眼镜红成兔子，率先开口：“殿下这几日想吃娘娘做的八宝糕，娘娘便亲手做了些差人送去，中途得知殿下今日被韦先生带去默史经，怕等殿下回宫的时候糕点冷了吃坏肚子，便又叫人追了回来，等过点时候再做份新的。”碧帆声音都带着哭腔，“八宝糕回来后，娘娘顺便吃了两枚，结果……结果就这样了。”

若是没有追回来，吃到太子腹中，殿下年幼，这些吃食足以要了他的性命！宋延巳眼里蕴含着怒火，铁青着脸不带一丝一毫的笑意，他本就不是个温润的性子，这些年因着万事皆在掌握，所以才敛了身上的寒气，如今接二连三的事情发生在江沅和呈钰身上，再温和的老虎也会被激得亮出爪獠，“什么毒？”

“回陛下，是月籽藤。”太医双腿不停抖动，额上的青筋因为惧怕而略微凸起。

“月籽藤？”宋延巳眼神冰得骇人，月籽藤多涂抹于弓箭之上，用于军营暗杀，军人因为剧烈运动，血液流通快速，毒可以迅速地攻向心脉，“这种禁物怎么会出现于宫中！”

“禀陛下，月籽藤味苦大寒，药性霸道，使用不当极易酿成大祸，太医院断然没有入过这物。”林太医立刻道，“这东西不会是医局里流出去的。”

太医院没有，那么自然也就不是从里边拿的，有人怀毒入宫！

宋延巳口中冷笑：“查！孤倒要看看是谁有这么大的胆子，深宫内院敢私藏毒物，这回是帝后，下次是不是就该轮到孤了！”

“怎么样？”小巧刚关上门，姜燕婷的声音就在内殿响起。

小巧飞快地扑进来，浑身上下都在抖，她颤着手从怀中取出剩下的半瓶药，当着姜燕婷的面倒入了燃着的熏炉中，口中喃喃：“骗子，那个骗子。”

“到底出什么事了？”姜燕婷明显感到了小巧内心的惊恐。

“小姐，咱们被谢家那贱人骗了！她给咱们的不是乌头，是月籽藤！”小巧原本只洒了一半，乌头虽有毒，但是少些不足以致死，她与小太子无冤无仇，怎么也下不去手真杀了那个孩子，于是便私自减半，想着让他生死随天。只是，她做梦也想不到，手中的这瓶是月籽藤。月籽藤是禁药，民间早就被禁卖，小半瓶下去，莫说是个孩子，就是个八尺大汉也断无活下去的可能，“小姐，这可是军中出来的。”

万事牵扯到军营，那就不是小事了，若是乌头，最多算得上姬嫔争宠，姜充衣咽不下腹中胎儿惨死，这才恶意报复。可用的月籽藤就不一样了，军中之物，她一个深宫女子是如何得到的？

“贱人！贱人！贱人！”姜燕婷几欲疯狂，抓起面前的杯盏狠狠地向着地面砸去，“我都愿意拿我的命给她了！她为什么还要这样对我，姜家出事，到底对那个贱人又有何好处！”

朝中文臣家的女眷涉军，这事出在这个节骨眼……姜燕婷气得浑身忍不住地颤，最后一口鲜血吐出来，人就直挺挺地倒了下去。

小巧连忙抱住她，使劲地掐着她的人中，甚至不敢派人去请太医，只红着眼不停地唤着：“小姐，小姐。”

“你说是什么？”谢嘉言惊得打翻了茶盏，“月籽藤？”

宝云看着谢嘉言的表情微怔，药不是夫人给姜燕婷的吗？只好试探地答道：“外边来的消息是这么说，陛下已经下令封锁各个宫殿，要彻查。”

月籽藤？她给的明明就是乌头啊！这种军中才有的东西，她就是傻了也不可能乱用。

谢嘉言缓缓起身，广袖端在胸前，袖中的素指交错，后宫中的女人皆是文家妇，未有武臣女，而能碰到军中禁药的……她眼神一闪：江沅！

江沅跟过军，又在边境多年，她是后宫最有可能，也是唯一一个可以不费吹灰之力就拥有月籽藤的。

“偷梁换柱。”谢嘉言贝齿紧咬，周身散发着抑制不住的寒气，这个女人，她真是小看她了，“好个苦肉计。”

江沅躺在床上，眼睛微闭，宋延巳偶尔进来握着她的手说些什么，她腹部疼得厉害，偶尔轻哼着叫两声疼，其余时间多是紧紧锁着眉心。

药量是她算了又算的，她们想用乌头杀她的儿子，那么就别怪她借着这股东风祸水东引。有些人留得久了，就是个祸患。

宋延巳看着床上的江沅，指尖轻轻地在桌案上摩挲，他眼底的情绪被极好地隐藏住。

碧帆红着眼眶立在一侧，帐香则垂着头缄口不言。宋延巳执杯饮下手中的茶，眼神一瞥，何谦便利落地端起一直盛放在桌上的点心，小心地放到一侧的食盒里，八宝糕早已凉透，太医院也早已验过毒，如今也不好总放在帝后的寝殿内，该丢了。

“我明日还有件大事要做，今夜怕是没法陪着阿沅了。”宋延巳看着床上的人儿紧闭的双眸眯成一条缝，里面晶莹点点，盛满了委屈，又伸手揉了揉她的脑袋，“对不起。”

江沅飞快地把脑袋拧过去，一行泪就这么从鼻梁上滑过，她瓮声瓮气，嗓子里好似堵了块棉花，“你去忙吧，政务要紧。”

“好。”宋延巳垂头在她鬓发处吻了吻，才起身出了凤起殿。

江沅闭着眼，等脚步声越来越远直到听不见，才捂着小腹撑起身子，碧帆见状，连忙扑过去，拿了软枕垫在她的身下，泪珠珠不停地在眼眶里转啊转，“咱们娘娘这是遭了多大的罪啊，那姜燕婷也太不是个东西了。”

“没事，我心中有数。”江沅看着满脸关切的碧帆，在她疑惑的眼神中忽然绽出一抹笑，她又招招手，帐香才蹲下身子，看她的眼神写满了劫后余生的慌乱。

“娘娘，奴婢都快吓死了。”帐香抚着胸口，她只知道江沅让她中途不留痕迹地把糕点换了，怎么也猜不到是以毒换毒，碧帆出去寻太医的时候，江沅只悄悄拉了她的袖子，让她一句话都不要说。

宋延巳在殿内怒火滔天，帐香吓得腿都软了，只低着头不敢言语，她知道，只要她开口，肯定全是破绽。

这是怎么回事？碧帆此刻还被蒙在鼓里，看看帐香又看看江沅，许久后才悟到：“小姐做的？”

“我只不过是中途把乌头换成了月籽藤罢了。”江沅拍拍碧帆的手臂，她脸上藏不住太多的心思，若是告知她，她拙劣的表演定然瞒不过宋延巳，“咱们不能坐以待毙。”

“可这也太危险了。”碧帆说着眼泪又落了下来，“奴婢都快被您吓死了，您要是出了什么差池，奴婢也不活了！”

“傻丫头。”江沅点了下碧帆的额心，“我万事俱备，怎会失手。”

这回她倒是可以借着姜燕婷，给宋延巳一份大礼，姜家涉军，事情可大可小，只要稍加利用，便可断了谢生平一条臂膀，而她，也可以借机看看能否把谢嘉言从暗处给揪出来。

昌乐宫内燃着清雅的柏花香，宋延巳坐在殿内，对着面前的食盒发呆，不久后何谦便来报说徐大人求见。

“陛下。”徐安拱手。

殿内人难得声音有些疲倦，“说吧。”

“属下方才去问过咱们的人，小殿下那边并未得知帝后要送糕点过去。”宋呈钰那边经过落水一事，但凡所用所食，皆是用了心的，宋延巳刻意交代过，他们也费了大心思，就算有毒的点心送进去，也会在他们手上被截下来。

那么就只有一种可能，这份点心，帝后从始至终就没打算给太子殿下。

“呈钰极喜芙蕖。”宋延巳摸着食盒上的梅花瓣，眼里的光有点细碎，“阿沅每次给他准备吃食都是依着他的喜好，连碗碟都是如此。”

徐安听得云里雾里，“陛下……”

“下去吧。”他挥挥手，徐安只好应声退下。

红艳艳的梅花被雕刻在食盒上僵硬地绽放，宋延巳指尖微微碰着，一下又一下，最后手上用了力气，食盒被他甩袖挥下，碎裂声在寂静的大殿内异常清晰，惊得守在宫外的何谦一个冷战。

十年了，从他再度娶她为妻，已经整整十年了。这十年间，江沅耐着性子做过多少戏，数都数不过来，他知道江沅不曾全心全意地信他，可他宋延巳再不济，也不至于护不住她、护不住自己的儿子。

江沅多狠哪，上辈子对别人狠对他狠，这辈子她好似学乖了，面对他总是一副聪慧温婉的模样，即便是任性，也不会那么张牙舞爪。可她却把骨子里的那份狠留给了自己。

宋延巳看着滚落满地的糕点，忽然觉得有些不知所措，他口中喃喃，似在自语：“你连自己都算计，何况是我。”

在凤起殿离开前的那一刻，他真的有些快控制不住自己，想立刻就把她从床上拽起来，想当着面与她从头到尾地对峙，哪怕大吵一架也好，堂堂正正地告诉她，他就是宋延巳，就是那个她恨不得吞肉饮血的刽子手，然后把那些埋在地下见不得光的统统挖出来，甩在她面前。

可他还是拼命地忍了下来，说了又如何，上辈子他便是知道了一切，然后就再也没开心过。这辈子难不成要换江沅吗，她骨子里是多么骄傲的人，知道了又能如何，后半辈子都带着愧疚讨好他，还是索性离去替她父亲给他谢罪，无论哪一个，都不是他想要的。

她一直在隐瞒，而他也一直在逃避，他们都很努力地维系两人之间的平衡。可是日子越过越久，宋延巳却觉得他开始渐渐变得贪心，他开始怀念和江沅初见的那两年，她整日里像条小尾巴一样追在他的身后，中离哥哥、中离哥哥地唤个不停，偶尔他也被跟烦了，也会说上她两句，然后看着她暗下去的眼神，却莫名地有些后悔。可每一次，都还没等他想好怎么哄她，她又开心地蹦到了他面前，眼里闪着光亮，带着满心的爱慕。那个时候，江沅对他的喜欢那么纯粹，干净得不掺杂一丝杂质。

可是还能回得去吗？回不去了吧。

人果然不能太贪心，不能什么都想要。宋延巳闭着缓缓靠到宝座上，许久才睁开，又恢复到了往日的模样。

铲除姜家计划早有，原本想留着料理了段家以后再动。既然江沅想提前，那他便依了她，至于段家便先拖上一拖。

月籽藤一案，因有着宋延巳的关注，破得异常顺利，姜燕婷几乎毫无反抗，就被拿下，宋延巳象征性地审了审，姜燕婷除了一口咬定月籽藤不是她的，其余供认不讳，把所有的罪名都担了下来。

蓄意毒杀皇嗣的事实铁板钉钉，转眼人就被打入冷宫，而姜家，也因着这件事被宋延巳重点盘查，接连挖出不少勾结军中要员的证据，直接革官打入司刑寺大狱查办。

谢生平为此气得不知道碎了多少杯盏，只得尽力把牵涉在其中的其他官员先设法洗脱嫌疑，至于姜家，留不得了。三日后，姜大人于司刑寺狱墙上写下罪己书，悬梁自缢。谢生平听着司刑寺卿送来的消息，手指猛收，他不想再与宋延巳耗下去了，无论输赢他都得搏一把。

冷宫阴暗，宣旨的内监读完圣旨，然后看着呆若木鸡的姜燕婷，指着地上的几样物件，道："如今姜大人已去，您也该上路了。"

"公公。"小巧发丝凌乱，眼睛早已哭得红肿不堪，她不停地磕着头，双手死死攥住内监的衣角，"您放过我家小姐吧，奴婢愿意替小姐去死。"

"呵。"内监抬腿踹到她肩上，小巧吃不住力气滚了老远，"连太子殿下都敢毒杀，当初怎的不想会有如今的下场，你替她死，你算个什么东西，你……"

话还未说完，就听到院内有人唱道："帝后娘娘千岁万福。"

"娘娘。"内监见江沅进来，连忙收了方才的跋扈，低眉顺眼。

"本宫有几句话想与姜充衣谈谈。"

这是要他退下，内监眼睛骨碌一转，立刻笑着应下，只带了人守在殿门外边。

江沅看着地上的匕首白绫，碧帆连忙弯身收了，万一不小心伤到江沅，罪过可就大了。

"你为何要下毒？"江沅没心思与她多言，只一瞬不瞬地看着地上的女子。

"我家散了是不是。"姜燕婷瘫坐在冰冷的地面上，她眼睛在看她，心却不知道飘去了哪里，整个身子冰得像是早早就坠入了冰窟，"我是姜家的罪人对不对。"

"你与我说实话，我可以尽力留你一命，让你主仆二人活到老死。"棋子而已，江沅看着姜燕婷，觉得也许是自己年岁大了，许多人许多事，不足以用死而抵。

真的？小巧眼神晶亮，她的小姐有救了，张口刚要全部说出来，就听见姜燕婷的声音在殿内响起。

"可我弟弟还活着。"所以她不能说，姜燕婷抬头看向江沅，眼中的悲哀掩都掩不住，全然不似记忆深处趾高气扬的模样。上辈子姜燕婷孩子也没活下来，却也换了个昭训的位份给她，仅次于三位夫人。

而如今，冷炭冰食，好不凄凉，她眼神微暗，说出的话有些没头脑，“帝后觉得妾身上的香如何？这香名为美人香，幼时能入药入香，待成株之后便可为毒，如同美人，稀少且美却毒。”

“充衣何苦。”江沅袖中指尖微动。

“劳烦帝后留下毒酒一杯。”姜燕婷起身对着她拜了三拜，眼神恳切。

小巧眼睁睁地看着江沅来了又回，唇瓣不停地抖动着，刚要斟满酒杯与姜燕婷一起离去，就被她死死地抓住了手臂。

“你不能死。”姜燕婷的眼中燃着浓浓的恨意。

“小姐？”小巧不明白，她红着眼，小姐都死了，自己活着还有什么盼头。

姜燕婷拉过小巧的胳膊，在她耳边细细道，谢嘉言不会让她活下去的，可是，她也不能让她好过。

看着小巧的眼睛越睁越大，姜燕婷忍着泪握住了她的手，把东西塞到她怀中，“小巧，你记住我的话，如果有一天，帝后再来寻你，那便是你为咱们姜家报仇之日。”

姜燕婷执杯，毒酒被她一饮而尽。她费尽心思，终于配出了那副世间少有的美人香。

美人如香，稀少且毒，多配荼芜，如绝世美人，世上仅一人爱之、有之。

“陛下。”京兆尹看了眼端袖而立的谢生平，上前一步，“近日临安周边的小村发生了件怪事。”

宋延巳平静地看着侃侃而言的赫连大人，他撩袍而跪，双手奉上一枚龙缠凤绕的金镶玉腰佩，“前些日子临安落雨，冲垮了左家村的一块地，奇就奇在左家村的墓地中出现了名幼尸，尸体衣衫早已腐烂到只剩白骨，唯独身下压的这块腰佩，村民不知其玉价值几何，卖到了临安的当铺。”

腰佩闪着温润的光泽，搭眼一瞧便不是民间物。

“当铺老板恰好与微臣有些熟悉，昨日拿来与臣过了个眼，只一眼臣便认出了此乃皇家物。”京兆尹话音将落，刘典事的声音就在殿内响起，带着止不住的惊讶，“这是前朝李氏的腰佩，李璟祭天时臣亲手奉上的。”

“那小陛下不是死在了大火中吗？”大行令诧异道，“这佩怎会出现在皇城外的村庄中。”

“臣昨夜已下令封村，尸骨也已抬到义庄，验尸结果是今早呈到臣手中的。”京兆尹双手呈上，“乃中毒而亡，四肢骨头皆断，显然是死前受了不少磨难。村人都言不识此人，想来不是村里人，且……右脚六指。”

殿内一片静默，前朝李氏皇帝，生而六指，众臣眼观鼻鼻观心，当年宫中的那场大火来得诡异，第安殿那么大栋宫殿，烧得干干净净，连一个宫人都没逃出来。

“京兆尹想如何？”宋延巳眉眼舒展，眼睛却没有多少笑意，冷眼瞧着朝中的这场戏。

“彻查！臣怀疑李氏之死另有隐情。”

“赫连大人好似忘了，如今的天下姓宋不姓李！”孟太仆拱手而言，“再查又有何意？”

“孟大人此言差矣，莫说涉及前朝皇家。”京兆尹嗤笑着开口，“哪怕只是一条单纯的人命也该彻查才是。”

“京兆尹言之有理，宫中之物本就不该出现于民间。”宋延巳垂眼看着面前的一片玄色，随口道，“这事便交予曲思安去做罢。”

大行令刚张张嘴，余光就瞧见谢生平昂首平视，心里略微揣度了片刻，到口边的话又咽了回去。

宋延巳指尖微微捻动，他如今就是跟处境比赛，谢生平敢把李璟的尸身搬出来，显然是做了万全的准备。他的皇位是众臣上书，为臣时走的也是贤臣良将的路子，他既然上来了，那么想要把他拉下来就不那么容易，可若是先给他扣上弑主的罪名，怕就是另一番模样，以后做什么，谢家都多了个名正言顺。

凤起殿内，张显贵在一旁伺候着茶水，敏感地察觉到了空气中的不同寻常。他是在太子落水一事中因着伶俐第一个应声去请得所有的太医，而入了江沅的眼，被调到凤起殿伺候，只是没想到会接二连三地发生这么多事情。蜀人信天命，帝后该不会把他想成灾星吧，张显贵垂着眼，心里多少有些不安。

四周沉默得掉根针都能听到，江沅望着碧帆，仿不相信自己的耳朵，“你说什么？”

“这是左双给奴婢的消息。”帐香头颅低垂拉拉碧帆的衣角，碧帆不明地瞅了她一眼，这事左双交代过必须要告知小姐的，这会儿见江沅反应不对，帐香又一直扯她，才开始有些忐忑，“说是左家村出了前朝帝王的腰佩和尸骨，好似之前小皇帝的。”

沉默，死一般的沉默。

江沅身子有些站不稳，踉跄着向后退了两步，张显贵眼明手快地搀了把她的胳膊，她跌坐在圈椅上，不可置信地又问了遍：“死了？”

“嗯。”碧帆点头，民间流传此事与宋延巳脱不了干系，可是她没敢说。

你会来找我吗？

会，到时候你还给我编蚂蚱。

江沅呆愣愣地靠在圈椅上，眼眶中忽然掉下什么东西，她伸手去摸，手心只得一片冰凉。那个伴着她活了那么久的孩子，死了，死在了她前面。怎么会死呢？她之前笃定的以为谢嘉言没来得及动手，宋延巳定是不会杀了他的，上辈子他明明让那个孩子活了那么久不是吗，他这世会在民间安稳长大，渺小得如同沙石，更不会妨碍他的。

“陛下。”时间漫长而煎熬，又过了许久，碧帆才眼尖地看到了立在帘后的宋延巳。

玄色的衣袍上绣着金丝的蛟龙，吞云吐雾在祥云中穿梭，他迈着步子踏到江沅面前，耳边是宫人应声而退的声音。

“为什么？”江沅抬头，入眼的，是宋延巳清冷的面容，明明他与她这般近却又隔着那么远，抓不到握不着，“你知道是我做的对不对？”

江沅问出口，带着不可置疑的笃定。

嗯，宋延巳点头，江沅却越来越觉得悲哀，“为什么？你明知道我想救他，你明知道我想救他的！”

他若是不愿意，大可与她直说，为什么要瞒着她，“为什么要瞒着我。”

“他是帝王，他若不死，如鲠在喉，我永远坐不稳这个位子。”所以，明知道她会伤心，明知道谢生平不会让李璟活下去，明明他有机会可以救那个孩子，他都放弃了。江沅只记得那个孩子的无辜、那个孩子的悲痛，却忘了，他与他之间的仇是抹不掉的，他所有的苦痛都有他的手笔。

“如果没有被发现，你便要一直瞒着我吗？”江沅泪如雨下，声音不停地颤抖，“我还傻傻地以为他会活得好好的，他终于能读他想读的书籍，去看他想看的山川，之后酒花田园娶妻生子，平顺到老。”上辈子应过那个孩子那么多，这辈子她以为自己能做得到的，到头来却还是一场笑话，一场春秋大梦。

“江沅！”宋延巳敛了眼中所有的温度，冷得如同深冬破不开的冰封。

“宋延巳！”江沅步子微迈，一瞬不瞬地看着他，眼神似乎要透过他的皮骨穿透他的灵魂里，“你到底还瞒了我多少？”

心中的怀疑滋生，被她死死压在脑海中的念头如同枯枝遇到雨露，突破黑暗的禁锢疯狂攀长。

“阿沅呢？阿沅瞒了我多少？”宋延巳比她高一头，这会儿只垂着眼与她对视，许久的静默，他轻笑出声，有些悲凉，“阿沅也瞒了我许多不是吗？”

这是江沅和宋延巳最后一次对话，之后的日子里，宋延巳着手左家庄的事，江沅则安静地待在凤起殿闭门不出，两人之间陷入了莫名的冷战。

小孩子最为敏感，呈钰也如此，每每面对江沅对他强颜欢笑的模样，想问却不敢问，这次任由他怎么撒娇卖乖都无济于事，只眼巴巴地看着一向相敬恩爱的父母变得越发疏远。

昌乐宫的殿门被打开，徐安匆匆而来，与朱船打了个照面，微微颔首，便快步踏了进去。朱船驻足，她扭头又看了眼被紧紧闭合的殿门，该说的不该说的她都说了，不知自己的话宋延巳听进去了多少，这才叹了口气，步履不停地离去。

栖安的事不太顺利，谢生平果然通了消息多加阻拦，可是那地铜墙铁壁，傅正言多年的心思也不是白费的，铁矿被铸造成兵器，分批送到穆擎和王远城手中，押送兵器的都是两人的心腹，中间多次遇袭，好在有惊无险，穆擎顺势拔掉了几颗安插在军营中的钉子。

只不过一波未平一波又起，这场蜚语来得太快，穆擎刚得到消息就给宋延巳递了密函，若说背后没有人在推波助澜，他是一千个一万个不相信的。

“消息是从卫国传出来的。”徐安这次带来的信越发地不好，他也不知道江沅曾被困于安随侯府的消息怎么会突然爆发，卫国流言四起，边城早就传遍，只是碍着穆擎的铁腕生生压了下来，“不过这也不是长久之计，压不住的，只怕会越传越离谱。”

若是流言散开，于江沅的帝后之位绝对称得上巨大的打击，这么大的把柄，朝中谢氏一党定不会任由它发酵而不利用。

“谢生平这是想断了我所有的后路啊。”宋延巳声音不带丝毫的感情，心里却压着一把火，先泼上弑君杀主的脏水，再在江沅身上做文章。世人皆爱挖人阴私，众口铄金，积销毁骨，只要多些人刻意往歪处引，他的功勋是不是正大光明拼来的，都要惹人疑问。

徐安犹豫着开口：“那该如何是好？”流言是禁不住的，哪怕他不说，宋延巳也该明白这个道理。

“你有没有听过一句话。”宋延巳摸着乌木的桌案，阳光穿过雕窗投下斑驳的阴影，他眼里万般情绪暗涌，“置之死地而后生。”

第二十八章 置之死地 拨云见日

流言持续发酵，没几日就传遍了蜀国的大江南北，废后改立的事又被重新搬上了日程。这回谢氏一党有备而来，帝后清白成谜，处处抓住此点攻击，多日来，宋延巳只闭口不言。

夕阳逐渐浮下一片金鳞，皇城渐渐地黯淡了起来，如水波四散。徐安风尘仆仆地到了昌乐宫的殿门，胸腔之中热血沸腾，脸上难得挂了丝笑意，他身后带着名垂头不语的侍女，人影一闪，就入了殿内。

后宫之内的消息也甚是灵通，各家女子玲珑剔透，风一吹，就知道是东风胜还是西风强，人人都在观探帝后这事的走向。

“这回老爷可帮了咱们夫人一个大忙。”宝云恭敬地立在一侧，轻揉着谢嘉言的肩膀，“一个被俘过的女子何德何能做蜀国的帝后。”

卫国人人都知镇国公偏爱美色，传言国公府的后院珠光宝气，囊括了天下美人。江沅在里边待了大半年，谁晓得发生过什么。

谢嘉言闭着眼假寐，上扬的嘴角却暴露了她此刻的好心情，“不废也得脱层皮，我看她还有什么脸做那趾高气扬的模样。”

而凤起殿则从早到晚安安静静，宫人们连走路都不敢发出丁点声响，生怕惹了帝后不快。

帐香蹲在一旁，小心地帮江沅剥着橘子，旁边点着小小的熏炉，她素指翻飞，一颗颗橘瓣便落在了琉璃的碗碟中，银勺中盛了花蜜，热水滚过橘瓣，配以花蜜轻轻地搅着，片刻后，又端过一旁的清酒，斟了小半杯进去，不一会儿酒香混着茶香便淡淡地散出，浓香异常。

张显贵垂眼看着地面的毛毯，华丽而厚重，殿内暖得如同春日，仅着单层衣袍都不觉得寒冷。

宫内的流言蜚语江沅也听了不少，宋延巳始终未曾露面，她捏着杯盏，轻吹着水面，果茶微荡，香气越发地浓厚。

“陛下在哪儿？”江沅忽然开口。

碧帆停了手头的动作，狐疑地与张显贵对视了一眼，才道：“这个时辰，应是在昌乐宫的。”

指尖敲击着茶杯的薄壁，江沅似陷入了某种沉思，手中的杯盏越握越松，最后直直地从两指间滑落，茶渍溅在她重紫色的宫装上，暗下去点点，如同隐匿在衣裙中的花绣，突然绽开。

“娘娘。”碧帆大惊，忙扑上去看江沅有无被烫到，却被她挥手制止。

思绪回归理智，江沅的眼神越来越坚定。他不来，那她便去，有些事情还是无法改变，可她已经不想再躲，她受够了与宋延巳猫捉耗子的游戏。

“显贵，一会儿你把这果露茶给陛下送去一盏。”江沅接过帐香递上来的帕子，边拭着指上的水渍边道，“你卡着点时辰，务必等到戌时送进去。”

“喏。”

见张显贵应下，帐香将要动手再烫上一碗，就被江沅制止，她笑得温婉，“已经好久没煮过这些茶饮了。”

“娘娘当年最擅长这些的。”帐香把物件整理干净，这才双手奉到江沅手边。

酒被小炉温着，橘瓣腌在蜜中被切开几道小口，等酒热得差不多了，滚烫地落在橘瓣上，冲得果香四溢，尤比醉人。

江沅想了想，最后又顺手落了朵红梅于水面上，这才放入食盒中递予张显贵，待他出门前还不忘了再交代了遍时辰。

如今离戌时还有些时候，这真按着时辰送过去怕是要凉透了，自打出门后，张显贵心中便不停地忖度，脚步越走越慢，最后索性停下在偏殿里暖了会儿身子才走。

等他快到昌乐宫的时候，宫中的钟声正巧响起，戌时已到，他碰碰食盒底部，果然没了热乎气，深深地呼了口气，这才低着头小碎步踏上了阶梯。

“娘娘，到时辰了。”碧帆听见钟响，开口提醒江沅。

朱色的长袍被她松垮地套在身上，帐香又拿了白狐裘的披风予她系上，“您想通了便好，到时候给陛下服个软，定会过了这个坎的。”

帐香啰啰唆唆地提醒道，听得江沅失笑，“原来怎不晓得你这般唠叨。”

“许是奴婢年岁大了，娘娘莫怪。”帐香眯着眼，等整理妥当，才又塞了手炉在江沅手中，还不忘了交代碧帆路上及时换燃石。

夜凉月弯弯，江沅坐在辇内向着昌乐宫缓缓而行，“停下。”

碧帆听见江沅喊停，忙上前问道：“怎么了，娘娘？”

“碧帆，你回凤起殿一趟，把陛下送我的那支鸣凤钗拿来。”江沅顺手抚上发鬓，“来得匆忙竟是忘带了。”

碧帆看看通往昌乐宫的路，若是她动作快些，还是赶得上的，当下就点头应了，又把跟着江沅的宫人敲打了遍，让她们紧跟着江沅，这才拎起宫裳，打着灯笼飞快地向着凤起殿跑去。

等碧帆的人影渐渐消失在黑夜中，江沅才冷冷开口：“换道，去留月台。”

宫人们面面相觑，最后还是一个小宫女提醒她：“这个时辰，留月台是禁止入内的。”

“到那儿了，我自然能进去。”江沅抚着袖口上的刺绣，声音说不出地缥缈，“说不定，还能遇到陛下。”

留月台，栏杆极低，楼高似能揽月，前世，它还有个很好听的名字，叫观云阁。

上辈子，她从那里死，这辈子，她便要在那里生。

张显贵跪在地上，大气都不敢喘，旁边碎了一地的，是他方才奉上的果露茶。他额上冷汗直流，喉咙中却什么声音都未曾发出，帝王震怒，他跪下的瞬间，余光看到了隐藏在帘幕后的那名女子，身上鸡皮疙瘩疯狂地长起，他觉得自己似乎撞破了什么天大的秘密。

酒香四溢，宋延巳胸口不停地起伏，之前内心的丝丝喜悦完全被恐慌所替代，酒水刚入喉，他脑中紧绷的那根弦就被猛然断裂。

这是，归晚。

“何谦！”宋延巳难得失了分寸，心中却还抱着一丝的挣扎，“去凤起殿。”

帝王临时起意，自然没摆多大的仪仗，何谦连忙拿了黑羔裘快步跟了出去。张显贵跪在殿内，偷偷抹了把汗，就听内殿传来男子与女子的窃窃私语声，他脑袋垂得更低了，只盯着眼前的三尺地界。

不看，不听，不想。

宋延巳行得匆忙，中途正好遇见从凤起殿赶来的碧帆。

“你说人去了昌乐宫？”宋延巳看着她，周身冷得能掉出冰碴。

难道没去？碧帆脑子嗡地就懵了，她家小姐去哪儿了？还没等碧帆开口，宋延巳就抢先她一步，“你回凤起殿去，孤知道她在哪儿！”

宋延巳看着远处冒出瓦檐的楼阁，眼睛眯成一条线，该来的总归是要来的，有时候你想躲也躲不了。

清风明月踏云归，铜台锁千岁。

江沅迎着风一步一步踏上楼台，脚步踩在楼梯上，发出刺耳的吱扭声。阁楼下安静地立着几名宫人。

留月台上，风有些冷，她摘了狐裘披风放在身后的高椅上，夜风吹过，冻得她打了个冷战，连忙把怀中的手炉又往怀里捂了捂。远远望去，朱色的长袍被风吹起，云鬟高耸，金步摇在风中发出轻微碰撞声，面似芙蓉，不施粉黛，模样像极了当年她纵身而跃的那晚。

整座皇城都匍匐在她的脚下，江沅就这么等啊等啊，上辈子她有许多事看不清，这辈子也一样，有什么东西在心里疯狂地挣脱咆哮，江沅摸着怀里的手炉，纹路凸起有些硌手。

宋延巳刚赶到留月台，看到的就是这一幕，他几乎是跌撞着停下。何谦连忙上前搀扶，却被他一甩胳膊猛然推开，双目渐渐染上赤红，压着滔天的怒意，“统统给我滚出去！”

“陛下。”何谦哪敢放这样的宋延巳在这儿。

“滚！”宋延巳扭头，眼神阴狠得让人心惊，“你们难不成想明年来这儿祭桃花？”

“喏。”何谦这才张张嘴。

原本跟着江沅前来的宫人更是丈二和尚摸不着头脑，帝后告诉她们陛下会来让她们集体在这儿候着，没想到人等来了，却如同愤怒的野兽。

见何谦冲她们挥手，只好跟着刚来的内侍宫人们一起退出院子。

夜色如水，风声呼啸着刮过枝叶，留月台下除了宋延巳再无别人，天地时间仿佛静止。

宋延巳呆呆地抬头看着高台之上的女子，她就这么居高临下地望着他，他的声音有些嘶哑，带着前所未有的小心，“阿沅，你乖乖不要动，我去找你好不好。”

“你信不信我。”江沅低垂眼睫，眼泪打在衣衫上，空荡荡的阁楼回响着她的声音，不安委屈和愤怒让她再也无法保持往日的淡漠。

“我信！”脑海里浮现出点点滴滴的过往，现在的曾经的，交叉在宋延巳眼前，万千世界，他只看得到眼前的那抹红。

“哈哈哈。”笑声从留月台上传来，江沅就这么孤独地站在楼台上，带着笃定、带着古怪、带着不可言明，她问，“你是谁？”

“我是谁？”他是宋延巳啊，他能是谁？他觉得江沅就是这样，这么些年来丝毫没变，什么都要拼一把搏一把，要他的态度，要他的确定，要他的不可更改。

“我知道你不舍得死。”宋延巳清冷的声音在月色下响起，他知道她不准备寻死，不然也不会等到现在，她心如死灰的时候，要比所有人都决绝，“只是我不敢赌罢了，我已经输过一次。”

江沅原本低垂的眼帘忽然睁开，浑身颤抖地看着下面的男人，冷意遍布全身，如坠冰窟。

“梓童。”宋延巳低沉的声音划过她的耳膜，带着庆幸，“还好，这回你还活着。”

江沅往后踉跄两步，将将扶住栏框，笑得眼泪都出来了，“果然是你！”

“是我，我也回来了。”

回忆铺天盖地砸来，之前发生的一切都有了答案。

江沅看着漆黑的楼道，脚步踩在木板上，吱扭吱扭地响起，藏青色的长袍上金丝作绣，宋延巳的脸出现在昏暗的月色下，看得江沅有些失神。

这个男人，曾是她心尖上的良人，敬爱的夫君。

他向前一步，她便不由自主地向后退一步。

“江沅，你把我们家都害成什么样了，江澧那么信你，结果你做了什么？你对得起我们吗！”

是她，是她被宋延巳哄着说漏了破绽，他虚情假意地许诺她，而她，当时真傻到以为他们能回到过去。可是结果，她的哥哥，一家十三条人命，没留下一个活口，她的侄子侄女还那么小，连姑姑都不会叫，就那么生生地没了。

手臂被人紧紧抓住，江沅被力气拉着甩到墙上，身后一片剧痛，如被火燎过，男人的呼吸喷洒在耳侧，声音冷得似冰，他死死地盯着她，“你想退去哪儿？”

“你管我去哪儿！”江沅歇斯底里地挣扎，整个灵魂都在叫嚣。

“我为什么不管，你是我夫人！”他是武将出身，如今手上又带了力气。

“我不是你夫人！”江沅的手腕被他攥得生疼，声音几乎是从喉咙里挤出来，“你的夫人不是谢嘉言吗，不是赵宝真吗，不是苏蕴吗，哪里有我？”

“你别闹了。”宋延巳这会儿怒火也被她挑了起来，先前的担忧惧怕如今伴随着怒意一起剧烈地燃烧。

“我闹？我说的哪一句话不是真的！”所有的回忆充斥在脑海，江沅控制不住地想甩开他手掌的禁锢，朱色的长袍因剧烈的挣扎领口有些微微散开，锁骨若隐若现，她身上夜寒苏的味道不停地往宋延巳鼻孔里钻。

他箍着她的手臂，下一秒唇就吻了上来，带着点点归晚的味道。江沅的心不停地往下坠，是他，每当他们争吵到不可开交的时候，他都是这个样子。

他挤到她身体里去的时候毫不温柔，江沅死死咬着唇瓣不吭声，后背不停地撞到墙壁上，眼泪不知怎么就落了下来，宋延巳偏过头来吻她，被她倔强地别开头，唇瓣滑过她的脸颊。

她听到他叹了口气，然后手掌带着滚烫滑入了她的衣衫，江沅眼泪掉得更凶，眼前不停地晃过去的种种。

等宋延巳终于停下来，喘着粗气靠在她身上的时候，江沅才抖抖嘴唇，她只看着外面的月亮，又大又圆地挂在高空中，“我要回家。”

“这就是你的家。”宋延巳的声音在她耳畔响起。

这不是，这一直都不是，江沅想要推开他的身子，却被箍得更紧。

“我知道你想要问我。”宋延巳轻吻上江沅的耳垂，手指抚过她的脸颊，抹去了她脸上的湿润，“你说。”

江沅的手指紧紧地扣在宋延巳的衣袖上，指尖因为用尽力气变得铁青，眼中又渐渐升起了雾气，那个被她一直埋在心底的问题终于被剜了开来，她声音喑哑带着止不住的颤音：“你为什么要骗我？当初我哥哥的事你为什么要骗我？”

宋延巳撑起身子，就这么垂头看着江沅，双手固着她的肩膀，听她啜泣出声，这些东西，她压抑了十几年，想都不敢想，“所有人都怪我，母亲原来是那么那么疼我，可就是因为你，她到死都不愿意看我一眼。还有韶儿和阿蔓，那么小一点，他们都还不会叫我姑姑，我前些日子还抱着他们，结果一转眼，他们就没了。”

“江沅，你知不知道，不是他们死就是我亡。”宋延巳捏着她的下巴，逼着她与他对视，“你那么聪明，真当你们江家是忠臣是良将吗！”

“你傻不傻，你早就被江家抛弃了，你是枚弃子懂吗？”美好的想象被现实无情地戳破，宋延巳嗓子里带了尖锐的刻薄，像一把利刃，一点一点挑开新肉覆盖下的伤疤，伤口下的肉早已腐烂，带着浓烈的恶臭，“当年军中遭袭若不是你父亲的人漏了情报，他们能直取帅营？漠北之行，明知道你也在，江忠嗣却依旧按兵不动，多少儿郎死于非命，这些你可知道？你恨我，你为什么要恨我？你恨的该是那些逼我走向绝路的人，若不是顾着你，你当你们江家能苟延残喘地活那么久？”

宋延巳声声如同控诉，带着一锤定音的绝对。他这般笃定，倒让江沅觉得可笑。

人就是这个样子，拼命地为自己的所作所为找理由，一切都是别人逼的，自己一点错误都没有。可是她呢，她又有什么错，她只不过是救过一个男人，然后爱上他，结果却是一颗真心换了个万劫不复。

“所以，你顾了我什么？是看着我小心翼翼地讨好你，看着我对你怨恨交加，还是你借着我的手亲手杀了我哥哥？你让我活下去，然后眼睁睁地看家江家满门尽灭，看着我被所有的亲人厌弃，看着我孤零零地一个人活在这世上，这就是你对我的顾念吗？世上怎么会有这么伤人的顾念！”

她与宋延巳之间有着太多的怨恨，两相怨怼。

所以重活一世，她连碰也不想碰见他，她小心翼翼地缩在壳里。可是宋延巳还是出现了，对自己带着浓厚的兴趣，这一世的他对她很好，却少了前世的骄傲，她想这也许是宋延巳先看上她，所以多了几分真性情罢。

卫国被掳宋延巳不曾出现救她，她虽然委屈但并不真的怪他，堂堂男子，理应保家卫国，万千百姓远比她一人重要，她分得清什么是大义什么是小爱。她就像是被蒙了眼，有些贪恋他身上的温暖，这个男人毕竟是她真心实意爱过的。只要江家好好的，她愿意与他夫妻携手，白头到老。

可是渐渐地，他越来越不一样，她也越来越不安，敬武公主那事让她疑窦丛生，她也借机试探，心中便升了个连她自己都惧怕的念头，她拼命地压制，想都不敢想。

“都重新开始了，为什么还要娶我呢？”江沅红着眼眶，指尖上的力量渐渐松开，其实她和谢嘉言是一样的，甚至他更加怜惜谢嘉言也说不定，“这一世，江家不会碍了你的。”

她父亲的荣华路，早在数年前，就被他亲手斩断了，不是吗？

“对不起。”宋延巳伸手抱她，怀里的身子不停地颤抖，他感到肩上有些温热，这么些年若能忘他早就忘了，他的阿沅就是世上最好的，从她出手救了他那刻起。

一条命，万两金。她狮子大开口，可是到最后，连她自个都不记得了。他曾经问过十三岁的江沅，为什么要救他，那时的阿沅明亮耀眼，她红着脸，偷偷靠近他的耳朵，她说：“因为你好看。”

因为你好看，所以本小姐救了你。

“咱们重新来过好不好。”宋延巳垂头，这一回他绝不会再伤她了，似怕她拒绝，宋延巳把她圈在怀里，“这个世上，只有我认得你，认得你是阿沅。”

背后是冰冷的墙壁，身前是火热的胸膛。她是江沅却也不是江沅，他是宋延巳却也不是宋延巳，江沅看着外面皎洁的月亮，彻底陷入迷惘，“我自己都不知道自己是个什么东西。”

“你是我的阿沅啊，我还记得你，不是吗？”宋延巳紧紧地抱着她，吻落在她的耳垂上，带着点点的蛊惑，不要恨了，恨是火，会烧尽所有的希冀，“这一回江家也罢，你我也罢，都很好不是吗？还有呈钰，他是你的儿子。”

这一切都是一个新的开始。

听他提到呈钰，江沅暗淡的眸子才染了些许的光，对啊，她还有呈钰。她的儿子。

许久，她才开口，嗓音喑哑：“你什么时候回来的？”

“正安八年。”想了想，宋延巳又抱着她补充道，“江沅救我的那一天。”

那是正安八年的三月，桃花开得灿烂，他躺在马车上，胸口撕裂般的疼痛，一睁眼，就对上了江沅亮晶晶的眸子，那瞬间似乎连血液都停止了流动，他就这么一瞬不瞬地望着她，一个无比鲜活的江沅，热烈而生机勃勃。

小人看着他，似乎有些奇怪，伸手在他面前晃了晃，“你不会是傻了吧？”

留月台那晚之后，江沅就病了，因着在楼台上染了风寒，忽冷忽热地烧了整整两天，那夜到底发生了什么，除了宋延巳和江沅没人知道。

但是，碧帆看眼往凤起殿跑得更勤的宋延巳，觉得这未必是件坏事。

宋延巳端着药碗，轻轻地吹凉，才送到江沅唇边，汤药是第五先生开的，苦得骇人，江沅觉得那小老头八成是故意整她。为此她还拒饮汤药，结果被宋延巳捏着鼻子灌了进去。

前朝废后的呼声越来越大，宋延巳似乎并不受影响，江沅偶尔也会问他两句，都被他笑着带了过去。

张显贵伫立在一侧，恨不得把脑袋低到地底下，宋延巳看着他心思微转，最终没吭声，他现在在等，等一个最好的时机。

这日江沅病愈带着碧帆帐香去花苑闲逛，张显贵如往常一般在自个屋里给盆中的绿琼浇水，这是江沅给他的，只让他好生照看，说万一养死了也不怪他，可是他哪里真敢养死。

不久便听见屋外有人急切地唤他：“张公公。”

“来了来了。”张显贵虽然被江沅看上，忽地就升了品级，可是骨子里的多虑还在，故而极少露出趾高气扬的模样，他小心地把绿琼摆正，这才快步去开门，眯着眼笑道，“何事。”

“公公前些日子不是让小的递了封信，偷偷去打听个人吗。”宫内是禁止内相递消息的，小太监飞快地看了眼四周，这才靠到张显贵耳边细细道，“有消息了。”

说着偷偷把信件塞到他怀里，张显贵心里激动不已，但面上不显，顺手在怀里掏了锭银块子扔到那小太监手中，“辛苦了，拿去吃酒。”

“公公太客气了，这怎么好意思。”银块被塞在袖中，小太监笑得一脸谄媚，“以后公公有事直说，直说。”

房门被迅速关上，他颤着指尖掏出怀中的信件，八行纸底部画了带着小鸡的母鸡，这是他和母亲的约定，母亲还活着！眼泪被死死地锁在眼眶中，他这才从头看下去。

信件是从云中捎过来的，张显贵看完，这才颤着指尖收好，他又看了眼桌上的绿琼，眼中复杂的情绪一闪而过，这才起身套上夹袄，匆匆出门。

第二十九章 东风已至 树倒弥散

等江沅回到凤起殿的时候，张显贵早已在殿内候着，她刚坐下，就见小太监撩起衣袍双膝咚地跪在了地上，“帝后的大恩大德，奴才永生无以为报。”

“这是怎么了？”碧帆好奇，一个眼神，旁边的侍女便都退了下去。

别人不知江沅却知道，只是她还是装作诧异的模样，“哟，怎的还跪下了，有话起来说。”

张显贵自然不起，只跪着把自己的身世说了一遍，碧帆这才恍然大悟：“所以你就是张嬷嬷的儿子喽？”

“正是奴才。”张显贵又咚咚地叩了三个响头，“帝后于母亲的恩德，奴才就算豁出这条命也在所不辞。”

“本宫好好的，要你这条命做甚。”江沅轻笑出声，示意他起身。

“奴才还有一事想禀帝后。”张显贵脑子转了又转，“只是这事奴才一直不敢确定，这才拖延至今。”

“说。”

“奴才数日前奉命去昌乐宫，偶然见得一名女子。”张显贵见江沅面容平静，这才继续，“那名女子姿容艳丽，模样长得，长得像极了帝后。”

江沅心中微动，片刻才恍然，原来宋延巳打的这个主意，他倒是真沉得住气。转眼又看了眼跪在地上的张显贵暗笑，这小子果然谨慎到不行，若不是得知自己救过她母亲，这话估计到现在都不会与她言说。

江府书房内，遍地碎瓷。

江忠嗣捂着胸口不停地咳嗽，瑞安年岁也大了，知有些气与其憋在心里不如发出来，等江忠嗣静下来，才端了茶水奉上，“老爷，喝口茶吧。”

“谢生平这真是把老夫往绝路上逼啊。”江忠嗣平静下来，这才伸手整理了下衣袍，接过茶盏靠在圈椅上，今日他敢拿江沅的清白做文章，明日他是不是就敢拿呈钰的血统来做文章了？如果帝后被废，太子的位子又如何坐得稳？

“确实过分得紧。”瑞安跟着江忠嗣过了这么多大风大浪，多少懂他的心思。

“他不给老夫活路，老夫何苦给他活路。”江忠嗣用茶盖刮着茶叶，忽然嗤笑出声，“不是想查李氏皇帝的死因吗，他会偷梁换柱嫁祸宋延巳，老夫也会移花接木让他自食恶果。”

瑞安抱着袖子：“老爷您要动手？”

“再等下去，我江家未来的荣光怕是都要毁在他手里了。”江忠嗣心里忖度片刻，冷笑道，“他要这天黑得不见五指，老夫偏要给他点把火。”

没有人能掌控万事，宋延巳如此，谢生平也如此。

昌乐宫内，烟雾萦绕在熏炉周围，江忠嗣看着站在宋延巳身边的女子，心中大动，袖中的指尖忍不住颤抖，“这是？”

“是不是与阿沅有几分相似？”宋延巳点点下面的位子示意他坐，“好不容易寻到的，正巧今日岳父大人来寻我，便请出来与岳父大人瞧瞧。”

“妾本姓林，名唤乐容。”林乐容行了个半礼，若有活路，她也不想来蜀国，可是卫王后那里已经容不下她了。

那日穆擎在卫国的暗探救了她，把她偷偷地带回了蜀国，是死还是活就在她的一念之间。她不奢求孟习之救她，她的妹妹，当年就是被他带去了战场，然后再也没回来。

等孟习之回到卫国，她的宠爱越来越盛，卫王后诞下皇子，入主骄阳宫，却对她们这些个姬妾看得紧实，她常低调入镇国公府，对每个美姬都透着温和，唯独看她的眼神带着警觉，直到她的孩子又落了胎，这才觉察出不对。

恰逢卫国流言四起，她不知怎么就想到了安和苑那个神秘的女子，想到了妹妹被带去沙场前绿琼的那一番话。

她这张脸，怕是最大的祸患，卫王后对她是有杀心的。那日她被人绑去乱葬岗，锋利的刀子插下来的那瞬间，她闭眼认命，可是，想象中的剧痛没有来临，有什么液体滴落在她的脸上，她伸手去摸，入手一片黏腻濡湿，入眼的是大片的猩红，血液喷薄。

有人问她："想死还是想活。"

她当然想活，这世上哪有人是为了想死而存在的？

再然后，她就被带入了蜀国，带入了临安，她见到了宋延巳，这个她从孟习之口中听过无数次名字的男人。他许她蜀国的身份，许她后半辈子的恩荣，当然，是让她叛国。

人人都道，婊子无情，戏子无义。

林乐容觉得这话说得极有道理，她本就是当头牌养出来的，哪里有荣华哪里就有她的情意。她喜欢富贵，更想活下去。

"徐安，带她下去吧。"宋延巳敲敲桌面，徐安便闪了进来，待人离开，才笑着对江忠嗣开口，"我只能做到这样了。"

"多谢陛下信任小女。"江忠嗣起身跪下，他没想过宋延巳会这般，如今他这么为江沅洗刷清白，反倒显得自己有些太过小人之心，心神微定，他决然开口，"臣有个人想要引荐给陛下认识。"

"哦？"终于，终于愿意献出来了，宋延巳的血液在沸腾，他抬袖让江忠嗣起身，笑着问道，"谁？"

江忠嗣捏着胡须而笑，眼角皱纹挤成一团，“前朝少保苏元义。”

“此人不是十几年前就逝去了吗？”

“人人都道苏元义染病不治，可在臣这里，他还活着。”江忠嗣胸有成竹，何止活着，“待见了他，多年前韦之敬韦大人反水卖国一案，有新的发现也说不定。”

万事俱备，东风已至。

近日来，蜀国接连发生两件大事。

一是林乐容登高破流言，此女娴美如花照，高台之上一曲破阵杀敌曲弹得杀气腾腾，如身临其境。

她迎风而立侃侃而言，当年与胞妹深入卫国，迷惑敌将，拿下了隆地的战略兵防图，中途胞妹被发现，在沙场死在众目睽睽之下。女子柔弱声泪俱下，却脊背笔挺，直言事后宋延巳凯旋，自己也一并入了临安，没想到却平白为帝后惹了嫌疑。

帝王怜悯她女子可怜，不忍她因着此种手段获取战报而受到万夫口诛笔伐，可她堂堂正正，若是此行为是错，她便担下所有的责难。

林乐容身披软甲，英姿飒爽，“若是百姓容不下我活于世上，小女便以死告天下！”

“纤弱女子，只身范险，携边境军将使万千百姓免于水火，何罪之有，有女公子乃我大蜀荣光。”高阁之下，有学子忽然高声喊道。

“女公子乃我蜀国英雄！我等岂是忘恩负义之人。”声音渐渐由小变大。

林乐容心里松了口气，眼神却越发地坚定。越多人信她，她以后的日子便越好过，她会挂着新的身份，不再仰人鼻息地活下去。

“舞姬变英豪，你可真敢啊。”傅正言单手转着折扇，弯着眉眼冲宋延巳摇头，“不知这段入了史书该如何写。”

“史书都是胜者书写的。”宋延巳拍着他的肩膀，眼角微挑，“只要这江山是我的，想怎么写，便怎么写。”

“哎呀呀。”傅正言拿折扇挑开宋延巳的手，笑着拱手道，“那臣只能帮陛下握住这书写历史的笔了。”

“哈哈哈。”两人相视而笑莫逆于心，一如当年。

第二件就是前朝少保苏元义死而复生。苏元义是徐安亲手接回来的，他寻到他的时候，苏元义正在街边予人代写书信，粗布衣衫，脊背佝偻，丝毫不见当年的意气风发。

当他亲手把江忠嗣的书信奉上时，这位老人热泪盈眶，官袍加身他竟是有些不习惯，小心地摸着胸前的丹鹤逐日。终于，他终于等到了，等到了他能重见天日的那天。

徐安带人在苏元义的指引下，在他破烂的茅屋下掘地三尺，挖出了埋在黄土中的那枚铁盒，盒子被打开，书信名册皆被涂了蜡，整整齐齐地码在盒中，并未因时间的流逝而腐蚀残缺。

宋延巳亲手奉了热茶予他，苏元义连忙双手接过声称不敢，“一别多年，您已是九五之尊了。”

“这到底是怎么回事？”宋延巳装作不明就里，“若不是江大人与孤言，孤竟不知太保大人还活着。”

“我当年与谢生平几乎同时入的淝安王府，那时李晟还年少，我们成日教导他，日日相见，谢生平面上又是个疏阔的模样，难免让人心生相交的心思。”苏元义捧着茶盏，细细地道来，时光仿佛倒转，他说得详细，宋延巳也听得认真，“后来我在这场旋涡中挣扎自责，可我知道，但凡我透了哪怕一点消息，谢生平都会毫不犹豫地除掉我，我也不知正让是怎么发现的，居然还帮我想了这死遁的法子。”

“于是您便听了他的？”苏元义还活着，这点宋延巳早就知道，这是上辈子江忠嗣临死前对他说的，他笑得癫狂，声音犹在耳侧：苏元义还活着，可这世上除了我没人能找到他，江家垮了谢家不会垮，我就要你在这个位置上永生彻夜难眠。

所以这辈子苏元义染病不治的时候，他亲自去看过，尸斑遍布，真真是病死的模样，寻不出半点破绽，想来也是，谢生平那么谨慎的人，若做不到以假乱真，又岂能瞒过他的双眼。

“正让说要我留着所有的东西，直言有朝一日定会重见光明。”

苏元义无声笑道，“我不知道他和谢家究竟有什么间隙，冒着那么大的危险把我拉出水，要知一个不小心，他也许就和我一起消失了。正让救了我的命，我便只信他。”

宋延巳眼眸低垂，江忠嗣怕是一开始就没想着与谢家为伍，他心心念念的只有江家的荣光，或许还包含了不少除掉谢家的心思，所以前生才那么贪恋权势。而他却在他的家族头上悬了一把刀。他们互不信任，相互猜忌，中间有着多少的阴差阳错。在他的世仇与谢家的算计间，江忠嗣择轻而选，选了谢生平。若不是重来一回，宋延巳觉得自己还会走同一条路，他要复仇必然波及江家，江忠嗣要恩荣定然护江府完全，这便是他们之间最大的结。

江家不能坍塌，这是江忠嗣的底线，那么这次他选择让步，不碰他的底线。许了他安康华贵，江忠嗣才愿意奉上对他最有利的那把刀。

一把可以直插谢家心脏的利刃。

二月初二，龙抬头，宜祭祀、敬奉，忌盖房打夯、动针线。

苏元义入朝，指控谢太傅参与多年前韦之敬反水卖国一案，并多次借着天灾的名义卖官鬻爵，且呈出其与卫国的书信数封，涉案官员名册一本。

大殿之内一片哗然。

江忠嗣见差不多了，才上前一步撩袍而跪，“如今证据确凿，谢氏包藏祸心，欲毁前朝李氏江山，让臣不由想到前段日子左家村发生的事，不知是否与此事有关。幸之后我等遇得明君，才天佑百姓，免于乱世之苦。”

“若是仅凭一张死而复生之人的口舌，和不知哪儿冒出来的书信，便定了太傅的罪，这王法未免有些太过儿戏了。”大行令慌忙开口，“此事还应彻查！”

“大行令言之有理。”赫连大人屈膝而跪，“太傅为我朝鞠躬尽瘁，谁料天降无妄之灾，若是只听一家之言，难免偏颇，让忠臣蒙冤。”

谢太傅纵横朝野多年，根深蒂固，朝中十二位权臣，有七位是出自他的门下，文臣武将之中亦有一半以上的人依附谢家这棵参天大树。

谢太傅等众人都说得差不多了，才迈开步子，无奈道：“老臣之心，无愧于天地，反倒是江大人，因着老臣这些日子接手永稷河的修葺，顺手翻了三十年前的一件大案，得到了些意想不到的消息，这才与江大人生了间隙。”

他看了眼宋延巳，拱手道：“还请陛下重查永稷河一案，为罗、尹两家翻案，为汤家昭雪。”

宋延巳的外家，便是姓汤。

“孤早有此意，太傅不必多言。”宋延巳跟谢生平对视，“两宗案子一并查。”

下了朝，傅正言便随着宋延巳行去昌乐宫，今日的天有些阴沉，傅正言抱着袖口迎风，“形势紧迫，陛下该动了。”

“且再等等。”宋延巳顺手接过他手上的折扇，白玉坠在光下闪着温润的光泽，他眼睛微眯，“我要让他先动。”

同年四月，南平将军房故安行军途中遇袭，重伤不愈，宋延巳收兵权于中央，南平将位从缺，因多名武将深陷韦之敬一案，宋延巳拒用，最后力排众议升左军校尉任郭道君为征南将军，连升两品，赶去南平。

韦之敬一案宋延巳可谓是费尽心力，六月初，骑军统领常慈因牵涉其中被捕于府中，搜出家产达数十万缗，左右骑军重回帝王之手。

谢生平的动作越来越大，烟州谢家的人员往来更是频繁。

江沅偶尔也关注外边的情况，只是这些日子一直昏昏沉沉没什么精神，多少有些力不从心。话说自从她知道宋延巳的身份，与他说开后，压到心里的大石头就轻快了许多。

倒是宋延巳，成天在她耳边嗡嗡，每每见江沅都要分析一下他俩如今的处境，最后再以这个世上只有你与我彼此相知作为结尾。听得江沅后边见了宋延巳就想躲，极其怀疑他上辈子是憋死的，不然这一世怎么变得这么唠叨。

江沅也想过，她和他当年恨了那么久，最后还不是都死了，人死债结，还有什么好计较的，无非是重活一回，少饮了碗孟婆汤记得前尘往事罢了。这辈子，江沅觉得她父母健在，家族蒸蒸日上，与宋延巳之间真心没什么解不开的结，何况他们还有呈钰，那个她盼了那么久才得到的儿子。

当心里的那团麻被斩开，迈过这道坎，人也就不再别扭，连带着看宋延巳也就越发地顺眼了。

这晚，宋延巳又雷打不动地到了凤起殿，待用过晚膳，两人又摆了棋盘准备大杀几盘。

六月的天已经有些热，雕花的铜器中盛放着几块晶莹的冰砖，殿内的宫人与往日般奉上清茶，打下珠帘便退到外殿。江沅着青色的外衣襦裙，腰间系着紫色的系带，半侧着身子与宋延巳下棋。

殿内烛火微荡，素白的指尖不停地点在棋盘上，顺着望去便是将将露出的小半截的藕臂，皓腕上荡着只绿得能掐出水的翡翠镯子。宋延巳随着她的动作逐渐变得心不在焉，一炷香的时间竟输了两盘。喜得江沅眉开眼笑，这回他可没让她子，下棋的兴趣便提得老高，当她思考着点落棋子的时候，对面一直沉默的人忽然伸手握住了她的指尖。

江沅好奇地抬头，还没来得及问出口，棋案就被宋延巳从美人榻上推了进去，有几颗棋子滚落在地面上，发出清脆的碰撞声，他身子就这么覆了上来。

十指紧扣，江沅半倚在靠枕上有些不知所措，“棋还没下完呢。”

看着眼前的女子从那个水灵灵的小美人渐渐变成娇媚动人的妇人，宋延巳忽然从内心深处升起了一股满足感，她一直是他的，每一年，杏眼微圆，眼神里含着盈盈的水色。他眼神渐暗，喉头上下滚动了两下，人便欺身压了上来。

“不要在这儿。”江沅被他轻吻着颈窝，身子微微颤了颤。

“好。”人瞬间被横抱起，边吻着她的唇边向床榻边行去。

等江沅再次被放到榻上的时候，衣衫早已大开，露出雪白的肌肤，滚烫的掌心抚着她的背部，男人肩宽胯窄，烛光下肌肉明暗有致，快速地盖在她身上，宋延巳用了力道，冲得江沅忍不住低啼出声。

宋延巳闷闷的笑声就这么传入耳朵，江沅羞得满面绯红，张嘴就咬住了他的肩膀，细白的牙齿随着他的动作不停地在他肩上刮过，像猫儿的爪子，挠得他心里痒痒的，“真是个妖精。”

纱帐下人影交错，美人如玉，江沅偏着脸轻轻喘息着，美眸含水，最后实在挨不住软怯怯地求饶：“中离，不要了，不要了，你放过，放过我吧。”

红色的吻痕在身上蔓延开来，宋延巳又抱着她许久，直到她哀哀地求饶变成细碎的啜泣，宋延巳才喘着粗气停下。

这夜，江沅几乎是哭着睡过去的，凤起殿的熏香燃了整晚，直到次日清晨，阳光透过窗户洒入殿内一片静谧，江沅再次醒来时太阳已升得老高，她身上换了件干净的里衣，只是身上的酸痛昭告了昨夜暴烈的举动。

“娘娘，您醒了。”碧帆一挥手，宫人们便捧着素帕铜盆入内为她梳洗，等整理妥帖，才开始传膳。

这段日子，许是天气骤热，江沅没什么胃口，今日更是连最爱的百花碧羹都不想吃，勉强舀了两匙便不再碰。

“娘娘，您好歹多吃些。”帐香见她只用了一小口，不免有些担忧。

“怎么了？”宋延巳忙完政事，刚踏入凤起殿，就看见碧帆和帐香苦口婆心地劝她吃饭，江沅眉心皱成疙瘩，对着吃食一脸的厌倦。

“今年的夏异常热，娘娘吃不下东西。”

“阿沅什么时候学会挑食了。”宋延巳撩袍而坐，江沅看着他，不知怎么，忽然就觉得他身上那件重紫色的衣袍难看得紧，“想吃什么？”

“什么都不想。”江沅捶捶腰，有点酸疼，然后又飞快地剜了宋延巳一眼，哼哼出声。

原本对于江沅出现的情况，众人还只当天气所致，可是一连几天下来，连原本圆润的脸颊都有些消瘦的痕迹，这宋延巳才急了，连忙唤了太医来探脉。

这帝后入宫没多久，就把太医院来回折腾得够呛，这会儿又接到了内监匆匆来唤，竟是有些认命，数位太医齐刷刷地备好药箱，浩浩荡荡带着医女向凤起殿行去。

“六脉沉细短涩。”几位太医分别上前把脉，待确定了，才小碎步迈去禀告宋延巳，“脉来流利，入盘走珠，恭喜陛下，恭喜帝后，是喜脉，已有月余。”

宋延巳愣了，江沅也愣了，“我这儿没感觉啊。”

想当初，她怀呈钰的时候差点没被那小家伙折腾死，见啥都想吃，吃完就不停地吐，可是这次，她真心感觉不到什么不妥。

“需注意什么？”宋延巳回过神了，兴冲冲地冲太医问，微挑的丹凤眼这会儿早已笑得弯弯。

等太医把该交代的都交代了，宋延巳确认碧帆帐香记得差不多了，才放他们回去。

他伸出指头轻轻碰了碰江沅的肚子，忽然就笑开了，看得江沅莫名其妙，“你笑什么？”

“阿沅猜这小家伙是儿子，还是女儿？”

江沅摸摸毫无动静的肚子，“女儿吧，这般乖巧。”

“孤也想要个女儿。”

江沅张张嘴，上辈子，除了蓉安生了个帝姬，剩下的三位都是皇子，而那唯一的女儿，江沅现在也猜得差不多，应该也不是他的。

帝后有了身孕的消息瞬间在内庭传开，江忠嗣得了消息，心中更是狂喜不已，查韦之敬的案子就越发地卖力，他上辈子能把泗水整顿得滴水不漏，本就不是个心善手软的，这会儿放开了手做，更是收效颇丰。

啪——啪——

琉璃盏碎在雕花的窗框上，谢嘉言越发地暴躁，她指甲深深地陷入皮肉里，整个人都被戾气所笼罩，“凭什么，凭什么！”

“夫人。”宝云有些害怕，刚开口就对上了谢嘉言的眸子，骇得她打了个冷战。

“她怎么还不死？”谢嘉言心中不可谓不煎熬，“出了那么大的事，人人都信那姓林的女人，可我是不信的，江沅是不是真清白鬼才知道，宋延巳怎么能为她做到这一步？”

他应该嫌弃厌恶她才对，然后把她丢在阴暗的角落，任由她老死、腐坏，这样才对，不是吗？

“宝云，你过两日去趟太医院寻趟王太医。”谢嘉言靠在贵妃榻上，“就说小姐我肚子不舒服。”

“是。”宝云遍体生寒，金秀不留痕迹地看了她一眼，头颅垂得低低的。

江沅依旧如往常一般，要说最大的不同，便是不爱吃膳食，呈钰自从知道母亲肚子里有了个不知是弟弟还是妹妹的小家伙后，成日地往凤起殿跑，闪着晶亮的眸子不停地瞅江沅丝毫不显的小腹。

“钰儿想要个弟弟还是妹妹？”江沅揉揉呈钰的小脑袋。

“妹妹！”

宋延巳这会儿正坐在一侧看书，听呈钰这话头也不抬，“为何？”

“娘亲长得好看，妹妹一定也长得好看。”等妹妹出生，他就又长大了一岁，韦先生说他已不再是稚童，他已经可以保护妹妹了，“到时候，谁都不能欺负她。”

“万一是个弟弟呢？”

怎么会是弟弟？弟弟多不可爱啊！呈钰想了想，有点嫌弃，“弟弟也行，可终究不如妹妹可人疼的。”

江沅屈起手指在呈钰脑门上敲了个栗子，眯着眼道：“你个重女轻男的小鬼。”

“父皇！”呈钰挨了一指头，捂着脑门颠颠地跑去给宋延巳告状，“娘亲欺负我。”

叫他父皇，叫江沅娘亲，亲疏立现。

宋延巳有些吃味，顺手翻了页书卷，“那你便不要理会你母亲，来给孤背背昨个学的云史吧。”

还是娘亲好啊！呈钰摸摸鼻子，边背书边忍不住腹议。

“金秀。”房门紧闭，宝云刚从太医院出来，她拉着金秀的胳膊快哭出声来，声音压得极低，“你救救我啊。”

怀里的东西闪着幽暗的光，她光明正大地入了太医院，只要想查，就会立刻查到她身上的，她又不傻，谢嘉言这是摆明了要用她的这条命去换江沅肚子里的那个，就怕她动手了，结果只赔上自己，对方却毫发无损。

“咱们连命都是小姐的，还有什么可选的？”金秀可怜宝云，可是更庆幸去做这事的不是自己。谢嘉言与江沅真心没有多大的仇怨，只不过，看不得别人比她好罢了。她没有的、她想要的，江沅不费吹灰之力就握在了手中。

嫉妒是毒，锥心蚀骨。

宝云看着金秀摇头，明明是盛夏，却觉得整个身子都被浸泡在腊月寒冬的冰水中。她不想死，哥哥无德只会吃喝嫖赌，她还有年迈的母亲要养，她若是死了，她的家就没了。

人都是自私的，哪怕她是个丫鬟，她做不到平白无故地去送死。

这晚，她辗转反侧，一夜未眠。

“娘娘。”天还未亮，碧帆的声音就赶在何谦的前面，唤醒了还在睡梦中的江沅和宋延巳。

“怎的了？”江沅睡眼惺忪，声音带着浓浓的鼻音，宋延巳这会儿正抱着她，江沅还没来得及起身就又被他圈了回去。

碧帆蹲下身子，靠近纱帐，轻声道：“谢夫人身边的宝云姑娘说想见娘娘。”

江沅一听这名，也顾不得宋延巳了，连忙把他推搡开，单手撩了烟水色的纱帐，眼睛晶亮，“更衣。”

“阿沅。”宋延巳顺手拉了她的衣袖，表情略微有些委屈，今儿个难得休沐。

江沅心里纠结了片刻，只好又钻进帐内，藕臂环着宋延巳的脖子，嘬起嘴在他的薄唇上香香地印了一下，安慰道：“我去去就来。”然后又一阵风似的钻了出去。

宋延巳被她搞得一怔，片刻回过神来，莞尔自语：“真是个讨人喜欢的。”

宝云不停地抠着手指，连指甲处见了血都不觉，脑海里不停地想着该如何做才能保全自己，她不能听谢嘉言的，那是一条必死之路，可是江沅又会给她活路吗。

“你要见我？”珠帘微荡，帐香搀着江沅出了内殿，端庄的翠色留仙裙，堕马髻上仅插了只含珠抱翠的步摇。

宝云连忙跪下问安，卡在喉咙里的话却怎么也说不出来。

“这天还未亮，你不会真以为本宫这般清闲吧！”江沅声音不带喜怒，又等了片刻，见她依旧不言，这才起身准备离去。

宝云心中微颤，错过这次，可能就真的没机会了！她连忙向前爬了两步，额头撞得地面咚咚响，“求帝后救救奴婢吧。”

“你又不是我凤起殿的人。”江沅垂头俯视着她，缓缓地弯下腰身，看着她越垂越低的头颅，轻声道，“你不说，我怎么救你？”

宝云抬起头，眼中泪水涟涟，张张嘴半天没说出声。

“一大早扰孤清梦。”宋延巳的声音从帘后传来，“拖出去二十大板，打完扔回鸳鸾殿去。”

“陛下饶命。”宝云没想到宋延巳也在，这会儿要是这么被抬回鸳鸾殿，十有八九就没命了，宝云心中微定，跪在地上泣泪开口，“奴婢有事要禀。”

江沅心平气和地听完宝云所言，心中不由觉得有些可笑，谢嘉言对她还真是不死不休。她又看了眼跪在地上、抖得像只鹌鹑的宝云，思绪在脑中转了个圈，便笑道：“那你便按她说的做。”

“奴婢不敢。”宝云也猜不透江沅到底想要做什么。

“有什么不敢的。”江沅理理衣袍，示意她起身，“到时候，你只管全部应下便是。”

宝云惊恐地看着江沅，又听她掩笑开口，甜美得如同夏日莺啼：“宫中是留不得你了，但是本宫可以放你出去。”

“出去？”宝云呆呆地看着她。

“你信不过本宫，还信不过陛下吗？”江沅眼角瞥了眼晃动的珠帝，这才含笑看着她，“保你无忧，去吧。”

“奴婢谢过陛下，谢过帝后。”宝云又咚咚咚地叩了三下，这才起身告退。

天还暗着，宝云摸了摸袖中的小瓷瓶，向着太医院快步走去，信不信，都得搏一把了，赢了她命不该绝，输了也怨不得别人。

江沅看着殿门闭上，这才撩起珠帘踏入内殿，宋延巳不知什么时候已经收拾妥帖，只孤身坐在桌案前，江沅迈着步子踱过去，可怜兮兮地往他身边一坐，托脸道：“怎么办，你的姬嫔们都想杀我。”

“有我在，谁敢伤你。”宋延巳伸手捧住江沅的脸，轻轻在她唇上印下一吻，“如今，你可以毫无顾虑了。”

“真的？”江沅眼睛骤亮，这表示，前朝出现了大逆转，宋延巳在与谢家的博弈中处于上风。

“真的。”

中午，太医院如往日般平静，林太医几人正捏着胡子在一旁品茶谈药，就有侍卫直接冲了进来，吓得林太医差点摔了杯子。

“这又怎么了？”几位太医年纪大了，这么一回两回地吓，半条命都快吓没了。

“帝后的安胎药里验出了毒物。”帐香是跟着侍卫一起来的，当下就吊着嗓子道，“把东西全围了，人一个不准少地带出去。”

这边帐香忙着把太医院围死，那边碧帆就带着人去了冷宫，姜燕婷死了，可小巧还装疯卖傻地活着。

江沅这次是有备而来，直接派人闯入鸳鸾殿捉了宝云。

谢嘉言冷眼看着一言未发，金秀看着被侍卫拖出殿外的宝云，她凄厉的求救声仿佛萦绕在耳畔，终是忍不住落了泪，她与宝云打小一块长大，多少有着那么些情分。

王太医心思细腻，早就把东西整理干净，如今所有的事便都落在了宝云一个人身上，证据确凿。

谢嘉言坐在一侧，手腕上的祖母绿镶金镯在阳光下闪着晶莹的光。

宝云额头在地面上碰得极响，脑袋渐渐染上一片鲜红，“奴婢冤枉，奴婢冤枉。”

“谋害皇嗣，可是灭门的大罪。”江沅安静地听着，最后凉凉地来了一句，“认了这罪，搭上全家可就太不值得了。”

堂下的人停止了发抖，眼睛就这么对上了谢嘉言，神色惊恐，接着就忽然扑向了她，“夫人救我，夫人救救我。”

“我怎么救你，我知道你心疼我，可是也不能犯下这等大错啊！”谢嘉言当下就明白了宝云要做什么，连忙握了宝云的手，她手心带着凉，看宝云的眼神不带一丝暖，“你做的时候，怎么就不想想你的家人啊。”

宝云到嗓子眼的话就这么卡在了喉咙里，她怎么忘了，眼前的这个女人岂是那么容易认命的，她少想了一步，万一她手里握着她家人的命，她该怎么办。

心忽然就冷了下来，江沅看宝云这模样就知道多半是要不了了之了，一个眼色过去，碧帆就立刻跪下。

“娘娘，奴婢前几日奉命去冷宫告诉前朝的老太妃衣裳改制，遇到了姜燕婷生前的贴身婢女，她说有要事要禀。”

“一个奴婢，有何可见的。”江沅开口。

“事关谢夫人，奴婢不敢隐瞒。”碧帆抬头，周边坐了一圈的姬嫔皆窃窃私语。

“一并结了。”宋延巳心里明了这是江沅的计划，面上只做了烦躁的模样，挥手道，“带上来。”

小巧两颊双陷，身子瘦得如同麻秆，风一吹就会倒，就这么跪在前边，把事情一股脑地倒了出来，唯独隐瞒了姜燕婷那个孩子的真实身份。

“你若没有证据，可就是诬蔑。”

小巧回想着姜燕婷死前的交代，抖着手从怀里掏出被包得严严实实的牛皮纸，“这就是证据，我们充衣是被逼迫的。”

谢嘉言眉头微蹙，还没等她想通，碧帆便快一步冲了上去，当着所有人的面打开，香气四溢。

众人面面相觑，眼神不由得瞟向谢嘉言，这是美人香！

宫中除了谢嘉言，没有第二个人配得出这方子。

“混账！”谢嘉言先是愣了一下，接着恼羞成怒，反手给了她一耳光，“你算个什么东西，居然敢诬陷我。”

小巧被她一巴掌打偏了身子，声泪俱下地爬到宋延巳脚边，“陛下信我！奴婢字字句句皆真，若有失言天诛地灭。”转念一想，她迅速补充道，“这是夫人亲手给我们家小姐的，除了夫人，宫中谁还有。”

“满口胡言！”谢嘉言看着跪在前面的弱小身影，心中怒火更胜，忽然就想到了当初在姜燕婷殿中闻到的那股怪异的味道，她用了大量的药与香料来掩盖调香，调她身上的美人香，那没用的东西，居然死到临头反算计了她一把。

谢嘉言心下恨到不行，转手又要给小巧一巴掌，还没打到脸上就被那宋延巳中途拦住，“够了！”

他话音将落，之后的话还没来得及说出口，门外就有人来报。

“陛下，这是在谢夫人宫中发现的。”张显贵跟着一队侍卫入内，双手奉上了一枚翠色的瓷瓶。

宋延巳看了两眼，便唤过他身边的太医：“你去看看那是何物。”

林太医行了个礼，然后接过瓷瓶捻了瓶中粉末看了看，又凑在鼻边闻了下，脸色忽然大变，“回陛下，是月籽藤。”

月籽藤，味苦，性寒，大毒。

堂内众人脸色巨变，看谢嘉言的眼神也就带了笃定。烟州谢家女，屈居人下，不得恩宠，难免会生了别的心思。

“原来如此。”谢嘉言看着林太医手中的瓷瓶，像是想通了什么似的，笑得开怀，眼泪都涌了出来。她回头看向江沅，笑容有些扭曲，带着止不住的恶毒，“帝后果然心思缜密，我自愧不如。”

“带下去。”宋延巳厌恶地挥挥袖子，烦躁得很，“都退下吧！”

等人都撤了，他才恢复了以往的模样，安安静静地单手撑额。

江沅倒了杯新茶给他，“这么做，怕是要激怒谢家的。”

“这会儿知道马后炮了？”宋延巳招招手，等江沅靠过去，他才伸手摸了摸她并不显怀的肚子，“不过，为了你肚子里的，我也得把她先关着。”

宋延巳见江沅眼睛骨碌骨碌地转着，似想到了什么，手一伸。

“干吗？”江沅不明所以，习惯性地把手指搭入他的掌心。

“月籽藤交出来。”宋延巳攥着她的指尖，看着她眼睛瞬间睁圆又眯了下去，摇头而笑，“没得商量。”

“我是用来防身的。”就知道瞒不过他，江沅撒娇，往宋延巳身边挤了挤。

不想给！

“胡说。”宋延巳捧着她的脸颊不停地揉捏，“哪有拿这么危险的东西防身的，交出来。”

于是在这个风和日丽的一天，江沅得到了个整治谢嘉言的机会，同时也失去了她好不容易在军中得到的月籽藤。

事后，这件事情碍着谢家的情面被宋延巳压了下去，谢嘉言仅被打入冷宫了事。

但江沅心中明白，大局已定，宋延巳要动手了。

可是谢家的这棵树太大，枝枝叶叶盘根错节，砍不尽，伐不完。

“阿沅怎么想？”宋延巳念完下边递上来的密信，竟然纵容官员勾结山匪，且鼓动百姓与他下派到地方的官员针锋相对。

“天高皇帝远，有时候假的，也能变成真的。”江沅捧着微微隆起的小腹，兴致勃勃地看着淘来的话本，“比如意图谋逆。”

先下手为强才是真理，不是说官匪勾结吗，多扣上点其他罪名便是，欲加之罪何患无辞。宋延巳是帝王，而帝王便有最高的话语权，真真假假何必顾忌这么多。

宋延巳敲着桌面，“阿沅虽言之有理，可终究会打草惊蛇，留下漏网之鱼。”

“不要万事都求个完美无缺。”江沅放下手中的话本，走到宋延巳身边坐下，小脑袋靠到他肩上道，“你做得已经足够好了。”

还不够，还远远不够，宋延巳眼神微暗，“我想给钰儿留下一个太平盛世。”

“欲速则不达，他迟早是要长大的，怎会不经历点磨难。”江沅拉着宋延巳的手掌，“你早晚得要松手。”

宋延巳被她细白的指头握着，看了半晌，才有点迷茫失笑，“我居然还没阿沅想得开。”

他不是想不开，他只是太怕出错。江沅靠着宋延巳没吭声，上辈子，他的天下究竟是乱成了何等模样，才让他如此谨慎，如此地犹豫不决。

八月初八，桂花遍地金黄，香气冲透临安城，韦之敬一案牵连甚广，同时地方上书，言烟州出现不小的叛乱，宋延巳无视众意，直接下令镇压，李元羲强攻入城杀太守萧范怀，断其军防，换兵将把守，间接把烟州控制在手中。

同月，谢生平染病不出，曲思安被人暗杀于府中，谢太傅的门生兼副将郭令问临时接掌羽林军，并且换军于元德殿，临安城外兵防密布，鹤山郡临近临安，郡守姜仲举兵响应。

宋延巳面上不显，私下则与傅正言、冯修远以及奉御王士乾、张宇楠等心腹暗中拟订计划。

八月底，宋延巳通过调用闲厩中的马匹以及禁兵二百余人，于昌乐宫召见郭令问，并当场拿下，又在朝堂上逮捕了大行令段启山和重臣岑宗，寻了罪名下令将上述三人一起斩首示众。

宋延巳诛杀谢氏左膀右臂的举动，标志着彻底与谢家撕破脸，之后下令围困太傅府，谁料却扑了个空。谢生平暗中出逃，久寻不至。宋延巳怒气爆发下了狠手，一百多名亲信全部诛杀，并将其所有的家产没收官府。

对于他的铁血手腕，朝中人心惶惶，傅正言及时制止，直言如今社稷不稳，不可牵连过广。再加上江沅私下苦劝，极力说服他需先谋求安定，而后设法诛之，断不可过于急切引起更大反弹，宋延巳这才歇了赶尽杀绝的心思。

九月初，鹤山郡反，谢家正式坐实了当年的卖国案。

卫国虎视眈眈，穆擎掌控着边防的兵马，虽有心助宋延巳，却终是不敢动。宋延巳也不急，只令郭道君调南平军将十万，直接由平湖而过，太守葛振堂接到皇令广开城门，边安抚惶恐之中的百姓，边自发给南平军补给后续粮草。

鹤山郡内，谢生平一生高高在上，何曾这么狼狈过，他看着孟习之递来的书信，肝火大动，好一个过河拆桥！当初应他的时候说得好听，如今却翻脸不认人！

“表哥真不出手帮谢家一把吗，当初朔北他可是帮了您不少忙。”骄阳宫里，桃萃小心地给绿琼染着凤仙花，红艳艳的汁液落在光洁的指甲上，异常好看。

“当初他承诺的是把朔北送到我手中，如今这块地可还在蜀国的舆图上。”孟习之任由两名宫人给他敲着腿，他伸手挑起其中一个宫人的下巴，小脸怯生生地，不施粉黛，“表妹这宫里的侍女可真是越发地好看了。”

“您若喜欢，带出去便是。”绿琼笑得温婉，一如当年。

“不及表妹丁点颜色。”孟习之一挥袖子，宫人们皆噤若寒蝉地起身告退，他伸手把女人揽到怀中，嗅着她身上的香，“今儿个我便不走了。”

“我坏了你的计划，你不怨我？”绿琼横卧在他怀中，她向来瞒不过他，便也不介意与他说实话，“你该知道人是我从你府中偷出去的。”

卫国的流言怎么出来的，孟习之想做什么，她心里一清二楚。

“一个西贝货，也值得表妹这么煞费苦心？”孟习之捻开了她胸前的葡萄带，俯身吻了上去。

绿琼伸手环住他的脖子，她要断了他对那个女人所有的念想，哪怕那么丁点的可能，“值得。”

殿内一片春光。

“母后，父相，皇儿求见。”殿外响起清亮的声音，带着少年应有的清脆。

孟习之停了手上的动作，绿琼也快速地收拢了衣袍，待收拾妥帖，才腾出手来给孟习之整理衣衫，重新系上腰佩。他看着半蹲在身前的女子，手指轻刮着她的脸颊，忽然觉得这样也挺好，得不到的才是最珍贵的，不是吗。

九月底，鹤山郡破，谢生平不甘被俘，自缢于城中，烟州谢家的顶梁柱彻底倒下，其罪名罗列了数张宣纸，条条当诛。

宋延巳下旨查抄烟州，谢家中的财物堆积如山，珍宝器玩可以与皇家府库媲美，厩中牧养的羊马、拥有的田地园林和放债应得的利息纷纷入册，让前来查封的官员看得咋舌，粗粗算下，怕是几年都收不完。

谢家坍塌，树倒弥散。

因着江沅和傅正言的坚持，宋延巳颁布诏书赦天下，叛逆的罪名只加给谢生平一人，对其余的党羽，一概不加追究。

诏书将下，次日便有不少朝臣主动出来请罪，果真只被贬官削爵，并无抄家灭族的大祸，只是，官路也就差不多到头了。

第三十章 太平盛世 浮生若梦

“噫？”江沅看着被放在桌上的那盆绿琼，不明所以地回望着宋延巳。

火焰的花瓣被骨节分明的手指捻着，宋延巳越看越觉得扎眼，“这玩意儿你还打算留多久？”

张显贵垂着脑袋立在一侧，今早他原本如往日一般，把花搬出来晒晒暖，谁料却被宋延巳撞个正着，当场就阴了脸。显贵不知道这盆花的来历，更不知道哪里惹了帝王的不快，一转眼，就成了如今这个局面。

绿琼花开，多年不败，养而不死。

江沅老老实实地坐在一侧，“我这不把它搬出去了吗。”

“丢了。”

“你确定？”孟习之性子古怪，这盆绿琼是他熬了多年的心血养出来的，为的就是送给卫王后。上辈子这盆绿琼被卫王后当成至宝，如今她直接由庄姬夫人成了一国的太后，即便不是真心，也算帮过她一次，总不好毁别人心头挚爱，更何况，谁知道孟习之会不会反过来再问她要这盆小玩意。

宋延巳指尖敲着花盆，绿琼花瓣因为受力而有些微颤，半晌才停了动作，“何谦。”

“奴才在。”何谦低眉顺眼，花盆就这么从桌上移到了他怀中。

“一会儿让徐安把东西连回信一同送到卫国去。”

回信？江沅敏锐地捕捉到了这点，好奇地拉了宋延巳的衣袖，“什么回信？”

“好奇？”宋延巳捏着他衣袖上素白的指头，指甲闪着温润的光泽。

“嗯。”江沅也不瞒他，她不觉得宋延巳与孟习之之间有何情分可言。

鼻尖被轻点着，宋延巳的语气有些欠揍：“就不告诉你。”

“……”

次年元月，卫国派使臣访蜀。消息传开，民间议论纷纷，所来的不是别人，而是卫国的镇国公，那个曾经差点把朔北纳入囊中的狠辣阎罗。

孟习之坐在车内，身边靠着两名美姬，车内燃着熏香，是清淡的白荷，与他嗜血的爱好不同，他喜欢淡香。

美姬极少出城，何况大蜀，身上带着股兴奋劲，偶尔也会撩开厚重的帷帘，看着越来越不同的民间风貌，叽叽喳喳闹个不停。

孟习之搭眼看了眼越发临近的临安城，青灰色的城墙砖瓦，他曾在这儿待过许久，如今又见，才觉得有些思念，不知道是怀念那段时间的无忧还是城内的某个人。

绿琼花被送回的时候，他呆愣了许久，最后才了然，有些失落更多的是释怀，江沅与他，终究是没有什么缘分的。

访蜀一事早就定下，只是这盆绿琼，让他忽然想见江沅最后一面，他俩有多久未见了，十多年了吧。

当年那个带着他跑在漫天战火破城日的小姑娘，居然成了那个国家最至高无上的女主人。他仿佛还记得那时候的她，小小一个，眼睛里印着的是南城蹿天的火龙，她就那么佯装镇定地站在那里，设法让他定了个荒唐的诺言。

他以为那是他们最后一次相见，只是没想到两年后她又落到了他的手里。江沅是个很奇怪的人，怕他却又不是真的怕他，念着宋延巳却又不是真的把所有都压在宋延巳身上，想认命却又奋力地挣扎，好像过得不是她自己的人生，而只是按照自己的规划，一步步地活下去。

这样的人生有意思吗？她装模作样地活着不累吗？

江沅与他简直是两个极端，他想要的一定要得到，女人也好，江山也罢。他喜欢战场上血液弥漫的味道，这让他热血沸腾；他迷恋王室的富贵荣华，这让他欢愉不已，人命于他而言不过蝼蚁，不过沙石。

他生命中的女人来来去去，这么些年无非就留下了一个绿琼。他一直以为这点他和宋延巳十分相像，女子可以任性可以心狠可以矫情做作，唯独不能愚蠢。

高处太冷，需要有人为伴。

蜀国之事，他也颇为关注，谢生平的那个女儿，他也是知道的。心比天高，手段果决。他若是宋延巳，定然会多加利用。当一个女子自认不输男子，骄傲到了一定程度，有了自己想要的，看到更宽广的天地，就不一定愿意臣服在男人身下，做朵只会依附而生的菟丝花。

谢嘉言就是如此，她的心太野，想要的太多，不为宋延巳不为谢生平，而是为了自己。这种人聪明却又不太聪明，最容易成为宋延巳和谢生平之间最大的不定因素。

只是他怎么也没想到，宋延巳会废了这一步好棋。

“不知该说太愚蠢，还是太自信。”孟习之甩袖卧在美姬膝上，两名女子面面相觑，不知孟习之说的是不是自己，只闭了嘴，伸手去揉他的太阳穴。

江沅得到消息的时候，差点打翻手中的果茶，她眨眨眼睛，“你说谁？”孟习之？他来干吗？！这个人，她每次碰见他都没好事，“你居然瞒我到现在。”

要不是孟习之入了临安，作为帝后，她非见不可，宋延巳是不是还要瞒着她？江沅不开心了，拿肚子顶了顶宋延巳。

肚子里的小东西已经八个多月，似乎感觉到了江沅的不满，也象征性地动了动。真是个好孩子，江沅看着肚皮，暗中夸赞。小人似乎和母亲的心思相通，又动了两下才平静下来。

“小东西。”宋延巳把江沅拉到怀里，一手抱着她的腰身，一手摸着她的肚子，这个孩子怀得没费丝毫的力气，也不折腾，几个月下来，江沅安逸地胖了一圈，原本尖尖的下巴也有了些圆润，肌肤就像温玉又白又暖，“他总归是要来的，与其让你整日里不安稳，不若等他到了再与你说。”

“借口！”江沅脸一偏，哼哼出声，只是胳膊还挂在宋延巳的脖子上，半晌没等到宋延巳来哄她，才悄悄地别过眼睛迅速地瞄了他一眼，却被抓了个正着。

太尴尬了，他就是故意的！

没错！肚子又动了两下！宋延巳感受着掌心的律动，轻轻点了点江沅的小肚皮，笑道：“别闹了，听说有孕的女子生气，生出来的婴孩长得丑。”

“你说谁丑呢！”江沅也不知道怎么会被宋延巳这句话带偏思路，也许人皆爱美，肚子里的这个也不例外，她撑着腰挺着小肚皮，“我的孩子定是长得极好的！”

不信你看看呈钰，长得多好看哪！

宋呈钰对着宫人们做了噤声的手势，刚踏入殿中的脚就又收了回来，他冲何谦摇了摇头，这才带着朱船和小秋他们离开。

“殿下怎么不进去。”小秋自幼跟着呈钰长大，这会儿见他心情颇好，才带着疑惑开了口。

“本殿进去岂不是打扰了父皇和母后。”呈钰忽然扭头，对着身后的宫人粲然而笑，竟是看得人有些移不开眼，他如今年岁还小，容颜就有些出来，若是再大些还得了。

小秋怔了怔，才回笑：“殿下说得极是。”

嘴上虽然赞同，可惜他毕竟是个小太监，懂不得这其中的情感，见宋呈钰开怀，也就不再问下去。

只是走了没多远，张显贵就气喘吁吁地追上了他，跪道：“殿下顺安，方才得了信，说是卫国使臣婉拒，直言要今儿个入宫参拜，陛下派奴才告知殿下，今日无须再去韦先生那儿。”

“嗯，起吧。”呈钰听完，一抬袖子，显贵才弯着腰站了起来，双手交叉放于腹前，恭顺而不谄媚。

这个模样，也是江沅教的，她说，宫内皆是主子，可是真正敢动你的寥寥几人，无须过度取悦别人，凤起殿的总管太监就该有总管的姿态。

“你去回了父皇，说本殿就在安源殿，届时差人来唤便是。”

“喏。”

等人走远了，他微微颔首，小秋连忙带着宫人退后了几步拉开距离，只留了朱船和罗暖在他身后同行，宋呈钰在水池旁停了脚步，如今冰封未化，池内一片萧条。

呈钰第一次见到孟习之，便是在宋延巳的昌乐宫内，浓厚的玄色长袍，手中抱着金丝手炉，拇指上的血翡发着好看而诡异的光泽。

他笑着招手让他过去，“贵国的太子殿下果真是龙章凤姿，非同一般。”

“谢过相丞。”呈钰落落大方。

话音将落，就见面前的男子笑出了声：“太子如此，未来我大卫怕也是难安哪。”

“你倒是敢来，不怕我杀了你。”宋延巳说话做事从不瞒着呈钰，在他看来，他的儿子必须有承担天下的肩膀，养在后宫只读圣贤书绝非明智之举。

“我敢来，就不会怕。”孟习之拍了拍呈钰的肩膀，眼睛却盯着宋延巳笑，“我可是摆兵布阵完才来的，你这江山如今这么飘摇，怕是没力气与我大卫交锋了。”

待又聊了些政事，相顾无言，这才让呈钰退下。

外忧内患。以往他只知谢家，知那些奸佞之臣，如今亲眼见到孟习之才彻底觉悟，这个世上并非只有蜀国这方天地，还有大卫，有北汉，是自己的格局太小了。

孟习之看着远去的小身影，嘴角微挑："怎么，现在就让儿子把我当对手了？"

"他还小，难得能见到你这样的。"他必须要明白，他见到的，他知道的远远不够，"省得只看得到眼前的一亩三分地。"

"虎父如此，真是心疼沅沅跟了你这么个不近人情的。"沅沅这两字被他叫出来，染了些许的暧昧。

宋延巳眉心不留痕迹地一挑，又瞬间归位，只看着他开口："卫国高位之上那个可是你儿子？"

这件事绝非秘事，只是没人敢摆到台面上来罢了。

孟习之转着拇指上的血翡扳指，似乎听到了什么笑话，"不是我儿子，他还有命坐在那椅子上？"

他如今，非帝王而胜似帝王。

"所以，你到底来做什么？"

"你我二国这些年风雨不断，北汉却日益壮大，自然是想与你聊聊此事。"孟习之笑着，眼睛却直视着宋延巳，"我还想见下沅沅。"

"孤若说不呢？"

"如果是前者，我劝你最好考虑考虑，如果是后者……"孟习之轻笑出声，"倒也无所谓。"

江沅最后一次见到谢嘉言便是在阴森的冷宫内。

谢嘉言疯了，这是张显贵送来的消息，那个高高在上的女子，在谢家垮台后便开始精神恍惚，每日只恶毒地念着她的名字。

冷宫阴森而幽静，江沅刚踏进去就打了个冷战，忽然有条黑影向她扑来，还没靠近就被侍卫一脚踹飞在地。

一声闷哼，江沅听到骨头撞击地面发出的声音。看管太监显然是被吓到了，连忙跪下求饶，额头不停地碰在地上，心里却越发地憎恨那女人。

"你为什么还不死？你怎么还不死？"地上的女子因为疼痛而缩成一团，她笑的声音都在颤，透着丝丝的诡异。

"住嘴！"看管太监见她口不择言，也急了，伸手就想要给她两巴掌，只是这一巴掌还未扇下去，就被人中途拦下。

张显贵垂着眼，“刘公公，帝后还没发话呢。”

夫人未废，她便还是主子，是主子就轮不到一个内监在她头上耀武扬威，这是后宫的规矩，是皇家的规矩，也是江沅的规矩。

人，要时时刻刻记得自己的身份。

“是奴才逾越了。”看管太监反手给了自己一个大嘴巴，越发地觉得这冷宫中的女人是个晦气。

“退下吧。”江沅开口。

看管太监飞快地看了眼江沅，心中有些犹疑，“可是……”这个女人就是个疯子，留下帝后，何况她肚子还有皇嗣，他不亲眼看着着实不放心。

江沅看了眼身边的侍卫，这是宋延巳亲手拨下来的，想来功夫也是极好的，张显贵看着江沅的眼色，不待她开口，便不耐烦地对刘公公道：“要说几遍啊，你当咱家是死的吗？”

“不敢，不敢。”看管太监见张显贵烦了，便不敢再留，只弓腰退了出去。

殿门被关上，阴风从缝隙中呼啸而过，地上的人还在笑着，伴随着因疼痛而产生的咳嗽声。

“为什么？”江沅看着张显贵飞快地上前绑了谢嘉言的手脚，这才靠近她，“我与你无冤无仇。”

江沅对于她和谢嘉言的关系想了许久，如果说上辈子是为了宋延巳的恩宠，她们斗得你死我活，那么这辈子呢？她们之间没有情爱的冲突，为何她却要一次又一次想置她于死地？

仅仅为了利益？不见得。

“真是虚伪的女人。”谢嘉言抬头看向江沅，此刻的她披头散发，脸上染着灰尘，眼神如同地狱来的恶鬼，“一个个的只会逢场作戏，你是这样，谢十七是这样，我大姐也是这样。”

可是偏偏，她们都比她受到的宠爱多！父亲偏心偏到骨子里，老夫人也更喜欢十七多一点，好不容易，她们都死了，她却又遇上了江沅。

从小到大，她明明那么努力，为什么就是没人喜欢她，而那些女人，满腹的算计都藏在了这副人畜无害的皮囊下，一伸手就抓到了她想要而得不到的。

父母的疼宠，长辈的喜爱，夫君的一生一世一双人。

她就像个看客，可是她明明才是天之骄女，她不是好人，她们就是了吗？大姐死了她很开心，谢十七没了她心生欢愉，可是，为什么，为什么江沅还不死。

“你真是疯了。”

“我没疯！”刺耳的叫声划破众人的耳膜，谢嘉言挣扎地想要爬起来，“我只不过是做了你们想做而不敢做的，就因为我做了，所以错了吗？你扪心自问，你就没想杀过我？”

“想和做是一样的吗？”江沅靠近她，上辈子不提，这辈子得知她想毒杀呈钰的时候，就恨不得把她大卸八块，可是她得忍，“我想的事情多了，难不成都要做？”

“对！我看到我讨厌的人死的死伤的伤，我心里就是舒坦。”人活一辈子，为什么非要委屈自己，谢嘉言忽然想到了初次见宋延巳，那么明亮，阳光下不染阴谋，确实让她动了心，可是没多久，她就发现，他也是如此，虚伪得让她恶心，而她与他的初见，只是因为那日的阳光明媚，晃了眼。

面前的女人，偏执而又疯狂，活在阴暗里，内心黯得照不进一点光，仿佛世上所有的人都对不起她。

“你有什么好不满的？谢生平费尽心思为你铺路善后，烟州为你寻得了最好的儿郎，你自己错过了怨得了谁？”是人就固然有偏心，谢嘉言自幼便不甘人下，为人冲动性子狠辣，她若是谢生平，也会更加偏疼文弱的长女，都是嫡亲的骨肉，便是真的亲疏有别，又能偏到哪里去？

只是时光磨平了谢嘉言的冲动，把她骨子里的那份狠发挥到了极致。世上有多少女子敢如她这般，年岁尚幼就算计着毁掉堂妹的清白，逼得老夫人亲手舍了自个的嫡孙女，年岁大些杀人下毒更是眼睛都不眨一下，仿佛那些于她而言都不是人命。

江沅从来不认为自己是个好人，她会算计，会伪装，折在她手里的人命也不少。可即便是上辈子，她和江芷闹得再狠，也从未想过把庶姐如何。哪怕是宋延巳的姬嫔，若不是想要踏着她上位，何至于连骨肉一起折到她手里。

你不仁我便不义，你视我如无物我便当你是尘埃，蓉安和她的那对子女她上辈子恨到骨子里去，直到她跳了观云阁不也没动过？

“哪有人真的对不起你，一件件哪一件不是你对不起别人。”江沅缓缓蹲下与谢嘉言对视，“善恶皆会得报应，祸福自然有天理。”

“报应？天理？”谢嘉言含着泪笑得开怀，“我从来不信这些，我只是不及你们，所以我输了而已。”

江沅伸出素白的指尖，轻指向她的双眸，“你的眼前都是黑，双目虽在，却早就看不见了。”

“盼的皆是空，等的全是梦。”谢嘉言收了笑，眯着眼，神情有些扭曲，“我只是想要所有人和我一样，何错之有。”

江沅无奈摇头，张显贵连忙伸手将她搀扶起来，一高一低，一上一下，江沅看着谢嘉言，地上狼狈的女子也回看着她，“你我二人无论相逢于何时，都无法相处。”

“成王败寇。”谢嘉言屈起身子，看向江沅的眼神闪着幽暗的光，面容狰狞，“若不是有宋延巳，你绝对斗不过我。”

江沅聪敏，却不如她狠，她能豁出去一切拼个万人中央，江沅却不能，有牵挂便有弱点，脑海中不知怎么又想起九姐的那句话：“你不为万人中的明珠，便要为撵落泥中的残红。”

她是谢家的女儿，本就该万人中央，她是明珠，怎会是残红？

江沅看着喃喃自语的谢嘉言，她似哭非哭，片刻又开怀大笑，声音带着尖锐。

谢嘉言这模样看得张显贵毛骨悚然，忍不住开口：“娘娘，谢夫人是真疯了，咱们回吧。”

殿门被缓缓闭上，隔断了殿内谢嘉言凄厉的哭笑声，江沅扭头看着紧闭的殿门，“爱本是恨的来处，可她连爱都未有，到底又在恨些什么。”

“恨自己不争气罢了。”熟悉而陌生的声音闯入耳朵，江沅浑身僵硬，片刻才转身，熟悉的笑容映入眼孔，她双目微圆，就听孟习之道，“沅沅，好久不见。”

他和宋延巳站在殿外，听着殿内江沅和谢嘉言的对话，心中暗叹宋延巳不识人，“这谢家女若是卫人，入了我大卫的皇殿，怕又是另一番局面了。”

“人生若追逐的是名利，总要放弃些东西。”宋延巳走到江沅身边，伸手揽了她的肩膀，安慰地轻抚了两下，怀中的人才放松了警惕，“可惜我志不在此。”

“那真是可惜。”孟习之眼神扫过江沅凸起的小腹，江沅被他看得有些不安，不留痕迹地遮掩了腹部，却换来了他的嗤笑，“沅沅还是这般怕我。”

“中离，我有些不舒服。”江沅望着宋延巳，表情有些可怜，“可以走吗？”

“好。”宋延巳伸手揉了揉她的脑袋，又解下身上的黑裘系给她，“天冷，早些回去休息。”

江沅点点头，这才被张显贵扶着出了冷宫，她抬头看着阴暗的天空，偶尔有点白落在墨色的大裘上，“又下雪了。”

“是。”张显贵应道，“我扶着娘娘走慢些。”

“别看了，人都没影了。”孟习之看了眼望着江沅背影的宋延巳紧了紧身上的披风，“一听到她来看谢家女，便心急火燎地赶来，只是沅沅会不会这么想就说不定了。”

“镇国公什么意思？”宋延巳冷着脸回头看他，何谦怕他冻着，可是宋延巳交代过不准他们过去，如今只好眼睁睁地看着他在冰天雪地里一身单袍，怀里抱着另一件大裘不知道该不该上前一步。

“万一，沅沅以为你是专门带我来看她的，我可就罪过了。”孟习之有些唯恐不乱地道。

宋延巳冷眼看着他，又抬抬手，何谦这才得了令，连忙把狐裘给他披上，就听他淡淡地开口："见也见了，镇国公打算何时离开？"

"明日。"孟习之转着指上的扳指，表情看不出喜怒，人见到了，被宠得珠圆玉润，一个男人究竟有多爱一个女人，只看眼神就能明了，自打见了江沅，宋延巳的眼神就没在她身上离开过，他自问做不到宋延巳这般。

使臣出访，仅待三日，这是从未出现过的情况，可是宋延巳和孟习之心中都明了，只闭口不谈。

辇车骊驾越走越远，孟习之坐在车内，忍不住挑起了帷幕，青砖黛瓦渐行渐远，他一直有句话想问江沅。

若当年破城那日，他带着她一起逃了，她也未能在慌乱中遇见宋延巳，会不会与他一起。

而现在，不用问他也知道，不会。

"爷，咱们这么快就回吗，妾还没玩够呢。"娇软的小手攀附着他的肩膀，身边的女子带着娇嗔。

思绪被拉回，孟习之笑着把人拥在怀里，轻轻在她脖颈上印上了一抹红，"大卫可比蜀国有趣多了。"

"可不。"另一位美妾心里暗恨他身边的女子争宠，也趴到他肩上，笑道，"咱们卫国的姑娘可比蜀国漂亮多了，爷说对不对。"

"卿卿说得都对。"车内笑闹作一团。

雪生骑马跟在车旁，只看了眼，希望这回彻底断了念想罢。

也许是这两年太累，也许是这个冬天太冷，孟习之刚走，临安便下起了鹅毛大雪，而宋延巳，这么撑了两日，人就直接病倒在了昌乐宫。

太医院探过脉说是染了风寒，连吃了几服药都不见好，高烧持续不退，手脚却冰冷异常，到后边人烧得都有些糊涂，不停地说着胡话，急得江沅一直趴在他身边抹泪。

第五先生难得被逼了出来，也不与他们对着折腾，只皱着眉开了方子，直吃了几天，眼见人都瘦了一圈，这才有些清醒。

一睁眼看到的就是江沅泛红的眼眶，宋延巳唇上刚被沾了水，即便是干燥的严冬也不见干裂，他伸手碰了碰江沅的脸，就见她嘴巴一撇，金豆豆就唰唰地落了下来，砸到他手背上，烫得他直心疼，“怎么哭了。”

“你还说，你都睡了几日了，连第五惠那个小老头都不说笑话了。”江沅捏着小帕子，擤擤鼻涕，又红着眼拉了宋延巳的手去摸她的肚子，“他这两日一直动，定是被你吓的。”

“胡说，当年呈钰这个月份也是经常动的。”

“我不管，就是你的错。”江沅伸手揉了揉眼睛，擦了眼眶中的泪花，“是那日冻的吗，傻不傻啊，我穿了夹袄的。”

“夹袄那般薄，你身子弱，会冷的。”宋延巳握着她的手，不知怎么想到了孟习之的话，眼神忽然黯了下去，“那日，我是去看你的，没想带他。”

“我知道，所以我没生气不是吗？”江沅反握着宋延巳的指尖，他的手一直滚烫，极少有这么冰的时候。

“真的？”眼神忽然亮了。

“当然。”江沅点头，继而又抬着脑袋，“我若是生气，才不来守着你呢。”

笑容渐暖，宋延巳把她指头放在嘴边，轻咬了口，“我睡了多久了？”

“整整五日。”江沅说着伸出五根小指头抱怨道，“一定是这些日子以来太累了，整日天不亮就去早朝，就是铁打的身子也扛不住，说了这么些天的胡话。”

“胡话，我说什么了？”宋延巳心里暗笑摇头，这么些年，他从来不说梦话的。

江沅被他问得笑容有些凝固，片刻又绽放开来，带着点小骄傲，“你跟了悟大师说要去寻我。”

笑容有些恍惚，宋延巳心底忽然有些惴惴不安，面上却不显，“还有呢？”

“哪还有啊，反反复复就这一句。”不知怎么眼泪忽然就滑下来，江沅连忙用帕子拭去，笑道："你瞧，找到了不是。"

"没了？"

"没了。"指尖微微陷入掌心，江沅摇摇头。

宋延巳这才放松了精神，刚要眯眼，就听江沅幽幽的补充道："还有，我方才差点忘了。"撞上宋延巳骤睁的眸子，小女人带着任性，一字一句道，"你说这辈子就娶我一个。"

"我真的说了？"宋延巳有些狐疑，这有些不太像他会说的话。

谎言瞬间被戳破，江沅恼羞成怒，满脸通红，揪着小帕子挺着肚子道："就是你说的，别想赖账！"

"好，就当我说了。"宋延巳伸手揽着江沅，在她额上轻吻了下。

"不能就当，你要发自心底地承认这是你说的。"

"没错，就是我说的。"宋延巳笑得开怀，也喜欢哄她，"我家阿沅听到的都对，说的我都信。"

"什么都信吗？"江沅撑着身子，与宋延巳对视，看着他不明的目光，朱唇微启，"那我说，这世上我最喜欢中离哥哥，你信不信？"

"原来阿沅喜欢中离哥哥。"宋延巳伸手碰着她的脸颊，不知怎么眼前升起了薄薄的雾气。

"嗯。"

"有多喜欢？"

"喜欢到这辈子想要走在你后头。"不想再丢下你一个人了，江沅似乎想到了什么，"下辈子，我也不饮孟婆汤，无论你在哪里，我都会找到你。"

"好。"

"到时候，换你提小兔子花灯。"

原来他还说了花灯，不忍心戳破江沅的话，宋延巳点头："好。"

他们原来见过这么多次的，江沅伸手给宋延巳掩着被角，垂着眼看着锦被上烦琐的纹路，可是她怎么都不记得了呢？

江沅有些失神，不对，她是记得的，记得杏林诗会，记得那首月桂词，记得被她羞辱得满面通红的高公子，记得好像是有那么一个人在她的答卷上提了一首小诗，可她却没细看，只一心想着帮哥哥出气，转眼就给丢了。

还有上元节的那盏花灯，那日她与江芷大吵了一架，抢了那盏唯一的小兔子灯，被父亲训得心里委屈异常，索性哭着跑了出来，她不记得中途撞过多少人，更不记得当中有没有宋延巳，她只记得那盏花灯真好看，小兔子的眼睛红彤彤的，像两颗硕大的红宝石。

从来都不只是有她追着他跑，他也追过她，可是，她却什么都不知道。那些他记得的她不记得的，他知道的她不知道的，她想忘的，他不想提的，命运总是光临得阴差阳错。

宋延巳牵着江沅的手，等她感觉到他在晃她，才回了神，“怎么了？”

“没什么，就是感觉好久没见过阿沅了。”宋延巳扣住江沅的指尖，十指相扣，“有点想你。”

“你什么时候变得这么会说话了。”江沅咬着唇瓣，一双大眼盈盈含水，他原来从不与她说这些的，哪怕是他们关系最好的那两年，他也不曾这么说过。

“一直想说的，开始是拉不下脸，后来就没机会了。”

“现在有了。”江沅托腮看着他，“你好好养病，等身子好起来，要天天说给我听。”

“你什么时候变得这么任性了？”

“我本来就是这个样子的。”殿内地龙烧得滚烫，江沅坐在小狐狸毯上，和宋延巳相对而笑。

声音传到外殿，何谦他们才松了口气，紧了紧身上袄袖，心里期盼着这个冬天早日过去。

三月，春暖花开，江沅的肚子也有了动静，太医院的大夫全都睁大了眼，整日轮番候着，连第五先生也被宋延巳揪了出来。

“瓜熟蒂落。”第五先生不堪其扰，他还在鼓捣新草药呢，这一天到晚地待在女人屋里也不是这么回事啊，终于，在他被迫着又探了次脉后，捏着小山羊胡保证道："帝后这胎要好生得多。"

"什么时候生？"

同样的人，同样的问题！他是医者，又不是神仙，左右不过这两日，便看着有些焦虑的宋延巳，开口敷衍道："今晚吧。"

没想到第五惠一语中的，夕阳低垂，这还没到晚上，江沅的肚子就开始疼了起来，这是宋延巳称帝以来，后宫唯一发生的一件喜事，凤起殿的宫人们皆铆足了劲。

宋延巳焦急地在殿外走来走去，呈钰也一脸凝重，恨不得把帘子瞪穿。都说女子生产，就是在鬼门关上走一遭，呈钰年龄小，难免有些害怕，偏偏宋延巳这个做爹的比他更紧张。

呼痛声渐渐响起，宋延巳的心也悬在了半空中，他心里天人交战，最后打算撩了帘子冲进去的瞬间，屋内就传来了响亮的哭泣声。

"这么快？"江沅忽然感觉肚子一空，就有什么东西滑了出去，没有生呈钰时候的撕心裂肺，这个孩子来得特别顺畅。

第五先生见差不多了，才哼哼着离开，"老夫就说这胎生得容易。"

"恭喜陛下，恭喜帝后，是个小殿下！"何嬷嬷快速地把婴孩擦洗干净，拿了柔软的襁褓包裹住，还没等她出去，就见眼见一大一小两个身影冲到了床前。

"阿沅。"宋延巳握了江沅的手。

"娘亲。"呈钰红着小脸，有些担心。

江沅看着自个好不容易生出来的孩子就这么被华丽丽地忽略了，只好开口提醒他们："孩子。"

"何嬷嬷。"宋延巳这才唤道，"把孩子抱过来。"

襁褓里的小人软绵绵的，眼睛紧紧地闭着，宋延巳把他放到江沅身边。呈钰也扑在旁边，左瞧瞧右看看，弟弟长得真丑，一点也不像娘亲，如果是个妹妹一定漂亮多了。

承泰十年。

这日，江沅躺在紫藤花树下，忽然脸上有些痒，一抬眼，便看到了近在咫尺的宋延巳，他就这么圈着她，许久后，又是一个缠绵的吻。

时间飞逝，宋延巳的眼角已经出现了细细的皱纹，这个男人变得更加沉稳，蜀国在他的手中越发地强大。

“怎的了？”江沅攀着他的胳膊起身，整个人却依旧被他罩在怀里，笑道，“难不成朝中又催着你选妃？”

“你一口气生了四个儿子，呈钰如今年岁又大了，哪还有人愿意把自家的女儿送到我这里来。”宋延巳看着江沅，伸手拧着她的鼻尖。

“可惜，没能给你生个小帝姬。”江沅也有些失落，她摸了摸自己的小腹，如今自己也是三十多的妇人了，宋延巳心疼她的身子，说什么也不准她再生，可是，她是真的想要个女儿的。

“等再过段时日，我看能不能送给阿沅一个聪慧可人的女儿。”看着江沅疑惑的表情，宋延巳伸手把她拥在怀里，下巴抵着她的发鬓，“虽然不是咱们的骨肉，可那孩子真心是个好的，你定会喜欢她。”

“她在哪儿？”

“不知道。”宋延巳轻轻拍着她的背，“这会儿应该还没被丢弃。”

“母后！三哥又欺负我！”呈峥扯着嗓子，拎着小袍子就往江沅这边跑，等快到眼前，才看到黑着脸的宋延巳，呼吸一怔，生生停住了脚步。

“小不点，你又告状，看我不收拾你！”身后传来清脆的童音，接着一道墨绿的身影就冲了过来，还没到跟前就敏锐地察觉到了气氛不对，脚一缩，就要猫着腰往回跑。

“回来！”严厉的声音在背后响起。

“要完！”呈度瞬间停下，脑袋一垂，心里暗道，扭头的瞬间又换上了天真纯粹的表情，小跑到江沅和宋延巳面前，拱手行礼，甜声道，“父皇，母后，皇儿跟您两位请安了。”

“又怎么了？”这俩孩子，真是三天不打，就敢上房揭瓦！呈钰和呈光也没这么顽劣啊，这俩的性子到底像了谁？

“是三哥抢了我的弹弓！”

“胡说，明明是你这个小不……摔了我的砚台，还嫁祸给傅家妹妹，弄哭了她，我才教训你的。”

“就是傅婉那个小丫头打碎的，三哥太偏心了！”呈峥越想越气，跺着脚就要往江沅怀里扑，还没碰到香香的娘亲，中途就被一只大手拎了起来，又气又怒，“二哥可以给我做证。”

“就会讨好二哥，你怎么不说让太子哥哥给你做证！”

“母后，你看三哥。”最后呈峥嘴一瘪，号啕起来，小金豆豆乱蹦，看得江沅有些心疼，连忙伸手去宋延巳那边接他。

阳光透过花藤洒下，院内叽叽喳喳，江沅的声音温和地响起，宋延巳就这么眯着眼，他虽然嘴上说几个孩子太能吵闹，心里却被幸福填得满满的。

承泰十年秋，帝王携后去回安寺上香，中途捡到一名被遗弃的女婴，帝后心喜此女，带回宫中养于膝下，取名宁瑶，宫中皆唤其为安平公主。此女聪敏恭孝，能文善武，十七岁下嫁于穆将军幺子，多次献计抵御大卫，夫妻二人半生戎马，贤名远播。

承泰十八年，帝王染病，传位于太子。

同年，太子拜宗庙，登基称帝，年号乾德，开启了大蜀最为辉煌的百年。

多年后——

“呈钰定然会生气的。”马车内宋延巳精神抖擞，他盘腿坐在小几案前，边饮茶边笑看满心激动的江沅。

“这不都怪你，非要把我的瑶儿嫁那么远，想见一面都这么难。”

“女婿是你挑的，怎还怪到我头上来了。”

“我不管！”

阳光碎在湖面上，风和日丽，秋水微荡共长天一色，马车在宽广的道路上缓缓而行，车内女子和男人的声音随着马蹄声，越飘越远。